D0732898

Geoffrey Chaucer

CUENTOS DE CANTERBURY

Clásicos Universales Planeta

Geoffrey Chaucer

CUENTOS DE CANTERBURY

Introducción de
Jordi Lamarca
profesor de Literatura Inglesa
de la Universidad de Barcelona

Traducción de
Juan G. de Luaces

PLANETA

Còrsega, 273-279, 08008 Barcelona (España)
Diseño de la colección: Helena Rosa-Trias
Realización de la cubierta: Manuel Vizuete
Ilustración de la cubierta: dibujo del manuscrito del siglo XV (Museo Británico, Londres)
Tercera edición en esta presentación: julio de 2002
Depósito Legal: B. 31.086-2002
ISBN 84-08-01726-8
Impresión: A&M Gràfic, S. L.
Encuadernación: Lorac Port, S. L.
Printed in Spain - Impreso en España

SUMARIO

Págs.

CUENTOS DE CANTERBURY

INTRODUCCIÓN

La figura de Geoffrey Chaucer contiene rasgos de sumo interés, tanto en el orden de su dilatada actividad pública como en el de su original aportación artística a la literatura universal. Soldado, diplomático, funcionario del Estado, hombre de negocios, traductor y poeta, vivió en la segunda mitad del siglo XIV: una etapa de incertidumbre política, pero también hito capital en el camino de la lengua y literatura inglesas hacia la modernidad. Además de poseer amplios conocimientos de las ciencias, la filosofía y literatura de su tiempo, Geoffrey Chaucer fue uno de los mayores intérpretes de la experiencia humana real y verdadera, en su siglo; su dominio del lenguaje fue sorprendente e innovador, y se acomoda sin esfuerzo a las consonancias de la rima, el hipérbaton, la aliteración, las pausas y el fluir del verso. Utilizó el pentámetro yámbico, variando a menudo el ritmo de la versificación con los cambios de acentuación y sílabas para, así, conseguir diversidad de tonos: desde el elevado y solemne hasta el ligero y familiar. Merced a estas cualidades, *Cuentos de Canterbury*, la pieza maestra del arte chauceriano, lleva la tradición de la poesía inglesa anterior a su punto más alto, desbrozando, a la vez, el camino a grandes escritores de los siglos posteriores.

Varias representaciones pintadas de Chaucer han llegado hasta hoy y pueden dar una idea aproximada de su apariencia. La miniatura del manuscrito Ellesmere muestra a un hombre entrado en años, más bien regordete, de tez y barba claras, que parece traslucir un semblante apacible acompañado de un gesto firme, pero no grandilocuente. En *The House of Fame (La casa de la fama)*, la poderosa águila que transporta al poeta por los cielos se le queja de ser tan enojoso para llevar; y en el prólogo a «Sir Thopas» de *Cuentos de Canterbury*, Chaucer insinúa un carácter bajo la máscara de alguien reservado y casi torpe —cualidades éstas y otras expresadas con una llaneza, tal vez, demasiado explícita para que debamos tomarla al pie de la letra; en plena marcha hacia Canterbury, el robusto hospedero le increpa con desenfado: «Siempre llevas la mirada clavada en tierra. Acércate y levanta los ojos con alegría. Hagan sitio, señores; déjenle que ocupe su lugar. Tiene una cintura tan esbelta como la mía. Sería como un muñeco en brazos de una hermosa y pequeña mujer. Hay algo de enigmático en su aspecto: nunca habla jocosamente. Di algo ahora. Otros ya han hablado. Cuéntanos un cuento alegre.» A ello, Chaucer, puesta la atención de los restantes peregrinos sobre sí, replica: «Espero que no te molestes. Sólo conozco un cuento muy antiguo, con rima y todo. De los otros no sé ninguno.» La broma es ostensible y por partida doble, porque, encima, el poeta contará una historia muy aburrida.

Pero ¿quién fue verdaderamente Geoffrey Chaucer? ¿Cuál era su personalidad real? ¿Qué opinión le merecían las tribulaciones políticas en las que indudablemente debió de verse envuelto? ¿Qué pensaba de sus monarcas? ¿Y de su protector Juan de Gante? ¿Cómo era la relación con su esposa e hijos? ¿Por qué oscuras razones su nombre aparece implicado en un escándalo de rapto?

Se sabe lo suficiente sobre la vida del poeta. Pero, a ciencia cierta, ningún detalle se conoce acerca de su individualidad: de aquello que vincula a las personas con otras de su misma afinidad o las desaviene. Existen —cierto es— alrededor de quinientos documentos que certifican su nombre acreditado a asuntos legales, misiones diplomáticas, impuestos, emolumentos y cifras: documentos en exceso generales para el caso. Por otro lado, quedan sus libros escritos en un siglo en que la experiencia autobiográfica no era una incumbencia literaria satisfactoriamente desarrollada. En este sentido, Cuentos de Canterbury nos aproxima a un número de adecuadas conjeturas y vaguedades de las que asoma, no obstante, una figura palpitante y sentida. Es necesario convenir con A. C. Baugh, comentarista de la obra de Chaucer, cuando subraya: «Todo lector siente que se halla en presencia de un hombre genial y sociable, infinitamente intrigado por la vida que le rodea, interesado en todo tipo de gentes, divirtiéndose con sus manías y debilidades, tolerable incluso con los vicios.»

Se adivina a un Chaucer sagaz y perceptivo, a partir de las oportunas y admirables descripciones que dan vida a multitud de personajes. Se desprende una incontrovertible antipatía por cierto tipo de eclesiásticos en los retratos del monje y el fraile. Su sentido del humor se manifiesta en muchos pasajes, incluso en aquellos en que se abordan las circunstancias más graves. Es capaz de perfilar un mismo tema desde perspectivas contrapuestas y hasta contradictorias, con igual convencimiento y habilidad, de modo que la idea del amor entendido como exaltación cristiana de Dios, tal como aparece en el cuento del corregidor, se complementa con el elogio a la fuerza natural de la pasión, hecho en el cuento del molinero. Un talento especial para trasladar al verso las cadencias de los diálogos confiere sobre todo a los interludios precedentes a los cuentos una intensidad dramática difícil de encontrar en otros poetas ingleses de su tiempo. Así es cómo, y en resumidas cuentas, la personalidad del poeta se va desgranando en cantidad de referencias literarias y culturales, cuando, en definitiva, se calibra lo que su poesía incluye y omite.

Por tanto, las fuentes documentales y literarias, junto al estudio de las circunstancias históricas que Chaucer vivió, siguen siendo imprescindibles a la hora de estudiar la vida y obra de este autor.

Chaucer llena la escena literaria inglesa del siglo XIV con su sola presencia. No pocos historiadores de la literatura se refieren a este período como la Edad de Chaucer, el esplendor de cuyo nombre eclipsa, en cierta medida, la brillantez de otros: el autor de *Sir Gawain and the Green Knight* (*Sir Gawain y el Caballero Verde*) y John Langland. Su fecha de nacimiento la suelen colocar los investigadores entre 1340 y 1343, a tenor de una disposición legal de 1386, en la que se atribuye a Chaucer más de cuarenta años. Aquéllos no fueron momentos de esplendor para Inglaterra, asolada por intermitentes brotes de peste negra, la Guerra de los Cien Años y las luchas políticas internas que llevarán al trono a la Casa de Lancaster. Muerto Eduardo III, sube al poder el violento Ricardo II, bajo la tutela del duque de Lancaster, Juan de Gante, en cuyo reinado se alzan los campesinos en 1381; por fin, el Parlamento le depone y Bolingbroke, hijo de Juan de Gante, usurpa la corona para gobernar con el nombre de Enrique IV, a partir de 1399, es decir, un año antes de la muerte de Chaucer.

Mientras la peste y las guerras diezmaban a la mayoría de la población sin recursos, las condiciones de vida de las clases privilegiadas evolucionaban favorablemente. En los momentos de respiro, la nobleza gustaba de rutilantes torneos y encuentros deportivos, pero también congregaba en sus seguros recintos a músicos y poetas cuyos versos habían *sido compuestos para un público en directa sintonía con los recitadores. Bajo este grupo social, que exigía de sus vasallos un tratamiento de pleitesía, existía una naciente burguesía que se esforzaba por imitar los modales aristocráticos. Esta clase intermedia difícil de delimitar estaba formada por enriquecidos comerciantes, industriosos artesanos y los representantes de las profesiones liberales: médicos, alquimistas, jurisconsultos y funcionarios del Estado. La mayoría de ellos desplegaban sus actividades en florecientes ciudades, como Londres, que, además, albergaban nutridas huestes de clérigos y gentes sin oficio ni beneficio. En efecto, Londres era un activo centro de transacción económica con un venero de prósperos comerciantes, entre ellos, el padre de Geoffrey Chaucer, John Chaucer. Dedicado a la venta de vinos y curtidos, John Chaucer pertenecía a una familia de bien probada tradición mercantil, cada vez más cercana a la corte; fue suplente del mayordomo real e intervino, como después lo haría su hijo, en campañas militares al servicio de Eduardo III; tuvo propiedades en el condado de Suffolk y Londres; y tal vez fue suya la idea de enviar a su pequeño hijo a la casa de la condesa de Ulster para que, en calidad de paje, se educara en los modales cortesanos. Desde el documento más antiguo, fechado en 1357, donde aparece, precisamente, desempeñando esta función hasta su muerte, en 1400, ejerció un buen número de cometidos oficiales y políticos, compaginándolos con el oficio de las letras.*

Como soldado de Eduardo III, Chaucer intervino en el asedio a la ciudad de Reims; allí cayó prisionero, y el rey contribuyó a su rescate con una suma de dinero; asimismo, fue mensajero durante las negociaciones de la paz, en 1360. Su nombre no se menciona de nuevo hasta el 22 de febrero de 1366, en el salvoconducto emitido por el rey de Navarra para que, junto con tres acompañantes y respectivos criados, Geoffroy de Chauserre atraviese el reino: «Geoffroy de Chauserre escuier englois en sa compaignie trois compaignos avec leurs varlez chevaux et bens quelconques troussez ou a trousser en males ou dehors pour aler venir demorer se remuer converser et retorner par tout ou il lui playra par touz noz villes forteresses por passages et destroiz tant de jour que de nuit...»

Aquel año de 1366, en Castilla, daban comienzo las luchas dinásticas entre Pedro I y su hermano bastardo Enri-

que de Trastamara. Aquél conseguiría, en un principio, la ayuda del Príncipe Negro, heredero del trono de Inglaterra, y tiempo después moriría en lucha cuerpo a cuerpo asesinado por su hermanastro en Montiel. Sabido es que por su carácter violento e irascible, la tradición española le asignó el sobrenombre de «el Cruel» y a su reinado la reputación de ser uno de los más calamitosos de la historia de Castilla. Pues bien, el monje de Cuentos de Canterbury *no comparte esta opinión y, en su lista de personajes ejemplarmente trágicos, se refiere al rey de Castilla como «Noble y honorable Pedro, gloria de España».*

Al de España le seguirían otros viajes diplomáticos por Francia, Flandes e Italia. Antes, sin embargo, Chaucer sería ascendido a escudero del rey, además de serle concedida una pensión vitalicia; en recuerdo de la muerte de la esposa de Juan de Gante, escribiría su primera composición importante: The Book of The Duchess (El libro de la duquesa). *Su estancia en Génova, Florencia y Padua le permitió conocer las obras de Dante, Petrarca y Boccaccio, que influirían de un modo decisivo en sus escritos posteriores. A su regreso de Italia en 1374, Chaucer se responsabilizaría de asuntos organizativos en el puerto de Londres, alejándole este trabajo de la corte. En este mismo decenio, reemprende misiones secretas en el continente y, aunque metido en las exigencias de estos destinos, le sobra tiempo para escribir un poema de unos dos mil versos:* The House of Fame (La casa de la fama). *El decenio de 1380 a 1390 corresponde con los años en que el poeta lleva sobre sus espaldas una fructífera experiencia de la vida y con el desarrollo de su plenitud creativa. En efecto, Chaucer escribe* The Parliament of Fowles (El parlamento de las aves), Troilus and Cryseyde (Troilus y Criseida), Cuentos de Canterbury, *traduce* Consolation *de Boethius y* The treatise of the Astrolabe (Tratado sobre el astrolabio).

Asimismo, correspondiendo esta década con el auge del descontento de los campesinos y las conspiraciones contra Ricardo II, Chaucer atravesará unos momentos de estrecheces económicas y, es de suponer, cierta tensión emocional. En contraposición a la cantidad de noticias en torno a sus diligencias administrativas, poco se sabe de su vida privada. Se casó con Philippa Roet, seguramente una dama de la corte emparentada con Juan de Gante; no es fácil precisar la descendencia habida en este matrimonio, aunque todo in-

dica que Chaucer tradujo The treatise of the Astrolabe, *pensando en la educación de su «little Lowis» (su pequeño Lewis). En 1380, una tal Cecily Chaumpaigne pone el nombre de Chaucer en entredicho, a quien acusa de rapto («raptus»), pero pronto levanta su acusación. Al cabo de unos años morirá su esposa. Por otro lado, los manejos políticos de los nobles afectarían la posición social del poeta, pero no por demasiado tiempo. Al detentar el duque de Gloucester el poder en 1386, Chaucer es apartado de sus cargos y más adelante perseguido por prevaricación. Restablecida la autoridad de Ricardo II, pasa a ser secretario de los asuntos reales e interviene en la supervisión de obras públicas. Percibió una pensión vitalicia por parte del nuevo sucesor a la corona, Enrique IV, transcurriendo sus últimos días en una casa de los jardines de la abadía de Westminster. Apenas faltaban tres meses al primer año del siglo XV para cumplir, cuando a Chaucer le sorprendió la muerte.*

Si en lo político y social, el XIV es un siglo de grandes cambios para Inglaterra, lo propio puede decirse en lo que respecta a su lengua, pues, tras el largo dominio compartido del francés y latín, el inglés termina por extenderse a todos los órdenes de la vida. Con la invasión normanda en 1066, la aristocracia impuso el francés en la corte; el latín quedó como lengua de la Iglesia, y el inglés, relegado a las clases inferiores. Con todo, entre 1200 y 1340 hay cierto incremento de obras religiosas y líricas escritas en inglés antiguo. E interrumpida la comunicación entre normandos y franceses, un proceso de anglicización irreversible comienza, cobrando especial interés en el siglo XIV a consecuencia de la Guerra de los Cien Años.

La lengua inglesa sufre un proceso de evolución; las palabras dejan de ser declinables para ir precedidas de preposiciones; por influencia del francés, nuevos signos gráficos sustituyen a los antiguos; y con las aportaciones lexicales del noruego, sueco, danés, holandés y del propio francés, se enriquece el vocabulario sobremanera. El dialecto hablado en Londres y su área de influencia, «East Midland» prevalecerá sobre el «Northern», «West Midland», «Southern» y «Kentish». Ello fue debido a cuatro razones principales: la geográfica, por ser Londres una ciudad de transición entre la zona norte y sur; la política, al ubicarse allí la corte y los tribunales; la cultural, al quedar las universi-

dades de Oxford y Cambridge dentro de este mismo ámbito lingüístico; y, finalmente, la literaria, que viene a reforzar las anteriores con nombres como Gower, Lydgate y Chaucer.

Si Beowulf *es el mejor poema del inglés antiguo, los* Cuentos de Canterbury *constituye el indiscutible monumento literario del inglés medio. Pero si aquél nos retrotrae a las sangrientas historias de temibles guerreros, llenas de lóbregas y primitivas resonancias, escritas en una lengua de sonidos ásperos que parecen consustanciales a la violencia de los temas, éste nos adentra en un mundo de valores que, pese haber sido forjados hace más de seiscientos años, continúan siendo los nuestros. De todos sus contemporáneos ingleses, Chaucer fue el único poeta que supo marcar una pauta artística de carácter perenne al transcribir los recursos literarios y lingüísticos a su alcance con expresión inefable: al encontrar un nuevo ordenamiento poético donde lo antiguo y lo nuevo, desprovisto de lo efímero, se instala en lo universal. Si cabe remontarse al inglés antiguo para encontrar una obra parangonable con la de Chaucer, cabrá, asimismo, esperar hasta Shakespeare para que la literatura inglesa produzca un escritor de análoga fuerza y permanente modernidad. Aunque son varios e interesantes los poemas que del siglo XIV inglés se conservan, ninguno queda tan cercano a la mentalidad del lector de hoy como los* Cuentos de Canterbury. Sir Gawain and the Green Knight, *escrito en el dialecto de Lancashire, proyecta al lector a un mundo de fantasía e ideales caballerescos ya, a mitad del siglo XIV, en vías de ser desplazado por otro realista y satírico;* The Vision of Piers Plowman (La visión de Piers, el labrador), *de William Langland, adolece, según algunos, de ser una acumulación alegórica de convicciones no siempre hoy compartidas, y los poemas amorosos de sir John Gower carecen de la polivalencia expresiva de los versos de Chaucer.*

Alrededor de 1386 se fecha la composición del «Prólogo general» a Cuentos de Canterbury, *aunque el cuento del caballero y el segundo cuento de la monja son anteriores. Es fácil advertir en los peregrinajes efectuados entonces al santuario de Canterbury —en alguno de los cuales es de suponer que el autor pudo haber tomado parte— el trasunto histórico del libro. El cómo y cuándo asaltó la idea a su mente se ignora. Los hechos acontecen en la primavera, cuando las gentes deseosas de viajar cierran sus casas y emprenden un rumbo entre devoto y festivo hacia la tumba de santo Tomás Becket; el poeta, con un ánimo parecido, se une a una comitiva de treinta peregrinos en la posada Tabard de Southwark, cercana a Londres, y levanta acta de todo cuanto ve y oye. Al hostelero se le ocurre que cada uno de los allí presentes cuente un par de historias en el viaje de ida y otro par al regreso, la mejor de las cuales será premiada al final con una cena. Un total de ciento veinte historias, pues, si todo hubiera salido conforme a lo previsto, pero la realidad es que Chaucer no concluyó su serie, escribiendo sólo unas veinticuatro y, a la vez, dejando por descubrir al vencedor y algunas contradicciones de detalle. Aun así, una unidad de pensamiento rige* Cuentos de Canterbury, *y, si bien se desconoce el verdadero orden final de los mismos, una de las secuencias mayormente seguidas es la propuesta por Skeat en 1894.*

Mientras que el motivo histórico subyacente del libro resulta fácilmente reconocible, no se puede decir lo mismo de la intención última del autor. Todo indica que nos encontramos ante una obra que parece conformarse sin un plan previo, y, como suele ocurrir en estos casos, rebasa las expectativas de una idea inicial. Con el intercambio de historias que instruyen deleitando, el hostelero quiere hacer del peregrinaje, presumiblemente duro y cuajado de incertidumbres, un viaje llevadero y lo más agradable posible; en la despedida del poeta, éste subscribe su tratado —del que por cierto se retracta por considerarlo obra de «vanidad mundana»— al precepto bíblico: «Todo lo que se escribe, se escribe para nuestra enseñanza»; estas palabras quieren limar las asperezas del pecado que, de algunos de estos relatos, puedan sobresalir. Sin embargo, no conviene reducir los cuentos de Chaucer a la exclusiva proposición de combinar la enseñanza con la diversión ni tampoco a la expresa exaltación de la otra vida, eterna y gloriosa, sobre la presente, fatua y efímera.

Escuchamos los cuentos de Canterbury de voces que suenan reales: de personajes distintos y nítidamente diferenciados. Sus conversaciones pueden figurársenos casi tangibles en el ambiente festivo de preparativos para el devoto viaje o en las mismas discusiones surgidas antes de que empiecen las historias. A unos, el escritor los menciona de pasada, sin abundar en convencionalismos caracteriológicos ni sociales; en cambio, otros, asociados a un emblema alusivo a una determinada forma de ser o estamento social, adquieren entidad propia, naturaleza singular y unívoca.

Chaucer articula sus veinticuatro narraciones con un nuevo recurso artístico: el retrato literario en poesía; por ello, antes de satisfacer la propuesta del hostelero, el poeta considera oportuno: «describir mientras tengo tiempo y ocasión, cómo era cada uno de ellos tal como los veía, quiénes eran, de qué clase social y cómo iban vestidos». Es en este momento cuando empieza una de las más brillantes procesiones de caracteres literarios del siglo XIV europeo, en la que, entre otros, intervienen: un caballero acompañado por un escudero y un arquero; una abadesa, un monje, un fraile, un mercader, un estudiante, un jurisconsulto, un terrateniente, un mercero, un carpintero, un tejedor, un tintorero, un tapicero, un cocinero, un capitán de barco, un médico, una viuda, un párroco, un labrador, un administrador, un alguacil y un vendedor de bulas.

Pese a que las narraciones se inspiran en leyendas cortesanas, hagiográficas, épicas y didácticas de la Edad Media, Chaucer pone un sello personal a los modelos literarios emprestados; y los hace subsidiarios, acaso sin tener el autor clara conciencia de ello, de un propósito hasta entonces desacostumbrado en la literatura inglesa: el reflejo de las aspiraciones individuales y colectivas de toda una sociedad, a través de la pintura de caracteres con sus usos y costumbres —propósito este que se generalizará entre un sinfín de escritores ingleses de los siglos posteriores.

El hecho de recurrir al inventario de cuentos no era nada nuevo; y si se trata de buscar antecedentes lejanos o inmediatos al autor, bastará con citar los dos más conocidos: Las mil y una noches *y* El Decamerón *de Boccaccio. Respecto a estas y otras colecciones, la aportación más original de* Cuentos de Canterbury *tal vez consista en el ensamblaje dialogado donde las narraciones van insertándose, al mismo tiempo que aportan nuevas características de los narradores. No obedecen éstas tan sólo a una mera yuxtaposición lineal, sino también a una articulación literaria superior, en muchos de cuyos momentos recuerda las técnicas empleadas en el teatro y la novela. Se puede establecer una correspondencia de causa y efecto bien sea por comparación o contraste entre los narradores y lo que cuentan. Pero, asimismo, de las palabras de los personajes surge una acción dramática con independencia propia, de variado dinamismo y que nace del choque o conflictos entre los participantes. En efecto, cada relato va precedido de la presencia de los peregrinos, que hablan entre sí, discuten, se enfadan y ríen; avanzan en su peregrinar hacia su fin, ratificando o afirmando sus posiciones ante el mundo y las cosas. Chaucer los pergeña, se diría a veces, de carne y hueso, no estáticos ni de una sola pieza, sino captando aquellos instantes, aunque fugaces, no por ello menos reveladores de unas apariencias que esconden la realidad. Sólo a la literatura le compete transmitir la poliédrica figura que es el ser humano, pero sólo al buen escritor le es dado transcribir, de un modo convincente, la realidad tras las apariencias, evitando, a su vez, la tentación de reducirla a una sola de sus múltiples facetas. Eso ocurre así porque el ser humano, reflejado por la literatura, abre su conciencia al sutil juego de palabras reunidas en ambigüedad de significaciones. Y gracias a las mudables reglas de este juego, los grandes escritores dejan que sea el buen criterio del lector el que haya de discernir sobrentendidos, enjuiciar ironías, poner el justiprecio a todas aquellas elecciones que, como en el caso de Chaucer, se barajan en el retrato de un personaje o una situación. Así pues, si en un principio podría pensarse que el simple pliegue de un vestido, el tono de voz o los adminículos con que los peregrinos de Canterbury gustan de rodearse son elecciones casuales, no tardará tal ilusión en desvanecerse.*

La obra, a medida que se conforma en encajadas piezas, varía respecto a su intención primera; no se completan algunas; se ratifican otras o se enriquecen de inesperadas peripecias; y no queda claro si por exigencias internas de la narración o si por el olvido o cansancio de su autor. En cualquier caso, el efecto literario es innegable, la ilusión de que el lector pueda ser partícipe silencioso del diálogo no decae, y el contraste estético es refinado. Después de que el caballero ha concluido la primera historia, el hostelero pide al monje que sea éste el siguiente en la liza, pero el molinero, que a estas alturas del viaje ya está muy borracho, no ceja en su empeño de ser oído antes. Se consigue entonces un feliz contrapunto que confiere a la narración un espontáneo equilibrio entre el idealismo del caballero y la crudeza del molinero. Llega la compaña a Deptford, y el molinero ha contado la historia de un carpintero burlado, cuando todos se parten de risa, excepto el mayordomo que, además, ejerce de carpintero. Como expresión de su más enérgica protesta, éste relatará otro cuento de cornudos, donde el apaleado es esta vez un molinero; y en la misma línea procaz, el cocinero intervendrá diciendo, pero sin terminar el relato, lo que le sucedió a un aprendiz de su mismo oficio metido en asunto de prostitutas. Otro tanto ocurrirá más adelante con el fraile y el alguacil, cuya antipatía es recíproca, de modo que cada uno pondrá al otro como protagonistas de sus mutuas recriminaciones; o cuando el bulero, tras su sermón sobre la avaricia, se dispone a vender su cargamento de reliquias entre los oyentes, ante lo cual el hostelero le increpa y a punto están de llegar a las manos si no es por la pacífica intervención del caballero. Antes, sin embargo, se dan otras escenas de análoga viveza que no hacen sino acrecentar la solidez del entramado general de la obra; no extraña, pues, que muchos de estos diálogos contengan un interés, a veces, superior al de algunos cuentos. Termina el relato del corregidor y el párroco, sensible a las blasfemias, parece que va a amenazar con un sermón; a tiempo llega el capitán de barco, quien se le adelanta e impide la prédica; por fin, el hostelero cede la palabra a la priora, llamada señora Eglantine, ciertamente uno de los retratos más delicados de esta galería que es el prólogo general y también uno de los más enigmáticos. Luego le corresponde a Chaucer demostrar sus cualidades, pero su versión de sir Thopas es tan aburrida, que el hostelero se otorga el derecho de interrumpirla y rogarle que empiece un nuevo cuento. Ahora, el monje, sin interrupción de borrachos molineros, adopta un tono grave a lo largo de una surtida enumeración de personajes cuyas vidas, por azares del destino, se cegaron de tragedia. Después de escuchar tanta calamidad junta, se impone volver al cauce del humor, de manera que el anfitrión, a instancias del caballero, pide al capellán de la monja que cuente algo divertido; el capellán accede con la fábula del gallo Chantecler y la gallina Pertelote.

Si la disposición de las partes de la obra da pie a que el lector pueda pasar por alto algunas de las mismas, acaso no querrá hacer eso llegada la intervención de la mujer de Bath. Éste es un personaje interesante porque se podrá constatar en él la suma de opuestas fuerzas astrales, y porque es una figura de nítidos rasgos femeninos, sin preceden-

tes parecidos en la literatura inglesa. Descrita bajo la perspectiva doméstica y sexual, esta mujer, viuda por cinco veces, ninguna concomitancia guarda con las idealizadas y virginales representaciones de las doncellas de la literatura cortesana. Chaucer, demostrando un conocimiento de la sicología femenina, no siempre muy frecuente en los escritores del sexo masculino, la presenta partícipe de todo derecho en los acuerdos contractuales del matrimonio y también activa gozadora de los placeres sexuales.

Este continuo desfile de imprevistos y pareceres contrapuestos, comprensibles en una concentración humana de estirpes tan diversas, junto con los cambios de humor resultantes de las tensiones mismas de un largo viaje, permite a Chaucer incorporar, según las circunstancias del momento, y acomodar, al temperamento de los viajeros, materiales existentes, en una multiplicidad de tonos y actitudes. Por ejemplo: desde Il Teseida de Boccaccio, en el cuento del caballero, y la leyenda de Constanza, en el cuento del corregidor, hasta el Roman de Renart, en el cuento del capellán de la monja, y Cento Novelle Antiche, en el cuento del bulero, sin olvidar otras fuentes: Le Roman de la Rose, Decamerón, Petrarca, Dante, Ovidio, les fabliaux, etc.

Además del literario, no menos amplio es el espectro intelectual, filosófico y científico abarcado por Chaucer, traductor de Consolation de Boethius y The treatise of the Astrolabe. Si la disyuntiva entre el libre albedrío y la predestinación cabe rastrearla en el cuento del caballero y del capellán de la monja, las referencias a la medicina, astronomía, jurisprudencia, alquimia y sabios medievales y clásicos son constantes a lo largo de la obra. No son aquéllas más que la parte visible y, a primera vista, detectable de un todo más complejo donde la ciencia de su tiempo se armoniza con la literatura. Hay además otra parte que, para el lector de hoy, puede tal vez permanecer sumergida, pero que, una vez puesta a flote, nos descubre la unidad de saberes de una época.

En Cuentos de Canterbury, las descripciones de la naturaleza y los personajes brotan de la observación directa del entorno, toda vez que se imbrica en el sistema coherente de la ciencia medieval. De ahí que la teoría de los cuatro elementos y humores inseparables de las propiedades del calor, frío, sequedad y humedad en su conjunción con la posición de los planetas y signos zodiacales den cuenta del temperamento de los caracteres y del natural avance de las estaciones, tal como demostró James Winny en un interesante ensayo; de ahí, pues también, que la referencia a los signos zodiacales y astros en el cielo no se queden en meros rellenos literarios. Sin olvidar que el comportamiento humano es el resultado de la interacción de volubles factores, Chaucer, como otros grandes escritores, cree en una correspondencia entre las cualidades físicas y espirituales. La concordancia de ambos órdenes, unida a las creencias de tipo científico, nos muestran a un Chaucer preocupado por presentar al hombre en el conjunto de fenómenos que tienen sentido en la Tierra y fuera de ella. Del modo de presentar a los personajes, sabido es que se colige la actitud del autor respecto a ellos. Pues bien, la de Chaucer se apoya en la valoración de los sentimientos del individuo honestamente sentidos. Sin embargo, el aprecio por aquello que es sincero y natural no menoscaba el tratamiento irónico y ambivalente, y mucho menos impide al autor adoptar una actitud de abierto desprecio hacia el alguacil y el bulero, a quienes vemos aprovecharse de la impunidad de sus oficios para extorsionar al prójimo.

Estos y otros aspectos revelan a un Chaucer versátil, un hombre culto y de exquisita percepción, y demuestran la flexibilidad y soltura de su buen hacer literario, contribuyendo todas estas cualidades a que *Cuentos de Canterbury* no resulten un simple catálogo de principios morales y trasciendan en una memorable, vívida y compleja evocación de la condición humana desde la perspectiva de la segunda mitad del siglo XIV inglés.

JORDI LAMARCA MARGALEF

CRONOLOGÍA

1340, 1342, 1343 Fechas posibles del nacimiento de Geoffrey Chaucer. Este apellido proviene del francés «Chaussier», que significa calzado o zapatero. Su padre, John Chaucer, comerciaba con vinos y pieles. Su madre se *llamaba Agnes de Compton. Vivieron en el distrito londinense perteneciente a la parroquia de Saint Martin's-in-the Vintry.*

1357 *Paje de la condesa de Ulster, más tarde duquesa de Clarence y esposa de Lionel, tercer hijo de Eduardo III.*

1359 *Lucha en Francia como soldado del rey, quien pagará parte del rescate al caer Chaucer prisionero de los franceses. Al año siguiente es mensajero entre Calais e Inglaterra.*

1361-1365 *A falta de documentos, algunos críticos creen que, durante estos años, Chaucer estuvo al servicio del monarca y también debió de estudiar leyes.*

1366 *Salvoconducto del rey de Navarra. Primera misión diplomática de Chaucer en el continente. Este mismo año probablemente se casó con Philippa Roet, que había estado al servicio de la condesa del Ulster y luego al de Philippa de Hainault, esposa de Eduardo III. Philippa Chaucer recibió varias pensiones, que cobró a través de su marido.*

1367 *El rey se refiere a Chaucer como «Dilectus valettus noster». Nombrado escudero, recibe una pensión vitalicia.*

1368 *Misión diplomática en el continente.*

1369 *De nuevo en Francia en campaña militar. Su primer libro de poemas importante, que puede ser fechado con exactitud aproximada,* The Book of Duchess, *elegía a la muerte de la duquesa Blanche de Lancaster, primera esposa de Juan de Gante. Influencias de* Le Roman de la Rose *y Ovidio. Con este libro empieza el período literario conocido como de influencia francesa, en el cual, además, incluye una traducción incompleta de* Le Roman de la Rose *y* ABC of the Virgin, *colección de versos dedicados a la Virgen María, comenzando cada uno de ellos con una letra diferente del alfabeto.*

1372 *Primer viaje a Italia por motivos comerciales (Génova, Florencia, ¿Padua?). Algunos estudiosos de la obra de Chaucer no descartan que antes de este primer viaje el poeta ya estuviera familiarizado con las obras de Dante, Boccaccio y Petrarca. Empieza el período italiano de su producción artística.*

1374 *Inspector de mercancías e impuestos de lanas, pieles y cueros en el puerto de Londres.*

Empiezan unos años de entradas de dinero para la hacienda de Chaucer.
The House of Fame *(1374-1380), obra incompleta y desigual que, no obstante, anuncia posteriores aciertos.*

1378 *Viaje a Milán por asuntos militares.*

1380-1385 *Gran actividad literaria dentro del mismo período de influencia italiana.*
Su nombre mezclado en el rapto de Cecily Chaumpaigne.
Traducción de Consolation *de Boethius.* The Parliament of Fowles, Troilus and Cryseyde, *según muchos el mejor poema de Chaucer, basado en* Filostrato *de Boccaccio. Primera versión de* The Knight's Tale *y* The Second Nun's Tale.

1385 *Chaucer es nombrado juez de paz por el condado de Kent.*
The Legend of Good Women, *primera colección de cuentos escrita en pareados decasílabos, obra que Chaucer tampoco terminó.*

1386 *Última etapa de su producción poética. Empieza a escribir* The Canterbury Tales. *Thomas de Gloucester asciende al poder y Chaucer pierde, por algún tiempo, el favor y la protección oficial, aunque al año siguiente es restituido en el cargo de juez de Kent.*

1388 *Muerte de Philippa Chaucer. Él tiene que comparecer ante los tribunales por deudas.*

1389 *Al recuperar el poder su incondicional protector Juan de Gante, Chaucer despliega, de nuevo, una intensa actividad administrativa y oficial, primero como secretario de asuntos reales y luego como supervisor de obras y reparaciones diversas a orillas del Támesis e ingeniero de montes del Real Bosque de North Petherton de Somersetshire; tres años después recibe una suma de dinero en reconocimiento de los servicios prestados.*

1391 The treatise of the Astrolabe.

1399 *El nuevo rey Enrique IV garantiza e incrementa la pensión a Chaucer.*

1400 *Chaucer muere el 25 de octubre. Su cadáver fue enterrado en San Benedict, en la abadía de Westminster.*

J. L. M.

BIBLIOGRAFÍA SELECTA

Ediciones de la obra de Chaucer

BAUGH, A. C., *Chaucer Major Poetry*, Nueva York, 1977.
DONALSON, E. T., Chaucer's Poetry: *An Anthology for the Modern Reader*, Nueva York, 1958.
MANLY, J. M., y RICKERT, E., *The Text of the Canterbury Tales*, 8 vols., Chicago, 1940.
PRATT, *The Tales of Canterbury*, Boston, 1974.
ROBINSON, F. N., *The Works of Geoffrey Chaucer*, O.U.P., Londres, 1962.

Documentos sobre la vida de Chaucer

CROW, MARTIN, y OLSON, CLAIR, C., *Chaucer Life Records*, Oxford, 1966.
SELBY, W. D., y FURNIVALL, F. J., y cols., *Life Records of Chaucer*, Chaucer Society, 1875-1900, 4 vols. Rpt. 1967.

Bibliografías sobre Chaucer

ARTIN, Jr., W. E., *A Chaucer Bibliography 1925-1933*, Durham, Carolina del Norte, 1935.
CRAWFORD, V. R., *Bibliography of Chaucer: 1954-1963*, Seattle, 1967.
GRIFITH, D. D., *Bibliography of Chaucer: 1908-1963*, Seattle, 1965.
HAMMOND, E. P., *Chaucer: A Bibliographical Manual*, Nueva York, 1908.

Introducciones a la obra de Chaucer

FRENCH, R. D., *A Chaucer Handbook*, Nueva York, 1947.
HUSSEY, M., *Chaucer's World*, C. U. P., 1968.

ROWLAND, B., ed., *Companion to Chaucer Studies*, Toronto, 1968.

Colección de artículos críticos sobre Chaucer

BREWER, D. S., ed., *Chaucer and Chaucerians: Critical Studies in Middle English Literature*, Londres, 1968.
CAWLEY, A. C., ed., *Chaucer's Mind and Art*, Edimburgo, 1969.
SCHOECK, R. J., TAYLOR, J., eds., *Chaucer Criticism I: The Canterbury Tales*, Notre Dame, Indiana, 1960. *II: Troilus and Cryseyde and the Minor Poems*, 1961.

Lenguaje y métrica

BAUM, P. F., *Chaucer's Verse*, Duké U. P., 1961.
KÖKERITZ, H., *A Guide to Chaucer's Pronunciation*, Estocolmo y New Haven, 1954.
TEN BRINK, B., *The Language and Metre of Chaucer*, Londres, 1901.

La época de Chaucer

MANLY, J. M., *Some New Light on Chaucer*, Nueva York, 1926.
RICKERT, E., *Chaucer's World*, ed. Columbia, U. P., 1948.
ROBERTSON, D. R., jr., *Chaucer's London*, Wiley, 1968.
SCHULZ, H. C., *The Ellesmere Manuscript of Chaucer's Canterbury Tales*, San Marino, California, 1966.
TREVELYAN, G. M., *England in the Age of Wycliffe*, Londres, 1909.

Otros estudios sobre Chaucer

BREWER, D. S., *Chaucer*, Londres, 1973.
HUSSEY, M., y cols., *An Introduction to Chaucer*, Cambridge, 1965.
LOWES, J. L., *Geoffrey Chaucer*, Oxford, 1934.

MUSCATINE, C., *Chaucer and the French Tradition*, California, 1957.
ROBERTSON, D. W., *A Preface to Chaucer: Studies in Medieval Perspectives*, Princeton, 1962.

Chaucer y España

BAUGH, A. C., «Chaucer in Spain», en *Chaucer und seine Zeit*, de Arno Esch, ed., Tubinga, 1968.
GARBÁTY, THOMAS J., «Chaucer in Spain, 1366: Soldier of Fortune or Agent of the Crown?» *English Language Notes*, V, 1967, 81-7.
GARBÁTY, THOMAS J., «*The Pamphilus,* Tradition in Ruiz and Chaucer», *Philological Quarterly*, XLVI, 1967, 457-70.
HONORÉ-DUVERGÉ, SUZANNE, «Chaucer en Espagne? (1366)», *Recueil de Travaux offert à M. Clovis Brunel*, París, 1955, II, 9-13.

Bibliografía en español

BARDAVÍO GRACIA, J. M., «En torno a cuatro poemas de Chaucer», *E. F. I.*, 1978.
CANTI BONASTRE, J., Estudio preliminar a *Los cuentos de Canterbury*, Barcelona, Bruguera, 1979.
GUARDIA MASSÓ, P., Introducción, cronología, bibliografía, notas y traducción inédita de *Los cuentos de Canterbury*, Barcelona, Bosch, 1978.
GUARDIA MASSÓ, P., Introducción, bibliografía, notas y glosario de *The Canterbury Tales*, Madrid, Alhambra, 1983.
ORIOL, C., Estudio preliminar y bibliografía seleccionada de *Los cuentos de Canterbury*, Barcelona, Bruguera, 1975.
SUERO ROCA, T., Estudio preliminar y bibliografía seleccionada de *Los cuentos de Canterbury*, Barcelona, Bruguera, 1972.

J. L. M.

CUENTOS DE CANTERBURY

PRÓLOGO

En el tiempo en que las suaves lluvias de abril, penetrando hasta las entrañas la sequedad de marzo, hacen brotar las flores con el riego de su vivificante licor; en el tiempo en que Céfiro, con su grato aliento, anima los renuevos de todo árbol y planta; en el tiempo en que el Sol ha recorrido en Aries la segunda mitad de su curso; en el tiempo, en fin, en que las aves cantan y, estimuladas por la Naturaleza, pasan toda la noche sin cerrar los ojos; en ese tiempo, digo, suelen las gentes ir en peregrinación a remotos y célebres santuarios de apartados países. Y es entonces cuando, desde los límites de todos los condados de Inglaterra, acuden muchos romeros a Canterbury, a fin de visitar el sepulcro del santo y bienaventurado mártir que en sus enfermedades les acorrió.

Estando yo, cierto día de esa estación, en la posada del Tabardo, en Southwark, con el devoto propósito de emprender mi peregrinación, llegó a aquella posada al anochecer, un tropel de hasta veintinueve diversas personas que, habiéndose encontrado por los caminos, iban a continuar juntos a Canterbury.

Grandes y espaciosos eran los aposentos y cuadras de la hostería, y así todos estuvimos muy bien alojados. Hablé con los peregrinos y, antes de cerrar la noche, ya había entablado trato con ellos y convenido en salir en su compañía al despuntar la siguiente mañana.

Y he aquí que, pues dispongo de espacio y tiempo, he determinado, antes de perseverar en este relato, explicar la condición de cada uno de aquellos caminantes, tal como a mí se me apareció, diciendo quiénes eran, y qué calidad tenían, y de qué suerte iban ataviados. Y empezaré por un caballero que había llegado con la comitiva.

Era el tal caballero hombre de gran dignidad, y amante, desde que calzó espuelas, de la caballería, la lealtad, la generosidad, el honor y la cortesía. Mostróse muy esforzado en las guerras, y nadie le aventajó en campear, ora en tierra de cristianos o de infieles, siendo siempre muy honrado por su denuedo. Encontróse, pues, en Alejandría cuando se ganó esta plaza; y muchas veces le sentaron a la cabecera de la mesa, con preferencia a todos los de las otras naciones, en Prusia. Peleó en Rusia y en Lituania tanto como ningún otro cristiano de su condición hiciera jamás. Asimismo luchó en Granada durante el asedio de Algeciras, y cabalgó en Belmaria. También estuvo en las tomas de Layas y Satalia y a muchos notorios desembarcos concurrió en el Mar Grande. Había peleado en quince sangrientas batallas, y tres veces lidió por nuestra fe en Tramisena, matando siempre a su enemigo. Igualmente sirvió con el señor de Palatia, combatiendo contra los paganos en Turquía, y no hubo ocasión en que no ganase muy alta fama. Empero, no obstante su bravura, era muy discreto, y tan blando en sus razones como una doncella. Jamás decía calumnia ni frase villana, porque era un caballero perfecto y gentil.

Montaba un corcel muy bueno, mas sus ropas no lo eran tanto. Usaba, en efecto, veste de fustán, tomada de orín por el roce de la cota de malla, pues el caballero volvía justamente de sus viajes y había empezado su peregrinación sin detenerse.

Acompañábale su hijo, joven escudero, doncel y enamorado, de cabellos tan rizados como si se los retorciese con tenacillas. Sobre veinte años le computé, y era de proporcionada estatura, y muy vivo y vigoroso. Por conseguir las buenas gracias de su dama, había andado ya en lances de armas en Flandes, Artois y Picardía, y a pesar de sus cortos años, había ganado prez y renombre. Iba engalanado como una pradera cubierta de lozanas flores rojas y blancas. Todo el día pasaba cantando o tañendo y era lozano como el mes de mayo. Usaba veste corta, de mangas anchas; cabalgaba con maestría; sabía componer canciones y copiarlas con primor, y justaba, danzaba, pintaba y escribía con mucho esmero. Tan enamorado estaba, que no dormía por las noches más que un ruiseñor. Era, en resolución, cortés, afable y humilde, y en la mesa trinchaba las viandas ante su padre.

Llevaba consigo el caballero un arquero, hombre vestido con coleto y caperuza verdes. Sujetábase al cinturón un manojo de agudas flechas, ornadas con plumas de pavo real. Buen arquero era aquél; nunca sus flechas volaban con la pluma baja. Empuñaba un poderoso arco, tenía el cabello rapado y el semblante moreno, y era entendido en todas las usanzas forestales. Veíansele a un lado espada y broquel, y al otro una vistosa daga, bien guarnecida y buida como la punta de una lanza, y ostentaba en el pecho un San Cristóbal de plata. Pendiente de una banda sostenía un cuerno. Era, según todas las trazas, guardabosque de su señor.

Iba en el grupo una priora, de sonrisa inocente y serena. Nunca juraba, salvo por San Eloy. Llamábanla madama Englantina. Cantaba a maravilla los oficios divinos, entonándolos con apropiada voz nasal; y hablaba el francés con mucha donosura y elegancia, según la escuela de Stradford-at-Bowe, ya que el francés de París le era desconocido. Tenía a la mesa muy buena crianza, no dejando resbalar bocados de entre los labios ni mojando los dedos en la salsa. Por el contrario, cogía diestramente cada parte de vianda y acercábala a la boca con gran atención, para que ninguna partícula le cayera en el pecho, pues nada le era más placentero que la cortesía. Siempre se enjugaba el labio inferior con discreto esmero, por no manchar de grasa el borde de su copa. Comportábase al yantar con gran compostura, y era mujer muy afable, alegre y de linda presencia. Gustábale seguir los modos cortesanos y ser majestuosa de talante y tenida en respeto. Y hablando de sus cualidades morales, sépase que era tan buena y tan compasiva que lloraba si veía un ratón, muerto o herido, preso en una trampa. Poseía perrillos a los que nutría con carne asada, leche y blanco pan, y lloraba con amargura si se le moría alguno o si alguien con una vara los maltrataba, porque era toda ella conciencia y tierno corazón. Llevaba plegada la toca con mucha pulcritud; su nariz era bien proporcionada; pardos sus ojos y transparentes como el cristal; pequeña, roja y delicada la boca; muy ancha la frente, y escasa la estatura, que no llegaba a la ordinaria. Usaba un manto muy limpio y se arrollaba al brazo un rosario doble, de diminutos corales, con cuentas verdes intercaladas. Remataba el rosario un reluciente broche de oro, con una *A* dorada y el lema «Amor vincit omnia». Otra monja, que era su limosnera, llevaba consigo; y había además en el grupo tres sacerdotes.

Asimismo reparé en un monje, hombre de notoria autoridad, ya que era visitador de su Orden y personaje de pro y amante de la caza, con grandes partes para ser abad. Buenos y muchos corceles guardaba en la cuadra y, al montarlos, sus frenos tintineaban al viento, con son tan fuerte y claro como la campana de la capilla de que el monje era curador. Había este religioso hallado su regla —que era la de San Mauro, o quizá la de San Benito— un tanto angosta, y, por tanto, dando de lado las cosas viejas, aplicóse a las nuevas maneras del mundo. Por el dicho de que los cazadores no son gente santa y de que monje fuera del monasterio es pez fuera del agua, no hubiese dado aquel discreto varón ni el valor de una gallina desplumada. No, ni aun el de una ostra; y yo diputo por buena su opinión. Pues si él estudiara en el claustro, quemándose las pestañas y perdiendo el seso con sus estudios, ¿de qué forma andaría el mundo servido? ¿Ni cómo marcharían las cosas si él se aplicara a trabajar manualmente y afanarse, según ordena San Agustín? Antes bien, debiera Agustín quedarse para sí con esa labor. El monje era cabal y arrojado jinete, y poseía galgos tan veloces como pájaros volanderos. El mucho cabalgar y el ir a caza de liebres eran su deleite mejor, y nada le hubiese inducido a dejarlo. Tenía las bocamangas ribeteadas de piel gris de la más fina de la tierra y sujetábase la capucha, bajo la barba, con un valioso alfiler de oro labrado, rematado por un emblema amoroso. Su faz y su calva relucían como espejos; dijérase que le habían engrasado. Era persona rolliza y de saludable traza. Sus brillantes ojos movíanse en su cara, que parecía humear como el plomo fundido. Usaba botas flexibles y caballo bien enjaezado y nutrido, y era, en verdad, en todas sus cosas prelado excelente y no flacucho y pálido como alma en pena. De entre los asados prefería a todos el pato capón. Su palafrén era oscuro como fruto de un matorral.

Iba en el grupo un fraile mendicante, hombre desenvuelto y alegre, y muy solemne, además. No había, ni aun juntando las cuatro órdenes, fraile que le igualase en buen hablar y en saber malicias. Había concertado y pagado muchos matrimonios de mozas, y era sostén insigne de su Orden. Mirábanle todos bien y gozaba amistad de los propietarios de todas las partes de su demarcación y también de las señoras principales de la ciudad; y esto, a su decir, porque podía oír confesiones mejor que un cura párroco, pues que en su Orden tenía licencia para ello. Era confesor benévolo y absolutor satisfactorio, y sabía imponer penitencias benignas doquiera que esperaba rica limosna, conociendo que quien da una Orden mendicante hácelo porque tuvo buena confesión. Decía que todo el que da está arrepentido, ya que existen hombres de tan entero corazón que no hay dolor capaz de hacerlos llorar, por mucho que quebrante su ánimo, y para éstos, más que desolarse y orar, es útil dar dinero a los pobres frailes. Siempre llevaba la escarcela llena de cuchillitos y alfileres, que solía regalar a las mujeres hermosas. Cantaba bien, tocaba un instrumento de cuerda y era muy reputado por sus tonadas. Aunque tuviese la garganta blanca como un lirio, era vigoroso como un campeador. Conocía todas las tabernas de las ciudades, a todos los hosteleros y mozas de posada, no soliendo, en cambio, tratar con leprosos o mendigos, por no ser propio, en hombre de su autoridad, mantener relación con enfermos de lepra; ni dando tampoco honra ni provecho el andar en pláticas con la gente mísera. No, que sólo conviene estar en amistad con personas opulentas y también con aquellas que venden vituallas.

En resumen, dicho fraile mostrábase cortés, humilde y servicial doquiera que creía posible sacar algo; y tenía en su profesión incomparable virtud. Pasaba por el mejor mendicante de su convento, y tan bien pronunciaba al entrar en las casas su «In principio», que siempre alguna cosa conseguía, así fuere de una viuda que no tuviera calzado que ponerse. Daba a su comunidad, por las limosnas de la comarca que recorría, una renta fija, para que ningún otro hermano pidiese donde él; y su recaudación era mucho mayor que la renta pagada. Gustábale retozar como a un gozque. Cuando había de componer alguna querella no iba con la sotana raída de los enclaustrados, sino con ropón de magistrado o de pontífice. Gastaba una media capa de doble estambre, lisa y redonda como una campana recién fundida. Ceceaba al hablar y, luego de cantar, pulsaba el arpa y sus ojos brillaban en su semblante a manera de estrellas en helada noche. Y este digno mendicante llamábase Huberto.

Allí estaba un mercader de barba truncada. que vestía un traje moteado. Montaba, muy erguido, en un caballo, se cubría con un sombrero de castor y llevaba muy bien atacadas las botas. Discurría con gran solemnidad, mirando siempre al aumento de su ganancia; pensaba necesario que se guardase bien el mar entre Middleburgo y Orwell, y sabía negociar con mucha sutileza el cambio de escudos. Aquel buen hombre empleaba del más ventajoso modo sus talentos; nadie podía presumir que tuviese deudas, viendo lo bien que regía sus tratos y hacienda; y era, en fin, persona de alta dignidad, mas, en conciencia, no sé cómo le llamaban.

Iba en la compañía de un estudiante de Oxford, que llevaba cursando lógica luengo tiempo. Su caballo estaba descarnado como un esqueleto, y él mismo no era rollizo, sino enteco, sí que también un tanto melancólico. Envolvíase en un manteo corto y raído, porque aún no había logrado ninguna prebenda y su poca mundanidad no le consentía buscar un trabajo secular. Más que poseer vestidos ricos, un violín, o un alegre salterio, placíale acumular a su cabecera una veintena de libros, encuadernados en rojo o en negro, que contenían la filosofía de Aristóteles; y así como no guardaba, aunque filósofo, sino muy escaso oro en su arca, cuanto podía lograr de sus amigos lo gastaba en volúmenes y en instruirse, y rogaba con mucho empeño por las almas de quienes le daban con qué aprender. Ponía en los estudios gran cuidado y atención; nunca decía más palabras que las necesarias, y éstas breves, y lacónicas, y formales, y graves, y rebosantes de elevadas sentencias. En fin, todas sus razones abundaban en virtuosa moral y siempre tenía una palmaria satisfacción en aprender y en enseñar cosas.

Un prudente y sabio jurista, rico en excelencias y usual frecuentador del Temple, estaba también allí. Muy discreto y respetable parecía, juzgando por sus doctas palabras. A menudo era magistrado de tribunal, con patente y plena comisión, y su ciencia y su extensa fama hacíanle ganar buenos gajes y vestidos. Hacía, sobre todo, transmisiones y transferencias de propiedades, y a fe que no había transferidor como él. Allá donde existiera cosa transmisible, allá tenía él feudo incondicional, y jamás su afán de transferir quedaba sin efecto. No había hombre tan atareado como él, y aun lo parecía más. Conocía en términos leguleyos cuantos casos y sentencias se habían, desde tiempos del rey Guillermo, producido. Por ende, sabía redactar todo auto ejecutorio limpiamente y sin error y sabía también todas las leyes perfectamente y de memoria. Empero, no cabalgaba con ostentación y vestía un traje moteado, ceñido de un cinturón de seda a franjas. No es menester detallar más a su atavío.

Iba en la compañía de un hacendado de barba blanca como una margarita. Era hombre sanguíneo y gustábale tomar, temprano de mañana, sopas de vino. Vivía siempre entre placeres, como genuino hijo de Epicuro, quien opinaba que el deleite cumplido constituye la felicidad perfecta. Muy gran dueño de casa era; tanto que pasaba por el San Julián de su comarca. Su pan y su cerveza tenían siempre la misma buena calidad, y no había en parte alguna hombre mejor repostado en vinos. Nunca en su mansión faltaban viandas aderezadas, ya fuesen de pescado o de carne, y ello con tal abundamiento, que su despensa rebosaba manjares, bebidas y cuanto regalo pudiera concebirse. Sus comidas y cenas variaban según las estaciones del año. Encerraba en jaulas profusión de cebadas perdices y poseía muchos sargos y lucios en un estanque. ¡Mal día para su cocinero cuando la salsa no estaba bien picante o el servicio no bien preparado! Aquel hacendado mantenía siempre mesa dispuesta durante todo el día. Era en las reuniones amo y señor y hartas veces fue caballero del condado. De su cinturón, blanco como la leche ordeñada por la mañana, pendían una daga y una bolsa de seda. Había sido magistrado y contador del condado, y era hombre cabal y tan digno como nunca se viera.

Un lescero y un carpintero, un tejedor, un tintorero y un tapicero cabalgaban asimismo en la compañía. Llevaban todos las libreas de sus solemnes e importantes gremios. Vestían ropas nuevas y bien adornadas; sus puñales no iban guarnecidos de bronce, sino de plata labrada y bruñida, y de igual manera estaban decorados sus cinturones y bolsas. En verdad que por la traza y discreción que mostraban parecían asaz dignos de ser regidores y sentarse en los estrados del salón de su concejo. Además, poseían para ello suficientes bienes y ganancias, y de cierto que sus mujeres habrían de buen grado vístoles regidores. Sí, que es muy galano oírse llamar señora e ir a vísperas delante de todos y poseer un manto regiamente llevado.

Tenían ajustado aquellos artesanos un cocinero, para que les aderezase los pollos, y tuétano, y platos a la mercadera, y tortas. Ducho era el hombre en distinguir, entre cualquier cerveza, la auténtica de Londres, y sabía asar y cocer, tostar y freír, preparar sopa de picadillos y empanadas al horno. Nadie hacía como él el manjar blanco, y por todo ello parecióme doloroso que tan excelente guisandero padeciese de una llaga en las canillas.

Había también un marino, natural de Dartmouth, ciudad del Oeste. Cabalgaba una montura de alquiler y vestía túnica de paño burdo, que le llegaba a las rodillas. Pendíale un puñal de una cinta que, pasándole en torno al cuello, le caía bajo el brazo. Tenía el rostro atezado por el estío, y era gran camarada. En su barco, muchas veces, viniendo de Burdeos, largos tragos de vino había bebido cuando los mercaderes que iban a bordo dormían. No se le daba una higa de su conciencia, y si tenía alguna refriega y llevaba la mejor parte, enviaba al otro a su tierra por vía acuática. Mas no había otro como él, de Hull a Cartagena, para conocer las mareas, las corrientes, los peligros, los fondeaderos y la posición de la luna, porque era diestro en el pilotaje. Mostrábase en sus empresas prudente y audaz; muchos temporales habían agitado su barba. Conocía todos los puertos de Gotlandia al Cabo Finisterre y también todas las radas de España y Bretaña. Y llamábase su barco el *Magdalena*.

Iba con nosotros un doctor en física. Nadie en el mundo entendía tanto como él en materia de medicina y cirugía, porque fundaba su ciencia en el conocimiento de los astros. Atendía a sus pacientes a maravilla, según los influjos mágicos de cada hora, y empleaba con fortuna en sus enfermos el influjo de sus figuras. Conocía la causa de todas las dolencias, ya fuese el calor o el frío, la humedad o la secura, y sabía cómo ellas se engendraban y en virtud de qué humor. Era, en fin, médico perfecto y verdadero. Siempre estaban sus boticarios prontos a mandarle electuarios y drogas, porque él les daba ganancia a ellos y ellos a él, y eran unos y otros amigos antiguos. Conocía muy bien al viejo Esculapio, y a Dioscórides, y a Rufo, y al antiguo Hipócrates, y a Hali, y a Galeno, y a Serapión, Rasís y Avicena, sí que también a Constantino, Damasceno, Averroes, Gatisdeno, Gilbertino y Bernardo. Nunca comía cosas superfluas, sino nutritivas y digestibles. Sus estudios se relacionaban poco con la Biblia. Vestía de color bermejo y azul celeste, y era muy moderado en sus gastos, habiendo ahorrado cuanto ganó en tiempos de la peste. Y como el oro es un cordial en medicina, tenía muy especial amor por el oro.

Iba allí una buena viuda de la comarca de Bath, mujer algo sorda. Era hábil en tejer paños mejores que los de Gante e Ipres. No había en toda su parroquia mujer que llegase a la ofrenda primero que ella; mas si alguna vez sucedía lo contrario, luego la buena viuda se irritaba más allá de lo que consiente la caridad. Tan recias tocas usaba, que apuesto a que no pesarían menos de diez libras las que los domingos llevase. Calzaba zapatos muy flexibles y nuevos y medias bien tirantes y de delicado color escarlata. Tenía el rostro hermoso, colorado y atrevido. Siempre había sido mujer muy honrada: cinco maridos llevó a la iglesia y aun tuvo en su mocedad otras compañías; mas de esto no hace el caso platicar ahora. Tres veces había estado en Jerusalén y cruzado buen golpe de ríos extranjeros. Asimismo había ido a Roma, Boloña, Santiago de Galicia y Colonia, y era por tanto ducha en caminatas. Tenía los dientes grandes y separados. Montaba con desenvoltura su jaca, se cubría con un sombrero ancho como una rodela, rodeábale un manto las amplias caderas y ceñía aguzadas espuelas en los pies. Sabía reír y platicar con desenfado y debía ser docta en remedios de amor, pues que no ignoraba las antiguas reglas de ese arte.

Acompañábanos un pobre párroco, rico en santos pensamientos y obras. Además era instruido y predicaba con puntualidad el Evangelio de Cristo, enseñando devotamente a sus feligreses. Era diligente y bondadoso y sabía sufrir el infortunio con paciencia, según en muchas ocasiones había demostrado. No gustaba de excomulgar a nadie por falta de pago de diezmos, y a buen seguro hubiera preferido socorrer con los dineros de la Iglesia, y aun con los suyos propios, a las gentes pobres de su parroquia, pues él con poco se satisfacía. Era su jurisdicción extensa y de casas muy separadas, mas él, así lloviera o tronase, no dejaba de visitar a los desgraciados o enfermos, caminando siempre a pie y apoyado en un báculo. Daba a las ovejas de su grey el mayor de los ejemplos: obrar primero y adoctrinar después. En ello ateníase al Evangelio, y aun añadía este dicho: «¿No se enmohecerá el hierro si se enmohece el oro? Esto es, si un sacerdote, en quien los demás confían, obra mal, no ha de asombrar que el ignorante se pervierta. Además, que es oprobioso que esté sucio el pastor y la oveja limpia. Porque el sacerdote debe, con su pureza, señalar cómo su grey ha de vivir.» Jamás dejaba su curato a sustitutos ni sus ovejas atolladas en el fango; ni marchaba a San Pablo, de Londres, para buscar alguna misa de difuntos; ni se acogía a ninguna comunidad religiosa, pues teníase por pastor y no por hombre a sueldo. Empero, aunque fuese santo y virtuoso, no era inflexible con el pecador, ni hosco o despectivo en sus expresiones, sino que daba consejos discretos y benignos. Procuraba atraer a la gente al camino del cielo con el buen ejemplo de su vida honrada, mas si daba con algún obstinado amonestábale severamente, sin reparar si era de condición alta o humilde. En verdad, no me parece que pueda hallarse mejor clérigo en parte alguna. No ansiaba ganar reputación ni honores, ni era mojigato, sino que predicaba la doctrina de Cristo y de sus doce Apóstoles y él mismo era el primero que la practicaba.

Le acompañaba su hermano, un labrador, que había llevado en su vida muchas carretadas de estiércol y que era hombre probo y laborioso, que vivía en buena paz y caridad. Amaba siempre y primero a Dios, tanto en el dolor como en la ventura, y después a su prójimo como a sí mismo. Y por amor de Cristo ayudaba a los pobres, trillándoles, arándoles y cavando sus tierras y no percibiendo salario mientras le era hacedero. Pagaba puntual y honradamente sus diezmos, tanto en dinero como en trabajo. Vestía un tabardo y montaba una yegua.

Además de todos éstos había en el grupo un mayordomo, un molinero, un alguacil eclesiástico, un bulero, un administrador de colegio, yo y nadie más.

Era el molinero un vigoroso rústico, recio de miembros y grande de huesos, tanto que siempre ganaba en las luchas el carnero que como premio se daba. Tosco, rechoncho y de hombros macizos, parecía muy capaz de arrancar una puerta de sus goznes o de quebrarla de una cabezada. Tenía la barba rojiza como el pelo de un cerda o de una zorra, y ancha como una pala. De una verruga que ostentaba en el extremo de la nariz le surgía un mechón de pelos tan bermejos como los de las orejas de un cochino; los orificios de su nariz eran negros y dilatados y su boca tan grande como la de un horno. Usaba estoque y broquel, y era charlatán, chocarrero y desvergonzado. Robaba el trigo como agua y cobraba tres veces el valor de sus moliendas; con todo era experto en su profesión. Vestía ropas blancas y caperuza azul. Tocaba bien la gaita y al son de ella salimos de la ciudad.

El gentil administrador, que lo era de un colegio de jurisperitos, podía, a buen seguro, dar ejemplo a sus abastecedores, enseñándoles a cobrar con destreza cuando compraban mercancías. En efecto, igual si traficaba pagando al contado que si adquiría haciendo señal en la tarja, siempre estaba atento al género y sabía conseguir lo más barato y mejor. Y adviértase que es maravilla que hombre tan ignorante tuviese mayor seso que toda una corporación de sabios. Porque eran treinta aquellos a quienes servía, todos expertos en leyes, y no menos de una docena hubiesen sido capaces de administrar las rentas y propiedades de cualquier magnate de Inglaterra, haciéndole vivir dignamente de sus bienes y sin deudas, salvo que le faltase la razón o se le antojara subsistir con miseria. Asimismo, aquellos hombres doctos habrían sabido servir a todo un condado en cualquier lance que pudiera acaecer; y, sin embargo, su administrador hacía mangas y capirotes de todos ellos.

El mayordomo, hombre cretino y colérico, iba muy esmeradamente rasurado, con el pelo recortado sobre las orejas y el cráneo con tonsura, como el de un clérigo. Sus piernas eran flacas y largas como palos, sin señal de mollas. Lo mismo administraba un granero que una arca de caudales, y no le aventajaba en ello contador alguno. Era diestro en calcular, según la sequía o la lluvia, cuánto grano podían producir las cosechas. Atendía la hacienda de su señor desde que éste cumpliera los veinte años, y gobernaba sus ovejas, vacas, caballos, cerdos y volatería, así como la lechería y la despensa. Nadie tenía con él cuentas atrasadas, y no había mayoral, pastor o labrantín cuyas tretas y engaños no conociese, por lo que todos le temían como a la muerte misma. Poseía una galana casita en un brezal, a la sombra de verdes árboles y, como podía comprar mejor que su amo, estaba, en secreto, muy bien provisto de todo. Sabía agradar a su señor; a veces le hacía préstamos que de los propios dineros del señor sacaba, y todo esto le era muy agradecido y, en ocasiones, le valía el regalo de un buen traje y capucha. Había aprendido en su mocedad la carpintería y era oficial de mérito en su profesión. Cabalgaba un buen semental tordillo, cubríase con un gabán de paño azul y ceñía una espada herrumbrosa. Vivía en un lugar que llaman Baldeswell, en Norfolk. Llevaba las ropas arremangadas, a usanza frailuna y siempre marchaba el último de nuestra compañía.

Un alguacil eclesiástico iba con nosotros. Tenía los ojos pequeños y su rostro, por lo granujiento, resultaba encarnado como el de un querube. Era ardiente y lascivo como un gorrión, peinaba rala barba y ásperas cejas negras, y en suma tal era su catadura que los niños se espantaban mirándole. No había litargirio, mercurio, azufre, bórax, albayalde, aceite tartárico ni ungüento capaces de curar las úlceras y granos de sus mejillas. Gustábanle mucho el ajo, la cebolla y el puerco, y cuando, siguiendo su inclinación, bebía vino tinto y fuerte, dábase a hablar y vociferar como un loco. Y era lo mejor que, en estando beodo, nunca hablaba palabra que no fuese en latín. Muy pocas sentencias latinas sabía (quizá sólo dos o tres, que debía de haber leído en alguna decretal), mas nadie ignora que cualquier cotorra puede decir «hola» tan bien como el Papa. Pero si alguien le interrogaba sobre otra cosa, quedaba entonces agotada su filosofía y sólo acertaba a clamar: «Questio, quid iuris?» Mas, aunque libertino, era indulgente y benévolo y camarada de los mejores, tanto que a cambio de media azumbre de vino habría cedido su concubina a cualquier amigo, y aun dejádosela doce meses sin quejarse. Por ende, sabía desplumar a los bobos muy lindamente. Y cuando hablaba con un buen amigo, aconsejábale no temer las maldiciones de los arcedianos, y decía que tal maldición no podía dañar el alma de un hombre, salvo si esa alma estaba en su bolsa, pues la bolsa, decía él, era el infierno del arcediano. Mas yo sé, en verdad, que aquel alguacil mentía, y cónstame que todo culpable ha de temer la excomunión (la cual mata, del mismo modo que la absolución salva) y librarse de incurrir en el «Significavit». Tenía este hombre amedrentadas a las mozas de su diócesis, y por ello le contaban sus secretos y tomábanle siempre por consejo. Y, para terminar, diré que se había coronado la cabeza con una guirnalda tamaña como ramo de cervecería, y que llevaba una gran hogaza a guisa de broquel.

Iba con él un gentil compadre y amigo suyo, natural de Roncesvalles y bulero de oficio. Tornaba este bulero de la corte de Roma, y a la sazón cantaba a gran voz: «Ven conmigo aquí, amor mío.» Acompañábale el alguacil con tono poderoso y profundo, y a fe que nunca sonó trompeta alguna con la mitad de fuerza que sus voces. Tenía el vendedor de indulgencias los cabellos amarillos como la cera y le caían, a manera de guedejas de lino, en bucles sobre los hombros. Nunca se ponía la caperuza, sino que la guardaba en la alforja. Se ataviaba con mucho primor, llevaba el cabello al viento y en lo alto de la cabeza ostentaba un gorro diminuto, donde había cosido una Verónica. Sus ojos brillaban como los de una liebre. En su morral, que llevaba pendiente del cuello del caballo, había abundancia de indulgencias recién salidas del horno, porque acababan de llegar de Roma. Tenía aquel hombre la voz tan fina como una cabra y era barbilampiño, de manera que siempre parecía afeitado de poco atrás. Y su montura era, a lo que recuerdo, un caballo capón o acaso una yegua. Mas en punto a su oficio ha de decirse que no había bulero como él desde Berwick a Ware. Pues conviene saber que guardaba en su morral un almohadón que decía ser el velo de Nuestra Señora; y un fragmento de la vela que usaba San Pedro para navegar antes de que le convirtiese Cristo y una cruz de latón incrustada de pedrería, y muchos huesos de puerco en un vaso. Si topaba con algún buen párroco de aldea, sacaba al cuitado en un día, con aquellas reliquias, más de lo que el cura ganaba en dos meses. Y de esta manera el bulero hacía mofa, con sus lisonjas y ardites, de los sacerdotes y de la gente común. Empero, era en lo demás clérigo digno. Sabía leer bien las epístolas e historias de santos, y asimismo cantar un ofertorio. Y en esto ponía especial esmero, porque tras de sus canciones había de predicar para expender sus bulas, y ello exigíale buenas palabras, de manera que cantaba siempre con acento fuerte y donoso.

Ya he relatado con sucintas y pocas palabras cuáles eran la condición, atuendo y número de aquella compañía, y por qué iban a reunirse en Southwark y en la gentil hostería del Tabardo, no lejos de Bell. Debo ahora decir lo que hicimos aquella noche, después de juntarnos en la posada, y más adelante describiré nuestro viaje y peregrinación. Sólo que antes de solicitar de vuestra cortesía que me hagáis merced de perdonarme si expreso con justeza las razones y discursos que luego se cambiaron, y os ruego que no atribuyáis a villanía mía el deciros las palabras de los peregrinos tal como las pronunciaron ellos. Porque bien sabe el lector, como yo lo sé. que quien ha de contar lo que contó otro, debe repetir con fiel exactitud sus expresiones, así fueren soeces y licenciosas, pues, si no falsearía el relato, ora inventando cosas, ora rebuscando dichos nuevos. Mas esto no ha de ser así; que el propio Cristo habla en las Santas Escrituras muy claramente. Y, como dice Platón a quienes le entiendan, las palabras deben ser primas de los hechos. Igualmente quiero se me excuse el no haber enumerado a las personas según su calidad, pues bien advertirá el lector cuán exiguo es mi discernimiento.

En fin, diré que el hostelero nos acogió con mucho contento a todos, y luego aderezónos de cenar, ofreciéndonos las vituallas que tenía. A fe que su vino era recio y gustoso. Y respecto al ventero mismo, parecióme hombre de chapa, muy capaz de ejercer la mayodormía de un palacio. Era fornido, vivo de ojos, resuelto en palabras, discreto, bien enseñado y nada cobarde. No había en todo Chepe burgués tan cumplido. Además de lo cual, era donairoso, y luego que cenamos y le pagamos nuestras cuentas, diose a bromear y hablarnos con desenfado y razonó de esta manera:

—Cordial y sincera bienvenida os doy, señores míos; que nunca en verdad he visto en mi posada mejor compañía que la que hoy está aquí. Placeríame ofreceros algún entretenimiento; y por cierto que ahora se me ocurre uno que os satisfará y no os costará nada. Todos vosotros vais a Canterbury, y yo deseo que Dios os ayude y el bienaventurado mártir os lo recompense. Sé, además, que os proponéis platicar y divertiros por el camino; pues a nadie le cuadra cabalgar callado como una piedra. Y para remediar esto, dígoos que os sometáis a mi mandato y hagáis lo que yo os aconseje, y de tal manera os prometo, por el alma de mi padre, que en gloria esté, que mañana andaréis alegres, y córtenme la cabeza si miento. No se hable más, sino alce la mano quien se hallare conforme.

No nos paramos en consultarnos, por parecernos superfluo, y así le exhortamos a que expresara luego lo que quisiera.

—Entonces —dijo el mesonero— escuchadme, señores, poned atención y no me desairéis. Mi propuesta es, en cortas palabras, que cada uno de vosotros, para sobrellevar mejor el camino, relate dos cuentos a la ida y dos a la vuelta de Canterbury. Y quien de todos contare historias más placenteras e instructivas, será premiado, al retorno, con una cena que los demás pagarán y se adobará aquí mismo. Por ende, yo aumentaré el entretenimiento yendo con vosotros a mis expensas y sirviéndoos de guía. Quien se opusiere a mis decisiones, cargará con cuanto se gaste en el viaje; y si todos sois conformes en que ello se hiciere así, decídmelo al momento y mañana por la mañana me tendréis preparado.

Admitióse la oferta con algazara, prestamos promesa de cumplir lo acordado e hicímosle que la prestara él, y le dijimos además que fuera gobernador de nuestra compañía y juez y árbitro de nuestros cuentos, como también que él mismo señalase el coste de la susodicha cena, pues nosotros acatábamos su resolución sin protesta. Tras esto trajóse vino y bebimos y fuímonos a nuestras cámaras.

Con el alba se levantó el hostelero y nos sirvió de gallo, reuniéndonos luego en un grupo y encaminándonos, a paso largo, hacia el abrevadero de Santo Tomás. Llegando aquí, paró el patrón su montura y dijo:

—Haced, señores, la merced de escucharme. Vuestro compromiso sabéis; no vayáis a olvidarlo. Menester es que se cumpla a la mañana lo que se ofreció la víspera: veamos, pues, quién relata el primer cuento. Así no vuelva yo a catar cerveza ni vino si quien se alzare contra esta decisión no pagará cuanto se gaste en el viaje. No se siga camino antes de echar suertes, y empiece su cuento aquel que saque la paja más corta. Y, pues tal es mi acuerdo, venid también vos, señora priora. Y vos, señor estudiante, dejad vuestra timidez y vuestros estudios, y venid. Ea, traed acá la mano todos.

Cada uno ensayó su suerte, y quiso el destino o el azar que recayese la paja más corta en el caballero. Todos quedaron satisfechos, y él hubo de narrar su cuento, según debía, pues así se había estipulado. Viendo, pues, aquel digno señor que correspondíale cumplir lo que libremente ofreciera, obró como leal y prudente, y dijo:

—Ya veo que yo debo comenzar, loado sea Dios. Vayamos, pues, cabalgando, y atendedme.

Todos emprendimos el camino y el caballero, con afable semblante, principió a explicar lo que se dirá ahora.

CUENTO DEL CABALLERO

NARRAN antiguas historias que en otro tiempo gobernó la ciudad de Atenas un su duque y señor, llamado Teseo, conquistador tan emérito que no había entonces ninguno tan grande como él bajo la capa del Sol. Después de que sometió muchas y opulentas comarcas, acabó, por su talento y caballería, conquistando el reino de Feminia, que antaño denominábase Escitia; y allí casó con la reina Hipólita, a quien con mucha honra y solemnidad llevó a su tierra. Acompañábales Emilia, hermana de

Hipólita, y con ellas cabalgó el noble duque hacia Atenas, entre victorias y melodías, al frente de su hueste en armas.

De no ser demasiado prolijo de contar, aquí os relataría cómo Teseo ganó el reino de Feminia con su caballería; y la reñida batalla que libraron los atenienses con las amazonas; y cómo Hipólita, brava y bella reina de Escitia, fue solicitada; y la fiesta de bodas, y la gran tempestad que hubo de regreso al país de Teseo. Mas callaré estas cosas, que el tiempo apremia y tengo que arar mucho campo con floja yunta. Aún queda buena pieza del cuento y a nadie quiero retardar en su etapa, pues cada uno ha de narrar su historia para que se vea quién gana la cena. De manera que torno adonde quedé, y digo que estando ya el duque a punto de llegar a su ciudad con felicidad y profuso fausto, vio a un lado del camino muchas mujeres enlutadas que, arrodilladas por parejas, unas detrás de otras, proferían tales clamores y lamentos que nadie oyó nunca en este mundo otros semejantes. Y las mujeres, sin cejar en sus vociferaciones, asieron las bridas del caballo del duque.

—¿Quién sois y por qué turbáis la alegría de mi regreso con esos sollozos? —dijo Teseo—. ¿Clamáis y lloráis por envidia de mi gloria? ¿O alguien os infirió ultraje? Decidme, si así es, si os lo puedo remediar, y explicad también el motivo de vuestros lutos.

Habló la más anciana de las mujeres y dijo con voz tan quebrada y tan abatido semblante que daba compasión mirarla y oírla:

—No nos duele, ¡oh, señor, a quien la suerte favoreció con la victoria y la conquista, tu gloria y tu honra!, sino que te impetramos piedad y amparo. Socórrenos, ¡infelices mujeres que somos!, con tu clemente bondad. Porque sabed, señor, que entre todas nosotras no hay una que no haya sido reina o al menos duquesa, pero ahora, por ardides de la fortuna y de su engañosa rueda, que en ninguna condición asegura la dicha, hemos caído en gran aflicción. Quince días hemos esperado en el templo de la diosa Clemencia, sin más fin que acudir ante ti y pedirte auxilio, pues en tu poder tienes el hacerlo. Yo, cuitada de mí, a quien ves en estos llantos y lamentos, esposa fui del rey Capaneo, muerto en Tebas en aciago día. Y todas las demás de nosotras son también viudas y perdieron a sus maridos en el asedio de aquella ciudad. Pero es lo peor que el viejo Creón, tirano de la ciudad de Tebas, impelido por su rencor, e iniquidad, e ira, ha querido ultrajar los cadáveres de nuestros esposos y señores y, haciendo una pila con ellos, los ha dejado para que los canes los devoren, sin permitir que nadie entierre ni incinere esos cuerpos muertos.

A esto, todas las demás damas se postraron en tierra, lamentándose:

—¡Ten piedad, señor, de estas infortunadas mujeres, y no cierres tu ánimo a nuestra cuita!

Cuando las hubo oído, el duque se apeó, sintiendo el corazón desgarrado al ver en tal tristeza y desfallecimiento a señoras tan principales. Hizo levantar con sus propias manos a todas y las confortó con muchos extremos, jurándoles por su honor de caballero vengarlas y castigar de tal suerte al tirano Creón, que toda Grecia supiera cómo Teseo había aplicado a Creón la muerte que merecía. Y, sin dilación, mandó desplegar banderas y encaminóse a Tebas con toda su hueste. No quiso llegarse a Atenas, ni a caballo ni a pie, ni descansar siquiera la mitad de un día, sino que, enviando a Atenas a Hipólita, con su joven y galana hermana Emilia, él siguió marchando hacia Tebas.

Sobre su bandera blanca campeaba, resplandeciente, la figura encarnada de Marte, armado de lanza y escudo, y junto a la blanca bandera se veía el rico pendón dorado donde estaba pintado el Minotauro a quien Teseo diera muerte en Creta. Y con tal aparato y al frente de su ejército, donde se alineaba la flor de la caballería, llegó el conquistador ante Tebas y puso pie a tierra en un campo donde contaba pelear.

Mas, por amor de la concisión, sólo diré que Teseo combatió con Creón, tirano de Tebas, matándole en noble y caballerosa lucha y ahuyentando a sus hombres. Luego entró en la ciudad por asalto, demolió murallas, tablados y armazones y devolvió a las cuitadas damas los cuerpos de sus esposos, para que les hiciesen los honores fúnebres que se usaban en aquellos tiempos. Prolijo fuera contar cuántos llantos y duelos alzaron las mujeres mientras los cadáveres se incineraban, y así no lo relataré, ni tampoco los agasajos con que Teseo se despidió de aquellas señoras, pues es mi propósito hablar sin extenderme.

Luego de que el digno duque Teseo hubo matado a Creón y conquistado a Tebas, sentó allí sus reales durante la noche e hizo con el territorio lo que le plugo.

Tras tanta destrucción y contienda, empezaron los soldados a remover los montones de cadáveres, para despojarlos de sus armas y ropas. Y entre los muertos hallaron, juntos, a dos caballeros jóvenes, de ricas armas igualmente labradas, y ambos sangrientamente acribillados de cruentas heridas, al punto de que no cabía decir si se encontraban aún vivos o ya muertos. Llegaron heraldos, y por las armaduras y arreos de los caballeros vieron que eran de la casa real de Tebas e hijos de dos hermanas. Y llamábanse los mancebos Arcites y Palamón. Los soldados retiraron a los primos de entre los cadáveres y los condujeron con toda cortesía a la tienda de Teseo, quien mandó encerrarlos en una prisión de Atenas, disponiendo que no se tomara por ellos rescate alguno.

Y luego el noble duque congregó sus haces, volvióse a su tierra, coronado de laureles, y habitó en Atenas, con paz y honor, toda su vida. Entretanto, cautivos en una torre, fuera del alcance de cualquier rescate, doloridos y acongojados, moraban siempre Arcites y Palamón.

Corrieron los días y los años, y una mañana de mayo, Emilia (que era tan hermosa como el lirio en su verde tallo y más lozana que las flores de la primavera, al punto de competir su rostro con la rosa), levantóse y vistióse, según acostumbraba, antes de rayar el día. Pues mayo es enemigo de la nocturna pereza y hace salir de su sueño a todo corazón puro, exigiéndole que se alce para tributarle homenaje.

Eso hacía Emilia y por ello se levantaba a rendir homenaje a mayo. Vestía ropas sutiles y ornaban su espalda sus rubios cabellos, recogidos en una trenza tamaña de una vara. Mientras salía el sol, corría la doncella por el jardín, cortando flores blancas y bermejas para enguirnaldarse las sienes, y entretanto, cantaba con la voz de un ángel del cielo.

La robusta y maciza torre que servía de prisión a los dos caballeros de quien os hablé y os pienso seguir hablando, formaba un bastión principal del castillo y comunicaba con la muralla del jardín donde retozaba Emilia. La mañana era despejada y brillante el sol, y Palamón, el infeliz cautivo, había despertado ya y, autorizado por su guardián, paseaba por una de las habitaciones más altas, tanto que desde allí cabía ver toda la gran Atenas y el jardín, engalanado de verdes frondas, donde la gentil Emilia se solazaba.

Mientras el angustiado Palamón paseaba por el aposento, volviendo sobre sus pasos una vez tras otra y deplorando mil veces su desgracia y el haber nacido, sucedió, ya fuese casualidad o destino, que a través de las gruesas rejas de la ventana, tan cuadradas como vigas, percibió a Emilia en el jardín. Al punto retrocedió el caballero, prorrumpiendo en un lamento tal como si le hubiesen traspasado el corazón. Oyéndolo Arcites, fuese a él muy lento y le preguntó:

—¿Qué tienes, primo mío, que has palidecido como un difunto? ¿Por qué gritaste y quién te causó mal? Lleva, por Dios, nuestra prisión con paciencia, que, pues, nos la ha deparado la fortuna, no tiene remedio posible. Alguna maligna posición de Saturno respecto a otra constelación nos ha traído esto, pesia nosotros. ¿Qué nos queda hacer si no aceptar la suerte que los astros, al nacer, nos reservaban?

A lo que Palamón repuso:

—Te engañas, primo mío. No grité pensando en la prisión, sino porque acabo de recibir en mi corazón, mediante mis ojos, una herida mortal. La hermosura de una doncella que he visto recreándose en el jardín ha sido la causa de mi suspiro y pena. No te puedo decir si es diosa o mujer, pero a mí me parece la misma Venus.

Y con esto cayó de rodillas, exclamando:

—¡Oh, Venus! Si te plugo transmutarte de tal modo en ese jardín ante mí, que tan triste y desvalida criatura soy, pídote que nos ayudes a salir de este encierro. Mas si es voluntad divina que yo haya de morir aquí, compadece, Venus, nuestro linaje, que de tal guisa ha humillado la tiranía.

Mientras Palamón hablaba, Arcites había empezado a contemplar a la dama, y tanto le impresionó su singular belleza que se sintió aún más traspasado que Palamón, y dijo, exhalando un doloroso suspiro:

—La lozana hermosura de la mujer que en ese jardín pasea me ha matado. Si no logro sus gracias y favores, si no puedo verla más, seguro es que moriré.

Palamón, oyéndole, se arrebató y dijo:

—¿Por ventura te chanceas, primo?

—No me chanceo —respondió Arcites—. Así Dios me acorra como no me mofo.

Palamón arrugó el entrecejo y adujo:

—Ser conmigo traidor y falso no redundaría en tu honor, pues que soy tu hermano y tu primo y entrambos nos hemos jurado solemnemente no oponernos el uno al otro en cosa alguna, ni aun en amor, y ello incluso a costa de tortura y durante tanto tiempo como viviésemos. Y dijimos también que tú me favorecerías en toda coyuntura y yo a ti de la misma manera, lo que no osarás desmentir, pues tal fue lo que juramos. Empero, quisieras ahora disputarme a esa dama a quien yo amo y honro, como lo haré mientras mi corazón no deje de latir. Mas te digo, engañoso Arcites, que no te consentiré obrar así. Yo he amado primero a la dama y te confié mi pena para pedirte consejo y socorro como a hermano juramentado. Como caballero, estás obligado a socorrerme con todo tu poder. Cuando no, te diputo por felón.

—Más felón eres tú que yo, pues de corazón te digo que la felonía está en tu naturaleza. Yo he querido a esa dama antes que tú «par amour». En cambio, tú, ¿qué puedes pretender cuando todavía no sabes si esa es mujer o diosa? Tú eres de índole inclinada a la santidad; yo de índole inclinada al amor, y por ello te he contado mi pasión como a primo y hermano. Pero, aun en el supuesto de que tú hayas amado antes a esa doncella, ¿cómo no sabes que con el enamorado no rigen leyes, según dijo, con razón, un docto escritor antiguo? A fe que el amor es la ley mayor que puede el hombre tener en el mundo, y de aquí que la ley regular y cualesquiera otras disposiciones sean burladas por el amor siempre. Ama el hombre sin que en ello tenga parte su voluntad, no puede rehuir el amor ni a costa de la muerte, y no deja de amar porque el objeto de su amor sea casada, doncella o viuda. Además no es verosímil que ni tú ni yo alcancemos nunca los favores de esa dama, ya que no ignoras que nos hallamos condenados a prisión de por vida, sin esperanza de rescate. Estamos haciendo como los dos perros que se disputaron un hueso todo un día y al cabo llegó un milano y cargó con el hueso mientras ellos porfiaban. Así, hermano, no olvides que en la corte del rey, cada uno mira por él; y basta. Ama a esa mujer si te place, que yo haré siempre lo mismo. Y no hablemos más, querido hermano. Piensa que hemos de seguir en esta torre y cada cual ha de aceptar su destino.

Aún discutieron mucho más, pero no tengo tiempo de relatar sus razones y prefiero ceñirme a los hechos y narrar mi historia tan sucintamente como pueda.

Un día, cierto noble duque llamado Perithous, amigo de la niñez del duque Teseo, fue a visitar a éste en Atenas, según acostumbraba, porque eran ambos los dos mejores amigos del mundo, al extremo de que, cuando el uno murió, el otro fue a buscarle a la región inferior, según rezan los antiguos libros. Mas no hablaré ahora de esa historia. Perithous amaba mucho al joven Arcites, por haberle conocido en Tebas hacía luengos años y, habiendo intercedido por él, Teseo accedió a sacar al tebano del encierro, sin rescate, autorizándole a ir donde quisiera, so condición de que jamás entraría en territorio de Teseo, ni de día ni de noche, porque entonces sería decapitado a filo de espada. De manera que sólo quedaba al mancebo el recurso de alejarse y andar precavido, pues que su garganta respondía del cumplimiento de su pacto.

¿Quién podría pintar la aflicción de Arcites cuando supo a qué precio ganaba su libertad? Lloró, quejóse, gimió y hasta quiso matarse.

Todo el día pasaba diciendo:

—¡Maldito sea el día en que nací! Peor va a ser ahora mi destino; que ya no moraré en el purgatorio, sino en el infierno. ¿Por qué, ¡ay de mí!, habré conocido nunca a Perithous? De no conocerlo, hubiera yo continuado en la prisión de Teseo, y hubiese sido venturoso sólo con la vista de aquella a quien amo, siquiera nunca pudiese obtener sus favores.

Y luego, pensando en su primo, continuaba:

—¡Ah, Palamón, victorioso eres en esta aventura! ¡Afortunado tú, que sigues en la prisión! Pero ¿qué digo prisión, cuando es paraíso? A fe que buena treta me ha jugado la fortuna: heme ausente de mi amada y hete tú con ella ante los ojos. De esta manera, teniéndola cerca y siendo caballero digno y meritorio, acaso cualquier veleidad de la suerte te permita satisfacer tus anhelos, mientras yo me veo en destierro y sin gracia, tan desesperado, en fin, que ni el agua, ni el fuego, ni la tierra, ni el aire, ni cosa alguna que de estos elementos se derive, pueden ofrecer remedio a mi mal. Destinado estoy a morir de dolor y abandono. ¡Oh, mi vida, mi alegría y mi consuelo, adiós! ¡Cuán injustamente se lamentan los hombres del cielo o del destino, que tan a menudo les dan, empero, harto más de lo que ellos pudieran imaginar nunca! Éste aspira a riqueza y ellas causan su muerte o dolencia grave; tal otro ansía librarse de la prisión y es en su casa muerto por sus domésticos. Nunca sabemos en este mundo lo que deseamos, y esto es raíz de infinitos males. Pásanos lo que al beodo que, sabiendo dónde está su casa, no da con el camino, que le parece incierto. Buscando con ahínco la dicha, a menudo nos extraviamos, y así me sucede a mí, que creía vivir alegre y feliz si me libraba de la torre, y ahora, librándome, me veo exilado de mi ventura. ¡Ay, Emilia! Muerto soy si he de dejar de verte.

Por su parte, Palamón, cuando Arcites hubo quedado libre, entregóse a tantos duelos que la torre retumbaba con sus sonoras lamentaciones. Y tan amargas y salitrosas lágrimas lloraba, que hasta ablandó las gruesas cadenas que sujetaban sus tobillos.

—¡Ay, Arcites, primo mío! —se quejaba—. ¡Bien sabe Dios que al fin venciste en nuestra porfía! En Tebas estás ahora, en plena libertad, y harto poco piensas en mi dolor. Y, como eres valeroso e inteligente, cábete juntar a nuestros deudos todos y hacer a esta ciudad tan cruenta guerra que acabes logrando, por azar o pacto, tener por esposa a aquella por quien yo debo necesariamente perder la vida. Mucha es tu ventaja sobre mí, que eres libre y dueño de ti, mientras yo me pudro en una mazmorra. En verdad que la congoja de mi prisión y la de mi amor me harán no cejar en mis lamentos mientras exista.

Y, en esto, el fuego de la cruel envidia rasgó su pecho, adueñándose de su corazón con tanta vehemencia que lo redujo a cenizas frías y muertas. Y por ello prorrumpió en las siguientes razones:

—Dioses crueles que gobernáis este mundo y en láminas diamantinas inscribís vuestras decisiones eternas, decidme: ¿en qué es más dichoso el género humano que el rebaño refugiado en el aprisco? Mátase al hombre igual que a una bestia cualquiera, y amén de ello se le somete a prisiones y contrariedades y dolencias, muchas de ellas, ¡oh, dioses!, sin culpa alguna. ¿Qué ley rige esto y atormenta al limpio de mancha? Pero aún me enoja más ver que el hombre debe inclinarse ante los dioses y olvidar su propia voluntad, en tanto que el animal puede satisfacer todos sus deseos. Además, luego de que una bestia muere ya no le espera sufrimiento alguno, y el hombre, a pesar de sus dolores en este mundo, puede hallar otros que sufrir en el venidero. El discernir por qué ello está ordenado así, cosa es que compete a los teólogos, pero por mí puedo decir que en esta vida se sufre en exceso. Y mientras hombres arteros o ladrones, que causaron el infortunio de gentes honradas, pueden campar por el mundo, heme yo aquí, preso, porque de tal manera le plugo a Saturno y a la celosa y loca Juno, que ha exterminado casi toda la sangre de Tebas y destruido a la vez los robustos muros tebanos. En tanto, Venus hiéreme también por otro lado, colmándome de celos y cuidados de Arcites.

Pero mientras así se deploraba Palamón en su encierro, tornaremos a ocuparnos de Arcites. Había pasado el verano, y las noches, con su mayor longitud, acrecían los tormentos del preso y del desterrado. No podría yo decir cuál de ambos estaba más afligido, pues si Palamón gemía bajo prisión y grillos perpetuos, Arcites veíase para siempre proscrito, so pena de su vida, de la tierra donde su dama moraba.

¿Cuál enamorado era más digno de lástima? ¿Arcites o Palamón? Uno podía mirar a su amada diariamente, mas sin salir de la torre; otro, dueño de andar por donde quisiera, no podía contemplar a su dama jamás. Dad vuestra opinión los entendidos, mientras yo prosigo en el relato que comencé.

Arcites, en Tebas, no hacía sino lamentarse y pensar que

nunca más podría ver a su señora. Pero, por resumir en cortas palabras todas sus aflicciones, diré que nunca un mortal tuvo congoja más grande. Perdió el apetito y el sueño y quedóse flaco y seco como la varilla de una flecha. Sus ojos estaban hundidos y temerosos de ver y su piel cetrina y pálida parecía helada ceniza. Siempre andaba solo y no cesaba de quejarse en toda la noche. Cualquier música o canción le daban insoportables deseos de llorar y, en resolución, estaba tan decaído y cambiado, que nadie le hubiera reconocido. De manera tan versátil se conducía con las gentes que, víctima de Eros, parecíalo de la locura que los humores melancólicos producen en la porción del cerebro donde se elabora la fantasía. En resumen, hallábase transformado de pies a cabeza, tanto en carácter como en disposición.

Mas no hemos de platicar siempre de su dolor. Cuando había pasado en su Tebas uno o dos años de tan crudo tormento, una noche, durmiendo, apareciósele el dios Mercurio, quien le exhortaba a alegrarse. Empuñaba Mercurio el caduceo que dispensa el sueño y ceñía el petaso su luciente cabellera y, en una palabra, tenía el atavío (como Arcites lo pudo advertir) que mostrara cuando Argos se sumió en su sueño. Y el dios le mandó:

—Vete a Atenas, que ya está señalado el fin de tu desventura.

En oyendo estas palabras, Arcites, despertando, lanzóse fuera del lecho y se dijo: «Así me sucediera cualquier mal grave, no me retardaré en ir a Atenas. No me impedirá la muerte ver a mi amada, que en su presencia nada se me da morir.»

Y así diciendo, contemplóse en un espejo y se le ocurrió que, pues tanto había cambiado su traza con la enfermedad padecida, bien podía, si iba a Atenas disfrazado de hombre humilde, vivir allí sin que le reconociesen y ver a su señora a su placer poco menos que todos los días.

Se quitó, pues, sus ropas y se disfrazó de labriego y fuese a Atenas por el camino más corto, sin que nadie le acompañase, sino un servidor que conocía todos los secretos de su amo y a quien éste vistió tan humildemente como a sí mismo.

Llegó así a la corte y ofreció sus servicios como recadista y cargador de lo que le mandasen. Pero, por amor de la concisión, diré que se empleó con un chambelán de Emilia, porque Arcites era despejado y pronto averiguó quiénes la servían. Y, en colocándose, se ocupaba en cortar leña y acarrear agua, pues como joven y robusto que era, sabía hacer cualquier cosa que requiriese la ocasión.

Uno o dos años perseveró en este servicio, y al fin hiciéronle paje de la bella Emilia, quien le conocía por el nombre de Filostrato. Y en la corte era estimado como ningún otro de su condición. Por su doble carácter, ganó mucha reputación en la corte y todos decían que bien podía Teseo ponerle en lugar donde demostrara sus capacidades. Creciendo, pues, la fama de sus dichos y obras, Teseo tomóle como escudero, dándole oro con que pudiera mantener su nueva dignidad, aparte de lo cual tenía Arcites sus rentas propias, que cada año recibía en secreto de su país y que empleaba con tal decoro y sigilo que nadie sospechaba que las tuviese. Tres años pasó así, y su vida era tan ejemplar, tanto en tiempo de paz como de guerra, que a nadie quería Teseo más que a él.

Pero, dejando por ahora al feliz Arcites, veamos cuál era la suerte de Palamón. Siete años llevaba éste en prisión rigurosa y sombría, sin más alternativas que dolores y desgracias. Nadie padeció nunca tanto como Palamón, de seguro, porque el amor le afligía tanto que acabó haciéndole perder el seso. Pensad que no estaba prisionero por unos años, sino para siempre. ¿Quién sabría describir su martirio? No yo, que no tengo fuerzas para ello, y por eso pinto su angustia tan sencillamente como puedo.

El séptimo año, y en la noche del tercer día de mayo (según afirman los antiguos libros que con más detalle narran esta historia), Palamón, ora por casualidad o por destino (que nada de lo que está determinado deja de suceder), pudo quebrar sus cadenas, auxiliado por un amigo, y se alejó a toda prisa de la ciudad. Había hecho beber a su guardián una mezcla de vino con narcótico y opio tebano, y el hombre se adormeció de tal manera que nadie, zarandeándole, habría podido despertarle en toda la noche. Huyendo con toda la diligencia que le cupo, Palamón, al concluir la breve noche, ocultóse con cautela entre unos árboles que no lejos de un camino estaban. Pensaba pasar el día en la espesura y, después, llegando a Tebas, rogar a sus amigos que le ayudasen a combatir a Teseo, a fin de ganar a Emilia o morir en la demanda.

No conocía entonces Arcites cuán de cerca le acechaba la desgracia que la suerte le tendía. Y así, en la mañana gris aún, mientras la solícita alondra, heraldo del día, saludaba con sus cantos la luz que brillaba en oriente y secaba las plateadas gotas de rocío de las hojas, Arcites, escudero mayor de la corte de Teseo, había salido a contemplar la alegre alborada. Y, queriendo rendir homenaje a mayo y acordándose del objeto de sus afanes, saltó, ligero como el fuego, sobre un corcel y corrió hacia la campiña, pensando solazarse a alguna distancia de la corte. La casualidad hízole tomar el camino del bosque donde Palamón se ocultaba, porque quería componer una guirnalda de madreselvas y escaramujos. E iba cantando:

¡Salud, oh mayo, que en verdor abundas!
Tus ramos y tu flor dame jocundas.

Y con alegre corazón se internó por una vereda que cruzaba el bosque, y vino a parar donde estaba Palamón escondido y muy temeroso de que le persiguieran para darle muerte.

Viendo a Arcites, no le reconoció, pero sabido es ha muchos años que los campos tienen ojos y los bosques oídos. De aquí que sea prudente para el hombre comportarse con discreción, porque siempre tropieza con quien menos espera. Y así Arcites no recordaba para nada a su primo, aunque éste, agazapado entre la maleza, estaba tan cerca de él que podía percibir todas sus palabras.

Cuando Arcites acabó su rondel, recayó en el estado pensativo usual en los enamorados, ora se sienten en la cumpre, ora en la falda y ora al pie del monte, subiendo y bajando tan de prisa cual cubo en pozo. Como sucede los viernes, en que tan pronto luce el sol como llueve a cántaros, así la veleidosa Venus cambia a su placer los corazones de sus servidores. Variable es su día (que rara vez se muestra igual todas las semanas) y variables las disposiciones de la diosa.

En acabando, pues, su canto, Arcites suspiró, sentóse y dijo:

—¡Triste día aquel en que nací! ¿Hasta cuándo, Juno cruel, piensas hostigar a la ciudad de Tebas? Arruinada está la sangre real de Anfión y de Cadmos, que fue quien edificó a Tebas y la gobernó como su primer rey. De su trono y estirpe desciendo en línea recta, mas tan cuitado soy que he de servir de escudero a mi mortal enemigo. Y para que sea mayor la afrenta que me infiere Juno, ni aun con mi apellido de Arcites puedo nombrarme, sino que he de usar la indignidad de llamarme Filostrato. ¡Juno, Marte cruel! ¡Cómo vuestra ira ha destruido a todo mi linaje, no siendo yo y el infortunado Palamón que, preso de Teseo, padece en la torre! Y, para concluir de arrebatarme la vida, amor ha clavado su flecha en mi casto y condolido corazón de tal manera, que paréceme que antes estaba dispuesta mi muerte que tejidas mis primeras ropas. Porque tú, Emilia mátasme con tus ojos y serás la causa de mi muerte. A mis demás males diérales yo el valor de un grano de trigo con tal que me fuera hacedero ejecutar algo que te pluguiese.

Y, tras estas palabras, permaneció bien rato en meditaciones. Cuando al cabo se levantó, Palamón, que temblaba de cólera y creía sentir su corazón traspasado por glacial espada, no acertó a esperar más tiempo. Y, saliendo de la espesura, con el rostro pálido cual el de un muerto y descompuesto como el de un loco, clamó de esta manera:

—¡Ah, pérfido, traidor y malvado Arcites! ¿De modo que así amas a mi señora, por la que yo he sufrido tantas aflicciones y dolores? Empero, eres de mi sangre y habías jurado ayudarme, según repetidas veces te he recordado antes de ahora. Veo también que engañas al duque Teseo y sirves con él bajo falso nombre. Digo que tú o yo hemos de morir, y que no has de amar a mi señora Emilia, a quien amaré yo solo; que yo soy Palamón, tu mortal enemigo. No tengo armas aquí, pues he huido de la torre por un azar, pero vuelvo a exhortarte que escojas entre morir o no amar a Emilia, de cuya disyuntiva no te dejo escapar.

Reconocióle Arcites y entonces, con airado corazón y temible fiereza, desnudó su espada y dijo:

—¡Por el Dios que en el cielo está te aseguro que, de no encontrarte enfermo y fuera de tu seso por el amor, y además sin arma alguna, no saldrías de este bosque sino muerto! Desde aquí rompo el pacto y promesas que afirmas hice contigo; que el amor es libre, como debes comprender, aunque loco, y yo amaré a Emilia pese a ti. No obstante, pues eres caballero y noble, si quieres disputarme mi amor en combate, mañana mismo vendré a este lugar trayendo armas para ti. Te dejaré elegir las mejores. Entretanto, te daré esta noche comida y bebida y ropas con que abrigarte. Y si fueras tú el que mañana me matases, habré dejado de estorbar tu amor.

Repuso Palamón que aceptaba, y luego de cambiar ambos su palabra, se separaron hasta la mañana siguiente.

¡Oh, inexorable Cupido, rey que no admites quien contigo comparta tu mando! Bien se dice que poder y amor no aceptan de buen grado sociedad alguna. Véase, si se duda, el ejemplo de Palamón y Arcites. Éste, volviendo a la ciudad en su corcel, preparó a la madrugada siguiente dos armaduras bien acondicionadas y, poniéndolas en el arzón de su caballo, volvió, solo como había nacido, al bosque, donde a la hora y en el sitio acordados, se encontró con Palamón.

Cuando se vieron, mudóseles el color a los dos. Como cazador de Tracia que, siguiendo al león o al oso, lanza en mano, le oye llegar a la carrera por la espesura quebrando ramas y pisando hojas, y piensa: «Aquí acude mi mortal enemigo. Él o yo hemos de morir, pues yo pereceré si no le mato en acercándose a mi brecha»; como ese cazador, digo, así procedieron los dos primos y así se alteró su color cuando se distinguieron. Y, sin saludos ni cortesías, cada uno de ellos armó al otro amistosamente, cual si fuera su hermano. Luego, empuñando sus fuertes y agudas lanzas, se arremetieron con prodigiosa destreza. Palamón peleó como león de la selva y Arcites como tigre sanguinario. Heríanse como jabalíes, y como jabalíes arrojaban de sus fauces, en su cólera, blanquecina espuma, y de tal modo se acribillaron que la sangre les alcanzaba hasta los tobillos.

Pero dejemos en este punto su refriega y pasemos a Teseo. El destino, ministro general y ejecutor en todo el mundo de la providencia de Dios, es tan potente que, así el hombre niegue o afirme tal o cual cosa, viene a suceder en un día lo que no ocurrió en mil años. Porque habéis de saber que en esta tierra todas nuestras miras, ya de guerra o de paz, de amor o de odio, están sujetas al examen de lo alto. Ved esto, si no. El poderoso Teseo tenía tal pasión por la caza, y sobre todo por la del ciervo en mayo que siempre le hallaba el día ataviado y dispuesto para salir de cabalgata con monteros, trompas y jaurías. La caza le contentaba, y placíale rematar él mismo al ciervo atrapado, pues Teseo servía primero a Marte y después a Diana

Según dije antes, era el día hermoso, y el feliz Teseo, con su bella reina Hipólita y la gentil Emilia, vestida de verde, salían a cazar en pomposo séquito. Tomó Teseo el camino que llevaba en derechura al bosque, donde le habían anunciado haber un ciervo. Llegó a un claro en el que solía verse al animal, cerca de un arroyuelo en que abrevaba. Pensaba el duque mandar hacer la batida con perros y, en acercándose al claro, miró, protegiéndose los ojos con la mano, contra el radiante sol.

Entonces columbró a Palamón y Arcites, que lidiaban rabiosamente como jabalíes, descargando reveses tan tremendos con las cortadoras espadas, que parecía cada tajo capaz de hendir un roble. No sabiendo quiénes serían aquellos hombres, picó el duque espuelas a su montura, púsose entre ambos y, desenvainando la espada, exclamó:

—¡Alto ahí, si no queréis perder la cabeza! ¡Por el poderoso Marte, que aquí mismo morirá quien otro golpe descargue delante de mí! ¿Quiénes sois vosotros, hombres osados, que así peleáis sin juez de campo, según se hace en buena liza?

—Señor —contestó Palamón al punto—, sobran aquí las palabras. Sé que los dos merecemos la muerte, pero somos dos infortunados cautivos y nuestras vidas nos embarazan pesadamente. Y, pues eres legítimo juez y nuestro señor, no albergues clemencia y mátame primero, por caridad, pero mata también a mi enemigo. Aunque acaso sea mejor que a él le mates primero, porque es Arcites, tu mortal enemigo, desterrado de tus dominios so pena de la vida, aunque luego ha vuelto a ellos con nombre de Filostrato. De esta suerte te ha burlado muchos años y tú has llegado a hacerle tu escudero. Sabe, señor, que Arcites ama a Emilia, y, pues ha llegado el día de mi muerte, quiero hacer aquí confesión, y te declaro que soy Palamón, que con ardides he huido de tu torre. Soy, pues, tu enemigo acendrado y tanto amo a la bella Emilia que anhelo morir ahora mismo ante tus ojos. Júzgame, pues, y mátame, pero también a mi compañero, pues que merecemos la muerte los dos.

El noble duque respondió con presteza:

—Breve negocio es éste. Tus propios labios te condenan y tu confesión nos evita atormentaros con el cordel. ¡Por Marte poderoso y bermejo, os digo que vais a morir!

La reina, como mujer, empezó a llorar, y lo mismo Emilia y todas las damas de la comitiva. Parecíales que el caso merecía clemencia y que era aquel un inaudito lance, pues que entrambos caballeros eran de noble alcurnia y no combatían sino por amor. Por ende veían sus anchas, sangrientas y dolorosas heridas y no había mujer, ya de condición noble, ya humilde, que no lo deplorara, diciendo:

—Compadécete de nosotros, señor, y ten misericordia.

Y, postrándose sobre sus desnudas rodillas, quisieron besar allí mismo los pies de Teseo, esperando que su ira se apaciguase, porque sabían bien cuán fácil entrada tiene la clemencia en los corazones magnánimos. De manera que el duque, venciendo la cólera que al principio le había arrebatado, reflexionó, con examen breve, el delito y causa del delito de ambos, y empezó a excusarlos en su mente, viendo que ninguno de los dos caballeros había hecho sino procurar remediar su amor en lo que podía y a la par libertarse de su prisión. Además, sintió pena de las mujeres, que seguían llorando con grandes voces y, meditando, se dijo: «¡Malhaya el caballero que no usa de piedad y tan fiero se muestra en actos y palabras con los arrepentidos y temerosos como con los altivos e insolentes, obstinados en sostener lo que al comienzo afirmaron! Escaso criterio tiene quien en un caso así no distingue y del mismo modo juzga la soberbia que la humildad».

Y entonces, ya desvanecida su cólera, levantó al cielo sus ojos benignos, y dijo en voz alta las siguientes palabras:

—¡Ah, *benedicite,* y qué señor tan poderoso y grande es el dios del amor! No hay obstáculo que precalezca contra tu autoridad, y título de dios merece por sus milagros, pues que maneja a su antojo los corazones. He aquí que Palamón y Arcites, libres de la prisión y pudiendo vivir en Tebas según su alcurnia, vienen aquí, impelidos por el amor, a morir, pues que conocían que yo soy su mortal enemigo y tengo sus vidas en mi mano. ¿No es esto inmensa locura? ¿Hay alguien tan loco como un enamorado? ¡Mirad, por Dios vivo, de qué manera estos mozos se desangran! ¡Maravillosa gala es esa! Así el amor, su señor, premia y recompensa su fidelidad. Y es lo más donoso del caso que la dama por quien ellos celebran estas fiestas tiene tantos motivos de agradecerles su cortesía como los tenga yo, porque no era más sabedora de los ardores de sus enamorados que lo pueden ser las liebres o los pájaros del bosque. En fin, todo se ha de experimentar, calor y frío, y no hay hombre que, ora de joven, ora de viejo, no pase por esa locura, como en mis tiempos pasé yo mismo. Conozco, pues, las penas del amor y cómo pueden influir sobre quien cae en sus lazos, y por tanto condeno del todo esta culpa según me lo piden la reina, arrodillada aquí, y mi buena cuñada Emilia. Juradme vosotros no hacer daño alguno a mi país, ni combatirme nunca de día ni de noche, sino ser mis amigos y valerme en cuanto podáis. Ea, os perdono por completo vuestro yerro.

Juraron ellos de buen grado lo que les solicitaba Teseo y se encomendaron a su caballería y clemencia. Concedióles él su gracia y habló de esta suerte:

—Por lo que atañe a mi cuñada Emilia, razón de estos celos y batalla, bien sé que cualquiera de los dos merecéis, por vuestra estirpe y riqueza, casaros con ella, así fuese princesa o reina. Mas aunque combatierais hasta la consumación de los siglos, y por muy celosos y airados que os mostraseis, menester es que uno de vosotros se vaya con Dios. Voy, pues, a disponer de manera de que se resuelva vuestro destino. Oíd mi decisión y voluntad (a la que no consiento réplica alguna y que sois libres de aceptar o dejar): cada uno iréis libre, sin rescate y adónde os plegue, pero de aquí a cincuenta semanas contadas, compareceréis trayendo cada uno cien caballeros armados y dirimiréis, peleando, quién ha de poseer a Emilia. Yo empeño mi promesa de caballero y hombre leal, y digo que, cualquiera de vosotros que con sus cien hombres mate o arroje del palenque a su enemigo, recibirá a Emilia por esposa, pues que la fortuna le concederá tan notable favor. Se montará la liza en este sitio y Dios no se apiade de mi alma si no he de ser juez equitativo y honrado. Y no cejaré en ello mientras uno de vosotros no muera o quede vencido. Decid vuestra opinión, que quiero saber si os satisfago. Tal es mi decisión final, y aquí puede solucionarse vuestro destino.

¿Hubo alguien nunca tan dichoso como entonces lo fue Palamón? ¿Ni nadie cuyo ánimo se levantara tanto como el de Arcites? ¿Quién podría pintar el júbilo que allí sobrevino cuando Teseo concedió tan razonable merced? Todos se postraron de hinojos y diéronle gracias de todo corazón y con toda energía, y muy en particular los dos caballeros tebanos. Los cuales, con el corazón gozoso y henchido de dulces esperanzas, pidieron licencia de partir y cabalgaron hacia Tebas, la de robustas y antiguas murallas.

Y ahora pienso que me acusaríais de negligencia si dejase de señalar los muchos gastos que hizo Teseo preparando regiamente la palestra. Nunca otra igual hubo en el mundo. Rodeaba la liza un pétreo muro, de una milla de contorno, y un foso la defendía por la parte de fuera. Dentro del muro, que era circular, se escalonaban graderíos hasta una altura de sesenta pasos, de manera que quienes miraran no impidiesen ver a los otros espectadores. Al Este se abría una puerta de blanco mármol y otra al Oeste, igual en todo. Nunca existió en la tierra cosa semejante y en tan reducido espacio; ni hubo en la región hombre entendido en geometría o aritmética, o en pintar o cincelar figuras, a quien Teseo no usase, dándole paga y sustento, para erigir aquel recinto. A efectos de celebrar ceremonias y sacrificios hizo construir junto a la puerta del Este un altar y un santuario destinados al culto de Venus, diosa del amor, y al Oeste otro templete y altar para el culto de Marte. Y esto le costó gran copia de oro. Al lado septentrional del muro mandó levantar Teseo, en honor de la casta Diana, un primoroso templete de blanco alabastro y encarnado coral.

Quiero explicaros ahora la traza de las esculturas, cuadros, pinturas e imágenes de aquellos templos. En el de Venus, esculpidos en las paredes, se veían los sueños interrumpidos, los suspiros desgarradores, las amargas lágrimas y las ardorosas caricias del deseo que afligen a los esclavos del amor. Y también sus juramentos, sus placeres y esperanzas, sus ansias y enloquecidos arrojos, y asimismo la belleza, la mocedad, la lascivia, la riqueza, la violencia, los filtros, los engaños, las lisonjas, las prodigalidades y las intrigas. Allí se veían los celos, coronados de amarillas caléndudas y con un cuco en el hueco de la mano, y también fiestas, instrumentos musicales, cantos, danzas, diversiones y lujos. Todas estas cosas propias del amor, con otras muchas que luego quiero seguir enumerando, aparecían pintadas en los muros en su orden debido. Se hallaba representado allí el monte de Citerea, donde tiene Venus su mansión y jardín, con todos sus deleites. No faltaban la ociosidad, su portero, ni el bello Narciso de antaño, ni la locura del rey Salomón, ni la prodigiosa fuerza de Hércules, ni los cantos de Circe y Medea, ni Turno, el de esforzado y fiero corazón, ni Creso el rico, caído en esclavitud. Por todo lo cual podéis colegir que ni la belleza ni la sabiduría, ni el vigor, ni la habilidad, ni el valor, ni la riqueza pueden medirse en autoridad con Venus, que dispone de todo ello a su capricho. Pues todos aquellos que mencioné fueron presos en las redes de la diosa y tanto sufrían que en su dolor exhalaban plañideras quejas. Con esos ejemplos bastan; pero a miles se podrían aducir.

La hermosa figura de Venus flotaba desnuda en el vasto mar, rodeada hasta el talle por las verdes y cristalinas olas. Empuñaba una cítara en la mano derecha y coronaba grácilmente sus cabellos con una guirnalda de lozanas y aromadas rosas, sobre las que revoloteaban varias palomas. Ante Venus hallábase su hijo Cupido, alado y ciego como se le suele pintar y con un arco y un carcaj de relucientes y buidas flechas.

¿Debo describiros también las pinturas que ornaban los muros interiores del templete del poderoso y bermejo Marte? Las paredes reproducían con sus imágenes las del helado y torvo paraje de Tracia donde tiene Marte su soberana mansión y su majestuoso templo.

Ante todo se veía una desolada selva, horra de animales y de hombres, llena de árboles viejos, retorcidos, secos y nudosos, de troncos puntiagudos y hórrida traza. Por aquellas arboledas corría un bronco fragor, tal que el de un temporal quebrantando las ramas. En la ladera de un monte cubierto de hierba se alzaba el templo del omnipotente Marte, templo todo él de hierro fundido, de zaguán largo y angosto y de amedrentadora apariencia. De él brotaban tan violentas ráfagas de viento que hacían crujir todos los portones. Por la abertura de éstos se veía la claridad de la aurora boreal, que otra cosa no podía ser, pues no había en los muros ventanas que consintieran accesos de luz alguna. Las hojas de las puertas eran de duradero diamante, reforzadas con entrecruzadas barras de hierro, y cada columna de las que sostenían el templo era también de hierro bruñido y gruesa como un tonel.

Allí se divisaban las tenebrosas conjuras del crimen, con todas sus tretas; la cruel ira, roja como una brasa; el latrocinio y el pálido terror; el adulador artero, con el puñal escondido bajo la capa; los establos incendiados y envueltos en negro humo; el traidor asesino que mata al que duerme; la guerra, destilando sangre de sus heridas; la refriega, de hoscas amenazas y bermejo cuchillo. Tétricos alaridos llenaban aquel lugar. El suicida yacía bañado en la sangre de su propio corazón, hincado el clavo en la sien; en pie se hallaba la estertorosa muerte. En medio del templo, la desgracia exhibía su desalentado y dolorido semblante; reía la locura con estúpido furor; gentes descontentas se levantaban en armas; había tumultos y crueles entuertos; yacían en las espesuras cadáveres con la garganta cortada; veíanse asesinados a miles; tiranos con presas ganadas por fuerza, y ciudades reducidas a ruinas completas. También se veían naves quemadas, a la deriva; cazadores asfixiados por el abrazo de salvajes osos; cerdas devorando niños en sus cunas; cocineros abrasados a despecho de su largo cucharón; carreteros aplastados por las ruedas de sus carros. Nada se escapaba al influjo fatal de Marte. Bajo él estaban el barbero, el carnicero y el herrero, forjador de tajantes espadas en su yunque. Señoreándolo todo, campeaba la Victoria en una torre, y sobre su cabeza pendía, pendiente de hilo sutil, aguda espada. Allí podían contemplarse el asesinato de Julio, de Nerón el Grande y de Antonio. Porque, si bien es verdad que estos hombres, en aquel tiempo, aún no habían nacido, su muerte se figuraba ya allí, como presagio de Marte. Mas bastan estos ejemplos de las antiguas historias, pues no puedo referirlos todos, aunque quisiera.

Erguida en un carro aparecía la armada figura de Marte, de encendida mirada, cual la de un loco. Lucían sobre su cabeza dos estrellas que los manuscritos llaman Puella y Rubeus. A los pies del dios de la guerra había un lobo de ojos rojizos, devorando a un hombre, y toda esta escena se había trazado con primoroso pincel, en gloria y reverencia de Marte.

Y ahora quiero referiros, con razones tan lacónicas como pueda, cuál era la traza del templo de la casta Diana. Los muros estaban pintados, de arriba abajo, con escenas de caza y de pudorosa castidad. Allí se veía a la triste Calisto transformada en osa a causa de la ira que Diana concibió contra ella. Ya se sabe que luego Calisto se convirtió en la Estrella Polar, y nada más necesito añadir sobre esto. Se veía también a su hijo, que es otra estrella. Podía contemplarse a Dafne, hija de Peneo, trocada en árbol, y a Acteón, mudado en ciervo como castigo por haber mirado a Diana estando ésta completamente desnuda. Y ha de saberse que luego los propios perros de Acteón, no reconociéndole, le devoraron. Algo más allá, Atalanta cazaba jabalíes con Meleagro, y había otros a quienes Diana preparaba calamidades y dolores. Aún se veían muchas más pasmosas historias, que prefiero no recordar ahora.

La diosa, sentada sobre un ciervo y rodeada de canes, presidía todas las pinturas. A sus pies brillaba la luna menguante. Los ojos de Diana se fijaban en las sombrías regiones de Plutón. Vestía de color verdoso amarillento y empuñaba un arco, llevando flechas en una aljaba. Estaba ante ella una mujer embarazada que, por no salir a su debido tiempo de su parto, invocaba a Lucina, diciendo:

—Asísteme, que nadie como tú lo puede hacer.

En fin, os digo que quien esto pintó puso mucha verdad en sus pinceles y gastó gran abundancia de dinero en colores.

Así quedó edificada la palestra. Teseo quedó asaz satisfecho viendo conclusos los templos y graderías en que tanta moneda invirtiera. Pero dejándole a él ahora, pasemos a hablar de Palamón y Arcites.

Llegaba el momento de que cada uno retornase llevando consigo cien caballeros, y así en verdad lo hicieron los dos. Mucha gente pensaba que nunca, desde el principio del mundo, hubo sobre la tierra o la mar, creadas por Dios, tan noble compañía de caballeros. Porque todos los amantes de la caballería, anhelosos de ganar reputación, habían pedido participar en aquel torneo, y los admitidos considerábanse muy honrados. Seguramente si ocurriese mañana un caso semejante, veríase cómo todo caballero enamorado y con arrestos, ya fuese de Inglaterra o de otro país, tendría vivos deseos de comparecer en la liza para combatir por una dama. *Benedicite!* A fe que debió de ser aquel espectáculo digno de presenciarse.

De los caballeros que acompañaban a Palamón vestían unos loriga, peto y jubón; otros, robustas corazas; algunos, prusianos escudos o rodelas, y algunos, más sólidas grebas y musleras. Hubo quien escogió el hacha y quien la maza de hierro, de manera que cada uno se había armado según su criterio. Venía con Palamón el propio Licurgo. rey de Tracia, de rostro viril y barba negra. Sus ojos (que movía en todas direcciones, como pájaro grifo) brillaba sobre unas cuencas amarillentas, de sanguíneas estrías. Tenía cejas apretadas e hirsutas, miembros anchos, músculos recios y macizos, espaldas vigorosas, brazos largos y torneados. Como es uso en su país, montaba un carro dorado que arrastraban cuatro blancos bueyes. No llevaba sobre el arnés loriga, sino una piel de oso, negra como el carbón y tachonada de clavos relucientes como el oro. Su larga y bien cuidada cabellera, negrísima cual ala de cuervo, le caía sobre las espaldas. Ceñía corona de oro, grande y gruesa como un brazo e incrustada de piedras preciosas: diamantes y bien tallados rubíes. Más de veinte blancos perros alanos rodeaban su carro y eran grandes como becerros, y estaban destinados a cazar ciervos y leones. Llevaban collares de oro, con anillas ensartadas, y se les mantenía las fauces fuertemente sujetas. Iban con Licurgo cien caballeros bien armados, de firme e intrépido corazón.

Afirman las crónicas que acompañaba a Arcites el gran Emeterio, rey de las Indias. Montaba éste un alazán cubierto de hierro y ornado con gualdrapa de oro con dibujos. Y Emeterio parecía el mismo Marte, dios de la guerra. Llevaba cota de mallas de Tartaria, con blancas y gruesas perlas engastadas. Era su silla de bruñido oro recién trabajado, y de sus hombros colgaba una capa corta salpicada de rubíes rojos como el fuego. Los bucles de su rizada cabellera relucían y eran rubios como el sol. Tenía grande la nariz, brillantes los ojos, los labios gruesos y la tez sonrosada. No debía de contar más de veinticinco años. Algunas pecas de color amarillo oscuro salpicaban su semblante. Sus miradas parecían las de un león. Nacíale la barba como cumplía a su edad y su voz remedaba el son de un estruendo de clarín. Le ceñía la sien una corona de verde laurel y llevaba en el puño una águila amaestrada, blanca como un lirio. Le seguían cien señores, armados de todas armas, pero con la cabeza desnuda. Y sabed que iban allí en haz reyes, duques y condes, sólo por amor y honor de la caballería. En torno al rey de las Indias se movían ágilmente profusión de leones y leopardos domesticados.

En fin, todos aquellos caballeros llegaron a la ciudad la mañana de un domingo y, cruzando sus puertas, se apearon. El noble duque Teseo alojó a cada uno según su condición y empezó a honrarlos y agasajarlos, de tal manera que todos pensaron que no había hombre alguno, fuese quien fuera, capaz de superar la cortesía de aquel duque. Omitiré referir las canciones de los trovadores, y los manjares del festín, y los ricos regalos que todos recibieron, del humilde al ilustre. Tampoco diré cuáles fueron las damas más bellas ni las que bailaron mejor, ni las que con más primor cantaron, ni quién hacía más tiernos cortejos, ni qué halcones se encaramaban en las perchas, ni tampoco cuáles eran los perros que en el suelo yacían acostados. Tan sólo contaré el remate de todo, que es lo que me parece más acertado, de manera que, poned atención, pues voy a ello.

Llegó la noche, y a la madrugada, oyendo Palamón cantar a la alondra (pues esta ave hízolo así aquella vez antes de ser de día), levantóse y, con corazón devoto y confiado ánimo, montó a caballo y fue en peregrinación a la bienaventurada y benévola Citerea, esto es, la muy digna y honrada Venus. Y a la hora en que más propicia es esa diosa, Palamón, cayendo de hinojos en el templo dedicado a Venus en el palenque, dijo, con humilde talante y tierno corazón: «¡Oh, Venus, señora mía, bella entre las bellas, hija de Júpiter y esposa de Vulcano, alegría del monte Citereo! Piensa en el amor que tuviste por Adonis, apiádate de las acres lágrimas que me acongojan y acoge en tu corazón mi humilde plegaria. Fáltanme palabras para pintar la hondura y tormentos de mi infierno, y tan confuso estoy que nada acierto a decir. Compadéceme, hermosa señora, pues que bien sondeas mi pensamiento y adviertes las penas que sufro. Ten clemencia de mí y te prometo, en cambio, ser tu continuo servidor y mantenerme siempre en armas contra la castidad. Favoréceme, pues, por este voto que te hago. No pido ganar mañana la victoria, ni fama por ello, ni ansío que las trompas proclamen mi triunfo por doquier, sino sólo quiero poseer plenamente a Emilia y morir a tu servicio. Ve el modo y forma de que lo pueda conseguir. Logre yo estrechar a mi dama en mis brazos, y nada se me daría vencer o ser vencido. Porque, si Marte es el dios de las armas, tanto es tu poder, ¡oh, Venus!, en los cielos, que, si así lo quieres, yo conseguiré a mi amada. Ofrezco honrar tu santuario siempre, y nunca que salga a pie o a caballo dejaré de hacer fuego y sacrificios en tus aras. Y si así no dispones, pídote, dulce señora, que permitas que Arcites me traspase mañana el corazón con su lanza. En muriendo, me es igual que Arcites gane a Emilia por esposa. Y rematando mi súplica, te pido, mi señora, que me des la posesión de mi amada».

En concluyendo su plegaria, Palamón ejecutó un sacrificio ritual, del que no es menester entrar en pormenores. Y al cabo la imagen de Venus, no sin que pasara primero buen trecho, movióse e hizo un signo; y Palamón conoció que había sido aceptada su ofrenda, y suponiendo su petición obtenida, volvió, con alborozado corazón, adonde se alojaba. Y tres horas después de haber salido él hacia el templete de Venus, ocurrió que a la vez se alzaron el sol y Emilia, y ésta se dirigió muy presurosa al santuario de Diana. Iban con ella camaristas con lienzos, incienso, fuego y otras cosas necesarias para sacrificar, sin omitir el vaso de cuerno con hidromiel. Ya revestido el templo de galanos lienzos, ya humeante de incensadas nubes, Emilia, con sereno corazón, bañóse en el agua de una fuente. No diré de qué manera ejecutó sus ritos, porque, aun contándolos muy a la ligera, no sería cosa que aviniese a quienes hubieran de escuchar, y así me limito a referir que Emilia se soltó el cabello, se coronó de hojas de verde encina y, ya tan lindamente aparejada, encendió dos fuegos en el altar y practicó sus ceremonias del modo que puede hallarse en Estacio de Tebas y en los manuscritos antiguos.

Y después de prendidos los fuegos, Emilia, dirigiendo a Diana su dolorido rostro, dijo estas razones: «¡Oh, casta diosa de las selvas verdes, tú ante quien se inclinan cielos, tierras y mares; soberana del tenebroso y hondo reino de Plutón; deidad de las vírgenes! Ha tiempo que conoces mis deseos. Pídote no me hagas incurrir en tu cólera y venganza, como incurrió Acteón. Bien sabes, diosa de la castidad, que quiero permanecer virgen toda mi vida y no ser nunca amante ni esposa de nadie. Como te consta, doncella soy, y de las tuyas, porque gusto de las monterías y amo correr por las selvas, y no, en cambio, casarme y tener hijos. No, no quiero conocer trato con el hombre. Así, señora, por las tres formas que en ti contienes, te impetro que me ayudes y que pongas paz entre Palamón, que tanto me estima, y Arcites, que me ama entrañablemente. Desvía sus corazones de mí y haz que sus ardores, pasión y congojoso tormento se dirijan a otra parte o se extingan; y si no quieres concederme esta gracia (porque pudiera ser que mi destino me obligase a casar con uno de los dos), haz que yo sea para el que, entre los dos caballeros, más me desee. ¡Oh, casta diosa, mira cuán amargas lágrimas surcan mi semblante! Pues eres doncella y de todas las doncellas protectora, haz que yo conserve mi doncellez y mientras así sea te serviré siempre».

De repente sobrevino un suceso extraño. Uno de los fuegos que ardían en el ara mientras oraba Emilia, se apagó, y muy pronto reavivóse. El otro se consumió también, pero sin renacer, sino que lanzó un sonido como el de una ascua mojada y de él se desprendieron un torrente de gotas de sangre. La aterrada Emilia estuvo a punto de perder el seso, y en su pavor comenzó a gritar con lastimeros clamores. Entonces aparecióse Diana, el arco en la mano y en todo su atuendo igual a una cazadora, y dijo:

—Cálmate, hija. Los dioses supremos han convenido y ratificado con augustas palabras que uno de aquellos que por ti penan te recibirá en matrimonio, mas no puedo decirte cuál de los dos será. Voyme, que no me es dable retardarme aquí más tiempo. Pero los fuegos de mi altar te presagiarán a quién estás destinada.

Hubo un entrechocar de flechas en la aljaba de la diosa y ésta se desvaneció. Atónita, Emilia dijo:

—No sé qué significa todo esto, mas yo me acojo a tu protección, Diana, y obedezco tus mandatos.

Y se dirigió a su morada por el camino más breve. Tal fue lo que en el santuario de Diana sucedió, sin otra peripecia. En tanto ya llegaba la hora de Marte, y Arcites acudió al santuario de aquel rey feroz y, habiendo sacrificado según su pagana costumbre, elevó a Marte, con devoción profunda y entristecido corazón, la plegaria que sigue:

—¡Dios poderoso, señor de los helados países de Tracia, que tienes en tu mano el gobierno de las armas de todos los reinos y regiones, dándoles su fortuna según tu albedrío! ¡Acoge el pío sacrificio que te ofrendo! Si mi juventud y fuerzas merecen servir a tu divinidad, ten compasión de mi pena y, en cambio, seré uno de tus adictos. Recuerda tus padecimientos y el ardoroso fuego de la pasión que te acometió cuando poseías a tus anchas la mucha belleza de la joven y lozana Venus, y no olvides el mal que te advino cuando Vulcano te sorprendió estando tú con su mujer; y ten, pensando en las angustias que entonces afligieron tu corazón, lástima de las mías. Ve que soy joven y poco experto y que además me conturba el amor, tanto, según me parece, como a nadie le haya conturbado jamás, pues que mi amada no se cuida de mí y le es indiferente que yo viva o muera. Para que ella me otorgue sus favores he de ganarla en el palenque por fuerza de armas y no ignoro que sin tu valimiento de nada me servirá mi vigor. Piensa, señor, en el fuego que antaño te abrasó como hogaño a mí, y auxíliame y dame mañana victoria en el combate. Sea mío el esfuerzo y tuya la gloria. Prometo honrar tu soberano templo más que santuario alguno, y quiero afanarme siempre en tus inclinaciones y duros trabajos. En tu templo colgaré mi bandera y todas las armas de mi hueste y haré que hasta que yo muera arda ante tu imagen fuego votivo. Y, lo que es más, te ofrezco mis largos cabellos, y mi barba, que nunca tijera ni navaja cortó, y juro ser tu servidor leal tanto como viva. Pídote, pues, señor, que compadezcas mi dolorosa cuita y me des la victoria.

Cuando el valeroso tebano hubo concluido su plegaria, retumbaron con gran estrépito las argollas que pendían del portón del templo y rechinaron las puertas, poniendo algún temor en el ánimo de Arcites. Alegres llamas se elevaron en los fuegos que en el ara ardían y cundió por los ámbitos una grata fragancia. Cumplió Arcites otras ceremonias y lanzó más incienso al fuego, y entonces rechinó la armadura de Marte y en el aire oyóse un muy quedo rumor que decía «Victoria». Y Arcites alabó a Marte y le glorificó, y luego, lleno de esperanzas, volvióse a su alojamiento, sintiéndose satisfecho como un pájaro al salir el sol.

A esta sazón se promovió en los cielos tremenda disputa, que de un lado mantenían Venus, diosa del amor, y de otro Marte, el inflexible y poderoso en armas. Intervino Júpiter para acallar la pendencia y luego llegó el pálido y glacial Saturno, perito en tantas aventuras antiguas, y su provecta experiencia hízole dar en un ardid que satisfizo en seguida a los disputadores. En efecto, la ancianidad tiene muchas ventajas, porque concede práctica y discreción, tanto que bien se dice que puede vencerse al viejo en la carrera, mas no en el consejo. Saturno, pues, para poner coto a la discusión y la incertidumbre, dijo de esta manera:

—Querida hija mía, Venus, la vasta órbita en que giro encierra más poder del que imaginan los hombres. A mí se deben el terrible naufragio, la prisión en la mazmorra sombría, la estrangulación en la horca, el descontento e insurrecciones de la plebe, las calumnias y misteriosos envenenamientos. Porque yo soy quien aplica venganzas y completos castigos mientras me hallo en el signo de Leo. Yo arruino los soberbios castillos, y desmorono las torres, y abato los muros sobre quien zapa o ensambla. A Sansón maté yo cuando se asió a la columna; yo doy las frías enfermedades, las silenciosas traiciones y las conjuras, y yo, con mi presencia, difundo la peste. No llores, Venus, que yo haré que Palamón, tu favorecido, obtenga a su dama, como le prometiste. No importa que Marte socorra al suyo, pues no por ello debéis de dejar de estar Marte y tú en paz por algún tiempo; y ello a pesar de vuestra diversidad de caracteres, que os hace andar siempre en disputas. No llores, Venus, digo, que tu abuelo soy, y quiero ejecutar tu antojo y satisfacerte.

Pero ahora dejo a los dioses olímpicos, y a Marte y a Venus, la deidad amorosa, y paso a relataros, con tanta claridad como me fuere hacedero, el gran acontecimiento sobre el que versa esta historia.

Aquel día se celebraron grandes fiestas en Atenas, porque el alegre tiempo de mayo contentaba a todos. Hubo justas y danzas el lunes, y aplicáronse las horas al honroso servicio de Venus, y al fin todos se volvieron a sus lechos cuando vino la noche, porque el gran combate era al otro día y había que levantarse temprano.

Al rayar el alba, el piafar de los caballos y el entrechocar de las armas atronó todas las hosterías, y los caballeros, en lucidos tropeles, fueron hacia el palacio, montando sus palafrenes y corceles de guerra. Era cosa de ver tanta armadura singular y rica: tan exquisitos trabajos en aceros y ropas; tan brillantes escudos, cascos y jaeces; tan bien labrados yelmos, incrustados en oro; tantas armaduras y cotas de malla; tantos señores montados, con soberbios arreos; tantos caballeros de comitiva; tantos escuderos atentos con diligencia a enristrar las lanzas, ajustar los yelmos y afirmar los escudos. Los caballos, al tascar los áureos frenos, los cubrían de espuma; los herreros, con martillos y limas, se movían de una parte a otra; y campesinos y otras gentes del común, apoyados en sus bastones cortos, adelantaban en hacinadas masas. Sonaban dulzainas, trompetas, clarines, atabales y otros instrumentos de los que instigan a la matanza en el combate, y en el palacio se veían grupos de tres, de cinco, de diez personas discutiendo sobre cuál de los dos caballeros tebanos vencería. Cada uno opinaba de un modo; éste vaticinaba el triunfo para el de la barba negra y cabello espeso, y aquél para el barbilampiño. Algunos decían: «Tal caballero se batirá bien, porque es fiero en apariencia y su hacha no pesa menos de veinte libras.»

Los cantos y alboroto despertaron al gran Teseo, quien esperó en su palacio hasta que llegaron allí, con iguales honras, los dos caballeros tebanos. Teseo, junto a la ventana, parecía, por su atavío, un dios en su trono. Al pie del ventanal apiñóse el pueblo para verle y reverenciarle y para escuchar sus órdenes y determinaciones. Y un heraldo, subiendo a un tablado, dio una voz de silencio, y cuando las gentes cesaron en sus clamores, declaró a todos la voluntad del poderoso duque, diciendo:

—El duque nuestro señor, en su alta prudencia, ha estimado estéril derramar sangre noble en esta aventura, y así, para que no haya muertos, ha corregido sus primeros propósitos. Por tanto, nadie, so pena de la vida, deberá entrar en la palestra con flecha, puñal o hacha alguna, ni tampoco espada corta de punta afilada. Nadie cargará a caballo usando lanza puntiaguda, sino en una sola embestida, y luego arremeterá a pie, si así le place. Quien sufriere desgracia, no será muerto, sino apartado a una estacada que a entrambos lados se ha dispuesto, donde habrá de permanecer obligatoriamente. Y si ocurriera que el jefe de uno de los bandos fuese vencido o muerto por su enemigo, cesará el torneo en ese instante. Y ahora, Dios os proteja. ¡Adelante y firmes! Luchad a vuestro albedrío con las espadas largas y las mazas. Poneos, pues, en camino; que tal es la voluntad de mi señor.

Todo el pueblo prorrumpió en alborozadas exclamaciones, diciendo: «¡Dios guarde a nuestro bondadoso señor, que no quere la destrucción de ninguna vida!».

Empezaron a sonar la música y los clarines, y los campeones se encaminaron a la palestra, atravesando las calles engalanadas con colgaduras de hilo de oro. El noble duque cabalgaba llevando a uno de los tebanos a cada parte; tras ellos seguían la reina y Emilia y finalmente los demás caballeros, según su calidad. De esta suerte llegaron al palenque y, antes de la hora prima, ya Teseo se había acomodado en su asiento, muy suntuoso y rico, mientras la reina, Emilia y las otras damas ocupaban lugares proporcionados a su condición. Corrió la muchedumbre hacia las graderías, y luego, abriéndose al Oeste la puerta de Marte, entró Arcites con su centenar de caballeros, enarbolando bandera roja, mientras al Este, por la puerta de Venus, sobrevenía Palamón con bandera blanca y resuelto talante.

No se hallarían, buscárase donde se buscara, dos huestes como aquéllas. Ninguna llevaba ventaja a la otra en dignidad, edad o calidad, pues unos y otros caballeros habían sido escogidos con tal acierto que eran idénticos como quepa concebir. Formaron dos bien ordenadas filas y luego de que a cada cual se llamó por su nombre, para cerciorarse de que no había fraude en el número, se cerraron las puertas y se mandó, con gran voz:

—¡Cumplid, pues, vuestro deber, jóvenes y valerosos paladines!

Los reyes de armas picaron espuelas y se separaron a entrambos lados de la liza. Sonaron con vigor trompas y clarines y todos los caballeros, los del Este y los del Oeste, avanzaron con las lanzas enristradas. Bien se vio allí quiénes eran duchos en justar y cabalgar, que muchas astas de lanzas se quebraron contra los robustos escudos y más de un pecho sintió el poderoso golpe. Saltaban trozos de lanza hasta veinte pies de altura; desenvainábanse espadas resplandecientes como de plata; hendíanse unos yelmos y otros se venían a tierra en pedazos; brotaban encarnados chorros de sangre y muchos huesos se rompían bajo las abrumadoras mazas. Chocaban entre sí los corceles; introducíanse paladines en lo más reñido de la pelea; rodaban unos bajo los remos de los caballos, algunos, a pie, arremetían con los mangos de sus partidas lanzas, y otros, cargándolos con sus caballos, los derribaban en tierra. Recogíase a los heridos y, aun a su pesar, se los llevaba a las opuestas estacadas, y de tiempo en tiempo mandaba Teseo suspender la refriega para que los combatientes descansaran y bebieran si lo habían menester.

Muchas veces al día se encontraron los dos rivales y siempre, maquinando cada uno de ellos la ruina de su enemigo, ocurrió que entrambos rodaron descabalgados. No hay en todo el valle de Gargafia tigre tan cruel para el cazador que le arrebata su cachorrillo, como Arcites lo fue para Palamón a causa de los celos que en su corazón anidaban. Ningún fiero león de Belmaria, perseguido o enloquecido por el hambre, ansía la sangre de su presa con más ahínco que desea Palamón la de Arcites. Batían las armas de los dos, con enojados golpes, el yelmo de su enemigo, y bermeja sangre corría por los cuerpos de ambos contendientes.

Empero, no hay en este mundo cosa que tenga fin; y esto sucedió aquí también. Porque aún no se había puesto el sol cuando el poderoso Emeterio, cayendo sobre Palamón cuando éste lidiaba con Arcites, introdújole profundamente la espada en el cuerpo, y el caído tebano, aunque no se rindió, fue sujeto por una veintena de hombres y llevado a la estacada de los vencidos. Había el vigoroso rey Licurgo corrido en apoyo de Palamón, mas fue desmontado, y el propio Emeterio, a pesar de su mucha robustez, cayó del caballo a causa de un último golpe que le asestó Palamón antes de ser aprehendido. Pero todo el esfuerzo de su ánimo no impidió a Palamón ser llevado a la estacada y allí hubo de permanecer, cumpliendo el acuerdo convenido. ¿Quién se entristeció tanto jamás como el infortunado Palamón al verse privado de salir a lizar?

Teseo, advirtiendo lo que pasaba, gritó a los combatientes:

—¡Cesad, que la contienda ha terminado! ¡Yo, juez verdadero e imparcial, digo que Emilia será de Arcites de Tebas, que ha tenido la fortuna de ganarla en buena lid!

Oyendo esto, alzóse en el pueblo tan alto y fuerte clamor, que las graderías parecían desplomarse.

Mas ¿qué diría y haría entretanto en el cielo la hermosa Venus, diosa del amor? Lo que hacía era llorar de tal modo, viendo incumplido su deseo, que exclamó, dejando caer sus lágrimas sobre el palenque:

—¡Oprobio sea sobre mí!

—Tranquilízate, hija —exhortó Saturno—. Marte tiene lo que quiso, porque su caballero ha vencido, pero por mi cabeza te prometo que pronto lograrás tu consolación.

Ya las trompetas atronaban con sus sones y los heraldos, con grandes vociferaciones, proclamaban la gloria del paladín Arcites. Pero sabed que no hubo pasado un instante cuando sobrevino un prodigio.

El fiero Arcites se había quitado el yelmo y picó espuelas a su corcel, recorriendo el vasto palenque, para que todos le vieran. Y alzando el rostro adonde estaba Emilia, reparó en que ésta le miraba con amistad (porque siempre suelen las mujeres plegarse a los azares de la fortuna), y ello colmó de alegría su corazón. Pero catad que salió entonces de la tierra una furia del averno, enviada por Plutón a súplica de Saturno, y el caballo de Arcites, avistándola, tuvo gran espanto y principió a encabritarse. En seguida, dio un gran salto de lado, dejándose caer con fuerza hacia delante, y de esta manera, antes de que su jinete pudiera sujetarse, le despidió por sobre la cabeza, y el vencedor Arcites cayó en tierra como muerto. El metal del arzón le había, con el golpe, quebrado el pecho por dentro, y su rostro, bañado en sangre, estaba negro como el carbón o como una corneja.

Sacaron de la palestra al caído y lleváronle al palacio de Teseo, donde le acostaron en cama y desciñéronle la armadura con esmero y prontitud. Y en tanto él, muy acongojado, no cesaba de llamar a Emilia.

Teseo, con su cortejo, llegó a su palacio de Atenas con toda ventura y aparato, porque, aunque aquella desgracia hubiese sucedido, no quería entristecer a las demás gentes Pensaba, por ende, que Arcites, lejos de morir, curaría de su mal. Y estaban los demás paladines muy alborozados, viendo que ninguno de ellos había muerto, aunque sí hubiese algunos muy mal heridos, y en particular uno que tenía el esternón perforado por una lanzada. Pero algunos aplicábanse medicamentos a las heridas y miembros rotos, y otros se valían de encantamientos, acompañando éstos con infusiones de hierbas y bebiendo salvia para no perder los miembros dañados.

El noble duque confortó y honró a todos tan bien como pudo y, según buena usanza, mandó preparar un festín para la noche en obsequio de los señores extranjeros. Y sépase que nadie miraba a otro como vencido, porque el lance había sido justa o torneo y nadie había sufrido derrota, pues verse descabalgado es sólo desgracia. Ni tampoco constituye deshonra ni cobardía caer y ser llevado, por fuerza y sin rendirse, a una estacada, cuando uno es un hombre solo y le aferran con fuerza veinte caballeros por brazos, pies y dedos, mientras arqueros, guardias de a pie y otros servidores le alejan su caballo amenazándole con palos.

Y así, el duque Teseo mandó al instante pregonar que cesara todo rencor y malevolencia; declaró que ambas partes habían peleado con igual denuedo y merecían ser tan iguales como hermanos, y a todos ofreció regalos, según la condición de cada paladín. Luego hizo celebrar grandes fiestas tres días seguidos y cuando los reyes salían de Atenas, yendo cada uno a su comarca por el camino más corto, hízoles Teseo honor de acompañarlos una larga jornada. Y todo eran adioses y deseos de próspero viaje.

Pero no hablaré más de tan notable batalla, sino que quiero volver a Palamón y Arcites. El pecho de éste se hinchaba y ennegrecía de continuo y era cada vez más recio el dolor de su corazón. La ciencia de los físicos no pudo impedir que la sangre, interiormente coagulada, se corrompiera sin salir del cuerpo, y tal fue la podredumbre que ni sangrías, ni ventosas, ni infusiones de hierbas pudieron poner remedio. La fuerza expulsora o animal, que se llama natural por su misma virtud, no logró desalojar el veneno y, así, los conductos de los pulmones de Arcites se hincharon y su pecho se pudrió con aquella infestada materia. Inútiles fueron los vomitivos y purgas, porque toda aquella parte estaba disuelta y nada podía la naturaleza hacer. Creedme que cuando la naturaleza no suministra alivio, las medicinas son vanas y no hay más recurso que llevar el enfermo a la iglesia. O sea, para abreviar, que Arcites iba a morir. Y, comprendiéndolo, hizo llamar a Emilia y a su amado primo Palamón, y les dirigió el siguiente discurso:

—No puede mi afligido ánimo expresar ni un atisbo de los punzantes sufrimientos de mi corazón, a ti, señora, a quien amo sobre todo. Pero, pues que mi vida va a durar ya poco, encomiéndote el cuidado de mi alma. ¡Cuántas penas y dolores he sufrido por ti! ¡Y ahora viene la muerte a separarme de tu lado! ¿Qué es este mundo, reina de mi alma, dueña de mi corazón y esposa mía? ¿A qué aspiramos los hombres? Al amor sucede la tumba fría, la soledad y el desamparo. ¡Adiós, Emilia mía, adiós, mi dulzura! Tómame ahora entre tus brazos y atiende lo que voy a decirte. Durante mucho tiempo he tenido con mi primo Palamón enojos y rencores fundados en nuestros celos. Mas te digo, y Júpiter no asista a mi alma si miento, que hablando como bueno (esto es, con lealtad, honradez, caballerosidad, prudencia, humildad, nobleza, ánimo magnánimo y todo lo demás a esto concerniente), debo confesar que no he conocido hasta ahora nadie tan digno de amor como Palamón, quien te sirve y servirá toda su vida. Aun si no te casaras jamás, nunca eches en olvido al gentil Palamón.

Y le faltó la voz, porque ya el frío de la muerte, subiéndole desde los pies, le alcanzaba el pecho. Después perdieron sus brazas la fuerza vital y al cabo todo le abandonó. Aún persistía el discernimiento en su corazón dolorido, pero al cabo la muerte tocó su corazón y la misma inteligencia principió a nublarse. Enturbiáronse los ojos de Arcites y le abandonó el aliento, mas todavía pudo mirar a su amada y balbucir:

—¡Emilia, clemencia!

Y luego su espíritu, abandonando su terrena morada, fue adonde no diré, puesto que nunca estuve allí. Y así, callo, que no soy adivino y nada a propósito de almas he hallado en este relato, ni me place citar las opiniones de quienes dijeron dónde pensaban ir a morar. En fin, Arcites quedó exánime y su alma en manos de Marte.

Volvamos nosotros a Emilia.

Ésta exhaló un grito agudo y se desvaneció. Teseo, tomándola en brazos, alejóla del cadáver. No pasaré tiempo explicando cómo ella sollozaba. Siempre en tales casos, es decir, cuando se separan de sus esposos o prometidos, tienen las mujeres tal dolor, que se afligen extremadamente, y aun suelen enfermar de tal modo que acaban seguramente por expirar. Infinitas lágrimas y muchos lamentos hubo en toda la población, y no había anciano ni niño que no deplorase la muerte del tebano. De cierto que no se lloró tanto a Héctor cuando condujeron su cadáver a Troya. Mucha gente se rasgaba el rostro y mesaba los cabellos, y las mujeres clamaban: «¿Por qué moriste, si tenías oro bastante y además a Emilia?»

Teseo estaba inconsolable, y sólo sabía mitigarle el dolor Egeo, su anciano padre, que conocía bien las mudanzas del mundo, por las veces que viera trocarse el júbilo en pena y la pena en júbilo. Y para calmar la aflicción general citaba muchos ejemplos y comparaciones.

—Así —decía— como nunca murió quien no ha vivido, así nunca vivió nadie que no muriera. Este mundo es un tránsito, poblado de amarguras, y nosotros, peregrinos, lo cruzamos en todas direcciones, hasta dar con la muerte, término de los terrenos males.

Y aún añadía muchas cosas más, todas muy sabias y prudentes, para que las gentes se consolasen.

Mientras tanto, el duque Teseo pensó solícitamente dónde podría abrirse la tumba de Arcites, que él quería buena y honrosísima entre las de su clase. Y al fin decidió levantar una pira fúnebre en aquel mismo claro del bosque donde Arcites y Palamón riñeron su primer encuentro y donde Arcites, presa de amorosos afanes, dio rienda a sus lamentos y ardió en el devorador fuego de sus pasiones. Mandó, pues, Teseo aserrar añosas encinas y formar con ellas hileras de leño dispuestas a la cremación. Y, en tanto que sus sirvientes corrían a caballo para ejecutar esta orden, hizo Teseo preparar unas andas y cubrirlas con la más rica tela de oro que poseía. Con idéntica pompa mandó amortajar a Arcites e hizo que le calzasen las manos con blancos guantes y le ciñeran a la cabeza una corona de verde laurel y al cinto una reluciente y aguda espada. En fin, le depositaron en las andas, sin taparle el rostro, y Teseo lloraba de modo que incitaba a compasión. Y de día hizo sacar al salón público al muerto, para que la gente lo viera, y todo eran llantos y ruido de sollozos.

Acudió también Palamón el tebano, enlutado y hecho un río de lágrimas, con las barbas sin peinar y los cabellos revueltos y llenos de ceniza; y no faltó Emilia, que lloraba como ninguno y era la más dolorida de todos. Queriendo hacer unas exequias señaladas, Teseo hizo llevar sus tres caballos de batalla, cubiertos de bruñido hierro y ornados con las armas de Arcites. Sobre aquellos corceles corpulentos y grandes, montaron tres jinetes: uno con el escudo del muerto; otro con su lanza alta en las manos, y el tercero con su arco turquestano y su aljaba de oro brillante, como la armadura.

Todos, con compungidos rostros, cabalgaron camino del bosque. Los más ilustres caballeros griegos llevaban las andas al hombro, con ojos enrojecidos por el llanto, y así cruzaron toda la ciudad, siguiendo la calle mayor, que estaba llena de colgaduras con crespones. A la derecha del cadáver iba el anciano Egeo y a la izquierda el duque Teseo, y ambos portaban vasos de finísimo oro, llenos de miel, leche, vino y sangre. Seguía Palamón, con lucido séquito, y la dolorida Emilia, quien, según uso de la época, llevaba el fuego que había de emplearse en las ceremonias funerarias.

Tras larga tarea y profusión de disposiciones, quedó arreglado el servicio fúnebre y aderezada la pira cineraria, tan alta que parecía rozar los cielos. Medía, con sus árboles extendidos, hasta veinte codos de anchura; que así se hallaban las ramas de diestramente colocadas. Empezóse por acumular grandes haces de paja, mas no explicaré cómo se montó la pira, ni el número de los árboles que se amontonaron, y que fueron encinas, pinos, abedules, álamos, alisos, robles, sauces, chopos, olmos, plátanos, fresnos, bojes, castaños, tilos, laureles, arces, espinos, hayas, avellanos y tejos; ni pormenorizaré su derribo; ni señalaré cómo los faunos, dríadas y ninfas del bosque huían en confusión, expulsados de su morada; ni detallaré el temor de aves y bestias al ver caer los troncos; ni el espanto de la tierra del bosque cuando, limpia de árboles, percibió el sol por primera vez. Y no explicaré tampoco cómo la pira se levantó primero con paja y después con árboles partidos en tres secciones, y luego con verdes ramas y aromáticas esencias, y al fin con lienzos de hilo de oro engastados de pedrería y guirnaldas de flores e incienso y mirra de dulces aromas. Ni contaré cómo pusieron al difunto en medio de aquel aparato, ni las riquezas que ornaban su cuerpo, ni cómo Emilia aplicó el fuego a la pira, según el buen uso, ni cómo ella se desmayó al ver elevarse la llama. Asimismo callaré lo que dijo y deseó, y las joyas que se arrojaron al fuego, al expandirse las llamaradas, y cómo uno echó a la lumbre la lanza, y otro el escudo, y otro los vestidos que del muerto llevaban, mientras se alimentaba con vino, leche y sangre la hoguera voraz. Asimismo no quiero contar cómo la enorme multitud de los griegos, corrió tres veces en torno a la hoguera, yendo de derecha a izquierda, con estruendosas vociferaciones; ni cómo todos entrechocaron por tres veces sus lanzas; ni cómo fue Emilia conducida a palacio; ni menos cómo Arcites se redujo a un puñado de helada ceniza; ni quién veló ésta por la noche. Y no describiré las fiestas funerales, ni quién, desnudo y ungido, hizo mejor pelea, ni quién se sostuvo mejor sin incurrir en mácula. No, nada de eso contaré, ni el retorno de los ciudadanos a Atenas, cuando concluyeron las ceremonias, porque ya anhelo poner fin y remate a este prolijo cuento.

En fin, el transcurso de algunos años hizo cesar las lágrimas y duelos, y por entonces acordaron los griegos tener asamblea en Atenas para debatir algunos asuntos, entre los que estaba exigir sumisión completa de los tebanos y pactar alianza con algunas ciudades. Por esta causa el noble Teseo hizo llamar al digno Palamón, y aunque no le decía la causa de su cita, Palamón compareció puntualmente, mostrando triste talante y vistiendo de negro.

Viéndole entrar, hizo Teseo que avisasen a Emilia. Y en sentándose todos, y callando, juzgó Teseo llegada la ocasión propicia, y así, dirigió los ojos a su alrededor, exhaló un grave suspiro y con compuesto semblante expresó sus deseos de la siguiente manera:

—Cuando el promotor primero de las cosas forjó en el cielo la dulce cadena del motor, hízolo con elevados designios y fecundas consecuencias. Harto sabía lo que procuraba y por qué, pues con aquella cadena unió fuego, aire, agua y tierra con indisolubles vínculos. Ese mismo promotor y causa ha establecido, en nuestro mísero mundo terreno, determinado número de días y duración precisa para cuanto aquí se engendra, y esos términos son inexcedibles, aunque no sean inacortables. Sobra apoyar esto con autoridades, porque la experiencia lo enseña; pero quiero, ello aparte, exponer mi criterio, y declaro que ese orden de las cosas da a conocer que la causa de todo es permanente y eterna. Por tanto, cualquiera que no sea débil de entendimiento, advierte que toda parte se deriva de su todo. Porque la Naturaleza no recibió sus principios de ninguna porción o fragmento de cosa, sino de un ser perfecto e invariable, aunque la misma Naturaleza, degradándose, haya llegado a corromperse.

»Por eso, en su prudente providencia, dispuso el Creador que las especies y evoluciones de los seres se perpetuasen mediante herencias sucesivas, y no porque los seres fueran eternos e infinitos. Cosa es ésta que se ve y comprende con sólo mirarla. Mucho se desarrolla el roble desde que nace y muy larga vida tiene, pero muere al fin. La dura piedra que pisamos, al cabo se desgasta si está en el camino. En sequía expira a veces el caudaloso río. Las ciudades grandes decaen y desaparecen. Y, por consecuencia, se ve que toda cosa tiene su fin.

»Y en lo tocante a mujeres y hombres, palmariamente advertimos que, ya en su juventud o en su ancianidad, es menester que mueran, y ello alcanza a todos, al rey y al paje, al que sucumbe en el lecho, o en el ancho campo, o en el profundo mar. Sabido es que esto no puede impedirse y que todos han de seguir el mismo camino. Y con ello me cabe afirmar la necesidad de que toda cosa haya de morir. Quien esto permite es el supremo Júpiter, principio y causa de todo ser, absoluto en su voluntad, de la que depende cuanto existe. Contra cuya certeza no hay criatura creada que pueda luchar, cualquiera que fuese su condición. Y, en consecuencia, juzgo de sabios hacer de necesidad virtud y admitir con buen ánimo lo que no podemos remediar, sobre todo si implica obligación para uno mismo. El que de ello reclama incurre en locura, pues que se alza contra el que todo lo gobierna.

»Y ahora os digo que en verdad más honor tiene el hombre cuando sucumbe durante su apogeo y florecimiento, cuando se halla en buena reputación y cuando ninguna acción deshonesta cometió contra su prójimo o contra sí mismo. Mayor satisfacción deben los allegados del hombre sentir viéndole lanzar con honor su postrer aliento que si lo exhala cuando su fama se minoró con los años, haciendo olvidar todas sus hazañas. O sea que, para dejar mejor reputación, conviene morir mientras se goza de mejor crédito. Y oponerse a todo esto es empeño y testarudez.

»¿Por qué, pues, nos desolamos viendo al buen Arcites, espejo de caballería, abandonar con honor y prez la vil prisión de esta vida? ¿Por qué su primo y esposa lamentan la muerte de quien tanto los amó? ¿Agradeceráles él sus deploraciones? Por Dios que no, que con ello, sobre injuriarse a sí mismos e injuriar al alma de él, no pueden satisfacer sus propios deseos. Y de este largo razonamiento vengo a inferir que, pasado el dolor, debemos alegrarnos y agradecer a Júpiter sus muchas mercedes. Así, antes de salir de este lugar, propongo que hagamos de dos penas una perfecta y duradera alegría, empezando por ver dónde hay más dolor para primero remediarlo.

»Es, hermana Emilia, mi verdadera voluntad (y con ella está conforme toda mi corte), que concedas tu gracia y favor y aceptes como señor y esposo al noble Palamón, tu galán, que siempre, desde que primero le conociste, te sirvió con su corazón, fuerzas y propósitos. Así, pues, es tal nuestro acuerdo, alárgame la mano y véase tu clemencia de mujer. Sobrino de un rey es Palamón, mas aunque fuese sólo un caballero modesto, tanto tiempo te ha honrado y tanto ha sufrido por ti, que ninguna de estas cosas debiera olvidarse, pues la gentil misericordia ha de sobreponerse a la justicia.

Tras esto, interpelando a Palamón, le dijo:

—Espero no necesitar muchas razones para hacerte consentir en este negocio. Ea, acércate y toma a tu dama de la mano.

Y así se anudó entre los dos el alto vínculo que llaman casamiento o matrimonio, aprobándolo la asamblea de todos los varones. Entre general alborozo y músicas, Palamón unióse a Emilia, y Dios, creador de todo el ancho mundo, concedióle su favor, que tenía bien merecido. Y Palamón gozó de la mayor ventura, y vivió rico, contento y sano, amándole Emilia con tanta ternura y atendiéndola él con tanta cortesía, que nunca entre los dos hubo celos ni otras querellas.

Así acabaron Palamón y Emilia. Y Dios libre de mal a esta honrada compañía.

PRÓLOGO DEL CUENTO DEL MOLINERO

CUANDO hubo terminado el caballero su cuento, todos los de la partida, jóvenes y viejos, dijeron que aquel relato era bueno y digno de memoria; y quienes más se distinguieron en el elogio fueron las personas principales de la compañía.

El hostelero rió, juró y dijo:

—¡Así marche yo tan bien como nuestro asunto marcha! Abierto hemos el saco y bien ha empezado el juego. Véase quién relata otro cuento ahora. Señor monje, corresponded con alguna historia a la del caballero.

Pero aquí el molinero, que de tanto beber tenía demudado el rostro, y sólo con trabajo se lograba mantener a lomos de su montura, no quiso ceder ante nadie, sino que, con desaforada voz, empezó a jurar por los brazos, sangre y huesos de Dios, aseverando:

—Excelente cuento sé, y ni pintado para esta ocasión, y con él quiero pagar al caballero.

Notó el hostelero cuán beodo estaba el hombre por la cerveza, y le adujo:

—Robin, amado hermano, espera que alguien nos cuente otro primero. Ea, espera, y tengamos todos calma.

—¡Digo que no, por el alma de Dios! ——insistió el otro—. Ahora cuento yo, si no queréis que siga solo mi camino.

A lo que el hostelero repuso, enojado:

—¡Habla en mal hora, y el diablo te lleve! Loco eres y tienes el entendimiento nublado.

—Ea —dijo el molinero—, atiéndanme todos. Pero debo primero haceros constancia de que estoy borracho, según advierto en mi voz. Por consiguiente, si dijese alguna cosa descomunal, pídoos que echéis la culpa a la cerveza de Southwark. Y lo señalo, porque voy a relatar la historia de un estudiante que puso los cuernos a un carpintero con la esposa de éste.

El mayordomo le reprendió, aduciendo:

—Cósete la lengua y no vengas con insolencias de borracho. Es pecado y gran sandez calumniar a un hombre, y también llevar en lenguas a las mujeres casadas. Bien puedes contarnos otra cosa.

Pero el ebrio molinero replicó a eso:

—Sabe, querido hermano Osvaldo, que quien no está casado no puede ser cornudo. Ni tampoco indico que tú lo seas, porque muchas mujeres buenas hay, tanto que acaso se encuentren mil de ellas por una mala. Ya lo sabes tú, si no te falta el juicio. ¿Por qué te enfada mi cuento? Casado soy, ¡pardiez!, no menos que tú, y por la yunta que tengo que no querría verme cornudo, de manera que pláceme pensar que no lo soy. Además, el marido no debe averiguar los secretos de Dios ni los de su mujer. Tenga ella bastantes bienes, que lo demás no importa.

En fin, el molinero no quiso guardar miramientos con nadie y refirió, según su estilo, su chocarrero cuento, sin rehuir términos soeces. Creo que debo repetirlos con exactitud, y así ruego a toda persona gentil que no piense —¡así Dios me asista!— que me expreso con mala intención, sino que he de reproducir fielmente los cuentos, sean buenos o malos, so pena de falsear su contenido. En consecuencia, quien no quiera saber éste de este modo, vuelva las hojas y escoja otro cuento; que los hay en abundancia, tanto largos como cortos, donde se reflejan noble cortesía e incluso moralidad y santidad. Comprended que aquel molinero era hombre rústico, como el mayordomo y otros más que también contaron bellaquerías. Meditadlo así, y eximidme de culpa; y no deis, además, demasiada importancia a las cosas.

CUENTO DEL MOLINERO

Vivía antaño en Oxford un pechero rico que, además de ser carpintero de oficio, admitía huéspedes en su casa. Moraba con él, pues, un pobre estudiante, quien, amén de haber aprendido artes, era inclinado a la astrología y, merced a conocer cierto número de conclusiones, podía (siempre que se le preguntase a determinadas horas) predecir cuándo iban a venir sequías o lluvias, así como dilucidar muchas cosas, por no decir todas.

Aquel estudiante, a quien llamaban el gentil Nicolás, era docto en el amor y sus secretos placeres, y en lo a esto tocante era sagaz y discreto, aunque su traza fuese recatada como la de una doncella. Ocupaba en la casa una habitación independiente y la había adornado con mucho esmero, llenándola de plantas aromáticas. Y él mismo era dulce como la raíz del regaliz o de la cedoaria. A la cabecera de su lecho tenía, bien clasificados en anaqueles, un almagesto, varios tomos, pequeños y grandes, un astrolabio y diversos instrumentos de cálculo. Cubría su armario con un paño rojo y tenía en lugar sobresaliente de la habitación su salterio, que pulsaba por las noches, llenando la habitación de blancas melodías. Cantaba el «Angelus ad virginem», seguía con la tonada del rey y con todo esto veía muy alabada su alegre voz. Y así vivía el gentil estudiante, con su renta y las ayudas de sus deudos.

El carpintero había casado poco antes con una moza de dieciocho años, a la que quería como a su propia vida. Viéndola joven y de veleidosa cabeza, manteníala encerrada como en prisión, porque, siendo él ya viejo, a cada momento temía hallarse cornudo. Pues su tosca inteligencia desconocía el consejo de Catón, a saber: que cada uno se una con su igual. Sí: cásese cada uno según su condición, que mocedad y vejez están a menudo en conflicto.

El carpintero, sin embargo, había caído ya en la red y, por tanto, no le cabía sino soportar sus temores como otros tantos, porque su mujer era bella y de cuerpo menudo y elegante como el de una comadreja joven. Usaba ceñidor de seda a franjas y un delantal de encajes, blanco como leche matutina acabada de ordeñar. Su nívea camisa tenía un cuellecito bordado, todo en torno, con seda tan negra como el carbón. Su cofia ostentaba cintas que hacían juego con el cuello. Sus ojos eran alegres, con cejas estrechas y puntiagudas, arqueadas y negras como la endrina. Era, en fin, más grata a la vista que los tempranos perales sanjuaneros y suave como vellón de oveja. De su ceñidor colgaba una faltriquera de piel, con borlitas de seda y recamada de lentejuelas.

En resolución, no había en el mundo, se buscase donde se buscara, hombre capaz de imaginar moza tan galana y gustosa. Su tez brillaba más que una moneda de oro recién acuñada en la Torre de Londres. Tenía la voz sonora y alegre como la de una golondrina posada en un alero y gustábale retozar, entre saltos, como cabritillo detrás de la cabra. Era su boca dulce como mixtura de miel y cerveza, o como el hidromiel, o como montón de manzanas hacinadas sobre un lecho de heno o de brezos. Rebrincaba como una potrilla y era esbelta como un palo y recta como un tiro de ballesta. En el corpiño se prendía un broche ancho como el tachón de una rodela. Llevaba el calzado atacado hasta muy arriba y, en fin, era una perla y un primor, muy digna del lecho de un magnate o de haber casado con propietario rico.

Pero sucedió, señores, que un día, estando el carpintero ausente en Osney, el gentil Nicolás principió a retozar lascivamente con aquella casada, porque los estudiantes son arteros y pícaros. Asió, pues, a solas, sus encantos y le dijo:

—Sabed, amada mía, que si no satisfago mi voluntad de conseguir a escondidas tu amor, ello me costará la vida.

Y, abrazándola con fuerza por el talle, continuaba:

—Ea, mi amor, quiéreme ya, que, de lo contrario, he de morir; así no me salve si miento.

Pero ella se sacudió como potranca trabada, desvió la cabeza muy vivamente y repuso:

—En verdad que no te he de besar. Tente, Nicolás, y déjame, que si no daré voces pidiendo auxilio. Aparta, aparta las manos, si en verdad eres cortés.

Pero Nicolás suplicóle, y habló con ternura, y tanto la insistió, que ella, al fin, le otorgó su amor, jurándole por Santo Tomás de Kent que le complacería en su deseo tan pronto como ocurriera oportunidad. Mas agregó:

—Cuenta que mi marido es tan celoso, que, si tú no andas muy cauto y muy en secreto, esto me costará la vida. Tienes, pues, que comportarte con mucha discreción en este negocio.

—Aleja todo temor —repuso Nicolás—, porque poco habría aprendido un estudiante si no conociera el modo de engañar a un carpintero.

Y con esto, conviniendo y prometiendo esperar una ocasión, Nicolás ciñó el talle de su amada y la acarició muy a su sabor, y besóla y, al fin, empuñando su salterio manejólo con mucha presteza y ejecutó una melodía.

Un cierto día de fiesta, fue aquella buena esposa a la iglesia parroquial, para cumplir su deberes religiosos. Tan bien se había lavado la cara, después de sus quehaceres cotidianos, que le brillaba la frente como una luz.

En la iglesia existía un sacristán llamado Absalón. Este mozo tenía la cabellera rizada y refulgente como el oro, y partíasela por medio con una raya bien recta. Sus ojos eran grises, como los de los gansos, y muy sonrosado su rostro. Ostentaba elegantes calzas rojas y zapatos con acuchillados en forma de ojiva. Llevaba veste de color azulenco y sus agujetas eran numerosas y bien ordenadas. Por encima de todo se engalanaba con su sobrepelliz, blanca como capullo florecido. Así Dios me salve como que era aquel mozo hombre de muy buenas prendas. Sabía sangrar, rasurar y cortar el cabello, escribir un contrato de tierras y preparar un recibo. Entendía de veinte maneras de danza, según era uso en Oxford, trenzando las piernas de diferentes guisas, y tocaba un rabel a cuyo son cantaba tonadas con voz buena y aguda. También entendía de tocar la guitarra. En toda la ciudad no había cervecería o taberna que él no visitase con alborozo, y en particular si había allí taberneras alegres. En fin, Absalón miraba con recelo a quienes decían palabras rudas o lanzaban ventosidades.

Los días de fiesta, el jovial Absalón, incensario en mano, iba sahumando a las feligresas y mirándolas con amor, sobre todo a la mujer del carpintero, porque le deleitaba verla tan dulce, bien hecha y juguetona. A la verdad que si ella hubiese sido ratón y él gato, le habría echado las zarpas sin demora. Porque tales ansias amorosas encerraba en sí el galán Absalón, que nunca aceptaba ofrendas de las mujeres, en la iglesia, y hacíalo, a su decir, por cortesía. Y así, aquella noche, mientras la luna llena refulgía en el cielo, Absalón, empuñando su guitarra, resolvió pasar el tiempo en apasionada vela. Salió, alegre y enamorado, llegóse a la morada del carpintero, situóse al pie de una ventana y, con voz delicada y sutil, cantó, acompañado de su instrumento:

Te ruego, señora mía,
si tal es tu voluntad,
que de éste tu enamorado
vengas a tener piedad.

Despertó el carpintero con los cánticos y dijo a su mujer:

—¡Ah, Alisón! ¡Pardiez! ¿No oyes a Absalón cantar al pie de nuestra ventana?

Y ella contestó a su marido:

—Dios sabe, Juan, que le oigo muy bien.

Tal fue lo que sucedió entonces, y desde aquel día principió Absalón su cortejo, y con éste sus penas. No dormía de día ni de noche, peinaba con esmero sus rizos y se aliñaba mucho en su persona. Enviaba a la joven alcahuetes y medianeros, cantaba por ella como un ruiseñor, y, en fin, le regalaba hidromiel, vinos dulces, cerveza especiada y confituras calientes recién salidas del horno. Ofrecíale ser su servidor, y, como debe hacerse con moza burguesa, le prometía ser muy rendido, porque ha de saberse que a unas gentes se las gana con riquezas, y a otras con caricias, y con cortesías a otras. Además de esto lucíase mostrando su destreza en hacer el papel de Herodes en los tinglados de los autos; pero todo ello, ¿de qué le aprovechaba? Nada obtenía con sus afanes, sino desdenes, porque Alisón amaba al gentil Nicolás, y Absalón podía irse enhoramala. De manera que cuantas cosas emprendía seriamente Absalón eran causa de risa para la muchacha.

¡Cuán cierto es el axioma que dice: «Amante astuto y cercano, detestar hace al lejano.» Pues, mientras Absalón estaba fuera de seso y apartado de la vista de su amada, el gentil Nicolás era venturoso. Y lograr su deseo era sólo cuestión de maquinar bien. ¡Malhaya Absalón!

Un sábado fuese el carpintero a Osney, y el gentil Nicolás y su amada Alisón resolvieron que Nicolás concibiese algún ardid con que engañar al incauto y celoso marido, de manera que ella pudiera pasar toda la noche en los brazos de Nicolás, como los dos anhelaban. Nicolás, sin otras palabras, llevóse sigilosamente a su habitación comida y bebida para un par de días y mandó a Alisón que ésta, si su marido le preguntaba por su huésped, dijera que no le había visto en todo el día, ni le parecía posible que dejase de estar enfermo, pues que la moza de servicio había estado dándole voces sin que él respondiera. Pasó, pues, Nicolás aquel sábado en su cámara, comiendo, bebiendo o haciendo lo que le petase, y de esta manera estuvo hasta el atardecer del domingo.

Y en tanto el sencillo carpintero, muy pasmado pensando qué podría acaecerle a Nicolás, decía:

—¡Por Santo Tomás que quizá Nicolás no se encuentre bien! ¡Dios no quiera que muera de repente! ¡Qué inciertas son las cosas de este mundo! Hoy mismo he visto llevar al camposanto al cuerpo de un hombre a quien el lunes último hallé trabajando aún.

Y, llegándose a su criado, le mandó:

—Vete arriba, llama a la puerta de mi huésped, así sea con una piedra, mira qué pasa y dímelo.

Subió decididamente el criado y a través de la puerta principió a gritar:

—¡Aho, señor Nicolás! ¡Abrid! ¿Es posible que estéis durmiendo todo el día?

Mas el estudiante no contestaba. Entonces el criado miró por la gatera de la puerta y, en el fondo de la habitación, vio a Nicolás que estaba sentado, muy rígido, abierta la boca, como hombre a quien cogiera un pasmo contemplando la luna nueva. Bajó el sirviente y contó a su amo la forma en que se hallaba el mancebo.

Persignóse el carpintero y exclamó:

—¡Auxílianos, Santa Fridesvinda, que no se sabe lo que le puede suceder! Siempre dije yo que ese hombre, con sus astronomías, vendría a dar en alguna demencia o congoja, y así ha ocurrido. Sí, que no se han de escudriñar los secretos de Dios. ¡Bendito el hombre ignorante a quien basta su fe! Lo mismo le pasó a otro estudiante que, andando por los campos pensando en astronomías, vino a dar en un pozo de greda. ¡Jesús, rey de los cielos, me valga! Voy a reprender a ese mancebo por su aplicación. Dame acá un palo, Robin, con que yo alce la puerta por debajo, mientras tú la desgoznas. Así saldrá Nicolás de sus reflexiones.

Y fue hacia arriba. El criado, con una gran sacudida del pestillo, sacó de quicio la puerta. Nicolás, sentado y quieto como una piedra, seguía mirando al techo, con la boca abierta. El carpintero creyóle en algún extravío, y así, sujetándole con reciedumbre los hombros, le gritó con calor:

—¡Eh, Nicolás! ¿Qué es esto? Mira hacia abajo, hombre. Despierta y acuérdate de la pasión de Cristo. Ven, que yo te protegeré con el signo de la cruz de los espíritus y seres malignos.

Y, hablando de esta suerte, pronunció la fórmula ritual de los encantamientos nocturnos, mirando a las cuatro paredes de la casa y al umbral de la puerta y diciendo:

Jesucristo y San Benito,
esta casa bendecid contra los malos espíritus;
prevalezca contra las pesadillas el padrenuestro.
¿Dónde estás tú, hermana de San Pedro?

Al fin, el gentil Nicolás, volviendo de su trance, empezó a suspirar con tristeza, y dijo, no sin amargura:

—¡Oh! ¿Es posible que el mundo entero haya, en efecto, de desaparecer?

Contestó el carpintero:

—¿Qué dices, hombre? Toma ejemplo de nosotros, la gente de trabajo, y piensa en Dios.

—Ahora, dame de beber —dijo Nicolás—, y luego te hablaré en secreto de una cosa que mucho nos importa a ti y a mí. Tal es, que no quiero explicarla a ningún otro.

Bajó el carpintero y volvió con una buena media azumbre de cerveza fuerte. Luego que los dos hubieron bebido, Nicolás aseguró bien la puerta, mandó al carpintero sentarse a su lado y le dirigió este discurso:

—Mi amado y buen hospedero Juan; quiero que me jures por tu palabra que a nadie revelarás el secreto de Cristo que te voy a contar. Adviértote que si a alguien lo descubres, habrás, en castigo, de perder el juicio.

—¡No permita eso Cristo, por su sacra sangre! —repuso aquel hombre incauto—. No es porque yo lo diga, pero no soy chismoso ni amigo de hablillas. Habla, que te prometo en nombre de quien venció al infierno, que nunca revelaré tu secreto a mujer ni niño.

—Mira, Juan —dijo Nicolás—, dejando de lado toda patraña, quiero que sepas que he averiguado, merced a mi ciencia astrológica, y contemplando la resplandeciente luna, que el lunes venidero, antes de medianoche, sobrevendrá un aguacero tan violento y furioso que sobrepasará el diluvio de Noé. Todo el mundo quedará anegado en menos de una hora, que así de tremendas han de ser las aguas. Y de esta suerte ha de ahogarse la humanidad toda, y perder sus vidas.

—¡Ay! —exclamó el carpintero—. ¿Y también se ahogará mi mujer, mi Alisón? ¡Oh! —añadía, con tal congoja que hasta le flaqueaban las piernas—. ¿Y no puede haber algún remedio para esto?

—¡Uno hay, vive Dios! —repuso el gentil Nicolás—. Pero ese exige que obres con buen consejo y discreción y no siguiendo tus propios impulsos. Salomón, sabio veraz, decía: «Obra siempre aconsejándote y no te arrepentirás.» Si un consejo bueno quieres tomar de mí, yo salvaré a tu mujer y a ti y a mí igualmente. Oye, ¿no sabes cómo se salvó Noé cuando Nuestro Señor le anunció con antelación que todo el mundo sería inundado por las aguas?

—Sí lo sé —dijo el carpintero— ha mucho.

—También —prosiguió Nicolás— sabrás cuántas dificultades tuvo Noé para hacer embarcar a su mujer. En verdad que Noé hubiera preferido entonces, mejor que embarcar todos sus carneros negros, que su mujer hubiera tenido un arca para ella sola. Por hecho lo doy. Y por eso, lo mejor aquí es que, sin detenernos en plática, por ser negocio de apremio, tú dispongas una tina o artesa para nosotros tres. Procura, empero, que las tinas sean grandes, de modo que flotemos dentro de ellas como en una barca, y apréstalas con provisiones suficientes para un día. De más no te cuides, que el agua decrecerá hacia la hora prima del día siguiente. Robin, tu criado no ha de saber nada de esto, ni tu criada Gila; y por qué ha de ser así, no me lo preguntes, que no seré yo quien te revele los divinos secretos. Si tienes el seso cabal, has de contentarte con hallar gracia tan grande como la que del Señor alcanzó Noé. De manera que, pues tu esposa también va a salvarse, sin duda alguna, vete a procurarte las tres tinas que dije, una para ti, otra para ella y la tercera para mí. Cuélgalas del techo y a mucha altura, sin que nadie repare en lo que estás haciendo. Y en obrando como te digo, y en habiendo dispuesto allí nuestra vituallas (con una hacha también para cortar las cuerdas de que las tinas pendan, cuando el agua se acerque), haz un agujero alto en la pared del jardín, de manera que, luego que el diluvio cese, podamos salir sin trabajo. Y entonces flotarás tan alegremente como la hembra del ánade que sigue a su macho, y yo os gritaré: «¡Hola, Juan; hola, Alisón! Regocijémonos, que ya las aguas bajarán pronto.» Y tú dirás: «Salud, maese Nicolás, y buenos días. Ya te veo, que es de mañana.»

»Y tras esto los tres seremos señores del mundo mientras vivamos, como lo fueron Noé y su mujer. Pero una cosa debo encarecerte, y es que esa noche, cuando hayamos cada uno pasado a nuestra tina ninguno ha de hablar, ni gritar, ni llamar, ni proferir una sola palabra. Antes bien, hemos de concentrarnos en oración; que así lo dispone Dios benigno. Tu mujer y tú os colocaréis separados y a buena distancia, para no pecar con los ojos ni con la vista. Ahora, vete y Dios te ampare. Mañana por la noche, cuando todos duerman, pasaremos a nuestras artesas y en ellas aguardaremos la gracia de Dios. Ea, vete, repito; que no tengo tiempo para más pormenores. Como suele decirse: «Obra y calla.» Discreto eres y no necesitas exhortaciones. Sólo te conjuro a que salves nuestras vidas.

El sencillo carpintero se fue, entre continuas lamentaciones, y reveló el secreto a su mujer, la cual, por estar ya informada, sabía bien qué finalidad tenía aquella singular maquinación, fingió espantarse como de la muerte, y dijo:

—¡Oh, infeliz de mí! Anda, ayúdanos a salvarnos, ayúdanos muy luego, o nos perderemos con los demás. Piensa, amado esposo, que yo soy tu mujer leal y sincera, y haz cuanto puedas por salvar nuestras vidas.

¡Qué inmenso poder tiene la fantasía! La imaginación puede motivar la muerte: tan profunda impresión le cabe recibir. El ignaro carpintero principió a figurarse el arrollador diluvio, temible como un mar y capaz de ahogar a su querida Alisón. Y así, tembloroso, con muchos gemidos y llantos, y con marchita y afligida faz, hizo buscar en secreto una artesa, un barril y una tina y, mandándolos con sigilo a su casa, los colgó a hurtadillas del techo. Con sus propias manos hizo tres escalas para trepar hasta los recipientes y puso en tina, barril y artesa un jarro de buena cerveza, con pan y queso asaz bastante para un día. Antes de hacer estas cosas encargó a la criada y moza de servicio que partiesen a Londres a efectos de hacerle algunas diligencias. Y el lunes, cuando cerró la noche, dio los últimos toques a las cosas, y él, su mujer y Nicolás, subieron a los tres recipientes y allí se acomodaron y guardaron silencio unos instantes.

—Récese un padrenuestro y luego callemos —dijo Nicolás.

—Callemos —repitió Juan.

—Callemos —murmuró Alisón.

El carpintero rezó sus devociones y puso oídos a la inminente lluvia. Pero al parecer había trabajado mucho durante el día, y así, a la hora de queda, cayó en un profundo sueño. Las angustias de su ánimo hacían exhalar penosas quejas y la posición forzada en que tenía la cabeza le producía frecuentes ronquidos. Entonces Nicolás bajó la escalera muy sigilosamente, y Alisón le siguió, y los dos se fueron a la habitación del carpintero. Grande fue allí la refocilación de los enamorados, quienes persistieron solazándose hasta que la campana empezó a tocar a laudes y los frailes iniciaron sus cantos en el coro.

El enamorado sacristán Absalón, muy apenado por sus cuitas con Alisón, había estado el lunes en Osney con unos amigos, para entretenerse y divertirse, y allí preguntó a un monje, su conocido, si había visto a Juan el carpintero. El monje, sacándole de la iglesia, repuso:

—No le vi trabajar acá desde el sábado. Acaso nuestro abad le haya enviado a buscar leña. Tiene la costumbre de hacerlo y entonces quédase en la granja uno o dos días. También puede estar en su casa, mas no lo sé con exactitud.

Absalón alegróse, pensando: «Esta noche debo pasarla en vela. El carpintero, ciertamente, no ha salido de su casa en todo el día desde que despuntó la aurora; yo lo he visto. En verdad que en cuanto el gallo cante llamaré con sigilo a su ventana, puesto que su cuarto está bajo, y declararé a Alisón mis amorosos afanes. Al menos he de darla un beso. En verdad que ya es hora de aliviar mis ansias. Además, todo el día he sentido en la boca no sé qué comezón, y ello es, cuando menos, presagio de beso. Por ende, esta noche soñé que estaba en un festín. En fin, durmamos obra de un par de horas, y a la madrugada velaré y me refocilaré.»

Y al primer canto del gallo, el jovial y enamorado Absalón levantóse y se vistió con mucho primor y miramiento. Antes que nada, masticó cardamomo y regaliz para oler bien y luego colocóse bajo la lengua una hojita de flor de amor. Y así, bien peinado y compuesto, acudió a la ventana del carpintero. El antepecho llegábale al busto. Tosió ligeramente y dijo a media voz:

—Dulce Alisón mía, mi panal de miel, ¿qué haces? Pájaro bonito, dulce cinamomo, despierta y óyeme. Tú piensas poco en mis sufrimientos, mas yo, doquiera que voy, me torturo por tu amor. No te asombres que me afane y consuma, porque ando tras de ti tan ansioso como el corderillo tras la ubre de la oveja. ¡Ah, querida mía! Sabe tanto deseo de tu amor, que sufro cual tórtola fiel y he perdido el apetito al punto de que como menos que una damisela.

—¡Lárgate de la ventana, loco! —respondió ella—. Así Dios me ayude como saldré, compadre. ¡Quita de ahí, que amo a otro mucho mejor que tú! Márchate o te tiro una piedra. Veinte diablos te lleven; ¡déjame dormir!

—¡Ay —dijo Absalón—, nunca se vio amor tan mal correspondido! Dame siquiera un beso, Alisón. Hazlo por amor de Jesús y por amor mío, puesto que otra cosa no quieres.

—¿Y si te beso te irás después? —preguntó la moza.

—Sí, en verdad, mi amor —contestó el sacristán.

—Entonces —repuso ella—, disponte, que ya voy—. Y en voz queda avisó a Nicolás—: Calla ahora, que vas a perecerte de risa.

Absalón, postrándose de hinojos, exclamó:

—En verdad que soy todo un señor. Sí, que después de esto otra cosa vendrá. Anda, amor mío, mi avecilla dulce, dame tu clemencia y favor.

Alisón, abriendo la ventana con premura, dijo:

—Ven y acaba pronto, que pudieran vernos los vecinos.

Absalón se limpió cuidadosamente la boca. Hacía una noche negra como la pez o el carbón. La moza sacó por la ventana el trasero y Absalón aplicó la boca con mucho gozo a las desnudas nalgas.

Y en seguida hízose atrás, pensando que allí debía de haber alguna cosa errónea. Porque él sabía muy bien que la cara de las mujeres no era de aquella forma. Exclamó, pues:

—¡Puaf! ¿Qué es esto?

Ella cerró la ventana con grandes risas y Absalón apartóse de aquel lugar con contrito semblante.

—¡Cuerpo de Dios, qué bien ha resultado la broma! —comentaba el gentil Nicolás.

Absalón oía aquellas palabras y prometióse hacérselas pagar. Y mientras se alejaba no hacía sino frotarse los labios con tierra, arena, paja, serrín y pañuelos. Además, se lamentaba sin cesar, exclamando:

—¡Lléveme el alma Satanás si no me vengo de esta injuria! Sí, que más contento tendré en vengarme que si me dieran toda esta ciudad. ¿Por qué no me apartaría yo a tiempo?

Todo su amor se había apagado y estaba frío. El beso en las posaderas de la moza habíale hecho mirar a todas las mujeres como si no valieran una higa. Así, estaba bien curado de su mal, y lloraba como un rapazuelo y andaba insultando a cuantas jóvenes veía. En fin, recorrió con silenciosos pasos la calle, hasta llegar al taller del herrero Gervasio, quien estaba forjando en su fragua piezas de arado y afilaba cuchillas y rejas con mucha presteza. Absalón llamó con quedos golpes, diciendo:

—Abre luego, Gervasio.

—¿Quién viene?

—Absalón.

—¿Absalón? ¡Bendita sea la cruz de Cristo! ¿Y cómo te levantas tan temprano? *Benedicite!* ¿Qué te pasa? Alguna moza del partido te ha metido en esto. Ya me entiendes bien, ¡por San Neot!

Pero Absalón, sin curarse de aquellas chanzas, nada adujo a ellas, porque era mancebo más despejado de lo que Gervasio imaginaba. Díjole, pues:

—Mi amado amigo, préstame ese cuchillo al rojo que tienes en el hornillo, pues me es menester. En seguida vuelvo con él.

Gervasio repuso:

—Tuyo es el cuchillo y tuyo sería (y deje yo de ser herrero si miento), así se tratase de un cuchillo de oro o de un saco de monedas. Pero ¡por los pies de Cristo, Absalón!, ¿para qué quieres eso?

—No hace al caso para qué lo quiera. Mañana te lo diré —respondió Absalón.

Y, tomando el hierro por el extremo frío, salió sin ruido y se encaminó a casa del carpintero. Y, como antes hiciera, tosió y llamó después a la ventana. Alisón preguntó:

—¿Eh, quién anda ahí? ¡Apuesto a que es algún ladrón!

—No, dulce amada mía —repuso el sacristán—. Absalón soy; tu enamorado soy. Así Dios me salve como te traigo un anillo que es regalo de mi madre, y muy fino y bien trabajado. Si me besas, te lo daré.

A esta sazón Nicolás se había levantado para orinar, y pensó que la broma sería mucho más buena si hacia besar a Absalón su propio trasero. Fuese, pues, a la ventana y sacó al aire las posaderas.

—Dulce avecilla mía —dijo el sacristán—, háblame, pues no te veo.

Por toda contestación, Nicolás dejó escapar una ventosidad ruidosa como un trueno, tanto que sus vapores casi cegaron a Absalón. Mas éste, que tenía dispuesto su hierro al rojo, aplicóselo a Nicolás entre las nalgas. Al gentil Nicolás todo el pellejo se le levantó en una extensión de una cuarta en redondo, pues muy rigurosa fue la quemadura que le produjo el encendido hierro.

El estudiante pensó, en su dolor, que aquél era su último día, y comenzó a gritar con desesperación:

—¡Auxilio, auxilio! ¡Agua, agua! ¡Favorecedme, por amor de Dios!

Con los gritos, el carpintero despertó sobresaltado y, oyendo clamar: «¡Agua!» con enloquecida voz, pensó que ya había llegado el diluvio. Consecuentemente, nada dijo, sino que se incorporó, cortó de un hachazo las cuerdas que sujetaban al techo la tina, y con esto, sin poderse valer, él, y tina, y todo, dieron en tierra con estrépito, y allí quedó el buen hombre desvanecido.

Alisón y Nicolás, levantándose, salieron a la calle dando voces de socorro. Todos los vecinos, lo mismo grandes que pequeños, acudieron a la casa y hallaron al carpintero sin sentido y con la color demudada, porque en la caída se había quebrado un brazo. Mas él tuvo que cargar con su mal, porque nada podía decir sin que le atajaren su mujer y el gentil Nicolás, asegurando a todos que el carpintero había perdido el seso; que había imaginado que iba a venir un diluvio como el de Noé; que, en su quimera, había comprado tres recipientes de madera y colgádolos en el techo, y que, además, les había impetrado, por amor de Dios, que se sentasen ellos por allí, «par compagnie».

La gente rió oyendo contar tales visiones y, alzando las miradas al techo, todos vieron los objetos colgados y su duelo trocóse en mofa. El carpintero protestaba, mas nadie atendía sus discursos, y él, exasperado, diose a tan feroces juramentos, que toda la ciudad le tuvo por hombre sin juicio. Los estudiantes se lo contaban unos a otros y se decían: «Loco está el pechero, hermanos.» Y todos se holgaban mucho de la chanza.

Y de este modo tuvo el carpintero su mujer deshonrada, a pesar de sus cuidados y celos; y de tal manera besó Absalón el orificio posterior de su amada; y por semejante medio le tostaron las posaderas al gentil Nicolás. Y el cuento es acabado, y Dios libre de mal a esta buena gente.

PRÓLOGO DEL CUENTO DEL MAYORDOMO

RIERON los presentes las donosas vicisitudes de Absalón y el gentil Nicolás, y luego cada uno expresó su opinión. Los más reían y celebraban el cuento; pero Osvaldo, el mayordomo, siendo carpintero de oficio, no dejaba de sentir algún resquemor en su ánimo, porque no hacía sino criticar y rezongar, diciendo:

—En verdad afirmo que, si me pluguiera referir bellaquerías, podría recompensar ese cuento con cierto lance en que engañaron a un soberbio molinero; pero viejo soy y no tengo edad de retozos. Porque ya no estoy en tiempo de ir a pacer verde hierba, sino de alimentarme con seco forraje; que ésta mi cabeza blanca pregona mis años y mi corazón está tan marchito como mi cabeza misma. Aunque bien pudiera pasarme lo que al níspero, que es el más desabrido de los frutos hasta que madura entre estiércol o paja. Quizá los viejos seamos así y sólo con el tiempo entremos en sazón, y luego ya bailamos al son que el mundo nos toca. Sabed, además, que los ancianos tenemos la cabeza blanca y el rabo verde, como la planta del puerco, de manera que, aun si vamos perdiendo las fuerzas, la voluntad incítanos a las mismas locuras. Y, si otra cosa no podemos, dámonos a hablar. Por ende, fuego hay en nuestras cenizas, y cuatro ascuas se encierran en ellas, que son: vanidad, mentira, cólera y ambición, cuyas cuatro chispas corresponden principalmente a la vejez. Podrá costarnos esfuerzos regir nuestros gastados miembros, pero nuestra voluntad niégase a decaer, a buen seguro. Y, en fin, aún tengo yo, a pesar de mis años, un diente primerizo, de los que me salieron cuando la espita de mi vida comenzó a fluir. Pues ha de entenderse que, cuando se nace, quita la muerte el tapón de la espita y deja correr la vida hasta que el barril queda exhausto. Ya casi vacío mi barril está. Puede la triste lengua alardear de las menudencias que años atrás acaecieron, pero esto tan sólo. Únicamente eso y el chochear conviene al anciano.

Oyendo el hospedero tal sermón, atajólo con maneras altivas, como un rey, y dijo:

—¡Eh! ¿A qué vienen tantas sutilezas? ¿O hemos de hablar todo el día de cosas de la Santa Escritura? Ved si el diablo no ha trocado a un mayordomo en predicador, como a un zapatero remendón pudiera trocar en marino o médico. Ea, di luego tu cuento y no te alargues. Ya se aparece Deptford y estamos a mitad de camino de la hora de prima. También llegamos a Greenwich, donde abundan los malandrines. Tiempo es de que comiences tu cuento.

—Señores —dijo el mayordomo—, pídoos que no os incomodéis si veis que asiento las cuentas a ese hombre, porque es lícito rechazar la fuerza con la fuerza. Este molinero ebrio nos ha contado con qué industria engañaron a un carpintero; y ello quizá porque sabe que yo lo soy. Pero voy, con vuestra licencia, a corresponderle en seguida, y en verdad que emplearé iguales expresiones soeces que las suyas. Ruego a Dios que haga romperse la nuca a este malvado que ve la paja en mi ojo y no la viga en el suyo.

CUENTO DEL MAYORDOMO

En Trumpington, cerca de Cambridge, hay un arroyo sobre el que cruza un puente, y al lado del arroyo existe un molino. Advertid que cuanto os relato es la pura verdad. Moraba en aquel molino, hacía mucho, un molinero soberbio y turbulento como un pavo real. Sabía tocar la gaita, pescar, remendar redes, tornear vasijas, luchar y manejar el arco. Ceñía largo cuchillo y tajadora espada, un puñalito muy galán en la faltriquera y, con esto y una navaja de Sheffield que sujetaba en las calzas, no había quien osara tocarle, de temor que a todos inspiraba. Tenía el semblante redondo, la nariz chata y el cráneo pelado como el de un mono. Era un fanfarrón de encrucijada, un perdonavidas. Nadie se atrevía a tocarle, por las tremendas amenazas que a todos espetaba. Y debo decir que era en verdad astuto y experto ladrón de grano y harina. Llamábanle Simoncico el Despreciativo. Estaba casado con mujer de ilustre origen, a saber, con la hija del párroco de la población. Éste había dado a Simoncico, como dote de su hija, una copiosa cantidad de utensilios de bronce. La mujer se había educado en un convento de monjas y ello placía a Simoncico, quien siempre afirmaba que no quería por esposa sino a moza bien criada y capaz de llevar con dignidad su condición de molinera. Era, en efecto, la esposa de Simoncico altiva y decidida como una urraca. Los días de fiesta iban juntos los dos, con muy buen talante: él con la capilla colgada al cuello y calzas encarnadas, y ella con saya de lo mismo. No había quien la llamase de otro modo que señora. Ni tampoco existía hombre con arrestos para retozar ni aun bromear con ella en el camino, porque Simoncico hubiera dado buena razón de él a golpe de daga, puñal o navaja. Pues ha de saberse que todo hombre celoso es temible, o al menos ellos procuran que sus mujeres lo piensen así. Además, precisamente por tener ella no sé qué mala reputación, mostrábase tan repelente para todos como el agua estancada y estaba llena de insolencia y menosprecio hacia el prójimo, pensando que no había señora que no debiera concederle el primer lugar, a causa de su linaje y de su crianza.

Tenían Simoncico y su mujer una hija de veinte años y un pequeño de seis meses. La moza era fornida y ancha, con la nariz roma, los ojos pardos y transparentes, las caderas abultadas, los senos salientes y redondos y la cabellera muy hermosa. Por todas cuyas partes el sacerdote, su abuelo, determinó hacerla heredera de su casa y bienes y buscarle un digno marido. Quería enlazarla con hombre de buena cuna y clase, pues que los bienes de la Santa Iglesia deben emplearse en la sangre que de sus miembros desciende. Y así, deseaba aquel párroco honrar su propia y santa sangre, aunque ello representase devorar a la Iglesia.

Mucho ganaba el molinero con la molienda del trigo y cebada de todo el contorno. Y tenía muy notorios provechos con el grano que le llevaban de Soler Hall, nombre de un grande e importante colegio de Cambridge. Un día que el administrador del colegio enfermó de repente, con una dolencia que parecía mortal, el molinero robó, en la cebada y trigo del colegio, cien veces más que antes, sin coto ni mesura en grano ni harina. El director del colegio dirigíale amonestaciones y amenazas, pero al molinero no se le daba de todo ello una hierba seca, y proclamaba desvergonzadamente que las imputaciones eran falsas.

Residían entonces en Soler Hall dos estudiantes pobres, ambos resueltos y amigos de jolgorio. Y por esto pidieron al director que les permitiese ir al molino y ver moler el grano, apostando la cabeza a que el molinero no les robaría ni media cuartilla, así emplease astucia o fuerza. Llamábanse aquellos estudiantes Juan y Alano, y eran de una población que tiene por nombre Strother y está en no sé qué región del Norte.

Luego que estuvieron en el molino, Juan descargó el saco y Alano se expresó de este modo:

—¡Salud, Simón! ¿Cómo están tu mujer y tu hermosa hija?

—Bien venido seas, Alano —repuso Simoncico—. Y también tú, Juan. ¿Qué de bueno os trae por aquí?

—La necesidad, Simón —dijo Juan—. Porque quien no tiene criados ha de servirse a sí mismo, si no es un necio; y así lo aseguran los doctos. Nuestro administrador parece a punto de muerte, si juzgamos por los dolores que tiene en la dentadura. Por eso venimos Alano y yo a que nos muelas nuestro grano, para luego llevarnos a casa la harina. Pídote que lo hagas con diligencia.

—A fe que sí —contestó Simoncico—. Pero, mientras yo trabajo, ¿en qué os ocuparéis vosotros?

—Yo —dijo Juan —pondréme junto a la tolva para ver entrar el grano. Porque por mi padre te aseguro que aún no he visto una tolva en movimiento.

—Si eso haces, Juan —acrecentó Alano—, yo me pondré debajo y me divertiré viendo cómo cae en el dornajo la harina. Porque tan poco entendido en molinería soy yo como tú, Juan.

Sonrió el molinero de la candidez de los mozos y pensó: «Artificios son éstos. Imaginan ellos que no hay quien les engañe, pero en verdad que yo les sabré ofuscar la vista, a pesar de todas sus filosofías. Cuanto más notables ocurrencias mediten, más les burlaré yo. Sí, que he de darles salvado y no harina. Como dijo la yegua al lobo, no son los más instruidos los más prudentes, y todo el arte de estos estudiantes no vale para mí una hoja seca.»

Y así, cuando le pareció conveniente, salió a hurtadillas, buscó el caballo de los estudiantes, que estaba atado detrás del molino, bajo una parra, y le quitó la cuerda y la brida. El animal, viéndose libre, empezó a relinchar y, cruzando calveros y espesuras, alejóse hacia la marisma, donde rebrincaban las yeguas salvajes. Y el molinero volvió sin hablar palabra. Acabó la molienda, bromeando entretanto con los dos jóvenes, y, cuando el grano estuvo bien molido y guardado en el saco, ató éste. Entonces salió Juan y halló que su caballo había escapado y principió a gritar:

—¡Favor! ¡Dios me valga! ¡Nuestro caballo ha huido! ¡Alano, ven, por los huesos de Dios! ¡De prisa, hombre! ¡Nuestro director se ha quedado sin montura!

Alano dio al olvido grano, harina y buena economía y gritó:

—¿Por dónde ha escapado el animal?

En esto llegó jadeando la mujer del molinero, y dijo:

—Vuestro caballo se ha ido a la marisma con las yeguas salvajes. ¡Maldita sea la mano que con tan torpe nudo le amarró!

—¡Alano —exclamó Juan—, descíñete, por la pasión de Cristo, esa espada, como yo me desceñí la mía, y corramos! Bien sabe Dios que soy ligero como un gamo. ¡Corazón de Dios! ¡No se nos evadirá el animal, no! Pero ¿por qué no llevaste el caballo a la cuadra? ¡Cuán necio eres, Alano, por Dios!

Los incautos estudiantes rompieron a correr hacia la marisma. Y, cuando se alejaron, el molinero les quitó media fanega de harina y mandó a su mujer que hiciese con ella una torta, añadiendo:

—Para mí que los estudiantes andaban recelosos. Pero a un estudiante, receloso o no, siempre le sabrá desplumar un molinero. Mira, mira por dónde van. ¡No recobrarán el animal muy fácilmente, no!

Los dos estudiantes, entretanto, corrían de un lado a otro, clamando:

—¡Eh, eh! ¡Para, para! ¡Por aquí! ¡Atájale por detrás! ¡Sílbale, que yo le espero!

Y así sucesivamente. Pero, a despecho de sus grandes esfuerzos, no alcanzaron al animal hasta después de cerrar la noche. Y quizá no hubiese acabado nunca la persecución, si no fuera porque el caballo, en medio de su veloz carrera, fue a parar a un foso. Al cabo volvieron Juan, que iba rendido y húmedo como una acémila mojada por la lluvia, y Alano, no mejor parado. Y decía el primero:

—¡Ah, en qué mal día nací! ¡Cuántas chanzas y desprecios nos esperan ahora! Nos han robado el grano, y el director y los demás estudiantes, y sobre todo el molinero, nos diputarán por sandios rematados. ¡Ay!

Tales eran las lamentaciones de Juan mientras tornaba al molino llevando de la brida a *Bayardo*. Pero, como era de noche y no podían ponerse en camino, pidieron al molinero (que estaba sentado junto a la lumbre) que les concediese, pagándoselo, cena y cama. Repuso el molinero:

—Yo os daré lo que tengo. Pequeña es mi casa, pero vosotros, con vuestra ciencia, podréis convertir una estancia de veinte pies de anchura en otra de mil. Ea, veamos si ese recinto basta o si, como es uso entre vosotros, habremos de hacerlo mayor mediante razonamientos.

—¡Por San Cutberto que el buen humor no te falta, Simón! —dijo Juan—. Buena respuesta nos diste. Mas yo siempre he oído que uno debe valerse, o con lo que tiene o con lo que encuentra. Vamos, querido huésped, sírvenos algo de comer y beber, y regalémonos, que luego todo te será bien pagado. Ya sabemos que con las manos vacías no se atrae al halcón. Aquí está nuestra plata: úsala como convenga.

El molinero mandó a su hija a buscar en el poblado pan y cerveza, asó un ganso, amarró el caballo de manera que ya no pudiese soltarse y preparó a los dos estudiantes, en su mismo aposento, y a diez o doce pasos de su propio lecho, otro bien provisto de sábanas y mantas. En la propia estancia tenía la hija su cama, por no haber en el molino otra habitación.

En fin, yantaron y departieron, bebiendo gran profusión de cerveza fuerte, y a medianoche se retiraron a descansar. Tanto había bebido el molinero que se le había demudado el color. Hipaba y hablaba por la nariz como si sufriese enfriamiento a la cabeza. Su mujer, que también se había refrescado el gaznate, estaba parlera y retozona como una urraca. Fuéronse al lecho ella y su marido, y a la cabecera colocaron la cuna del niño, para poder mecerle y amamantarle. Y la muchacha, luego de que todo el jarro de cerveza estuvo concluido, se acostó también, y Alano y Juan buscaron su lecho.

Los de la casa no necesitaban narcótico para dormir. Tanto había bebido el molinero que roncaba como un caballo, y por ende no tenía vigilancia con su trasero y hacía gran ruido. Su mujer acompañábale con gran ímpetu y sus ronquidos resonaban a dos estadios. La moza roncaba también, «par compagnie».

Alano, escuchando tal melodía, dio un ligero codazo a Juan y le dijo:

—¿Duermes? ¿Has oído en tu vida cantar semejante? ¡Oh, qué concierto ejecutan entre todos! ¡Así caiga sobre sus cuerpos un fuego devorador! ¿Escuchó nunca nadie cosa tan extraordinaria? ¡Mal rayo los parta, que no van a dejarme descansar en toda la noche!

Mas luego agregó:

—En fin, no hay mal que por bien no venga. Porque te juro (y no medre yo si no lo hago) que, como pueda, he de refocilarme con la moza. En verdad, alguna ventaja ha de darnos la ley, que dice que, si alguien es perjudicado en una cosa, debe en otra ser compensado. Este día nos han robado la harina y nos han hecho un mal tercio, y, pues de esto no vamos a resarcirnos, quiero yo compensar con alguna ganancia mi pérdida. ¡Así ha de ser, por el alma de Dios!

A lo que aconsejó Juan:

—Sé precavido, Alano, porque el molinero es hombre de empuje, y si despierta de su sueño puede afligirnos con alguna villanía.

—Nada me importa —repuso Alano.

Y se levantó y suavemente acercóse a la muchacha, que estaba profundamente dormida y procedió con tanto sigilo que, cuando la moza despertó, ya hubiera sido tarde, aun si ella se defendiera. Mas, por abreviar, diré que se pusieron acordes. Dejemos, pues, a Alano en su buena ventura, y volvamos a Juan.

Éste pasó algún rato quieto, quejándose y desolándose de esta manera:

—¡Cuán mala suerte la mía! Ahora sí que digo que soy un bobo. Mi camarada, al menos, se consuela con la hija del molinero, y así, aunque arriesgándose, satisface sus inclinaciones. Esto, si se cuenta, hará que todos me tengan por sandio. ¡A fe que voy también a levantarme y arriesgarme! Porque quien no tiene arrojo no tiene fortuna.

Y, saltando del lecho, fuese hacia la cuna del niño, la arrastró con mucha cautela y la puso a la cabecera de su cama. Algún tiempo después la mujer dejó sus ronquidos, despertóse y se levantó para orinar. Volvió y sorprendióle no encontrar la cuna, por más que la buscaba en la oscuridad a tientas.

«Me he engañado —pensó—. No he ido a mi cama, sino a la de los estudiantes. ¡Buena la hubiera hecho, si llego a meterme en ella!»

Siguió buscando la cuna en la oscuridad y al fin la encontró. Hallándola junto a una cama, pensó que ésta era la suya y, sin el menor recelo, pasó adentro, se tendió y procuró dormirse. Entonces Juan, muy ligero, se precipitó sobre la buena mujer. Nunca ella sufriera tal alegre asalto. Y en tal diversión perseveraron los estudiantes hasta que el gallo cantó tres veces. Cuando empezó el alborear de la aurora, Alano, fatigado por sus afanes de aquella dilatada noche, habló de esta suerte:

—¡Adiós, mi dulce Magdalena! Ya viene el día y no puedo quedarme acá por más tiempo; pero sabe que siempre, doquiera que vaya, yo seré tu estudiante. ¡Niégueseme la gloria si no!

—Vete, pues, amor mío —repuso ella—. Pero antes oye esto: cuando te vayas hallarás en la puerta trasera del molino una torta de media fanega, que hemos amasado con tu propia harina, la cual yo ayudé a robar a mi padre. ¡Dios te guarde y te socorra, amigo mío!

Y luego la moza calló y estuvo en poco que no rompiese a llorar. Alano saltó del lecho, pensando reunirse con su compañero antes de que clareara el día. Pero al ir a entrar en su lecho, tropezó con la mano en la cuna.

«¡Por Dios que me extravié del todo! —se dijo—. Tengo la cabeza mareada por las fatigas de esta noche y no acierto a andar sino en línea oblicua. Bien veo por esta cuna mi error, porque aquí está la cama del molinero y su mujer.»

Y así, se dirigió adonde se hallaba la cama del molinero. Entró en ella y, creyendo colocarse junto a su camarada Juan, puso la mano en el cuello de Simoncico y le dijo en voz baja:

—¡Hola, Juan, necio, despierta, por el alma de Cristo, que te quiero contar un gran jolgorio! Por nuestro señor Santiago te aseguro que tres veces en esta corta noche he poseído a la hija del molinero mientras tú te quedabas aquí, quieto y medroso, como un cobarde.

—¡Ah, traidor y truhán! ¿Tal has hecho? —rugió el molinero—. ¡Por la majestad de Dios te digo que has de morir, falso, pérfido y artero estudiante! ¡Deshonrar este insolente a mi hija, que de tal alcurnia procede!

Y con esto echó las manos a la garganta de Alano, quien montó en cólera y aferróle a su vez y le dio una gran puñada en la nariz. Brotó un torrente de sangre por todo el pecho del molinero, y los dos contendientes, entre golpes, con las narices y los labios magullados, rodaron por tierra como dos cerdos metidos en un saco. Levantáronse un momento y volvieron a rodar en seguida, y así continuaron hasta que el molinero, tropezando con una piedra, vino a caer de espaldas sobre su mujer, que se había dormido poco atrás, mientras Juan, el estudiante, velaba toda la noche.

Despertó la mujer con sobresalto, sintiendo caer aquel peso sobre ella, y exclamó:

—¡Favor, Santa Cruz de Bromholm! «In manus tuas», ¡Señor! ¡Váleme, Señor! ¡Simón, despierta, que el diablo ha caído sobre nosotros y casi me ha quebrantado el corazón! ¡Socorro, que me muero y siento a no sé qué encima de mi vientre y semblante! ¡Socorro, Simoncico, que los malignos estudiantes están combatiendo!

Juan saltó ligeramente del lecho y empezó a buscar un garrote. Ella hizo lo mismo y, como conocía los recovecos de su casa mejor que Juan, muy pronto dio con un palo apoyado en el muro. A la vaga claridad de la luna que penetraba por una abertura de la pared, vio la mujer a los dos que peleaban y, aunque no los distinguiera bien, sí reparó en que uno tenía, al parecer, una cosa blanca en la cabeza. Entonces recordó que uno de los dos estudiantes llevaba puesto un gorro de dormir y, por tanto, acercóse con sigilo y, cuando tuvo a su alcance al que creyó ser Alano, asestó tan poderosos golpes en la pelada calva del molinero, que éste se derrumbó con gran ruido, gritando:

—¡Auxilio! ¡Muerto soy!

Entonces los estudiantes midiéronle las costillas a su antojo, dejáronle muy bien tundido, recogieron su caballo y el saco de harina, se apoderaron de la torta de media fanega, que estaba muy lindamente cocida, y se fueron camino del colegio.

Así fue vapuleado el soberbio molinero, y perdió el valor de la molienda, y pagó la cena de Juan y Alano, y sufrió muy exquisita zurra, y además su mujer quedó deshonrada y su hija lo mismo. ¡Que tales cosas acontecen a los molineros ladrones! Pues muy verdadero es el proverbio que reza: «Quien mal hace, mal recibe.» Y aquel otro de: «A pícaro, pícaro y medio.» Y Dios, que majestuosamente se asienta en las alturas, libre de mal a toda esta compañía, grandes y chicos; que yo he servido bien al molinero con mi cuento.

PRÓLOGO DEL CUENTO DEL COCINERO

Al concluir de hablar el mayordomo, el cocinero londinense diole una afectuosa y jovial palmada en la espalda, y dijo:

—¡Pardiez! ¡Por la pasión de Cristo que el molinero remató bien el lance del hospedamiento! Ya aconsejó Salomón: «No metas extraño en tu casa.» Sí, que dar albergue nocturno es peligroso. Mucho debe el hombre mirar a quién permite morar en su habitación. Dios me aflija con calamidades si nunca, desde que me llamo Hodge de Ware, he oído contar que molinero alguno se viera en tales aprietos. ¡Buena burla le gastaron a favor de la oscuridad! Pero, pues, Dios dispone que esto no quede aquí, si vosotros consentís en escuchar a un pobre hombre como yo, quiero contaros, tan bien como pueda, una burla que acaeció ha tiempo en nuestra ciudad.

El hostelero contestó de este modo:

—Cuenta, Hodge, y procura que sea buen relato, que así tenemos derecho a pedírtelo. Porque tú has escamoteado el relleno de muchos pasteles y has vendido mucha masa dos veces recalentada y enfriada dos veces. Grandes maldiciones en Cristo te han dirigido los peregrinos que comieron tu ganso aderezado con perejil, y a los que todavía les duele el estómago a causa de la gran copia de moscas que tienes en tu cocina. Vamos, gentil Hodge, habla ya, por tu nombre. Y no te enojen mis chacotas, que muy grandes verdades se pueden expresar en chanza.

—Bien hablas —contestó Hodge—, pero broma verdadera no es buena broma, como los flamencos dicen. Y así, Enrique Bailly, no te incomodes, porque te prevengo que mi cuento versa sobre un posadero, y si has de ofenderte, callaremos.

Y, rompiendo a reír, ensartó algunos donaires, y luego empezó su cuento de esta manera.

CUENTO DEL COCINERO (1)

Vivía antaño en nuestra ciudad un aprendiz de un gremio de tratantes en vituallas. Era un mocito apuesto, aunque de corta estatura, risueño como jilguero del bosque, moreno como fruta de matorral, con bucles negros diestramente peinados. Por lo bien y galanamente que danzaba, llamábanle Pedrito el Retozón. Rebosaba amor y ardor como la colmena dulce miel, de manera que no tenía mala fortuna la moza que con él se encontraba. Cantaba y bailaba en todas las bodas y prefería la taberna a la tienda en que hacía su aprendizaje.

Siempre que había en Chepe alguna fiesta o cabalgata, el aprendiz se escapaba de la tienda y no retornaba en tanto que no había visto todos los festejos y danzado en ellos muy a su sabor. Pertenecía a una banda de muchachos de su condición, que siempre andaban juntos, bailando o cantando, y también se reunían en ciertos lugares para jugar a los dados. No había aprendiz de Londres que supiera tirar los dados mejor que Pedrito. Además, era éste muy amigo de dilapidar dinero en casas

(1) Este cuento se halla incompleto en todos los manuscritos, bien por que el autor no lo terminara o porque lo restante del texto se perdiera. *(Nota del Traductor.)*

secretas; y todo ello redundaba en detrimento de su patrón, que asaz a menudo encontraba su caja vacía. Porque habéis de saber que si un aprendiz es inclinado al juego, la orgía o las mujeres, al amo le toca pagarlo, cargando con los gastos de la música sin tocar en ella; pues, en un aprendiz, diversión y robo son palabras sinónimas. Siempre se ha visto que, en la gente de condición humilde, el refocilamiento y la honradez son cosas que no pueden existir a la par.

Este jovial aprendiz vivió con su amo hasta llegar casi al término de su aprendizaje, sin dejar nunca de ser reprendido mañana y noche y encerrado algunas veces en Newgate como castigo de sus jolgorios. Pero al cabo, su patrón, examinando un día sus cuentas y libros, hubo de reflexionar sobre el proverbio que aconseja retirar del montón la manzana podrida, para que no dañe a las demás. Igualmente es provechoso despedir al sirviente disoluto antes de que su ejemplo pierda a todos los demás de una casa.

Y, pensando así, el patrón licenció a su aprendiz, enviándole muy enhorabuena. De manera que desde entonces el jovial Pedrito quedaba libre de pasar las noches divirtiéndose o haciendo lo que le pluguiera.

No hay delincuente sin cómplice que le ayude a gastar lo que el primero pudo robar o sacar con engaño; y Pedrito tenía uno, a cuya casa expidió su lecho y efectos. Era este hombre de idénticas inclinaciones que Pedrito, gustándole los dados y las refocilaciones y turbulencias. Su esposa fingía vivir de una tienda, mas no se sustentaba de ello, sino de prostituirse...

PRÓLOGO DEL CUENTO DEL JURISCONSULTO

En esto advirtió el hostelero que el brillante sol había rebasado en una media hora la cuarta parte de su diario curso. No era hombre muy versado en ciencias, pero sabía que estábamos a día 28 del mes de abril, heraldo de mayo, y reparó en que la longitud de las sombras era igual a la de los objetos que la producían. Ateniéndose, pues, a ella, infirió que el claro y refulgente Febo se hallaba a unos cuarenta y cinco grados de elevación, lo que, unido a la fecha y a la altitud, indicaba que debían ser las diez. Y así, haciendo girar a su caballo, nos dijo:

—Os aviso, señores, que ya ha transcurrido la primera de las cuatro partes de este día. ¡Por Dios y por San Juan, pídoos que hagáis cuanto os sea dable para no perder tiempo! Porque el tiempo va consumiéndose noche y día y se escapa de nosotros, ora silenciosamente mientras dormimos, ora por nuestro descuido mientras velamos, a la manera del río, que jamás retorna en su marcha de la montaña a la llanura. Con razón Séneca y otros filósofos deploraban la pérdida de tiempo más que si fuese oro atesorado. Dice el primero: «La pérdida de bienes puede remediarse, pero la de tiempo nos arruina.» Y, en efecto, el tiempo no retorna, como no retorna la virginidad de la mujer que en su impudor la perdió. Así, no nos debemos tomar de la herrumbre de la pereza, y hablemos. Señor jurisconsulto, relatadnos un cuento, según se ha convenido. Tal es el ajuste y vos, de vuestro propio grado, os sometisteis a mis decisiones. Cumplid vuestra promesa y habréis ejecutado vuestro deber.

—«De par Dieux» que sí —contestó el interpelado—. No me proponía quebrantar el acuerdo. Lo prometido es deuda y lo cumpliré. ¿Qué más puedo decir? Pues, como los textos disponen, la ley que el hombre aplica al prójimo debe aplicársela primero a él. Sólo que no doy con ningún cuento divertido porque ni uno recuerdo que no haya contado ya Chaucer (a pesar de lo malamente que maneja el arte de la rima), en uno o en otro de sus libros y en el inglés que acostumbra emplear. En verdad, Chaucer ha hablado de más amantes que cuantos Ovidio cita en sus antiguas epístolas. ¿Voy a narrar yo lo ya narrado? En su juventud escribió Chaucer sobre Ceix y Alcione, y luego sobre los amantes célebres y las esposas de gran mérito. Ved su gran tomo de *Las santas leyendas de Cupido,* y allí le hallaréis las anchas y hondas heridas de Lucrecia y de Tisbe de Babilonia, y a Dido traspasada con el acero por culpa del falso Eneas; y a Filis convertida en árbol por Demofonte; y los llantos de Deyandro y Hermiona, de Ariadna y de Hipsipila; y la isla árida en medio del mar, y a Leandro ahogado por Ero; y las lágrimas de Elena. Y asimismo encontraréis el dolor de Briseida y de Ladomea; y las crueldades de la reina Medea, con sus hijos colgados por culpa de Jasón, engañoso en amores; y descubriréis cómo Chaucer ensalza el honor que prestaron a su condición de esposas las virtuosas Hipermnestra, Penélope y Alcestes.

Cierto que nada ha escrito ese autor sobre el nefando ejemplo de Canacea, que amó contra natura a su propio hermano. Y digo que de esas aborrecibles historias nada quiero saber. Tampoco habla de cómo el infame Antíoco arrebató la virginidad de su hija derribándola en el suelo, lance que atestigua Tirio Apolonio y cuya lectura horroriza al bueno. Y pues, Chaucer, deliberadamente, no quiso describir en sus libros tan antinaturales abominaciones, tampoco yo, si puedo, tocaré ni una sola de ellas. Y así, ¿qué haré para relatar mi cuento?

No quisiera ser comparado a las Piéridas, de que se habla en las Metamorfosis, pero en fin, poco se me da venir después de Chaucer y que me digan que, comparado con él, tartamudeo, porque él habla en verso y yo en prosa llana.

Y, habiendo platicado así, el jurisconsulto, con grave talante, narró su cuento según vais a oír.

CUENTO DEL JURISCONSULTO

¡Oh, detestable y mala condición de la pobreza, y cuán oprimida te tienen el hambre, la sed y el frío! Si auxilio pides, tu corazón se abochorna; si no lo haces, la necesidad te hostiga de modo que ella sola descubre tu escondida llaga. Bien a pesar tuyo, la miseria llévate al robo, a la mendicidad o a pedir prestado para sostener tus gastos. Y entonces censuras a Cristo, quéjaste de lo mal distribuidos que están los bienes temporales y reprochas culposamente a tu prójimo, acusándole de tener demasiado y tú demasiado poco. Y aún sueles afirmar: «A fe que alguna vez responderás de esto y habrás de consumirte en las brasas infernales, por no haber acorrido en su necesidad al cuitado.»

Oye la sentencia del sabio: «Más vale morir que ser pobre, porque si lo eres, tu mismo vecino te menospreciará.» Sí, quien es pobre, despídase de toda estimación. Y repara en esta otra sentencia del sabio: «Para el pobre no hay día bueno.» En consecuencia, ocúpate en no caer en tal estado. Porque «si eres pobre, tu hermano te aborrecerá y todos tus amigos huirán de ti».

¡Ah, opulentos comerciantes; ah, gente noble y principal! Muy dichosos en este punto sois. No encierran vuestras alforjas dobles ases, sino buenas jugadas de cincos y seises, para vuestra ventura. Y en Pascuas podéis bailar alegremente. Vosotros, mercaderes, revolvéis tierra y mar buscando provechos; vosotros, gente informada, conocéis el estado de los reinos; y vosotros sois padres de noticias y cuentos de paz y de guerra. Tan es así, que ahora no acertaría yo qué contar si no fuera porque, en luengos años, un mercader me narró la historia que vais a oír.

Había antaño en Siria una compañía de ricos, discretos y honrados mercaderes, que enviaban por doquier sus especias, paños de galón de oro y sedas de bellos colores. Tan nuevas y tan convenientes eran sus mercancías, que no había quien no gustase de traficar con ellos, vendiéndoles a la vez sus productos.

Aconteció que los regidores de aquella gente necesitaron ir a Roma, no sé si por placer o por asuntos de comercio. No quisieron expedir para el caso ningún emisario, sino que ellos mismos se encaminaron a Roma, donde se alojaron en el sitio que más adecuado les pareció para sus propósitos. Y allí pasaron los mercaderes el tiempo que bien les avino.

Mientras allá estaban les llegaban cada día noticias nuevas de la gran reputación de Constanza, la hija del emperador. Decíase en todas partes: «El señor emperador de Roma (guárdelo Dios) tiene una hija sin par por su bondad y belleza. ¡Así Dios conserve su prez y llegue a ser soberana de toda Europa! Porque tiene gran hermosura sin soberbia, y mocedad sin locura ni libertinaje, y además siempre se guía en sus obras por la virtud y vence toda violencia con humildad. Es espejo de cortesía, asilo de santidad su corazón, y su mano pródiga en limosnas.»

Aquella voz era tan verdadera como el verdadero Dios, pero esto por ahora no hace a nuestro asunto. Fue el caso que los mercaderes acabaron por ver a la feliz doncella, y luego cargaron sus naves, se encaminaron a Siria, vendieron sus mercancías como en otras ocasiones y siguieron viviendo muy prósperamente.

Era uso del sultán de Siria, cuando ellos regresaban de país extranjero, recibirlos con buena cara y afable gracia, y preguntar con ahínco por las noticias de los diversos reinos, para conocer las maravillas que en ellos hubiesen visto u oído los mercaderes. Y éstos, además de otras cosas, le hablaron de la gran nobleza de la infanta Constanza, haciéndolo con tanto detalle y prolijidad, que el sultán acogió con júbilo en su mente la imagen de la doncella y todos sus afanes se consagraron a amarla.

Pero en el inmenso libro del cielo estaba escrito con estrellas que el sultán habría de encontrar su ruina en el amor. Porque en las estrellas se halla trazado, transparentemente como sobre cristal (y sólo es menester saber entenderlo), el destino y muerte de todos los hombres. En las estrellas estaban escritas las muertes de Héctor, Aquiles, Pompeyo y Julio César muchos inviernos antes de que ellos hubiesen nacido; y también la guerra de Tebas y las muertes de Hércules, Sansón, Turno y Sócrates. Pero los alcances humanos son restringidos y nadie supo leer aquellos avisos debidamente.

Convocó el sultán su consejo privado, y sin demora, díjoles su resolución, afirmándoles que si no conseguía obtener pronto a la infanta Constanza, moriría inevitablemente. Y tras esto les exhortó a que buscasen muy luego algún modo de conservarle la vida.

Allí se dividieron las opiniones. Hubo muchos argumentos, razonamientos sutiles y pláticas de ardides y de magias, mas en resumen ninguno halló solución expedita, no siendo que el sultán casase con su amada.

Sólo que aquí sobrevenía una seria dificultad, y era la diferencia de leyes entre los dos países, diferencia invencible a juicio de ellos, porque pensaban que ningún príncipe cristiano desposaría de buen grado a su hija con arreglo a las leyes islámicas, enseñadas por el profeta Mahoma. Mas el sultán adujo:

—Pronto estoy a bautizarme antes que perder a Constanza. Suyo he de ser y no de ninguna otra. No debatáis más: salvadme la vida y poned ahínco en hacerme ver a la dama de quien depende mi existencia, porque no puedo vivir más tiempo en esta congoja.

Pero, para abreviar, os diré que hubo negociaciones y embajadas, que mediaron el Papa, la Iglesia y la caballería y que todos, con miras a terminar con el mahometismo y aumentar la ley de Cristo, acordaron que el sultán y sus barones y vasallos recibirían el bautismo, y él obtendría en matrimonio a Constanza, con no sé qué suma de oro como dote. Diéronse las necesarias garantías y el convenio fue suscrito por entrambas parte.

De tal manera quedó la bella Constanza a la merced de Dios todopoderoso. Y ahora quizás esperen algunos que yo narre las pompas que el magnánimo emperador dispuso en honor a su hija. Pero compréndase que no es hacedero contar en pocas palabras los preparativos que precedieron a suceso tan señalado. Designóse el acompañamiento de la infanta, esto es, los obispos, magnates, damas, caballeros de pro y damas que formaran su séquito, adjudicáronsele servidores en número bastante, y se pregonó en la ciudad que todos rogasen a Cristo para que acogiese con favor aquel casamiento y favoreciera a la desposada en su viaje.

En fin, llegó el día y momento en que todos, sin más dilación se aprestaban a partir. Constanza llena de dolor, se puso en pie para marchar, comprendiendo que ya era inevitable. Estaba muy pálida y sollozaba. ¿Era ello asombroso en una doncella que partía a país extranjero, lejos de los amigos que tan solícitamente la atendían, para verse sometida a un hombre cuyo carácter y condición ignoraba? Por mí sólo os diré una cosa: que siempre son y fueron buenos maridos aquellos que antes de casarse conocieron a sus esposas. Decía, pues, la doncella:

—Padre, y tú madre mía, a la que quiero más que a toda otra cosa, no siendo a Cristo que está en el cielo: he aquí que vuestra desolada Constanza, la hija que criasteis con tanto cariño, se va para Siria y no ha de veros más. ¡Ay, mucho me encomiendo a vuestra gracia! Pues es forzoso que yo parta hacia esa bárbara nación en cumplimiento de vuestros deseos, haga Cristo, nuestro Redentor, que tenga yo su favor para ejecutar su voluntad. Porque las mujeres han nacido para vivir en esclavitud y penitencia, bajo la autoridad de los hombres.

Creo en verdad que nunca hubo tan tierno y compasivo llanto como en aquella casa y en aquella separación. No, ni aun cuando Pirro destruyó las murallas e Ilión ardió, ni en Tebas, ni en Roma después de los estragos que causó Aníbal con sus tres victorias sobre los romanos. Empero, Constanza debía partir, llorase o cantase.

¡Oh, firmamento cruel, primer movimiento de la naturaleza! Tú, con impulso diario, arrastras forzosamente sin cesar, de Oriente a Occidente, cuanto por su naturaleza debiera seguir otro camino. Aquí tu poder sitúa los cielos en tal posición al comienzo de este funesto viaje, que necesariamente el fiero Marte habrá de herir de muerte a este matrimonio. ¡Oh, infortunado y tortuoso ascendiente cuyo señor cayó sin fuerzas desde su lugar hasta la más oscura de las mansiones! ¡Oh, Marte; oh, Atazir! ¡Oh, menguada luna, y cuán infeliz es ésta tu revolución! Porque te hallas en conjunción en punto donde no te acogen bien y estás harto lejana del que debiera ser tu lugar. Y tú, imprudente emperador romano ¿acaso no tenías filósofo alguno en tu metrópoli? ¿No sabías que para lances así hay momentos mejores que otros? ¿No pudo efectuarse el viaje en ocasión distinta, como es hacedero siempre, y en especial para personas de condición elevada? ¿No se sabe la suerte de las personas desde que nacieron? Pero en verdad los hombres somos asaz ignaros o asaz necios.

Llevóse al bajel, con debida solemnidad a la cuitada y hermosa doncella. Y al despedirse, dijo:

—Jesucristo sea siempre con todos vosotros.

Y por doquier se oía contestar:

—Adiós, bella Constanza.

Ella se esforzaba en mostrar el talante tranquilo. Y, mientras por el mar navega, hablaremos de otra materia de nuestro negocio.

La madre del sultán, que era un pozo de vicios, venía acechando atentamente los propósitos de su hijo, y viendo cómo se proponía abjurar su antigua fe. Y luego mandó reunir su consejo y todos acudieron para conocer su voluntad. Cuando vio en asamblea a aquellos hombres graves, les habló de esta suerte:

—Ya sabéis, señores, que mi hijo está a punto de abandonar las sacras leyes del Alcorán que nos legó Mahoma, único profeta de Dios. Mas yo hago aquí a Dios el voto de que antes saldrá la vida de mi cuerpo que la ley de Mahoma de mi corazón. ¿Qué sería de nosotros con la nueva fe? Primero esclavitud y penitencia para nuestros cuerpos y luego infierno para nuestras almas por haber renegado de Mahoma y su verdadera doctrina. Pero decidme: ¿queréis seguir las instrucciones que yo os dé a cambio de salvaros a todos?

Respondieron que sí y juraron que querían vivir con ella y estar a su lado y que se comprometían todos a persuadir a sus amigos de que la ayudasen. Entonces la madre del sultán explicó de la siguiente manera la trama que había maquinado:

—Fingiremos aceptar la religión cristiana, porque no puede hacernos mucho daño el agua fría. Y yo prepararé después tal fiesta y algazara, que tengo para mí que el sultán quedará muy bien servido, pues, así no exista cristiana tan blanca como su mujer, difícilmente podrá lavar todo lo rojo que habrá aunque posea una fuente de agua.

¡Oh, sultana, raíz de iniquidad, fiera, segunda Semíramis! ¡Oh, serpiente en forma femenina, semejante a la que encadenada está en el infierno! ¡Oh, mujer artera, nido de todo vicio; tu maldad engendra en ti todas las cosas capaces de aplastar la inocencia de la virtud! ¡Ah, Satanás consumido de rabia desde el día en que te despojaron de nuestra herencia! ¡Bien conoces el antiguo camino por el que se llega a las mujeres! Ya hiciste que Eva nos sumiera en esclavitud, y luego has querido destruir aquel matrimonio cristiano. Que de esa guisa te sirves de las mujeres cuando te propones engañar al hombre.

En fin, la sultana que de tal manera maldije, despidió a los de su consejo, secretamente reunidos. Y para no entretenerme más en esta relación, diré que un día fue a caballo al encuentro del sultán y le prometió renegar de la fe de Mahoma y recibir el agua bautismal a manos del sacerdote, arrepintiéndose de haber vivido en el paganismo tanto tiempo. Además, pidióle que le permitiera dar un festín en honor de los cristianos.

—Yo me esmeraré en agradarles —prometió.

El sultán repuso:

—Cúmplase tu deseo.

Y, postrándose de hinojos, agradeció a su madre la petición hecha. Tan alborozado estaba que no acertaba con las palabras convenientes. Y ella, besando a su hijo, regresó después a su casa.

En esto llegaron los cristianos a tierra de Siria, con copiosa y espléndida comitiva, y el sultán mandó aviso de la llegada de su mujer a su madre y a todo el Estado. A su madre le demandaba que saliese a caballo a recibir a Constanza, para mayor honra del reino.

Innúmero gentío se congregó allí. Ricos, muy ricos eran los atavíos de todos, sirios y romanos. La sultana madre acudió con gran opulencia de atavío y recibió a su nuera con tan buena cara como si acogiese a una hija querida. Y todos cabalgaron, a paso lento y con mucha pompa, hacia la ciudad, que no estaba distante.

Dudo que el triunfo de Julio César, tan grandilocuentemente narrado por Lucano, fuera igual en boato y magnificencia a aquel séquito venturoso. Pero el alma perversa de la sultana, maligna como el escorpión, maquinaba bajo sus agasajos una mortal picadura.

A poco presentóse el sultán, tan galana y regiamente ataviado, que no hay palabras para poderlo pintar. Y allí pasaron el tiempo con júbilo y gozo. Luego, llegada la hora oportuna, pensaron todos que la diversión cesara para retirarse a descansar.

Vino el tiempo en que la sultana madre querría dar el festín de que hablé. Invitó a él a todos los cristianos, ancianos y mancebos. Allí hubo un indecible alarde de refinamientos y regia pompa. Pero harto caro habían de pagarlo todos los reunidos.

¡Oh, desgracia imprevista, que siempre sigues a la dicha terrena, tintándola de amargura, y que rematas en duelos las alegrías de nuestros mundanos afanes! ¡Oh, desgracia, fin de nuestros gozos! ¡Aprende, hombre, este consejo: en el día de la ventura considera el mal o imprevisto infortunio que vendrá más tarde!

Para acortar mi relato, diré que el sultán y todos los cristianos fueron cosidos a puñaladas en el festín, salvándose tan sólo la infanta Constanza. Fue la sultana madre la que concibió la matanza (porque quería gobernar el país ella sola), y fueron sus amigos los que ejecutaron el acto.

Cuantos sirios bautizados pertenecían al consejo del sultán fueron degollados también. Después, apoderándose de Constanza, la pusieron a bordo de una nave sin timón y dijéronla que viajase sola hasta Italia. Llevaba consigo Constanza su tesoro privado y también ropas y un buen pertrecho de provisiones Y así empezó a navegar por el salitroso mar. ¡Ah, bondadosa Constanza, hija amada del emperador, sólo te dejaron por guía al Señor que rige el destino!

Constanza, santiguándose, habló con voz desfallecida a un crucifijo que llevaba, diciendo:

—Puro y bendecido altar, santa Cruz enrojecida por la sangre del misericordioso Cordero que libró al mundo de la iniquidad antigua: ¡líbrame de las garras del demonio el día que me sumerja en el fondo del mar! Árbol victorioso, refugio de los fieles, tú que mereciste la honra de acoger al llagado Rey de los cielos, al Cordero inmaculado y herido a lanzadas, tú que expulsas a los demonios que poseen al hombre y a la mujer, auxíliame y dame fuerzas para enmendar mi vida.

Días y años flotó Constanza por el mar de Grecia, hasta el estrecho de Marruecos, siempre a la deriva. Muchas congojosas comidas hubo de hacer; infinitas ocasiones esperó la muerte, antes de que las embravecidas olas la arrojasen al paraje donde era su destino llegar.

Habrá quien pregunte cómo no murió, y también por qué salvó su vida en la matanza del festín. Yo respondo preguntando: ¿Quién salvó a Daniel en la horrible caverna donde todos, señores y criados, fueron devorados por el león antes de que pudiesen huir? Nadie le salvó sino Dios, a quien llevaba en su corazón; Dios que quiso hacer un asombroso milagro para dar testimonio de sus grandiosas obras. Los eruditos saben que Cristo, remedio soberano de todo mal, emplea con frecuencia ciertos medios para realizar cosas tendentes a fines que se aparecen oscuros a la mente humana, porque nuestra ignorancia nos impide desentrañar la sabia providencia divina.

Diréis que aun admitiendo que Constanza se salvase en el festín, debió de tener alguien que la librase de ahogarse en el mar. Mas ¿quién conservó a Jonás en el vientre de la ballena antes de que se viese lanzado fuera en Nínive? Hemos de reconocer que ese «quién» no fue otro que el que impidió que el pueblo hebreo se ahogase cuando cruzaba el mar a pie enjuto.

Y ¿quién mandó a los cuatro espíritus de la tempestad, que tienen jurisdicción para encrespar tierras y mares, tanto al septentrión como al mediodía, al oriente como al occidente, que no dañasen al mar, ni a la tierra, ni a los árboles? En verdad os digo que fue el Señor quien dispuso esto y quien defendió a aquella mujer contra las tormentas, tanto cuando ella dormía como cuando velaba.

Ahora vais a preguntar: ¿y dónde encontró la abandonada agua y comida? ¿Cómo le duraron sus viandas más de tres años? Y os contesto: ¿quién alimentó en la cueva y en el desierto a María la Egipcíaca? Ninguno sino Cristo pudo ser. Pues ¿y la gran maravilla de que cinco mil personas se alimentasen con cinco panes y dos peces? Análogamente envió su abundancia Dios a Constanza viendo la necesidad en que ella gemía.

En fin, siempre flotando a través del furioso mar, fue Constanza arrojada hasta nuestro océano y al cabo las olas hicieron varar su nave en la arena, junto a los muros de un castillo de Northumberland. De tal manera encalló el barco en la playa, que pasó una hora totalmente inmóvil, porque era voluntad de Dios que Constanza permaneciese en aquel paraje.

Bajó el condestable de aquel castillo a examinar el barco náufrago, y en él sólo encontró a la desfallecida Constanza, más el tesoro que ella poseía. Pidióle la joven que le quitasen la vida para acabar con sus sufrimientos. Y aunque hablaba una suerte de latín corrompido, entendióla el condestable muy bien y, sin preguntarle más, la condujo a la fortaleza. Y ella arrodillándose, dio gracias a Dios. Pero no quiso declarar quién era, ni lo habría declarado aun con pena de la vida. Para excusarse afirmó estar tan trastornada por el mar, que había perdido la memoria. El condestable y su esposa la compadecieron mucho, y en su lástima vertían lágrimas. Ella era tan solícita y tanto empeño ponía en complacer y atender a todos, que nadie podía verla sin amarla.

El condestable y su esposa, Hermenegilda, eran paganos, como todos los moradores de aquella región. No obstante, Hermenegilda hizo gran amistad con Constanza, y ésta oró tanto por su amiga y tanto llanto derramó por ella, que Jesús, al fin, tocó con su gracia a la castellana e hízola convertirse.

En aquellas comarcas no osaban los cristianos tener asambleas, y habían emigrado de allí, temerosos de los paganos, que habían conquistado por mar y tierra los países del Norte. Así, los antiguos bretones cristianos que habitaban esta isla, habían huido a Gales, donde tenían interinamente su refugio. Pero no faltaban en el mismo país pagano algunos creyentes en Cristo, que secretamente adoraban al Salvador, a escondidas de los infieles. Cerca del castillo donde estaba Constanza residían precisamente tres cristianos, uno de los cuales, por estar ciego, sólo veía con los ojos del alma, que son la vista de quienes carecen de ella.

Un día en que el sol brillaba con tanta fuerza como en el verano, quiso el condestable pasear, con su mujer y Constanza, por el camino de la orilla del mar. Y mientras andaban se encontraron con el ciego, que era hombre jiboso y viejo y tenía los ojos del todo cerrados. Y el ciego exclamó:

—En nombre de Cristo, devuélveme la vista, Hermenegilda, señora mía.

La dama se atemorizó, pensando que su esposo iba a darle la muerte cuando supiera que ella confesaba a Jesucristo. Pero Constanza prestó ánimos a su amiga y la exhortó a que cumpliese la voluntad de Cristo, como hija que era de su santa Iglesia. Y en tanto el condestable, desconcertado ante tan extraña escena, preguntó:

—¿Queréis decirme qué significa esto?

—Señor —respondió Constanza—, todo esto débese al poder de Cristo, que saca al hombre del cautiverio del demonio.

Y tras esto empezó a declarar nuestra fe con tal brío, que antes de la noche el condestable, convencido, vino a creer en Cristo.

Aquel condestable no era señor del castillo que gobernaba, sino que lo defendía, desde muchos inviernos atrás, por el rey Alla, soberano de Northumberland y hombre sabio y gran combatidor de los escoceses, según nadie ignora. Pero dejemos esto y volvamos a mi tema.

El diablo, que siempre nos acecha para tendernos sus lazos, viendo la perfección de Constanza y tramando cómo perjudicarla, hizo que un joven caballero de la ciudad se enamorase de ella con pasión criminal y ardorosa, al punto de que el mancebo díjose a sí mismo que moriría si no lograba ver satisfecho su deseo al menos una vez. Y empezó a cortejarla, mas en vano, porque Constanza no quería pecar. Entonces él, afrentado, imaginó hacer perecer a la dama con muerte ignominiosa. Aguardó, pues, una ocasión en que el condestable se hallaba ausente del castillo, y esa noche entró con sigilo en la habitación donde Hermenegilda dormía. También lo hacía Constanza, a la sazón fatigada de las horas pasadas en oraciones.

El caballero, impelido por Satanás, se aproximó a hurtadillas al lecho de Hermenegilda, la degolló, puso el puñal junto a Constanza y huyó del castillo. ¡Dios le maldiga, doquiera que vaya!

Al poco rato regresó al castillo el condestable, acompañado esta vez por el rey Alla, y encontró a su esposa horriblemente asesinada. Comenzó a sollozar, retorciéndose las manos en su desesperación, y he aquí que halló el puñal ensangrentado junto a Constanza. ¿Y qué podía explicar ésta, a quien la inmensa pena había trastornado la razón?

Contaron al rey Alla lo sucedido, y también le dijeron cómo y cuándo había aparecido en una nave la extranjera Constanza. El corazón del rey se compadeció viendo a criatura tan buena hundida en tan grande calamidad, y conducida ante él como oveja a quien se lleva al matadero.

El mal caballero que había cometido el asesinato acusó pérfidamente a Constanza, imputándola de criminal. El gentío, con muchas voces, protestaba, alegando que era imposible que Constanza hubiera cometido crimen tan desaforado, pues que siempre la habían visto virtuosa y amante de Hermenegilda como de su vida. Todos lo atestiguaron así, menos el matador de Hermenegilda. El noble rey escuchó debidamente el aserto del asesino y resolvió hacer más averiguaciones para probar la verdad.

No tenía Constanza paladín que la respaldase, ni podía por sí sola defenderse de modo alguno; pero el que murió para redimirnos y encadenó a Satán, había de ser su poderoso valedor aquel día. Y bien era menester, pues sin un milagro indiscutible la inocente Constanza hubiese perdido la vida.

La joven, arrodillándose, habló de esta manera:

—Dios eterno, que salvaste a Susana de falsas imputaciones; misericordiosa Virgen María, hija de Santa Ana; si soy inocente de este crimen, acudid en mi auxilio, pues, si no lo hiciereis, he de morir.

¿Habéis visto alguna vez el rostro pálido del reo de muerte a quien conducen entre la multitud luego que le denegaron la gracia? ¿No habéis, por el color y turbación de su rostro, distinguídole entre todos los demás del cortejo? Pues así parecía Constanza, mientras dirigía la mirada a su alrededor.

Reinas que en prosperidad vivís, duquesas y dama todas, compadeced a aquella infortunada. Vedla: es hija de un emperador y está sola y nadie tiene con quien mezclar sus lágrimas. ¡Oh, mujer de sangre real, que en tal cuita te encuentras: cuán remotos de ti se hallan tus amigos en esta coyuntura!

Todo corazón noble rebosa siempre de misericordia, y por

ello el rey Alla sintióse lleno de lástima, al punto de que las lágrimas afluyeron a sus ojos.

—Ea —mandó—, traed al punto el libro, y repita este caballero, bajo juramento, que fue esta dama quien mató a su amiga. Y si así lo hiciere, luego veremos cuál es nuestra justicia.

Llevaron un libro bretón que contenía los Evangelios, y el caballero juró sobre el libro que Constanza era culpable.

En aquel mismo instante una mano le golpeó la nuca, derribándole a tierra como muerto. Y los ojos se desprendieron de sus órbitas ante la vista de los allí presentes. A la par, una voz pronunció estas palabras:

—Has calumniado a una inocente y a una hija de la santa Iglesia, y lo has hecho ante la faz del Altísimo. Nada más he de decir.

Pasmóse la muchedumbre ante tal prodigio, y todos permanecían consternados, por temor a la venganza divina. De tal temor sólo se libraba Constanza. Cuantos de ella habían sospechado injustamente, se amedrentaron y arrepintieron, y a causa de aquel milagro y por mediación de Constanza, el rey y otros muchos de los circunstantes —¡gracias sean dadas a la merced de Cristo!— se convirtieron a la verdadera fe.

El pérfido caballero fue ejecutado por su traición, después de que Alla le hubo condenado sumariamente, pero Constanza tuvo gran dolor con aquella sentencia. Y tras esto, el clemente Jesús dispuso que Alla se casara, con la mayor pompa, con la santa, hermosa e ilustre doncella. De este modo fue cómo Cristo convirtió en reina a Constanza.

Mas la verdad ha de ser dicha: alguien hubo que miró mal aquel casamiento, y fue Donegilda, madre del rey y mujer muy abundosa en crueldad. Su corazón empedernido se quebrantó viendo a su hijo tomar por esposa a mujer extranjera, contra la opinión de su madre.

Aquí hemos de ir al grano, dejando fuera la paja y cáscara. Por eso no hablaré de la majestad de aquellas nupcias, ni de los cortejos que allí desfilaron, ni de quienes tocaban la trompa o el cuerno. El resumen de todo fue que comieron, bebieron, bailaron, cantaron y tocaron. Y luego Alla y su mujer retiráronse al lecho, porque las casadas, aunque sean mujeres muy santas, deben transigir con ciertas necesidades nocturnas que son gratas para quienes dan a una mujer el anillo de esposa. Y así, aun la mejor debe dejar de lado alguna parte de su santidad, porque no pueden las cosas ordenarse de otro modo.

A poco Alla hubo de marchar a Escocia para pelear con sus

enemigos y confió la custodia de su esposa a un obispo y a su condestable. Y la bella, dulce y humilde Constanza, que se hallaba embarazada ya de algún tiempo, retiróse a sus habitaciones, esperando la voluntad de Cristo.

Cuando llegó su hora, dio a luz un varón, que fue llamado Mauricio en la pila bautismal. El condestable escribió a su rey enviándole la fausta noticia con otras de importancia; y expidió la misiva por un mensajero. Pero éste, tomando el documento, quiso, antes de ponerse en camino, servir a su particular interés, y así fue en seguida a caballo a la morada de la madre del rey. Saludóla cortésmente en su lenguaje y dijo:

—Señora, os ofrezco mis parabienes. Cien mil veces podéis dar gracias a Dios, porque la reina, mi señora, ha dado a luz un hijo, para júbilo y ventura de todo el reino. Aquí están las cartas selladas que lo anuncian y yo debo conducirlas con toda celeridad. Si algún aviso queréis para vuestro hijo y mi rey, decidlo, que aquí estoy para serviros, tanto de día como de noche.

A esto contestó Donegilda:

—No tengo ahora nada que mandarte; pero pernocta hoy aquí y mañana te diré lo que quiero que me lleves.

Dieron al mensajero cerveza y vino y él bebió inmoderadamente, durmiéndose después como un puerco. Y durante su sueño le sacaron en secreto las cartas que llevaba en la valija y en su lugar pusieron otra, perversamente amañada, donde, imitándose la firma del condestable, se decía al rey:

«La reina ha dado a luz tan hórrida e infernal criatura, que no hay en el castillo persona que ose permanecer un instante cerca de ese ser. Ahora vemos que la madre es un demonio, traído aquí, para nuestra desgracia, mediante encantos y brujerías, y todos procuran apartarse de ella.»

El rey quedó muy entristecido cuando leyó aquella epístola, pero no transmitió a nadie sus crueles congojas, y contestó de su puño y letra:

«Siempre recibiré bien lo que Cristo me dé, pues para algo estoy instruido ahora en su doctrina. ¡Cúmplase, Señor, tu determinación y voluntad; que yo someto mis deseos a tu providencia! Cuidad, pues, al recién nacido, ya sea feo o hermoso, y cuidad también a mi esposa hasta que yo regrese. Cuando plegue a Cristo, me enviará un heredero más satisfactorio.»

Y con esto, llorando silenciosas lágrimas, selló la carta y mandó entregarla al emisario.

¡Oh, mensajero, hombre ebrio; apestoso es tu aliento, tus

manos tiemblan siempre, y tu lengua descubre todo secreto! Perdiste el discernimiento y hablas como una cotorra; tu faz se altera y demuda. En verdad, donde reina la embriaguez no existe secreto escondido.

Y respecto a ti, Donegilda, no encuentro palabras capaces de expresar tu cruel y maligna perfidia. Al demonio te doy; él cuente su traición, si se le antoja. Aparta, monstruo; aparta, espíritu infernal, que así puedo llamarte. Porque, si tu cuerpo se halla aquí, de cierto que tu ánima está en el infierno.

Partió el mensajero del real de Alla y llegó a la corte de Donegilda, la cual estaba muy contenta de él y procuraba atenderle en cuanto podía. Bebió, pues, el emisario hasta que el estómago se le colmó bajo el cinturón. Y después toda la noche durmió a pierna suelta, hasta que despuntó la aurora. Mas entretanto, otra vez le robaron sus cartas y las sustituyeron por una falsificación que decía:

«El rey ordena a su condestable que, so pena de la horca y otros suplicios, no consienta que Constanza permanezca en este reino más de tres días y un cuarto de día. Antes bien, la embarcará, con su hijo y todos sus bienes, en la nave donde vino, alejándola luego de tierra, con prohibición de que vuelva jamás.»

¡Ah, pobre Constanza! Motivos le asistían para temer y tener sueños intranquilos mientras Donegilda tramaba aquellas añagazas.

Al siguiente día, el mensajero, después de levantarse, se encaminó al castillo y entregó su epístola al condestable. Sumióse éste en la desesperación.

«Señor Jesucristo —decía, con muchos lamentos y quejas—, ¿cómo puede perdurar este mundo en que viven tantos pecadores? ¡Oh, Dios poderoso, juez justo! ¿Es posible que permitas que los inocentes sucumban y los malvados medren? ¡Ah, buena Constanza, qué congoja me aflige! Porque yo he de ser tu verdugo o sufrir ignominiosa muerte, y ningún otro recurso me queda.»

En todo el castillo lloraban jóvenes y viejos, luego de que se conoció la malhadada carta del rey. Y al cuarto día Constanza, con el semblante pálido como la muerte, se dirigió hacia el barco. Pero en medio de su desgracia se sometió con ecuanimidad a la decisión de Cristo, y así, arrodillándose en la playa, prorrumpió en estas razones:

—Bien venido, señor, sea tu mensaje. El que me libró de la calumniosa acusación que me hicieron cuando primero me hallé en este vuestro país, sabrá, por vías que a mí me está vedado conocer, librarme de peligros y deshonras en el salado mar. El Señor es poderoso siempre: en Él confío y en su bendita Madre, que son mi gobernalle y mi vela.

El niño, en sus brazos, lloraba, y ella, arrodillada como estaba, le decía con ternura:

—Calla, hijo, que no quiero hacerte mal.

Y para calmarle quitóse la toca que cubría su cabeza y se la puso al pequeño sobre los ojos. Luego le meció cariñosamente en sus brazos y prosiguió, elevando la mirada al cielo:

—María Virgen y Madre, por incentivos de la mujer se perdió el género humano y fue condenado a la muerte. Por ello atormentaron en una cruz a tu hijo y tus benditos ojos presenciaron todo su tormento. No hay, pues, comparación posible entre tu dolor y cualquier otro que un ser humano pueda sufrir. Tú viste matar a tu hijo ante tus ojos, mientras el mío, loado sea Dios, vive todavía. Hermosa Señora, socorredora de los desgraciados, honor del sexo femenino. Virgen bella, puerto de salvación, estrella de la mañana, apiádate de mi hijo, pues en tu bondad te apiadas de todos los afligidos. ¡Oh, hijo mío! ¿Qué crimen, por Dios, pudiste cometer, tú que no incurriste aún en pecado alguno, para que tu cruel padre quiera tu muerte? Bondadoso condestable, ten piedad y haz que mi hijo quede aquí contigo. Pero si no osas salvarle, por temor de ejecutar culpa, bésale una vez al menos, en nombre de su padre.

Y después, volviendo los ojos hacia la tierra, exclamó:

—¡Adiós, pues, esposo despiadado!

Y, sin más, se incorporó y cruzó las arenas hacia la nave. Gran multitud la seguía, mientras ella, siempre exhortando a su hijito a que callara, se despidió de todos, se persignó resignadamente y pasó a bordo del barco.

El cual —¡loada sea la gracia de Dios!— había sido aprovisionado con abundantísimas vituallas para muy largo tiempo, así como con cuanto pudiera serle menester a la triste madre. Y respecto a tiempo y brisas, Dios habría de proveer en materia de llevar a la desterrada a su país.

Pero dejémosla en su ruta. El rey Alla regresó a poco a su castillo e inquirió por su hijo y esposa. Entonces el condestable sintió helado el corazón y relató claramente todo lo ocurrido, tal como lo he contado, según lo mejor de mi criterio, y, mostrando al monarca la carta con el sello real, concluyó:

—Ved, señor, que he obrado puntualmente como me mandasteis so pena de la vida.

Sometióse al mensajero a cuestión de tortura, y pronto confesó, declarando con llaneza dónde había pasado las noches. Así, merced a suposiciones complementarias y hábiles preguntas, se pudo conocer cuál era la causa de aquel daño. Descubrióse la mano que había escrito las cartas falsificadas, y se traslució todo aquel maldito artilugio, aunque no sé bien los pormenores del caso. Sólo me consta que, en consecuencia, Alla mató a su madre como traidora, según en las crónicas puede leerse con más extensión. Y de tan desastrada manera concluyeron los días de la vieja Donegilda.

No hay lengua capaz de contar el dolor que la pérdida de su hijo y esposa causaron al rey Alla. Mas ahora conviene volver a Constanza, que pasó navegando cinco años, entre aflicciones y temores. Pues de tal modo quiso probarla Cristo antes de restaurarla a su patria.

Al cabo, el mar arrojó la nave de Constanza al pie de los muros de un castillo pagano cuyo nombre no hallo en el texto. ¡Oh, Dios Todopoderoso, que salvaste al género humano!, acuérdate de Constanza y de su hijo, que otra vez están en país de infieles y a punto de sucumbir, como ahora se verá.

Porque, habiendo bajado del castillo muchas personas para ver el barco y a Constanza, una noche, el intendente del señor del castillo (¡maldígale Dios, que era ladrón y renegado de nuestra fe!), fue a buscar a la mujer a solas y le dijo que habría de ser suya, así ella quisiera como si no.

¿Cuánta no fue entonces la cuita de aquella infeliz? Clamaba su hijo y ella lanzaba dolorosos lamentos; pero al fin la bienaventurada María le prestó su socorro, y mientras el malvado forcejeaba con su víctima, resbaló y cayó por la borda, ahogándose merecidamente en el mar. De esta suerte mantuvo Cristo pura a Constanza.

Véase ahí el fin del sucio apetito de la lujuria, pasión que no sólo amengua la mente del hombre, sino que acaba destruyendo su cuerpo. Toda obra y todo ciego deseo de la lascivia concluyen en lamentaciones. ¡Cuántos hombres podríamos hallar que encontraron su ruina por el acto o intención de cometer ese pecado!

¿Cómo tan débil mujer pudo reunir fuerzas para oponerse a aquel renegado? Pero ¿y cómo al gigantesco Goliat pudo aniquilarlo David sin armas, osando alzar la vista hacia sus espantables facciones? Bien se entiende que ello se debió al favor divino. Y ¿quién dio bríos a Judit para matar a Holofernes en su tienda, librando de tal azote al pueblo de Dios? Pues si Dios infundió fortaleza en aquellos espíritus, sacándolos de riesgo, el mismo vigor y poder pudo insuflar en Constanza.

Ésta, finalmente, cruzó el estrecho que se abre entre Gibraltar y Ceuta, y unas veces derivó hacia Oriente, otras a Occidente, algunas al mediodía y otras al septentrión, y ello durante muy prolijos y penosos días, hasta que la Madre de Cristo (¡bendito sea su nombre eternamente!) determinó sacarla de padecimientos.

Empero, dejando a Constanza otra vez, hablemos de lo que hizo el emperador romano cuando, por cartas de Siria, supo la matanza de los cristianos y el ultraje hecho a su hija por la pérfida y maldita sultana, que mandó asesinar en el festín a todos los cristianos sin distinción.

Encolerizado el César, envió a su senador y a muchos caballeros, con patentes reales, para que tomasen cruel venganza de los sirios. Hiciéronlo así, y en tierra siríaca incendiaron, mataron y tuvieron a todos los musulmanes en gran tribulación durante muy dilatado tiempo. Pero, para abreviar, diré que al cabo retornaron a Roma. Y cuando el senador navegaba con regia pompa, halló, según las crónicas cuentan, el barco en que la entristecida Constanza flotaba sobre las olas. El dignatario no conoció quién era aquella mujer, ni supo por qué estaba en semejante situación, y ella resolvió callarlo aunque le costase la vida.

El senador se la llevó a Roma, con su hijito, y la instaló en su propia casa, y de esta manera libró Nuestra Señora a Constanza de sus tribulaciones, como ha librado a muchos seres más. Bastante tiempo estuvo Constanza en aquella casa, y nunca abandonó su costumbre de practicar obras santas y buenas.

La esposa del senador era tía de Constanza, mas no la reconoció, sin embargo. Y ahora, dejando a Constanza bajo la tutela del senador, hablaré otra vez del rey Alla, que muy tristemente lloraba y suspiraba recordando a su esposa.

Un día Alla sintió tan vivo remordimiento por haber matado a su madre, que resolvió ir a Roma y hacer penitencia. Decidió, pues, someterse a los mandatos del Papa e impetrar a Jesucristo que le perdonase el crimen que había cometido.

Corrió por Roma la voz de que habían llegado embajadores del rey Alla, precediéndole en su peregrinación. Y entonces, según la usanza, salió el senador a caballo, para encontrarle, llevando muchas gentes de su servidumbre, tanto para ostentar su magnificencia como por decoro del rey. Los dos se acogieron con gran efusión, y ambos se honraron mucho mutuamente.

Como dos días después, fue el senador a un festín que Alla le daba en su alojamiento, y el senador llevóse consigo al hijo de Constanza. Afirman algunos que ella fue quien pidió al senador que lo hiciese, pero no tengo lugar a referir todos los pormenores. Lo cierto es que allí estuvo el infante y que mientras comían no dejó, según le mandara su madre, de mirar al rey Alla a la cara, ya que le tenía delante de él.

Produjo el niño en Alla gran maravilla, y así preguntó al senador:

—¿De quién es ese rapaz tan lindo que ahí se sienta?

—Por Dios y por San Juan que lo ignoro —repuso el senador—. Madre tiene, pero padre no, al menos que yo sepa.

Y con sucintas frases contó a Alla el encuentro del niño, agregando:

—Dios es testigo de que nunca he visto ni oído hablar de mujer tan virtuosa como la madre de este muchacho. No, no la hay, ya sea casada o soltera. Apuesto a que preferiría ver su pecho desgarrado por un cuchillo a incurrir en maldad. Nada existe que a ello pudiera inducirla.

Ocurría que el niño tenía tanto parecido a Constanza como pueda haberlo entre un hijo y su madre. Alla recordaba bien el semblante de Constanza, y había empezado a cogitar si la madre del rapaz no sería su esposa, y de continuo suspiraba para sí.

Se retiró, pues, de la mesa en cuanto pudo, pensando: «A fe que algún espectro tengo en mi mente. Si arguyo con razón, debo suponer que mi esposa ha perecido en el mar. Pero, díjose a continuación, ¿quién sabe si Cristo no habrá conducido aquí a mi esposa, por el mar, como a mi país la llevó desde donde venía?»

Y a la tarde fue Alla a la casa del senador, para cerciorarse de aquel pasmoso extremo. El senador honró mucho al rey y mandó llamar a Constanza. La cual, según supondréis, no estaba nada a sus anchas cuando oyó el motivo de la llamada. Sí, que no podía apenas sostenerse derecha.

Al ver Alla a su esposa, la saludó rendidamente, llorando de lastimero modo, pues que la reconoció a la primera mirada. Ella, aunque triste, no abrió la boca, porque su corazón estaba cerrado por el recuerdo de la maldad de su marido. Y en su congoja y desconcierto se desmayó dos veces seguidas. Él, sollozando, se excusaba doloridamente y decía:

—Así Dios y todos los santos tengan compasión de mi alma como soy inocente de tu mal. El demonio me lleve de aquí si miento.

Muchos duelos, lágrimas y amarguras hubo antes de que aquellos dos corazones se sosegaran, porque sus lastimeros quejidos no hacían sino acrecentar sus penas. Pero dispensadme el trabajo de referirlos, pues no voy a estar hablando de tristezas hasta mañana, y en verdad ya me siento cansado de relatar sufrimientos. Baste saber que cuando se hizo palmaria la verdad de que Alla era inocente del mal de su esposa, los dos se besaron lo menos cien veces y de tanta ventura gozaron como ninguna persona ha visto ni verá —salvo la dicha perdurable— mientras el mundo exista.

Tras esto Constanza rogó tiernamente a su esposo que, como reparación de su largo y cruel padecimiento, suplicase un día a su padre, el emperador, le aceptase un festín, pero sin hablarle nada de ella.

Se obstinan algunos cronistas en que fue el niño Mauricio quien llevó al emperador tal mensaje, pero no juzgo yo al rey Alla tan sandio que enviase a un rapaz como mensajero ante tan alto dignatario y flor de la cristiandad. Antes presumo verosímil que fuera él mismo. Accedió gentilmente el emperador a honrar el festín, y de fijo miró al niño, que acompañaba a Alla, y pensó en su perdida hija. Luego Alla regresó a su alojamiento y empezó a preparar el festín con el aparato debido y con la destreza que le era natural.

Por la mañana, Alla y su mujer se ataviaron y salieron a caballo al encuentro del emperador, muy alborozados y satisfechos. Y viendo llegar a su padre, la joven se prosternó en el camino, y dijo:

—Ya veo, padre, que tu hija Constanza se alejó por completo de tu memoria. Mas yo soy tu hija Constanza, la que antaño enviaste a Siria. Yo, padre, soy la que fue abandonada, sola, en el salitroso mar y condenada a morir. Y ahora, buen padre y señor mío, te pido el servicio de que nunca más me envíes a tierra de infieles y de que agradezcas a éste mi esposo y señor la bondad que conmigo tuvo.

¿Quién acertaría a pintar la tierna alegría que los tres sintieron viéndose reunidos otra vez de aquel modo? Pero he de acabar mi cuento, que el día transcurre de prisa y no quiero dilatarme más. Aquel venturoso grupo sentóse a comer y, yantando los dejaremos, con regocijos y felicidad mil veces mayores de cuanto yo pudiera describir.

El niño Mauricio fue después ungido emperador por el Papa. Vivió como cristiano y honró mucho a la Iglesia de Cristo. Pero omitiré su historia pues que la mía sólo versaba sobre Constanza. En las gestas romanas se puede hallar la vida de Mauricio; yo, en cambio, no la retengo en la memoria.

A su tiempo, el rey Alla, con su santa mujer, la dulce Constanza, retornó a Inglaterra y allí vivieron los dos felices y contentos. Mas los goces de esta vida duran muy poco, porque el tiempo no gusta de rezagarse y cambia del día a la noche, como la marea. ¿Quién vive en pleno deleite un solo día, sin que le turben la conciencia, la ira, el deseo, el temor, la envidia, el orgullo, el sufrimiento o el pecado?

Traigo esto a cuento para señalar cuán poco duró la ventura de Constanza y su esposo. Porque la muerte, que impone su tributo tanto a grandes como a pequeños, al año justo, según mis noticias, causó a Constanza la infinita pena de llevarse al rey Alla de este mundo. ¡Dios haya acogido su alma!

En conclusión, la santa reina Constanza tomó el camino de Roma, donde halló a todos los suyos en buena salud. Y allí, ya exenta de todo peligro, arrodillóse ante su padre y, llorando lágrimas de ternura y sintiendo su corazón sosegado, alabó cien mil veces a Dios.

Vivieron todos en la virtud, ejecutando santas obras de caridad cristiana, sin nunca separarse mientras la muerte no les desunió. Y ésa fue la vida que llevaron, y vosotros alegraos, que mi cuento ha concluido. Jesucristo, que con su poder puede darnos la alegría tras el dolor, conduzca con su gracia a todos cuantos aquí estamos y nos libre del mal. Amén.

PRÓLOGO DEL CUENTO DEL MARINO

Nuestro hostelero empinóse muy luego sobre los estribos y exclamó:

—Buena gente, oíd todos. Provechoso y bien relatado ha sido el cuento que hemos oído. Ahora, ¡por los huesos de Dios!, sed vos, señor párroco, quien digáis otro cuento, según antes se estipuló. Ya se ve que vosotros, los doctos en la ciencia, sabéis muchas buenas cosas. ¡Por la dignidad de Dios que sí!

—*Benedicite!* —repuso el párroco—. ¿Qué os pasa que tan pecadoramente juráis, hombre?

A lo que contestó el hostelero:

—¡Hola, mosén! ¿Esas tenemos? ¡A herejía me huele esto, buenas gentes! ¡Por la digna pasión de Dios os aseguro que vamos a tener sermón ahora! ¿No queréis sermonearnos, señor abate?

—¡No, por el alma de mi padre! —interrumpió el marino—. De cierto que no nos dirá sermones aquí ni nos ha de predicar el Evangelio. Porque tememos, creemos en el gran Dios, y no nos gustaría que este cura quisiese echar cizaña en nuestro limpio trigo o promovernos alguna dificultad. Y ahora, posadero, sepa tu gentil persona que yo soy quien va a narrar un cuento, y os tocaré una campanilla que os sonará bien al oído y a todos os animará. Pero no hablaré de física ni filosofía, ni de términos extravagantes de Derecho, porque tengo en la panza pocos latinajos.

CUENTO DEL MARINO

Ha tiempo vivía en Saint-Denis un mercader que, por ser hombre rico, pasaba por sabio. Su mujer era hermosa y amiga de reuniones y diversiones, donde se hacían muchas cortesías y aplausos; pero ello es cosa fugaz como una sombra, mientras los gastos que ello implica son poderosos. ¡Ay del esposo, obligado a pagar siempre! Él ha de vestir a la mujer y ataviarla con riqueza en bien de su propia reputación, y luego ellas se divierten muy bonitamente con los atavíos que él les compró a su costa. Mas cuando él no puede o quiere atender a gastos tales, juzgándolos despilfarro y ruina, entonces otro ha de ser quien pague o preste a la mujer lo que ésta consume, y ello entraña algunos riesgos.

Aquel digno mercader tenía una muy buena casa, y por ello, y por ser él liberal y su mujer bella, siempre había gran concurrencia en sus habitaciones. Y entre los invitados había un monje de unos treinta años, hombre pulido y osado, y visitante de la mansión (1).

El joven monje, galán muy apuesto, hízose amigo del mercader en tales términos de intimidad, que llegó a ser grandísimo amigc de la casa. Y como monje y mercader habían nacido en el mismo lugar, el segundo llamábale primo y el primero parecía muy complacido de esta familiaridad, mostrándose siempre alegre como un gorrión y exteriorizando mucho contento. Y los dos,

(1) Téngase en cuenta que en el 1300, cuando Chaucer escribió esta obra, la condición de monje era diferente a nuestros días.

unidos por estrecha amistad, habíanse jurado que su fraternidad duraría tanto como sus vidas durasen.

Don Juan —que tal era el nombre del monje— mostrábase siempre muy solícito, procurando agradar a todos, y era pródigo en sus gastos, a lo menos en aquella casa. Jamás olvidaba en sus donativos a nadie. Del señor al último criado, ninguno dejaba de recibir alguna dádiva de manos de don Juan cuando éste aparecía por allí. Y así todos se regocijaban tanto con su llegada como el ave con la salida del sol.

Hubo un día el mercader de disponerse a ir a Brujas, donde debía comprar ciertas mercancías. Y por ello expidió un emisario a don Juan, que estaba en París, pidiéndole que pasase en su casa, con él y con su mujer, dos días, antes de que él partiese para Brujas.

El digno monje, hombre muy discreto, aprovechó su calidad de funcionario eclesiástico para pedir a su superior que le diese licencia de ir a visitar las granjas y graneros de la Orden. Y con esto se encaminó a caballo a Saint-Denis.

¿Fue alguien nunca tan bien recibido como don Juan, el querido primo de la casa, el hombre más amable del mundo? Llevaba consigo un jarro de malvasía, otro de fuerte vernaccia y algunas aves, como tenía por costumbre. Y así monje y mercader pasaron comiendo y bebiendo aquellos dos días.

Al tercero, el mercader, luego de levantarse, empezó a reflexionar sobre sus negocios y, sentándose a su pupitre, calculó su balance de aquel año, viendo cuánto había gastado y si se había enriquecido o no. Para esto puso en el pupitre sus libros de cuentas y muchas talegas de oro. Y como sus tesoros eran inmensos, cerró bien la puerta y no consintió que nadie le incomodase y turbara sus cálculos. De esta manera pasó su tiempo hasta la hora de prima.

Mientras tanto, don Juan, que también se había levantado temprano, rezó devotamente sus oraciones y salió a pasear al jardín.

Llegó en esto la esposa del mercader, para pasear como solía, y saludó al monje. Con la señora iba una camarista a la que la esposa del mercader gobernaba según su voluntad, por ser mocita muy joven.

—¿Cómo os levantáis tan temprano, mi querido primo don Juan? —preguntó la señora.

—Prima —repuso él—, cinco horas diarias de sueño son suficientes. Sólo necesitan más los hombres casados, que se acuestan y duermen de tal modo que parecen liebres rendidas tras la persecución de los perros. Pero ¿no estás pálida, prima? Sin duda nuestro amigo os habrá fatigado mucho esta noche y os será menester, hoy, retiraros temprano.

Y, hablando, sonreía pícaramente, y sus mismos pensamientos le hicieron sonrojarse.

La bella esposa denegó con la cabeza, diciendo:

—Bien sabe Dios, a quien nada se oculta, que eso no reza conmigo. Por el Dios que me ha dado ánima y vida os aseguro, primo, que en todo el reino de Francia no hay mujer que menos placeres saque de ese desabrido juego. En verdad que pudiera quejarme de haber nacido. Pero a nadie oso contar mis cuitas, y por eso ansío dejar este mundo, y aun quitarme la vida, que tan llena estoy de tristezas y desazones.

Miró fijamente el monje a la mujer y adujo:

—Dios, prima mía, prohíbe que la mujer se pierda porque sienta tristezas o temores. Decidme cuál es vuestra aflicción y tal vez pueda socorreros en ella. Contadme vuestras desgracias, que yo juro nunca revelar, ni de grado ni contra él, ningún secreto vuestro.

—Eso mismo os prometo yo —contestó ella—, y por Dios júroos no revelar jamás nada que me contéis, no porque haya entre nosotros parentesco alguno, sino por el amor y la confianza que os tengo.

Y con este juramento, se besaron para rubricarlo y cada uno dijo al otro las frases que bien le avino decir. Y ella declaró:

—Si yo tuviera oportunidad, primo, como no la tengo, y menos aquí, yo os referiría mi historia y cuántos sufrimientos he padecido con mi marido y primo vuestro.

—¡Por Dios y por San Martín —alegó el monje—, que tan primo mío es como las hojas de los árboles! Si así le llamo, hágolo para tener más confianza con vos, a quien amo más que a mujer alguna, lo que sin empacho puedo juraros. Ea, contadme vuestra tribulación antes de que vuestro esposo baje, y hacedlo con premura y proseguid vuestro camino.

—Mucho quisiera yo esconder este secreto, primo mío don Juan —dijo la mujer—, pero ya no puedo soportarlo más en mi pecho. Sabed que mi marido obra conmigo como el hombre más malvado que hay nacido desde que el mundo existe. Verdad es que, como casada, no me asiste derecho a descubrir nuestra vida conyugal, ni en el lecho ni en lo otro. Así, no permita Dios que yo descubra nada. Porque la mujer nunca debe hablar de su marido sino para honrarle, y así lo he hecho siempre yo, salvo con vos, a quien todo lo confesaré. Dios no me ayude si miento diciendo que mi esposo no vale más que una mosca. Empero, nada es tan odioso en él como su mezquindad. Porque, como vos sabéis, seis cosas piden las mujeres a sus maridos: valor, discreción, riqueza, generosidad, condescendencia con su esposa y decisión en el lecho. Y he aquí que yo (júrolo por el Señor que murió por nosotros) he de pagar cien francos por unas ropas que, para honrar a mi marido, quiero llevar el domingo venidero. Perdida soy si no tengo ese dinero y lo pago, pues podría acontecerme alguna villanía, y, de saber esto mi esposo, me avendría muy mal tercio. Así, don Juan, suplícoos que me prestéis esa cuantía, porque sino esto me costará la vida. Concededme los cien francos, y por Dios, que yo, que soy agradecida, alguna vez os pagaré y en tanto haré vuestro deseo según os pluguiere y en cuanto me quisiereis ordenar. Y si no lo cumplo, Dios haga tal escarmiento conmigo como el que hizo Ganelón de Francia.

El gentil don Juan respondió con las siguientes razones:

—Mucho me apiado de vos, señora mía, y así, luego de que vuestro esposo marche a Flandes, he de sacaros de vuestra aflicción prestándoos los cien francos.

Tras lo cual enlazó el talle de la mujer y la abrazó y besó muchas veces y con fuerza, y al fin la aconsejó:

—Ahora idos sin alharacas y procurad que comamos lo antes posible, porque mi cuadrante señala ya la hora prima del día. Adiós, pues, y sed tan cumplidora como yo he de serlo.

—Dios no consienta lo contrario —repuso ella.

Y se alejó, alegre como una urraca. Mandó al cocinero que activase el yantar y, subiendo al aposento de su marido, llamó a la puerta con vigor.

—*Qui est là?* —dijo él.

—Yo soy, Pedro —repuso su esposa—. Vamos, señor mío, ¿queréis seguir en ayunas? ¿Hasta cuándo piensas seguir contando tu dinero y mirando tus cuentas y libros, que el diablo se lleve? Anda, que harto tienes con las dádivas de Dios. Baja y deja luego tus saquetas de oro. ¿No te da vergüenza pensar que el buen don Juan lleva todo el día sin probar bocado? ¡Vamos a misa y comamos después!

—Ya veo —repuso el mercader— que entiendes poco de los negocios que entre manos traigo. Porque has de saber (y pongo a Dios y a San Ivo por testigos míos) que no hay de doce mercaderes diez que a mi edad persistan en la buena fortuna que yo. Sí, que ello sucede aun cuando a veces se ponga buena cara y se salga de malos pasos como se pueda y se oculte al mundo la verdadera marcha de las cosas, hasta que, so capa de peregrinación u otra, haya uno de fugarse por su malaventura. Y, siendo esto así posible, es menester, en este singular mundo, andar siempre temerosos de cosas y la mala suerte que puede recaer sobre los negocios. En fin, mañana temprano iré a Flandes, de donde volveré tan pronto como pudiere. Entretanto, procura tú, esposa mía, ser con todos benévola y afable, y solícita con nuestros bienes, y honrosa administradora de nuestra casa. De todo te dejo lo que es menester: no te faltan ropas ni cosa alguna, ni tampoco dinero en tu bolsa.

Y, sin esperar más, cerró la puerta de su aposento y bajó. Oyeron misa y luego se pusieron a la mesa, donde el mercader obsequió con mucho agasajo al monje. Y en alzándose manteles, don Juan, solemnemente, llevóse al mercader aparte, y le dijo en secreto:

—Pues vas a Brujas, primo, pido a Dios y a San Agustín que te amparen y guíen. Sé prudente en tu cabalgar y camino, y come con moderación, que el calor es mucho. Francamente te hablo, que entre nosotros sobran falsos cumplimientos. Ea, primo, adiós, y Él te libre de todo mal. Si algo fuere menester, ya de día, ya de noche, dímelo, que yo haré enteramente lo que me mandares si en mi poder estuviere. Y ahora, antes de marchar, una cosa pedirte quiero, si te es posible concedérmela. Préstame cien francos por un par de semanas, porque he de comprar algunas reses que debo llevar a una tierra nuestra. ¡Pluguiere a Dios que fuera tuya! Ya sabes que no faltaré el día del pago, así me fueren mil francos en ello. Mas esto ha de quedar secreto entre nosotros. Y te lo pido porque esta noche he de comprar las reses. Con esto, buen viaje, querido primo, y gracias por tu largueza y convite.

El noble mercader contestó diciendo con gentiles palabras:

—¡Ah, mi primo don Juan! Poco me solicitas, pues que mi oro es tuyo cuando lo quisieres. Y, como mi oro, mis mercaderías, de las que puedes tomar sin parsimonia las que te cuadren. No obstante, ya sabes que el dinero es el arado con que labran su tierra los mercaderes, pues, si bien nos es dable pedir a crédito cuando tenemos buena reputación, en no teniendo dinero la reputación nos abandona. Con esto te digo que con gusto te complaceré, y que has de reintegrarme el débito cuando puedas.

Y, saliendo a buscar los cien francos, entrególos a don Juan con todo sigilo, sin que nadie, salvo ellos dos, conocieran que se había efectuado aquel préstamo. Y luego se entretuvieron bebiendo, paseando y platicando, y al fin don Juan montó para encaminarse a su abadía.

A la otra mañana el mercader partió camino de Brujas, acompañado por un su dependiente. Y los dos llegaron prósperamente a la ciudad. Y allí el mercader emprendió diligentemente sus negocios, haciendo sus compras a crédito. No bailaba ni jugaba a los dados, sino que hacía vida de traficante. Mas, por abreviar, le dejaremos en sus tratos.

El día siguiente al de la marcha del mercader, volvió don Juan a Saint-Denis, llevando muy bien afeitadas la barba y la coronilla. Todos los de la casa, hasta los criados más ínfimos, se holgaron mucho de que el monje hubiese vuelto. Pero, yendo a lo esencial, sépase que la bella esposa del mercader acordó con don Juan que, a cambio del préstamo de cien francos, pasaría entre sus brazos una noche entera. Y así se hizo, y toda la noche transcurrió en alborozados retozos, hasta que alboreó y don Juan se despidió de la servidumbre y retornó a su monasterio. Y nadie de la casa, ni de la población, recelaba traición alguna en don Juan. El cual, como digo, retornó a su monasterio o a donde le pluguiere, que yo no lo sé.

El mercader, acabados sus asuntos, volvió a su casa de Saint-Denis y se holgó mucho con su mujer. Dijo a ésta que, por andar caras las mercaderías, había tenido que comprar efectos a crédito, obligándose a pagar en París su valor de veinte mil escudos. Y para cumplir este compromiso fuese a París a fin de tomar prestada una cantidad que, con lo que él tenía, bastárale para cubrir su deuda. Y ya en la ciudad visitó ante todo al primo, queriendo complacerse en compartir con él, mas sin pensar en pedirle su deuda o solicitarle préstamos, sino para saber de su salud y hablarle de sus negocios, como es uso entre los amigos cuando se encuentran.

Don Juan le acogió con muy halagado semblante y el mercader le dijo que, con la ayuda de Dios, había comprado bien y con buena ganancia sus mercancías, aunque por tomarlas a crédito venía ahora obligado a levantar un empréstito con que cancelar su débito. Y don Juan, oyéndole, contestó:

—Mucho me congratulo de que hayas retornado con salud. Si yo fuera rico, tan cierto como que aspiro a la gloria es que te prestaría los veinte mil escudos, según gentilmente me prestaste tú cien ha días. Dios y Santiago saben que te lo agradecí en cuanto era debido. Mas ya he devuelto a tu esposa, en tu casa y en tu misma mesa, tus cien francos, y bien lo sabe ella, que podría yo darle buenas señas. Y ahora, primo, si me lo autorizas, no me entretendré más, pues nuestro superior sale de viaje y es deber mío hacerle compañía. Da muy tiernos saludos a tu esposa y mi señora prima, y queda tú con Dios, amado primo, hasta que otra vez nos veamos.

El mercader, como discreto y entendido, recabó el préstamo que necesitaba y con el dinero obtenido pagó en París su débito de mercancías a unos lombardos, quienes le dieron en cambio el necesario recibo. Y volvióse a Saint-Denis tan alegre como un papagayo, porque sabía que iba con sus compras a ganar mil francos por lo menos, luego de pagados sus gastos de viaje.

Su mujer le esperaba solícitamente en la puerta, como tenía por establecida costumbre. Y él, satisfecho por verse rico y limpio de débitos, pasó toda la noche holgándose con su mujer. Al llegar el día, otra vez el mercader volvió a abrazarla y besarla en la cara, sin darle paz. Mas ella protestaba:

—¡No más, hombre, que ya basta!

Pero otra vez se entregaba él a locos retozos. Y estando en esto dijo el mercader:

—Sabe, esposa mía, que me siento enojado contigo, y no quisiera. Y la causa de mi enfado es que has producido algún rozamiento entre mi primo Juan y yo. Debiste haberme dicho, antes de que yo marchase a París, que él te había devuelto, ante testigos, cien francos que me adeudaba. Cuando le hablaba del préstamo que iba yo a tomar, me pareció que ponía cara de algún incomodo, y, sin embargo, bien conoce Dios, Señor de los cielos, que nada pensaba yo pedirle. No vuelvas a hacer esto, mujer. Si alguien, en ausencia mía, te paga una deuda, dímelo, no ocurra que, por incuria tuya, reclame yo cosa que ya hubiere sido pagada.

Pero la mujer, en vez de amilanarse, dijo con insolencia:

—¡Por Santa María que miente ese falso monje! De sus testigos no se me da una higa, y que algo me entregó ya lo sé. Pero (¡malhaya su jeta monjuna!) yo creí, y Dios lo sabe, que me daba aquella cantidad como don y regalo, por amor de nuestro parentesco y de la acogida que muchas veces le hemos hecho aquí. Ya veo que ahora estoy en apretada situación, y he de ir sucintamente a la cosa. Otros deudores tienes de menos confianza que yo. Yo te iré pagando mi deuda puntual y continuamente, día tras día; mas si alguno faltase, tu mujer soy; haz, pues, una muesca en mi tarja. Y después te pagaré todo lo antes que pueda. Sabe que he invertido tu dinero bien, no despilfarrándolo, sino comprando vestidos. Y, pues así lo he gastado, en honra tuya, te ruego por Dios que no te enojes, sino que rías y te huelgues conmigo. Una prenda te doy, y es mi lindo cuerpo, porque, en resolución de todo, quiero decirte que sólo en el lecho habré de pagarte. Ven, querido esposo, perdóname ya y mírame con mejor semblante.

Comprendió el mercader que el mal no tenía remedio y que la reprensión, por lo tanto, era inútil. Y así dijo:

—Ea, mujer, te perdono. Pero en adelante no vuelvas, por tu vida, a ser tan dilapidadora y administra mejor nuestros bienes que así con ahínco te lo encargo.

De esta suerte termina mi cuento. Dios nos dé otros muchos que contar en nuestra vida.

PRÓLOGO DEL CUENTO DE LA PRIORA

¡BIEN te explicaste, *corpus Dominus!* —vociferó el hostelero—. ¡Así puedas navegar mucho tiempo por las costas, gentil piloto! ¡Dios abrume a ese monje con mil pesadas cargas durante muchos años! ¡Ja, ja, ja! ¡Ah, compañeros, y cómo es menester andar ojo avizor con semejantes chanzas! ¡Por San Agustín que bien le puso don Juan el gorro al mercader y también a su esposa! En fin, baste ya y veamos quién de los presentes va a relatar otro cuento.

Y tras esto, con palabras tan corteses como una doncella, dijo:

—Señora priora, si vos me dais vuestra licencia y mi demanda no os enoja, yo os pediría que vos contaseis el cuento siguiente. ¿Os dignaréis hacerlo, mi señora?

—Sí, haré —repuso ella—, y con gusto.

Y se expresó de la manera siguiente.

CUENTO DE LA PRIORA

¡OH, Señor, Señor nuestro, y de qué modo se expande tu nombre por todo este vasto mundo! Pues no sólo entonan tus preces los hombres de dignidad, sino que tu bondad ensalzan a veces los niños; que hay quienes hasta mientras se aplicaban al seno de tu Madre alabaron tu gloria.

Quiero, pues, en tu honor y en el de la blanca flor de lirio que te llevó en su vientre, sin perder la virginidad jamás, contar una historia según mis alcances me permitan. Mas, aunque lo dije, no podré aumentar el honor de nuestra Señora, porque ella es el honor encarnado, la raíz de todo bien y la salvación de toda alma, después de su Hijo.

¡Ah, Madre Virgen! ¡Ah, Virgen y misericordiosa Madre! ¡Oh, zarza que inextinguible ardió ante los ojos de Moisés! Tú, con tu humildad, obtuviste de la Divinidad que el Espíritu descendiera sobre Ti, concibiendo en tu seno la sabiduría del Padre. Ayúdame en mi relato, para reverencia tuya.

Tu bondad, Señora, tu magnificencia, virtud y humildad son tales que no hay lengua ni ciencia que pueda expresarlas. Porque muchas veces, tú, antes de que acudamos a ti, te adelantas y con tu benigna intercesión nos envías la luz que ha de guiarnos hasta tu amado Hijo. Pobre es mi entendimiento, bienaventurada Reina, para cantar tus muchas excelencias; y así, apenas puedo soportar mi carga, y obro como niño de un año o menos, casi incapaz de articular palabras. Y por eso te impetro que conduzcas al canto que de ti quiero pronunciar.

En una gran ciudad de Asia existía, entre los cristianos, una judería autorizada por un señor de aquella región con miras de bajo lucro y bochornosa usura, que son cosas execrables para Cristo y quienes le confiesan. Y era dable recorrer a pie o a caballo la calle que atravesaba la judería, por no tener en sus extremos puertas ni verjas.

En su extremo más apartado había una escuelita cristiana, donde acudían rapaces, de sangre cristiana todos, para aprender, año tras año, a leer y a cantar, que son las enseñanzas usuales de los niños.

Entre los escolares había uno de siete años de edad, hijo de una viuda, el cual iba a la escuela sin faltar un día y tenía por costumbre arrodillarse y rezar una avemaría doquiera que hallaba, yendo de camino, alguna imagen de la Madre de Jesús. Porque así había enseñado la viuda a su hijo, diciéndole que debía honrar en toda ocasión a la Bienaventurada Madre de Cristo. Y él no lo olvidaba, porque siempre los niños buenos procuran aprender pronto. Y ahora que cuento esta historia, me acuerdo de San Nicolás, que, muchacho todavía, ya adoraba a Cristo.

Aquel niño, mientras estudiaba el silabario, había oído a los mayores cantar el *Alma Redemptoris,* al recitar las antífonas y, acercándose a ellos, había aprendido las palabras y la melodía del himno, hasta saber de memoria todo el primer versículo.

Cierto que no conocía el significado de las expresiones latinas, por ser muy pequeño, y así un día se acercó a un compañero de escuela y, con mucho empeño, y hasta doblando ante él sus desnudas rodillas, le pidió que le declarase y tradujera aquel canto en su idioma:

El otro escolar, que era mayor, repuso:

—He oído decir que es un cantar en loa de nuestra bienaventurada y misericordiosa Señora, y también para pedirle que nos auxilie y acorra en la hora de nuestra muerte. Pero más no puedo explicar, porque yo, aunque aprendo el canto, entiendo poco de gramática.

—Si ese cantar es en loa de la Madre de Cristo —dijo el inocente párvulo—, yo he de aprenderlo de aquí a Navidad. Así me reprendan por no saber del silabario y me azoten tres veces en cada hora, he de aprenderlo, para honrar a la Virgen.

Desde entonces, su compañero, mientras retornaban a sus casas, le repetía en voz baja el texto, hasta que el pequeño supo cantarlo ajustando las palabras a la música. Todos los días, al ir a la escuela y al volver a su hogar, iba cantando el himno, y entretanto tenía fijo su corazón en la Madre de Jesús. Atravesaba, pues, el mocito toda la judería entonando a grandes y alegres voces el *Alma Redemptoris,* porque la dulzura de la Madre de Cristo se había infundido de tal modo en su corazón, que no acertaba a dejar de honrarla cantando por el camino.

La serpiente Satanás, nuestro primer enemigo, que esconde sus avisperos en los corazones de los judíos, sintióse henchida de cólera.

—¡Pueblo hebreo! ¿Es honroso para vosotros que ese niño pase cantando ante vuestra presencia, mal que os pese, unas cosas que menosprecian vuestras leyes establecidas?

Y desde entonces empezaron los judíos a maquinar cómo quitarían la vida a aquel inocente. Pagaron, pues, a un asesino, el cual se ocultó en un lugar retirado de una callejuela. Y cuando vio al niño llegar allí, el maldito judío echóle mano, le degolló y arrojólo a una cloaca, esto es, allá donde depositaban los judíos sus excrementos.

¡Ah, maldecido pueblo, sucesor de Herodes! ¿De qué podría valeros tan inicua acción? Porque el asesinato habría de averiguarse y con ello la gloria de Dios cundiría y la sangre debería pregonar el oprobioso hecho.

Y tú, mártir aún en la virginidad, pudiste desde entonces entonar eternamente los loores del blanco y celeste Cordero.

Porque de quienes son como aquel niño escribió en Patmos el gran San Juan Evangelista, diciendo que quienes no conocieron carnalmente mujer van delante del Cordero entonando una canción nueva siempre.

Toda la noche aguardó la pobre viuda a su hijo; pero, viendo que no llegaba, al rayar el día salió y, con el semblante trastornado y pálido por la inquietud y el temor, fue a buscar a su hijo en la escuela y otros lugares. Y sólo pudo saber que el niño había sido visto por vez postrera en la judería.

Sofocado su pecho por la angustia materna, anduvo, casi enloquecida, por todos los puntos por donde creía poder encontrar a su hijo, siempre invocando a la dulce y bondadosa Madre de Cristo. Y al cabo se le ocurrió buscarle entre los malditos judíos. Y a cuantos habitaban en la judería les pidió lastimeramente que le dijesen si habían visto a su hijo. Mas todos contestaban que no.

Entonces Jesús, con su santa gracia, sugirió a la mujer la idea de que llamase a voces a su hijo cuando se hallaba cerca del pozo donde el cadáver había sido arrojado.

¡Cuánto es tu poder, oh Dios, que depositas tus alabanzas en la boca de los inocentes! Porque habéis de saber que aquella flor de castidad, aquella límpida esmeralda, aquel encendido rubí del martirio, a pesar de tener la garganta cortada, empezó a cantar el *Alma Redemptoris* en voz tan alta que resonó en todo el contorno. Y los cristianos que transitaban por la calle se pasmaron del caso y con mucho apremio fueron a llamar al prefecto.

Vino éste sin dilación, y alabó a Jesucristo, Rey de los cielos, y a su Santa Madre, honor del linaje humano, y mandó prender a los judíos.

Entre un coro de tiernas quejas, sacaron del pozo al niño, que aún continuaba cantando, y lleváronle con mucha honra, en solemne procesión, a la más cercana abadía. La madre iba junto al ataúd, desolada, y nadie lograba apartar de allí a aquella segunda Raquel.

El prefecto hizo matar a todos los judíos que conocían el asesinato, dándoles suplicios y muerte ignominiosa, pues a ninguno quiso perdonar maldad tan grande. Porque quien mal hace, mal recibe. Y así, los culpables fueron arrastrados, atados a la cola de caballos salvajes y luego se les colgó, como disponía la ley.

Mientras duró la misa, el inocente niño estuvo en el féretro. Y cuando el abad y la comunidad fueron a darle sepultura y rociaron al niño con agua bendita, aún el muerto cantó: *Oh Alma Redemptoris mater!*

El abad, que era un santo varón, como son o al menos deben ser los monjes, impetró al niño, diciéndole:

—¡Oh, niño amado! Conjúrote, por la Santa Trinidad, que me expliques cómo puedes cantar, porque bien se echa de ver que tienes la garganta segada.

—Hasta el hueso la tengo —contestó el niño—. Y así, según naturaleza, yo debiera llevar muerto mucho tiempo, mas Jesucristo como en los libros hallaréis, quiere que su gloria perdure y subsista en la humana memoria. Por eso yo puedo todavía cantar el *Alma Redemptoris* en reverencia de su querida Madre. Porque siempre, según mi entendimiento, he amado a la Madre de Cristo, fuente de todas las gracias. Y cuando yo iba a morir, vino la Virgen hacia mí, y me mandó que, al morir, cantase esta antífona que oísteis, y luego de que la entoné, Nuestra Señora puso en mi lengua lo que me pareció ser un grano de trigo, y me dijo: «Hijo mío, yo acudiré a buscarte cuando el grano sea separado de tu lengua. Y no temas, que no te abandonaré». Por lo cual canto y perseveraré en cantar en loor de la bienaventurada y generosa Virgen hasta que el grano sea separado de mi lengua.

El santo monje (esto es, abad) tomó la lengua del niño y apartó el grano, y entonces la criatura rindió el alma dulcemente. Y al presenciar semejante prodigio, amargas lágrimas surcaron a torrentes las mejillas del abad, y luego cayó de bruces en tierra, donde permaneció inmóvil, como trabado por ligaduras.

Los demás monjes cayeron igualmente al suelo, todos sollozando y loando a la Madre de Cristo. Mas al fin se levantaron, extrajeron al mártir de su cajita y sepultaron su tierno cuerpecito en una tumba de claro mármol. ¡Haga Dios que todos nos reunamos con él allí donde está ahora!

Y tú, Hugo de Lincoln, también muerto por los malditos judíos (como es notorio, pues que de ello hace poco tiempo), ruega por nosotros, veleidosos pecadores, para que el Dios de misericordia, con su gracia multiplique en nosotros sus grandes mercedes por reverencia a María, su Madre.

PRÓLOGO DEL CUENTO DE DON THOPAS

TODOS quedaron maravillosamente graves al oír relatar aquel milagro, pero pronto nuestro hostelero diose otra vez a sus chanzas. Y mirándome a mí por vez primera, dijo:

—¿Quién eres tú, que pareces ir siguiendo el rastro de una liebre, puesto que nunca levantas la vista del suelo? Ea, ven acá y alza los ojos y alégrate. ¡Abrid camino a este hombre, señores! Ved, tiene el talle tan fino como yo; parece un muñeco. En verdad que le iría bien llevar en brazos alguna mujer chiquitita y bonita. Pero, ello aparte, dijérasele un espectro, porque con nadie platica. Anda, cuéntanos una historia alegre, pues que otros antes que tú han hablado.

—Posadero —respondí—, no te enojes, mas sólo sé un cuento, que aprendí hace mucho, y es verso, además.

—Bien está —contestó él—. Por tu cara adivino que vamos a escuchar algo muy primoroso.

CUENTO DE DON THOPAS

OÍD con atención, señores; que os voy a relatar la alegre y amena historia de un caballero gallardo y gentil, señalado en batallas y torneos y a quien llamaban don Thopas. Había nacido éste en una remota comarca de Flandes, en un lugar denominado Poperingen. Su padre, hombre muy pródigo, era, con el favor de Dios, señor de aquel país.

Era don Thopas un apuesto galán, de rostro blanco como la flor de la harina. Tenía los labios bermejos como las rosas, bien hecha la nariz y encendido color. Su barba y sus cabellos eran de tonos vivos como el azafrán, y aquélla le llegaba hasta la cintura. Usaba zapatos de cordobán, oscuras calzas de Brujas y veste de seda fina, con áureos recamados, que costó, en verdad, muchas monedas genovesas.

Gustaba de cazar bestias salvajes, y de cabalgar o ir de cetrería por la orilla del río con un pardo azor en el puño. Manejaba diestramente el arco y no había quien compitiese con él en las luchas donde disputaban los reñidores un carnero como premio. Doncellas espléndidamente hermosas suspiraban de amor por él en sus cámaras, y por él se desvelaban una noche y otra; mas don Thopas no era disoluto, sino casto, y dulce además como flor de zarza.

Quiso don Thopas salir un día a caballo. Montó su alazán, prendióse larga espada al cinto y empuñó en la mano un venablo. Y así marchó a través de una hermosa selva, poblada de gamos, liebres y bestias salvajes, caminando hacia el Oriente o hacia el Norte, sin cuidarse de que pudiera acaecerle mal alguno. Brotaban por doquier plantas de todos tamaños. Veíanse la valeriana y el regaliz, el clavo y otras especias y la nuez moscada, útil para sazonar la cerveza, tanto nueva como añeja, o para sazonarla en el cofre.

Cantaban las aves, del gavilán al papagayo, con risueños acordes. Oíase el trino del tordo y en las altas ramas sonaba el arrullo de las palomas torcaces.

Cuando don Thopas percibió el canto del tordo, un poderoso afán de amor se adueñó de él. Espoleó a su caballo locamente y el generoso animal se lanzó a fatigosa carrera, sudando de tal modo que parecía salir del agua, y sangrando por los ijares, atormentados por el acicate.

Al fin, cansado también don Thopas de tan recio galope sobre la hierba, sintió el corazón latirle con excesiva fuerza, y, por tanto, hizo detenerse al alazán, para darle reposo y dejarle pacer. Y dijo:

—¡Santa María, *benedicite*! ¿Cómo me afligirá y aprisionará tan crudamente este amor? En verdad que toda la noche he soñado que una reina de las hadas había de ser mi amante y dormir a mi lado. Y ciertamente sólo una reina de las hadas amaré, porque no hay en toda la faz del mundo mujer digna de ser mi esposa. Aquí reniego de todas ellas y digo que buscaré una reina de las hadas atravesando montes y valles.

Y sin más, saltó a la silla y cabalgó pasando rocas y setos, siempre en demanda de una reina de las hadas. En resolución, tanto anduvo, que llegó al país de las Hadas. Allí caminó por doquier, ya al norte, ya al sur, atravesando muchas silvestres florestas. Porque hasta aquel apartado lugar nadie osaba ir, fuese hombre, mujer o niño.

Y en esto apareciósele un tremendo gigantón, a quien llamaban don Olifante, el cual era hombre temible y hazañoso, y le dijo:

—Por Termagante, mozuelo, que si luego no abandonas estos mis territorios, mataré tu caballo con mi maza. Porque aquí habita, entre arpas, dulzainas y sinfonías, la reina del país de las Hadas.

Pero el joven respondió:

—Por mi salud te aseguro que mañana, cuando me haya cubierto de mi armadura, me hallaré contigo, y aun espero, *per ma foi,* que ha de darte algún mal trago este venablo que empuño. Sí, que antes de que sea la hora prima del día te atravesaré la garganta, porque aquí has de morir tú.

Y don Thopas hizo volver grupas a su caballo con pasmosa celeridad. El gigante le apedreó con una enorme honda; pero el joven Thopas se libró de todo, gracias a Dios y a su mucha destreza.

Y ahora, señores, seguid atentos mi relato, alegre como el ruiseñor, pues quiero describiros cómo don Thopas, el de esbelto talle, cabalgó por oteros y barrancas hasta llegar a la ciudad. Y ya allí, mandó a sus amigos hacer fiesta y agasajo con él, porque iba a batirse con un gigante de tres cabezas, por la belleza y el amor de una brillantísima mujer.

Dijo, pues:

—Haced venir a mis trovadores y cantores de gesta, pues quiero que relaten romances e historias de reyes, papas y cardenales, y también de anhelos de amor, mientras me ciño las armas.

Le llevaron vino dulce e hidromiel en un recipiente de madera de arce, y además una regia mixtura de finísimo jengibre, regaliz, comino y azúcar de la mejor.

Entonces vistió su blanco cuerpo con un albo lienzo de lino, inmaculado y sutil; púsose calzón y camisa y cubrió ésta de una corta veste sin mangas; encima de todo se ajustó la loriga que debía proteger su corazón. Luego reforzó su busto mediante una coraza cincelada, con sólidas planchas de hierro, y remató sus preparativos con una armadura de combate, blanca como la flor del lirio.

Su escudo era de oro rojizo, y pintado en él había una cabeza de jabalí con un carbunclo al lado. Sobre este escudo juró don Thopas, por el pan y la cerveza, matar en todo evento al gigante.

Y respecto a sus demás armas, sabed que sus grebas eran de cuero duro; la vaina de su espada, de marfil; su yelmo, de reluciente bronce; su silla, de fino hueso, y brillantes las bridas de su caballo como el sol o como la luz de la luna. Y su lanza era de recio ciprés (árbol que denota guerra y nunca paz).

Su caballo alazán caminaba por el campo a paso de ambladura, con aire suave y gentil... Pero aquí termina la primera parte de este relato, y si queréis otra más, procuraré referirla.

Ahora, *par charité,* caballeros y nobles damas, poned punto en boca, que voy a relatar batallas y caballerías y amores.

Suelen elogiarse como excelentes los romances del joven Hornchild y de Ipotis, de Bevis y de sir Guy, de sir Libeux y de Pleindamour; pero dígoos que don Thopas gana la palma de la verdadera caballería.

En fin, él montó en su buen caballo y corrió camino adelante, veloz como la chispa desprendida de una ígnea antorcha. Sobre la cimera de su yelmo llevaba una torrecilla donde campeaba un lirio. ¡Dios proteja a don Thopas contra todo mal!

Como caballero andante que era, no quiso dormir bajo techado. Por lo contrario, se tendía sobre su capote, servíale de almohada su brillante yelmo y en tanto su caballo pacía, junto a él, buenas y delicadas hierbas. Y don Thopas no bebía sino agua en los manantiales, como el digno caballero sir Perceval, y un día... (1).

PRÓLOGO DE MELIBEO

BASTA, ¡por la dignidad de Dios! —atajó en este punto nuestro huésped—. De tal manera me cargan tus extraordinarias simplezas, que ya me zumban los oídos oyéndote. ¡Tan verdad es esto como que quiero que Dios me bendiga! ¡Lleve el diablo tales estancias, que sin duda son coplas de ciego!

—¿Por qué? —aduje yo— rechazas mi cuento, que es el mejor que sé, y no censuraste los demás.

—¡Por Dios! —repuso él—. Francamente y en una palabra te digo que todo tu relato no vale una boñiga y que no haces con él sino perder el tiempo. No has de seguir por ese camino, señor. A ver si sabes contarnos algún romance o una historia que sirva de solaz o de enseñanza.

—¡Por el dulce leño de la cruz —dije— que ahora recuerdo una historia que seguramente os ha de complacer! Si me engaño, es que sois difíciles de contentar. Trátase de un cuento moral muy bueno, si bien distintas personas lo relatan de diversa ma-

(1) Este cuento está incompleto en todas las ediciones inglesas. *(N. del T.)*

nera. Así sucede con los evangelistas que nos narran la Pasión de Jesucristo, y los cuales, aunque no dicen las mismas cosas, responden a un solo y verdadero sentido y concuerdan en él idénticamente. Entre Marcos, Mateo, Lucas y Juan hay diferencias, pues que unos cuenten más cosas y otros menos en la historia de la dolorosa Pasión del Señor, pero su significado sólo es uno. Así, señores, si pensáis que yo altero mi relato añadiendo algunas cosas que no hayáis oído otras veces en esta relación, comprended que lo hago para reforzar las conclusiones morales de mi tema. Asimismo, aun cuando no diga iguales frases que las que conozcáis, no me critiquéis, porque será, de todos modos, la diferencia entre mis expresiones y las que usa el escrito con arreglo al cual refiero esta amena narración. Atended, pues, lo que voy a deciros y os ruego que me permitáis decir todo mi cuento.

CUENTO DE MELIBEO

Cierto hombre llamado Melibeo, el cual era joven, poderoso y rico, engendró de su mujer, Prudencia, una hija a la que dieron el nombre de Sofía.

Un día Melibeo fue al campo a recrearse, dejando en casa a su mujer e hija y atrancando fuertemente las puertas. Pero tres antiguos enemigos suyos le acechaban y, apoyando escalas en los muros del edificio, penetraron por las ventanas, maltrataron a su mujer y causaron a su hija cinco rigurosas heridas, a saber: en los pies, en las manos, en los oídos, en la nariz y en la boca. Y dejándola por muerta, huyeron.

Volvió luego Melibeo a su morada y, al ver aquel desastre, empezó a llorar y a clamar y a rasgarse las vestiduras.

Su esposa Prudencia osó pedirle que cesase en su llanto; pero él arreciaba en sus quejas.

Mas la digna Prudencia recordaba la sentencia que da Ovidio en su obra *Remedio de amor* y que reza: «Loco es quien interrumpe a la madre cuando ésta llora la muerte de su hijo. Porque ha de dejarla hartarse de llorar durante algún tiempo, pasado el cual procurará, con palabras tiernas, que cesen sus lágrimas». Y por ello la noble Prudencia dejó a su marido que sollozase algún tiempo, y cuando le pareció oportuno díjole de esta suerte:

—¿Por qué, señor mío, te conduces como hombre sin juicio? No es de discretos mostrar tal dolor. Tu hija, queriéndolo Dios, curará y saldrá de peligro, pero, aun cuando así no fuere, no debieras tú dejarte destruir por causa de la muerte de ella. Porque Séneca afirma: «No debe el prudente sentir mucho la muerte de sus hijos, sino sufrirla con paciencia, de la misma manera que espera la suya propia».

A lo que respondió Melibeo:

—¿Cómo puede cesar en sus lloros quien tanto motivo tiene para desolarse? El propio Jesucristo, nuestro Señor, lloró la muerte de su amigo Lázaro.

Contestó Prudencia:

—Ya sé que el llanto moderado no se le veda al afligido. El apóstol Pablo dice, en sus epístolas a los romanos: «Debe el hombre reír con los que ríen y llorar con los que lloran». Pero si un llanto prudente está permitido, no lo está el exagerado, porque ello ha de medirse según la doctrina que enseña Séneca: «Cuando tu amigo muera, no dejes que tus ojos se colmen de lágrimas ni que estén en exceso secos, sino que, si acudieran las lágrimas a tus ojos, no debes permitir que corran». Así, en perdiendo un amigo has de tratar de buscarte otro, lo cual es más sabio que llorar al perdido, pues que la pérdida no tiene remedio. De esta suerte, si te guías por la sabiduría, expulsarás el dolor de tu corazón. Dice Jesús de Sirach: «El hombre de corazón alegre y contento se mantiene vigoroso a través de sus años, mas un corazón triste seca los huesos». Y añade que «la tristeza de corazón mata a muchos». Salomón afirma: «Como la polilla en la lana daña los vestidos, y como la diminuta carcoma daña al árbol, así la tristeza daña al corazón». Y por eso hemos de tener paciencia, ya perdamos nuestros hijos o nuestros bienes temporales.

»Acuérdate del paciente Job, que había perdido hijos y fortuna y además sufría en su cuerpo graves tribulaciones, no obstante lo cual decía: «Nuestro Señor, que me dio, me ha quitado. La voluntad de Nuestro Señor se ha cumplido. Bendito sea el nombre de Nuestro Señor».

A todo lo cual alegó Melibeo:

—Ciertas y provechosas son tus palabras, pero mi corazón está muy conturbado con esta congoja y no sé qué procede hacer.

Dijo Prudencia:

—Haz llamar a tus buenos amigos y a tus parientes discretos, relátales tu caso, espera la opinión que te den y guíate por su criterio. Salomón asegura: «Obra siempre por consejo y nunca te arrepentirás».

Siguiendo Melibeo el parecer de su esposa Prudencia, mandó avisar a muchas personas, entre ellas cirujanos, médicos, personas viejas y jóvenes e incluso algunos antiguos enemigos suyos que mostraban haber vuelto a su amistad y favor. Vinieron también algunos de esos vecinos que, como es usual, reverencian más por temor que por afecto. Y hubo también concurrencia de bajos aduladores y de sabios juristas, expertos en leyes.

En viendo reunidos a todos, expuso Melibeo su desgracia. Y por aflicción y expresión de sus palabras, parecía abrigar en su corazón cruel enojo y estar pronto a vengarse de sus enemigos, contra quienes ansiaba abrir guerra sin más demora. No obstante, pidió consejo sobre ello. Y un cirujano, una vez que obtuvo asenso y permiso de los otros, se levantó y habló de esta suerte a Melibeo:

—A los cirujanos, señor, nos compete conducirnos con todos lo mejor posible, doquiera que nos llamen, sin perjudicar jamás a nuestros enfermos. Y por ello acaece muy a menudo que cuando los hombres riñen y se hieren, el cirujano acude a curar a entrambos. Por tanto, no conviene a nuestro arte fomentar guerras ni facciones. Y a propósito de tu hija, si bien ella está herida de gravedad, tan solícito cuidado hemos de poner día y noche en curarla, que, con el favor de Dios, se restablecerá en el plazo más breve.

Los médicos hablaron de semejante manera, aunque agregando que, así como las enfermedades se curan con las opuestas, así las afrentas se curan con la venganza.

Los vecinos envidiosos, los enemigos falsamente reconciliados y los aduladores ponían rostros afligidos y encizañaban el asunto, loando desaforadamente la fuerza, poder y riquezas de Melibeo y de sus amigos, y menospreciaban la valía de sus adversarios; y concluyeron que debiera tomarse satisfacción de los agresores y comenzar la guerra.

Entonces se levantó un prudente abogado, con asenso y consejo de otro que también lo era, y dijo así:

—Señores: grave y serio es el negocio que aquí nos congrega, dada la gran injuria y maldad cometidas, y también considerando los muchos daños que de esto pueden dimanarse en el futuro y la gran riqueza y poderío de ambas partes. Por estas razones sería muy peligroso errar en nuestro criterio. En consecuencia, Melibeo, nuestro parecer es que ahora pongas mucha atención en la custodia de tu propia persona, de modo que no requiera vigilante ni centinela que te salvaguarde. Y luego debes situar en tu casa guarnición suficiente para la defensa de tu cuerpo y morada. Pero resolver en tan acelerado término si conviene abrir guerra y aplicar venganza, no podía hacerse de modo que trajera provecho. Tiempo y calma se necesitan para substanciar este caso, que ya dice el refrán: «Quien pronto se decide, pronto se arrepiente». También se califica de sabio al juez que ve pronto un negocio y lo juzga despacio. Porque, si toda tardanza es enojosa, no es censurable cuando se trata de dictar alguna sentencia o tomar alguna venganza, dentro, naturalmente, de lo oportuno y razonable. Con su ejemplo probó esto Jesucristo, pues, cuando la mujer sorprendida en adulterio fue llevada a su presencia, no quiso el Señor, a pesar de que sabía lo que iba a responder, contestar de pronto, sino que le plugo deliberar, y dos veces escribió en la tierra. Así, necesitamos deliberación, y luego, con la ayuda de Dios, te daremos el consejo más conveniente.

Alzáronse entonces los jóvenes en tumulto y en su mayoría despreciaron a los prudentes ancianos, vociferando que el hierro ha de batirse en caliente y que los agravios se deben vengar recién cometidos. Y con muchos clamores pedían la guerra.

Levantóse un experto anciano, hizo ademán de silencio, solicitó que le escucharan, y dijo:

—Señores, muchos de los que claman por la guerra no saben lo que la guerra significa. La guerra, al empezar tiene puertas tan anchas y espaciosas que todos pueden entrar en ella cuando les parece y encontrarla luego. Pero nunca es fácil saber cómo acabará una guerra. Luego de iniciada, muchos no nacidos aún morirán jóvenes guerreando, o bien vivirán entre trabajos y morirán míseramente. Y por esta causa siempre, antes de principiar una guerra, debe haber muchas consultas y deliberaciones.

Quiso el anciano fortalecer sus asertos con más razones, pero casi todos le dieron voces diciéndole que acortara sus palabras. Porque quien predica a quien no quiere escucharle, le enoja. Como dice Jesús de Sirach: «La música en medio del llanto desagrada», esto es, que tanto aprovecha hablar a quien nuestro discurso ofende, como cantar ante el que llora. Y viendo aquel hombre prudente que no le atendían, se sentó, muy afrentado. Pues ya aconseja Salomón: «Donde no te presten oídos no intentes hablar a la fuerza». El sabio anciano pensaba: «Verdadero es el proverbio vulgar de que siempre falta más el buen consejo cuando es más necesario».

Había en el consejo de Melibeo muchas personas que le aconsejaban, al oído, cosas distintas a las que propugnaban en la asamblea. No obstante, cuando él vio cómo los reunidos aprobaban la guerra, confirmó este parecer y convino en él plenamente.

Mas Prudencia, advirtiendo que su esposo estaba resuelto a vengarse de sus enemigos con las armas, acercóse a él en el momento que creyó oportuno y con humildes palabras le dijo:

—Señor, te ruego, con tanta sinceridad como puedo, que no te apresures demasiado y me prestes alguna atención. Pedro Alfonso aconseja: «No te apresures a devolver el bien ni el mal, porque así tu amigo esperará y tu enemigo vivirá más tiempo en el temor». Y el proverbio aclara: «No se apresure el que pueda esperar», y «nunca hay prisa para lo malo».

A esto replicó Melibeo:

—Muchos motivos tengo para no atenerme a tus razones. Si por consejo tuyo quisiera cambiar cosas ya dispuestas y acordadas de tantos modos, las gentes me juzgarían persona sin seso. Además, todas las mujeres son malas, sin que exista entre ellas una sola buena. Dice Salomón: «Entre mil hombres, uno bueno hallo; mas entre las mujeres, jamás hallo una buena». Por ende, de seguir tu consejo parecería que te daba autoridad sobre mí, y Dios no quiere que esto suceda. Como afirma Jesús de Sirach: «Si la mujer manda, es contraria al esposo». Y Salomón agrega: «Nunca des poder sobre ti a tu mujer, a tu hijo ni a tu amigo. Porque más vale que los hijos te pidan lo que hayan de menester, que no que tú te veas en sus manos». Además, si yo obrase según tu consejo, mi decisión habría de quedar secreta algún tiempo, y ello no es hacedero, porque escrito está que «la charlatanería de las mujeres sólo puede callar las cosas que no saben». Y dice el filósofo: «En mal consejo, las mujeres superan a los hombres». Por todo eso no debo yo plegarme al tuyo.

Prudencia escuchó muy atentamente, con gran mansedumbre y paciencia, y luego, pidiendo a su marido licencia para hablar, se expresó de esta manera:

—A tu primer alegato puedo contestar en seguida. No es locura mudar de opinión sobre una cosa cuando la cosa cambia o se ve de otra forma que al principio. Y si tú, por justificada causa, dejas de ejecutar lo que jurares y prometieras, no por ello serás mirado como falso o perjuro. Pues el Libro dice: «No miente el hombre sabio cuando dirige su intención a lo mejor».

Y aunque tu empresa haya sido aprobada y ratificada por mucha gente, no debes aplicarla sino según tu albedrío. Porque lo útil y lo verdadero se encuentran más en gente poca y discreta que en una multitud, donde cada uno habla y vocifera según le acomoda. Multitud así no es honrada.

»Adujiste por segunda razón que todas las mujeres son malas, con lo que, si no me engaño, menosprecias por igual a las mujeres todas. Y «a quien todo lo desdeña, todo le disgusta», como dice el Libro. Y Séneca añade que «no debe el sabio censurar a nadie, sino enseñar lo que sepa con alegría y sin presunción ni soberbia. Y las cosas que ignore no debe abochonarse de aprenderlas e investigarlas de sus inferiores». Que han existido muchas mujeres buenas, es fácil de demostrar. Nunca Nuestro Señor Jesucristo hubiera decidido nada de mujeres si todas fuesen malas. Y además, ¿por qué, sino por la mucha bondad que hay en las mujeres, se apareció el Señor, al resucitar, a una mujer antes que a sus apóstoles? De que Salomón diga que nunca halló mujer buena, no se infiere que no las hubiese, porque otros hombres han encontrado mujeres buenas y honradas. O acaso quisiera señalar Salomón que no dio con mujer de bondad absoluta, esto es, que no hay quien tenga suprema bondad, no siendo Dios; pues no existe una sola criatura que no haya menester parte de la perfección de su Dios, su Creador.

»Según tu tercera razón, si te guiaras por mi consejo parecería que me dabas autoridad sobre ti. Con todos los respetos, señor, en esto yerras, porque si el hombre sólo se aconsejase con quienes tuviera autoridad sobre él, nadie se aconsejaría con tanta frecuencia. Empero, el hombre que pide consejo sobre algún negocio, conserva la opción de seguir o no lo aconsejado.

»Y cuando alegas que la charlatanería de las mujeres sólo oculta lo que no saben, lo que significa que una mujer no es capaz de encubrir lo que conoce, has de entender, señor, que esa sentencia se refiere a las mujeres parlanchinas y malas, de las que se dice: «Humo, gotera y mujer brava echan al hombre de su casa». Y de éstas ya dice Salomón que «mejor fuera vivir en el desierto que con mujer amiga de riñas». Mas eso, si me permites decírtelo, señor, no reza conmigo, pues harto a menudo has advertido mi mucho silencio y gran paciencia, así como visto que sé encubrir las cosas que se deben guardar secretas.

»Y en lo de que la mujer supera en mal consejo al hombre, bien sabe Dios cuán fuera de lugar está esa razón aquí. Porque tú ahora pides consejo para proceder con error, y tu mujer viene a vencer tu equivocado propósito, empleando buenos consejos y razones, y por tanto bien merece tu esposa ser alabada más que vituperada. Y así debe entenderse la sentencia del filósofo, es decir, que en mal consejo la mujer vence al marido.

»Ya que reprochas a todas las mujeres y sus razones, quiero probarte con buenos consejos que infinitas mujeres han sido buenas y lo son, y que dan consejos convenientes y sanos. Hay quien afirma que «consejo de mujer, mucho coste o poco valer». Pero aunque haya muchas mujeres malas y de consejo pernicioso o de poco mérito, mujeres, empero, hay también que son discretas y ponderadas en sus consejos. Por el buen consejo de su madre Rebeca alcanzó Jacob la bendición de su padre Isaac y el señorío sobre sus hermanos. El buen consejo de Judit salvó la ciudad de Betulia, su morada, del sitiador Holofernes, que estaba a punto de destruirla por completo. Abigail libró a su esposo Nabal del rey David, que quería matarle, y aplacó la cólera del rey con su entendimiento y buen consejo. Por el buen consejo de Esther prosperó el pueblo de Dios bajo el rey Asuero. Y ejemplos de buen consejo en las mujeres pudiéranse dar otros muchos. Además, cuando el señor formó a Adán, pensó: «No es conveniente que el hombre esté solo: démosle un ser que le ayude y sea semejante a él». Si las mujeres no fuesen buenas y sus consejos provechosos y justos, el Señor, Dios del cielo, no las hubiese creado, ni llamádolas ayuda del hombre, sino confusión del mismo. Y aquí viene como de perlas lo que en un par de versos dijo antaño un sabio: «Mejor que el oro es el jaspe; mejor que el jaspe es la sabiduría; mejor que la sabiduría, la mujer, y mejor que la mujer, nada».

»Muchos otros razonamientos podría hacerte, señor, para probarte que hay muchas mujeres buenas y que sus consejos son sanos y acertados. Y así, señor, si quieres confiar en mi consejo, yo prometo que tendrás a tu hija sana y salva, y que además haré de manera que salgas de este negocio con honor.

Después que Melibeo escuchó el discurso de Prudencia, su mujer, repuso:

—Ahora veo la verdad del dicho de Salomón respecto a que «las palabras que se dicen con discreción y orden son como panales de miel que dan dulzura al alma y salud al cuerpo». Sí, esposa mía, tus blandas palabras y mi experiencia de tu mucha discreción y honradez, me inclinan a dejarme guiar por tu consejo en todas las cosas.

—Entonces, señor —dijo Prudencia—, puesto que te dignas guiarte de mi consejo, quiero enterarte de cómo debes proceder en la elección de tus consejeros.

»Ante todo, en todas tus obras has de rogar al Altísimo que Él sea tu primer consejero y te dé instrucción y consuelo, al modo que mandaba Tobías a su hijo: «En todo tiempo bendecirás a Dios y le pedirás que dirija tus pasos». «Tiende, pues, a que tus decisiones se fijen siempre en el Señor.» Santiago dice: «Quien de vosotros haya menester sabiduría, demándela a Dios».

»Luego de esto, consultarás contigo mismo y discernirás bien tus ideas relativas a los negocios que te parezcan mejores para tu conveniencia. Y habrás de expulsar de tu ánimo tres cosas que son opuestas al buen consejo: la ira, la codicia y la precipitación.

»Quien consigo se aconseja debe estar exento de ira por muchas causas. La primera es que el encolerizado imagínase siempre capaz de hacer lo que no puede. La segunda, que el que es presa de enojo no puede discernir bien. Y la tercera, como Séneca dice, es que «quien está airado y colérico no puede hablar de las cosas, sino vituperarlas». Y por ello, con sus erradas palabras, instiga a otros a seguirle en su cólera.

»Debes alejar la codicia de tu corazón porque el Apóstol asienta: «La codicia es raíz de todos los males». Créeme, en verdad, que el codicioso no acierta a juzgar ni a pensar, sino sólo a satisfacer su codicia, sin que pueda hallarse satisfecho jamás, porque cuanta más abundancia de bienes tenga, más deseará.

»Igualmente, señor, debes expulsar la precipitación de tu pecho, porque no podrás juzgar con buen criterio un pensamiento repentino, sino que deberás examinarlo a menudo. Pues, como dijimos antes, el refrán afirma que «quien pronto decide, pronto se arrepiente».

»En verdad, señor, no siempre está el hombre en disposición idéntica, ya que cosas que a veces parecen buenas para ejecutarlas, en otras ocasiones se miran de modo contrario.

»Pero en habiéndote aconsejado contigo mismo y resuelto, con buena deliberación, lo que conviene hacer, entonces has de guardar secreto ante todo. Nunca manifiestes tu resolución a ninguna persona, a no ser que tengas certidumbre de que el revelar tus propósitos habrá de mejorar tu situación. Advierte Jesús de Sirach: «No descubras ni a amigo ni a enemigo tu secreto o tu locura, porque todos te escucharán, te pondrán buena cara y te alabarán en tu presencia, pero en tu ausencia te menospreciarán». Y dice otro sabio: «Difícil es encontrar quien sepa guardar encubierto un secreto». Y el Libro asegura: «Mientras tienes tu consejo en tu pecho, en tu prisión lo encierras; y si revelas tu secreto a otro, él te apresa en su trampa». De manera que vale más ocultar el consejo en el corazón que pedir a aquel al que lo revelaste que lo conserve sellado. Bien comenta Séneca: «Si tú no sabes guardar tu propio secreto, ¿cómo osas pedir a otro que lo encubra?»

»Empero, si piensas que el revelar tu secreto debe ponerte en circunstancias más ventajosas, procederás del modo que voy a decirte. Primero no descubrirás en tu expresión si quieres la paz o la guerra, u otra cosa, ni dejarás traslucir tu intención y voluntad. Porque conviene que sepas que los consejeros, por lo general, gustan de la lisonja, y particularmente los que aconsejan a los señores muy principales, y, por tanto, procuran siempre decir cosas gratas y satisfactorias, aunque no sean ciertas ni laudables. De aquí la opinión de que «el rico pocas veces tiene buen consejo, si no es el suyo propio».

»Y luego de todo esto, considerarás quiénes son tus amigos y enemigos. De los primeros, busca el más leal, discreto, anciano y experto en el consejo, y consúltale.

»Y digo que has de llamar primero a los amigos fieles, porque Salomón declara que «como el corazón del hombre se complace en los sabores gratos, así el consejo de los amigos fieles suaviza el alma». Y añade: «Nada es comparable al amigo verdadero». En verdad que ni el oro ni la plata valen tanto como la buena voluntad de un amigo auténtico. También dice Salomón: «El amigo leal es recio defensor y quien lo encuentra, encuentra un gran tesoro».

»Debes mirar también si tus amigos son discretos y sabios. Que el Libro manda: «Pide siempre tu consejo a los sabios». Por esa misma razón debes consultar a tus amigos ancianos, esto es, a los que han visto y conocido muchas cosas y son sagaces en el consejo, pues la Escritura dice: «En los ancianos reside la sabiduría y en los luengos años la prudencia». Y Tulio señala que «los grandes hechos no siempre se ejecutan con la fuerza ni con la actividad corporal, sino con el buen consejo, con la autoridad de las gentes y con el saber, cuyas tres cosas no flaquean con los años, sino que se acrecen y fortifican cada día».

»Y además sólo debes llamar primero a consejo a unos pocos de tus mayores amigos, pues, como dice Salomón: «Muchos amigos tienes, mas entre mil escoges a uno por consejero». Y si primero consultas con pocos, más adelante podrás consultar con otros, si lo has de menester. Mas siempre debes hacer que tus consejeros sean leales, sabios y expertos, como dije. Tampoco te guíes siempre en tus negocios por un único consejero, porque en ocasiones conviene ser aconsejado por muchos. Ya dijo Salomón: «Los muchos consejeros garantizan las cosas».

»Ya te he explicado qué consejos han de guiarte; debo ahora mostrarte los consejos que te importa rehuir. Y primero de todo te digo que huyas del consejo de los necios, porque Salomón dice: «No te aconsejes del necio, que sólo te aconsejará según su inclinación y deseo». Y el Libro señala: «Distínguese el necio en que piensa mal de todos, con gran ligereza y con igual ligereza imagina todas las virtudes en él».

»Evitarás también el consejo del adulador, que más procura alabarte y lisonjearte que decirte la verdad de las cosas.

»Porque ya dijo Tulio: «De todas las pestilencias de la amistad, la mayor es la lisonja». El Libro avisa: «Rehúye y teme más las palabras almibaradas de los aduladores, que las severas del amigo que te dice la verdad». Y Salomón sentencia: «Las palabras del adulador son liga donde atrapar inocentes». Y luego: «Quien habla a su amigo palabras gratas y dulces, tiende a sus pies una red para apresarle». Por lo mismo opina Tulio: «No escuches las lisonjas ni te aconsejes de palabras aduladoras». Y Catón dice: «Delibera bien y huye de las palabras dulces y agradables».

»Igualmente evitarás el consejo de aquellos de tus enemigos con quienes te hubieres reconciliado. El Libro asevera: «Nadie vuelve a la plena gracia de su antiguo enemigo». Esopo añade: «Ni confíes ni reveles tu secreto a aquellos con quienes alguna vez tuviste guerra o enemistad». Y Séneca explica esto así: «Donde hubo gran fuego luengo tiempo, no puede dejar de quedar rescoldos». Y aconseja Salomón: «Nunca confíes en tu antiguo enemigo».

»En verdad, aunque el enemigo se haya reconciliado y se muestre humilde y doblegue la cabeza, nunca debes fiar de él. Porque seguramente él fingirá mansedumbre en provecho suyo y no por afecto a tu persona, creyendo vencerte al cabo con esa falsía, como no le hubiera sido dable lograrlo con las armas. Bien advierte Pedro Alfonso: «No te acompañes de tus antiguos enemigos, porque te devolverán mal por bien».

»También has de eludir el consejo de quienes te sirven y te dan gran prueba de reverencia, pues bien puede ser que lo hagan por temor y no por ternura. Ya un filósofo dijo: «Ninguna persona es del todo sincera con el hombre a quien teme mucho». Y Tulio añade: «El poder de un emperador, por grande que sea, no durará mucho si no goza entre el pueblo más amor que temor».

»Ha de evitarse el consejo de los aficionados a la embriaguez, que no saben callar ningún secreto. Así dice Salomón: «Donde reina la embriaguez, no hay nada secreto».

»Mucho has de desconfiar de quienes privadamente te aconsejan una cosa y en público la contraria. Casiodoro sentencia: «Es traidora manera de poner dificultades el fingir hacer una cosa públicamente y en privado atenerse a lo contrario».

»Desconfía asimismo del consejo de los malos, pues, como dice el Libro: «Lleno de engaño está siempre el consejo del malo». Y David: «Feliz el que no sigue el consejo de los malos». Elude también el consejo de los jóvenes, que nunca es maduro.

»Ahora que te he señalado, señor, de quiénes has de tomar consejo, te diré de qué manera debes estudiar el que te lo den, según la doctrina de Tulio. Sabe, ante todo, que en el examen de tus consejeros has de considerar muchas cosas. Primero debes manifestar y sostener la verdad en aquello que te propusieres y sobre lo que necesites aconsejarte, o sea que has de exponer su caso sin falsearlo. Porque quien habla con falsía no alcanzará buen consejo respecto a cosa acerca de la que mintiera.

»Y luego meditarás si las cosas que piensas hacer con asenso de tus consejeros se ajusta a la razón, y si dispones de fuerzas para conseguirlas, y si los más y mejores de tus consejeros están o no acordes contigo. Tras esto debes ver si del consejo tomado habrá de seguirse odio, guerra, paz, perdón, conveniencia o daño, o lo que fuere. Y de todas esas cosas escogerás la más provechosa y dejarás las restantes. En fin, verás cuál es la raíz de las cosas que sometiste a deliberación y verás qué fruto puede producir. Y no dejarás de mirar el origen de todas estas causas.

»Luego, habiendo ponderado tu consejo según te expuse, y visto lo que en él hay de mejor y más provechoso después de someterlo a mucha gente provecta y prudente, examinarás si te es posible ejecutar y llevar a feliz fin lo acordado. Porque no es de razón que el hombre acometa un negocio que no ha de poder realizar en forma adecuada, ni nadie debe cargar con fardo tal que sea superior a sus fuerzas, pues, como dice el refrán: «Quien mucho abarca, poco aprieta». Y acrecienta Catón: «No hagas sino lo que puedas, porque, si no, la carga de lo que iniciaste puede llegar a oprimirte tan pesadamente que hayas de abandonarlo».

»Cuando dudes si te es hacedero ejecutar una cosa o no, mejor es que padezcas y no la comiences. Pedro Alfonso sentencia: «Si de una cosa que puedes hacer has luego de arrepentirte, más vale que no la hagas». O sea: callar mejor que hablar. Con lo que se ve que, si tienes poder para ejecutar algún acto del que luego has de arrepentirte, es preferible que sufras y no lo comiences. Bien lo entienden quienes prohíben a la gente intentar cosas que sea dudoso que puedan efectuarse.

»Pero en examinando los consejos que tienes, según antes se dijo, y cuando sea bien visto que la cosa puede ejecutarse, lo acordado debe sostenerse con firmeza hasta cumplirlo.

»Ya es hora de que veamos cuándo y cómo cabe mudar de opinión sin merecer vituperio.

»En verdad, puede el hombre cambiar de criterio y propósito cuando la causa que lo motivó desaparece o cuando sobrevienen circunstancias nuevas. Ya dice la Ley que «en cosas nuevas es menester nuevo consejo». También señala Séneca: «Si tu secreto llega a sabiendas de tu enemigo, cambia de consejo tú».

»Asimismo has de mudar de consejo si, habiendo encontrado yerro, o por otra razón, hallas que de tu resolución puede dimanar algún daño. Muda también de consejo si ves que tu determinación es deshonesta o de móvil deshonesto se origina. Pues ya dice la Ley: «Todo mandato que vaya contra la honra no tiene valor». Tampoco lo tiene si es mandato imposible o inaplicable.

»Y ahora ten por regla genérica que cualquier consejo tan poderoso que por ningún motivo pudiera modificarse, es consejo malo.

Cuando Prudencia le hubo dado estas enseñanzas, Melibeo dijo:

—Señora, bien y apropiadamente me has instruido de cómo debo portarme en la elección y conservación de mis consejeros. Pero esto en general, y ahora en particular quiero saber tu juicio sobre los consejeros que en la ocasión presente he escogido:

Ella contestó:

—Señor, te impetro con la mayor humildad que no te opongas testarudamente a mis razones, ni tomes a mal que te diga alguna cosa que te disguste. Porque yo, como Dios manda, quiero decirte lo mejor para ti y más conveniente a tu honra y provecho. Así, tome tu bondad con paciencia mis palabras. Pues, en verdad, los consejos que has pedido en este caso no son consejos, y sí impulsos de locura, y en el consejo acordado has errado de distintas maneras.

»Primero, erraste al escoger tus consejeros, porque debiste empezar llamando a pocos y luego hubieses podido apelar a más, si fuere menester. Pero de hecho has citado a consejo, de primera intención, a una gran multitud muy enojosa de escuchar.

»Erraste también porque no llamaste sólo a consulta amigos verdaderos, ancianos y experimentados, sino también a extraños, a aduladores, a jóvenes, a enemigos antiguos y a personas que te reverencian, pero no te aman.

»Asimismo trajiste a consejo la ira, la codicia y la precipitación, que son cosas opuestas al consejo bueno y provechoso. Y ni tú ni tus consejeros habéis aniquilado esos sentimientos dentro de vosotros.

»Mal hiciste, igualmente, en expresar a tus consejeros la intención que tenías de buscar guerra y venganza, porque ellos, por tus palabras, han inferido cuál es tu deseo, y te han aconsejado con arreglo a él y no a tu conveniencia. Y luego has errado al suponer que te bastaban los consejos oídos, cuando en verdad te hacían falta más, y también más deliberaciones.

»En fin, erraste no examinando tu propósito del modo que dijimos ni del modo adecuado a este caso. Y te equivocaste, por ende, no distinguiendo entre tus consejeros, ni viendo quiénes son fieles y quiénes falsos, ni pidiendo el parecer especial de tus amigos leales, ancianos y prudentes. Antes bien, has recogido juntos todos los criterios y seguido el de los más. Pero tú sabes bien que hay siempre más locos que cuerdos, y de aquí que las decisiones de las asambleas y muchedumbres donde se atiende al número y no a la sabiduría de las personas, sean siempre cosas en que el consejo insensato prevalece.

—Confieso, en verdad, que he errado —dijo Melibeo—; mas, pues tú misma adviertes que no es vituperable cambiar de consejeros en ciertos casos y con razones justas, dispuesto estoy a cambiar los míos de la manera que tú quieras indicarme. Ya dice el proverbio: «Pecar es humano; perseverar en el pecado es diabólico».

Así respondió a tales palabras Prudencia:

—Mira quién de tus consejeros te dio mejor y más razonable consejo. Y empecemos por los cirujanos y médicos que antes que los demás hablaron en este negocio.

»Cirujanos y médicos te aconsejaron con discreción y prudentemente dijeron que es oficio suyo dar honra y provecho a todos sin detrimento de nadie, sólo pensando en curar a quienes bajo sus cuidados se hallan. Y puesto que ellos hablaron con sabiduría y entendimiento, paréceme que debes recompensar con largueza sus nobles palabras. Y debes hacerlo también porque se esmerarán en curar a tu amada hija, y así, aunque sean amigos tuyos, no debes consentir que te sirvan sin pago, sino remunerarlos generosamente.

»Pero quiero saber cómo has entendido la aserción de los médicos de que una enfermedad se cura con la contraria, y cuál es tu criterio sobre este punto.

Dijo Melibeo:

—Lo entiendo así: pues mis enemigos me hicieron una cosa contraria, debo corresponderles con otra, y ya que se vengaron y me ofendieron, procede que yo me vengue y les ofenda, de cuyo modo curaré una cosa con la contraria.

—Véase —repuso su esposa Prudencia— de qué manera tiende el hombre a comprender las cosas con miras a la gratificación de su deseo. Pero la sentencia de los médicos no ha de interpretarse así, porque la maldad no es contraria a la maldad, ni la venganza a la venganza, ni la ofensa a la ofensa. Antes bien, son cosas semejantes. Por lo cual ni venganza cura venganza, ni ofensa cura ofensa, sino que las encona. Cómo deben comprenderse las opiniones de los médicos es así: lo malo y lo bueno son cosas opuestas, y también la paz y la guerra, la venganza y el perdón, la discordia y la armonía, etc. En consecuencia, la maldad ha de remediarse con la bondad, la guerra con la paz, la discordia con la armonía, y todo lo demás análogamente.

»Con ello conviene el apóstol Pablo en muchos pasajes. Recuerda donde aconseja: «No pagues mal con mal ni razones injuriosas con otras iguales, sino haz bien a quien te hizo mal y bendice al que te maldice». En otros muchos escritos suyos recomienda Pablo la paz y la concordia.

»Y ahora pasemos a la opinión que te dieron los abogados y otras personas discretas, que juzgan que debías ante todo guardar tu persona y tu casa y obrar en materia de guerra de modo deliberado y reflexivo.

»En lo atañente a defender tu persona, sabe, señor, que quien está en guerra debe ante todo rogar humilde y devotamente a Jesucristo para que le tenga en su protección y sea su soberano valedor en los peligros. Pues bien cierto es que nadie en este mundo puede ser aconsejado ni defendido bastantemente si le falta el valimiento de Nuestro Señor Jesucristo.

»Y en esto concuerda el profeta David, porque dice: «Vano es que vele por la defensa de su ciudad el que la guarda, si Dios no la protege».

»Después, señor, debes confiar la custodia de tu persona a amigos verdaderos, conocidos y acreditados, pidiéndoles que te ayuden a precaverte. Ya afirmó Catón: «Si has de menester ayuda, pídela a tus amigos, que no hay médico mejor que el amigo leal».

»Líbrate de los embusteros y de personas ajenas y no confíes en su compañía. Pedro Alfonso advierte: «En tu camino no te hagas acompañar de hombre extraño, si no es que le conoces de mucho tiempo. Y si él te acompaña por casualidad y sin asentimiento tuyo, procura entonces averiguar, tan hábilmente como atines, su manera de vivir y conducta pasada, y encubre tu camino, diciendo que vas adonde no te propones ir. Y si él llevare lanza, ponte a su diestra; y si espada, a su siniestra».

»Insisto en que te guardes de la clase de gentes que antes te dije y en que rehúyas su persona y consejos. Guárdate de modo que la presunción de tu fuerza no te haga desestimar la de tus adversarios, confiando en tu jactancia, porque de prudentes es temer a sus enemigos. Bien dice Salomón: «Feliz el que todas las cosas teme, porque, en verdad, a quien por el loco atrevimiento de su corazón y por su arrojo tiene mucha arrogancia, le avendrá mal».

»Debes prevenirte contra asechanzas y espionajes, porque dice Séneca: «El hombre prudente, que teme los males, los elude, y quien rehúye los peligros no cae en ellos». Procura defender tu persona aun cuando te juzgares en lugar seguro; esto es, no tengas negligencia para guardarte, tanto de tus enemigos grandes como de los pequeños. Advierte Séneca: «El hombre bien aconsejado teme hasta el menor de sus enemigos». Y Ovidio: «La menuda comadreja puede matar al corpulento toro y al ciervo salvaje». El Libro asienta: «Una pequeña espina puede causar a un gran rey un pinchazo muy doloroso, y un perro puede apresar a un jabalí».

»No te digo, empero, que seas tan cobarde que vaciles donde no hay causa alguna de temor. Dice el Libro: «Algunos hombres se engañan en sus temores».

»Y teme también ser envenenado y líbrate de compañía de insolentes, porque el Libro dice: «No tengas trato con insolentes y huye de sus palabras como del veneno».

»Y en lo que tus sabios consejeros te dicen respecto a defender tu casa con solicitud, quisiera saber cómo has interpretado esto.

Melibeo contestó de la siguiente manera:

—En verdad he entendido que debo fortificar mi casa con torres como las de los castillos y con otros baluartes, y con armaduras y artillería, lo cual me permitiría defender mi morada de suerte que mis enemigos teman acercarse a ella.

Respondió Prudencia:

—Guarnecerse con altas torres y grandes edificios implica mucho coste y trabajo, y aun así todo eso no vale un ardite si no se defiende con amigos fieles, veteranos y sabios. Porque has de saber que la mejor defensa del rico, para la seguridad de su persona y bienes, es el amor de sus vasallos y vecinos. Mira lo que dice Tulio: «Hay una clase de defensa que nada puede vencer ni destruir, y es el amor que a un señor dedican sus ciudadanos y su pueblo».

»Ahora paso, señor, al tercer punto, esto es, adonde tus consejeros más prudentes y ancianos te exhortan a no obrar con apresuramiento, sino con muchos cuidados y deliberación. Paréceme que esto encierra mucha prudencia y verdad. Tulio dice: «Prepara con sumo cuidado todo asunto antes de que lo empieces». Y yo te insto a que en materia de guerra, venganza, lucha y fortificaciones te prepares antes de comenzar y lo hagas con mucha deliberación. Señala Tulio: «Un largo preparar la batalla trae pronta victoria». Y Casiodoro: «Más fuerte es la defensa cuando con tiempo está preparada».

»Y ahora voy al consejo de quienes te reverencian y no te aman, de tus antiguos enemigos reconciliados, de los aduladores que en privado te dicen una cosa y en público la contraria, y de los jóvenes que te incitan a declarar la guerra sin demora.

»Como ya te dije, señor, erraste mucho llamando a tales personas a consejo, porque las razones que antes hemos examinado dejan bien calificados a semejantes consejeros. Pero pasemos a ver esto más minuciosamente.

»En primer término, has de proceder según la doctrina de Tulio. No necesita la verdad de este negocio muy solícitas averiguaciones, porque bien notorio, es quiénes te agraviaron y cuántos son y de qué modo te causaron injuria.

»Luego deberás examinar la segunda circunstancia, que también trata Tulio, llamándola consentimiento. Es decir, que has de saber quiénes en tu consejo consienten en tu propósito de tomar pronta venganza, y quiénes son los que están acordes con tus enemigos.

»Te consta ya los que están conformes con tu apresurado deseo de guerra, y éstos no son tus amigos. Pero veamos quiénes consideras tan amigos tuyos como si tú mismo fueren. Y has de saber que, aunque eres poderoso y rico, estás solo, pues que no tienes hijos, sino una hija; ni tampoco hermanos, primos hermanos ni parientes próximos, por temor a los cuales se inclinen tus enemigos a no atacarte o cejar en exterminarte. Tus riquezas, con el tiempo, deberán distribuirse en partes diversas, quienes reciban cada una poco anhelo tendrán, en tomándola, de vengar tu muerte. En cambio, tus enemigos son tres, y tienen muchos hijos, hermanos, primos y otros parientes próximos, de manera que aun si matases a dos de tus enemigos, o a todos, quedarían muchos capaces de vengar su muerte y aniquilarte a ti. Incluso si tus parientes fuesen de más confianza y más firmes que los de tus enemigos, no son en verdad sino muy lejanos y te tratan poco, mientras los de tus adversarios están en muy estrecha relación con ellos. De modo que su posición es, en ese respecto, harto mejor que la tuya.

»Examina asimismo si se conforma a razón el consejo de los que propugnan pronta venganza. Bien conoces que no, porque la razón y la ley exigen que nadie se vengue de nadie, sino apele al juez competente y vea si tiene derecho a desquite, ya riguroso o temprano, como disponga la ley. Igualmente considera si tu poder y fuerza pueden cumplir tu propósito y el de tus aconsejadores. En verdad puedes decir que no, pues hablando en puridad no se pueden hacer otras cosas que las legalmente ejecutables. Y así legalmente no debes tomarte la venganza por tu mano, y por lo tanto, tu poder no te permite cumplir tu proyecto.

»Y ahora vemos al tercer punto, que Tulio llama consecuencia. Tú estimas tu venganza como un resultado de lo sucedido, pero de ella se dimanarían otras venganzas, peligros, guerras y males innúmeros, que por ahora no vemos.

»El cuarto punto llámalo Tulio engendramiento. El agravio sufrido se ha engendrado en el odio de tus enemigos, y en tu venganza se engendraría otra venganza, y muchas turbaciones y empobrecimientos, según dijimos.

»Pasando, señor, al punto que Tulio llama causas, has de comprender que el agravio sufrido por ti obedece a causas que denominan los sabios *oriens* y *efficiens, causa longinqua* y *causa propinqua,* esto es, causa lejana y causa próxima. La causa lejana es Dios omnipotente, causa de todas las cosas. La causa próxima fueron tus enemigos. La causa ocasional fue el odio. La material son las cinco heridas de tu hija. La formal es el modo de obrar, esto es que tus enemigos vinieron con escalas y franquearon las ventanas. La causa final consistió en querer matar a tu hija, lo que si no sucedió no se debió a falta de voluntad en ellos.

»Pero, hablando de la causa remota, y tocando al punto de cuál fue el fin con que vinieron, o a lo que al final de todo esto podrá ocurrirnos, yo no puedo juzgar sino mediante conjeturas y presunciones. Desde luego, paréceme que todo abocará a un mal fin, porque el Libro de los Decretos dice que «rara vez muy difícilmente concluirá bien lo que comenzó mal».

»Si me preguntaren, señor por qué ha consentido Dios que se perpetrase contra ti esa villanía, no sabría lo qué responder, pues ya dice el Apóstol: «Muy profundos son los juicios y la sabiduría de Dios y ningún hombre puede comprenderlos ni escudriñarlos debidamente». Pero, ateniéndome a determinadas suposiciones, paréceme que Dios, que es justo y recto, debe haber permitido este lance por razonada y equitativa causa.

»Tu nombre de Melibeo significa libador de miel. En efecto, has libado tanta dulce miel de riquezas temporales y mundanos honores y delicias, que estás como embriagado y has olvidado a Jesucristo, tu Creador, no haciéndole la honra y acatamiento que debías. Tampoco te cuidaste de las palabras de Ovidio, que dice: «Bajo la miel de los bienes corporales se esconde el veneno que mata el alma». Y señala Salomón: «Si hallas miel, come la necesaria, pues si comieres sin tasa la vomitarás y te verás menesteroso y pobre».

»Quizá Cristo, en su venganza, haya desviado de ti su faz y sus oídos misericordiosos, consintiendo que seas castigado de la manera que pecaste. Porque has ofendido a Cristo, nuestro Señor, dejando que los tres enemigos del género humano: mundo, demonio y carne, penetraran en tu corazón por las ventanas de tu cuerpo y no defendiéndote lo bastante contra sus acometidas y tentaciones. O sea, que los pecados morales han entrado en tu corazón por tus cinco sentidos. Y semejantemente Cristo, nuestro Señor, ha querido y autorizado que tus tres enemigos entraran en tu casa por las ventanas e hirieran a tu hija del modo que sabemos.

Contestó Melibeo:

—Advierto que tratas de convencerme de que no me vengue de mis enemigos, pues que no haces sino mostrarme los daños y riesgos que puede haber en esa venganza. Pero todo el que examine los perjuicios que de una venganza pueden sobrevenir, nunca se vengará, lo que sería pernicioso, porque merced a la venganza se separan los malos de los buenos. Sí, que quienes se proponen cometer algún acto reprobable, refrenan sus malos propósitos viendo la pena y castigo que recae sobre los culpables.

Adujo Prudencia:

—Admito que de la venganza dimanen mucho mal y mucho bien; pero el tomarla no corresponde a los individuos particulares, sino a los jueces y personas que poseen jurisdicción contra los malhechores. Digo también que, así como el particular peca vengándose de otro, peca lo mismo el juez que no administra justicia. Séneca, sentencia: «Es buen señor el que reprende a los malos». Y Casiodoro: «El hombre teme cometer delitos cuando le consta que incurrirá en desagrado de los jueces y soberanos». Otro añade: «Juez que teme hacer justicia, torna malos a los hombres». Y San Pablo, en su epístola a los romanos, enseña que «los jueces no empuñan lanza sin motivo», sino para castigar a los delincuentes y defender a los hombres de bien. De manera que si quieres tomar venganza de tus enemigos, debes pedir justicia al juez que está autorizado para aplicarla, y él los castigará con arreglo a la ley.

—No me satisface tal venganza —respondió Melibeo—. Pensándolo bien, hallo que la fortuna me ha favorecido desde la infancia, ayudándome a vencer muchos lances difíciles. Probaréla en el momento presente y creo que, queriéndolo Dios, ella me hará lavar mi ofensa.

Respondió su esposa Prudencia:

—Si quisieras tomar mi consejo, no probarías fortuna, ni te fundarías en ella, porque, como dijo Séneca: «Las cosas que atolondradamente se hacen, confiando en la fortuna, no llegan a buen fin». Y luego agrega: «La fortuna, cuanto más clara y brillante es, antes se quiebra». No confíes en ella, que no es constante ni estable y te burlará y abandonará cuando más seguro te sientas de su favor. Puesto que te ha favorecido desde la infancia, menos debes confiar en su auxilio ahora. Séneca sentencia: «La fortuna chasquea a quienes protege». Pero, pues deseas venganza y no te contenta la que pudiere darte un juez, y ya que es incierta y arriesgada la que se toma confiando en la fortuna, sólo un remedio te resta, y es apelar al Supremo Juez, que venga todos los agravios y entuertos, y Él te vengará. Que así lo dijo declarando: «Deja en mis manos la venganza».

Melibeo manifestó:

—No vengarme de la ofensa que me han inferido es invitar a que me infieran otra. Escrito está: «Si no vengas la ofensa antigua, invitas a tus enemigos a que te hagan otras nuevas». Y además mi mucha tolerancia me tornará en objeto de menosprecios que no podré soportar, y seré tenido por flojo y débil. Porque se ha dicho: «La excesiva paciencia te causará muchas cosas insufribles».

Prudencia repuso:

—Convengo en que el aguantar en demasía no reporta bienes, mas no se desprende de esto que todo el que sufre alguna bellacada debe vengarse de ella cuando el hacerlo corresponde a los jueces, que son los llamados a vengar las villanías e insultos. Así, las dos sentencias que has citado se refieren sólo a los jueces, pues cuando éstos toleran muchos agravios y maldades, sin aplicar castigo, invitan y aun ordenan al perverso que cometa nuevos excesos. Ya dijo un sabio: «El juez que no castiga al malhechor, manda y ordena que haga otros delitos». Si los jueces y soberanos toleran demasiadamente a los criminales de su territorio, puede ser que, adquiriendo los malos fuerza y poder, acaben arrojando de sus puestos a quienes no les reprimieron.

»Mas supongamos ahora que posees facultad para vengarte. Aun así, yo declaro que en esta ocasión te faltan fuerza y poder para hacerlo, ya que, si te comparas con tus enemigos, verás, como antes se demostró, que en muchas cosas te aventajan. De modo que ahora te convendrá sufrir y tener paciencia.

»Asienta el proverbio que «es loco quien combate con el más fuerte o poderoso que él; se arriesga quien lucha con otro de igual a igual; y es necio quien con uno más débil batalla». O sea, que el hombre debe evitar pendencias mientras pueda. Salomón dice: «Gran mérito es en el hombre guardarse de refriegas y tumultos». De modo que si alguien más poderoso o fuerte te agravia, más te conviene callar el agravio que vengarte. Porque Séneca dice que «en gran peligro se pone quien con otro más fuerte que él se querella». Y Catón declara: «Si alguien más poderoso o de más alta condición que tú te agravia, toléralo; porque quien una vez te agravió puede otra desagraviarte y serte de provecho».

»Mas, aun dado caso de que tengas a la vez facultades y poder para cumplir tu venganza, opino que de muchas cosas puedes evitar vengarte, debiendo sobrellevar con paciencia el mal que te hicieren. Y ello empezando por considerar tus propias faltas, que son motivo de que Dios consienta que sufras tal tribulación, como te dije antes. Ya indica el poeta que «hemos de tomar con paciencia las tribulaciones, pensando y considerando que las merecemos». San Gregorio dice: «Si el hombre examina bien el número de sus faltas y pecados, las penas y aflicciones que sufre le parecen menores, y tanto más leve y soportable le parece el camino cuanto más grave y profundamente medita en sus pecados». Así, debes humillar tu corazón y disponerte a imitar la paciencia de Nuestro Señor Jesucristo, como San Pablo aconseja en sus epístolas cuando dice: «Jesucristo ha sufrido por vosotros y dado a todos ejemplo que imitar y seguir; pues Él nunca pegó ni dijo palabra aviesa. Mientras los hombres le maldecían, Él no les maldecía a ellos, ni mientras le daban tormento los amenazaba».

»También han de estimularte a la paciencia la mucha que mostraron los santos del paraíso cuando sin culpa padecían tribulaciones. Piensa, por ende, que las aflicciones de este mundo pasan presto y duran poco. En cambio, mediante la paciencia en las aflicciones, halla el hombre alegría eterna, como el Apóstol señala en su epístola al decir que «el goce de Dios es perdurable». Y opino que no es hombre instruido ni bien criado el que no sabe o no quiere tener paciencia. «La instrucción y entendimiento del hombre se conocen en su paciencia», dice Salomón. Y añade que «el paciente se conduce con gran prudencia». Y luego: «El colérico y furioso alborota; el paciente se sofrena y calla». Y el mismo Salomón sentencia: «Más mérito hay en la paciencia que en la mucha violencia. Más alabanzas merece quien se domina a sí mismo que quien con su fuerza o poder conquista grandes ciudades». Y Santiago afirma en su epístola que «la paciencia es gran virtud de perfección».

Respondió Melibeo:

—Te concedo, esposa Prudencia, que la paciencia es gran virtud de perfección, pero todos no pueden alcanzar la perfección que tú invocas, y yo no soy de los perfectos. Por tanto, mi corazón no sosegará hasta que yo me vengue. Ve cómo mis enemigos, a pesar de que corran gran riesgo vengándose de mí, no piensan en ello, sino que satisfacen sus malvados propósitos. Así, no creo que deba vituperárseme porque yo arrostre un pequeño peligro cumpliendo mi venganza, ni porque cometa un grande exceso vengando un entuerto con otro.

—Por ninguna razón —respondió Prudencia— debe el hombre cometer exceso ni injusticia con fines de venganza. Casiodoro declara: «Tan mal obra quien venga un ultraje como el que lo comete». De modo que te debes vengar con arreglo a derecho, es decir, según la ley y sin exceso ni entuerto. Porque delinques si quieres vengar una ofensa de manera diversa a como la ley dispone. Séneca dice: «No ha de vengar el hombre una maldad con otra». Puedes alegar que la justicia impide que el hombre rechace la violencia con la violencia y la agresión con la agresión, y ello será cierto siempre que la defensa se ejecute sin intervalo, dilación ni demora, es decir, con miras a defenderse y no a vengarse. También es menester que el hombre se defienda con moderación, para que no pueda inculpársele de haber cometido crueldad o exceso, que serían cosas contra razón. Y bien sabes tú que ahora no practicarías un acto defensivo, sino vindicatorio, y así no piensas obrar moderadamente. Pero yo creo que la paciencia es buena, porque Salomón avisa que «el no paciente recibirá gran daño».

Melibeo manifestó:

—Admito que no sea prodigioso que sufra perjuicio quien se impacienta o irrita en materia que no le concierne, porque dice la ley: «Delinque el que se entromete en cosa que no le incumbe». Y Salomón señala que «quien se mezcla en altercado o refriega ajena, obra como el que coge a un perro por las orejas». Y así como el que agarra a un perro ajeno por las orejas puede resultar mordido por él, así cabe que sufra perjuicio quien interviene, por impaciencia, en negocio de su prójimo y al que no le llaman.

»Pero te consta que mi aflicción y agravio me afectan, y muy en lo vivo, y en consecuencia no es de extrañar que yo ande enojado e impaciente. Además, contra tu opinión, no veo que el vengarme me pueda irrogar perjuicio de monta, porque soy más rico y poderoso que mis enemigos. Bien sabes que con riquezas en abundancia se arreglan todas las cosas de este mundo. Como dice Salomón, «todo obedece al dinero».

Viendo Prudencia cómo su esposo se jactaba de sus riquezas y menospreciaba el poder de sus enemigos, habló de esta suerte:

—Reconozco, mi amado señor, que eres rico y poderoso y digo que las riquezas son buenas para quienes legítimamente las ganaron y hacen buen uso de ellas. Porque, si el cuerpo del hombre no puede vivir sin el alma, tampoco puede vivir sin bienes terrenos. Las riquezas dan al hombre muchos amigos y, como Pánfilo dice: «Si la hija de un boyero es rica, podrá elegir esposo entre mil hombres, porque ninguno la desairará». Acrecienta el mismo autor: «Si eres muy feliz, esto es, muy rico, encontrarás multitud de amigos y camaradas. Mas si la fortuna se muda y te empobrece, quedarás sin otra compañía que la de los pobres».

»El propio Pánfilo sentencia: «Quien es por su nacimiento siervo o esclavo puede trocarse noble y respetable con sus riquezas». Y si de las riquezas nacen muchos bienes, de la pobreza dimanan grandes perjuicios y males, porque la pobreza excesiva fuerza al hombre a cometer muchos actos reprobables. De aquí que Casiodoro llame a la pobreza madre de la ruina, esto es, madre de trastornos y destrucciones. Y por análoga razón dice Pedro Alfonso: «Es una de las mayores adversidades de este mundo el que quien es libre de nacimiento o por su clase se halle forzado, por razón de pobreza, a comer de las dádivas de su enemigo».

»No otra cosa afirma Inocencio cuando en uno de sus libros declara: «Triste e infeliz es la condición del pobre mendigo. Porque si no pide para comer, perece de hambre; y si pide, perece de vergüenza, no obstante lo cual la necesidad le constriñe a pedir». Y por eso dice Salomón: «Mejor es morir que hallarse en tal pobreza». Y añade: «Mejor es morir de amarga muerte que vivir así».

»Por todas estas razones y otras que podría agregar, estoy conforme en que las riquezas son provechosas para quienes bien las ganan y bien las usan. Así, quiero mostrarte cómo debes conducirte en la adquisición de bienes y cómo debes usarlos.

»Primero, busca las riquezas sin avidez, poco a poco, con reflexión y sin exceso de prisa. Porque, si no, el hombre ansioso de ganar riquezas se aplica al robo y a otras maldades. Por ello afirma Salomón: «Quien se da prisa a enriquecerse no puede ser puro». Y: «Riqueza que un hombre gana repentinamente, pronto y con facilidad se aparta de él, mas la que viene poco a poco siempre aumenta y se multiplica».

»Así, señor, debes ganar riquezas con tu entendimiento y trabajo, y para tu provecho, sin perjuicio o injusticia para tercera persona. Porque la ley dice: «Nadie se enriquecerá con daño de otro». O sea, que la naturaleza prohíbe enriquecerse en perjuicio ajeno. Tulio declara: «Ninguna aflicción, ni temor de muerte, ni nada que al hombre pueda sobrevenirle, va tanto contra la naturaleza como el acrecentar los lucros propios a costa del mal de otro hombre».

»Aun cuando veas que los poderosos y grandes tienen riquezas con menos fatigas que tú, no debes por eso ser perezoso o tardo en trabajar para tu beneficio, sino que siempre has de huir de la ociosidad. Salomón advierte que «la ociosidad enseña al hombre muchas maldades». Y él mismo asegura: «Quien trabaja y diligentemente labra la tierra, comerá pan; pero el perezoso que no practica ninguna ocupación o trabajo, veráse en la pobreza y morirá de hambre». El perezoso nunca halla ocasión de trabajar para su conveniencia. Ya dijo un poeta: «El haragán se excusa de trabajar, en invierno alegando frío, y en verano alegando el excesivo calor». Y Catón aconseja: «No te acostumbres a dormir demasiado, porque el excesivo descanso engendra y estimula muchos vicios». Y San Jerónimo dice: «Haz obras buenas para que el demonio, nuestro enemigo, no te halle desocupado». Porque el diablo no tienta con facilidad a los que están atareados en buenas obras.

»De manera que en la adquisición de bienes habrás de huir de la ociosidad. Pero después debes usar los ganados con tu destreza y labor, haciéndolo de modo que no te tengan, ni por mezquino y cicatero, ni por pródigo y liberal con exceso. Catón dice: «Usa las riquezas ganadas de forma que no te puedan llamar mísero o avaro; que es gran vergüenza para el hombre ser pobre de corazón y rico de bolsa». Y dice también: «Gasta con comedimiento los bienes que ganaste». Porque los que dilapidan y malbaratan locamente lo que poseen, procuran, cuando ya no lo tienen, apoderarse de bienes ajenos.

»Así que evitarás la avaricia, para que no se te acuse de tener tus riquezas enterradas, sino que se vea que las guardas en tu poder y dominio. Un sabio censura al avaro en estos dos versos: «¿Cómo entierra el muy avaro sus bienes, si sabe de sobra que el hombre ha de morir, por ser la muerte fin de todo hombre en esta vida?» ¿Ni por qué reúne sus riquezas de modo que sus sentidos no saben apartarse de ellas, si sabe, o debe saber, que al morir no se llevará de este mundo cosa alguna consigo? San Agustín dice: «El avaro se asemeja al infierno, que cuanto más devora más quiere devorar».

»Pero así como debes rehuir la imputación de mísero o avaro, has de rehuir igualmente la tacha de pródigo en exceso. Al efecto aconseja Tulio: «Los bienes de tu hacienda no deben estar escondidos secretamente guardados, sino que han de ser manifestados en tu piedad y generosidad; mas tampoco debes tenerlos tan descubiertos que sean bienes comunes a todos».

»Al adquirir y usar tus riquezas debes llevar tres cosas en el ánimo: nuestro Señor Dios, tu conciencia y tu buena reputación. Por ninguna razón, pues, debes hacer cosa que en alguna forma desagrade a tu Creador. Porque, como Salomón dijo: «Mejor es tener pocos bienes y el amor de Dios, que poseer muchos tesoros y perder la amistad del Señor Dios». Y el profeta manifiesta: «Mejor es ser bueno y tener pocos bienes y tesoros, que poseer grandes riquezas y ser mirado como malo».

»Añado que las diligencias que hicieres para tener riquezas han de ajustarse a la buena conciencia. Dice el Apóstol: «Nada de este mundo debe alegrarnos tanto como ver que nuestra conciencia nos da buen testimonio». Y el sabio dijo: «Buena es la esencia del hombre cuando el pecado no está en su conciencia».

»Al adquirir y emplear tus riquezas pondrás gran esmero en que tu buen nombre sea sostenido y conservado, porque Salomón dice que «más aprovecha al hombre la buena fama que las riquezas grandes». Y añade en otro pasaje: «Sé diligente en conservar tus amigos y tu buen nombre, porque ello perdurará contigo más tiempo que un tesoro, aunque no sea de tanto precio».

»Porque, en verdad, no merece ser llamado gentilhombre quien, fuera de Dios y de la conciencia limpia, no se ocupa en más, ni aun en su buena fama. Casiodoro afirma: «Es signo de corazón noble querer y desear tener buena fama». Y dice San Agustín: «Dos cosas hay que son menester: la buena conciencia y la buena fama, esto es, buena conciencia en tu interior y buena fama ante tus prójimos». De modo que quien, por lo mucho que fía en su limpia conciencia, no se cura de su buena reputación, es un completo rústico.

»Ya te he señalado, señor, cómo debes comportarte en la ganancia y empleo de tus bienes. Y ahora paso al punto de que, por la confianza que tienes en tus riquezas, ansías promover pendencia y combate. Mi consejo es que no abras la lucha fiado en tus riquezas, porque éstas no bastan para sostener las guerras. Así se expresa un filósofo: «Quien a toda costa busca guerra nunca tendrá bastante con qué alimentarla, porque cuanto más rico sea, mayores gastos tendrá si ha de lograr honra y victoria». Salomón señala: «Cuanto más rico es un hombre, más gastadores de sus riquezas tiene».

»De forma que, si bien tus riquezas te permiten congregar muchas gentes, no es conveniente ni necesario que promuevas guerra, puesto que puedes vivir en paz con provecho y honra. Porque las victorias de este mundo no dependen del mucho número de tropas ni del valor de los hombres, sino de la voluntad de Dios Todopoderoso, en cuya mano están. Por eso Judas Macabeo, que era paladín de Dios, al ir a pelear contra su enemigo, viendo que éste tenía gran multitud de gentes y más poder que el ejército del Macabeo, arengó a su reducida hueste con estas palabras: «Lo mismo puede el Omnipotente Dios, Nuestro Señor, dar la victoria a los pocos que a los muchos, porque la victoria en la batalla no depende del número de combatientes, sino de Nuestro Señor, Dios del cielo».

»Así, querido señor mío, como no hay hombre alguno que tenga certeza de que Dios va a concederle la victoria, ni de que Dios le ama, ha de temerse siempre mucho el comenzar una guerra. Porque en los combates surgen peligros, y tanto sucumben los fuertes como los débiles. En el segundo libro de los Reyes, leemos: «Las funciones de guerra son fortuitas e inseguras, porque tan pronto alcanza una lanzada a uno como a otro».

»Y ya que tal peligro hay en la guerra, el hombre debe rehuirla mientras le sea posible, pues, como dice Salomón: «Quien ama el peligro, perecerá en él».

Cuando Prudencia hubo acabado todas estas razones, Melibeo contestó:

—Ya veo, esposa Prudencia, que, según tus galanes discursos y palabras, la guerra no te complace; pero todavía no me has aconsejado lo que debo hacer en este caso en que me encuentro.

Dijo ella:

—Yo te aconsejo que hagas paz y acuerdo con tus enemigos. Santiago declara en sus epístolas que «por la concordia y la paz, las riquezas pequeñas hácense grandes, y por la discordia y la guerra, las grandes riquezas sucumben». Además, tú sabes que una de las cosas mayores y más altas de este mundo es la armonía y la paz. Por eso dijo nuestro Señor Jesucristo a los apóstoles: «Bienaventurados los pacíficos, porque ellos serán llamados hijos de Dios».

—Ya veo claramente —dijo Melibeo— que no te curas de mi honor ni de mi dignidad. Te consta que mis enemigos han promovido esta contienda con su injuria, y adviertes, además, que no buscan ni imploran la paz. ¿Y quieres que sea yo quien vaya y me humille y me someta a ellos y les demande gracia? Ninguna honra me daría eso, porque si el excesivo orgullo engendra desprecio, igual acontece con la demasiada mansedumbre.

A esto Prudencia pareció enojarse, y contestó:

—Si ello no te incomoda, señor, diréte que tanto estimo tu bien y tu honor como los míos propios, y siempre he procurado servirlos, sin que nadie me viera nunca hacer lo contrario. De todas maneras, no he errado al aconsejarte la paz y la reconciliación. El sabio exhorta: «Comience otro la querella y empieza tú la reconciliación». Y el profeta dice: «Huye del mal y practica el bien; busca la paz y síguela en tanto como dependa de ti».

»Empero, no digo que acoses a tus enemigos pidiéndoles paz, en vez de esperar que ellos acudan a ti, porque sé que eres tan duro que no harás nada por mi amor. Mas Salomón advierte: «El duro de corazón hallará al fin el infierno y será desgraciado».

Viendo Melibeo que su mujer expresaba enojo en su semblante, dijo así:

—Ruégote, señora, que no te enfaden mis razones, porque sabes que estoy muy airado, lo que no es pasmoso, y conoces que los airados no saben lo que hacen ni lo que dicen. Por eso declara el Profeta que «ojos empañados no ven claramente». Anda, aconséjame lo que te pluguiere, que estoy presto a hacer lo que tú quieras. No importa que reprendas mi necedad, que yo soy quien más debo quererte y admirarte por ello. Pues Salomón afirma: «El que reprende al que incurre en locura, hallará más gracia que el que le engaña con palabras tiernas».

Su esposa le contestó:

—No pongo talante de enojo sino en provecho tuyo, porque Salomón declara: «Más digno es quien reprende al loco por su demencia que quien loa su yerro y ríe su despropósito». Y añade: «El rostro torvo de un hombre corrige y enmienda al loco».

Dijo Melibeo:

—No acierto a contestar a tan buenas razones como me presentas. Dime sucintamente tu deseo y consejo, que pronto estoy a cumplirlos y ejecutarlos.

Y entonces Prudencia declaró todo su propósito, manifestando:

—Primero aconséjote que hagas las paces con Dios y te reconcilies con Él y con su gracia. Porque, como antes te dije, Dios ha consentido que tengas esta aflicción y dolor por tus culpas. Y si haces lo que te digo, Dios te enviará a tus enemigos y los hará caer a tus pies, listos a obedecer tus mandatos y voluntad, pues Salomón dice: «Cuando la condición de un hombre es grata a Dios, éste muda los ánimos de sus enemigos y les fuerza a pedir a aquel hombre paz y benevolencia».

»Así, déjame hablar con tus enemigos a solas, sin que ellos conozcan tu deseo y resolución, y en viendo yo cuáles son los suyos, podré aconsejarte con entera certeza.

—Bien, señora —repuso Melibeo—, haz tu voluntad, que yo me pongo por entero a tu albedrío y mandatos.

Y cuando la discreta Prudencia vio la voluntad de Dios y de su esposo, reflexionó consigo misma pensando la manera de llevar aquel asunto a beneficiosa conclusión y término. Y en el tiempo que le pareció oportuno, citó a los enemigos de su marido a un lugar retirado, y diestramente les expuso las muchas ventajas que dimanan de la paz y los muchos riesgos y males inherentes a la guerra, y con afabilidad les dijo que deberían manifestarse arrepentidos del grave entuerto que habían causado a su señor Melibeo, a su hija y a ella misma.

Cuando ellos escucharon las generosas razones de Prudencia, sintiéronse muy pasmados y tuvieron inexpresable alegría, diciendo:

—En verdad, señora, que nos has mostrado los beneficios de la dulzura, como dijo el profeta David. Porque, con inusitada bondad, nos ofreces la reconciliación que no merecemos, sino que debiéramos pedir con mucha humildad y contricción. Ya vemos que la sabiduría de Salomón es acertada cuando dice: «Las palabras dulces aumentan y multiplican los amigos y amansan y tornan buenos a los malos».

»Así, encomendamos a tu buena voluntad nuestro litigio, negocio y causa, y decimos que estamos prontos a acatar las palabras y mandatos de nuestro señor Melibeo. Ea, nuestra amada y buena señora, te encarecemos, con cuanta humildad nos es dable, que te dignes, con tu gran bondad, poner en práctica tus liberales palabras. Nosotros confesamos haber agraviado desaforadamente a Melibeo, al extremo de no poder siquiera remediarlo. De modo que nosotros y nuestros deudos nos obligamos a cumplir lo que él decidiere y mandare.

»Pero pudiera ocurrir que él, por lo muy apesadumbrado y colérico que debe estar contra nosotros, a causa de nuestro entuerto, resolviera imponernos algún insufrible castigo. En tal caso, señora, pedimos a tu piedad de mujer que ni nosotros ni los nuestros seamos desheredados ni exterminados en sanción de nuestra locura.

Contestóles Prudencia:

—Muy peligroso y grave es, en verdad, que el hombre se confíe por entero al juicio y albedrío de su enemigo, poniéndose bajo su dominio y poder. Salomón avisa: «Dad fe a lo que os voy a decir, pueblos, gentes y ministros de la santa Iglesia: nunca, mientras viváis, deis poder o dominio sobre vuestra persona a vuestro hijo, ni a vuestra esposa, ni a vuestro amigo, ni a vuestro huérfano». Y si Salomón veda que se dé a hermano o amigo potestad sobre el cuerpo, con más razón prohíbe que el hombre se entregue a su adversario. Empero, yo os aconsejo que no desconfiéis de mi señor, pues sé que es hombre compasivo y apacible, liberal, afable y no codicioso de bienes o riquezas, ya que nada le importa en este mundo sino el honor y la dignidad. Además, me asiste la certeza de que nada hará en este negocio sin consultarme, y yo me manejaré de manera que, con la gracia de Dios Nuestro Señor, vosotros os reconciliéis con nosotros.

Ellos respondieron al unísono:

—Venerable señora, nosotros nos sometemos, en cuerpo y hacienda, a tu voluntad y mandato, y acudiremos el día que tu nobleza resuelva señalarnos, para ejecutar nuestro deber y promesa tan rigurosamente como a tu bondad plazca, porque queremos cumplir tu voluntad y la de nuestro señor Melibeo.

Luego que Prudencia hubo oído lo que dijeron aquellos hombres, mandóles que salieran sin ser vistos, y ella, regresando adonde su esposo estaba, le contó que había hallado muy arrepentidos a sus enemigos, y que éstos reconocían humildemente sus culpas y se mostraban dispuestos a sufrir cualquier punición, sólo impetrando clemencia y gracia de aquel a quien habían ofendido.

Y dijo Melibeo:

—Quien no disculpa su pecado, sino que lo confiesa y se arrepiente, merece el perdón e indulgencia que pide. Sentencia Sócrates: «Donde hay confesión, hay remisión y gracia». Sí, que la confesión es compañera de la inocencia. Y en otro lugar declara el mismo escritor: «Quien confiesa su culpa y se avergüenza de ella, es digno de perdón». Así, admito concertar la paz, pero no procede que lo hagamos sin pedir parecer y asenso a nuestros amigos.

Prudencia, muy alborozada, respondió:

—Bien razonablemente te has expresado, porque lo mismo que pediste el consejo, aprobación y asistencia de tus amigos para la guerra, tampoco sin su consejo debes reconciliarte ni pactar con tus enemigos. Dice la ley: «Nada, por vía natural, es tan conveniente como que desate las cosas quien las ató».

Y luego Prudencia, sin retardo, expidió mensajes a sus allegados y amigos más antiguos, leales y discretos, y les contó, delante de Melibeo, todo este suceso, según se ha transcrito más arriba, pidiéndoles opinión y consejo sobre lo que mejor procedería hacer. Y cuando los amigos de Melibeo deliberaron sobre tal negocio, mostráronse acordes por completo con mantener la paz y sosiego, y aconsejaron a Melibeo que con ánimo apacible diera gracia y perdón a sus enemigos.

Luego que Prudencia escuchó el consejo de sus amigos y oyó la aprobación de su esposo Melibeo, regocijóse en su corazón viendo que todo discurría según su propósito, y dijo:

—Indica un antiguo proverbio que no debe dejarse para mañana lo que fuese hacedero ejecutar hoy, y por consiguiente, señor, te exhorto a que envíes a tus enemigos aquellos de tus emisarios que fueran más entendidos y discretos, para que declaren en tu nombre que, si tus adversarios quieren negociar la paz y concordia, deben venir aquí sin dilaciones.

Cumplióse su indicación inmediatamente, y cuando los culpables enemigos de Melibeo oyeron las palabras de los emisarios, se holgaron de la novedad y contestaron con humildad y blandura, dando las gracias a Melibeo y los suyos, y preparándose a acompañar a los emisarios en cumplimiento de las órdenes recibidas.

Y con esto se encaminaron a la corte de Melibeo, llevando consigo algunos amigos leales que fueran sus testigos y hombres buenos. Y en llegando a presencia de Melibeo, les dijo él estas palabras:

—En verdad que vosotros, sin causa, razón ni motivo, me habéis hecho gran entuerto e injuria, así como a mi esposa Prudencia y a mi hija, porque entrasteis en mi casa con violencia y ejecutasteis un ultraje tal que merece la muerte. Así, quiero saber si dejáis a mi voluntad y a la de mi mujer el castigo y vindicación de esta afrenta.

El más sabio de los tres contestó con estas palabras en nombre de todos:

—Sabemos, señor, que no somos dignos de venir a la corte de tan grande y noble señor como tú, porque lo mucho que hemos delinquido y el grave ultraje que inferimos a tu alta señoría nos hace merecedores de la muerte. Empero, pensando en la alta bondad y benignidad que todos atribuyen a tu persona, resolvemos someternos a la excelencia y piedad de tu nobleza, y estamos prestos a acatar todos tus mandatos, rogándote que tu clemente piedad tenga razón de nuestra humilde sumisión y hondo arrepentimiento y nos perdone nuestro ultrajante crimen. Porque sabemos que tu magnanimidad y compasión son mayores, en lo bueno, que nuestras culpas y crímenes en lo malo. Perdónanos, pues, decimos, a pesar de la ominosa ofensa que cometimos contra tu señorío.

Con esto Melibeo hízolos alzar de tierra, muy afablemente, y aceptó sus seguridades y promesas, ratificadas con juramentos y garantías, y les señaló un día en que debían acudir para conocer qué sentencia les aplicaba.

Y esto convenido, ellos se volvieron a sus mansiones, y Prudencia pensó que convenía preguntar cuál era la venganza que iba Melibeo a tomar de sus enemigos.

—Quiero confiscar todas sus riquezas y desterrarlos de sus tierras de por vida —respondió Melibeo.

—Cruel e indiscreta sentencia sería ésta —alegó Prudencia—, porque tú eres harto rico y no necesitas ajenos bienes. Si así lo hicieres, fácilmente alcanzarías reputación de codicioso, vicio que todos deben rehuir, pues, como dijo el Apóstol, «la codicia es la raíz de todos los males».

»Así, más te valdría perder alguna parte de tus propios bienes que adquirir riquezas de tal manera. Porque mejor es perder riquezas con honor que ganarlas con deshonor y villanía, y todo hombre ha de afanarse en gozar de buen nombre. Y no basta conservar la buena fama, sino que debe procurarse siempre hacer algo que la acreciente más, porque está escrito: «La antigua buena reputación de un hombre se desvanece pronto cuando no se reafirma y renueva».

»Respecto a desterrar a tus enemigos, lo encuentro desmesurado e irrazonable, precisamente por el mucho poder que te han otorgado sobre ellos. Escrito está: «Quien abusa del poder y fuerza que le fueron dados, merece perder sus privilegios».

»Pero, aun si pudieses imponerles tal pena con arreglo a derecho (lo que no me parece que sea el caso), entiendo que no deberías hacerlo así, porque ello probablemente sería tanto como volver a la guerra.

»De manera que si quieres ser obedecido has de sentenciar con mucha mayor moderación, porque debes saber que «a quien manda con más cortesía, más se le obedece». Busca, pues, un medio de vencer tus inclinaciones en este asunto, pues Séneca dice: «Quien vence a su corazón, dos veces vence», y Tulio añade: «No hay en un gran señor cosa más laudable que verle mostrarse benévolo y humilde y apaciguarse con facilidad».

»Te suplico, en consecuencia, que no tomes venganza, y así preservarás tu buena reputación, habrá causa y motivo de loar tu piedad y misericordia, y no tendrás ocasión de arrepentirte de nada de lo que hagas. Séneca afirma: «De mala manera triunfa el que se arrepiente de su victoria».

»Así, te exhorto a que des entrada a la clemencia en tu alma y corazón, para que Dios omnipotente tenga también misericordia de ti en el Juicio Final, porque, como Santiago dice en sus epístolas: «Sin misericordia se juzgará al que no la tuvo del prójimo».

Oyendo Melibeo los excelentes alegatos y buenas razones de su esposa, y reconociendo la discreción de sus consejos y enseñanzas, inclinóse ante la voluntad de Prudencia, por comprender la buena intención que la inspiraba. Y muy luego acordó obrar según las exhortaciones de su mujer y agradeció a Dios, fuente de toda bondad y virtud, el haberle dado esposa tan discreta.

Y por eso, al llegar el día en que sus enemigos comparecieron ante su presencia, les habló muy afectuosamente y les dijo:

—Vosotros, en vuestra soberbia, presunción y locura, obrando con negligencia e ignorancia, procedisteis mal y me ultrajasteis. Empero yo, viendo y considerando vuestra mucha humildad, y notándoos contritos y arrepentidos de vuestra culpa, me siento obligado a concederos clemencia y perdón.

»En consecuencia, os admito en mi gracia y os condono por entero todas las injurias, entuertos e insultos que contra mí y contra los míos cometisteis, para que Dios, en su misericordia infinita, nos perdone a todos, en la hora de la muerte, las faltas en que hemos incurrido en este mísero mundo. Porque no hay duda que si acudimos contritos y arrepentidos de nuestros pecados a presencia de Dios Nuestro Señor, éste es tan generoso y compasivo que nos perdonará nuestros yerros y nos acogerá en su eterna bienaventuranza. Amén.

PRÓLOGO DEL CUENTO DEL MONJE

CUANDO yo concluí mi cuento de Melibeo, de Prudencia y de la benignidad de esta dama, nuestro hostelero exclamó:

—Como soy buen cristiano y por el precioso *Corpus Madriam* aseguro que daría más valor que a un tonel de cerveza al hecho de que mi mujer hubiese oído este cuento. Porque ella no tiene la paciencia de la esposa de Melibeo. ¡Por los huesos de Dios! Sabed que cuando yo azoto a mis servidores, ella acude con las trancas más recias y comienza a clamar: «¡Mata a esos perros! ¡Rómpeles las costillas! ¡No les dejes hueso sano!»

»Y si alguna vez alguien de mis vecinos no cede el puesto en la iglesia a mi mujer o la ofende de cualquier suerte, ella retorna a casa y me increpa: «¡Ah, falso y cobarde! ¡Venga a tu mujer! ¡Por los huesos del *Corpus* que vale más que tú me des tu cuchillo y yo te daré a ti mi rueca para que hiles!» Y de la mañana a la noche está repitiéndome: «¡Ay de mí, que me criaron para casarme con un apocado, con un sandio cobarde, que siempre queda por debajo de todos! Sí, que no sabes defender el decoro de tu esposa».

»Y esta vida llevo yo, si no quiero pendencias. Cuando la oigo así, me apresuro a salir de la habitación, porque si no estaría perdido, de no tener la temeridad de un león de las selvas. Ya veo que algún día me hará matarme con algún vecino, y ese será mi fin, porque yo soy peligroso cuando empuño el cuchillo; y esto es verdad, aun cuando también lo sea que con mi mujer no me atrevo a enfrentarme, porque tiene los brazos duros, como verá cualquiera que la ofenda o critique.

Y luego añadió:

—Pero dejemos este asunto y vos, señor monje, poned satisfecha la cara, que a vos os toca ahora contar un cuento. Ya vamos llegando a Rochester. Ea, señor, adelantaos y no queráis quebrar nuestro entretenimiento. Pero decid: ¿cómo os llamáis? ¿Don Juan, don Tomás o don Albano? ¿Y de qué linaje descendéis por línea paterna? Voto a Dios que tienes blanca la tez y que a buenos pastos acudes, que no pareces penitente ni ánima en pena. A fe que tú debes ser funcionario de tu Orden, ya digno sacristán o despensero, porque así me socorra el alma de mi padre como entiendo que en tu casa eres hombre de pro. Sí, no eres monjecillo de poca monta, ni novicio, sino regidor cauto y sagaz, además de lo cual estás bien servido de huesos y miembros. Dios confunda al que te llevó a religión, que tú hubieras sido gran semental. Si tanta licencia tuvieres como tienes facultades para engendrar criaturas, hubiéraslas engendrado en abundancia. ¡Cuán ancho manteo llevas, hombre! Castígueme Dios si yo, de ser Papa, no haría que todo hombre vigoroso, tonsurado o no, tuviese mujer. Sí, pues el mundo está perdido. La religión se lleva los mejores gallos y no quedamos como seglares sino los enclenques. Y de árboles débiles nacen retoños míseros. Por eso nuestros herederos son tan desmedrados y tan poca cosa y luego no valen para tener descendencia; y así nuestras mujeres quieren probar mejor suerte con los monjes. Porque vosotros pagáis mejor que nosotros los débitos de Venus, y no ciertamente con moneda luxemburguesa. Empero, no te resquemen mis chanzas, señor, que muchas veces digo veras en burlas.

El digno monje acogió la plática con paciencia y dijo:

—Procuraré afanarme en narraros un cuento del todo acorde con la honestidad, y aun dos o tres, si us pluguiere. Si me atendéis, os relataré la vida de San Eduardo. Aunque mejor será que os diga algunas tragedias, de las que guardo en mi celda un centenar. Según los antiguos textos nos declaran, llámase tragedia a la historia de quien estando en gran prosperidad, cae en gran miseria y termina su vida de manera aciaga. Generalmente se componen en versos de seis pies, o hexámetros, pero también se usan otros metros e incluso la prosa.

»Pero basta ya de explicaciones, y oíd. No enumeraré por su orden las cosas referentes a los papas, emperadores y reyes, esto es, no los distribuiré por épocas según los escritos, sino que las diré a medida que me acudan a la memoria. Excusad ésta mi ignorancia.

CUENTO DEL MONJE

VOY, a modo de tragedia, a deplorar los infortunios de quienes, hallándose en elevado estado, cayeron de tal suerte que no hubo remedio que los sacara de su desventura. Porque, en verdad, cuando la fortuna quiere eludirse, nadie hay que pueda detener su marcha. Así, nadie confíe en la prosperidad ciega, sino que procure precaverse oyendo estos ejemplos antiguos y modernos.

LUCIFER

Empiezo por Lucifer, aunque fuese ángel y no hombre. La fortuna no puede dañar a ningún ángel, pero él, por su pecado, cayó de su alta condición al infierno, donde persevera. ¡Oh, Lucifer, refulgente entre todos los ángeles! Ahora eres Satanás y vedado te está salir de la miseria en que caíste.

ADÁN

Ved a Adán en los campos de Damasco. Formado fue por el mismo dedo de Dios y no engendrado por la impune simiente humana. Dueño era de todo el Edén, menos de un árbol. Nunca hombre alguno vivió en tan alta condición como Adán hasta que, por sus malas obras, cayó desde su mucha prosperidad al trabajo, a la desgracia y al infierno.

SANSÓN

Fue Sansón anunciado por los ángeles mucho antes de su nacimiento, y le consagraron a Dios Todopoderoso, manteniéndose largo tiempo en elevado honor. Nadie existió nunca con tanta fuerza y valor como él, pero reveló a las mujeres su secreto y esa razón hízole morir míseramente y a sus propias manos.

Sansón, noble y poderosísimo paladín, cuando iba a celebrar sus bodas, mató y descuartizó, sólo con sus manos, a un león.

Su engañosa mujer suplicóle y le contentó de tal modo, que al fin averiguó su secreto y entonces lo reveló perversamente a sus enemigos, abandonándole luego y huyendo con otro.

Airado Sansón, apresó trescientas zorras, ató una tea a la cola de cada una, prendió fuego a las teas y los animales incendiaron así todo el cereal, olivos y vides de la comarca.

El mismo Sansón mató mil hombres él solo, sin usar otra arma que la quijada de un borrico. Y luego de aquella matanza faltóle poco para morir de sed, y entonces pidió a Dios que se apiadara de sus sufrimientos. Entonces brotó de la seca quijada del asno una fuente en que Sansón apagó su sed. En el Libro de los Jueces puede verse cómo Dios auxilió a Sansón.

Una noche arrancó las puertas de Gaza, a pesar de los muchos filisteos que guarnecían la ciudad, y condújolas sobre sus propias espaldas a la cúspide de una altura, para que todos pudieran verlas.

¡Oh, noble, potentísimo, afable y buen Sansón! En verdad que habrías sido hombre sin par en el mundo de no haber revelado tu secreto a las mujeres.

Nunca bebió Sansón vino ni bebidas fermentadas, ni, por mandato del emisario divino, consintió que tocasen las tijeras su cabellera, porque toda su fuerza residía allí. Durante veinte años seguidos ejerció el gobierno de Israel. Pero luego estaba llamado a llorar mucho, pues las mujeres habían de reducirle a triste condición.

Declaró a Dalila, su amante, que toda su fuerza consistía en sus cabellos, y ella le vendió traidoramente a sus enemigos. Un día, mientras él descansaba en sus brazos, ella le hizo cortar o tonsurar la cabellera, y así descubrió el origen de su fuerza a sus enemigos, los cuales, viéndole de aquel modo, le amarraron sólidamente y le sacaron los ojos.

Antes de perder la cabellera, no había cuerda capaz de ligarle. Pero después se vio cautivo en una mazmorra, donde le hacían manejar un molino. ¡Oh, noble Sansón, el más vigoroso de los hombres! ¡Oh, juez antaño circuido de gloria y riquezas! Nada te queda sino llorar con tus ojos ciegos, porque de la dicha te hundiste en la desgracia.

El infortunado Sansón acabó de la manera que os diré. Un día sus enemigos celebraban una fiesta y quisieron que él les divirtiese allí, a guisa de bufón. El festín era en un templo muy suntuoso; pero todo lo desconcertó Sansón sacudiendo y derribando dos de las columnas, con lo que el templo se derrumbó, pereciendo bajo las ruinas Sansón y sus enemigos. Todos los príncipes y hasta tres mil personas más murieron bajo las piedras del templo. Pero baste de Sansón por ahora. Aprended de ese ejemplo antiguo y palmario y nadie revele a su mujer las cosas que le convenga mantener secretas, tanto respecto a su cuerpo como a su vida.

HÉRCULES

Mucha honra y alto renombre dieron al soberano conquistador Hércules sus trabajos. Fue en su tiempo la flor de la fuerza. Mató y desolló al león, abatió la soberbia de los centauros, exterminó a las crueles arpías, robó las manzanas de oro defendidas por el dragón, y expulsó a Cerbero, el perro del infierno. Mató al cruel tirano Busiris e hizo que su propio caballo se comiera la carne y los huesos, mató a la venenosa serpiente de fuego, rompió uno de los dos cuernos de Aqueloo, mató a Caco en una pétrea gruta, mató al vigoroso gigante Anteo, mató a un hórrido jabalí y durante mucho tiempo sostuvo el cielo sobre sus espaldas.

Nunca, desde los comienzos del mundo, hubo quien aniquilase tantos monstruos como él. Difundióse su fama por el vasto mundo, tanto por su fuerza como por su mucha bondad, y anduvo visitando todos los reinos. Tan fuerte era que no hallaba nunca competidor. Dice Trofeo que en los dos extremos de la tierra puso Hércules una columna señalando el confín del mundo.

Aquel noble campeón tenía una amante llamada Deyanira, mujer lozana como el mes de mayo. Ella, según los cronistas, le regaló una túnica nueva y sutil. Pero aquella túnica estaba artificiosamente envenenada, y no la había vestido Hércules medio día cuando toda la carne se le desprendió de los huesos. Cierto que algunos autores disculpan a la mujer y acusan a Neso, tejedor de la túnica. No seré yo, pues, quien acuse a Deyanira.

Pero él llevó la túnica sobre su espalda desnuda y su carne se ennegreció por la acción del veneno. Viendo que no había remedio a su mal, arrojóse a un fuego, no queriendo sucumbir envenenado.

Tal fue el fin del poderoso Hércules. ¿Quién, pues, puede confiar un solo instante en la fortuna? El que camina con el tropel de este mundo, a menudo cae muy bajo, casi sin percatarse de ello. Muy sabio es quien aprende a conocerse a sí mismo. Vivid precavidos, que cuando la fortuna os lisonjea es que os acecha para destrozaros del modo que menos pudierais imaginar.

NABUCODONOSOR

Difícil es describir con humana lengua el poderoso trono, el valioso tesoro, el glorioso cetro y la regia majestad de Nabucodonosor, dos veces conquistador de Jerusalén, de donde se llevó los vasos del templo. Su residencia principal era Babilonia, en la que habitaba entre placeres y glorificándose.

Mandó hacer eunucos a los más hermosos niños de la sangre real de Israel y los convirtió en sus esclavos. Entre ellos estaba Daniel, más sabio que ninguno, y él interpretaba los sueños del rey, lo que ningún sabio caldeo era capaz de ejecutar.

El soberbio Nabucodonosor mandó fundir una estatua de oro, de sesenta codos de alto y siete de ancho, y ordenó que la adorasen todos, jóvenes y viejos, debiendo el que desobedeciera ser quemado en un rojo y ardiente horno. Mas Daniel y sus dos jóvenes compañeros no consintieron en tal idolatría.

Aquel rey de reyes era altivo y soberbio, y pensaba que Dios no podía mudar su condición. Y he aquí que de pronto perdió su dignidad y se vio semejante a una bestia, ya que comía forraje como un buey, pernoctaba a campo raso y andaba errante con los animales salvajes. Sus cabellos se habían vuelto como las plumas del águila y sus uñas como las garras de las aves.

Al cabo, llegado cierto año, Dios le perdonó y le devolvió la razón Entonces Nabucodonosor, con muchas lágrimas, dio gracias a Dios y toda su vida se alejó de obrar mal ni cometer iniquidades. Y siempre hasta la hora de su muerte reconoció el poder y la gracia de Dios.

BALTASAR

El hijo de Nabucodonosor llamábase Baltasar y heredó el reino de su padre, pero no aprendió con el ejemplo paterno. Era soberbio de corazón y de carácter y, además, idólatra. El verse tan elevado confirmaba su orgullo, mas la fortuna le humilló e hizo que su reino se dividiera repentinamente.

En una ocasión dio Baltasar un festín a sus barones, y allí les exhortó a regocijarse y, llamando a sus funcionarios, les dijo: «Traed los vasos que mi padre, en los días de su prosperidad, arrebató del templo de Jerusalén y agradezcamos a nuestros poderosos dioses el honor que nuestros antecesores nos legaron».

Su esposa, sus barones y sus mancebas bebieron tanto vino como les plugo en los vasos sagrados, mas en esto, habiendo el rey mirado hacia el muro, vio en el aire una mano suelta que escribía con celeridad en la pared. Y el rey tembló y exhaló un doloroso suspiro.

La mano que tanto le amedrentaba había escrito las palabras *Mane, Thecel, Phares,* palabras que ningún mago supo interpretar. Pero Daniel entendiólas al punto, y dijo:

—Rey, Dios concedió a tu padre reino, gloria, honor, tesoros y otros bienes. Mas tu padre fue soberbio y no temió a Dios, y Éste entonces le envió grandes infortunios y le privó de su reino. Y fue luego Nabucodonosor arrojado de la sociedad humana, y habitaba con los asnos, y comía heno como las bestias, hasta que la gracia iluminó su corazón y le hizo saber que el Dios de los cielos tiene autoridad sobre todo reino y criatura. Tras esto tuvo Dios clemencia y le devolvió el reino y su figura humana. Pero tú, su hijo, eres igualmente soberbio y, aun sabiendo en verdad todas estas cosas, te has alzado contra Dios y eres su enemigo. Has bebido osadamente en los vasos sagrados, y en ellos han bebido, también, perversamente, tu mujer y tus concubinas. Y, por ende, haces ominosa adoración de los falsos dioses. Por todo lo cual se te prepara una gran desventura.

Has de saber que la mano que escribió en la pared ha sido enviada por Dios. Tu reino ha concluido; no pesas nada; tu reino será dividido y entregado a los medos y persas.

Así habló, y aquella misma noche el rey murió asesinado, y Darío, sin derecho ni razón para ello, ocupó su trono.

Este ejemplo, señores, os indicará que no hay certidumbre ni aun en el señorío. Porque cuando la fortuna quiere abandonar al hombre, le despoja de sus reinos y riquezas, y asimismo de sus amigos, grandes y pequeños. Porque si la fortuna ha dado amigos a algún hombre, la mala suerte los convertirá en enemigos, proverbio que es tan verdadero como común.

ZENOBIA

Zenobia, reina de Palmira (de cuya grandeza escribieron los persas), era tan arrojada en las armas que nadie la superaba en valentía, como tampoco en linaje ni excelencia alguna. Descendía de la sangre de los reyes de Persia y, si bien no digo que fuere la más bella de las mujeres, ninguna, empero la aventajaba en formas.

Desde su niñez desdeñaba las ocupaciones femeniles, prefiriendo cazar en la selva ciervos salvajes con las grandes flechas con que les apuntaba. Era muy vivaz en la caza. Cuando creció, mataba leones, leopardos y osos, y ella misma los desollaba y con sus brazos los manejaba según quería.

Penetraba en los antros de las bestias feroces y andaba por las montañas noches enteras, durmiendo en la espesura. Era capaz de pelear con el más vigoroso de los mozos. Nada resistía a sus brazos. Y mantenía su virginidad, no dignándose casar con hombre alguno.

Al cabo, sus amigos la persuadieron de que casare con Odenato, un príncipe de aquel país, si bien ella dilató mucho el matrimonio. Y habéis de saber que Odenato tenía iguales fantasías que su esposa. No obstante, luego de casarse vivieron contentos y venturosos, porque los dos se amaban mutuamente.

Zenobia, empero, no toleraba a su esposo que éste cohabitara con ella más de una vez. Su propósito, en efecto, era tener un hijo para multiplicar la raza. Si advertía que con una vez no quedaba embarazada, autorizaba a su marido una nueva cohabitación, pero sólo una. Y, si Zenobia quedaba encinta, ya no consentía a su esposo nuevo acto hasta pasados cuarenta días. Que Odenato se mostrase apasionado o frío era idéntico para ella, pues Zenobia decía que si los hombres convivían con las mujeres de modo que no fuese para tener hijos, sólo lo hacían por desenfreno y para afrenta de las mujeres.

Dos hijos tuvo de su esposo, y los educó en la virtud y el saber. Era, en fin, Zenobia mujer tan digna, tan discreta, tan liberal con moderación, tan cortés, tan esforzada en la guerra, tan resistente en el combate, que no había en todo el mundo otra como ella.

Incontables eran las riquezas que atesoraba en vajillas, adornos y ropas. Iba cubierta de oro y pedrería. En los ratos que la caza le dejaba libres, aprendió muy esmeradamente varios idiomas y no tenía otro placer que el de instruirse en los libros, para conocer cómo debía emplear su vida en actos virtuosos. Mas, a fin de abreviar esta historia, os diré que, merced a su valor y al de su esposo, él y ella conquistaron muchos grandes reinos de Oriente y gran plétora de magnas ciudades sujetas al dominio romano, sin que nunca sus enemigos pudieran batirlos mientras Odenato vivió.

Quien quisiere saber sus batallas contra el rey Sapor y otros, y el relato de cómo sucedieron aquellos acontecimientos, y por qué y con qué derecho hacía ella conquistas, así como cuáles fueron sus desventuras y dolores, y cómo al cabo se vio cercada y sorprendida, deberá consultar a mi maestro Petrarca, que escribió con mucha extensión sobre estos negocios.

Al morir Odenato, Zenobia gobernó vigorosamente sus Estados, y peleó personalmente contra sus enemigos, lo que hizo con tanta crudeza que no había en aquellas tierras rey o príncipe que no se alborozase si lograba la merced de que Zenobia no llevase la guerra a sus territorios. Por eso hacían alianza con ella, comprometiéndose a mantenerse sosegados y dejarla cabalgar y holgarse en sus dominios.

Ni Claudio, emperador de Roma, ni Galiano, anterior a él, ni ningún armenio, egipcio, sirio o árabe osaron nunca pelear con Zenobia en el campo de batalla, temerosos de morir a sus manos o de que las huestes de la reina los pusieran en fuga.

A sus dos hijos los llaman los persas Hermanno y Thymalao. Siempre vestían hábitos reales, como herederos que eran de las posesiones de su padre.

Pero la fortuna encierra de continuo hiel en su miel, y así aquella poderosa reina no subsistió mucho. La fortuna la derribó de su reino, precipitándola en el mayor infortunio. En efecto, cuando el gobierno de Roma vino a poder de Aureliano, éste resolvió vengarse de la reina, y con sus legiones marchó contra Zenobia.

Para acortar, diré que la puso en fuga, la apresó, cubrióla de cadenas, en unión de sus dos hijos, y, tras conquistar sus territorios, retornó a Roma.

Entre otros objetos de que se apoderó el gran Aureliano, estaba el carro real de Zenobia, hecho de oro y piedras preciosas. Delante del cortejo triunfal iba Zenobia misma, con doradas cadenas al cuello, llevando la corona que le correspondía por su dignidad y vistiendo prendas engastadas de pedrería.

Así, la que antaño aterrorizó a emperadores y reyes, fue entonces objeto de las miradas de la plebe; así, la que ciñó yelmo en tremendos combates y ganó por fuerza de armas ciudades poderosas y torreones, hubo de ostentar tocados femeniles, y así la que empuñaba cetro, tuvo que atenerse a manejar la rueca para ganar lo que gastaba.

PEDRO DE ESPAÑA

¡Oh, noble y digno Pedro, gloria de España, a quien la fortuna puso en tal alta majestad! ¡Cuán de deplorar es tu lastimosa suerte! Tu hermano te forzó a huir de tu país y en un asedio fuiste arteramente traicionado y conducido al tendal de tu enemigo, quien allí te mató por su propia mano, sucediéndote en tu reino y riquezas.

El hombre del campo de armiño con el águila negra y barra de gules fue quien maquinó esta maldad y crimen. Y el mal nacido fue autor de tal iniquidad. No Oliveros, el leal, sino Ganelón Oliveros, de Armórica, quien, comprado con regalos, tendió tan vil celada a tan digno rey.

PEDRO DE CHIPRE

¡Oh, Pedro, rey de Chipre, igualmente noble, que ganaste Alejandría y tuviste allí gran victoria! Muchas aflicciones causaste a los infieles, y por ellas tus propios vasallos sintieron celos de ti y, sin más motivo que tu misma caballerosidad, te asesinaron en tu lecho una mañana. Que así puede la fortuna hacer girar su rueda y llevar a los hombres de la ventura a la desgracia.

BARNABO DE LOMBARDÍA

¡Oh, gran Barnabo, vizconde de Milán, dios de delicias, flagelo de Lombardía! No referiré tu infortunio, pues que a condición tan señera te elevaste. El hijo de tu hermano, aunque tenía contigo noble parentesco, por ser tu sobrino y tu yerno, te hizo morir cautivo, aunque no sé por qué ni de qué modo te mataron.

HUGOLINO DE PISA

La lástima traba la lengua cuando ha de narrarse la lenta muerte que por hambre sufrió el conde Hugolino de Pisa. Cerca de la ciudad hay una torre donde fue encerrado Hugolino, en unión de sus tres hijos, el mayor de los cuales apenas contaba cinco años. ¡Cuán grande crueldad fue en ti, fortuna, cautivar a tales pajarillos en semejante jaula!

El conde fue condenado a morir en aquella mazmorra a causa de que el obispo de Pisa, Rogerio, le había calumniado. Y así, el pueblo se levantó contra su señor y le aprisionó del modo que dije. Dábanle poquísima bebida y comida, y además muy mala y en todos los respectos insuficiente. Y cierto día, a la hora en que usualmente le llevaban el condumio, no lo hicieron así, sino que el carcelero cerró las puertas de la torre. Y el conde, oyéndole, entendió que habían resuelto hacerle morir de hambre, y dijo esto:

—¿Por qué, cuitado de mí, habré nacido?

Y rompió en lágrimas. Su hijo menor, niño de tres años, le dijo:

—¡Oh, padre! ¿Por qué lloras? ¿Y cuándo nos traerán el guisado? ¿No queda algún pedazo de pan? El hambre no me deja dormir. ¡Así hiciera Dios que me durmiese para siempre y no sintiera el hambre más! Nada apetezco tanto como pan.

Y de esta suerte siguió aquel niño gimiendo un día tras otro, hasta que al cabo se acostó en el regazo de su padre y le anunció:

—Padre, adiós, que me muero.

Y le besó y murió, en efecto, aquel mismo día. Entonces el atribulado padre empezó a morderse los brazos en su dolor, clamando:

—¡Oh, fortuna! ¡A tu engañosa rueda debo culpar de todas mis desgracias!

Sus otros hijos pensaron que el conde se mordía los brazos de hambre, y le exhortaron:

—No hagas eso, padre. Come nuestra carne, puesto que tú nos la diste. Anda, tómala y come lo que hayas menester.

Y a los dos días estos niños se acogieron al seno de su padre y murieron. Y él pereció también de hambre y desesperación.

De tal modo concluyó el poderoso conde de Pisa, a quien la fortuna precipitó fuera de su alta condición. Y no hablemos más de esta tragedia. Quien con más detalles la quisiere saber, lea al gran poeta italiano Dante, que la relata toda con sus pormenores, sin callar una sola palabra.

NERÓN

Era Nerón vicioso como diablo del abismo, y, según Suetonio nos narra, dominó el ancho mundo del septentrión al mediodía, de poniente a levante. Vestía ropas incrustadas de rubíes, zafiros y blancas perlas, porque le complacían mucho las piedras preciosas.

Nunca hubo emperador más delicado, más pomposo en sus arreos, más soberbio que él. Nunca usaba un traje sino un solo día. Se entretenía pescando en el Tíber con redes de hilo de oro. La fortuna le obedecía como amiga constante, y sus deseos eran ley. Sólo por capricho prendió fuego a Roma; mató a los senadores para oír los llantos de las gentes; dio muerte a su madre y cohabitó con su hermana. Gran entuerto hizo a su madre, porque mandó abrirle el vientre para ver las entrañas que le habían llevado. ¡Oh, qué poco amor tenía por ella! Tanto, que ninguna lágrima se desprendió de sus ojos ante tan doliente vista, sino que dijo: «Hermosa mujer era». ¿No es prodigioso que fuese capaz de juzgar la hermosura de una madre muerta?

Hizo que le llevasen vino y bebió sin expresar dolor alguno. En verdad os digo que cuando la crueldad se une al poder, la ponzoña se extiende hasta lo más recóndito.

Fue maestro de Nerón, en la infancia, para enseñarle la ciencia y la cortesía, un hombre que era en su época la flor de la virtud, si no nos engañan los libros. Mientras aquel maestro gobernó a Nerón, hízole letrado y obediente, y, por tanto, transcurrió mucho tiempo antes de que en el emperador apareciesen signos de tiranía u otros vicios.

Ese preceptor era Séneca.

Temíale Nerón mucho, porque él no hacía sino reprender discretamente los actos del emperador, aconsejándole: «Señor, un emperador necesariamente ha de ser virtuoso y odiar la tiranía». Mas al fin, Nerón mandóle entrar en un baño y desangrarse las venas de los brazos, hasta morir.

En su infancia, Nerón tenía la costumbre de permanecer en pie ante su maestro y, recordándole después, parecióle que había sido aquello gran afrenta, y ello contribuyó a que decidiese su muerte. Séneca eligió morir en el baño, y de esta suerte acabó Nerón con su preceptor.

No quiso la Fortuna seguir favoreciendo la soberbia de Nerón, porque éste era poderoso, pero ella lo era todavía más. Y pensó la Fortuna: «Muy sandia soy poniendo a este hombre cargado de vicios en la alta posición de emperador. Por Dios que voy a hacerle caer de su trono cuando menos lo espere».

Y una noche, el pueblo, harto de los crímenes de Nerón, amotinóse contra él. Advirtiéndolo, Nerón se dispuso a salir de su morada y anduvo por las casas de los que creía más afectos. Pero aunque les daba voces de que le abriesen, ellos atrancaban las puertas sin atenderle. Y entonces él comprendió que se había portado mal y siguió su camino sin osar llamar en parte alguna, oyendo cómo el pueblo gritaba por doquier: «¿Dónde está Nerón el falso y el tirano?»

Nerón, aterrado, casi perdió el juicio y con patéticas palabras pedía en vano auxilio a sus dioses. Al cabo, muy amedrentado, se ocultó en un jardín. Vio allí a dos esclavos, sentados ante una grande y encarnada hoguera, y les suplicó que le mataran y decapitasen, para evitar a su cuerpo muerto alguna ignominia. En fin, él mismo hubo de darse muerte, con gran regocijo y alborozo de la Fortuna.

HOLOFERNES

Nunca hubo capitán de ningún rey que más reinos sometiera a sujeción, ni que en su época fuese más esforzado en el campo de batalla, ni que ganase más fama, ni tuviese más ostentación y presunción que Holofernes. Mucho le favoreció la Fortuna, guiando siempre sus pasos hasta que le hizo acabar degollado.

Todos le reverenciaban, por miedo a perder sus bienes o libertad, y él obligábales a abjurar de su fe, diciendo: «Nabucodonosor es dios y ningún otro ha de ser adorado». Y así nadie osaba oponerse a sus órdenes, salvo en la plaza fuerte de Betulia, de la que era sacerdote Eliaquim.

Oíd ahora cómo terminó Holofernes. Una noche, estando beodo en su tienda, grande como un granero, en medio de sus tropas, una mujer llamada Judit llegó y, a pesar de todo el poder y pompa de Holofernes, le decapitó mientras él dormía y, saliendo del campamento a escondidas, fue a la ciudad con la cortada cabeza.

ANTÍOCO

¿Es menester relatar la alta y regia majestad, la mucha soberbia y los ponzoñosos trabajos del rey Antíoco? Nadie hubo como él. En los Macabeos leeréis quién era y las orgullosas palabras que decía, y también por qué cayó desde su prosperidad, viniendo a morir malamente en un monte.

Tanto le había envanecido la fortuna, que se creía capaz de abarcar las estrellas por todas partes, y de pesar las montañas en una balanza, y de paralizar las olas de los mares. Odiaba con empeño al pueblo de Dios y a todos sus miembros quería matarlos con tortura, imaginando que Dios no podría arruinar su soberbia. Y cuando Nicanor y Timoteo fueron del todo batidos por los judíos, enojóse más Antíoco contra éstos e hizo aparejar su carro, jurando con acerbas frases que marcharía a Jerusalén y descargaría sobre la ciudad su cruenta cólera.

Empero hubo de renunciar a sus designios, porque Dios castigó su amenaza enviándole una llaga incurable e invisible, que desgarraba y roía sus entrañas, produciéndole atroces dolores. Justo era este mal, porque Antíoco había hecho torturar las entrañas de muchos hombres.

Mas él no suspendió su malvado proyecto, y, a pesar de su

dolencia, hizo ordenar sus huestes. Entonces Dios domeñó su orgullo y altanería haciéndole sufrir una caída de su carro. Toda la piel y miembros de Antíoco se desgarraron con el golpe, y no podía andar ni montar a caballo, sino que habían de llevarle en una silla con la espalda y los costados molidos. Pero aún le hirió más fieramente la mano divina, porque colmó todo su cuerpo de horribles gusanos y le hacía despedir tal hedor que ninguno de su servidumbre podía soportarlo. En tan grande desgracia, el rey se desolaba y lloraba, confesando que Dios era Señor de todo lo creado.

El olor de su cuerpo hízose repugnante para sus huestes y para él mismo. Y, siempre entre tal hedor y entre sufrimientos terribles, expiró de mala muerte en una montaña. Así, aquel expoliador y homicida, que tanto luto causara entre los hombres, sufrió el castigo que corresponde a la soberbia.

ALEJANDRO

Tan sabida es la historia de Alejandro, que todo el que posee entendimiento ha oído contarla, si no del todo, al menos en algunos de sus lances. Narrándola en pocas palabras, diremos que conquistó por la fuerza el ancho orbe, salvo allí donde las gentes, oidoras de la fama de Alejandro, acudían a ofrecerle la paz. Humilló el orgullo de los hombres y bestias doquiera que fue, llegando hasta los confines del orbe.

Ningún otro conquistador puede ser comparado a él. No había quien no temblase en su presencia. Fue la flor de la caballería y la generosidad; la Fortuna convirtióle en guardián de su honor. Excepto el vino y las mujeres, ninguna otra cosa podía conturbar su gran entendimiento en materia de armas y trabajos, porque rebosaba leonina bravura.

¿Aumentaría yo su reputación hablándoos de Darío y de los cien mil valientes reyes, príncipes, duques y condes a quienes Alejandro venció y precipitó en desgracia? ¿Qué más puede decirse sino que el mundo era suyo hasta allá a donde puede llegarse a caballo o a pie? Porque yo nunca acabaría si hubiese de hablar o escribir a propósito de caballería, y ello, además, nunca sería lo bastante.

Dice el Libro de los Macabeos que Alejandro reinó doce años. Era hijo de Filipo de Macedonia, primer rey del país de Grecia.

¡Ah, digno y magno Alejandro! ¿Cómo pudo ocurrir que

murieses envenenado por tus mismos hombres? La fortuna convirtió tu seis en un as e hízolo sin derramar una lágrima por ti. ¿Quién podrá dármelas para que yo llorare la muerte de aquella nobleza y generosidad que sojuzgó el mundo entero y aun estimaba esto como insuficiente, por lo lleno que de grandes empresas estaba su ánimo? ¿Quién me ayudará a acusar a la falsa fortuna y a maldecir el veneno, culpables de tal desgracia?

JULIO CÉSAR

Merced a su sabiduría, valor y altas empresas, Julio el Conquistador se remontó desde humilde cuna a la majestad regia. Conquistó todo occidente por tierra y mar, ya con la fuerza de su brazo, ya mediante pactos, y lo hizo tributario de Roma. Y después imperó en dicha ciudad hasta que la fortuna se le opuso.

¡Oh, poderoso César, que en Tesalia combatiste a tu suegro Pompeyo, que por suya tenía toda la caballería del Oriente hasta los parajes por donde sale el sol! Con tu valor a todos cautivaste o mataste, exceptuando unos pócos, que huyeron con Pompeyo. Y con esto pusiste pavor en todo Oriente. Bien pudiste agradecer sus dones a la propia fortuna.

Y aquí lloremos a Pompeyo, noble gobernador de Roma, que hubo de apelar a la huida en esta batalla. Un traidor de su hueste le cortó la cabeza y llevóla a César, para congraciarse con el vencedor. ¡Ah, Pompeyo, conquistador de Oriente, y a qué mal fin te llevó la fortuna!

Julio tornó a Roma y entró en triunfo, solemnemente coronado de laurel. Mas, con el tiempo, Bruto y Casio, siempre envidiosos de la alta posición de Julio, fraguaron artera y secretamente una conjura contra el César y acordaron dónde habían de apuñalarle del siguiente modo: yendo un día Julio al Capitolio, como solía, el felón Bruto y sus otros enemigos le dieron de puñaladas, causándole muchas heridas y dejándole yerto en tierra. Y si la crónica no miente, Julio no se quejó más que de uno o dos de los golpes. Porque tan varonil era su corazón y tanto estimaba el decoro de su magistratura, que aunque las mortales heridas le hacían sufrir cruelmente, él procuró envolverse la cintura en el manto, para que nadie viera sus partes ocultas. Pues, aun estando en la agonía y teniendo certeza de ir a morir, seguía velando por la honestidad.

A Lucano, Suetonio y Valerio remito esta historia, pues ellos la escribieron del principio al fin, explicando cómo la fortuna fue primero amistosa y después hostil a aquellos dos grandes conquistadores. Nadie confíe largo tiempo en los halagos de la fortuna, sino precávese siempre contra ella, mirando el ejemplo de todos estos fuertes conquistadores.

CRESO

Había sido el rico Creso rey de Lidia y despertado en Ciro mucho temor. En medio de su soberbia fue aprehendido y llevado a una pira para ser quemado, pero una lluvia sobrevino del cielo y le permitió salvarse. Mas no por eso recibió la merced de saber ser prudente, y al fin la fortuna hízole acabar estrangulado en la horca.

Al escapar de la quema, otra vez recomenzó la guerra. Viendo el palmario favor de la fortuna al salvarle mediante un chubasco, pensó que nunca lograrían matarle sus enemigos; y, además, tuvo un sueño que le satisfizo y ensoberbeció. Con ello, sólo aplicó a la venganza su voluntad. Era éste el sueño: veíase en un árbol, donde Júpiter le lavaba espalda y costados, mientras Febo llegaba con un lienzo fino para secarle. Su orgullo creció mucho con todo ello y, teniendo junto a él a su hija, muy rica en ciencia, mandóle que le interpretara aquel sueño, lo que ella hizo así:

—El árbol es la horca; Júpiter anuncia nieve y lluvia, y Febo y su lienzo nítido son el sol y su luz. Por tanto, serás ahorcado, la lluvia te mojará y el sol habrá de secarte.

Con esta claridad y lisura le advirtió de su suerte su hija Fania. Y Creso, el altivo rey, murió colgado, a pesar de su trono.

Tal es la tragedia, la cual no puede en sus cantos sino lamentarse de la fortuna, que siempre arremete con impensado golpe a los reyes soberbios, huyendo cuando se confía en ella y encubriendo tras una nube su brillante rostro.

PRÓLOGO DEL CUENTO DEL CAPELLÁN DE MONJAS

¡ALTO! —dijo el caballero—. No sigáis más con eso, mi buen señor. En verdad que ya habéis contado bastante, porque entiendo que poca tristeza es suficiente para muchos. Por mí sé asegurar que es gran desdicha ver la repentina caída de quien vivió con profusa riqueza y holgura. Al contrario, gran placer y satisfacción hay en mirar cómo quien vivió en mísero estado prospera y se torna feliz y próspero. Eso sí que es agradable, y eso sí que sería bueno de contar.

—Por la campana de San Pablo —declaró el hostelero— que habéis hablado la pura verdad. Este monje platica con brío, diciendo que la fortuna encubrió no sé qué con una nube, y también rezongando algo sobre una tragedia, según todos habéis oído. ¡Pardiez! No se consigue nada deplorando las cosas que ocurrieron, y además es un tormento, como bien habéis dicho, señor caballero, tener que escuchar cosas tristes. Cesad ya, señor monje, y Dios os bendiga. Vuestro cuento disgusta a todos y, además, lo que narráis no vale una mariposa, porque no hay en ello amenidad ni diversión.

Así, señor monje, o mejor, don Pedro, como os llamáis, os pido francamente que contéis cualquier otra cosa. Porque en verdad os digo que, de no ser por lo mucho que suenan las campanillas de los arreos de vuestro caballo, ha tiempo que el sueño me hubiera hecho dar en tierra, y quizá en algún profundo cenagal. Y entonces vuestro cuento habría sido vano, porque, como dicen los sabios, a quien no tiene auditorio le sobra expresar su opinión. Y aquí es menester que lo que se cuente yo lo oiga. Así, si os place, referidnos, señor, alguna cosa de caza.

—No tengo ganas de burlas —repuso el monje—. Hable otro, pues ya he hablado yo.

Entonces el hostelero, con palabras atrevidas y rudas, dijo lo siguiente al capellán de monjas:

—Ven acá, cura, acércate, don Juan, y cuéntanos algo que nos alegre el ánimo. Alborózate, hombre, y no te desasosiegue por cabalgar ese penco tuyo, pues aunque sea malo y flaco, lo importante es que te sirva; no se te dé un comino lo demás. En estando tú contento, lo demás no es nada.

—Es verdad, hostelero —contestó el mosén—. Todo es tal y como lo dices, y si no estoy alegre, merezco vituperio.

Y don Juan, el benigno sacerdote, nos contó su relato de la manera que oiréis.

CUENTO DEL CAPELLÁN DE MONJAS

Cierta pobre viuda ya bastante entrada en años, vivía tiempo ha en una estrecha cabaña que se alzaba en una cañada, junto al lindero de un bosque. Desde que la mujer había enviudado vivía con resignación y sencillez de su escaso ganado y escasa renta. Con lo que Dios le deparaba proveía, merced a su buena diligencia, a su sustento y el de sus dos hijas.

Sólo poseía tres cerdas grandes, tres vacas y una oveja que llamaba Malle. En su sala y su cuarto interior, donde no faltaba abundancia de hollín, hacía la viuda sus pobres colaciones. No había menester de salsas picantes, porque ningún bocado exquisito comía, y su yantar corría parejas con su cabaña. Nunca se indigestaba de un hartazgo, no tenía otra medicina que el comer moderadamente, el trabajar y el vivir con el corazón satisfecho. La gota no le dificultaba el bailar, ni la apoplejía amagaba su cerebro.

No bebía vino tinto ni blanco. En su mesa sólo se veían cosas blancas y negras: a saber, leche y pan moreno, que ella se esforzaba en que no faltasen nunca. También había tocino y, en ocasiones, un huevo o dos.

Tenía un corral rodeado por una cerca de leño y un foso seco por fuera, y dentro habitaba un gallo llamado *Cantaclaro*, ave sin par en toda tierra donde cacareen gallos. Era más grata su voz que el órgano que sonaba en la iglesia los días de misa, y su cantar mucho más infalible que un reloj de abadía. *Cantaclaro*, en su corral, conocía por instinto cada grado ascendente del círculo equinoccial, y de quince en quince grados cantaba de modo que hubiera sido imposible mejorar. Tenía la cresta bermeja como fino coral y recortada como la almenada muralla de un castillo. Su pico era negro y brillante como el azabache, sus patas y garras de tornasolado azul, más blancas sus uñas que la flor del lirio, y su plumaje era como oro pulido a fuego.

Aquel gentil gallo tenía bajo su férula siete gallinas, todas hermanas y amantes suyas, y semejantes a él en su color. La más galana de todas, por su cuello jaspeado, era la bella *Pertelote*, gallina discreta, cortés, cumplida y de buenos modales. Tan bien se había conducido desde que tuvo siete noches de edad, que había cautivado el corazón del gallo, teniéndolo, si así puede decirse, ligado enteramente. Y él la amaba y se sentía feliz de hacerlo. Muy hermoso era oírles cantar, entonando sus voces, cuando empezaba a ascender el refulgente sol: «Mi amor se fue a su tierra». Porque ha de saberse que tengo por cierto y averiguado que en aquella época las bestias y las aves sabían hablar y cantar.

Una madrugada, estando *Cantaclaro* en su percha del corral, rodeado de todas sus esposas y con la bella *Pertelote* a su lado, empezó a producir ruidos guturales, a guisa de quien sufre un sueño congojoso. Y *Pertelote,* oyendo estos lamentos, se atemorizó y dijo:

—¡Oh, mi corazón y mi amor! ¿Qué te aflige que suspiras así? ¡Eso es por dormir tanto! ¡Debieras abochornarte!

Él contestó las siguientes razones:

—No te enojes, señora; pero por Dios que he soñado que me veía en tal tribulación que todavía el corazón se me encoge pensándolo. ¡Así Dios interprete bien mi sueño y libre mi cuerpo de ominoso cautiverio! Soñé que, paseándome por este corral, divisaba llegar a un animal semejante a un perro, el cual quiso lanzarse sobre mí y estuvo en brete de matarme. Tenía un color entre amarillento y rojizo, con las puntas de las orejas y del rabo negras, y su hocico era menudo y sus ojos brillantes. Todavía me amedrento recordándolo. Por eso debí de quedarme dormido.

—¡Oh, qué vergüenza! —dijo ella—. Quita allá, cobarde. Por el alto Dios te aseguro que has perdido mi corazón y mi afecto, porque yo no puedo querer a un pusilánime. Pues, como ciertas mujeres declaran, todas nosotras deseamos que nuestro esposo sea valiente, sabio, generoso, honrado y no cicatero, ni sandio, ni temeroso de las armas, ni balandrón. ¿Cómo, por el supremo Dios, osaste decir a tu amada que has tenido miedo? ¿De qué te vale esa barba si no albergas un corazón varonil? ¿Posible es, ¡ay de mí!, que te hayas espantado de un sueño? Bien sabe Dios que en los sueños sólo hay ilusión. Del hartazgo dimanan los sueños, y muchas veces de vapores y complexiones, cuando los vapores abundan en las personas. ¡Pardiez! Esa pesadilla te ha provenido de tu exceso de bilis roja, causa usual de que las gentes sueñen en flechas, encarnadas llamas, luchas y bestias grandes y pequeñas que quieren morderles. Asimismo los humores melancólicos hacen que muchos hombres griten en sueños, por temor de osos o toros negros, o de negros diablos que con ellos quieren cargar.

Aún te podría citar otros humores, que causan gran pesadumbre durante el sueño, pero tocaré esto a la ligera. ¿Acaso Catón, hombre muy sabio, no aconseja que no se crea en los sueños? En fin, cuando bajemos toma algún purgativo. Sí, por amor de Dios y de mi alma y vida, te exhorto a que te purgues contra la melancolía y la cólera. Y a efecto de que no lo aplaces, siendo así que en este lugar no hay boticario, yo buscaré en nuestro corral y te mostraré las hierbas más provechosas, que tienen la propiedad de purgar por arriba y por abajo. ¡Por Dios, no lo olvides! Tú eres de índole colérica, y así has de procurar que el sol, al ascender, no te halle lleno de humores calientes, pues si hicieres de otro modo, apuesto un real de plata a que atraparás unas tercianas o una fiebre intermitente que acabe contigo.

Debes también, durante un día o dos, tomar gusanos, por vía de digestivo, alternándola con hierbas purgantes, como la laureola, la centaura, la fumaria y el eléboro, que se han en este corral. Asimismo picotearás el tártago y el fruto de espino y la hiedra, que también medra aquí y es de buen sabor. Ea, marido, anímate, ¡por la progenie de tu padre! y abandona tus temores de sueños. Y con esto, baste.

—Señora —dijo él—, muchas gracias por tu ciencia. Pero sabe que, aunque Catón, tan afamado como docto, manda no temer a los sueños, en los antiguos libros se halla que otros hombres de más autoridad que él opinan lo contrario, habiendo por experiencia advertido que los sueños anuncian las penas y alegrías de esta vida. Acerca de esto el argumentar sobra, porque los hechos lo acreditan.

Un gran autor cuenta lo que oirás: iban una vez de peregrinación dos hombres, en buena paz y compañía, y llegaron a una ciudad donde la mucha aglomeración de gente y escasez de alojamientos contribuyeron a que ellos no hallasen ni aun una choza donde recogerse juntos. Así, hubieron de pernoctar separados, yéndose uno a una posada y otro a otra, y buscando el acomodo que pudieron. Uno lo halló en una cuadra, al extremo del corral, entre los bueyes de labor, mientras el otro se hospedaba bastante bien, porque la fortuna es caprichosa.

Mucho antes de alborear soñó este hombre que su compañero le llamaba, diciendo: «Acórreme, querido hermano, que esta noche me van a asesinar en el establo donde descanso. Acude con toda diligencia».

El hombre se levantó, asustado por su sueño, pero luego de despierto, pensó que todo había sido ilusión. Otras dos veces soñó lo mismo, y a la tercera apareciósele su amigo y le dijo: «Estoy harto ya; mira cuán anchas y hondas heridas tengo. Levántate mañana temprano y en la puerta occidental de la ciudad hallarás un carro lleno de estiércol, donde está escondido mi cadáver. Mi oro ha sido la causa de este suceso».

Y punto por punto narró, con lívido semblante, cómo había acontecido el asesinato. Y el que soñaba túvolo todo por tan cierto, que, a la mañana, en cuanto fue de día, se encaminó a la posada donde pernoctara su compañero y, llegando a la cuadra, empezó a llamarle.

—Señor —dijo el mesonero, acudiendo—, tu amigo ha marchado de la ciudad al amanecer.

El otro empezó a concebir desconfianza, recordando sus sueños y, sin demora, fuese a la puerta occidental de la población, donde vio un carro de estiércol del que se usa para abonar la tierra. Y aquel carro era tal como el desaparecido se lo había descrito Entonces, con denodado corazón, el hombre clamó, pidiendo justicia de aquella infamia:

—¡Mi compañero ha sido asesinado esta noche y en este carro yace, tendido de espaldas, con la boca entreabierta! ¡Favor! Vengan los magistrados que gobiernan esta ciudad, que aquí está mi compañero muerto.

Vino gente, volcó el carro y en medio apareció el cadáver del asesinado.

Así, ¡oh, Dios bendito, justo y verdadero! Tú haces siempre patente el homicidio. A diario vemos cómo ello se manifiesta. Porque el asesinato es aborrecible al equitativo y sabio Dios, que no consiente que quede encubierto. Puede permitirlo un año, dos o tres, pero al cabo hace que se averigüe. Así lo entiendo yo.

Los jueces de la ciudad prendieron al carretero, pusiéronle a cuestión de tortura para interrogarle, hicieron lo mismo con el mesonero, y al fin los dos confesaron su crimen y fueron ahorcados.

Con esto vemos que los sueños son temibles. En el mismo libro que dije, léese, en el siguiente capítulo (y tenga yo felicidad y gloria como no miento), que dos hombres querían embarcar para gestionar un asunto en un país remoto. Mas los vientos eran contrarios y les hicieron pasar tiempo en una ciudad placenteramente levantada a la vera de una ensenada. Un atardecer el viento cambió, soplando del lado que les era menester. Se acostaron muy alborozados, pensando hacerse a la vela temprano de mañana, y he aquí que uno de los dos hombres tuvo un maravilloso sueño hacia la amanecida.

Parecióle ver una figura junto a su lecho. Aquella figura le exhortaba a que esperase y no embarcara, con estas palabras:

—Sólo he de decirte que, si partes mañana, te ahogarás.

El que había tenido el sueño rogó a su compañero, al despertar, que retrasaran su travesía, por un día a lo menos. Pero el otro, que se encontraba al lado del primero, rió e hizo mucha chanza de su crédulo amigo.

—Ningún sueño —declaró— amedrentará mi ánimo al punto de impedir mis negocios. No se me da un ardite de tus sueños, porque los sueños son meras ilusiones y fantasías. Unas veces se sueña con búhos, otras con monos, otras con cosas muy peregrinas, y siempre con asuntos que no han sucedido ni deben suceder. En fin, ya veo que quieres quedarte y perder tu tiempo en la ociosidad, y lo lamento. Dios te acompañe.

Y, tras aquella despedida, se puso en camino. No había navegado la mitad de la distancia cuando, por no sé qué ocurrencia, la quilla de su bajel se quebró y hundióse la nave y quienes iban en ella perecieron entre las olas, en presencia de otras embarcaciones que cerca navegaban.

Ya ves, mi amada y bella *Pertelote,* cómo esos antiguos ejemplos señalan que no se deben considerar con incuria de los sueños, porque muchos de ellos preñados están de consecuencias graves. Si no, examina la vida de San Kenelmo, hijo de Kenulfo, noble rey de Mercia, y verás que dicho Kenelmo tuvo un sueño donde se vio muerto, poco tiempo, en efecto, antes de ser asesinado. Explicóle la visión su nodriza, y le aconsejó que se precaviera contra traiciones, pero él, que no tenía más que siete años y muy santo el corazón, hizo poca estima del sueño. En verdad que me agradaría que hubieses leído esa leyenda, como yo.

Y sabe, además, señora *Pertelote,* que Macrobio, que escribió de la visión que el célebre Escipión tuvo en África, confirma que los sueños son avisos de cosas que más tarde han de acontecer.

Mira también el antiguo Testamento y verás si Daniel juzgaba los sueños mera ilusión. En la historia de José, si la lees, hallarás que los sueños, a veces (pues no digo que lo sean todos), significan aviso de hechos que luego vendrán. ¿Acaso Faraón, rey de Egipto, y su panadero y copero, no experimentaron el efecto de los sueños?

Todo el que examine los anales de los diferentes reinos encontrará pasmosas noticias a propósito de los sueños. Creso, rey de Lidia, soñó que estaba en un árbol, lo que era señal de que moriría ahorcado. La noche que precedió al día en que había de morir Héctor, su esposa Andrómaca soñó que su marido perecería si entraba en batalla, y así se lo advirtió, mas él no quiso atenderla y salió al combate, siendo muerto por Aquiles. Empero esta historia es prolija y ya está viniendo el día, por lo que no quiero dilatarme. Sabe, en resolución, que este sueño me predice alguna vicisitud ingrata. Y por lo que a los purgantes toca, ningún valor les doy, pues sé que son ponzoñosos, y por eso no confío en ellos ni los aprecio en un jeme.

Ahora, dejando estas cosas y hablando de otras más regocijantes, dígote, señora *Pertelote,* que así tenga yo la gloria como Dios en un extremo me ha concedido pródigamente su gracia. Sí, que al mirar la belleza de tu semblante sobreviene un tan vivo carmín alrededor de tus ojos, que en el acto se disipan todas mis aprensiones, porque tan cierto como el *In principio* es que *Mulier est hominis confusio.* Este dicho latino, señora, quiere significar que la mujer es la alegría y felicidad del hombre. Cuando por las noches me roza tu suave costado, aun cuando la angostura de nuestra percha me impida montar sobre ti, no obstante, me embarga un consuelo y placer inmenso, que me hace desdeñar sueños y visiones.

Y con esto, viendo que ya era de día, descendió hasta el suelo y las gallinas le imitaron. Halló un grano en el corral e hizo gran cacareo llamándolas. Ya no se mostraba medroso, sino soberano. Veinte veces voló sobre *Pertelote* y otras tantas la cubrió antes de la hora de prima. Gallardo cual fiero león andaba *Cantaclaro* por el corral, apoyándose sobre las uñas, sin dignarse plantar los pies en el suelo. Si algún grano topaba, rompía a clamores, y todas sus esposas corrían hacia él. Así hallo a *Cantaclaro,* picoteando y contoneándose con la pompa de un príncipe en su palacio, antes de que le ocurriese la aventura que voy a relatar.

Había concluido marzo, mes en que principió el mundo y creó Dios al primer hombre, y habían pasado treinta y dos días desde el primero de dicho mes. *Cantaclaro,* mientras en el apogeo de su soberbia paseaba acompañado de sus siete esposas, levantó los ojos hacia el resplandeciente sol (que había recorrido en el signo de Tauro poco más de veintiún grados) y conoció, por instinto, y no por aprendizaje alguno, que era la hora de prima. En consecuencia, cantó con voz jovial:

—El sol ha remontado en el cielo más de veintiún grados.

Oye, señora *Pertelote,* ventura de mi existencia, cómo gorjean los alegres pajarillos, y mira cómo brotan las lozanas flores. Siento el corazón henchido de contento y alborozo.

Y entonces, como el fin de toda alegría es dolor, vino a sucederle un lance lastimoso. Bien sabe Dios cuán presto pasa la dicha de este mundo, cosa que un retórico podría escribir en una crónica como materia soberanamente notable. Ahora, atiéndame todo el que sea discreto, porque mi historia es tan cierta como el libro de Lanzarote del Lago, que las mujeres tienen en tanta reverencia. Vayamos, pues, a lo importante.

Un astuto y maligno zorro moteado, que vivía en el bosque desde tres años atrás, se había lanzado aquella noche, tras madura deliberación, a través de todas las defensas del corral donde el galano *Cantaclaro* solía solazarse con sus esposas, y, ocultándose entre hierbas, esperó que llegase la mañana y con ella ocasión de apresar al gallo, como hacen los homicidas que se emboscan para matar hombres.

¡Oh, pérfido asesino, escondido en tu lugar de acecho! ¡Oh, nuevo Iscariote, segundo Ganelón! ¡Oh, engañoso e hipócrita Sinón griego, que a Troya llevaste ruina completa! ¡Oh, *Cantaclaro!* ¡Malhaya la mañana en que abandonaste tu pértiga para bajar al corral, ya que los sueños te habían presagiado que aquel día no sería bueno para ti!

Aunque también es cierto, según ciertos sabios, que lo dispuesto por Dios debe necesariamente suceder. Y el Señor es testigo de cuantos grandes altercados y porfías ha habido en las escuelas sobre esta tesis. Mas yo no sé discernir, como lo saben el santo doctor Agustín, o Boecio, o el obispo Bradwardino, si la previsión de Dios obliga a hacer una cosa necesariamente o si otorga libre albedrío de hacerla o no. Esa cuestión no me atañe tampoco aquí, pues ya veis que mi historia se ciñe a un gallo que cometió la desgracia de aconsejarse con su mujer respecto a pasear por el corral la mañana en que había tenido el sueño que os relaté.

Ha de saberse que los consejos de las mujeres son a menudo fatales, porque su consejo fue el que nos trajo el mal en el comienzo, haciendo salir a Adán del Paraíso, donde moraba con mucha felicidad y sosiego. Empero, no sé si lo que digo puede incomodar a alguien, y así pasemos por alto mis palabras y ténganse como chanza mía. Leed a los autores que dilucidan estos temas y veréis lo que opinan sobre las mujeres. Suponed que mis palabras fueron del gallo; que yo nunca sospecho en mujer alguna ningún mal.

La bella *Pertelote* descansaba en tierra, y, en compañía con todas sus hermanas, alzaba contentamente la cara hacia el sol. *Cantaclaro* cacareaba con más dulzura que las sirenas del mar, las cuales, según el Fisiólogo, cantan con perfección y alegría.

Y en esto, mirando por entre las hierbas a una mariposa, divisó al zorro, que estaba cautelosamente agazapado. Huyéronle a *Cantaclaro* las ganas de música, y lanzó un «¡ Ca-ca-ra-cá !» con el tono de quien siente el corazón en angustia. Pues cuando un animal atisba a un enemigo, siente el impulso de huir de él, aunque nunca lo haya visto antes. Por eso *Cantaclaro* ansiaba huir. Pero el zorro le dijo:

—¿Adónde quieres ir, gentil señor mío? ¿Me temes? ¿No sabes que soy tu amigo? Malo como el diablo sería yo, si te desease algún daño o villanía. No he venido por investigar tus secretos, sino sólo para oír tu canto. En verdad, tu voz es melodiosa como la de los ángeles celestes y me parece que tienes para la música tan buen gusto como tuvo Boecio o pueda tener cualquier otro que sepa cantar. En tiempos, tu padre (que fue mi señor y cuya alma bendiga Dios), así como tu madre, me hicieron la cortesía de visitar mi casa con mucho júbilo mío; y yo recibiría gran placer en poder servirte y agradarte.

Y, pues de cantar hablamos, te debo decir que, no siendo a ti, a nadie he oído nunca cantar tan bien como tu padre lo hacía temprano de mañana. En verdad que ponía en su canto todo su corazón. A fin de reforzar el tono de su voz, cerraba los ojos, sosteníase sobre las puntas de las uñas y distendía su largo y delgado cuello. Nadie le superaba en el canto, ni tampoco en el entendimiento y maña. En los versos de don Brunelo el Jumento he leído yo que cierto gallo se vengó de un cura cuyo hijo, siendo joven y atolondrado, le dio un golpe en una pata, y la venganza fue hacer perder al mosén un beneficio. Pero no hay comparación posible entre la destreza de ese gallo y la prudencia y ciencia de tu padre. Así, señor, canta, por la santa caridad, y prueba que eres capaz de emular a tu progenitor.

Muy pagado de tales adulaciones, *Cantaclaro*, sin poder imaginar traición, empezó a batir las alas. ¡Ah, señores que tenéis en vuestros palacios gentes lisonjeras y aduladoras, a quienes miráis mejor que a los que os dicen la verdad! Leed, señores, lo que sobre la lisonja dice el Eclesiastés y precaveros contra los hechizos de los que adulan.

Cantaclaro, pues, se empinó sobre las uñas, alargó el cuello y cerró los ojos y principió a cantar con clara voz. Entonces el zorro don Russel saltó sobre él, asióle por el pescuezo y corrió hacia el bosque.

¡Oh, inevitable destino! ¿Por qué bajaría el gallo de la pértiga? ¿Por qué su mujer desdeñaría los sueños? Y, pues, esta desventura acaeció en viernes, ¿cómo tú, Venus, diosa del deleite, consentiste que *Cantaclaro,* tu servidor, que a tu honra consagraba todas sus fuerzas, y más por su contento que por multiplicar la raza, viniese a perecer precisamente en tu día? ¡Ah, soberano maestro Godofredo, que tan amargamente cantaste la muerte de tu rey Ricardo cuando un dardo le mató! ¿Por qué no tendré yo tu léxico y ciencia para maldecir el viernes como tú, pues, que precisamente en viernes murió tu rey? Entonces se vería cómo yo deploraba las congojas y miedo de mi *Cantaclaro.*

Tantos clamores levantaron las gallinas en el corral, viendo la peripecia de *Cantaclaro,* que sin duda no gritaron y lloraron tanto las mujeres cuando fue ganada Ilión, y Pirro, asiendo las barbas del rey Príamo, le mató con su espada, según relata la *Eneida.* La señora *Pertelote,* vociferaba como ninguna, sin duda superando a la mujer de Asdrúbal, el día que éste perdió la vida y los romanos pusieron fuego a Cartago. Empero, tal desesperación y angustia sentía la esposa de Asdrúbal, que se arrojó con intrépido corazón a las llamas y pereció entre ellas.

¡Ah, atribuladas gallinas! Gritasteis como gritaron, cuando Nerón incendió la ciudad de Roma, las esposas de los senadores, viendo morir a éstos siendo inocentes. En fin, tornemos a nuestro relato.

La viuda y sus dos hijas escucharon el clamoreo de las gallinas y, saliendo, vieron que el zorro huía hacia el bosque llevando al gallo a cuestas. Y las mujeres gritaron:

—¡Favor, socorro! ¡Ay, ay! ¡Al zorro, al zorro!

Y le persiguieron, mientras hacían lo mismo muchos hombres con palos. Y corrió *Colle,* el perrillo, y Talbot, y Gerland, y Marquilla, con la rueca en la mano, y la vaca, y el ternero y hasta las puercas, porque todos se espantaron con los ladridos y la gritería de hombres y mujeres, que corrían hasta perder el aliento. Había allí más vocerío que el de diablos en el infierno. Graznaban los patos como si los matasen, los amedrentados gansos volaban a los árboles, y hasta en el indescriptible alboroto, salieron las abejas de su colmena. ¡Ah, *benedicite*! De fijo Juan Straw y los suyos no dieron, cuando querían matar a algún flamenco, tan agudas voces como las que se profirieron aquel día en persecución del zorro. Los perseguidores usaban cuernos de bronce, boj y hueso, y en ellos soplaban y rugían y hacían estruendo tal como si el firmamento se desplomase.

Ahora, buenas gentes, atended y advertid cómo la fortuna muda de repente las esperanzas y soberbia de aquel con quien se enemista. El gallo, que iba entre las mandíbulas de su apresador, acertó, en medio de su miedo, a hablar al zorro, y le dirigió este discurso:

—Así me ayude Dios, señor, si yo, en tu lugar, no avisaría a esa gente diciéndoles: «Teneos ahí, orgullosos rústicos! ¡Así caiga una pesada maldición sobre vosotros! Porque he llegado a la linde del bosque y, hagáis lo que hagáis, el gallo se quedará aquí, pues a fe que voy a devorarlo sin demora».

El zorro repuso:

—En verdad que voy a decírselo.

Y, mientras pronunciaba esta frase, el gallo voló fuera de su boca y se encaramó en lo alto de un árbol.

Viendo el zorro que su presa se le escapaba, llamóle así:

—¡Ah, *Cantaclaro*! Te he ofendido, pues que te asusté al apresarte y sacarte del corral, mas no lo hice, señor, con mala intención. Baja, pues, y te participaré mis designios. Ayúdeme Dios como quiero decirte la verdad.

—No —contestó el gallo—. Malhaya los dos, y malhaya yo primero en toda mi persona, si vuelves a engañarme más veces que ésta. Nunca tus lisonjas me harán cantar y entornar los ojos, porque al que voluntariamente los cierra cuando debe ver, no le consiente Dios medrar nunca.

—Sí —concordó el zorro—; y, además, Dios da que sentir al imprudente que habla cuando debiera callar.

Ya veis lo que acontece por ser incuriosos y negligentes y gustar de las adulaciones. Y los que tengáis este cuento por sandio, notando que habla de un zorro, un gallo y una gallina, recoged empero la moraleja, buenas gentes. Porque dice San Pablo que cuanto está escrito es para nuestra instrución. Tómese, pues, el fruto y déjese el pellejo.

Y ahora, buen Dios, si tal es tu voluntad, como dice monseñor, haznos buenos a todos y llévanos a tu alta bienaventuranza. Amén.

EPÍLOGO DEL CUENTO DEL CAPELLÁN DE MONJAS

SEÑOR capellán de monjas —dijo el hostelero—, benditos sean tus calzones y todas tus partes. Muy divertido es tu cuento de *Cantaclaro*. A fe que si tú fueses seglar, buen gallo serías. Porque si tanto arrojo tuvieras como fuerza tienes, seríante menester siete veces diecisiete gallinas. ¡Ved qué miembros posee este gentil mosén, y qué cuello tan recio, y qué pecho tan ancho! En verdad que sus ojos semejan los de un halcón. Y no necesita tintarse con palo Brasil ni grano de Portugal. Enhorabuena por vuestro cuento, señor.

Y con alegre continente, habló a otro.

PRÓLOGO DEL CUENTO DEL MÉDICO

SEÑOR doctor en Física —dijo nuestro huésped—, dejemos lo demás, que quiero rogaros que nos narréis algún cuento de tema honrado.

—Así lo haré, si se quiere —repuso el doctor—. Ea, buena gente, escuchadme.

Y comenzó su cuento.

CUENTO DEL MÉDICO

RELATA Tito Livio que hubo antaño un caballero llamado Virginio, hombre muy digno y honrado, rico en bienes y en amigos.

No tuvo con su esposa otra progenie que una hija, joven de soberana belleza, porque la naturaleza creóla con tantas excelencias y tan meticuloso primor que parecía querer proclamar con ella:

—Ved cómo sé modelar una criatura, cuando se me antoja.

¿Hay quien me imite? No ciertamente Pigmalión, por mucho que sin cesar forje, grabe o pinte; ni tampoco Apeles o Zeuxis, así se esfuercen en grabar, cincelar o trazar. No, no me emularían, que por algo el Creador me hizo su vicario general en materia de formar las criaturas terrestres según mi gusto. Sí, que todas estas cosas están a mi cuidado so la capa de la creciente y menguante luna. Y nada por mi trabajo pido, porque mi Señor y yo estamos en total armonía, y yo he modelado esa doncella para honrar a mi Señor. Asimismo hago con los demás seres, cualesquiera que sean sus formas y colores.

Catorce años contaba aquella mocita en que tanto se holgaba la naturaleza. Porque ésta, así como sabe pintar de blanco el lirio y de carmín la rosa, supo con iguales colores pintar los lindos miembros de aquella noble criatura antes de nacer, y Febo tiñó los bucles de la niña con los rayos esplendentes de su luz.

Si la doncella era excelsa por su hermosura, mil veces más lo era por sus virtudes. Ninguna buena cualidad le faltaba. Era casta de alma y de cuerpo, humilde y sobria, paciente y abstinente, y modesta en su porte y compostura. Razonaba con discreción y, aunque hubiese sido tan sabia como Palas, se habría expresado con femenil sencillez, huyendo de expresiones rebuscadas, que pudieran oler a doctas, usando términos adecuados a su condición y procurando que todos se ajustasen a la virtud y la cortesía.

Mostraba siempre el recato propio de una doncella, era de corazón constante y siempre procuraba ocuparse en algo, para ahuyentar la vana ociosidad. Baco no prevalecía sobre su boca, porque el vino y la juventud acrecen los placeres de Venus como se acrece el fuego con aceite o grasa. A causa de su espontánea virtud, muchas veces la joven fingíase enferma para rehuir las reuniones donde sólo locuras se hablan, como son los festines, danzas y orgías, que dan ocasiones de retozo. En esos sitios se hacen tales cosas que maduran harto pronto a los niños, infundiéndoles insolencia y atrevimiento, y esto es peligroso. Que demasiado presto aprenden las mocitas el descaro al hacerse mujeres.

Respecto a esto, vosotras, dueñas, a quienes los señores encomiendan el cuidado de sus hijas, pídoos que no os incomodéis de mis palabras. Pensad que sólo por dos cosas dirigís a las hijas de los señores: ora porque conservasteis vuestra honestidad, o porque, habiendo sido livianas y conociendo asaz bien ese arte, habéis abandonado para siempre tan malhadada práctica. Así, en consideración a Cristo, no desmayéis en instruir a las damiselas en la virtud. Porque el cazador furtivo, cuando deja sus aficiones y mañas, puede ser mejor guardabosque que cualquier otro hombre. En consecuencia, guardad bien a las doncellas, que, si queréis, en vuestra mano está el hacerlo. No le consintáis vicio alguno, y así no se vituperará vuestra mala intención, que si la tuviereis, sería traidora. Y entended que no hay traición más vil que la del que seduce al inocente.

En cuanto a vosotros, padres y madres, si tenéis algún hijo, sabed que os está confiada su custodia mientras se halle bajo vuestra potestad. Cuidad que no se pierda con el ejemplo de vuestra vida, ni tampoco por vuestra negligencia en el castigo, porque si tal aviene, vosotros lo pagaréis caro. Al pastor incurioso e indolente, el lobo le arrebata muchas reses.

Pero quédese esto aquí y volvamos a nuestro tema. La doncella de mi cuento se guardaba sola de tal modo que no necesitaba dueña. En su vida podrían las demás jóvenes haber leído, como en un libro, las buenas palabras y obras que a una mocita virtuosa corresponden, pues era muy discreta y caritativa.

Por ello se propagó la fama de su belleza y muchas bondades, y todos los amantes de la virtud loaban a la hija de Virginio. Sólo la miraba mal la envidia, que se duele de la dicha de los demás y se satisface de su dolor e infortunio, como dice el Doctor.

Un día, aquella joven, según suelen las de su edad, fue a misa con su madre. Había en la ciudad un magistrado que gobernaba la región. Y este juez, al pasar junto a él la damisela, puso sus ojos en ella y la miró buen rato. Y en seguida se alteraron su corazón y pensamiento por lo enamorado que quedó de la belleza de la muchacha. Así, se dijo en secreto: «Mía será esta moza, aunque pese a todos».

Y entonces el diablo se adentró en su corazón e insinuóle que él, con destreza, podía conseguir a la jovencita. No le parecía posible obtenerlo con violencia o con dádivas; lo primero por tener ella muchos amigos, y lo segundo por gozar fama de tan elevada virtud, que era obvio que el magistrado no podría persuadirla de que pecase.

Así, habiendo deliberado mucho consigo mismo, hizo llamar a un malvado que en la ciudad había y que gozaba fama de artero y resuelto. El gobernador, secretamente, explicó a aquel malandrín sus designios, mandándole prometer que no los contaría a nadie, so pena de la cabeza. Y habiendo concertado los dos un infame proyecto, el magistrado, muy jubiloso, miró con buen semblante al rufián y le hizo valiosos presentes.

Ya convenida toda la maquinación que debía satisfacer la lascivia del gobernador, el villano, que se llamaba Claudio, retornó a su morada. Y el juez, cuyo nombre era Apio (pues esto no es invención, sino auténtica y palmaria historia, tan cierta como indudable), realizó cuanto le parecía adecuado al fin de lograr su placer.

Así, según cuenta la historia, pocos días después el perverso magistrado acudió a su tribunal, como solía, para sentenciar las causas que le presentaban. Y el traidor villano entró allí diciendo:

—Señor, si tal es tu voluntad, hazme justicia en una lastimosa demanda que debo presentar contra Virginio. Si él rechazase mi imputación, yo acreditaré con buenos testigos que es cierto lo que declaro.

Contestóle el juez:

—No puedo, en ausencia del acusado, sentenciar en firme. Hágasele llamar y tú habla, que yo te atenderé de buen grado y haré justicia y no iniquidad.

Vino Virginio para saber qué le quería el magistrado, y entonces se leyó la execrable denuncia, que era ésta:

«A vos, amado señor Apio, vuestro humilde servidor Claudio expone que un caballero llamado Virginio mantiene en su poder, contra mi expreso deseo, atropellando toda equidad y derecho, a una mi sirviente y esclava según la ley, la cual me fue robada de casa una noche, siendo muy niña. Y esto, señor, si os place, probarélo con testigos. No es la moza su hija, como el caballero dice, y, por tanto, señor y juez, suplícoos que me devolváis mi esclava, si así os dignáis hacerlo.»

Oyendo tal petición, Virginio miró con ira al malvado villano, pero muy luego, antes de que él expusiera su caso y demostrara como caballero, con testimonio de muchas personas, la falsedad que afirmaba su adversario, el maldito magistrado no quiso esperar ni oír una sola palabra de Virginio, sino que dispuso:

—Mi determinación es que este villano reciba al punto su sierva, la cual no retendrás tú más tiempo en tu casa. Vete, pues, a buscar a la joven y ponla bajo mi salvaguardia. El villano recibirá su esclava. Tal es mi sentencia.

El digno caballero Virginio, viendo que la sentencia del magistrado le obligaba a entregarle a la mocita para que Apio viviera lascivamente con ella, volvióse a su casa, entró en el salón e hizo llamar a su amada hija. Y luego, mirándola con el rostro descolorido como la ceniza, contempló el púdico semblante de la muchacha, sintiendo abrumado su corazón por la paternal piedad. Mas sus sentimientos no le apartaron de su propósito.

—Hija Virginia —dijo—, dos caminos se te ofrecen: la muerte o la deshonra. ¡Maldito el día en que nací! Nunca tú merecías morir a filo de espada. ¡Oh, querida hija, finalidad de mi vida, tú a quien en tanto regalo he criado y que nunca te apartas de mi pensamiento! ¡Oh, hija, mayor deleite y mayor dolor de mi vida! ¡Oh, perla de castidad! Acepta la muerte con resignación, porque mi voluntad es ésa. Es el amor y no el odio lo que te mata, y mi mano, por compasión, debe decapitarte. ¡Ay! ¿Por qué te vería Apio nunca? ¡Cuán falsamente, por haberte visto, ha juzgado hoy!

Y contó a la doncella todo el caso, según oísteis. Y ella exclamó:

—¡Misericordia, padre mío!

Y le echó los brazos al cuello, como acostumbraba. Manaron lágrimas de sus ojos y preguntó:

—¡Oh, mi buen padre! ¿Es menester que muera? ¿No existe otro remedio?

—No, en verdad, amada hija —contestó él.

—Pues entonces —dijo la doncella—, dame tiempo, padre, para llorar mi muerte, como Jefté otorgó a su hija la merced de lamentarse antes de que él la matara. Bien sabía Dios que ningún delito había ella cometido, salvo correr para ver llegar antes a su padre y acogerle con muchas demostraciones.

Y luego cayó en un desfallecimiento y en saliendo de él dijo a su progenitor:

—Bendito sea Dios, que me hace morir virgen. Dame la muerte para evitar la deshonra. Sí, en nombre de Dios, ejecuta tu voluntad con tu hija.

Y le rogó una vez y otra que la hiriera blandamente con la espada, tras lo cual se postró, desvanecida. Él, con triste voluntad y atribulado corazón, le cortó la cabeza y, empuñándola por los cabellos, fue a llevarla al magisrado, que aún estaba en el tribunal.

Dice la historia que, cuando el juez vio la cabeza, mandó que apresasen y ahorcaran sin dilación a Virginio. Pero la traidora iniquidad fue conocida, y un millar de hombres, impelidos por su compasión, acudiron a salvar al caballero. Ya la gente, oyendo la falsa demanda del villano, había entrado en sospechas de que aquélla era intriga convenida con Apio, cuya lascivia conocía bien.

Así cerraron contra él y le pusieron en prisión, donde él mismo se dio la muerte, mientras Claudio, el traidor empleado por Apio, era condenado a morir en la horca. Pero el clemente Virginio intervino por él, y consiguió que sólo le desterrasen, lo que le libró de una muerte segura. Los demás que habían consentido en tan odioso delito fueron colgados.

Ya veis cómo el crimen recibe su castigo. Precaveos, que nadie sabe a quién puede castigar Dios, ni de qué modo el gusano de la conciencia reprochará la mala vida, siquiera sea ésta tan encubierta que nadie la conozca más que el hombre y Dios. Ni al ignaro ni al instruido les consta cuándo deberán temer. Así, seguid mi consejo y abandonad el pecado antes que el pecado os abandone a vosotros.

PRÓLOGO DEL CUENTO DEL BULERO

El hostelero, jurando como un poseído, clamó:

—¡Ah de la gente! Por los clavos y la sangre de Cristo que ése fue un traidor villano y el otro un juez felón! ¡Caiga sobre tales jueces y sus abogados la más ignominiosa muerte que el ánimo pueda concebir! ¡Ah, inocente doncella, cómo fue muerta y qué cara pagó su hermosura! Por eso digo siempre yo que los dones naturales son causa de muerte para muchas criaturas. Sí, su belleza fue motivo de su muerte. ¡De qué triste manera la mataron! Repito que a menudo el hombre tiene más daño que provecho en los dones que declaré.

»De cierto, amado maestro, tu cuento es triste; empero no es malo. Ruego a Dios que guarde tu cuerpo gentil, con tus orinales y vacinillas, tus Hipócrates y tus Galenos y todas las repletas cajas de tus drogas. ¡Dios y Nuestra Señora Santa María te los bendigan! Por San Renán que eres hombre de pro, con toda la pinta de preclaro. ¡No medre yo si miento! ¿Qué, no me expreso bien? No sé hablar en términos lindos, pero sí sé que me has puesto el corazón de tal modo que temo que me dé un ataque cardíaco. *Corpus Domini!* Si no se me adoba pronto algún remedio, o un trago de buena cerveza, o al menos un cuento jocoso, veo que mi corazón va a reventar de pena acordándose de esa muchacha. Ven aquí, bulero, y nárranos al punto alguna cosa donosa o divertida.

—Sí que lo haré —contestó el vendedor de bulas—, pero por San Renán que antes he de beber y morder una hogaza en esta taberna que aquí hay.

Mas la gente principal comenzó a protestar:

—¡No queremos que nos contéis bellaquerías! Decid alguna historia moral, que pueda darnos alguna enseñanza.

—Conforme estoy —repuso él—, y mientras bebo pensaré alguna cosa honesta.

CUENTO DEL BULERO

Señores —comenzó el bulero (1)—, siempre que predico en las iglesias, trato de hablar en voz recia y armoniosa como una campana, pues me sé de memoria cuanto digo. Mi texto ha sido y siempre es uno sólo: *Radix malorum est Cupiditas.*

Principio por manifestar de dónde vengo y luego exhibo todas mis bulas. Pero antes muestro mis licencias, con el sello de nuestro soberano señor, para garantizar mi persona y evitar que sacerdote o clérigo alguno ose estorbar en mi santo ministerio

Después relato historias y extraigo bulas de papas, de cardenales, de patriarcas y de obispos, y pronuncio algunas palabras en latín para sazonar mi sermón y estimular la devoción de las gentes. Y sin más saco mis urnas de cristal, llenas de trapos y huesos, que los demás imaginan ser reliquias. Y tengo, engastado en latón, el brazuelo de una sacra oveja judía. He aquí cómo digo:

—Atended mis palabras, buena gente. Si alguna de vuestras vacas, carneros, terneros o bueyes se hincha por haber comido un gusano o por picadura de insecto, hundid este hueso en un pozo, lavad con agua del pozo la lengua de la res y al instante veréis que vuelve la salud. Y cualquier oveja que beba de ese pozo se curará de sarna, úlceras o cualquier enfermedad. Y si el dueño de las bestias bebe todas las semanas un trago de esa agua en ayunas, antes que cante el gallo, sus vituallas y ganado se multiplicarán. También esa agua cura los celos. Así, cuando un hombre sospeche de su mujer, bástale hacer su potaje con esa agua y nunca más desconfiará de su esposa, aun si supiera la verdad de su pecado y le constare que ha tenido trato con dos o tres hombres.

(1) Bulero, persona seglar que vendía las bulas de la Santa Cruzada. *(N. del T.)*

Ved este mitón. Quien meta la mano en él verá multiplicarse sus cereales, ya sean avena o trigo, siempre que dé peniques o dineros.

Adviértoos, buenos hombres y mujeres, que si en este templo está alguna persona que hubiere cometido un pecado nefando y por bochornoso no ose confesarlo (como también si hay alguna mujer, joven o vieja, que hubiese hecho cornudo a su marido), personas tales no tendrán facultad ni merced de subir a hacer ofrenda a mis reliquias en este lugar. Empero, el que se halle libre de semejantes culpas, puede subir y ofrendar en nombre de Dios, y yo le absolveré con la autoridad que por bula me ha sido conferida.

Con estos manejos he ganado, un año tras otro, hasta cien marcos desde que soy bulero. Instálome en un púlpito, como un sacerdote, y ante la plebe ignara que abajo se hacina, predico como os dije y añado cien mentirosas cosas más. Alargo el cuello y me balanceo hacia oriente y hacia occidente, como palomo acomodándose sobre un tejado. Muevo manos y lengua con tal soltura que es cosa de ver mi diligencia. Dirijo todo mi sermón sobre el ominoso pecado de la avaricia, porque tiendo a tornar a las gentes generosas y hacerles desembolsar sus peniques en mi beneficio. Pues habéis de saber que mi propósito es ganar dinero y no enmender pecados. ¡Poco se me da que las almas del prójimo anden errantes luego de sepultados sus cuerpos! Y por eso muchos de mis sermones tienen a menudo mala intención, porque unos buscan lisonjear a la gente, beneficiándome yo con mi hipocresía, y otros tienden a la vanagloria y otros a satisfacer mis inquinas. Sí, que cuando no oso combatir a alguien por otros medios, atácole con punzadora lengua en mis prédicas, y así le calumnio si ha ofendido a mis hermanos o a mí. Verdad es que no le menciono por su nombre, pero bien le conocen los demás por sus circunstancias y signos. De esta suerte sirvo a los que me enojan, y así, so capa santa y justa, lanzo mi ponzoña.

Pero, por declarar concisamente mi propósito, os diré que no predico sino por codicia, y de aquí que mi texto haya sido y continúe siendo: *Radix malorum est Cupiditas.* Sermoneo, pues, contra el mismo vicio que ejerzo. Aunque yo incurra en ese pecado, hago que otros se separen y arrepientan hondamente de él, pero mi finalidad esencial no es ésa, sino satisfacer mi codicia. Y ahora, con esto basta sobre el asunto.

Luego de cuanto dije, suelo relatar ejemplos de añejas historias, porque al vulgo ignorante le complacen los cuentos viejos, que les es fácil recordar y repetir sin trabajo. Por tanto, decidme: ¿debo yo, mientras pueda hablar y ganar oro y plata con lo que muestro, subsistir de buen grado en la miseria? No, ni nunca en verdad se me ocurió así. Gústame discursear y pedir en tierras diversas, porque no quiero trabajar con las manos, ni tejer cestos, ni vivir de vanas limosnas. Tampoco imitaré a los apóstoles, pues deseo dinero, lana, queso y trigo, así sea ello a expensas del más pobre paje o de la viuda más menesterosa de la aldea, no parándome a reparar si los hijos de la mujer podrán por ello perecer de hambre. Porque quiero gustar el licor de la vida y tener en todas las ciudades mozas alegres.

Ya acabo de esto, señores, y pues os proponéis que os relate un cuento, voy, por Dios (ahora que he bebido buena cerveza fuerte), a deciros cosas que espero sean de vuestro agrado. Porque, aunque vicioso, cábeme referiros una historia muy moral, que suelo unir a mis prédicas para sacar provecho. Callad pues, que empiezo.

Había antaño en Flandes una compañía de jóvenes que se entregaban a disoluciones tales como orgías, juego, lupanares y tabernas, en cuyos lugares danzaban al son de laúdes, arpas y guitarras, además de lo cual jugaban a los dados noche y día. Y para colmo comían y bebían más allá del límite de sus fuerzas, haciendo así sacrificio al diablo dentro de su propio diabólico templo, de manera nefanda y con excesos ominosos. Prorrumpían también en tremendos y hórridos juramentos, tales que daba pavor oírles, porque desgarraban el cuerpo de nuestro bendito Señor, sin duda pareciéndoles que los judíos no le habían desgarrado bastante. Y cada uno de ellos alababa los pecados de los otros.

Tras esto llegaban danzarinas livianas y lindas, jóvenes vendedoras de frutas, cantoras con arpas, prostitutas, vendedoras de dulces y otras mujeres que son auténticas secretarias del diablo en materia de estimular y encender el fuego de la lascivia, que va unida siempre a la gula. Y pongo por testimonio las Santas Escrituras cuando digo que la lujuria se funda en el vino y la embriaguez. Notad, si no, cómo Lot, estando beodo, cometió pecado contra natura, si bien involuntariamente, cohabitando con sus dos hijas. Tan embriagado estaba que no se percataba de lo que hacía. Y también, repasando la Historia, hallaremos que Herodes dio la orden de matar al inocente Juan Bautista en ocasión de que el primero estaba en un festín y ahito de vino.

A propósito de esto aduce Séneca una prudente sentencia,

diciendo que no ve diferencia entre el hombre que ha perdido la razón y el beodo, salvo que la locura dura más que la embriaguez. ¡Oh, maligna gula, causa primordial de nuestra ruina, origen de la condenación de que nos redimió la sangre de Cristo! ¡Qué cara pagamos aquella maldita villanía, pues que el mundo fue corrompido por la gula!

Ese vicio motivó que nuestro padre Adán y su mujer fuesen expulsados del Paraíso y sentenciados a trabajos y dolores. Porque, como leemos, mientras Adán se abstuvo, moró en el Paraíso, y en probando el fruto del árbol prohibido, fue precipitado a las desventuras y las penas. ¡Cuánto, gula, podemos quejarnos de ti!

Si el hombre conociese las muchas enfermedades que producen la glotonería y los excesos, sería más moderado en sus yantares. La corta garganta y la blanda boca motivan que los hombres se afanen, del septentrión al mediodía y de levante a poniente, para buscar, en tierra, mar y aire, manjares delicados y bebidas que ofrecer al glotón. Bien entendió esto Pablo cuando dijo que las viandas eran para el vientre y el vientre para las viandas, y que Dios destruiría entrambas cosas. Vergonzoso es, a fe, haber de decir tales sentencias, pero más vergonzoso es ver beber al hombre vino tinto y blanco con tal exceso que convierte su garganta en letrina por razón de esa maldita superfluidad.

Así se queja el apóstol a este respecto: «Con lágrimas y lastimera voz digo que muchos hay, de los que os he hablado, que son enemigos de la cruz de Cristo, porque tienen por su dios a su vientre y por fin la muerte».

¡Oh vientre, oh barriga, oh hediondo saco, lleno de corrupción y excrementos! Por cualquiera de tus partes sólo hay ruidos impuros. Muchos trabajos y gastos se necesitan para atenderte. ¡Cómo han de majar, cocer y moler los cocineros a fin de satisfacer tus voraces apetitos! Han de extraer a golpes el tuétano de los duros huesos, por no desperdiciar lo que es grato al gaznate; y han de sazonar las salsas con especias, hojas, cortezas y raíces para proporcionar al paladar nuevos placeres. Empero, quien de esos deleites gusta, muerto está mientras persevera en tales vicios.

Lasciva cosa es el vino y abundosa es la embriaguez en pendencias y miserias. ¡Cuán demudado tienes el rostro, beodo! Fétido es tu aliento, repugnante tu contacto, y de tu nariz ebria emana un sonido que parece tal como sin cesar dijeras: «Sansón, Sansón». Empero, sabido es que Salomón no bebió vino nunca. Caes cual puerco trabado, tartamudea tu lengua y vacila tu atención respecto a las cosas dignas. Porque la embriaguez es auténtica tumba de la razón y discreción del hombre. Quien está señoreado por la bebida no puede guardar oculto ningún secreto. Así, guardaos del vino blanco y del tinto, y en particular del blanco de Lepe, que venden en Chepe y en Fish-Street. Porque este vino de España deslízanlo sutilmente en otros vinos que crecen aquí cerca, y de ellos emana tal aroma que basta que un hombre beba tres tragos para que, cuando piensa estar en su casa de Chepe, se halle en España y en el mismo Lepe, que no en La Rochela o en Burdeos. Y entonces es cuando su nariz runrunea: «Sansón, Sansón».

Oíd estas palabras, señores: os digo que en cuantas grandes victorias del Antiguo Testamento medió el Dios verdadero y todopoderoso, ganáronse con abstinencia y oración. Ved la Biblia y os informaréis de ello.

Observad a Atila, el gran conquistador, muerto mientras dormía, con afrenta y deshonra, sangrando de continuo por la nariz en su gran embriaguez. Un caudillo debe vivir con sobriedad. Advertid lo que le fue mandado a Lamuel (Lamuel, digo, y no Samuel). Y en la Biblia veréis lo que habla respecto al vino que se debe dar a los que administran la justicia.

Pero dejemos esto, que ya dije bastante, y luego de tratar de la gula pasaré a exhortaros acerca de los juegos de azar. Los dados son verdadera madre de mentiras y embustes, y asimismo de malditos perjurios, blasfemias contra Cristo, homicidios y pérdida de tiempo y bienes. Además, es afrentoso y deshonroso ser tenido por jugador vulgar; y cuanto más alta condición tiene el que juega, su ignominia es más grande. El príncipe que se entrega a juegos de azar es juzgado como de pésima reputación por el gobierno y la cosa pública.

Stilbon, sabio embajador, fue expedido desde Lacedemonia a Corinto para hacer alianza. Llegó con gran pompa, mas acaeció que vino a encontrar casualmente a los hombres principales de aquel territorio jugando a los dados, y entonces retornó a su país premiosamente y con sigilo, y declaró: «No quiero perder mi fama ni deshonrarme haciendo alianzas con jugadores. Enviad a otros embajadores prudentes, pues yo prefiero morir a aliarme con jugadores de azar. Vosotros, que tan dignos sois, no debéis pactar con esos jugadores, o a lo menos, no por mi mediación». De tal modo habló aquel sabio filósofo.

Dice el Libro que el rey de los partos envió al rey Demetrio dos dados de oro por vía de menosprecio, porque Demetrio se había entregado a los dados y ya no daba valor a su fama y gloria. Bien pueden los señores principales entretener su tiempo con juegos más honrados.

Y ahora diré unas palabras en torno a los juramentos, grandes y falsos, y me atendré a los libros. Los juramentos gruesos son abominables, y los falsos más execrables todavía. El Altísimo prohíbe enteramente el juramento, como Mateo lo testimonia; pero quien más trata este tema es el santo Jeremías, aconsejando: «Di verdad en tus juramentos y no mentira, y jura con deliberación y justicia». Porque el juramento en vano es una maldición. Advertir que en la primera tabla de la ley de los respetables mandamientos del Señor, hay el segundo, que dice: «No jures mi nombre en vano o para mal».

Como veis, Dios vela los juramentos antes que el homicidio y otras cosas execrandas. Y yo declaro que quienes conocen los mandamientos saben que es el segundo precepto divino.

En verdad os digo también que nunca la venganza dejará la casa del que jura desmesuradamente. Ved: «¡Por el valioso corazón de Hailes, mi jugada es siete, y la tuya cinco y tres! ¡Por los brazos de Dios que, si haces trampa, te he de atravesar el corazón con mi puñal!»

Perjurio, falsedad, cólera, homicidio: esos son los frutos de los malditos dados. Así por el amor de Cristo, que murió por nosotros, excusad juramentos, tanto menudos como grandes. Y ahora prosigo mi cuento.

Los tres libertinos de que os hablé estaban una vez bebiendo en una taberna, mucho antes de la hora de prima, y mientras se hallaban sentados oyeron sonar una campanilla que precedía a un cuerpo muerto que llevaban a sepultar. Y uno de los disolutos llamó a su paje y le dijo:

—Vete y pregunta luego qué cadáver es ese que va por ahí; entérate bien de su nombre.

El muchacho contestó:

—No es menester preguntar, señor, porque me lo dijeron dos horas antes de que acudieseis aquí. ¡Pardiez que es un antiguo amigo vuestro! Murió esta noche de pronto, hallándose tendido en una banqueta, beodo perdido, porque vino cierto solapado malhechor al que llaman Muerte y que acaba con todas las gentes de este país, y con su lanza quebró en dos mitades el corazón de vuestro amigo, prosiguiendo su camino sin hablar palabra. Y la peste, ese mismo criminal, mató a mil personas. De manera, señor, que me parece provechoso que os prevengáis contra el enemigo, disponiéndoos a afrontarle antes de que os halléis en su presencia. Tal me ha enseñado mi madre y yo no tengo más que decir.

—¡Por Santa María —habló el tabernero— que este rapaz dice la verdad! Esa Muerte, en este año, ha matado en un gran lugar que hay a una milla de aquí a muchos hombres, mujeres, niños, labriegos y pajes. Allá debe vivir el desalmado. Bueno sería estar sobre aviso, no fuese a hacernos alguna mala jugada.

—¡Por los brazos de Dios —dijo el libertino—. ¿Tan peligroso es hallarse con él? Pues, por los benditos huesos de Dios, juro que he de buscar a ese tal por caminos y calles. Oíd, compañeros. Somos los tres como un solo hombre, démonos las manos, procedamos como hermanos y matemos al felón y pérfido Muerte. ¡Por la dignidad de Dios, que el que mató a tantos será muerto antes de esta noche!

Y los tres prometieron vivir y morir cada uno por los demás, cual si fuesen hermanos de nacimiento. Alzáronse, pues, airados y muy ebrios y tomaron el camino de la ciudad que el tabernero dijera.

Mientras andaban proferían muchos y tremendos juramentos, desgarrando así el bendito cuerpo de Cristo y afirmando que matarían a Muerte en cuanto le hallaran.

No habían caminado media milla cuando, al ir a franquear una saltadera, dieron con un pobre anciano, el cual les saludó muy humildemente, diciendo:

—Dios os guarde, señores.

El más soberbio de los disolutos, respondióle:

—¡Eh, rústico de mala traza! ¿Por qué vas tan arropado que lo ocultas todo menos el semblante? ¿Y cómo es que vives aún, siendo tan provecto?

Miróle el viejo de hito en hito y contestó:

—Porque, a pesar de haber ido hasta la India, no he hallado en ciudad ni aldea hombre que quisiera cambiar su juventud por mis años. Y así he de llevarlos con resignación tanto tiempo como a Dios le plazca. Ni aun la muerte quiere quitarme la vida y, por tanto, ando como inquieto vagabundo, y mañana y tarde llamo con mi báculo en la tierra, que es la puerta de mi madre, diciendo: «Déjame entrar ya querida madre. Ve cómo se consumen mi carne, sangre y piel. ¿Cuándo, mísero de mí, descansarán mi huesos? Bien quisiera, madre, cambiar contigo mi arca, que en mi aposento abandonada está hace mucho, por un tosco sayal en el que envolverme». Pero ella no ha resuelto otorgarme esa merced aún, y por esto me veis con rostro tan apagado y marchito. Y ahora sabed, señor, que no es cortesía el hablar con rudeza a quien no os injurió de palabra ni de obra. En la Santa Escritura podéis leer: «Poneos en pie ante el encanecido anciano». Así, os doy el consejo de no hacer mal al anciano si no queréis que a vosotros os lo hagan cuando ancianos seáis, si es que llegáis a serlo. Dios os acompañe doquiera que vayáis, que yo debo seguir adonde me encamino.

—¡Por Dios, viejo villano —dijo otro de los libertinos—, que no te marcharás todavía! ¡No, por San Juan! Ha poco hablaste de ese pérfido Muerte que ha matado en esta tierra a todos nuestros amigos. A fe que me pareces espía suyo. Ea, dinos dónde está o nos lo pagarás. ¡Por Dios y los Santos Sacramentos que sí! Porque tú, falso bandido, debes de estar acorde con él para matarnos a nosotros, los jóvenes.

—Si tanto anheláis hallar a Muerte, señores —respondió el hombre—, torced por ese camino sinuoso, porque en verdad que he dejado a Muerte hace poco al pie de un árbol, en una espesura donde de cierto permanecerá. Yo os prometo que no se esconderá ante vuestras jactancias. En aquel roble que veis allá le encontraréis. Y Dios, que rescató a la especie humana, os salve y enmiende.

Tal habló el anciano. Los libertinos corrieron hacia aquel árbol y vieron lo que les pareció muy cerca de ocho fanegas de buenos florines de oro recién acuñado. Tan brillantes y hermosos eran los florines, que ya los jóvenes no se acordaron de buscar a Muerte, sino que se holgaron mucho de tal encuentro y se sentaron junto al rico tesoro. Y el más malvado de todos dijo así:

—Atended, hermanos, lo que voy a expresar, porque, aunque me guste la burla y la broma, tengo bastante juicio. Este tesoro nos lo da la fortuna para que vivamos alegres y entretenidos, gastando esto tan fácilmente como lo hemos hallado. ¡Por la preciosa dignidad de Dios! ¿Quién nos diría que íbamos a conseguir tan notorio favor? Si de aquí pudiéramos llevar todo este oro a mi casa (o a las vuestras, puesto que a todos nos pertenece), podríamos vivir muy venturosos. De día, sin embargo, no es hacedero, porque nos tendrían por ladrones y nos mandarían ahorcar por razón de este nuestro tesoro. Así, debemos trasladarlo durante la noche, tan recatada y ocultamene como nos quepa. Echemos suertes y aquel a quien le corresponda irá a la ciudad con buen ánimo de prontitud y nos traerá a hurtadillas pan y vino mientras los otros dos custodian el tesoro.

Y, en llegando la noche, llevaremos las monedas al lugar que convengamos y nos parezca más oportuno.

Así, echaron suertes, en efecto, y la paja cayó en el más joven de todos, el cual se encaminó con mucha diligencia a la ciudad. Y luego que se fue, uno de los dos que quedaba habló al otro de esta manera:

—Jurado has ser mi hermano, y ahora voy a decirte una cosa que te aprovechará. Nuestro compañero ha partido y aquí tenemos, en muy grande abundancia, el oro que hemos de repartirnos entre los tres. Pero, si yo hiciese de modo que sólo nos lo repartiéramos los dos, ¿no te habría hecho un favor de amigo?

El otro adujo:

—No sé cómo puede ser. Nuestro compañero sabe que el oro ha quedado aquí y no veo qué podamos hacer ni qué le explicaríamos.

El primero de los malvados respondió:

—Si me guardas secreto, brevemente te diré lo que hemos de hacer para acabar con bien este negocio.

—A fe que no te traicionaré —respondió su camarada.

—Entonces —manifestó el primero— bien ves que somos dos y, por tanto, tenemos más fuerza que uno. Cuando nuestro compañero se siente, levántate tú como para retozar con él, y mientras forcejeáis como de mentirijillas, yo le atravesaré de parte a parte y tú procurarás hacer lo mismo con tu puñal. Y luego, amado amigo, nos distribuiremos tú y yo todo este oro, y podremos cumplir todos nuestros deseos y jugar a los dados a nuestro albedrío.

De tal suerte acordaron los dos rufianes matar a su amigo. Y el más joven, que era el que había ido a la ciudad, constantemente reflexionaba en su imaginación a propósito de los brillantes florines recién acuñados.

«¡Oh, Señor —se decía—, si fuera mío todo ese tesoro, no habría quien viviera en mayor contento que yo bajo el trono de Dios!»

Y el demonio, nuestro enemigo, púsole en las mientes la idea de comprar veneno y matar a sus dos compañeros. Pues en tal manera de vivir estaba este libertino, que el diablo obtuvo licencia para perderle y por ello le infundió el resuelto propósito de matar a sus camaradas sin un punto de arrepentimiento.

Y, no queriendo dilatar su propósito, el joven llegó a la ciudad y pidió a un boticario que le vendiese algún veneno con que exterminar a las ratas. Añadió también que había un gato montés que mataba los capones de su corral y que le sería agradable acabar con las alimañas que tanto estrago le causaban por las noches.

Contestóle el boticario:

—Así salve Dios mi alma si lo que voy a dar no es mixtura que, mezclada a comida o bebida, aunque sólo sea en dosis tamaña como un grano de trigo, no hace perder la vida al instante a cualquier criatura del mundo. Tan fuerte y violento es este veneno, que cualquier ser morirá con él en menos tiempo que necesitas tú para recorrer despacio una milla.

El maldito libertino tomó la caja de veneno y se apresuró hacia la calle cercana, donde pidió prestadas tres botellas grandes. Derramó en dos de ellas el veneno y guardóse la tercera para beber él, porque quería trabajar con diligencia toda la noche, a fin de transportar el oro. Y, tras llenar de vino sus tres botellas, el malvado, albergando siniestras intenciones, retornó adonde estaban sus compañeros.

¿Es menester hablar más de este negocio? Luego que el tercer libertino llegó, los otros le mataron como premeditaban, y al punto uno de ellos dijo:

—Ahora, sentémenos, bebamos, holguémonos y después enterraremos el cadáver.

Y, hablando así, empuñó una de las botellas que encerraban veneno, bebió y la pasó a su compañero, con lo que uno y otro murieron muy presto.

Creo en verdad que nunca en ningún canon ni en capítulo alguno escribió Avicena signos más cumplidos de envenenamiento que los que dieron aquellos desgraciados antes de expirar. Y de esta suerte concluyeron los dos asesinos, así como el artero envenenador.

¡Oh, inicuo y maldito pecado! ¡Oh, felones homicidas! ¡Oh, perversidad, gula, lascivia y juego! ¡Oh, tú, vil blasfemo de Cristo, que profieres, por soberbia y costumbre, juramentos descomunales! ¿Cómo, hombres, podéis ser tan desnaturalizados y fementidos para con el Creador que os formó y os rescató con la preciosa sangre de su corazón?

Y ahora, buenas gentes, Dios os perdone vuestras culpas y os libre del pecado de avaricia. Mi sacro perdón puede absolveros a todos, siempre que me ofrezcáis nobles o esterlinas, o, cuando no, broches de plata, cucharas o sortijas. ¡Humillad la cabeza ante esta santa bula! Yo escribiré en mi registro vuestros nombres y con esto ganaréis la celeste bienaventuranza. A quienes ofrendéis, yo, en uso de mis elevadas prerrogativas, os absuelvo, dejándoos limpios y puros como cuando nacisteis.

De tal manera, señores, es como predico yo. Que Jesucristo, médico de nuestras almas, os otorgue su perdón, que eso (no quiero engañaros) es lo mejor de todo. Empero, una cosa se me olvidaba en mi relato. Y es que llevo en mis alforjas reliquias e indulgencias tan buenas como las que tenga cualquier hombre de Inglaterra. Y sabed que las he recibido de manos del Papa. Si alguno de vosotros quiere devotamente hacer ofrenda y ser absuelto por mí, acuda, póstrese y oiga mi perdón con humildad. Aunque también podéis, sin deteneros, recibir en los contornos de cada población indulgencias nuevas y recientes si, como se entiende bien, satisfacéis igualmente en ese caso nobles o peniques buenos y legítimos.

Honor para los que aquí estáis tener a mano un bulero con licencia para absolveros según andáis por esta tierra, pues pudiera sobreveniros algún accidente infeliz, como caeros del caballo y quebraros la nuca. Gran alivio es para todos vosotros el que yo vaya en vuestra compañía, porque podré daros la absolución cuando vuestras almas abandonen vuestros cuerpos.

Y ahora propongo que comience nuestro hostelero, que es quien más ahíto está de pecados. Ven, señor posadero, haz tu ofrenda antes que los otros y yo te permitiré, en verdad, besar todas mis reliquias por sólo cuatro peniques. Ea, deshebilla la bolsa

—¡No, no! —dijo el posadero—. ¡Antes caiga sobre mí la maldición de Cristo! Por mi salud que no lo haré; quita allá. Capaz serías de hacerme besar tus calzones viejos, aunque los hubieses manchado con tu trasero; pero por la cruz de Santa Elena te digo que preferiría tener en mis manos tus testículos antes que tus reliquias. Ven, deja que te los corte, y luego te ayudaré a llevarlos. Guardarémoslos, como en relicario, en una boñiga de puerco.

Ni una sola palabra repuso el bulero. Tan ofendido estaba que no dijo oxte ni moxte. Viéndolo, agregó el posadero:

—Bien, no quiero más chanzas contigo ni con ningún otro hombre colérico.

A la sazón todos reían, y el noble caballero, advirtiéndolo, dijo.

—Basta ya, basta. Señor bulero, alegraos y poned buen semblante. Y a vos, mi querido señor hostelero, os ruego que beséis al vendedor de indulgencias. Ea, bulero, accede; yo te lo pido. Y después sigamos riendo y holgándonos como hasta ahora.

Y entonces bulero y posadero se besaron y prosiguieron cabalgando.

PRÓLOGO DEL CUENTO DE LA MUJER DE BATH (1)

BASTARÍAME la experiencia, si ninguna autoridad hubiera en este mundo al respecto del matrimonio, para hablar de los males que en tal estado se encierran. Porque, gracias al eterno Dios, yo, desde que cumplí doce años, he llevado a la puerta de la iglesia cinco maridos, todos ellos hombres dignos dentro de su condición. De manera que me he casado muchas veces.

No hace largo tiempo alguien me dijo que, siendo así que Cristo no estuvo nunca sino en unas bodas, que fueron las de Caná, en Galilea, yo debía haber visto en ese ejemplo que el Señor me mostró que yo no debía haberme casado más que una vez. Y acerca de lo mismo, éstas son las palabras con que Jesús, Dios y hombre, reprendió, hallándose junto a un pozo, a la samaritana: «Cinco maridos has tenido, y el hombre que ahora contigo ha casado no es tu marido».

Así dijo verdaderamente el Señor, y no sé lo que quiso con ello declarar, por lo cual pregunto: ¿Por qué el quinto hombre no era esposo de la samaritana? ¿Hasta cuántas veces podía la mujer casarse? Nunca, en los años que tengo, he oído definición clara respecto a ese número, y veo que las cosas pueden interpretarse o adivinarse de diferente manera.

Mas lo que sí puedo expresar sin mentira es que Dios nos mandó crecer y multiplicarnos, texto gentil que yo comprendo muy bien. Y también conozco que mi esposo dejará a su padre y a su madre para tomarme a mí, según dice el Señor, sin que añada nada sobre la bigamia u octogamia. ¿Por qué han de añadirlo los hombres que juzgan villanía esto último?

Veamos al sabio rey Salomón. Bien creo que tuvo más de

(1) Apartándose de la regla seguida en sus cuentos anteriores, Chaucer hace hablar a la mujer de Bath sin palabras previas que preparen el prólogo de su relato. Algunas ediciones inglesas añaden antes del comienzo de este prólogo, dieciséis versos ajenos al texto de Chaucer y que, por no ser del autor, omito. *(N. del T.)*

una mujer (ya quisiera yo que Dios me hubiese permitido refocilarme la mitad de veces que ese rey). ¡Ah, qué don le dio Dios con tantas mujeres! Ningún otro ser de este mundo alcanzó lo mismo. Buena vida tuvo aquel noble rey; que a lo que imagino debió de tener cada primera noche muchos buenos ratos con cada una de sus mujeres.

Yo (¡bendito sea Dios!) he casado con cinco maridos. Bien venido sea el sexto, si me llega. Pues sépase que, en verdad, no me place mantenerme en castidad completa, y así, cuando uno de mis esposos abandone este mundo, otro cristiano debe desposarme luego. Porque el apóstol dice que entonces libre estoy para matrimoniar otra vez, en nombre de Dios, con quien me apeteciere. Afirma el mismo apóstol que casarse no es pecado, y que más vale casarse que abrasarse.

Y, en consecuencia, ¿qué me importa que las gentes vituperen al perverso Lamech, con su bigamia? Muy bien sé que Abraham fue varón santo, y Jacob lo mismo, no obstante lo cual ambos tuvieron más de dos mujeres, y otros santos hombres hicieron igual cosa. Si alguna vez habéis visto que el alto Dios prohibiera el matrimonio expresamente, decídmelo, que os lo apreciaré.

¿Prescribió tampoco la virginidad? Yo sé, y vosotros sabéis sin duda, que el apóstol, hablando de la virginidad, declara que ningún mandato hay acerca de ella. Puede aconsejarse a una mujer que se mantenga doncella, pero aconsejar no es prescribir. Este asunto queda a nuestro propio criterio. De mandar Dios que nos conserváramos en virginidad, con esto hubiera condenado el casamiento, y yo os digo: ¿de dónde se originaría la virginidad si nunca se hubiese sembrado simiente alguna?

En fin, Pablo no osó ordenar en una materia donde su Maestro no había preceptuado nada. Puesto está el dardo en la meta para la virginidad (1): alcáncelo quien pueda y más corra. Y, por ende, esta sentencia no toca a todos, sino a aquellos a quienes Dios, con su poder, le place concederla.

Conozco que el apóstol era virgen, pero, si bien escribió diciendo que le satisfaría que todos fuesen como él, con esto, respecto a virginidad, no pasaba de aconsejarla. Y a nosotros nos dio benigna licencia para casarnos, por lo que no merece vituperio mujer que casa cuando su esposo muere, sin que de ello se diga bigamia. Lo que no obsta a que sea laudable no tocar carnalmente a mujer, por aquello del peligro que hay en unir

(1) I Cor. IX, 24. *(N. del T.)*

fuego y estopa. En fin: bien entendéis todos este ejemplo. El apóstol preconizaba la virginidad como mejor que el matrimonio con riesgo, según llamo yo a aquel en que mujer y marido se proponen vivir siempre castos.

Sea la doncella mejor en buena hora que la bígama, que yo lo admito, mas no envidio a aquélla. Quienes quieran, sean puros en cuerpo y alma; por mí no alardearé de tal estado. Pues, como de sobra sabéis, no toda la vajilla de una casa es de oro, sino que también la hay de madera, y ésta no deja de hacer servicio a su dueño. Porque Dios llama a los hombres por diferentes sendas y a cada uno dale un don particular, que distribuye a su gusto. Es alta perfección la doncellez, y asimismo la continencia; pero Cristo, manantial de perfección, no impone, empero a todos que vendan lo que tienen y lo den a los pobres, siguiendo el camino que Él señala. Al decirlo, referíase a los deseosos de vida perfecta, y yo, con vuestra licencia, señores, no la deseo.

Antes bien, quiero emplear toda la flor de mis años en los actos y frutos matrimoniales. Porque, decidme: ¿para qué fueron creados los órganos generatorios? Bien cierto es que con algún fin se hicieron. Decid lo que os plegue de que se crearon para expeler la orina y otras cosas menudas, y también para distinguir a la hembra del varón; pero la experiencia nos enseña que no es así. Empero, a fin de que los clérigos no se enojen, admitiré que esos órganos se formaron para entrambas cosas: servicio del cuerpo y procreación, siempre que no ofendamos a Dios con ello.

Y, si así no fuere, ¿por qué había de constar en las Escrituras que el hombre debe pagar a su esposa su débito? ¿Cómo se lo pagaría de no utilizar el instrumento adecuado? Vemos, pues, que las cosas de que tratamos fueron dadas a los seres para expulsar la orina y para la generación.

No es que todos los hombres entiendan que sus arreos deben ser empleados en la generación, porque si así fuese nadie se curaría de la castidad. Cristo, aunque obraba como hombre, era virgen, sin embargo, y muchos santos, desde el principio del mundo, vivieron en estado de castidad. Mas yo no envidio su doncellez a nadie. Sean los buenos pan de pura harina de trigo y seamos las mujeres pan de cebada. Dice Marcos que con pan de cebada restaura nuestro Señor Jesús a muchos hombres. Y yo quiero perseverar en el estado a que Dios me llamó; que no soy melindrosa. Quiero, como casada, emplear mi instrumento tan libremente como Dios me lo ha dado; y castígueme Él si no lo cumplo así con largueza. Mi marido tendrá lo mío mañana y noche, esto es, siempre que le cuadre pagarme su deuda.

Sí, marido quiero, y marido que sea a la par mi deudor y mi siervo, teniendo tribulación en su carne tanto tiempo como yo sea su mujer. Durante toda mi vida debo tener poder sobre su cuerpo, y él no. Pues tal dice el apóstol cuando ordena a nuestros esposos que nos amen mucho. Grandemente me complace, en todas sus partes, esta sentencia.

Habló a esto el bulero, diciendo:

—Por Dios y por San Juan, señora, que sois predicadora muy magna en estos asuntos. Yo he estado a punto de unirme a una mujer, pero ¿es menester que mi carne lo pague tan caro? Porque entonces paréceme que no tomaré mujer, por ahora.

—Espera —repuso ella—, que todavía mi cuento no ha principiado. Aún beberás tú de otro tonel antes que yo calle y algo saborearás peor que la cerveza. Pero cuando oigas mi cuento sobre los daños del matrimonio, los cuales he experimentado toda mi vida (si bien, según se entiende, siendo yo el azote), veremos si quieres beber del barril que yo destapone. Precávete antes de acercarte en exceso; que más de diez ejemplos te voy a mostrar. Quien no aprende en cabeza ajena hará aprender a los demás en la suya propia, como Ptolomeo dice en su Almagesto, donde podréis encontrar esas mismas palabras.

—Señora —dijo el bulero—, empezad ya y adoctrinadnos con vuestra experiencia.

—Así lo haré —repuso ella—. Mi cuento ha de gustaros; pero si algo desaforado digo, no os ofendáis, pues sólo quiero que os holguéis.

Y voy con mi relato. Así pueda yo beber siempre vino y cerveza como no miento al afirmar que, de mis cinco maridos, tres eran buenos y dos malos. Y los buenos eran ricos y viejos, y les costaba trabajo cumplir su deber conmigo. Ya me entendéis. ¡Lo que río recordando los trabajos y afanes que les hacía pasar por la noche! Y a fe que yo no le daba a eso ninguna importancia. Ellos me habían entregado su oro y sus bienes, y yo no necesitaba practicar otras diligencias para ganar su amor, ni tampoco me era menester reverenciarlos. ¡Por el Altísimo, que me amaban tanto, que yo no hacía caso alguno de su amor! La mujer sagaz se fija siempre en un hombre (cuando ninguno tiene), hasta conseguirlo. Pero desde que ya tuve completamente en mi mano a mis maridos, y luego que ellos me hubieron dado todas sus posesiones, ¿para qué había de cuidar de agradarles, no siendo para mi provecho y comodidad? Les puse, pues, en tales aprietos, que muchas noches prorumpían en quejas. No, no trajeron ellos a casa el tocino que algunos buenos casados obtienen en Essex, en Dumow. Los gobernaba tan bien, imponiéndoles mi ley, que todos ellos se tenían por muy dichosos y felices trayéndome buenas cosas del mercado, y se mostraban muy alegres cuando les hablaba cariñosamente, porque bien sabe Dios que yo de ordinario los reprendía con dureza.

Ahora vosotras, discretas mujeres que podéis entenderme, escuchad cuán acertadamente me conducía yo.

Primero, sabed que ningún hombre es capaz de jurar en falso y mentir con tanto descaro como una mujer. Yo no digo esto con referencia a las mujeres prudentes, sino a las otras. La mujer discreta, si entiende su provecho, asegurará a su marido que lo blanco es negro y pondrá a su propia doncella como testigo de su afirmación. Pero atended cómo decía yo:

—Señor viejo loco, ¿es ésta tu manera de proceder? Ahí tienes a mi vecina, tan bien vestida. Ella se ve honrada dondequiera que va; y yo, en tanto, me quedo en casa porque no tengo un traje decente que ponerme. ¿Qué haces tú en la morada de mi vecina? ¿Tan hermosa es? ¿Y qué cuchicheas con nuestra doncella? ¡Señor viejo rijoso, deja tus malas mañas! En cambio, si yo tengo algún pariente o cualquier amigo, chillas como un demonio, sin motivo, si yo voy o me entretengo en su casa. Tú vienes a la nuestra tan borracho como una cuba y te pones a predicar con malas razones. Me dices que es una gran desgracia casarse con mujer pobre, por los gastos que ocasiona; y, si es rica y de alto linaje, dices entonces que constituye un tormento sufrir sus humores y su orgullo. Si es hermosa, afirmas que cualquier libertino querrá poseerla y que la que se ve asediada por todas partes no puede permanecer casta.

Tú afirmas que algunos nos desean por las riquezas, otros por nuestro talle y algunos por nuestra hermosura. Éstos porque la mujer sabe cantar o bailar; aquéllos por su gentileza y buen humor; los de más allá por sus manos y sus finos brazos. Así, según tus cálculos, todo se marcha al diablo. Tú dices que no se puede defender la muralla de una fortaleza que es atacada largo tiempo por todas partes.

Si la mujer es fea, añades que es ella la que apetece todos los hombres que ve, pues saltará como sabueso sobre los tales hasta que encuentre quien con ella se entienda. No hay gansa alguna, acrecientas, que por parda que sea, desee estar sin macho. Y aseguras que es difícil de gobernar una cosa que a ningún hombre place retener. Esto es lo que tú dices, bellaco, cuando te vas a la cama, y también que ningún hombre sabio debe casarse, ni tampoco el que quiera ir al cielo. ¡Así un mal rayo parta tu provecta nuca!

Dices que humo y gotera y mujer brava echan al hombre de su casa. ¡Ah, regañón!

Afirmas que nosotras, las mujeres, sabemos ocultar nuestros vicios hasta que nos vemos casadas, y entonces los mostramos. Quien eso dijo era algún malandrín.

Dices que los bueyes, caballos y perros se prueban una y otra vez, así como las jofainas, vasijas, cucharas, taburetes y otros objetos caseros e igualmente las ollas, paños y enseres, antes de comprarlos; pero que ningún ensayo se hace con las mujeres hasta que están casadas. Y dices, viejo maligno, que nosotras sacamos entonces nuestros vicios.

También aseguras que me disgusto si dejas de alabar mi belleza y si no contemplas siempre mi cara con atención y me llamas «hermosa señora» en todo lugar, y si no celebras fiesta el día de mi cumpleaños y me vistes con trajes nuevos y elegantes, y si no honras a mi nodriza y a mi doncella, y a la familia y allegados de mi padre. ¡Así dices tú, barril viejo, saco de patrañas!

Y aun de nuestro aprendiz Juanito has concebido falsas sospechas, a causa de sus cabellos rizados, que brillan como oro fino, y también porque él me acompaña como escudero a todas partes. Pero aunque tú te murieras mañana, sabe que yo no le quiero.

Ahora, dime una cosa: ¿por qué escondes (¡mala suerte caiga sobre ti!) las llaves de tu cofre fuera de mi alcance? Esos bienes son míos, lo mismo que tuyos, ¡pardiez! ¿O piensas convertir a tu mujer en una necia? Mas, por el señor Santiago, aunque te vuelvas loco de atar, tú no has de ser dueño de mi cuerpo y de mis bienes, sino que tendrás que renunciar a una de las dos cosas, pese a tus ojos. ¿Qué necesidad tienes de informarte de mí o de espiarme? ¡Yo creo que querrías verme metida dentro de tu arcón! Antes bien, deberías decir: «Mujer, vete adonde te plazca, entretente como quieras, que yo no daré fe a ningún chisme, porque te tengo por esposa fiel, mi señora Alicia». Nosotras no queremos al marido que pone cuidado y especial atención en saber dónde vamos. No, que nos gusta estar a nuestro albedrío.

Bendito sea entre todos el sabio astrólogo Ptolomeo, que dice en su Almagesto: «De todos los hombres alcanza más sabiduría el que jamás se cuida de quién tiene el mundo en la mano».

Por esta sentencia debes entender lo siguiente: teniendo tú bastante, ¿qué necesidad te incita a preocuparte o inquietarte por lo agradablemente que otros viven? Porque, en verdad, viejo lascivo, tú poseerás cuando quieras mis partes, durante la noche, a tu completa satisfacción. Es asaz tacaño el que no permite a un hombre que encienda la luz en su linterna; jamás tendrá por eso menos luz. Bastante tienes tú; no debes quejarte.

Dices también que si nosotras nos ponemos vestidos elegantes y preciosos adornos, peligra por ello nuestra castidad; y para reforzarlo (¡mala suerte tengas!), añades estas palabras del Apóstol: «Vosotras, mujeres, debéis ataviaros con vestidos hechos con arreglo a la castidad y al decoro, y no con los cabellos trenzados y con piedras finas, como perlas, ni con oro, ni con ricos paños». Pero ni según tu texto ni según tu rúbrica he de obrar.

Tú has dicho que yo era semejante a las gatas. Porque si alguien chamusca la piel de una gata, ésta permanecerá entonces seguramente dentro de casa; mas si su piel está lustrosa y fina, no querrá parar en casa medio día, sino que saldrá antes del amanecer para lucir su piel e ir a maullar. Esto quiere decir, señor regañón, que, si yo estoy bien ataviada, correré a hacerme ver.

Señor viejo loco, ¿para qué te sirve el espiarme? Aunque mandes a Argos con sus cien ojos que guarde mi persona como mejor pueda, no me habrá de guardar, a fe mía, sino según mi deseo; porque yo puedo burlarme de vosotros dos lindamente.

Dices también que hay tres cosas que perturban la tierra, y que nadie puede sufrir la cuarta. ¡Oh, señor gruñón, Jesús acorte tu vida! Porque predicas y afirmas que la mujer odiosa se cuenta como uno de esos infortunios. ¿No hay otra clase de semejanzas que tú puedas citar en tus ejemplos?

Tú comparas el amor de la mujer al infierno y a la tierra estéril, donde el agua no existe. La comparas también al fuego griego, que cuanto más quema, tanto más desea consumir todas las cosas. Dices que así como los gusanos destruyen el árbol, de igual modo la mujer arruina a su marido. Esto, según aseveras tú, lo saben todos los que están ligados a las mujeres.

Señores, así hablaba yo a mis ancianos maridos, haciéndoles creer que lo decían en sus borracheras; y todo era falso, aunque yo tomaba por testigos a Juanito y a mi sobrina. ¡Ah, Señor, las angustias y dolores que yo causaba a los muy inocentes! ¡Por la dulce pasión de Dios que sé morder y relinchar como un caballo! Aunque cuando yo fuese la culpable, me quejaba, pues de otra suerte hubiera quedado muchas veces confundida. El que primero llega al molino, antes muele. Yo me quejaba primero, y así quedaba paralizada nuestra lucha. Ellos se consideraban muy satisfechos, excusándose a toda prisa de los delitos que jamás en su vida cometieron.

A uno yo le acusaba de ir en busca de mujeres cuando, por razón de sus achaques, difícilmente podía tenerse en pie. Sin embargo, eso halaga su corazón, pues imaginaba que yo sentía por él grandísimo cariño. Yo juraba que todas mis salidas por las noches eran para averiguar con qué mozas se refocilaba, y con tal pretexto corría yo no pocas aventuras. Porque ésta es nuestra condición desde que nacemos: Dios ha dado a las mujeres, por naturaleza, el engaño, las lágrimas y la habilidad para hilar. De modo que al fin yo quedaba encima, en toda cosa, por astucia, por fuerza o por algún otro medio, como quejas o lamentaciones continuas. En la cama, especialmente, experimentaban ellos su desgracia, porque allí rezongaba yo y no les satisfacía. Si notaba sus brazos sobre mi costado, no quería permanecer más tiempo en el lecho hasta que me hubiesen pagado su rescate, permitiéndoles entonces satisfacer su necesidad. Con las manos vacías no es posible atraer al halcón; yo, para mi provecho, tenía que aguantar su lujuria, fingiendo un falso apetito, y, sin embargo, nunca paraba de reprenderlos. Aun cuando el Papa hubiera estado sentado junto a ellos, yo no me habría contenido, pues a fe mía, devolvíales palabra por palabra. Así me ayude en verdad Dios omnipotente, como es cierto que, si yo tuviera que hacer ahora mismo mi testamento, hallaría que no debo a mis maridos una palabra que no haya sido pagada. Me conducía de tal manera con mi ingenio, que a ellos les tenía más cuenta ceder. De otro modo jamás hubiéramos estado en paz, pues, aun cuando mi marido hubiese puesto el aspecto de un león furioso, habría, con todo, abandonado al fin sus razones. Cuando lo hacían así, decíales yo: Querido mío, mira qué apariencia tan mansa tiene nuestra oveja *Wilkin*. ¡Acércate, esposo mío; permíteme que te bese la cara! Tú has de ser muy paciente y humilde y guardar una conciencia buena y escrupulosa, ya que tanto predicas sobre la paciencia de Job. Puesto que tan bien sabes sermonear, ten siempre tolerancia, y si no lo haces, yo te enseñaré, a buen seguro, que es cosa excelente mantener paz con la mujer. Uno de nosotros dos debe ceder, sin duda; y pues el hombre es más razonable que la mujer, tú tienes que ser sufrido. ¿Qué ganas refunfuñando y gruñendo así? ¿Es que sólo tú quieres poseer lo mío? Pues, tómalo todo entero; aquí lo tienes. ¡Por San Pedro, maldito seas si no lo estás deseando con ansia!

Porque si yo quisiera vender mi *belle chose,* podría andar por el mundo tan fresca como una rosa; pero quiero guardarla para ti. Por Dios, que eres digno de vituperio.

Tales palabras decía yo a mis ancianos esposos. Ahora voy a hablar del cuarto que tuve.

Mi cuarto marido era disoluto y tenía una amante. Yo era joven y muy apasionada, terca, vigorosa y alegre como una urraca. Sabía danzar a maravilla al son de una arpa, y cantaba lo mismo que el ruiseñor en cuanto había bebido un trago de vino dulce. Aunque yo hubiera sido la esposa de Metelio (el infame villano, el gran puerco que con un palo quitó la vida a su mujer porque bebió vino), no me habría mi marido amedrentado. No, que después del vino pienso yo en Venus. Porque tan cierto como el frío engendra el granizo, es que la boca bebedora engendra lascivia. La mujer ahíta de vino no tiene defensa, y esto lo sabe por experiencia todo libertino.

Cuando me acuerdo de mi juventud y de mi alegría, me cosquillean las fibras del corazón. Hoy día constituye el consuelo de mi alma el haber corrido el mundo en mis tiempos. Mas, ¡ay!, la edad, que todo lo inficiona, me ha despojado de mi belleza y de mi energía. ¡Vayan enhorabuena y el diablo cargue con ellas! La flor de la harina se acabó, y ahora tengo que vender el salvado como mejor pueda; con eso está dicho todo. Sin embargo, aún procuraré holgarme en lo que pueda.

Voy a hablar ya de mi cuarto marido. Digo que yo encerraba gran despecho en mi corazón, porque él obtenía las caricias de otra. Pero quedó recompensado. ¡Sí, por Dios y por San José! Yo le hice un báculo de la misma madera, no de modo vergonzoso para mi cuerpo, sino poniendo a los hombres tal cara, que de rabia y de terribles celos hacía freírse a mi esposo en su propia grasa. Por Dios, que fui en la tierra su purgatorio; y así espero que su alma esté ahora en la gloria. ¡Porque Dios sabe cuántas veces hubo él de sentarse a cantar para encubrir su ira! No había nadie, salvo Dios y él, que supiese con cuánto dolor le atormentaba yo de muchas maneras. Murió cuando yo volvía de Jerusalén, y enterrado se halla bajo la peana de una cruz, aunque su tumba no está tan bien hecha como el sepulcro de Darío, que Apeles labró con suma habilidad. En verdad era gasto inútil enterrar a mi marido con lujo. Vaya con Dios y tenga su alma descanso; que ya está su cuerpo en la sepultura y en el ataúd.

Ahora voy a hablar de mi quinto marido. ¡Dios no permita que su alma baje jamás al infierno! Y, sin embargo, fuera para mí el más malo, lo cual experimento y experimentaré siempre, hasta el último día de mi vida, en cada una de mis costillas. Pero era tan vigoroso y retozón en el lecho, y sabía acariciarme tan bien cuando quería conseguir mi *belle chose,* que aunque me hubiese molido a palos todos los huesos, sabía reconquistar al punto mi amor. Yo creo que le amaba más porque me escatimaba su cariño. Nosotras, las mujeres, si no he de mentir, tenemos en este particular extraños antojos; si nos parece que no podemos conseguir fácilmente alguna cosa, en seguida gritamos y suplicamos sin tregua para lograrla. Prohibidnos algo, y lo desearemos; acosadnos de cerca, y huiremos. Ofrecemos toda nuestra mercancía con escasez. La gran demanda en el mercado encarece los géneros, y los demasiados baratos se estiman en poco valor; esto lo sabe toda mujer discreta.

A mi quinto marido (¡Dios bendiga su alma!), le acepté por amor y no por sus riquezas. Había sido estudiante en Oxford y luego había dejado la escuela, tomando pupilaje en casa de una comadre mía que vivía en nuestra ciudad y se llamaba Alison. ¡Dios haya acogido su alma! Ella conocía mi corazón, y aun mis secretos, mejor que nuestro cura párroco, porque le contaba todas mis intimidades. Si mi marido hubiere orinado en la pared o hecho alguna cosa que hubiera de costarle la vida, yo habría dicho su secreto a Alison en todas sus partes, así como a otra honrada mujer y a mi sobrina, a todas las cuales yo quería mucho. Y Dios sabe que así lo hice muy a menudo, de manera que con frecuencia suma ponía la cara de mi esposo roja y encendida de pura vergüenza, culpándose él mismo por haberme revelado sus profundos secretos.

En tiempos de Cuaresma yo iba muchas veces a casa de mi comadre, porque me gustaba siempre componerme y andar, en los meses de marzo, abril y mayo, de casa en casa, oyendo diversas noticias. Y una vez, Juanito, el estudiante, mi comadre Alison y yo fuimos al campo. Mi marido pasó en Londres toda aquella Cuaresma, así que yo tuve oportunidad para divertirme y para ver y ser vista de la gente alegre, pues ¿qué sabía yo dónde o en qué lugar estaba determinado que otorgara mis favores? Por eso hacía mis visitas a las vísperas y a las procesiones, y también al sermón, a las peregrinaciones, a las representaciones de milagros y a las bodas, llevando elegantes vestidos encarnados. Jamás atacaban éstos lo más mínimo los gusanos ni la polilla, ni insecto alguno: lo aseguro por mi salud. ¿Y sabéis por qué? Porque estaban muy usados.

Ahora voy a seguir contando lo que me sucedió. Digo que

nosotros paseábamos por el campo, y entretanto el estudiante y yo tuvimos, en verdad, gran retozo y yo le hablé de mis planes para el porvenir, diciéndole que cuando yo quedara viuda él se casaría conmigo. Porque, ciertamente (no lo digo por jactancia), no he estado nunca sin previsión de matrimonio, ni de otras cosas tampoco. Yo considero que un ratón no vale un comino si sólo tiene un agujero por donde escaparse, pues si ése le falta, todo ha concluido entonces.

Hice creer al estudiante que me había hechizado, pues mi madre me enseñó este ardid con los hombres. También le dije que había soñado con él toda la noche y que en mi sueño él quería matarme mientras yo me hallaba acostada, y toda mi cama estaba llena de abundante sangre. Añadí, empero, que esperaba que él obraría bien conmigo, porque la sangre presagia oro, según me enseñaron. Y todo era mentira: yo no soñé absolutamente nada de eso; mas así seguía los consejos de mi madre, tanto en aquello como en otras muchas cosas.

Pero, Señor, ¿qué iba yo a decir? Veamos. ¡Ah, sí, pardiez! Ya tengo otra vez mi cuento.

Cuando mi cuarto marido estuvo en el ataúd, lloré y puse la cara triste, cual deben hacerlo las mujeres casadas, porque ésa es la costumbre, y me cubrí el rostro con mi pañuelo. Mas como yo estaba provista de un compañero, lloré muy poco, os lo aseguro.

Por la mañana fue llevado mi marido a la iglesia entre los vecinos, uno de los cuales era nuestro estudiante Juanito. Dios me valga, pero cuando yo le vi detrás del féretro, me pareció que tenía unas piernas y unos pies tan hermosos, que le entregué todo mi corazón. Creo que contaba él veinte inviernos, yo cuarenta, si he de decir la verdad; pero, con todo, me quedaba todavía un primer diente. Yo los tenía separados y eso me convenía a maravilla, porque mostraba la marca del sello de la piadosa Venus. Así me ayude Dios, tan de fijo como yo era apasionada, hermosa, rica y muy alegre; y, en realidad, como mis maridos me decían, tenía el mejor *quoniam* que podía haber. Sabed que, a no mentir, hállome del todo consagrada a Venus en sentimiento, y mi corazón está dedicado a Marte. Venus me dio mi pasión y lujuria, y Marte mi intrépido valor. ¡Ay, ay, y que siempre haya de ser pecado el amor! Yo he seguido mis inclinaciones constantemente, por virtud de mi constelación, lo que hizo que yo siempre pudiera procurar a mi cámara de Venus un buen compañero. Además, tengo la señal de Marte en mi cara, y también en otro sitio privado. Porque (así Dios me salve) yo no he amado jamás según discernimiento alguno, sino que siempre he seguido mi apetito, fuese corto o largo, blanco o negro. Yo no me preocupaba de nada, con tal que el hombre me agradase, aun cuando fuera un pobre o de cualquier condición.

¿Qué diría yo sino que, al final de aquel mes, el alegre estudiante Juanito, que, por ende, era muy cortés, se casó conmigo con gran solemnidad, y yo le cedí todas las tierras y posiciones que me fueron dadas hasta aquel entonces? Mas luego me arrepentí muy profundamente, pues él no satisfacía ni mi menor deseo. En cierta ocasión, me pegó en una oreja porque yo rompí una hoja de su libro, y del golpe quedé completamente sorda de ese oído. Yo era indomable como una leona, y gran charlatana, y recorría, como antes había dicho, casa por casa, aunque él me lo hubiese prohibido. Por esta razón me sermoneaba muy a menudo, y me instruía en las gestas de los antiguos romanos, diciéndome cómo Simplicio Galo repudió a su mujer, abandonándola durante toda su vida, solamente porque la vio cierto día en la puerta con la cabeza descubierta, mirando hacia fuera.

Otro romano me nombraba, el cual, porque su mujer fue a cierto juego de circo sin su conocimiento, la abandonó también. Y luego me enseñaba en su Biblia aquella sentencia del Eclesiastés, donde se manda y ordena terminantemente que no permita el hombre que su mujer vaya a rodar por una y otra parte. Después me decía esto: «¿Quién edifica toda su casa con mimbres, espolea a su caballo ciego por tierra de barbecho y permite que su mujer vaya a visitar santuarios, merece ser colgado en la horca». Pero todo era en balde, porque yo no estimaba en un ápice sus sentencias ni sus anticuados dichos, ni quería ser corregida por él. Aborrezco al que me dice mis vicios, y lo mismo hacen otros. ¡Dios lo sabe! Esto le ponía furioso conmigo por completo; más yo en ningún caso le dejaba en paz.

Ahora, por Santo Tomás, voy a deciros la verdad de por qué rompí yo una hoja de su libro, razón en virtud de la cual me golpeó de tal modo que me quedé sorda.

Tenía él un libro, que leía siempre con delectación, noche y día, para entretenerse. Llamábalo *Valerio y Teofrasto* y con él se reía a todas horas estrepitosamente. Además, en otro tiempo hubo en Roma un cardenal que se llamó San Jerónimo, el cual escribió un libro contra Joviniano, y en ese tomo estaban también Tertuliano, Crisipo, Trotula y Eloísa, que fue abadesa no lejos de París; y, además, los Proverbios de Salomón, el Arte de Ovidio y otros muchos libros; todos encuadernados en un volumen. Mi marido tenía por costumbre, durante el día y la noche, cuando encontraba oportunidad y se hallaba libre de toda otra ocupación mundanal, leer en aquel libro cosas acerca de las mujeres malas. Sabía de ellas más historias y vidas que de mujeres buenas hay en la Biblia. Porque habéis de estar seguros de que es imposible que escritor alguno hable bien de las mujeres casadas (a no ser en las vidas de las benditas santas), ni de ninguna otra mujer tampoco. Decidme: ¿quién pintó al vencido león? Un hombre. ¡Por Dios que si las mujeres hubiesen escrito historias, como los clérigos componen sus sermones, habrían escrito tantas maldades de los hombres, que toda la casta de Adán no podría repararlas! Los hijos de Mercurio y los de Venus son muy opuestos en sus acciones: Mercurio ama la sabiduría y la ciencia, y Venus gusta de la orgía y el dispendio. Por su posición diversa, cada uno de ellos experimenta depresión en la exaltación del otro; y así (Dios lo sabe), Mercurio se ve humillado en Piscis, donde Venus es sublimada, y Venus cae donde Mercurio se levanta. Y éste es el motivo de que ninguna mujer sea alabada por sabio alguno. El sabio, cuando es viejo y no puede acometer los trabajos de Venus, se sienta y, en su senilidad, escribe que las mujeres no pueden ser fieles en el matrimonio.

Pero ahora vamos al asunto, eso es, por qué fui golpeada a causa de un libro. Cierta noche Juanito leía en su volumen, mientras estaba sentado junto al fuego. Leyó primero acerca de Eva, quien, con su maldad, trajo a todo el género humano a miserable condición, por lo cual fue muerto el mismo Jesucristo, que nos redimió con la sangre de su corazón. Ved: aquí expresamente hallaréis que la mujer fue la ruina de todo el linaje humano.

Después me leyó cómo Sansón perdió sus cabellos. Su amante los cortó con sus tijeras mientras él dormía, por cuya traición perdió Sansón ambos ojos.

Luego me leyó de Hércules y de su Deyanira, la cual fue causa de que él mismo se arrojase al fuego.

No olvidó el tormento y el dolor que Sócrates padeció con sus dos mujeres, y cómo Xantipa le arrojó orines sobre la cabeza. Aquel buen hombre permaneció callado como un muerto, limpió su cabeza, y sólo hubo de decir: «Antes que el trueno se extinga, viene la lluvia».

Cosa exquisita le parecía a mi marido la historia de Pasifae, reina de Creta, a causa de su perversidad. No hablemos de sus horribles deseos y placeres; que eso es cosa espantable.

Con muy grande entusiasmo leía Juan la historia de Clitemnestra, que, por su lascivia, mandó matar pérfidamente a su marido.

Díjome también por qué motivo perdió Anfiarao su vida en Tebas. Mi marido tenía la historia de Erifila, esposa de aquel personaje y la cual, por un collar de oro, reveló secretamente en qué sitio se ocultaba su esposo, con lo cual halló el mísero su desgracia en Tebas.

Juan me hablaba de Livia y de Lucilia, que hicieron morir a sus maridos: la una, por amor; la otra, por odio. Livia envenenó al suyo cierta tarde, porque ella era su enemiga. Lucilia, impúdica, amaba tanto a su marido, que, para que él pensara continuamente en ella, diole tal filtro amoroso, que lo mató antes que llegara la mañana. Así que los maridos siempre están en tribulación.

Luego él me comentaba cómo un tal Laturnio se lamentaba con su amigo Arrio de que en su jardín crecía un árbol, en el cual, según decía, se habían ahorcado por celos sus tres mujeres. «¡Ah, querido hermano! —le contestó Arrio—. Dame un vástago de ese bendito árbol, para que yo lo plante en mi jardín».

De fecha más reciente, leíame Juan que algunas mujeres habían matado a sus maridos en el lecho, permitiendo que sus amantes estuviesen con ellas toda la noche, mientras el cadáver yacía en el suelo. Y otras hincaban clavos en el cerebro de sus esposos al tiempo que ellos dormían, matándolos así. Algunas les daban veneno en su bebida. En fin, Juan hablaba más males que cuantos puede imaginar el corazón. Y, además, sabía más proverbios que hierbas o césped brotan en este mundo. «Mejor es —decía— que en tu habitación haya un león o dragón horrible, que una mujer reñidora.» «Mejor es —añadía— vivir arriba en el desván, que abajo en la casa con una mujer colérica; pues tan perversas y amigas de contradecir son éstas, que aborrecen siempre lo que sus maridos aman.» Y seguía diciendo: «La mujer echa a un lado la vergüenza cuando se quita la camisa». ¿Quién podrá imaginar o suponer el dolor y el tormento que en mi corazón sentía yo?

Y como vi que no llevaba trazas de terminar con aquel maldito libro en toda la noche, con movimiento veloz arranque tres hojas del tomo mientras Juan leía, y al mismo tiempo asesté en la cara de mi marido tal puñada, que le tiré de espaldas en la lumbre. Pero él se levantó cual un león furioso y diome con el puño en la cabeza, de manera que quedé en el suelo como muerta. Mas cuando vio que yo permanecía inmóvil, se asustó y faltóle poco para huir. Por último, salí de mi desmayo y dije: «¡Ah!,

¡me has matado, felón! Sí, me has asesinado de este modo por gozar de mis bienes. Sin embargo, antes de morir, quiero besarte».

Y él se acercó, y arrodillóse cortésmente, diciendo: «Querida hermana Alicia, así me valga Dios como jamás te he de pagar yo. Tú tienes la culpa de lo que te he hecho. Perdónamelo, te lo suplico». E inmediatamente le golpeé la cara y le dije: «¡Ladrón, así quedo vengada! Ahora quiero morir: no puedo hablar más».

Pero, al fin, entre aflicción y dolor vinimos a un acuerdo espontáneamente. Él puso en mis manos las riendas del gobierno de la casa y de los bienes, así como también de su lengua y de sus manos; y entonces le hice quemar su libro. Y luego que hube adquirido, merced a mi habilidad, toda la soberanía, él dijo: «Mi fiel esposa, haz tu gusto durante toda tu vida; pero guarda tu honor y guarda también mi dignidad». Desde aquel día jamás tuvimos disputa alguna. Así me ayude Dios como yo fui para él tan buena y fiel esposa ninguna lo ha sido desde Dinamarca hasta la India. ¡Pido a Dios, que se sienta en gran majestad, que bendiga el alma de mi marido en su amorosa misericordia! Ahora voy a decir mi cuento, si queréis escucharlo.

Cuando el fraile hubo oído todo esto, rompió a reír, y dijo:

—¡Ea, señora, así tenga yo la felicidad y la gloria tan cierto creo que éste es largo preámbulo para un cuento!

Mas apenas oyó gritar al fraile, el alguacil repuso:

—¡Por los dos brazos de Dios! Siempre han de entrometerse los frailes. Aquí tenéis, buenas gentes, cómo las moscas y los frailes se internan en todos los platos y en todos los asuntos. ¿Qué hablas tú de preámbulos? Sigue andando, al trote o al paso, o baja y siéntate; porque estás estorbando nuestra diversión.

—Está bien —dijo el fraile—. ¿Lo quieres así, señor alguacil? Enhorabuena. Mas antes de separarme de vosotros, he de contar, a fe mía, tal cuento (si no son dos) de un alguacil, que se ha de reír toda la gente que aquí va.

—Pues yo también, fraile —repuso el alguacil—, maldigo tu raza y me maldigo a mí mismo si no refiero dos o tres cuentos de frailes antes de llegar a Sidingborne, de tal modo que lleven pesar a tu corazón; pues bien sé que han de probar tu paciencia.

El hostelero gritó:

—¡Silencio muy luego! Dejad que esta mujer siga su cuento. Os estáis portando como gente beoda y ahíta de cerveza. Ea, señora, contad el cuento.

—En seguida, señor —dijo ella—. Mas sólo lo narraré con licencia de este digno fraile.

—Contad, señora —repuso el fraile—, que os escucho.

CUENTO DE LA MUJER DE BATH

En los antiguos tiempos del rey Arturo, de quien los bretones hablan con gran reverencia, toda esta tierra se hallaba llena de huestes de hadas. La reina de ellas, con su alegre acompañamiento, danzaba muy a menudo en las verdes praderas. Tal era la creencia antigua, según he leído. Hablo de muchos cientos de años ha; mas ahora ya no puede ver nadie ninguna hada, pues en estos tiempos la gran caridad y las oraciones de los mendicantes y otros santos frailes, que recorren todas las tierras y todos los ríos con tanta frecuencia como motas de polvo en el rayo de sol, bendiciendo salones, cámaras, cocinas, alcobas, ciudades, pueblos, castillos, altas torres, aldeas, granjas, establos y lecherías son causa de que no haya hadas. Porque allí por donde acostumbraban pasear las hadas, va ahora el mendicante, mañana y tarde, rezando sus maitines y sus santas preces mientras visita su demarcación. Pueden las mujeres caminar con seguridad en todas direcciones, por todos los matorrales o bajo cualquier arboleda; que allí no hay otro ser sino el fraile, quien no les hará afrenta alguna.

Sucedió, pues, que el rey Arturo alojaba en su mansión a un alegre caballero. Éste, cierto día, volviendo a caballo desde el río, vio a una muchacha que caminaba delante de él tan sola como había nacido. Y, asaltando a la doncella inmediatamente, y a pesar de todo cuanto ella hizo, la despojó de su virginidad a viva fuerza. Por cuya violación levantóse tal clamor y tales instancias cerca del rey Arturo, que el caballero fue condenado a muerte según las leyes. En virtud de las reglas de entonces, hubiera quizá perdido la cabeza si no fuese porque la reina y otras damas pidieron de tal modo gracia al rey, que éste, en aquel punto, perdonó al ofensor la vida, sometiéndole por completo a la voluntad de la reina, para que ella eligiera si quería salvarle o hacerle perecer.

La reina dio gracias al rey con todo su corazón, y luego de esto, cuando consideró que era tiempo oportuno, habló así al caballero, cierto día: «Te encuentras aún de tal manera, que no tienes seguridad alguna de tu vida. Yo te la concedo si sabes decirme qué es lo que las mujeres desean más. Sé prudente y libra tu cuello del cuchillo. Si no puedes contestarme en seguida, te daré licencia para que vayas, durante un año y un día, a inquirir y hallar respuesta conveniente en esta cuestión. Y, antes de que partas, quiero tener alguna garantía de que volverás a este lugar».

Afligido quedó el caballero, y suspiró tristemente; pero no podía hacer su voluntad. Al fin optó por marcharse y tornar de nuevo, al cumplirse exactamente el año, con la respuesta que Dios le procurara. Y, tomando el permiso de la reina, emprendió el camino.

Practicó indagaciones por todas las casas y sitios en que esperaba aprender qué desean más las mujeres; pero no pudo saber, a ninguna costa, dónde encontraría dos personas que estuviesen de acuerdo en esta materia. Unos decían que las mujeres apreciaban más las riquezas; otros, que la honra; éstos, que las diversiones; aquéllos, que los ricos vestidos; algunos, que los placeres del lecho y enviudar una y otra vez para volver a casarse.

Decían otros que nuestros corazones se deleitan más cuando se nos adula y contenta. Si no he de mentir, andaba muy cerca de la verdad, pues a las mujeres se nos gana mejor con la lisonja, y con obsequios y atenciones somos, grandes y pequeñas, cogidas en la trampa.

Algunos dicen que a nosotras lo que más nos place es ser libres y obrar enteramente como nos plazca, y que ningún hombre nos censure por nuestros vicios, sino que digan que somos discretas y no necias. Porque, a buen seguro, no hay ninguna entre todas nosotras que no desee acocear a cualquiera que nos ponga el dedo en la llaga diciéndonos la verdad. Haga la prueba y verá que así es, pues, por viciosas que seamos interiormente, queremos ser tenidas por discretas y limpias de pecado.

Otros afirman que recibimos gran placer en ser consideradas como constantes, y capaces de guardar secretos, permanecer firmemente en un propósito y no manifestar cosa alguna que se nos revele. Pero este dicho no vale una higa, porque nosotras, las mujeres, no podemos ocultar nada. Testigo, Midas. ¿Queréis oír la historia?

Ovidio, entre otras anécdotas, cuenta que Midas tenía bajo sus largos cabellos dos orejas de asno, que le crecían en la cabeza, defecto que ocultaba lo mejor que podía a las miradas de todos, de suerte que, salvo su esposa, no lo sabía nadie más. Él la amaba mucho y confiaba en ella, y le rogó que a ninguna persona hablara de su deformidad.

Ella le juró que, aunque le diesen el mundo entero, no cometería semejante villanía y pecado que haría que su marido cayera en mala reputación. No, afirmó, no lo diría pensando en su propia dignidad. Sin embargo, creyó morir por tener que ocultar tanto tiempo un secreto, y parecióle que éste oprimía tan angustiosamente su corazón, que por necesidad habría de escapársele alguna palabra. Y como no se atrevía a decírselo a nadie, fuese corriendo a un charco cercano. Hasta tanto que llegó a él, su corazón estuvo en un brete; luego, de igual modo que el alcaraván cuando grita en el fango, puso la mujer su boca junto al agua. «No me hagas traición, agua, con tu murmullo —dijo—. A ti te lo confieso y a nadie más: ¡mi marido tiene dos largas orejas de asno! Ya está mi corazón completamente satisfecho, ahora que ello ha salido fuera: porque yo no podía guardarlo más tiempo.»

Con esto veréis que, aunque nosotras lo dilatemos cierto término, no obstante, no sabemos ocultar ningún secreto. Si queréis oír lo restante de la fábula, leed a Ovidio, y allí podréis saberlo.

El caballero a quien mi cuento se refiere, cuando se convenció de que no le era posible indagar lo que más quieren las mujeres, quedó muy afligido y dirigióse de retorno a su alojamiento. Llegaba el día en que debía regresar a su país, y acontecióle en el camino, en medio de su ansiedad, que, mientras cabalgaba por la linde de un bosque, vio que se movían en danza no menos de veinticuatro mujeres, hacia las cuales se acercó con gran curiosidad, esperando aprender de ellas algún consejo. Mas, en verdad, antes que llegara allí, desapareció la danza, no supo él por dónde. No vio ser alguno viviente, a excepción de una mujer sentada en el césped y que era la criatura más fea que se pueda imaginar. La vieja se levantó ante la presencia del caballero, y habló así:

—Señor caballero, por aquí no hay ningún camino. Decidme, ¿qué buscáis? Confiármelo sería lo mejor, pues los viejos sabemos muchas cosas.

—Mi querida madre —contestó el caballero—, yo seré muerto seguramente si no puedo decir qué cosa es la que las mujeres desean más. Si sabéis instruirme sobre ello, yo os lo pagaré bien.

—Prométeme por tu fe —repuso ella— que harás lo primero

que te pida, si está en tu poder, y yo te responderé antes que sea de noche.

—Te doy mi palabra —dijo el caballero—, y estoy conforme.

—Entonces —declaró ella— bien me atrevo a jactarme de que tu vida está a salvo, pues apuesto la mía a que la reina opinará como yo. Veremos si la más orgullosa de cuantas llevan cofia o toca en la cabeza se atreve a decir que miento en lo que te voy a enseñar. Sigamos adelante ahora, sin hablar más.

Murmuró una frase al oído del galán, y mandóle que se alegrase y no temiera.

Cuando hubieron llegado a la corte, el caballero dijo que había llegado en su día, según prometió, y que tenía lista la respuesta. Muchas nobles damas, muchas doncellas y muchas viudas (pues éstas son muy discretas) se hallaban reunidas con la reina, sentada como juez, para oír la respuesta del caballero. Y ordenóle luego que compareciera.

Se impuso a todos silencio, y se mandó al caballero que dijera en pública asamblea de qué cosa gustan las mujeres en el mundo. El caballero no permaneció en silencio, sino que respondió a la pregunta con voz varonil, que toda la corte oyó:

—Mi soberana señora —dijo—, las mujeres desean en todas partes tener autoridad, tanto sobre su marido como sobre su amante, y estar por encima de ellos en poder. Éste es vuestro mayor deseo, aunque por decirlo me matéis. Obrad como queráis, que aquí estoy a vuestra disposición.

En toda la corte no hubo mujer casada, ni doncella, ni viuda, que le contradijese, sino que todas aseguraron que era digno de conservar su vida.

A estas palabras levantóse la vieja que el caballero viera sentada en el césped.

—¡Una gracia, mi reina y soberana señora! —pidió—. Hazme justicia antes que tu corte se retire. Yo enseñé esa respuesta al caballero, por lo cual me empeñó su palabra de que la primera cosa que yo le solicitara la haría, si estaba en su poder. Ruégote, pues, señor cballero, delante de la corte, que me recibas como esposa tuya, pues bien sabes que he salvado tu vida. ¡Si yo he dicho mentira, decláralo por tu fe!

El caballero exclamó:

—¡Ay de mí! Yo sé muy bien que tal fue mi promesa. Por amor de Dios, elige otra petición. Toma todos mis bienes y deja mi cuerpo en libertad.

—¡No! —replicó ella—. ¡Quiero ambas cosas! Pues, aunque yo sea fea, vieja y pobre, no quiero, por todo el dinero ni por todos los metales que se hallen soterrados o a flor de tierra, dejar de ser tu esposa y tener tu amor.

—¿Mi amor? —repuso él—. ¡No, mi maldición! ¡Oh, que tenga que unirse tan vilmente uno de mi linaje!

Pero todo fue inútil. Al cabo se le obligó, y hubo de casarse con ella. Y, recibiendo a su vieja esposa, fuese a la alcoba.

Ahora quizá dirán algunos que, en mi negligencia, no me cuido de referiros el regocijo y la pompa que en la fiesta hubo aquel mismo día. A lo cual responderé brevemente diciendo que allí no hubo alegría ni festejos, sino sólo pesadumbre y mucha tristeza, porque el caballero se casó con gran sigilo cierta mañana y luego ocultóse todo el día como un búho, que tan afligido estaba y tan fea era su mujer.

Grande era el dolor que embargaba el alma del caballero cuando fue conducido con su esposa al lecho, donde se volvía y revolvía de un lado para otro. Su vieja esposa permanecía echada, sonriendo, y decía:

—¡Oh, querido esposo, *benedicite*! ¿Se conducen así todos los caballeros con sus esposas? ¿Es ésta la ley en la corte del rey Arturo? ¿Son todos sus caballeros tan despegados? Yo soy tu legítima amante y tu esposa; yo soy quien ha salvado tu vida, y, por otra parte, jamás te hice, en verdad, agravio alguno. ¿Por qué te portas así conmigo esta primera noche? Procedes como hombre que ha perdido su razón. ¿Cuál es mi delito? Dímelo, por amor de Dios, y será remediado, como yo pueda.

—¿Remediado? —repuso el caballero—. ¡Ay de mí! ¡No, no; eso no puede remediarse jamás! Tú eres tan horrible, y, además, tan vieja, y, por otro lado, procedes de tan baja clase, que no es gran maravilla que yo me agite y me desvíe. ¡Así permita Dios que mi corazón estalle!

—¿Es ésa —preguntó— la causa de tu inquietud?

—Cierto que sí —dijo él—; nada tiene de extraño.

—Pues bien, señor —contestó ella—; yo puedo remediar todo esto, si quiero, antes que pasen tres días, con tal de que tú te conduzcas bien conmigo. A pesar de que tú hablas de la nobleza, que procede de riqueza antigua, la cual os hace hidalgos, tal orgullo no tiene el valor de una gallina. Mira quién es el más virtuoso, en todo caso, lo mismo en privado que en público, y el más inclinado siempre a practicar las acciones nobles que pueda, y considérale como el hombre más noble. Cristo quiere que reclamemos de Él nuestra nobleza, no de nuestros antepasados, por su riqueza antigua; pues aun cuando ellos nos transmitan toda su herencia, por lo cual pretendemos ser de alto linaje, no pueden, sin embargo, legarnos a ninguno su vida virtuosa, que hace que ellos sean llamados nobles, exigiéndosenos les sigamos en tal calidad.

Bien habla acerca de este particular el sabio poeta de Florencia que se llama Dante. Oye sus palabras: «Muy rara vez se deriva la excelencia del hombre de su genealogía, pues Dios, en su bondad, quiere que reclamemos de Él nuestra nobleza». Porque de nuestros mayores no podemos reclamar sino cosas temporales, susceptibles de cercenarse y mutilarse.

Además, todos saben tan bien como yo que si la nobleza se vinculase naturalmente en determinada familia, siguiendo la línea de sucesión, las gentes nobles no dejarían jamás de practicar, ni privada ni públicamente, el hermoso oficio de la nobleza, y no podrían cometer ningún vicio o villanía.

Toma fuego y llévalo a la casa más oscura que haya entre este lugar y el monte Cáucaso; deja que se cierren las puertas, y márchate de allí. El fuego arderá con tanto resplandor y abrasará como si veinte mil hombres lo contemplasen, pues conservará siempre su virtud natural, hasta que se apague.

Por esto puedes ver perfectamente que la nobleza no va unida a la propiedad, ya que los hombres no cumplen siempre su misión, como hace el fuego por su naturaleza. Porque Dios sabe que se puede hallar muy a menudo al hijo de un señor cometiendo villanías y acciones deshonrosas. Y el que desea tener reputación de nobleza, por haber nacido de casa noble y haber sido sus antepasados nobles y virtuosos, si no quiere él mismo realizar acciones dignas, ni imitar a sus ilustres abuelos difuntos, no es noble, así sea duque o conde, pues las acciones villanas y perversas hacen al villano. La nobleza no es sino la fama de tus antepasados, lo cual es cosa extraña a tu persona. Tu nobleza procede solamente de Dios, porque nuestra verdadera hidalguía se nos concede por gracia, y en modo alguno nos fue legada con nuestra posición.

Piensa cuán noble, según dice Valerio, fue aquel Tulio Hostilio, que de la indigencia se elevó a la alta nobleza. Lee a Séneca, y lee también a Boecio: allí verás claramente, sin duda alguna, que es noble el que ejecuta acciones nobles. Por tanto, querido esposo, yo saco la conclusión de que, aunque mis antepasados fuesen de humilde cuna, puede, sin embargo, el Altísimo (y así lo espero) concederme la gracia de vivir virtuosamente. Cuando yo comience a vivir en la virtud y abandone el pecado, entonces seré noble.

Y, pues me reprochas mi pobreza, el Altísimo, en quien

creemos, eligió pasar su vida en pobreza voluntaria. Y seguramente todos los hombres, doncellas o mujeres casadas, comprenderán que Jesús, rey de los cielos, no había de escoger vida viciosa. La pobreza alegre es cosa honrada, que así lo afirman Séneca y otros sabios. Yo estimo por rico a cualquiera que se considere satisfecho con su pobreza, aunque no tenga camisa. El que ambiciona es pobre, porque desea tener lo que en su poder no se halla; pero el que nada tiene, ni codicia tener, es rico, aunque tú le consideres no más que un rústico.

La verdadera pobreza es jovial por su índole. Juvenal dice alegremente de la pobreza: «El hombre pobre, cuando va por su camino delante de ladrones puede cantar y divertirse. La pobreza es para algunos bien aborrecible y, a lo que yo creo, dispensador muy grande de preocupaciones, y asimismo de sabiduría para el que lo lleva con paciencia. La pobreza, aunque nos parezca desgraciada, es una posesión que nadie nos disputará. Muchas veces, cuando el hombre está abatido, la pobreza hace que conozca a su Dios, y aun a sí propio. La pobreza es, según yo pienso, un anteojo a través del cual puede verse a los verdaderos amigos». En consecuencia, señor, toda vez que yo no te he agraviado, no me vituperes más a causa de mi pobreza.

También, señor, me echas en cara la vejez. Mas, verdaderamente, señor, aun cuando ninguna autoridad hubiera en libro alguno, vosotros, los bien nacidos y honrados, decís, merced a vuestra cortesía, que se debe favorecer al anciano y llamarle padre. Y autores he de encontrar, me parece, que me abonen.

Dices que soy fea y vieja. En ese caso, no temas ser cornudo, pues (no medre yo si miento) la fealdad y la vejez son grandes guardianes de la castidad. Pero, como sé lo que constituye tu deleite, yo satisfaré tu humano apetito.

Elige ahora una de esas dos cosas: o tenerme fea y vieja hasta que yo muera, siendo para ti humilde y fiel esposa, y no desagradándote jamás en toda mi vida, o, por lo contrario, tenerme joven y hermosa y correr la aventura de la concurrencia que acudiría a tu casa, o tal vez a algún otro lugar. Escoge, pues, tú mismo lo que te plazca.

El caballero meditó y suspiró dolorosamente; mas al cabo dijo de esta manera:

—Señora mía, amor mío y esposa queridísima, yo me pongo bajo tu discreta autoridad; elige tú misma lo que haya de ser más agradable y más honroso para ti y para mí. Yo no me preocupo de cuál sea de las dos cosas, pues la que tú quieras me satisfará.

—¿Entonces he conseguido yo dominio sobre ti —dijo ella—, toda vez que puedo elegir y mandar como me plazca?

—En verdad que sí, esposa —dijo él—; porque yo lo considero como lo mejor.

—Bésame —insistió ella— y no estemos más tiempo enojados, pues, a fe mía, yo seré para ti las dos cosas, es decir, hermosa y buena a la par. Pido a Dios que me mate loca si no soy para ti tan buena y fiel como jamás fue ninguna mujer desde el principio del mundo. Y si yo no soy mañana tan hermosa de ver como dama alguna, emperatriz o reina, que exista desde el oriente al ocaso, dispón de mi vida y muerte enteramente a tu arbitrio. Levanta la cortina del lecho y mira.

Y cuando el caballero vio que su mujer era, en realidad, bella y joven, la amó en sus brazos, sumergido su corazón en un baño de felicidad, y la besó mil veces seguidas. Y ella le obedeció en todo lo que podía proporcionarle contento o deleite.

Así vivieron ambos en perfecto gozo hasta el fin de sus días. Y Jesucristo nos envíe maridos sumisos, jóvenes y vigorosos en el lecho, así como la gracia de sobrevivir a aquellos con quienes nos casamos. También ruego a Jesús que abrevie la vida de los que no quieren ser gobernados por sus mujeres, y a los viejos regañones y tacaños en sus gastos Dios les mande muy luego su bendición final.

PRÓLOGO DEL CUENTO DEL FRAILE

El buen fraile mendicante no cesaba de mirar con ceño al alguacil, aunque por cortesía no le había dicho hasta entonces ninguna palabra grosera. Mas, por fin, habló así a la mujer:

—¡Señora, Dios os conceda muy buena vida! Por mi salud, habéis tocado aquí una gran dificultad en materia escolástica. Habéis tratado a maravilla muchas cosas, yo lo aseguro; pero, señora, mientras cabalgamos por nuestro camino, no es preciso que hablemos sino en broma, y déjense las autoridades, en nombre de Dios, para los predicadores y para las escuelas de clérigos. Yo voy a contaros una burla de cierto alguacil, si ello agrada a esta compañía. Bien podéis comprender que de un alguacil no es posible decir cosa buena. Yo ruego que ninguno de vosotros se disguste. Un alguacil eclesiástico es un chisgarabís cargado de citaciones por fornicación, que se ve apaleado en las afueras de cada villa.

A este punto dijo el posadero:

—¡Ah, señor! Debierais ser comedido y cortés, cual hombre de vuestra condición. En esta compañía no queremos disputas. Contad el cuento y dejad en paz al alguacil.

—No —interrumpió el alguacil—; déjese que me diga lo que quiera. ¡Por Dios que, cuando me toque la vez, yo le he de pagar hasta la menor porción! Y diré que es gran honra ser mendicante y le hablaré de su cargo.

El huésped gritó:

—¡Silencio! ¡Basta ya!

Después de lo cual dijo al fraile:

—Narrad el cuento, nuestro amado maestro.

CUENTO DEL FRAILE

En otro tiempo había en mi país un arcediano, hombre de elevada posición, que ejecutaba resueltamente las penas por fornicación, brujería, alcahuetería, calumnia y adulterio, robos sacrílegos, cuestiones de testamentos y contratos, carencia de sacramentos, usura y simonía, y otras muchas clases de delitos que no es necesario enumerar en ese momento. Mas sin duda alguna infligía mayor tortura a los lujuriosos, los cuales se veían obligados a cantar la verdad cuando eran cogidos. Y los humildes diezmeros eran vilmente puestos a la vergüenza; y si algún cura se quejaba de ellos, no podían librarse de sufrir penas pecuniarias. Por pequeños diezmos y por ofrendas insignificantes hacía el arcediano clamar a la gente de modo lastimoso; porque antes de que el obispo los acogiera al amparo de su báculo, se hallaban en el libro del arcediano, quien, por su jurisdicción, tenía poder para imponerles correctivo.

A sus órdenes estaba un hábil alguacil. Mozo más pícaro no lo había en Inglaterra, pues disponía mañosamente de un servicio de espías que le informaban de dónde podía ir con provecho. Sabía favorecer a uno o dos libertinos, para que le diesen noticias de veinticuatro más. Porque, aun cuando este alguacil estuviera loco como una liebre, yo no dejaré de decir su perversidad, toda vez que nosotros estamos libres de su justicia. Sí, que ellos no tienen jurisdicción sobre nosotros, ni jamás la tendrán en toda su vida.

—¡Por San Pedro! —interrumpió el alguacil—. Lo mismo les sucede a las mujeres de los burdeles, que están fuera de mi inspección.

—¡Silencio! ¡Mala fortuna y desventura te abrumen! —dijo nuestro posadero—. Déjale que diga su cuento. Seguid adelante, aunque el alguacil alborote, querido maestro.

—Ese falso ladrón, ese alguacil —continuó el fraile—, tenía siempre alcahuetes prestos a servirle, igual que el halcón acude al señuelo, los cuales le contaban todos los secretos que sabían. Eran sus denunciadores privados, y sacaba gran provecho de ello, pues su superior no siempre estaba advertido de lo que el alguacil ganaba. Sabía intimidar sin citación a los hombres ignorantes, bajo pena de la maldición de Cristo, y ellos se consideraban satisfechos llenando su bolsa y dándole buenos banquetes en las tabernas. Y, como Judas, tenía una bolsa y era ladrón, un ladrón en todo semejante a aquél, tanto que su jefe sólo percibía la mitad de la suma debida. Era, si debo aplicarle el elogio que merece, bandido, alguacil y echacuervos en una pieza. Tenía también rameras en su cuadrilla, de suerte que quienquiera que se acostara con ellas, fuese el señor Roberto, o el señor Hugo, o Juanillo, o Raúl, luego las mozas se lo decían al oído: de tal modo se hallaban con él de acuerdo las prostitutas. Llevaba una citación fingida, y convocaba a ambos a capítulo, robando al hombre y dejando libre a la ramera. Entonces decía al inculpado: «Amigo, yo por ti mandaré borrar a esa mujer de nuestras malas notas. Tú no necesitas ocuparte más en este asunto; yo soy tu amigo siempre que te pueda servir».

Los medios que él conocía para hurtar, no se podrían decir seguramente en dos años. Porque no hay en la tierra perro de guardabosque que sepa distinguir el ciervo herido del ileso mejor que aquel alguacil conocía al impúdico bribón, al adúltero o al galán. Y como esto era lo que hacía su renta, por eso ponía en ello toda su atención.

Y ocurrió cierto día que el alguacil, siempre al acecho de su presa, cabalgaba para citar a una viuda, simulando un pretexto para robarla.

Aconteció, pues, que vio a caballo delante de sí a un guardabosque bien ataviado, que caminaba por la linde de un bosque. Llevaba un arco y brillantes y aguzadas flechas, vestía corta casaca verde y se cubría la cabeza con un sombrero de franjas negras.

—Señor —dijo el alguacil—, ¡salud y bien hallado!

—¡Bien venido —contestó aquél—, lo mismo que todo buen compañero! ¿Adónde cabalgas tú por este verde bosque? —añadió—. ¿Vas lejos?

El alguacil respondióle, diciendo:

—No; llevo intención de cabalgar aquí cerca, para exigir cierto tributo que pertenece a las deudas de mi señor.

—¿Eres entonces mayordomo?

—Sí.

Y no se atrevió, por repugnancia y vergüenza, a decir su verdadero nombre, esto es, alguacil.

—*Depardieu!* —exclamó el guardabosque—. Querido, si tú eres un intendente, yo soy otro. Mas soy desconocido en esta comarca, así que requiero tu trato y al mismo tiempo tu hermandad, si te place. Yo tengo oro y plata en mi arca; si te acaece venir a nuestro condado, todo será tuyo.

—Muchas gracias te doy —dijo el alguacil.

Cada uno ofreció al otro promesa de ser hermanos juramentados hasta que murieran. Y siguieron cabalgando camino adelante en alegre plática.

El alguacil, que se hallaba tan rebosante de charlatanería como de malicia de alcotanes, y andaba inquiriendo siempre acerca de todas las cosas, dijo:

—Hermano, ¿dónde está tu morada, por si algún día quisiera verte?

El guardabosque respondióle con dulces palabras:

—Hermano, allá en la región del Norte, donde espero he de hallarte alguna vez. Antes de separarnos, yo te informaré tan bien, que no dejarás de dar con mi casa.

—Ahora, hermano —repuso el alguacil—, ruégote que, mientras cabalgamos por el camino, me enseñes (puesto que eres intendente como yo), alguna treta, y me digas con toda verdad cómo podré ganar más en mi oficio. Y no te abstengas pensando en tu conciencia, ni por miedo al pecado, sino dime, cual hermano mío, cómo te gobiernas.

—Querido hermano —respondió el guardabosque—, voy a hacerte una relación fiel. Mis gajes son muy mezquinos y exiguos; mi señor es miserable conmigo, y mi oficio muy penoso. Por eso vivo merced a cohechos y acepto todo lo que me quieren dar. Por cualquier medio, con ardides o mediante la violencia, año tras año, cubro todos mis gastos. No puedo hablarte más sinceramente.

—Si he de hablar con certeza —repuso el alguacil—, lo mismo me conduzco yo. Dios sabe que no me privo de robar, a no ser que ello resulte demasiado fatigoso o en exceso violento. No tengo cargo ninguno de conciencia por lo que pueda ganar secreta y privadamente, pues si no fuese por mis cohechos, no podría vivir. Y de tales mañas no me quiero confesar: no conozco compasión ni conciencia algunas y maldigo a todos los padres confesores. ¡Por Dios y por Santiago, buenas piezas nos hemos tropezado! Mas dime tu nombre, querido hermano.

Así se expresó el alguacil, mientras el otro, sonreía.

—Hermano —contestó—, ¿quieres que te lo diga? Yo soy un diablo, y mi residencia el infierno. Mas ahora cabalgo para adquirir lo que me pertenece y ver dónde me darán alguna cosa. Porque estos provechos son lo único efectivo de mis rentas. Tú cabalgas con la intención de ganar bienes, y no te cuidas jamás de qué manera, y asimismo obro yo, pues cabalgando voy ahora hasta el fin del mundo en busca de botín.

—¡Ah! —exclamó el alguacil—. *Benedicite!* Yo pensaba que eras un guardabosque de verdad, pues tienes humana forma igual que yo. ¿Adoptáis entonces figura determinada en el infierno, donde moráis?

—No, ciertamente —respondió el diablo—. Allí no tenemos ninguna, sino que, cuando nos parece, podemos tomar cualquiera, o bien haceros creer que tenemos a veces la forma de un hombre o de un mono. También puedo cabalgar o ir a pie con apariencia de ángel. Que ello suceda así, no es ningún prodigio. Un piojoso juglar puede engañarte, y yo sé más artificios que él, en verdad.

—¿Cómo? —replicó el alguacil—. ¿Entonces vas a caballo o a pie bajo diversas formas, y no siempre con una?

—Es que nosotros —repuso el demonio— ofrecemos las apariencias que más nos convienen para apoderarnos de nuestras presas.

—¿Por qué os tomáis todo ese trabajo?

—Por muchísimos motivos, querido alguacil —dijo el diablo—. Mas toda cosa tiene su tiempo. El día es corto; ha pasado la hora de prima, y aún no he ganado hoy nada. Debo poner mi atención en la ganancia, en vez de ocuparme en declarar nuestras trazas. Porque, hermano mío, tu inteligencia es demasiado corta para comprenderlas, aunque yo te las dijera. Pero ya que tú preguntas por qué trabajamos nosotros, te diré que, a veces, somos instrumentos de Dios, y medios para ejecutar sus mandamientos sobre sus criaturas cuando le place emplearnos con varios artificios y bajo figuras diversas. En realidad, sin Él no tenemos poder, supuesto que quiera colocarse en contra nuestra. Y, en ocasiones, a nuestras instancias, obtenemos permiso para atormentar solamente el cuerpo, mas no el alma: testigo Job, a quien causamos dolor. Otras veces tenemos poder sobre el alma y sobre el cuerpo. En ciertas ocasiones se nos da licencia para tentar al hombre y turbar su alma, pero no su cuerpo; y todo sucede para lo mejor. Cuando resiste nuestra tentación, ello es causa de que se salve, aunque no fuere nuestro propósito que se salvara. Y a veces somos servidores del hombre, como servidor fui yo mismo del arzobispo San Dunstan y de los apóstoles.

—Dime también sinceramente —añadió el alguacil—, ¿formáis vosotros de este modo, con elementos, nuevos cuerpos sin cesar?

Respondió el demonio:

—No; mas algunas veces fingimos y otras animamos cuerpos muertos, de muy diversas maneras, y hablamos tan bien, justa y razonablemente como Samuel habló a la pitonisa. Y, sin embargo, algunos dicen que no fue él; mas yo no hago caso de vuestra teología. Pero una cosa te advierto: yo no me chanceo y tú vas a saber perfectamente cómo estamos formados nosotros. De aquí a poco, mi querido hermano, vendrás adonde no necesitarás aprender de mí, porque tú, por experiencia propia, podrás informarte en la cátedra acerca de este particular, y mejor que Virgilio cuando vivía, o que Dante. Ahora cabalguemos de prisa, pues yo deseo estar en tu compañía cuanto tiempo pueda.

—Así será —dijo el alguacil—, que soy hombre de pro, como todos saben, y cumpliré mi promesa en este caso. Porque, aunque tú fueras el mismo Satanás, no faltaré a la palabra dada a mi hermano. Nos hemos jurado el uno al otro ser hermanos verdaderos en este negocio, y nosotros dos vamos a nuestro provecho. Toma tu parte de lo que te den, yo tomaré la mía, y así viviremos ambos. Y si alguno de los dos tiene más que el otro, sea fiel y pártalo con su hermano.

—Estoy conforme —dijo el diablo.

Y con estas palabras siguieron cabalgando. Justamente a la entrada del extremo de la ciudad a la cual el alguacil se disponía a ir, vieron un carro cargado de heno, al que un carretero conducía por la calzada. El camino tenía muchos baches y en uno el carro se atascó. El carretero golpeaba a sus animales y gritaba como un loco:

—¡Arre, *Tejón*! ¡Arre, *Escocés*! ¿Os detenéis por las piedras? ¡El demonio os lleve en cuerpo y hueso! ¡Tantas calamidades como yo he sufrido por vosotros! ¡El diablo cargue con todo: caballos, carro y heno!

El alguacil se dijo:

«Aquí nos ha sobrevenido diversión.»

Y acercóse al demonio con mucho sigilo, y murmuró a su oído:

—Escucha, hermano mío, escucha, por tu fe; ¿no has oído lo que ha dicho el carretero? Cógelos en seguida, pues te ha dado el heno, así como el carro y los caballos.

—No —dijo el diablo—, de ninguna manera. Dios sabe que no. Créeme que su intención no es ésa. Pregúntale tú mismo, si no me das crédito, o, si no, aguarda un momento, y verás.

El carretero acarició la grupa de su caballos y ellos comenzaron a tirar y avanzaron.

—¡Ea, ya! —gritó—. ¡Jesucristo os bendiga y a todas sus criaturas grandes y pequeñas! ¡Eso es tirar bien, tordillo mío! ¡Pido a Dios y a San Eloy que te salven! Ya está mi carro fuera del lodazal, ¡voto a Dios!

—Ya lo ves, hermano —murmuró el demonio—. ¿No te lo dije yo? Por esto puedes ver que el hombre dice una cosa y piensa otra. Sigamos nuestra jornada, que nada gano yo aquí con ese carro.

Cuando se acercaron a los arrabales de la ciudad, el alguacil habló al diablo, diciéndole:

—Hermano, aquí vive una vieja que preferiría perder el cuello a dar un penique de su hacienda. Pero yo le sacaré doce peniques, aunque por ello se vuelva loca, o he de citarla ante nuestra curia, y, sin embargo, Dios sabe bien que de ella no conozco vicio alguno. Y, pues tú no puedes ganar para tus gastos en esta comarca, toma ejemplo de mí.

Y el alguacil llamó así a la puerta de la viuda.

—¡Sal, bruja vieja! ¡Me parece que tienes contigo algún fraile o cura!

—¿Quién llama? —dijo la viuda—. *Benedicite!* Dios os guarde, señor. ¿Cuál es vuestro deseo?

—Traigo aquí —contestó él— un auto de comparecencia. Mañana, bajo pena de excomunión, has de estar ante el arcediano para responder al tribunal de ciertas cosas.

—¡Señor —exclamó ella—, Cristo Jesús, Rey de reyes, ayúdame, pues en verdad que yo no puedo ir! He estado enferma muchísimos días, y no me es posible andar hasta tan lejos ni ir a caballo. Eso sería mi muerte, que de tal modo me duele el costado. ¿No puedo solicitar una declaración escrita, señor alguacil, y responder, por mi procurador, de las inculpaciones que se me imputen?

—Sí puedes —dijo el alguacil—. Págame doce peniques y te absolveré. Yo he de sacar provecho de esto, pues mi jefe obtiene la ganancia, y no yo. Anda, dame pronto doce peniques, que no puedo aguardar más tiempo.

—¡Doce peniques! —repuso ella—. ¡Ayúdame. Nuestra Señora Santa María, a salir de penas y pecados! No tengo doce peniques en mi poder, ni los lograría reunir aunque hubiera de ganar con ellos este vasto mundo. Bien sabéis que soy pobre y viuda; tened compasión de mí, infeliz desventurada que soy.

—No, por cierto —dijo él—. ¡Mal demonio me lleve si yo te dispenso, aunque te arruines!

—¡Ay! —exclamó ella—. Bien sabe Dios que no soy culpable de nada.

—Págame —insistió él—, o, por la dulce Santa Ana, que me he de llevar tu sartén nueva a cuenta de lo que me debes de antiguo, cuando hiciste cornudo a tu marido, y yo pagué tu multa a mis superiores.

—¡Mientes! —clamó ella—. ¡Por mi salvación que sí! ¡Jamás he sido citada antes de ahora, en toda mi vida, ni viuda ni casada, ante tu tribunal, ni nunca fui sino fiel de mi cuerpo! ¡Al negro diablo doy el tuyo, y mi sartén también!

Y cuando el diablo la oyó maldecir así, dijo de esta suerte:

—¿De modo, mi buena abuela Mabely, que tal es vuestro deseo?

—¡El diablo lleve a este alguacil —repitió ella— antes que se muera! ¡Llévéselo con sartén y todo, a no ser que quiera arrepentirse!

—No, vieja, no es mi intención arrepentirme de todo lo que he obtenido de ti —dijo el alguacil—. Yo me apoderaré de tu camisa y de todas tus otras prendas.

—Hermano —dijo el diablo—, no te enojes, pero tu cuerpo y esta sartén me pertenecen de derecho. Tú vendrás conmigo al infierno hoy de noche, y allí te enterarás de nuestros secretos mejor que un doctor en teología.

Y con estas palabras, el horroroso demonio cargó con el ministril, que fue a dar en cuerpo y alma adonde los alguaciles tienen su legítima morada. Dios, que creó a su imagen al género humano, salve y guíe a todos nosotros y permita que este alguacil se vuelva bueno.

—Señores —acabó el fraile—, si nuestro alguacil me hubiese dejado oportunidad, podría yo haberos referido, según los textos de Cristo, de Pablo y de Juan, así como de muchos de nuestros demás doctores, penas tales, que se estremecerían vuestros corazones, a pesar de que ninguna lengua puede describir, así hable durante mil inviernos, los tormentos de la maldita mansión infernal. Mas, para librarnos de ese lugar nefando, rogad a Jesús que con su gracia nos guarde del tentador Satanás. Escuchad estas palabras, y estad en guardia. El león se halla siempre en acecho para matar, si puede, al inocente. Aparejad en todo tiempo vuestros corazones, a fin de resistir al demonio, que os quiere hacer sus esclavos y siervos. Y, si veláis, él os tentará, pero Cristo será vuestro campeón y paladín.

Y rogad para que los alguaciles se arrepientan de sus culpas antes de que el demonio cargue con ellos.

PRÓLOGO DEL CUENTO DEL ALGUACIL

El alguacil se alzó sobre sus estribos. Estaba tan airado contra el fraile, que temblaba de ira como la hoja del álamo.

—Señores —dijo—, sólo deseo una cosa. Os suplico que, en vuestra cortesía, y ya que habéis oído mentir a este fraile falso, me permitáis que yo relate un cuento. Este fraile presume de que conoce el infierno, y Dios sabe que ello no es gran maravilla, pues entre frailes y demonios hay poca diferencia. Porque vosotros habréis oído contar en muchas ocasiones que un fraile fue arrebatado cierta vez en espíritu al infierno en una visión, y allí un ángel le llevó por todas partes para mostrarle los tormentos que en el Averno se usaban. En todo aquel lugar no vio el fraile un solo fraile más, aunque de las otras gentes sí viera bastantes padeciendo. Entonces el fraile habló al ángel y le dijo:

—Señor, ¿tienen los frailes tal gracia que ninguno de ellos ha de venir a este paraje?

—A decir verdad —contestó el ángel—, hay aquí muchos millones.

Y le condujo a los más profundos abismos, donde estaba Satanás.

—Nota —dijo— que Satanás tiene un rabo más ancho que la vela de un barco. ¡Satanás —gritó—, levanta la cola, enseña las nalgas y deja que el fraile vea dónde está el nido de los suyos en el infierno!

Y delante del orificio anal, en el espacio de un estadio, de la misma manera que las abejas bullen alrededor de la colmena, se precipitaron fuera del trasero del diablo veinte mil frailes en tropel, y se desparramaron por el infierno en todas direcciones. Luego, volviendo tan de prisa como podían, deslizáronse todos otra vez en el demoníaco ano. Bajó Satán de nuevo el rabo y quedóse muy quieto. Cuando el fraile hubo contemplado todos los tormentos de aquel siniestro lugar, Dios, en su gracia, restituyó su espíritu a su cuerpo e hízole que despertara; mas, no obstante, temblaba todavía de miedo: de tal modo retenía en su mente las posaderas del diablo, que eran su mansión natural. Dios salve a todos vosotros, menos a este maldito fraile. De tal guisa quiero yo terminar mi prólogo.

CUENTO DEL ALGUACIL

En el condado de York hay una región pantanosa, que se llama Holderness. Recorríala de ordinario un fraile mendicante para predicar (y también para pedir, sin duda). Sucedió que este fraile había predicado cierto día en una iglesia, estimulando a las gentes, en su sermón, a que mandasen celebrar treintenas y a que dieran, por Dios, limosnas con que se pudiesen edificar santas casas allí donde es honrado el servicio divino, no donde es malversado y devorado. Decía también que no se diera a quien no hay necesidad de dar, como a los prebendados, que pueden vivir, gracias a Dios, en prosperidad y abundancia.

—Las treintenas —decía— libran de tormentos a las almas de los amigos, así viejos como jóvenes, cuando se cantan pronto, pero no deben servir para mantener a un cura orondo y jovial, que no canta más que una misa cada día. «Sacad a las almas del purgatorio —agregaba—. Muy doloroso es verse desgarrado con garfios o con punzones, o quemado o cocido. Apresuraos, pues, y no os retardéis, por amor de Cristo.»

Y luego que el fraile dijo todo cuanto quiso, continuó su camino, despidiéndose con un *qui cum Pater*, después que la gente le hubo dado en la iglesia lo que a cada uno le pareció.

No queriendo aguardar más tiempo, prosiguió su ruta con su morral y su bastón herrado, y arremangándose bien. En cada casa se ponía a mirar y atisbar con atención, pidiendo harina o queso o grano. Llevaba un bastón con contera de cuerno, un par de tabletas de marfil y un estilo pulimentado con esmero, e iba escribiendo los nombres de todas las personas que le daban alguna limosna, como si fuese para rogar por ellas.

—Dadnos una medida de trigo, de cebada o de centeno; un bollito de Dios o un pedacito de queso; o si no, lo que queráis, pues nosotros no podemos elegir. Medio penique, por Dios, o un penique para una misa; o una magra de cerdo, si la tenéis, o un pedazo de cobertor. Y si no, querida señora, tocino o carne, o cualquier cosa que tuviereis.

Un mozo fornido, criado del hospedero del fraile, iba siempre detrás. Llevaba un saco, y lo que se le daba cargábaselo a la espalda. Cuando estaba fuera de puertas, al punto el fraile borraba todos los nombres que había escrito antes en sus tabletas, dedicando a los donadores burlas y donaires.

—No, alguacil, en eso mientes —interrumpió el fraile.

—¡Silencio —dijo el hospedero—, silencio, en nombre de la Madre de Cristo! Sigue adelante con tu cuento, alguacil, y no hagas caso de nada.

—Por mi salvación —repuso el alguacil— que así lo haré.

Y siguió su cuento, diciendo:

—De este modo fue el fraile durante mucho tiempo de casa en casa, hasta que llegó a una donde acostumbraba descansar más que en cien lugares juntos. Enfermo estaba el buen hombre a quien la casa pertenecía, y en una cama baja yacía postrado.

—*Deus hic*. ¡Oh, amigo Tomás, buenos días! —saludó el fraile, cortés y dulcemente—. ¡Tomás —repitió—, Dios te devuelva la salud! ¡Cuántas veces he estado en este banco tan a gusto! Aquí he hecho yo muchas alegres comidas.

Y, echando del banco al gato, colocó allí su bastón, su sombrero y su morral y se sentó cómodamente.

El acompañante que el fraile tenía se había encaminado a la ciudad con el criado, hacia la hostería, donde determinó pasar aquella noche.

—¡Oh, querido señor! —dijo el enfermo—. ¿Cómo os ha ido desde principios de marzo? Hace quince días o más que no os he visto.

—Dios sabe —respondió el fraile— que he trabajado muy de firme, y sobre todo he rezado muchas valiosas oraciones por tu salud y por la de nuestros demás amigos. ¡Dios los bendiga!

Hoy he estado en misa en vuestra iglesia y he predicado un sermón, según la medida de mi pobre ingenio y no enteramente según el texto de la Sagrada Escritura. Y eso porque el comprenderla se hace difícil para vosotros, por cuyo motivo me gusta enseñároslo todo en glosa. El comentario es cosa admirable, en verdad, y la letra mata, como decimos los clérigos. He enseñado allí a las gentes a ser caritativas y a derramar sus bienes donde sea menester. Y allí vi a la que es tu mujer y mi señora. ¿Dónde, por cierto, está?

—Allá en el patio creo que anda —contestó el marido—; pero vendrá en seguida.

—¡Hola, bien venido seáis, por San Juan! —dijo, llegando, la mujer—. ¿Cómo estáis, señor mío?

El fraile se levantó con mucha cortesía, abrazó estrechamente a la mujer, la besó con dulzura y gorjeó con sus labios como un gorrión, diciendo:

—Señora, muy bien. Soy siempre vuestro servidor en todo. Demos gracias a Dios, que os otorgó el alma y la vida. No he visto hoy en toda la iglesia mujer tan hermosa, así Dios me salve.

—Sí, Dios corrige los defectos, señor —dijo ella—. En fin, sed bien venido.

—Muchas gracias, señora; siempre me acogéis así. Pero pido de vuestra gran bondad que no os ofendáis si deseo hablar con Tomás un momento. Los curas son muy negligentes y descuidados en materia de examinar delicadamente una conciencia; mas yo pongo toda mi solicitud en la confesión, en los sermones y en el estudio de las palabras de Pedro y de Pablo. Yo pesco las almas de los cristianos, para pagar a Jesucristo su justo tributo, y todas mis ansias estriban en difundir la divina palabra.

—A propósito, señor —dijo ella—; reprended a mi esposo bien. ¡Por la Santísima Trinidad que me holgaré de ello! Mi marido es tan colérico como una araña, aunque tiene todo lo que puede desear. Por más que le tapo de noche y le presto calor, echándole encima mi pierna o mi brazo, gruñe como el cochino que tenemos en la pocilga. Ninguna diversión consigo yo de él, ni puedo contentarle en ningún caso.

—¡Oh, Tomás! *Je vous dis,* ¡Tomás, Tomás! Eso lo hace el demonio, eso tiene que corregirse... La ira es cosa que el Altísimo prohíbe, y de ella voy a hablar una o dos palabras.

—Ahora, maestro —dijo la mujer—, indicadme, antes que yo me vaya, qué queréis comer. Iré preparándolo.

—En este momento, señora —respondió el fraile—, *je vous*

dis, sans doute, que aun cuando yo no comiera sino el hígado de un capón, y no más que una rebanada sutil de pan tierno, y después de eso una cabeza de lechoncillo tostada (pues no quiero que se mate a ningún animal por mí), tendría yo suficiente alimento. Soy hombre que me mantengo con poco. Mi espíritu halla su alimento en la Biblia, y mi cuerpo vive siempre tan aparejado a la vigilia, que mi estómago está destruido. Ruégoos, señora, que no os enojéis porque tan confidencialmente os descubra mi secreto, el cual yo no quisiera, por Dios, sólo revelarlo a muy contadas personas.

—Bien, señor —dijo ella—. Pero he de contaros una cosa antes de irme: en estas dos semanas que han pasado desde que os marchasteis de la ciudad, mi niño se ha muerto.

—Su muerte la supe yo por revelación— repuso el fraile—, en nuestro convento. Bien me atrevo a decir que no había transcurrido aún media hora desde su muerte, cuando contemplé, en mi visión, cómo le conducían a la Gloria. Lo mismo les sucedió a nuestro sacristán y a nuestro enfermero, que han sido frailes perseverantes durante cincuenta años y pueden ahora (¡Dios sea loado por sus dones!) andar solos por el mundo. Deslizándose abundantes lágrimas por mis mejillas, me levanté, así como también toda nuestra comunidad, y, sin alboroto ni repique de campanas, entonamos un *Te Deum*. Nada más hubo, a no ser una plegaria que yo dirigí a Cristo en acción de gracias por su revelación. Porque, señor y señora, creed muy de veras que nuestras oraciones son más eficaces y que nosotros vemos mejor las cosas secretas de Cristo que los seglares, siquiera sean reyes. Nosotros vivimos en pobreza y abstinencia, y los seglares entre riquezas y dispendios en la comida y bebida, y en otros impuros deleites. Nosotros despreciamos por completo los placeres de este mundo diverso, por lo cual recibieron galardón diferente. El que quiere obrar, debe ayunar y ser puro, fortalecer su alma y debilitar su cuerpo. Nosotros vivimos como dice el apóstol, y aun cuando nuestros vestidos y alimentos no sean muy buenos, nos bastan. La pureza y el ayuno de los frailes, hacen que Cristo acepte nuestras plegarias.

»Ved —prosiguió— a Moisés que ayunó cuarenta días y cuarenta noches antes que el alto y poderoso Dios hablara con él en el Sinaí. Con el vientre vacío, ayunando muchos días, recibió la ley escrita por el dedo de Dios. Y bien sabéis que Elías, antes de conversar en el monte Horeb con el Altísimo, que es el médico de nuestra vida, ayunó mucho tiempo y vivió en contemplación. Aarón, que tuvo el templo bajo su gobierno, y lo mismo todos los demás sacerdotes, cuando habían de rogar por el pueblo y celebrar el servicio divino, no querían beber bebida alguna que pudiese embriagarlos, sino que oraban y velaban en abstinencia, por temor a morir en caso contrario. Porque si los que ruegan por el pueblo no son sobrios... No digo más, pues ello es suficiente. Según la Sagrada Escritura, Jesús, nuestro Señor, nos dio ejemplo de ayuno y oración. Por lo cual nosotros, los mendicantes, nosotros, los pobres frailes, nos hemos casado con la pobreza y con la continencia, con la caridad, la humildad y la abstinencia, con la persecución de la justicia, con el llanto, la pureza y la misericordia. Y por eso podéis ver que nuestras oraciones (hablo de nosotros, los mendicantes; sólo de nosotros, los frailes) son más gratas cerca del Altísimo que las vuestras, con vuestros festines y desórdenes en la mesa. En verdad, el primer hombre fue arrojado del Paraíso por su glotonería. Así fue, no cabe duda.

»Pero escucha ahora, Tomás, lo que voy a decir. Creo que no hay ningún texto acerca de ello; mas yo podría encontrar en alguna suerte el comentario con que Jesús, nuestro dulce Señor, aludió especialmente a los frailes cuando dijo: «Bienaventurados los pobres de espíritu». Y así sucesivamente, puede verse si todo el Evangelio está o no más conforme a nuestra profesión que a la de quienes nadan en las riquezas. ¡ Fuera el fausto y glotonería de esas gentes! ¡Yo las desprecio por su ignorancia! Porque me parecen semejantes a Joviniano, que era gordo como una ballena y andaba como un pato, completamente repleto de vino, cual botella en la despensa. En hombres así, la oración es sumamente irrespetuosa cuando, en bien de las almas, recitan el salmo de David. Mira cómo dicen: «*Buf! Cor meum eructavit!*» ¿Quiénes siguen el Evangelio de Cristo y sus huellas, sino nosotros, que somos humildes, castos y pobres ejecutores, no auditores, de la palabra de Dios? Por eso, así como el halcón se eleva en el aire con ligero vuelo, de la misma manera las oraciones de los caritativos, castos y laboriosos frailes emprenden su raudo vuelo hasta los oídos de Dios. ¡Tomás, Tomás! ¡Así pueda yo cabalgar o andar con tanta seguridad como que, de no ser tú nuestro hermano, no medrarías! ¡Por el señor San Ivo que no! En nuestro capítulo rogamos a Cristo noche y día para que te envíe salud y fuerza con que pronto rijas tu cuerpo con desembarazo.

—Dios sabe —contestó el villano— que nada de eso va conmigo Así me ayude Cristo como yo, en pocos años, he gastado muchas libras en unos y otros frailes y, sin embargo, no me siento mejor. A decir verdad, casi he consumido mis bienes. ¡Todo mi oro se ha ido!

El fraile respondió:

—¡Ah, Tomás! ¿Has obrado de esa guisa? ¿Qué necesidad tienes de buscar diversos frailes? El que dispone de un buen médico, ¿para qué necesita buscar otros en la ciudad? Tu inconstancia es tu ruina. ¿Crees que yo y nuestra comunidad somos insuficientes para rogar por ti? Tomás, ese necio proceder no tiene valor; tu enfermedad proviene de que nosotros percibimos demasiado poco. ¡Eh, da a ese convento medio cuartillo de avena! ¡Eh, da a aquel otro veinticuatro monedas! ¡Eh, da a este fraile un penique, y que se vaya! ¡No, no, Tomás! Esto no puede seguir así. ¿Qué vale un ardite partido en doce? Mira: toda cosa que está unida es más fuerte que si se halla dispersa. No, no seré yo quien te adule, Tomás. En verdad te digo que tú desearías contar con nuestro trabajo por nada. El Altísimo, que lo ha creado todo en este mundo, dice que el trabajador es digno de su salario. Tomás, yo no deseo para mí tus riquezas, mas nuestro convento se muestra siempre solícito para rogar por ti y necesita dádivas para edificar la iglesia de Cristo. Tomás, si quieres aprender a bien obrar, en la vida de Tomás de la India hallarás si es bueno o no construir iglesias.

»Tú estás aquí acostado, lleno de la cólera con que el diablo encendió tu corazón, y riñes a esa pobre inocente de tu mujer, que es paciente y humilde. Así que, créeme, Tomás, no te querelles con tu mujer, y será para ti lo mejor. Y ten siempre presentes, por tu fe, estas palabras que acerca del particular dice el Sabio: «No seas un león en tu casa; no cometas vejación alguna con tus sirvientes, ni hagas sufrir a tus deudos». Tomás, de nuevo te exhorto: ten cuidado con la ira que duerme en tu pecho; guárdate de la serpiente, que astutamente se desliza bajo la hierba y muerde con disimulo. Sé cauto, hijo mío, y escucha con paciencia; que veinte mil hombres han perdido la vida por disputar con sus amantes o con sus mujeres. Y puesto que tú eres dueño de esposa tan santa y humilde, ¿qué necesidad tienes, Tomás, de levantar contienda? No hay, en verdad, serpiente tan cruel ni horrible cuando el hombre pisa su cola, como la mujer cuando está poseída de la ira; la venganza constituye entonces todo su anhelo. La ira es pecado, y uno de los mayores de los siete. Sí, que la mira como abominable el Dios del cielo y causa la destrucción del mismo hombre. Cualquier vicario o cura, por ignorante que sea, puede decir cómo la ira engendra el homicidio. La ira es, en realidad, la ejecutoria del orgullo. Tantas calamidades podría referir de la ira, que mi relación duraría hasta mañana. Por eso pido a Dios, noche y día, que envíe escaso poder al hombre airado. Gran mal y lástima grande es, en verdad, colocar al hombre colérico en elevada posición.

»Porque, según dice Séneca, hubo en otro tiempo un magistrado iracundo, durante cuya magistratura salieron a caballo cierto día dos caballeros, y quiso la fortuna que sucediera de tal modo que uno de ellos volviese a casa y el otro no. Al punto el caballero fue conducido ante el juez, que dijo así: «Tú has matado a tu compañero, por lo cual yo te condeno a muerte». Y dio esta orden a otro caballero: «Ve y llévale a morir; yo te lo mando». Y aconteció que yendo ellos por el camino hacia el lugar en donde el reo debía morir, encontráronse con el caballero que se supuso había muerto. Entonces pensaron que el mejor acuerdo sería llevar los dos al juez. Y le dijeron: «Señor, el caballero no ha matado a su amigo; aquí está, sano del todo». «¡ Vosotros moriréis, por mi salud!, dijo el magistrado. ¡ Sí, los tres!»

»Y al primer caballero habló así: «Yo te he condenado, y debes ser muerto de todas maneras. Y tú también —declaró al segundo—, debes necesariamente perder tu cabeza, pues eres la causa de que tu compañero muera». Y al tercer caballero dijo de este modo: «Tú no has hecho lo que yo te he mandado». Y ordenó matar a los tres.

»El iracundo Cambises era dado a la bebida, y se complacía siempre en obrar como perverso. Ocurrió, pues, que un magnate de su comitiva, que era persona de buenas costumbres, díjole cierto día: «El señor que es vicioso está perdido; y la embriaguez atrae al hombre vergonzosa fama, en especial a un señor. Hay muchísimos ojos y muchísimos oídos que observan al señor, si que él sepa dónde. Por amor de Dios, bebed más moderadamente, pues el vino hace perder al hombre su razón, además de todos sus miembros». «Tú vas a ver lo contrario, contestó Cambises en seguida, y ensayarás por tu propia experiencia que el vino no produce semejante daño en las personas. No hay vino que me prive de la fuerza de mi mano y de mi pie, ni la vista de mis ojos.» Y, en su maldad, bebió cien veces más de lo que antes solía; y, al mismo tiempo, aquel colérico y maldito infame mandó traer a su presencia al hijo del caballero, ordenándole se colocara en pie ante él. Luego, empuñó Cambises su arco, estiró la cuerda y con una flecha mató allí mismo al niño. «¿ Tengo segura la mano o no?», dijo después. «¿ He perdido toda mi fuerza y mi razón? ¿ Me ha despojado el vino de la vista de mis ojos?»

»¿ Para qué referir la respuesta del caballero? Su hijo fue

muerto y no hay más que decir. Mira, pues, cómo obras con los señores. Báilales al son; que yo lo haré siempre que pueda, a no ser que se trate de algún hombre. A un buen hombre se le pueden decir sus vicios; mas no a un señor, aunque haya de ir al infierno.

»Recuerda al colérico Ciro, el persa, que destruyó el río Gisen porque un caballo suyo se ahogó en él cuando el ejército fue a conquistar Babilonia. Hizo Ciro al río tan pequeño, que las mujeres podían pasarlo a pie. Atiende: ¿qué dijo el que tan bien sabe enseñar? «No tengas por compañero al hombre iracundo, ni emprendas tu camino con ningún loco, no sea que te arrepientas.» Y no hay más que hablar de esto. En resumen, querido hermano, deja tu ira. No tengas siempre hundido en tu corazón el cuchillo del diablo, y piensa que la cólera te hace sufrir con excesiva angustia. Y ahora dime toda tu confesión.

—¡No —replicó el enfermo—, no, por San Simón! Me he confesado hoy con el párroco y le he expuesto todo mi estado. No es preciso hablar más de confesión, a no ser que deseara hacerlo por humildad.

—Dame entonces dinero para levantar nuestro convento —dijo el fraile—. Piensa que mientras los demás hombres han estado viviendo en medio de comodidades, nuestro alimento ha sido abundancia de almejas y ostras, a fin de poder construir nuestro convento. Y, sin embargo, Dios sabe bien que apenas están levantados los cimientos, y no hay un ladrillo ya para el pavimento de nuestras celdas. ¡Por Dios que debemos cuarenta libras de piedras! ¡Ayúdanos, pues, Tomás, por Aquél que venció al infierno! De lo contrario, tendremos que vender nuestros libros y, si os falta nuestra predicación, el mundo caminará a su ruina. Sí, que a cualquiera que intente echarnos de este mundo (por mi salvación, Tomás, y con tu licencia te lo digo), Dios le privará del sol. Porque, ¿quién puede enseñar y trabajar como nosotros? Y eso no es de poco tiempo acá, sino que desde la época de Elías o de Eliseo, según hallo en los archivos, ha habido frailes que practicaron la caridad. ¡Alabado sea nuestro Señor! ¡Anda, Tomás, socórrenos, por Santa Caridad!

Y el fraile se postró de hinojos.

El enfermo se tornó casi loco de ira. Hubiese querido ver al fraile en el fuego en pago de su falaz hipocresía.

—Yo no puedo dar otra cosa —dijo— sino lo que se halla en mi poder. ¿Me afirmas que en verdad soy vuestro hermano?

—Sin duda alguna —contestó el fraile—. Ten de ello plena

seguridad. Yo he entregado a tu mujer la carta de fraternidad de mi Orden, con nuestro sello.

—Pues entonces —expuso el villano— yo daré algo a tu santo convento y tú tendrás al instante ese algo en tu mano, con la única condición de que lo habrás de repartir de tal modo, querido hermano mío, que cada fraile tenga tanto como los demás. Esto lo has de jurar por tu confesión, sin engaño ni restricción interna.

—¡Lo juro —dijo el fraile— por mi fe! —y al propio tiempo puso su mano en la del enfermo—. ¡Mira, aquí tienes prenda de ello! Por mí no ha de quedar.

—En ese caso —dijo el hombre—, mete la mano por detrás de mi espalda y tantea bien. Debajo de mis nalgas encontrarás una cosa que yo tengo escondida en secreto.

«¡Ah! —pensó el fraile—. ¡Algo me llevaré!»

Y deslizó su mano hasta el centro del trasero de Tomás, con la esperanza de encontrar allí algún don. Mas cuando el enfermo sintió que el fraile palpaba alrededor de su orificio posterior, le soltó una ventosidad en la mano. No hay caballo que tire de carro alguno que haya dejado escapar nunca tal estruendo.

El fraile dio un salto, como león furioso.

—¡Ah, falso villano! —gritó—. ¡Por los huesos de Dios que esto lo has hecho ahora por despecho! ¡Tú me las pagarás, como yo pueda!

Los de la casa, que oyeron la contienda, acudieron corriendo y echaron al fraile fuera, y él se marchó con el rostro muy colérico y fuese a buscar a su compañero allí donde estaban sus provisiones. Tenía el aspecto de un jabalí irritado y rechinaban sus dientes. Con paso resuelto encaminóse a la casa solariega del pueblo, donde habitaba un hombre de gran dignidad, de quien el fraile era confesor. El fraile llegó, casi presa de locura, cuando el señor estaba sentado a su mesa, comiendo. Apenas pudo articular el fraile, al principio, palabra alguna, mas al fin dijo:

—¡Dios os guarde!

El señor, contemplándole, exclamó:

—*Benedicite!* ¿Qué es eso, hermano Juan? ¿En qué mundo estamos? Bien veo que alguna mala cosa os ha sucedido. Parece como si el bosque estuviese infestado de bandidos que os asaltaran. Siéntese el hermano sin tardanza, y cuénteme sus cuitas, que todo se arreglará si está en mi poder.

—He sido víctima hoy —dijo el fraile— de tal ultraje en vuestro feudo, que no habría paje en este mundo, por pobre que fuese, que no sintiera abominación por lo que yo he sufrido en este lugar. Y, sin embargo, nada me duele tan cruelmente como que ese viejo villano de blancas guedejas haya blasfemado, además, de nuestro santo convento.

—Maestro —dijo el señor—, yo os suplico...

—Maestro no, señor —interrumpió el fraile—, sino servidor, aunque haya obtenido honor de maestro en la escuela. Dios no quiere que se nos llame Rabí ni en el mercado ni en los templos.

—No importa eso al caso —repuso el señor—. Contadme ya vuestra cuita.

—Señor —dijo el fraile—, un odioso contratiempo nos ha sobrevenido hoy a mi Orden y a mí, y, por consecuencia, a toda la jerarquía de la santa Iglesia. ¡Dios lo remedie pronto!

—Señor —declaró el caballero—, vos diréis lo que hay que hacer. Vos sois mi confesor y, además, la sal de la tierra y su sabor. Por amor de Dios, tened paciencia y narrad el ultraje.

El fraile refirió al punto lo que antes habéis oído. Ya sabéis bien qué.

La señora de la casa permanecía sentada, en silencio, hasta que hubo oído todo lo que el fraile contó.

—¡Oh! —dijo entonces—. ¡Madre de Dios, bienaventurada Virgen! ¿Hay alguna cosa más? Exponedlo sinceramente.

—No hay más, sino que quiero saber lo que os parece —repuso el fraile.

—¿Que qué me parece? —respondió ella—. Así Dios me asista, como yo digo que un villano ha cometido una acción villana

—Señora —dijo el fraile—, no quiero mentir; mas yo me vengaría de otra manera que con palabras. Yo deshonraré, en todas partes donde hable, a ese pérfido blasfemo, que me ha encargado de repartir a cada uno por igual lo que no puede repartirse. ¡Mala suerte le fulmine!

El señor, sentado e inmóvil, estaba sumido en meditación profunda, y en su imaginación daba vueltas y más vueltas a esto: «¿Cómo tuvo ese rústico el pensamiento de proponer semejante problema al fraile? Jamás he oído tal cosa antes de ahora; yo creo que el diablo se lo puso en la cabeza. Hasta el día presente no se encuentra esa cuestión en la Anométrica. ¿Quién será capaz de demostrar que cada uno puede tener por igual su parte en el ruido u olor de una ventosidad? ¡Oh, necio y orgulloso villano; maldito sea!»

—Oíd, señores —dijo luego el caballero con seriedad—; ¿quién oyó jamás cosa parecida antes de ahora? ¿A cada uno por igual? Decidme cómo. ¡Es imposible, no puede ser! ¡Demonio con el necio rústico! ¡Dios no le favorezca nunca! El ruido de una ventosidad, como todo sonido, no es más que la vibración del aire, que se va disipando poco a poco. No hay hombre, por mi fe, que sepa juzgar si puede ser distribuido en partes iguales. ¡Mirad, mirad mi villano, y cuán maliciosamente habló hoy a mi confesor! Yo le tengo, en realidad, por un poseso. Vamos, tomad vuestra comida y que el villano siga divirtiéndose con sus locuras. ¡Dejad que se ahorque y que el diablo se lo lleve!

Mas el criado del señor, que estaba en pie junto a la mesa trinchando los manjares y había oído palabra por palabra todo lo que os he referido, dijo:

—A yo querer, podría explicaros, señor fraile, con tal que no os enojaseis y a cambio de un paño para un traje, cómo esa ventosidad susodicha se puede repartir por igual entre vuestra comunidad.

—Dilo —interrumpió el señor— y tendrás al instante el paño para el traje. ¡Por Dios y por San Juan que sí!

—Señor —continuó el mozo—, cuando el tiempo esté bueno y no haya viento, ni corra siquiera un pelo de aire, mándese traer la rueda de un carro a esta habitación; pero cuídese de que tenga todos sus radios. La rueda de un carro tiene por lo común doce. Tráiganme después doce frailes. ¿Sabéis por qué? Porque trece hacen un convento. Este confesor, por su dignidad, completará el número de los suyos. Luego se arrodillarán todos a la vez, y de este modo cada uno de los frailes aplicará muy cuidadosamente su nariz a la extremidad de cada radio. Este digno confesor (¡Dios le salve!) colocará la suya bajo el cubo de la rueda. Después será traído aquí ese rústico, con el vientre hinchado y tenso como un tamboril. Se le sentará justamente encima del cubo de la rueda y se le mandará que suelte una ventosidad. Y veréis, por mi vida, según prueba que es demostrable, que tanto el sonido como el olor se dirigirán por igual hacia el extremo de los radios, salvo que este digno varón, por ser hombre de gran respeto, recibirá las primicias como es razón. Esta es la noble costumbre de los frailes: que los hombres dignos de entre ellos sean servidos primero, y en verdad que él lo tiene bien merecido. Nos ha enseñado hoy tantas cosas buenas cuando estaba predicando en el púlpito, que yo le concedería, por lo que a mí hace, que recibiera los olores de tres ventosidades, y eso mismo querría, con seguridad, todo su convento, por lo buena y santamente que se condujo.

El señor, la señora y todos, excepto el fraile, declararon que el paje Juanico había hablado tan bien como Euclides o como Tolomeo. Por lo tocante al villano, dijeron que su sagacidad y alto sentido le hicieron hablar como habló, y que no era loco ni poseso. Y Juanico se ganó un vestido nuevo.

Mi cuento se ha acabado. Casi estamos ya en la ciudad.

PRÓLOGO DEL CUENTO DEL ESTUDIANTE

Señor estudiante de Oxford —dijo nuestro mesonero—, cabalgáis tan silencioso y recatado como doncella recién casada que estuviera a la mesa de bodas, pues en todo el día no se ha escuchado una palabra de vuestra boca. Yo creo que meditáis algún sofisma. Pero Salomón dice: «Cada cosa tiene su tiempo».

»Pon, por Dios, mejor cara, que ésta no es hora de estudiar. Dinos algún cuento alegre, por tu fe, pues el hombre que toma parte en algún juego debe necesariamente acomodarse a la diversión. Mas no prediques, como los frailes en Cuaresma, para hacernos llorar nuestros viejos pecados, y procura que tu cuento no nos haga dormir.

»Cuéntanos algún asunto alegre y de aventuras. Tus términos y frases elegantes y tus figuras guárdalos en abundancia para cuando compongas en sentido elevado, como al escribir a los reyes. Te ruego que en esta ocasión hables tan llanamente que podamos entender lo que digas.

El digno estudiante respondió con dulzura, diciendo:

—Hospedero, yo estoy bajo tu autoridad. Por ahora tienes dominio sobre nosotros, y por eso quiero prestarte obediencia hasta tanto que la razón lo reclame. Voy a contaros un cuento que aprendí en Padua de un sabio ilustre, tan notable por sus palabras como por sus obras. Muerto está ahora y aprisionado en su ataúd. ¡Dios conceda descanso a su alma!

»Francisco Petrarca se llamaba ese escritor, laureado poeta, cuyo dulce lenguaje iluminó con su poesía toda Italia, como ocurrió con Lignano respecto de la Filosofía, el Derecho y otras artes especiales. Pero la muerte, que no permite que habitemos aquí sino como quien dice durante un pestañeo, ha acabado con ambos y todos hemos de morir.

»Mas para continuar hablando, como he comenzado, de aquel hombre digo que me enseñó este cuento, diré que, antes de redactar el contenido de su narración, escribió con elevado estilo un proemio en el cual describe el Piamonte y la región de Saluza, y habla de los Apeninos, de los altos montes que marcan los límites de Lombardía occidental, del monte Vesubio particularmente, y de donde el Po toma su primer origen y principio de un pequeño manantial, aumentando sin cesar en su curso hacia el Este, en dirección a Emilia, Ferrara y Venecia. Yo suprimo todo eso, porque sería largo de contar. Y, en realidad, a mi juicio, ello me parece cosa fuera de propósito, sólo que el poeta quiso preparar su asunto. Y éste es su cuento, como vais a oír.

CUENTO DEL ESTUDIANTE

En la vertiente occidental de Italia, al pie del frío Vesubio, hay una alegre campiña, abundante en frutos, donde podéis ver infinidad de fortalezas y ciudades, que fueron fundadas en la época de nuestros ancianos padres, y muchas otras vistas deleitosas. Saluza se llama esa noble región.

Era en otro tiempo señor de aquella tierra un marqués, cual lo fueron antes que él sus ilustres antepasados; y obedientes y prestos a servirle estaban todos sus vasallos, grandes y pequeños. De este modo vivía y había vivido siempre aquel magnate, por favor de la fortuna, amado y temido de los señores y de su pueblo.

Era, además, por su linaje, el más noble que en Lombardía naciera, y también hermoso, fuerte, joven y lleno de dignidad y cortesía y bastante discreto para gobernar su país, salvo en algunas cosas en que merecía censura. Gualtero era el nombre de este joven señor.

Si algo le reprocho, es que no se curaba de lo que en el tiempo venidero pudiera sucederle, sino que todo su pensamiento lo ponía en su presente placer, tal como la caza del halcón y el salir de montería por una y otra parte. Casi todos los otros cuidados pasábalos por alto, y además, y eso era lo peor de todo, no quería desposarse por nada del mundo con mujer alguna.

Pero ese extremo lleváronlo tan a mal sus vasallos, que cierto día se dirigieron a él en gran número, y uno de ellos, por ser de más ciencia, o porque el señor consintiera mejor que él le dijese lo que su pueblo quería, o porque supiera exponer bien tal asunto, dijo al marqués lo que vais a oír:

—¡Oh, noble marqués! Vuestra benevolencia nos da confianza y valor, tantas veces cuantas son necesarias, para que podamos manifestaros nuestras penas. Permitid ahora, señor, en vuestra bondad, que nosotros, con apesadumbrado corazón, a vos nos quejemos. No desdeñen mi voz vuestros oídos.

»Aunque a mí no me cabe más parte en este asunto que a otro cualquiera de lugar, sin embargo, toda vez que vos, mi amado señor, me habéis demostrado siempre favor y gracia, me atrevo con mayor razón que los demás, a pediros un momento de audiencia para exponeros nuestra demanda: y vos, luego, obraréis en todo como os plazca. Porque, en verdad, señor, tan satisfechos estamos y hemos estado siempre de vos y de todos vuestros actos, que no podemos imaginar cómo habríamos de vivir en mayor dicha, salvo por una cosa, señor, si la atiende vuestra voluntad Y es que si vos quisierais desposaros, tendría vuestro pueblo completa tranquilidad de corazón.

»Inclinad vuestro cuello bajo ese dichoso yugo de soberanía, no de servidumbre, que se llama casamiento o matrimonio, y meditad, señor, en medio de vuestros sabios pensamientos, cómo nuestros días transcurren de modo diverso, pues, ya durmamos o velemos, ya andemos o cabalguemos, el tiempo corre siempre, sin querer esperar a nadie.

»Y aunque vuestra verde juventud florezca todavía, la vejez se desliza sin cesar, silenciosa, y la muerte amenaza a todas las edades y hiere a toda condición, sin que de ella escape ninguno. Y tan cierto como que cada uno de nosotros sabemos que hemos de morir, es que todos estamos inseguros del día en que la muerte caerá sobre nosotros.

»Aceptad, pues, nuestro buen deseo, ya que nunca hemos rechazado todavía vuestro mandato. Nosotros, señor, si vos queréis consentir en ello, os elegiremos esposa en breve tiempo, nacida de la más alta nobleza de toda esta tierra, de suerte que, según se nos alcanza, ello habrá de redundar en honra de Dios y de vos. Libradnos de este angustioso temor, y tomad esposa, por amor del Altísimo, pues si aconteciera (Dios no lo permita) que con vuestra muerte acabase vuestro linaje y un extraño sucesor recibiera vuestra herencia, pensad qué dolor sería ello para los que quedásemos. Así que os rogamos que sin tardanza os caséis.

La humilde súplica y afligido rostro del vasallo movieron a compasión el corazón del marqués.

—Vosotros queréis obligarme, mi pueblo amado —dijo—, a lo que yo jamás pensé hasta ahora. Yo me consideraba contento con mi libertad, que rara vez se encuentra en el matrimonio, y he aquí que, siendo libre, debo pasar a esclavitud.

»Pero, no obstante, veo vuestra buena intención, y confío en vuestro juicio, como siempre, por lo cual consiento en casarme, de mi libre voluntad, tan pronto como pueda. Mas, como quiera que vosotros me habéis ofrecido elegirme esposa, yo os relevo de esa elección, y os ruego retiréis tal ofrecimiento.

»Porque Dios sabe que los hijos son a menudo diferentes de los dignos antepasados que les precedieron y que la bondad procede toda de Dios, no de la estirpe de la cual nuestros padres nos engendraron y nacieron. Yo confío en la bondad de Dios y por eso mi matrimonio, mi estado y lo demás, a Él lo encomiendo, para que Él haga lo que le plazca.

»Dejadme, pues, solo en la elección de mi esposa; que quiero soportar esa carga sobre mis hombros. Pero yo os ruego y mando que me aseguréis por vuestra vida que, sea cual fuere la esposa que yo tome, la honraréis mientras viva, en palabras y en obras, aquí y en todas partes, como si fuera la hija de un emperador.

»Y además, me habéis de jurar que no murmuraréis de mi elección ni os opondréis a ella. Pues ya que debo perder mi libertad a instancias vuestras, por mi felicidad os digo que me he de casar con quien mi corazón me dicte. Y si no estáis conformes con tales disposiciones, os suplico no me habléis más del particular.

Con buena voluntad prestaron todos aquel juramento, y vinieron de acuerdo en esto, sin que nadie dijera que no, pidiendo al marqués, por favor, antes de irse, que les señalase día fijo para su boda, tan pronto como pudiera. Porque, a pesar de todo, al pueblo quedábale todavía algún miedo de que su señor no se casara.

Les marcó el día que le plugo, en el cual habría de casarse con seguridad, diciendo que todo esto hacíalo a petición suya. Ellos, con ánimo humilde y sumisos, cayendo de rodillas muy reverentemente, diéronle gracias por todo, y de esa manera, cumplidos sus deseos, tornaron a sus casas.

Al mismo tiempo mandó él a sus oficiales que proveyeran

a la fiesta, y a sus caballeros y escuderos íntimos dioles tales órdenes cuales le pareció bien. Ellos obedecieron su mandato y cada uno aplicó toda su inteligencia a honrar la fiesta.

No lejos de aquel ilustre palacio donde el marqués disponía su matrimonio, había una aldea, deliciosamente situada, en la cual algunas pobres gentes del señor tenían su albergue y sus bestias, ganando con su trabajo el sustento que la tierra les daba en abundancia.

Entre aquellas gentes vivía un hombre que era considerado como el más pobre de todos ellos; mas el Altísimo puede enviar a veces su gracia a un pequeño establo de bueyes. Tenía aquel hombre una hija muy hermosa, y esta joven doncella llamábase Griselida.

En lo que tocaba a hermosura virtuosa, era Griselida una de las más bellas bajo el sol, pues, aun estando pobremente criada, ningún deseo impuro pasó nunca por su corazón. Bebía de la fuente mucho más a menudo que del tonel y, queriendo satisfacer a la virtud, conocía bien el trabajo, mas no la ociosa comodidad.

Aunque esta doncella fuese de tierna edad, tenía encerrado en el seno de su virginidad un espíritu maduro y entero. Cuidaba a su pobre y anciano padre con gran amor y reverencia. Guardaba en el campo unas pocas ovejas, mientras hilaba, pues no quería estar ociosa hasta la hora de dormir.

Cuando volvía a casa, llevaba muy a menudo legumbres y diversas plantas, que cortaba y cocía para su alimento; luego hacía su lecho, no nada blando, sino muy duro; y sobre todo guardaba siempre la vida de su padre con la obediencia y solicitud que un hijo debe emplear para reverenciar a su progenitor.

En esta pobre criatura puso el marqués sus ojos en muchas ocasiones cuando iba de caza cabalgando a la ventura, y siempre que lograba verla, no fijaba en ella su vista con mirada lasciva, sino que de manera digna contemplaba su rostro una y otra vez, ensalzando en su interior sus prendas de mujer, así como también su virtud, pues excedía a la de cualquier persona de tan temprana edad, lo mismo en su apariencia que en sus acciones. Porque aun cuando la gente no suele tener conocimiento profundo de la virtud, el marqués estimaba muy bien la bondad de la moza y determinó que, si alguna vez había de casarse, sólo con ella se desposaría.

Llegó el día de la boda; mas nadie podía decir quién iba a ser la desposada. De esto se sorprendieron muchos y cuando se reunían familiarmente, decían: «¿No quiere nuestro señor abandonar aún sus ligerezas? ¿No quiere casarse? ¡Ay, ay! ¿Por qué procura así engañarse y engañarnos?»

Empero, el marqués había mandado fabricar broches y anillos de brillantes, engastados en oro y lapislázuli, para Griselida, tomando la medida de su vestido por una doncella de estatura semejante, y asimismo tenía encargados todos los demás adornos propios para tales bodas.

Se aproximaban las nueve de la mañana del día en que el casamiento debía celebrarse, y todo el palacio se hallaba dispuesto, con sus salones y cámaras. Allí podíais ver alacenas repletas en abundancia de regaladas viandas, cual pueden encontrarse en toda la extensión de Italia.

El marqués, ricamente vestido, acompañado de damas y caballeros que a la fiesta fueron invitados, y de los jóvenes de su séquito, entre muchos sones de varias melodías, tomó, en medio de esta pompa, el camino de la aldea de la cual he hablado.

Griselida, muy inocente (Dios lo sabe) de que para ella estaba dispuesto tanto aparato, había ido a sacar agua del pozo y volvió a casa tan pronto como pudo. Porque bien había oído decir que aquel día el marqués se habría de casar, y quería ver algo de la ceremonia.

Pensaba, pues: «Estaré con otras muchachas, mis compañeras, en nuestra puerta, y veré a la marquesa. Voy a ponerme a ejecutar en casa, tan pronto como sea posible, los quehaceres que me corresponden, y luego podré contemplar a la dama despacio, si toma este camino para ir al castillo».

Y cuando iba a trasponer el umbral, llegó el marqués y la llamó. Ella dejó en seguida su vasija junto a la entrada, en el establo de los bueyes, y, cayendo de rodillas, permaneció de ese modo en silencio y con grave continente, hasta haber escuchado cuál era el deseo de su señor.

El marqués, pensativo, habló muy seriamente a la doncella, diciendo de esta manera: «¿Dónde está tu padre, Griselida?» Y ella, reverente, con aspecto humilde, respondió: «Señor, muy pronto vendrá aquí». Y entró sin más dilación y condujo a su padre hasta el marqués.

Tomó entonces éste la mano del anciano, y cuando le tuvo aparte, díjole así:

—Janícola, yo no puedo ni sé ocultar por más tiempo la alegría de mi corazón. Si tú lo permites, suceda lo que sucediere, quiero, antes de irme, tomar a tu hija por mi esposa hasta el fin de su vida. Tú me amas, sin duda alguna, como lo sé bien, y eres mi fiel vasallo desde que naciste, y todo lo que me place bien me atrevo a decir que te place a ti. Por tanto, contéstame de modo concreto a ese extremo de que he hablado ahora, a saber: si tú quieres inclinarte a tal determinación y recibirme como yerno tuyo.

Sobrecogióle a nuestro hombre tan súbito caso, y ello de tal manera, que se puso rojo, tembloroso y desconcertado. Apenas pudo pronunciar más que estas palabras:

—Señor, mi voluntad es lo que vos queráis; yo no apetezco nada contra vuestro gusto; vos sois mi señor muy amado. Obrad en este asunto enteramente según vuestro deseo.

—Sin embargo, yo quiero —repuso dulcemente el marqués— que tengamos una conferencia en tu habitación, tú, tu hija y yo. ¿Y sabes por qué? Porque deseo preguntarle si es su voluntad ser mi esposa y verse gobernada por mí. Y todo esto se verificará en tu presencia, pues no quiero hablar lejos de tus oídos.

Y mientras en la habitación se hallaban ellos en sus negociaciones, que luego oiréis, la gente llegó hasta la casa, admirándose de qué modo tan digno y cuán solícitamente cuidaba la joven a su amado padre. Mas Griselida pudo maravillarse mucho más, pues nunca vio hasta entonces espectáculo semejante.

No es extraño que se sorprendiera al ver a tan ilustre huésped en aquel lugar, porque no estaba acostumbrada en manera alguna a tales incidentes, por lo cual tenía el rostro muy pálido. Pero, prosiguiendo brevemente nuestro cuento, he aquí las palabras que dirigió el marqués a la bondadosa, cándida y fiel doncella:

—Griselida: has de saber que tu padre y yo estamos de acuerdo en que me case contigo; mas también es preciso, a lo que yo supongo, que tú consientas en ello. Pero antes —añadió— formularé estas preguntas: puesto que la boda debe hacerse de modo rápido, ¿estás conforme o bien quieres pensarlo? Además, ¿estarás pronta a satisfacer todos mis gustos con buen ánimo, pudiendo yo, libremente, como mejor me parezca, causarte alegría o pena? ¿Jamás murmurarás de ello ni de noche ni de día? ¿Ni tampoco dirás que «no» cuando yo diga que «sí», ni de palabra ni mostrando torvo semblante? Júralo, y aquí juraré yo nuestra unión.

Sorprendida por estas palabras, y temblando de miedo, contestó ella:

—Señor, vil e indigna soy del honor que me ofrecéis; pero lo que vos queráis quiero yo. Y aquí juro que nunca, en obra ni pensamiento, os desobedeceré voluntariamente, aunque hubiere de ser muerta, bien que me desagrade morir.

—¡Basta ya, Griselida mía! —exclamó él.

Y con muy grave continente salió a la puerta, seguido de la doncella y dijo al pueblo de este modo:

—Esta que aquí veis es mi esposa; ruego a todo el que me ame, que la honre y la estime. No tengo más que hablar.

Y para que Griselida no llevara a su palacio ninguno de sus vestidos viejos, mandó el marqués a las mujeres que la despojasen de ellos allí mismo. De lo cual no quedaron las damas muy contentas, por tener que manejar la ropa con que ella estaba vestida. Pero, no obstante, ataviaron completamente de nuevo, de los pies a la cabeza, a la doncella de hermosa tez. Peinaron sus cabellos, que estaban sueltos y muy desordenados, y con sus menudos dedos arreglaron una corona en su cabeza y pusiéronla llena de joyas de todas clases. ¿Para qué he de describir todas sus galas? Luego que fue transformada con tales riquezas, a duras penas la reconoció el pueblo, por lo bella que estaba.

El marqués le entregó un anillo y después la acomodó en un caballo blanco como la nieve y de buena andadura. Y, sin más, acompañados de la gente, que iba gozosa delante de ella y le salía al encuentro, condújola a su palacio. Luego emplearon el día en fiestas hasta que se puso el sol.

Prosiguiendo este cuento diré brevemente que Dios, en su gracia, envió tal favor a la nueva marquesa, que no parecía que la joven hubiese nacido y criádose rústicamente en una choza o establo, sino que se la dijera educada en los salones de un emperador.

Hacíase a todos tan querida y respetada, que las gentes del lugar donde ella había nacido, y que desde que vio la luz la conocían año tras año, apenas creían que era hija de Janícola, de quien he hablado antes, pues, por su apariencia, imaginaban que era otra criatura.

Porque, aun cuando Griselida siempre fue virtuosa, había acrecentado con tal excelencia sus buenas cualidades, fundamentadas en su gran bondad, y era tan discreta y graciosa en su decir, tan bondadosa y tan digna de estima, y sabía de tal manera atraerse el corazón de las gentes, que todo el que contemplaba su rostro, la amaba.

No sólo en la ciudad de Saluza era público su buen nombre, sino que, además, por otras partes, en muchas comarcas, si el uno hablaba bien, el otro decía lo mismo. De tal suerte se extendía la fama de su gran bondad, que hombres y mujeres, tanto jóvenes como ancianos, iban a Saluza para verla.

De esta manera, Gualtero, casado con dichosa honradez, vivía en su morada, muy tranquilo en la paz de Dios, gozando fuera de bastante favor. Y por haber descubierto que bajo humilde condición se oculta con frecuencia la virtud, la gente le consideraba como hombre discreto, lo cual se ve muy rara vez.

No sólo Griselida, merced a su talento, conocía todos los trabajos caseros de la mujer, sino que también, cuando el caso lo requería, sabía atender a la utilidad común. No había discordia, rencor ni disputa en toda aquella tierra, que ella no apaciguase, y a todos llevaba discretamente a la tranquilidad y al sosiego. Aunque su esposo se ausentara a menudo, si los nobles u otras gentes de su comarca se hallaban enojados, ella los traía a un acuerdo; tan sabias y oportunas palabras empleaba. Emitía juicios de tan gran equidad, que se la suponía enviada del cielo para salvar al pueblo y enmendar todas sus sinrazones.

No mucho tiempo después que Griselida se hubo casado, dio a luz una hija, aunque ella hubiera preferido que hubiese nacido varón.

El marqués y el pueblo alegráronse de ello, pues, aun cuando tuviera primero una niña, no era inverosímil que la marquesa lograse un niño, toda vez que no era estéril.

Sucedió, como acontece en más de una ocasión, que, cuando la niña hacía todavía poco tiempo que mamaba, vínole a las mientes al marqués probar a su esposa para conocer su paciencia, de tal modo, que no pudo lanzar de su corazón el extraño deseo de tentar a su mujer. Mas inútil fue (Dios lo sabe) que él pensara amedrentarla.

Suficientemente la había probado antes, y la halló siempre buena. Así, ¿qué necesidad tenía de examinarla sin cesar, más a más? Aunque algunos alaban eso como rasgo ingenioso de inteligencia, yo digo que no es discreto probar a una mujer cuando no hay necesidad alguna, poniéndola en angustia y en temor.

Mas el marqués obró de esta manera. Cierta noche se encaminó él solo, con semblante severo y muy turbado continente, hacia donde ella estaba acostada, y díjole así:

—Griselida, creo que no habrás olvidado el día en que yo te saqué de tu pobre condición para colocarte en estado de alta nobleza. La presente dignidad en que te he puesto, no te hará ser olvidadiza de que yo te recibí en pobre y humildísimo estado. Porque, no obstante tu buena fortuna, tú misma debes conocerte. Presta atención a todas las palabras que te voy diciendo, que no hay nadie que las oiga sino nosotros dos.

»Bien sabes tú cómo viniste aquí a esta casa no hace mucho

tiempo; mas, aunque por mí seas apreciada y querida, no lo eres de igual modo por mis hidalgos, los cuales dicen que les causa gran vergüenza y dolor ser tus vasallos y tener que servir a ti, que has nacido en una aldehuela.

»Y, sobre todo, desde que tu hija ha visto la luz, se han pronunciado más tales palabras. Y, deseando que transcurra mi vida en tranquilidad y paz con mis súbditos, como antes, yo no puedo permanecer indiferente en esto. Debo obrar, respecto a tu hija, de la más conveniente manera, no según quiera yo, sino como mi pueblo desee. Dios sabe que ello es muy penoso para mí. No obstante, yo no obraré sin tu conocimiento; antes bien, deseo que estés de acuerdo conmigo en este asunto. Muestra ahora en tu proceder la paciencia que me prometiste y juraste en tu aldea el día en que se efectuó nuestro matrimonio.

Cuando ella hubo escuchado todo esto, no se alteró en su rostro, ni en su continente, ni en sus palabras, al punto de que no parecía hallarse apesadumbrada.

Así, pues, contestó:

—Señor, todo depende de vuestro beneplácito. Mi hija y yo, con obediencia leal, somos vuestras por completo y vos podéis salvar o destruir vuestra propia pertenencia. Obrad según vuestra voluntad. Así salve Dios mi alma como nada de lo que pueda agradaros me desagrada a mí ni yo quiero tener cosa alguna ni temo perder sino sólo a vos. Este deseo está y estará siempre en mi corazón. El transcurso del tiempo, y aun la muerte, no podrán borrarlo ni apartar mi atención a otra cosa.

Satisfecho quedó el marqués de la respuesta; pero fingió no estarlo. Muy sombrías hallábanse sus facciones y su mirada cuando hubo de salir de la habitación. Poco después, transcurridos breves instantes, manifestó secretamente toda su intención a cierto hombre, a quien envió a su esposa.

Era ese hombre una especie de escudero, al cual encontró fiel el marqués en muchas ocasiones de graves asuntos; y a las veces tal gente puede poner perfectamente en ejecución planes perversos. Bien sabía el señor que aquél le temía y apreciaba. Y cuando este escudero supo el deseo de su amo, deslizóse con mucho sigilo en el cuarto de la marquesa.

—Señora —dijo—, habréis de perdonarme si ejecuto una cosa a la que me veo obligado. Vos sois tan discreta que sabéis muy bien que los mandatos de un señor no deben ser aludidos. Podrán ser muy deplorados o lamentados, mas su deseo se ha de obedecer por necesidad, y así lo haré yo. No tengo más que decir. Se me ha ordenado que tome a esta niña.

Y cogió a la niña despiadadamente y puso una cara cual si hubiera querido matar a la inocente antes de irse. Todo lo hubo de sufrir y consentir Griselida, que permaneció en silencio y humilde como un cordero, dejando hacer su voluntad a aquel escudero cruel.

Ominosa era la fama de tal hombre, sospechosa su faz, sospechosas también sus palabras, sospechoso el momento en que llevó aquello a cabo. Ella creía que en aquel mismo instante había el hombre de matar a su adorada hija. Sin embargo, Griselida no lloraba ni suspiraba, conformándose con los deseos del marqués.

Mas, por fin, rompió a hablar, rogando humildemente al escudero, como si fuese a algún digno gentilhombre, que le permitiese besar a su niña antes de matarla. Colocó en su regazo a la pequeñuela con afligidísimo semblante, y la comenzó a besar y a arrullar, bendiciéndola después:

Y así decía con dulce acento:

—Adiós, hija mía; jamás te volveré a ver. Pero, toda vez que con la cruz te he asignado, tú serás bendecida por aquel Padre que por nosotros murió en la cruz. A Él, hijita, encomiendo tu alma, pues esta noche has de morir por causa mía.

En trances semejantes creo que hubiese sido cruel hasta para una nodriza el contemplar este lastimoso espectáculo; y, por tanto, bien pudiera haber lanzado una madre ayes de dolor. Mas, no obstante, Griselida permaneció firme e inmutable y soportó toda su adversidad, diciendo humildemente al escudero:

—Idos ya; tomad a la niña y ejecutad las órdenes de mi señor. Pero una cosa quiero solicitar de vuestra gracia: si mi señor no os lo ha prohibido, enterrad a lo menos este cuerpecito en algún sitio donde ni las bestias ni las aves lo destrocen.

Mas él no quiso responder palabra alguna a tal propuesta, sino que cogió a la niña y se alejó.

Llegóse luego a su señor y refirióle punto por punto, breve y llanamente, las palabras y el talante de Griselida. Alguna compasión manifestó el señor; pero, con todo, mantuvo firme su propósito, cual hacen los señores cuando les place satisfacer su voluntad. Y mandó a su escudero que en secreto fajara y vistiera a la niña muy blanda y delicadamente, y que se la llevase en un cofre en una envoltura; mas, bajo pena de perder su cabeza, nadie habría de conocer la intención del hombre, ni de dónde venía o a dónde iba. Porque quería el marqués que su hermana, que se hallaba en Bolonia y que fue luego condesa de Panico, se encargara de la pequeña. El escudero le expondría el caso, suplicándole que aplicara su diligencia en criar con toda distinción a la niña, y mandándole ocultase a todos de quién era hija, sucediese lo que quisiera.

El escudero partió y cumplió su cometido. Mas volvamos ahora al marqués, que en aquel momento trataba de indagar repetidas veces si por el rostro de su esposa podía ver, o por sus palabras percibir, que ella hubiese cambiado. Pero jamás logró encontrarla sino siempre en constante y benévola disposición.

Tan alegre, tan humilde, tan diligente en el servicio y en el amor era ella para él, en todos los respectos, como acostumbraba serlo, y de su hija no decía palabra. Ninguna desusada manifestación veíase en la joven por adversidad alguna, ni jamás el nombre de su hija pronunció para nada.

En esta situación pasaron cuatro años antes de que la marquesa tuviese ningún hijo; pero quiso Dios darle luego un varón muy hermoso y agraciado. Cuando fuele comunicada la nueva a su padre, no solamente él, sino todo el país, se alegraron del nacimiento del niño y alabaron y dieron gracias a Dios.

Cuando el pequeño cumplió dos años de edad y fue separado del pecho de su nodriza, cierto día entró el marqués otra vez en nuevos deseos de probar aún más a su esposa. ¡Oh, cuán inútil intento! Pero los maridos no conocen la medida cuando encuentran una criatura paciente.

—Esposa —dijo el marqués—, tú has oído antes de ahora que mi pueblo lleva a mal nuestro matrimonio, y especialmente en esta ocasión, desde que ha nacido mi hijo, las cosas van peor que nunca. La murmuración mata mi corazón y mi ánimo, pues hasta mis oídos llegan las voces de manera tan cruel que casi han aniquilado mi ánimo.

»Ahora dicen de esta suerte: «Cuando Gualtero muera, le sucederá la sangre de Janícola, que será nuestro señor, puesto que no tendremos ningún otro». Tales palabras, no lo dudes, dice mi pueblo. Yo debo tener buen cuidado de semejantes murmuraciones, porque, a decir verdad, aunque mis vasallos no hablan claro en mi presencia, temo sus juicios.

»Quiero vivir en paz, si me es posible; por lo cual pienso y estoy del todo dispuesto a hacer en secreto con el niño exactamente lo mismo que hice con su hermana. Te lo advierto para que tú no pierdas la serenidad por dolor alguno. Sé paciente, te lo ruego.

—Ya he dicho —contestó ella— y siempre lo diré, que yo no quiero ni dejo de querer nada, sino lo que vos queráis, ni recibo pesadumbre alguna aunque mi hija y mi hijo mueran, si es por vuestra orden. Yo no he tenido otra parte en los dos niños sino enfermedad y luego dolor y pena.

»Vos sois nuestro señor: obrad con vuestras cosas enteramente como os plazca y no me pidáis consejo. Porque así como yo dejé en mi casa todos mis vestidos cuando vine a vos por primera vez, de la misma manera dejé mi voluntad y mi libertad toda al recibir vuestros vestidos. Así, os ruego que pongáis en obra vuestro gusto y yo obedeceré vuestros deseos.

»Y, ciertamente, si yo tuviera presencia para conocer vuestra voluntad antes que vos me comunicaseis vuestro deseo, lo ejecutaría sin negligencia; mas ahora, que sé lo que vos queréis, permanezco firme y constante en vuestro gusto. Tanto que, de saber yo que mi muerte os causaba placer, muy alegremente moriría con tal de agradaros. La muerte no sería nada en comparación con vuestro amor.

Cuando el marqués vio la constancia de su esposa, bajó los ojos, admirándose de que pudiese sufrir con paciencia todas aquellas imposiciones. Y salió con aspecto sombrío; pero en su corazón sentía grandísimo placer.

El escudero, del mismo modo que se apoderó de la hija, o peor, si cabe imaginarlo, cogió al niño, que rebosaba hermosura. Y la marquesa, siempre de igual manera, mostrábase tan paciente, que no manifestó dolor en su semblante, sino que besó a su hijo, bendiciéndole después. Únicamente rogó al hombre que, si le era posible, sepultara en tierra a su hijito, para librar sus tiernos y delicados miembros de las aves y las bestias. Mas no logró obtener respuesta alguna. Él siguió su camino, como si de nada se cuidara; pero condujo amorosamente al niño a Bolonia.

Admirábase el marqués cada vez más de la paciencia de su mujer y, si no hubiera sabido antes con seguridad que ella amaba profundamente a sus hijos, habría pesando que lo sufría todo con rostro inalterable merced a algún artificio, por maldad o perversa inclinación.

Pero bien sabía, sin duda, que, después de él, Griselida amaba a sus hijos como a nadie, en todos los aspectos. Y ahora preguntaría yo de buena gana a las mujeres: ¿No bastarían estas pruebas? ¿Qué más podría imaginar un marido severo para probar las cualidades y constancia de su mujer?

Mas hay gentes de tal condición que, cuando han formado algún propósito, no saben poner fin a su intento, sino que no quieren desistir de aquella primera idea. De igual manera este marqués se había propuesto probar a su esposa en todo, como determinó en un principio.

La vigilaba para deducir, de alguna palabra o de su apariencia, si había cambiado de disposición respecto a él; pero nunca pudo hallar mudanza. Ella era siempre la misma en su corazón y en su rostro, y cuanto más avanzaba en edad, tanto más fiel, si era posible, mostrábase para él en amor, y más solícita en agradarle.

Por lo cual parecía que los dos constituían una sola voluntad, pues lo que Gualtero deseaba era lo que deseaba Griselida. Y, gracias a Dios, todo sucedió para lo mejor. Bien demostraba ella que por ningún afán del mundo debe una mujer, en realidad, desear nada por sí misma, sino hacer lo que su marido quiera.

En breve se extendió por todas partes la infamia de Gualtero, que con cruel corazón, porque se había casado con una mujer pobre, había matado inicuamente a sus dos hijos en secreto. Tal era la voz general que corría. No es extraño, pues a oídos de la gente no llegaban otras palabras sino que aquellos niños fueron muertos.

Por esta razón, siendo así que su pueblo había querido bien al marqués hasta entonces, el rumor de su mala fama hizo que se le odiase. Nombre aborrecible es el de asesino. Sin embargo, no por unas ni por otras causas quiso él cejar en su cruel propósito; toda su atención estaba puesta en probar a su esposa.

Cuando su hija cumplió doce años de edad, informó él astutamente a la curia de Roma de su deseo, enviando a cierto emisario con la solicitud de que se expidieran bulas en las cuales el Papa, para tranquilidad el pueblo del marqués, autorizase a éste a que se casara con otra, si le placía.

Quiero decir que Gualtero mandó que se falsificara una bula del Papa, haciendo mención de que él tenía licencia para dejar a su primera esposa por dispensa pontifical, a fin de que terminasen los rencores y discusiones entre su pueblo y él. Esto decía la bula, que se publicó por extenso.

El vulgo ignorante creyó perfectamente que aquello era cierto, lo cual no es de maravillar. Mas cuando a Griselida llegaron estas nuevas, imagino que su corazón quedó muy afligido; pero la humilde criatura, tan constante como siempre, se dispuso a sufrir toda la adversidad de la fortuna.

Amoldóse en todo momento al deseo y al placer de aquel a quien había entregado su corazón y todo su ser, teniéndolo por su verdadera felicidad en el mundo. Mas si he de referir con brevedad esta historia, diré que el marqués escribió personalmente una carta, en la cual explicaba sus intenciones, y la envió a Bolonia en secreto.

Al conde Panico, que acababa de desposarse entonces con su hermana, pedíale el marqués con encarecimiento que trajera de nuevo a su morada a sus dos hijos, con gran pompa y noticia. Pero una cosa le suplicó con empeño: que a nadie declarase, aunque le preguntaran, de quiénes era hijos los jóvenes, sino que dijera que la doncella había de casarse con el marqués de Saluza. Y el conde hizo lo que se le rogó, y en su día púsose en camino hacia Saluza, con muchos señores ricamente ataviados, para conducir a la doncella, a cuyo lado cabalgaba su hermano.

Aparejada se hallaba para su matrimonio aquella hermosa doncella, llena de brillantes joyas; su hermano, que tenía siete años de edad, iba compuesto muy lindamente. Y de esta suerte, con gran magnificencia y alegre porte, emprendieron su jornada en dirección a Saluza, cabalgando día tras día por el camino.

En el ínterin, el marqués, según su perversa práctica, para tentar aún más a su esposa con una prueba suprema, y a fin de experimentar por completo y saber si era tan constante como antes, cierto día, en pública asamblea, manifestó esta resolución en alta voz:

—Ciertamente, Griselida, yo sentía placer teniéndote por mi esposa, así tu bondad como por tu fidelidad y tu obediencia, si no por tu linaje ni por tus riquezas; mas ahora conozco, en realidad de verdad, que, bien considerado, en grande señorío hay gran esclavitud por varios modos.

»Yo no puedo hacer lo que cualquier campesino podría. Mi pueblo me constriñe a tomar otra esposa y clama un día y otro. Además, el Papa, para terminar con las rencillas, lo consiente, como puedo garantizarlo. He de comunicarte, pues, que mi nueva esposa viene de camino.

»Muestra corazón entero y abandona en seguida tu lugar. La dote que me trajiste, tómala de nuevo: te concedo esto en mi gracia. Vuelve a la casa de tu padre —prosiguió—, y piensa que nadie puede estar siempre en prosperidad. Te aconsejo sufras con ánimo sereno el golpe de la fortuna.

Y ella respondió paciente, diciendo:

—Dueño mío, yo sé y supe siempre que entre vuestra magnificencia y mi pobreza nadie puede ni sabe establecer comparación. De esto, no cabe duda. Yo jamás me he considerado digna, en manera alguna, de ser vuestra esposa, ni aun vuestra sirvienta.

»Y en esta casa, donde vos me hicisteis señora (de lo que al Altísimo tomo por testigo, y así Él no conforte mi alma si miento), yo nunca me consideré señora ni dueña, sino humilde servidora de vuestra excelencia, como siempre lo seré, mientras mi vida dure, sobre todas las criaturas del mundo.

»Pues que vos, en vuestra bondad, me habéis conservado en honor y nobleza tanto tiempo, siendo así que yo no era digna de ello, lo agradezco a Dios y a vos, y ruego a Él que os lo premie. No tengo más que decir. Me iré con mi padre, y con él viviré hasta el fin de mis días.

»Allí donde yo me crié de niña, pasaré mi vida, como viuda casta de cuerpo, pensamiento y todo lo demás, hasta que me muera. Pues, por lo mismo que yo os entregué mi virginidad y soy, sin duda alguna, vuestra fiel esposa, no permita Dios que la mujer de tal señor reciba a otro hombre por marido o como amante.

»Y Dios, en su gracia, os conceda bienestar y prosperidad con vuestra nueva esposa; pues yo le cederé con gusto mi lugar, en el que solía ser feliz. Porque, ya que así os place, mi señor, que yo me vaya, partiré cuando queráis.

»Pero, toda vez que vos me ofrecéis la dote que yo traje, bien tengo en la memoria que fue mis vestidos miserables, los cuales me habría de ser difícil encontrar ahora. ¡Oh, buen Dios! ¡Cuán noble y cuán benévolo parecíais, señor, en vuestras palabras y en vuestro semblante el día en que se celebró nuestro matrimonio!

»Mas; con verdad se dice (y yo en todo caso lo hallo exacto, porque, en efecto, lo he experimentado), que el amor viejo no es el reciente. Pero, a buen seguro, señor, que por ninguna adversidad, aunque hubiera de morir, sucederá jamás que en palabra u obra me arrepienta de haberos dado por completo mi corazón.

»Dueño mío, vos sabéis que en la residencia de mi padre me mandasteis despojar de mis pobres ropas y, en vuestra merced, me vestisteis ricamente. No os aporté, sin duda, otra cosa sino fidelidad, desnudez y virginidad. Y ahora os restituyo mi vestido, y asimismo mi anillo nupcial, para siempre.

»El resto de vuestras joyas preparadas están en vuestro aposento. Desnuda vine de casa de mi padre, y desnuda debo volver. Me conformaré gustosa con todo vuestro deseo; sin embargo, espero que no será vuestra intención que yo salga de vuestro palacio sin camisa.

»Vos no podéis hacer cosa tan deshonesta como que el vientre en el cual estuvieron vuestros hijos aparezca completamente desnudo delante de la gente que halle en mi camino, por lo que os ruego no me dejéis ir por el camino como un gusano. Acordaos, mi único y querido señor, de que yo fui vuestra esposa, aunque indigna.

»Por eso, en pago de la virginidad que yo traje, que no llevo de nuevo, dignaos darme como recompensa una sola camisa, tal cual yo acostumbraba usar, para que con ella pueda cubrir su vientre la que fue vuestra esposa. Y ahora me despido de vos, mi señor, por temor de afligiros.

—La camisa que cubre tu espalda —replicó él—, dejátela puesta y llévala contigo.

Y apenas pronunció estas palabras, retiróse lleno de compasión y piedad. Desnudóse ella delante de la concurrencia, y en camisa, con la cabeza y los pies completamente al aire, dirigióse hacia la casa de su padre.

La gente la seguía por el camino, llorando, y mientras marchaban, maldecían una y otra vez a la fortuna, pero ella mantuvo sus ojos enjutos de llanto y en este tiempo no habló palabra alguna. Su padre, a cuyos oídos llegó en seguida la noticia, maldijo el día y la hora en que la Naturaleza le dio la vida.

Sin duda, el pobre anciano estuvo siempre con recelo de aquel matrimonio, pues en todo momento juzgó que, cuando el señor hubiese satisfecho su deseo, habría de pensar que sería deshonra para su clase el descender tanto y abandonaría a su mujer tan pronto como pudiera.

Precipitadamente salió al encuentro de su hija, pues conoció su llegada por el murmullo de la muchedumbre, y con el vestido viejo que a la joven perteneció, cubrióla como pudo, llorando muy lastimeramente; mas no le fue posible ajustarlo a su cuerpo, porque, sobre ser el paño burdo, estaba viejo, en razón de los muchos días transcurridos desde el matrimonio.

De este modo habitó con su padre durante cierto tiempo aquella flor de paciencia conyugal. Y ni en sus palabras ni en su semblante, delante de la gente o en su ausencia, mostraba que se le hubiese inferido ofensa alguna, ni guardaba, a juzgar por su aspecto, ningún recuerdo de su alto pasado.

Y no era extraño, porque durante su elevada posición conservó siempre su alma en plena humildad, sin ninguna gula, ninguna molicie, ningún fausto ni aire de realeza. Antes bien, había vivido llena de paciente bondad, siendo discreta y sin orgullo, honrada y siempre humilde y constante para con su esposo.

Háblase de Job por su humildad, pues de tal modo los sabios, cuando les place, saben escribir bien, especialmente de los hombres; pero la verdad es que, aun cuando los escritores alaben muy poco a las mujeres, ningún hombre puede conducirse en humildad como la mujer, ni puede ser la mitad de fiel que lo son las mujeres, a no ser que se trate de algún caso reciente.

Llegó en tanto de Bolonia el conde de Panico, cuya fama se había difundido entre todos, y vino a oídos del pueblo entero que aquél traía consigo una nueva marquesa, con tal riqueza y pompa, que jamás vieron ojos humanos tan noble aparato en todo el occidente de Lombardía.

El marqués, que había combinado y sabía todo esto, envió un mensaje a la pobre e inocente Griselida, y ella, con humilde corazón y alegre rostro, no con altivos pensamientos en su alma, acudió al llamamiento y, cayendo de rodillas, saludó respetuosa y discretamente.

—Griselida —dijo él—, mi resuelta voluntad es que la doncella que se ha de desposar conmigo, sea recibida mañana tan regiamente como en mi casa sea posible, y quiero también que cada uno, según su clase, se halle alojado y servido cual le corresponda, y altamente satisfecho, como yo mejor pueda imaginar. Mas yo no dispongo, en verdad, de mujeres aptas para arreglar las habitaciones en la medida de mis deseos, por lo cual me agradaría que tú asumieras por completo semejante cargo, además de que tú conoces de antiguo todos mis gustos. Aunque tu vestido sea feo y de mala vista, cumple a lo menos tu deber.

—No solamente, señor —contestó ella—, me siento alegre cumpliendo vuestro deseo, sino que quiero serviros y agradaros sin fingimiento en lo que pueda, y así lo haré siempre. Jamás, por ninguna buena o mala fortuna, dejará mi alma de amaros como a nadie en lo profundo de mi corazón, y ello con las más leales intenciones.

Y dichas estas palabras, comenzó a preparar la casa, a aparejar las mesas, y a hacer los lechos, y se esforzaba en trabajar todo cuanto podía, rogando a las doncellas que, por Dios, se diesen prisa y barrieran y sacudieran pronto; y ella, la más diligente de todas, arregló una por una las habitaciones y el salón.

Hacia las nueve llegó el conde, que traía consigo a los dos nobles jóvenes, y el pueblo corrió a ver el espectáculo de su séquito, ricamente espléndido. Y entonces lo primero que dijeron entre sí fue que Gualtero no era necio al querer cambiar de esposa, pues con ello mejoraba.

Porque, a lo que juzgaban todos, la nueva era más hermosa y de más tierna edad que Griselida, y de ella habría de venir más lindo fruto y más agradable por su alto linaje. El hermano tenía también un rostro tan hermoso, que el pueblo recibió deleite al verlo, alabando el proceder del marqués.

¡Oh, pueblo violento, inconstante y siempre falso, sandio siempre y voluble como veleta, complaciéndote en todo momento con los rumores nuevos (pues creces y menguas siempre como la luna), lleno continuamente de frívola garrulidad, que no vale un sueldo de Génova; tu opinión es falsa; tu perseverancia mal se prueba; grandísimo loco es quien de ti se fía!

Así decían las personas graves de aquella ciudad cuando el pueblo curioseaba por todas partes; pues estaba alegre por la novedad de tener nueva señora de la comarca. No hablo más ahora acerca de esto, sino que voy a referirme de nuevo a Griselida, y a manifestar su constancia y diligencia.

Muy activa se mostró Griselida en todo lo concerniente al festín. Nada se avergonzaba de su vestido, aunque fuese basto y estuviera desgarrado, sino que con rostro alegre dirigióse hacia la puerta, con otras personas, para saludar a la marquesa, continuando luego sus ocupaciones.

Recibió con semblante tan placentero y con tal propiedad a cada uno de los convidados, según su clase, que no se echó de ver ninguna falta. Por lo contrario, todos se maravillaban, preguntándose quién podría ser la que, con tan pobres arreos, entendía de semejantes honores y respetos. Y todos, justamente, alababan su discreción.

En todo aquel intervalo no cesaba Griselida de elogiar a la doncella y a su hermano, de todo corazón, con intención bonísima y en términos que nadie podía sobrepujar sus palabras. Mas, finalmente, cuando los señores iban a sentarse para comer, el marqués llamó a Griselida, al tiempo que ésta se hallaba ocupada en el salón.

—Griselida —le dijo, como si se tratase de alguna chanza—, ¿qué te parecen mi esposa y su belleza?

—Muy bien, mi señor —repuso ella—, pues a fe que jamás he visto ninguna más hermosa. Pido a Dios la haga feliz, así como espero que Él os enviará satisfacciones bastantes hasta el fin de vuestra vida. Una cosa os suplico y os advierto, además: no martiricéis con ningún tormento a esta tierna doncella, como habéis hecho con otra, pues vuestra nueva esposa ha recibido educación más delicada y, a lo que supongo, no podría soportar la adversidad como una criatura criada con pobreza.

Y cuando Gualtero vio la paciencia, la faz alegre y sin ninguna maldad de Griselida, pensó en tantas veces como él la había ofendido y advirtiéndola firme y constante como una muralla y perseverante siempre en su inocencia, a pesar de todo, el inflexible marqués inclinó su corazón a la piedad ante su fidelidad de esposa.

—¡Basta ya, Griselida mía! —exclamó—. No sigas sobresaltada, ni descontenta. He puesto a prueba tu fe y tu bondad, tanto como jamás fue probada mujer alguna, lo mismo en elevada posición que ataviada pobremente. Ahora conozco, querida esposa, tu constancia.

Y, tomándola en sus brazos, comenzó a besarla.

Ella, en su sorpresa, no puso atención ni entendió lo que él le decía. Parecióle como si despertara de algún sueño, mas al fin salió de su asombro.

—Griselida —prosiguió él—, por el Dios que murió por nosotros, tú eres mi esposa y yo no tenga ni tuve otra alguna, ¡así Dios salve mi alma! Ésta que tú has supuesto ser mi esposa, es tu hija; ese otro, en verdad, será mi heredero, tal cual yo siempre determiné, porque tú le llevaste, ciertamente, en tu seno. En Bolonia los he retenido en secreto; tómalos de nuevo y ya no podrás decir que has perdido a ninguno de tus hijos. Y a la gente que otra cosa haya juzgado de mí, les advierto que he llevado a cabo esta acción, no por maldad ni crueldad alguna, sino para probar tus cualidades de mujer; no para matar a mis hijos (¡Dios no lo permita!), sino para guardarlos oculta y secretamente hasta conocer tus propósitos y toda tu voluntad.

Apenas escuchó ella esto, cayó desfallecida de doloroso júbilo, y luego que volvió de su desmayo, llamó hacia así a sus dos hijos, los estrechó entre sus brazos, llorando de modo lastimero y besándolos con ternura verdaderamente maternal, bañó con sus saladas lágrimas su rostro y sus cabellos.

¡Oh, qué digno de compasión fue el ver su desmayo y el escuchar su humilde acento!

—¡Muchas gracias, señor; yo os agradezco —decía— que me hayáis salvado a mis queridos hijos! ¡Ahora nada me importa morir aquí mismo! ¡Puesto que estoy en vuestro amor y en vuestra gracia, no me curo de la muerte ni de entregar mi espíritu! ¡Oh, dulces, oh, amados hijitos míos! Vuestra afligida madre imaginaba constantemente que crueles perros o algún animal dañino os habían devorado; pero Dios, en su misericordia, y vuestro clemente padre, os han preservado con ternura.

Y en aquel mismo momento cayó al suelo. Pero en su deliquio, mantenía muy apretados contra su pecho a sus dos hijos, a los que había abrazado con gran dificultad. Las gentes desprendieron a los niños de sus brazos. ¡Oh, cuántas lágrimas corrieron por muchos rostros compasivos de los que se hallaban cerca de ella! A duras penas podían permanecer a su lado.

Gualtero la consoló y calmó su dolor. Luego levantóse ella, confusa de su desmayo, y todos la animaron y festejaron hasta que recobró el dominio de sí misma. Gualtero la sirvió tan fielmente, que era digna de ver la tierna expresión de los dos, ahora que se encontraban de nuevo juntos.

Las damas, cuando lo juzgaron oportuno, se encargaron de ella y, dirigiéndose a su habitación, la despojaron de sus burdos vestidos y la cubrieron con un traje de hilo de oro, que resaltaba por su brillo, y con una corona de muchas y ricas piedras en su cabeza. Tras esto condujéronla al salón, donde fue honrada como era debido.

De este modo aquel triste día tuvo un dichoso término, pues todos, hombres y mujeres, hicieron cuanto pudieron para consumir el tiempo en alegría y diversiones, hasta que en el firmamento lució la claridad de las estrellas. Porque, al parecer de todos, más solemne y más espléndida fue esta fiesta que la de la boda.

Muchísimos años vivieron Griselida y Gualtero en gran prosperidad, tranquilidad y armonía, y él casó a su hija ventajosamente con uno de los más nobles señores de toda Italia, manteniendo luego en su corte al padre de su esposa, en paz y sosiego, hasta que el alma abandonó su cuerpo.

Tras los días de su padre, el hijo recibió su herencia concorde y pacíficamente, y fue también afortunado en su matrimonio, aunque no sometió a su esposa a pruebas. El mundo no es ya tan vigoroso, sin duda alguna, como lo fue en los tiempos antiguos. Y escuchad lo que a este propósito dice nuestro autor: Esta historia se refiere, no para que las esposas imiten la humildad de Griselida, porque eso sería insoportable, aunque ellas quisieran, sino para que, cada cual en su estado, sea paciente en la adversidad, como lo fue Griselida. Por eso Petrarca escribió esta historia, que compuso en elevado estilo.

Porque, ya que hubo mujer tan paciente para con un hombre mortal, con mayor motivo debemos nosotros recibir de buena gana todo lo que Dios nos envíe, pues es de razón que Él pruebe a quienes creó. Mas Él no tienta a ninguno de los que redimió, como dice Santiago, si su epístola leéis, pero sí prueba a los hombres todos los días, y de esto no cabe duda alguna. También permite que seamos atormentados muy a menudo de diversos modos, con los crueles azotes de la adversidad, y ello para que nos ejercitemos, no para conocer nuestra voluntad, porque verdaderamente, antes que naciésemos, conocía Él toda nuestra fragilidad, y toda su providencia es para nuestro mayor bien. Vivamos, pues, en virtuoso sufrimiento.

Cuando el digno estudiante hubo concluido su cuento, díjole el hospedero, jurando por los huesos de Cristo:

—Mejor que un barril de cerveza sería para mí que mi mujer hubiese escuchado en casa esta leyenda. Gentil cuento habría sido para esa ocasión, por lo que a mi caso se refiere. Mas cosa que no ha de ser, dejémosla estar.

PRÓLOGO DEL CUENTO DEL MERCADER

LLANTOS y gemidos, angustias y otras calamidades, así por la mañana como por la noche, sufro yo hartos —dijo el mercader—, y lo mismo les sucede a muchos casados. Yo, al menos, tal creo, porque eso acontece conmigo. Tengo una mujer que juzgo la peor que puede haber, y me atrevo a jurar que, aunque el diablo estuviese casado con ella, ella le dominaría. ¿Para qué he de referiros en detalle su gran maldad? Es mujer de mal carácter en todo. Hay buena diferencia, mírese por donde se mire, entre la paciencia de Griselida y la extrema crueldad de mi mujer. Si estuviese yo libre, así medre yo, jamás caería otra vez en la trampa. Nosotros, los casados, vivimos en medio de dolores y ansiedades. Y si no, pruébelo quien quiera y verá que digo la verdad. ¡Sí, por Santo Tomás de la India! A lo menos la mayor parte, ya que no todos. ¡Dios no permita que así sea!

»¡Ah, mi buen señor hospedero! Yo llevo casado dos meses no más y, sin embargo, creo que el que toda su vida se haya pasado sin mujer, aunque le partiesen el corazón no podría en manera alguna referir tantas penas como pudiera contar aquí ahora a causa de las perversidades de mi esposa.

—Pues entonces, mercader —dijo el hostelero—, Dios os bendiga. Ya que sabéis tanto de ese arte, os ruego de todo corazón que nos contéis algo de él.

—Holgaréme mucho de hacerlo —respondió el mercader—; pero de mis propias penas ya no puedo hablar; por lo muy afligido que tengo el corazón.

CUENTO DEL MERCADER

En otro tiempo habitaba en Lombardía un noble caballero, que había nacido en Pavía, donde moraba en gran prosperidad. Durante sesenta años permaneció soltero, sin atender más que a su deleite corporal con las mujeres, siguiendo su apetito, como hacen los locos mundanos. Mas cuando hubo cumplido los sesenta años, fuera por santidad o por demencia (que yo no puedo decirlo), entró en tan grandes deseos de casarse, que día y noche hizo cuanto le fue posible para inquirir con quién podría contraer matrimonio, rogando a nuestro Señor le concediera poder conocer alguna vez la bendita vida que llevan el marido y su mujer, y vivir bajo ese santo lazo con el cual ligó Dios en un principio al hombre y a la mujer. «En ninguna otra vida —decía él— vale un ardite; porque el matrimonio es tan tranquilo y tan puro, que constituye un paraíso en la tierra.» Así se expresaba aquel discreto y anciano caballero.

Y, en verdad, tan cierto como Dios es rey, el tomar mujer es cosa admirable, especialmente cuando el hombre está viejo y cano, porque entonces la mujer es el fruto de su tesoro. En este caso, debe buscar esposa joven y bella, de la cual puede engendrar un heredero, pasando su vida en gozo y solaz, mientras que los solteros entonan un «¡ay de mí!» cuando tropiezan con alguna contrariedad en el amor, que no es sino pueril vanidad.

Y, ciertamente, bien está que los solteros sufran a menudo penas y dolores, porque edifican en terreno inseguro y encuentran inseguridad donde suponían firmeza. Viven no más que como una ave o cual una bestia, en libertad y sin freno alguno, al tiempo que el hombre casado lleva en su estado una vida feliz y ordenada, ligado bajo el yugo del matrimonio. Bien puede su corazón abundar en júbilo y dicha. Pues ¿quién es tan fiel, tan solícita para cuidarle, enfermo y sano, como su compañera? En la prosperidad o en la desgracia, ella no le abandonará. Ni se cansará de amarle y servirle, aunque él esté postrado en cama, hasta que muera.

Empero, algunos sabios dicen que no ocurre así; y uno de ellos es Teofrasto. ¿Qué importa si Teofrasto quiere mentir? «No tomes esposa —dice— por razón de economía, esto es, para reducir gastos de tu casa. Un fiel sirviente pone más diligencia en conservar tus bienes que tu propia mujer. Porque ella reclamará toda su vida la mitad, y, si caes enfermo (así Dios me salve), tus amigos verdaderos, o algún fiel criado, te cuidarán mejor que la que aguarda siempre tus riquezas desde mucho tiempo antes. Y si tomas mujer para tu ayuda, muy fácilmente puedes ser cornudo.»

Esta sentencia, y cien cosas peores, escribe ese hombre: ¡Dios maldiga sus huesos! Pero no os cuidéis de semejantes vaciedades; despreciad a Teofrasto y escuchadme.

Una esposa es, verdaderamente, un don de Dios. Casi todas las demás clases de dones, como tierras, rentas, pastos, derechos comunales o bienes muebles, son dones de fortuna, que pasan como sombra por una pared. Mas, si he de hablar con franqueza, la mujer permanecerá, sin duda, y continuará en tu casa mucho más tiempo del que tú tal vez quisieras.

El matrimonio es sacramento muy grande. Considero como desgraciado al que no tiene mujer, porque vive sin ayuda y desamparado por completo. Hablo de las personas de estado seglar. Y escuchad la causa de que la mujer fuera creada para ayuda del hombre, cosa que no digo sin motivo. El alto Dios, cuando hizo a Adán y le vio completamente solo, con el vientre desnudo, en su divina bondad dijo: «Hagamos ahora una ayuda para este hombre, a su semejanza». Y en aquel momento creó a Eva para él. Aquí podéis ver, y por esto experimentar, que la mujer es la ayuda del hombre y su consuelo, su paraíso terrestre y su placer. Tan dócil y tan virtuosa es, que los esposos por necesidad han de vivir en armonía. Una carne son y, según yo pienso, una carne sólo tiene un corazón, lo mismo en la felicidad que en la desgracia.

¡Una mujer! ¡Ah, Santa María; ah, *benedicite*! ¿Cómo ha de sufrir adversidad alguna el hombre que tiene mujer? En verdad, yo no sé decirlo. La dicha que existe entre ellos dos no puede expresarla lengua alguna, ni el corazón imaginarla. Si el hombre es pobre, ella le ayuda a trabajar, ella guarda sus bienes y ella nunca malgasta nada. Todo lo que su marido desea, a ella le agrada también; no dice una sola vez que «no», cuando él dice que «sí». «Haz esto», dice él. «En seguida, señor», contesta ella. ¡Oh, feliz y precioso estado del matrimonio! Eres tan agradable, y al mismo tiempo tan virtuoso y tan recomendado y aprobado, además, que todo hombre que se estime en un ardite debería estar toda su vida dando gracias a Dios, sobre sus rodillas desnudas, por haberle enviado mujer; o, en otro caso, rogar a Dios le proporcionara una esposa que le durase hasta el fin de su vida, porque entonces ésta se halla asegurada. No es posible que el marido se vea engañado, a lo que yo pienso, con tal que obre según el consejo de su mujer. Haciéndolo así, puede con desenfado llevar alta la frente: tan fieles son ellas, y tan discretas. Por esta razón, si tú, hombre, quieres proceder como sabio, haz siempre lo que las mujeres te aconsejen.

Mira cómo Jacob, según explican los doctos, por el buen consejo de su madre Rebeca, ajustó la piel de un cabrito alrededor de su cuello, con lo cual alcanzó la bendición de su padre.

Mira cómo Judit, según también la Historia puede decirlo, mediante sabio consejo libertó al pueblo de Dios, matando a Holofernes mientras éste dormía.

Ahí tienes a Abigail, que por su buen consejo salvó a su marido Nabal cuando iba a ser muerto, y mira también a Esther, que, con buen consejo, libró de desgracia al pueblo de Dios e hizo que Mardoqueo fuera exaltado por Asuero.

No hay nada que supere, como dice Séneca, a la mujer humilde.

Tolera la lengua de tu esposa, según recomienda Catón: ella mandará, y tú la habrás de aguantar; mas, con todo, ella obedecerá por cortesía. La esposa es guardiana de tu economía doméstica, y bien puede el hombre que se halla enfermo lamentarse y llorar allí donde no hay mujer que guarde la casa. Yo te prevengo que, si quieres obrar sabiamente, has de amar mucho a tu esposa, como Cristo ama a su Iglesia. Si te amas a ti mismo, amarás a tu mujer, pues nadie aborrece su carne, sino que la nutre durante su vida. Así que te ordeno aprecies a tu esposa, o jamás prosperarás. Búrlese o se chancee quien quiera, marido y mujer siguen el camino seguro en medio de la gente mundana; porque se hallan tan unidos, que ningún daño les puede sobrevenir, especialmente a la mujer.

Por estas razones, Enero, el gentilhombre de quien he hablado, consideró, en su edad avanzada, la vida feliz y la virtuosa tranquilidad que hay en el matrimonio, dulce como la miel; y cierto día mandó llamar a sus amigos, para manifestarles el resultado de sus cogitaciones, y con grave semblante les hizo su relación, diciéndoles:

—Amigos, yo estoy viejo y cano y casi al borde de la sepultura, como Dios lo sabe. Debo pensar ya en mi alma. He destruido locamente mi cuerpo, pero, ¡bendito sea Dios!, ello va a ser enmendado. Porque yo, en verdad, me quiero casar (y todo lo de prisa que pueda) con alguna doncella hermosa y de edad tierna. Os ruego dispongáis mi matrimonio con gran premura, pues no quiero aguardar, y yo, por mi parte, trataré de indagar con quien puedo casarme prontamente. Mas, por cuanto vosotros sois más que yo, averiguaréis mejor tal asunto y cómo sería preferible que yo me uniera.

Una cosa os prevengo, mis queridos amigos: que no quiero mujer vieja de ninguna manera. Mi esposa no habrá de pasar, ciertamente, de los veinte años, pues me gustan mucho el pan viejo y la carne joven. Mejor es el lucio formado que el lucio joven, y mejor que la vaca vieja es la ternera. Yo no quiero mujer de treinta años de edad, que no es más que un saco de habas y paja. Y, por otra parte, Dios sabe que esas viudas viejas conocen tantas mañas como la barca de Wade, y tanta pequeña molestia, cuando les place, que con ellas yo no viviría jamás en paz. Porque diversas escuelas hacen sabios sutiles, y mujer de muchas escuelas es la mitad de un sabio. Mas lo cierto es que la juventud se puede guiar, lo mismo que amoldar se puede la cera caliente con las manos. En consecuencia, os digo con llaneza, y en una palabra, que no quiero tener mujer vieja. Pues si sucediera que yo alcanzase tan mala suerte que no pudiera recibir de mi esposa ningún placer, llevaría entonces vida de adulterio, y cuando muriese iría derecho al diablo. De ella no engendraría hijo alguno; y en ese caso os digo que preferiría que los perros me devorasen a que mi herencia cayera en manos extrañas.

Con todo esto no desbarro. Yo sé la causa por la cual los hombres deben casarse, y además de eso sé que muchos hablan del matrimonio y no saben mejor que mi criado por qué motivos debe el hombre tomar mujer. Si el hombre no puede vivir sin casta, tome mujer y ámela para la legítima procreación de los hijos, en honor del Dios de lo alto, y no solamente por pasión o amor, porque se debe huir de la lujuria. Además, cada uno de los esposos ha de satisfacer las deudas lícitas y ayudarse en la tribulación, como la hermana al hermano, viviendo en castidad muy santamente.

Ahora bien, señores, con vuestra licencia, esto último no va conmigo. Porque, a Dios gracias, me atrevo a hacer alarde de que yo siento mis miembros fuertes y capaces de llevar a cabo todo lo que al hombre concierne. Sí, que yo mismo sé mejor que nadie lo que puedo hacer. Aunque esté canoso, me sucede lo que al árbol, que florece antes que el fruto haya crecido, y un árbol en flor no está seco ni muerto. Yo no me siento cano en ninguna parte más que en mi cabeza, y mi corazón y todos mis miembros están tan verdes como el laurel todo el año. Y puesto que vosotros habéis oído todos mis propósitos, os ruego asintáis a mi deseo.

Las personas allí presentes le refirieron diversos ejemplos antiguos acerca del matrimonio. Algunos lo reprobaban; otros lo ensalzaban. Mas, por último, para decirlo con brevedad, como siempre sobreviene altercado entre amigos en discusión, originóse allí cierta controversia entre dos hermanos, uno de los cuales se llamaba Placebo y el otro Justino.

Dijo así Placebo:

—¡Oh, hermano Enero! Poca necesidad tenías, mi queridísimo señor, de pedir consejo a ninguno de los que aquí se hallan, a no ser que estuvieses tan lleno de sabiduría que, en tu alta prudencia, no quisieras desviarte de la sentencia de Salomón, el cual nos dice estas palabras: «Obra en toda cosa por consejo y no te arrepentirás». Mas aun cuando Salomón diga palabras tales, mi querido hermano y señor, Dios conceda a mi alma el descanso como yo estimo que tu propia opinión es la mejor. Y he aquí el motivo, hermano mío. Yo he sido cortesano toda mi vida, y Dios sabe que, aunque indigno, he ocupado muy altos puestos cerca de señores de elevadísima posición. Sin embargo, jamás tuve disputa con ninguno de ellos. Yo nunca les contrariaba, en verdad; pues bien se me alcanza que quien es mi señor sabe más que yo. Lo que él dice, por cierto y firme lo tengo; y yo digo lo mismo o cosa parecida. Grandísimo loco es el consejero que, sirviendo a señor de alta dignidad, se atreve a presumir, ni siquiera a pensar, que su consejo pueda sobrepujar la inteligencia de su señor. No, los señores no son sandios, a fe mía; tú mismo has mostrado aquí hoy juicio tan alto, tan santo y tan bueno, que yo lo confirmo y estoy completamente de acuerdo con tus palabras y con tu opinión. ¡Por Dios que no hay ningún hombre en toda esta ciudad, ni en Italia entera, que hubiese podido hablar mejor! Cristo se considerará muy satisfecho de esta tu decisión. Y, en verdad, indica gran valor que el hombre de edad avanzada tome esposa joven. Sin duda tu corazón es animoso. ¡Sí, por la casta de mi padre! Obra, por tanto, en este asunto enteramente como te plazca, pues, en fin, yo juzgo eso como lo mejor.

Justino, que se hallaba sentado y escuchaba en silencio, replicó a Placebo de esta suerte:

—Ahora que tú has hablado, hermano mío, te ruego tengas paciencia y escuches lo que voy a decir. Séneca, entre otras sabias palabras suyas, declara que el hombre debe meditar muy bien a quién da su tierra o sus bienes. Y pues que yo debo reflexionar muy despacio a quién entrego mis posesiones, muchísimo más habré de considerar a quién doy mi cuerpo; porque en todo caso os advierto bien que no es juego de niños el tomar esposa sin deliberación. Mi parecer es que se debe indagar si es discreta u orgullosa; sobria o aficionada a la bebida; o, por otra parte, mujer de mal carácter y regañona, o derrochadora de bienes, o rica, o pobre, o bien pendenciera como un hombre. Aunque no se encuentra a nadie en este mundo, ni hombre ni bestia, que sea perfecto en todo, cual fuera de desear, sin embargo, respecto de la mujer, será muy suficiente que tenga más virtudes que vicios. Y todo esto exige lugar para averiguarlo.

Dios sabe que yo he derramdo muchas lágrimas ocultamente desde que tengo mujer. Alabe quien quiera la vida del hombre casado, que yo, en puridad, no encuentro en tal vida sino gastos, cuidados y atenciones y ninguna felicidad. Y, no obstante, mis vecinos del contorno, y en especial gran número de mujeres, dicen que yo tengo la esposa más fiel y más humilde de las nacidas. Pero yo sé mejor que nadie dónde me aprieta el zapato. Por mí, puedes hacer, Enero, enteramente lo que te plazca. Reflexiona, pues eres hombre de edad, cómo entras en el matrimonio, sobre todo si es con mujer joven y hermosa. Por el que creó el agua, la tierra y el aire, os digo que el hombre más joven que haya en toda esta asamblea tiene bastante trabajo con acertar a poseer su mujer él solo. Tú no agradarás a tu esposa tres años seguidos; es decir, no le darás contento completo. Una esposa requiere muchísimas atenciones. Te ruego que no te disgustes de mi criterio.

—Bien —respondió Enero—; ¿has hablado ya? Un ardite se me dan tu Séneca y tus proverbios; que yo no estimo en un banasto de hierbas los términos escolásticos. Hombres más sabios que tú, según has oído, convenían ahora mismo con mi resolución Placebo, ¿qué dices tú?

—Yo digo —contestó Placebo— que es hombre maldito, a buen seguro, el que se opone al matrimonio.

Y, tras estas palabras, levantáronse todos de súbito, y se pusieron plenamente de acuerdo en que Enero debía casarse cuándo y con quién quisiera.

Su ardiente imaginación y su preocupación ansiosa fueron imprimiendo de día en día en el alma de Enero la idea de su matrimonio. Muchos hermosos talles y muchos rostros bellos desfilaban por su corazón noche tras noche. Así como quien tome un espejo pulido y brillante y lo coloque en la plaza de un mercado público, verá pasar por él muchas imágenes, del mismo modo se puso Enero a discurrir en su interior acerca de las doncellas que vivían cerca de él. No sabía dónde podría fijarse. Porque si la una tenía hermosura de semblante, al otra gozaba de tal manera buena opinión entre las gentes, por su seriedad y su bondad, que recibía del pueblo los mayores elogios. Algunas eran ricas, pero tenían mala fama. Mas, con todo, eligió una, por fin, dejando que las demás salieran de su corazón. Y la escogió de su propio gusto; porque el amor es siempre ciego y no sabe discernir. Y cuando se dirigió a su lecho, dibujó en su corazón y en su mente la fresca belleza y la tierna edad de la moza, su estrecha cintura, sus brazos largos y finos, su discreta conducta, su gentileza, su porte femenil y su gravedad. Y luego que por ella se hubo decidido, juzgó que su elección no podía ser enmendada; pues, cuando llegó a una determinación, creyó tan mala la opinión de todos los demás, que le parecía imposible que a su elección se opusieran. Y con este pensamiento mandó llamar a sus amigos con urgentes instancias, suplicándoles le hicieran el favor de acudir a él en seguida. Quería —dijo— abreviar a todos su trabajo: no había necesidad de andar ni cabalgar más por él, pues ya había elegido esposa.

Vino Placebo, y a poco también sus otros amigos, y, antes que nada, Enero dirigió a todos una petición, a saber: que ninguno de ellos presentase argumento alguno contra el propósito que había formado. Porque —declaró— tal propósito era agradable a Dios y verdadero cimiento de su dicha.

Expuso, pues, Enero que en la ciudad había una doncella que tenía gran renombre por su belleza. Aunque fuese de humilde condición, a él bastábale su juventud y su hermosura. A la cual doncella, dijo, quería tenerla por esposa para llevar vida tranquila y santa. Y, gracias a Dios, él podría poseerla por completo, sin que nadie compartiera su aventura. Rogóles que se ocuparan en este negocio y se arreglaran de manera que él no dejase de tener buen éxito, pues, en tal caso, su alma sería feliz.

—Entonces —decía— nada me disgustará, salvo una cosa que aguijonea mi conciencia y que en vuestra presencia quiero declarar. Yo he oído decir hace mucho tiempo que nadie puede gozar de dos dichas completas, a saber, en la tierra y en el cielo. Porque, aun cuando nos guardemos de los siete pecados, así como también de todas las ramas de ese árbol, hay, sin embargo, tan perfecta felicidad y tan gran sosiego y placer en el matrimonio, que estoy temeroso de llevar, ahora a mi edad, vida tan agradable, tan deliciosa y tan sin pena ni altercado, que venga a tener mi paraíso en la tierra. Pues si el verdadero paraíso se compra tan caro, con tribulación y gran penitencia, ¿cómo yo entonces, viviendo en gran deleite, cual viven todos los maridos con sus mujeres, eh de ir a la bienaventuranza, donde Cristo mora eternamente? He aquí mi temor. Vosotros, hermanos, resolvedme esta cuestión, os lo ruego.

Justino, que aborrecía la locura de su amigo, respondió al punto en tono jocoso y deseando abreviar una larga relación. Por ello no quiso alegar autoridad alguna, sino que dijo:

—Señor, si no hay ningún obstáculo más que ése, Dios, por un gran milagro y en su misericordia, puede obrar contigo de tal suerte que, incluso antes de que adquieras derecho conyugal por la santa Iglesia, te arrepientas de la vida de casado, en la cuál dices que no hay dolor ni contienda. Y si no fuese así, ¡Dios no quiera enviar al hombre casado la gracia de arrepentirse mucho más a menudo que al soltero! Y por eso, señor, el mejor consejo que yo sé darte es que no desesperes, sino que tengas presente en tu memoria que acaso tu mujer sea tu purgatorio. Ella puede ser instrumento y látigo de Dios y entonces volará tu alma al cielo más rápida que la flecha sale del arco. Yo espero en Dios que, en lo por venir, conocerás que en el matrimonio no existe, ni existirá jamás, tan gran ventura que se oponga a tu salvación, con tal que uses moderadamente, como es justo y razonable, de los deleites de tu mujer, y no la satisfagas con demasiado amor, y te guardes también de todo otro pecado. Mi informe ha concluido, pues mi inteligencia es corta. No te amedrentes de mis palabras, mi querido hermano.

Pero dejemos esta materia de lo que habló Justino. La mujer de Bath, si vosotros la habéis entendido, ha declarado mucho y bueno en poco tiempo acerca del matrimonio, asunto que tenemos ahora entre manos. Ahora, váyale a Enero bien y Dios le tenga en su gracia.

Justino y su hermano se despidieron, así como todos los demás. Y cuando vieron que el casamiento había de realizarse necesariamente, arregláronse, con maña e ingeniosas trazas, de modo que la doncella, que se llamaba Mayo, se casara con Enero tan pronto como pudiese. Creo que sería deteneros demasiado si os hablase de todas las escrituras y contratos mediante los cuales ella fue dotada con las tierras de él, o si hubierais de escuchar la relación de su rico ajuar. Finalmente llegó el día en que ambos fueron a la iglesia para recibir el santo sacramento. Salió el sacerdote con la estola alrededor de su cuello y exhortó a la mujer a que fuese como Sara y Rebeca en prudencia y fidelidad en el matrimonio; recitó sus oraciones de costumbre; signó a los cónyuges con la cruz, pidiendo a Dios que los bendijese, e hizo la unión perfectamente indisoluble y santa.

Con esta solemnidad se casaron y en el banquete tomaron ambos asiento, a la mesa de honor, con otras respetables personas. Todo el palacio rebosaba alegría y felicidad y lleno estaba de instrumentos músicos y de los manjares más delicados de toda Italia. Tales eran los instrumentos que allí había, que ni Orfeo, ni Anfión de Tebas produjeron jamás melodía semejante.

Con cada servicio llegaban sonoras músicas, cuyas trompetas sonaban cual nunca se oyó sonar la de Joab, así como tampoco sonó tan diáfana la de Teodomas, en Tebas, cuando la ciudad se hallaba en peligro. Baco escanció el vino y Venus sonreía a todos, contenta de ver a Enero hecho su caballero y pronto a demostrar su valor tanto en la libertad como en el matrimonio. Así que con la antorcha en la mano, danzaba Venus de acá para allá delante de la novia y de toda la concurrencia. Y, en verdad, bien me atrevo a decir que Himeneo, el dios del matrimonio, jamás vio en su vida esposo tan alegre. Guarda silencio tú, poeta Marciano, que nos describiste el regocijado casamiento de Filología y Mercurio y los cantos que las Musas entonaron. Sí, que harto pequeñas son tu pluma y tu lengua para referir este matrimonio Cuando la tierna juventud se enlaza con la encorvada vejez, hay tal júbilo que no puede ser descrito. Experimentadlo vosotros mismos y conoceréis si miento o no en esta materia.

Mayo permanecía sentada, con rostro tan benigno, que el mirarla parecía cosa de encantamiento. La reina Esther no contempló jamás con tales ojos a Asuero, que tan dulce mirada tenía la joven. Yo no sé describiros su belleza; pero basta que de su hermosura pueda decir que era como la esplendorosa mañana de mayo, llena de toda belleza y delicia.

Enero quedaba transportado en éxtasis cada vez que contemplaba el rostro de su mujer, y en su corazón ansiaba estrecharla aquella noche en sus brazos más fuertemente que jamás hizo Paris con Elena. Y, sin embargo, tenía, con todo, gran pena de poder lastimarla aquella noche, y pensaba: «¡Ay! ¡Oh, tierna criatura! Quiera Dios que puedas resistir mi ardor tan vivo y vehemente. Tengo miedo de que no lo puedas aguantar. ¡Dios no permita que yo emplee todas mis fuerzas! Pluguiese a Dios que ya fuera de noche, y que la noche durara siempre. Yo desearía que toda esta gente se marchara». En fin, puso todo su empeño, como mejor pudo, salvando la cortesía, en apresurar la comida de manera ingeniosa.

Llegó la hora en que fue razón levantarse, luego de lo cual

se bebió y se bebió de firme, derramándose perfumes por toda la casa. Todos estaban llenos de gozo y felicidad; todos, menos un escudero llamado Damián, que trinchaba desde hacía mucho tiempo ante el caballero. Quedó Damián, en efecto, tan enajenado de amor por su señora Mayo, que hallábase casi loco de verdadera pena. Poco faltó para que se desmayase y cayera desfallecido allí donde estaba; tan cruelmente le hirió Venus con la tea que llevaba en su mano mientras danzaba. Y a su lecho se fue presuroso. Ahora no hablo más de él sino que allí le dejo llorar y lamentarse, hasta que la lozana Mayo quiera compadecerse de su dolor.

¡Oh, peligroso fuego, que en la paja del jergón se engendra! ¡Oh, enemigo doméstico, que ofrece su servicio! ¡Oh, criado traidor, falso sirviente de la casa, semejante a la pérfida y traidora culebra abrigada en el seno: Dios nos libre a todos de vuestro trato! ¡Oh, Enero, ebrio por el placer del matrimonio: mira cómo tu Damián, tu propio escudero y tu criado de nacimiento, intenta cometer contigo villanía! Dios te conceda que conozcas a tu enemigo doméstico. Porque en este mundo no hay peor peste que el enemigo de casa, siempre en tu presencia.

El sol había recorrido su círculo diurno, y su disco no podía permanecer más tiempo sobre el horizonte en aquella latitud. La noche, con su oscuro y severo manto, comenzaba a cubrir el hemisferio, y por ello la alegre concurrencia se despidió de Enero, con expresiones de gracias de una y otra parte. Gozosamente cabalgaron todos hacia sus casas, donde se dedicaron a sus ocupaciones, y cuando vieron que era hora oportuna, se fueron a descansar.

Poco después, el impaciente Enero deseó ir a acostarse, no queriendo aguardar más tiempo. Bebió hipocrás, clarete y vernaccia caliente con especias, para aumentar su excitación, y bebió de igual modo muchos electuarios fortísimos, tales como el maldito monje Constantino ha descrito en su libro *De Coitu,* y no demostró repugnancia en tomarlos todos. Luego, a sus amigos íntimos dijo así:

—Por amor de Dios, desalojad la casa, de manera cortés, tan pronto como sea posible.

Y ellos obraron enteramente como a él le plugo ordenar.

Se bebió y corriéronse las cortinas. La novia fue conducida al lecho, tan silenciosa como una piedra, y luego que la cama fue bendecida por el sacerdote, salieron todos de la habitación. Enero tomó en sus brazos fuertemente a su fresca Mayo, a su paraíso, a su mujer. He aquí que la acaricia, la besa una y otra vez con las espesas cerdas de su barba, áspera como la piel del tiburón y punzante como la zarza, pues estaba afeitado, según su costumbre. Y se frota contra su delicado rostro, diciendo así:

—¡Ay! Yo debo agraviarte y ofenderte gravemente, esposa mía, antes que llegue la hora en que yo descienda. Pero —añadió— considera que no hay ningún artífice, cualquiera que sea, que pueda trabajar bien y pronto a la vez. Las cosas requieren ser hechas despacio y perfectamente. No importa el tiempo que retocemos, pues estamos unidos en legítimo matrimonio. ¡Bendito sea el yugo bajo el cual nos hallamos, porque en nuestros actos no podemos cometer pecado! Un hombre no puede cometer pecado con su mujer, ni cortarse con su propio cuchillo, y nosotros tenemos licencia para recrearnos según la ley.

De este modo se afanó hasta que el día comenzó a apuntar. Entonces tomó una sopa de pan con fuerte clarete, se sentó en la cama y luego se puso a cantar en voz muy alta y clara, y besó a su mujer y se entregó a licenciosos juegos. Estaba lo mismo que un potro lleno de lascivia, y en extremo locuaz, como pintada urraca. La piel lacia de su cuello se agitaba mientras cantaba a grandes voces. Pero Dios sabe lo que Mayo sintió en su corazón cuando vio a su marido sentado, en camisa, con su gorro de dormir y con su flaco cuello. Sí, que no estimó su diversión en el valor de una haba. Después dijo él así:

—Voy a descansar. Es ya de día y no puedo velar más tiempo.

Y recostó su cabeza, durmiendo hasta la hora de prima. Luego, cuando vio que ya era sazón, levantóse Enero; pero la fresca Mayo permaneció en su cámara hasta el cuarto día, según costumbre muy excelente entre las desposadas. Porque todo trabajo debe tener su período de descanso, o de otro modo no puede soportarlo mucho tiempo ninguna criatura viviente, sea pez, ave, bestia u hombre.

Hablaré ahora del afligido Damián, que se consumía de amor, como vais a oír; por lo cual me dirijo a él, diciendo de este manera:

«¡Ay, pobre Damián! Responde a mi pregunta: ¿cómo, en esta ocasión, podrás comunicar tu pena a tu señora, la fresca Mayo? Ella dirá en todo caso que "no"; y además, si tú hablas, ella revelará tu pasión a su esposo. Dios venga en tu ayuda; yo no puedo decir nada mejor.»

El enfermo Damián ardía de tal suerte en el fuego de Venus, que moría de deseo, con lo que puso su vida en peligro. Parecía imposible continuar más tiempo de tal manera. Así, que, secretamente, pidió recado de escribir y, en una carta, escribió toda su aflicción, a modo de querella o canto dirigido a su hermosa y lozana señora Mayo. Y guardando el escrito en una bolsa de seda, pendiente de su camisa, lo aplicó sobre su corazón.

La luna, que el día en que Enero se desposó con la fresca Mayo se hallaba en el segundo grado de Tauro, habíase deslizado hasta Cáncer. En tanto, Mayo había permanecido en su habitación, como es costumbre de las desposadas nobles. La recién casada no debe comer en el salón hasta que hayan transcurrido cuatro días, o tres a lo menos, y sólo entonces se le permite ir al festín. El cuarto día, contando de luna a luna, luego que fue dicha la misa mayor, tomaron asiento en el salón Enero y Mayo, la cual mostrábase hermosa cual espléndido día de verano. Y sucedió que nuestro buen hombre se acordó de Damián, y dijo:

—¡Santa María! ¿Cómo es posible que Damián no me sirva? ¿Está acaso enfermo, o cómo se explica esto?

Sus escuderos, que allí cerca estaban, excusaron a Damián, hablando de su enfermedad, que le impedía cumplir su obligación. Ninguna otra causa podía detenerle.

—Eso me mueve a compasión —dijo Enero—. ¡Es un escudero excelente, por mi fe! Si muriese, sería una lástima y una pérdida. Es tan inteligente, discreto y fiel como cualquiera que yo conozca de su condición; y, por otra parte, valeroso, y además servicial, así como muy apto para conducirse cual hombre económico. Mas después de comer, tan pronto como pueda, yo mismo le visitaré, y Mayo también, para proporcionarle todo el consuelo que me sea posible.

Y por estas palabras le bendijeron todos, puesto que él, en su bondad y cortesía quería aliviar así a su escudero en la enfermedad, lo que era una acción noble.

—Señora —prosiguió Enero—, después de comer, tú y todas tus damas, una vez que hayáis salido de este salón y estado en vuestro aposento, id a ver a Damián; entretenedle, que es un buen hombre. Decidle que yo le visitaré apenas haya descansado un poco. Y daos prisa, que yo aguardaré a que tú vengas a reposar a mi lado.

Y, pronunciadas estas palabras, llamó a un escudero, que era menescal de su palacio, comunicándole ciertas cosas que deseaba decirle.

La fresca Mayo, con todas sus damas, tomó derecha su camino hasta Damián y sentóse en el borde de la cama del joven, consolándole tan bien como pudo. Damián, cuando vio oportuno el momento, de modo secreto puso la bolsa y el billete en el cual había escrito su deseo, en manos de ella, y nada más hizo, salvo que suspiró, de manera extraña, profunda y amarga, y con dulzura dijo así:

—Piedad señora, y no me descubráis; porque si esto se sabe, muerto soy.

Ocultó ella la bolsa en su seno y se fue. No conseguiréis que os diga más, sino que se encaminó hacia donde se hallaba Enero, que en la orilla de su cama estaba sentado muy cómodamente. Él la cogió y la besó repetidas veces, y al punto se acostó para dormir. Ella fingió que tenía que ir allí donde vosotros sabéis que cada cual debe acudir por necesidad. Y cuando se hubo enterado del billete, lo rasgó al fin en pedazos, echándolos con cuidado en la letrina.

¿Quién reflexiona ahora, sino la hermosa y lozana Mayo? Acostóse junto al viejo Enero, que durmió hasta que le despertó la tos. Al momento rogó a su mujer que se pusiera desnuda del todo, pues quería, dijo, tener de ella algún placer y sus vestidos le estorbaban. Ella, de buena o de mala gana, obedeció. Mas para que las personas respetables no se enojen conmigo, no me atrevo a deciros cómo se condujo él, ni si ella pensaba que aquello fuese el paraíso o el infierno, sino que en este punto les dejo obrar a su manera, hasta que tocaron a vísperas y los dos hubieron de levantarse.

Si ello sucedió por destino o por casualidad, por influjo o por naturaleza, bien por alguna constelación o porque el cielo se hallase en disposición tal que fuera momento favorable para escribir a una mujer un billete relativo a los asuntos de Venus, a fin de obtener su amor (pues todas las cosas tienen su tiempo, como dicen los sabios), yo no lo puedo decir, mas el gran Dios de las alturas, que sabe que no hay efecto sin causa, juzgue de todo. Yo, por mí, quiero guardar silencio. Lo cierto es que la fresca Mayo recibió aquel día tal impresión de piedad hacia el enfermo Damián, que no pudo apartar de su corazón la idea de proporcionarle alivio. «Ciertamente —pensaba ella—, no me importa a quién la cosa desagrade, pues desde este punto yo aseguro amarle más que a ninguna criatura, aunque él no tenga más que su camisa.» ¡Ved qué pronto la piedad tiene cabida en el corazón noble!

Por eso podéis vosotros observar cuán excelente generosidad hay en las mujeres cuando reflexionan despacio. Algún tirano, como hay muchos, que tuviese el corazón tan duro como una piedra, hubiera dejado morir allí mismo a Damián mejor que concederle su gracia.

Gentes así se regocijan en su cruel orgullo, sin cuidarse de que obran como homicidas.

La gentil Mayo, llena de compasión, escribió una carta de su mismo puño, en la cual otorgaba al escudero sus favores. Sólo faltaba determinar el día y el lugar en que ella habría de satisfacer sus ansias, pues lo demás sería enteramente como él deseara. Y cierto día, cuando vio llegado su tiempo, fue Mayo a visitar a Damián, e introdujo la carta con habilidad debajo de su almohada, para que él la leyese si quería. Cogióle la mano y la apretó fuertemente, de modo tan disimulado que nadie se dio cuenta de ello, y deseándole que se pusiera bueno del todo, encaminóse hacia Enero, luego que él la mandó llamar.

A la mañana siguiente se levantó Damián, pues su enfermedad y su pena se habían disipado por completo. Se peinó, se arregló y acicaló, e hizo todo lo que a su señora agradaba y placía. Luego presentóse a Enero, tan humilde como jamás acudió perro de caza. Se mostró tan amable con unos y otros (pues la astucia lo es todo para el que sepa emplearla), que se vieron obligados a hablarle con miramiento, y ganó completamente la gracia de su señora. Así dejo a Damián con su negocio y voy a proseguir mi cuento.

Algunos sabios consideraban que la felicidad reside en el placer, y sin duda por eso el noble Enero se había preparado con todas sus fuerzas a vivir muy deliciosamente, y de manera digna, cual concierne a un caballero. Su casa y equipo estaban dispuestos, en su clase, tan ricamente como los de un rey. Entre otras cosas de lujo, mandó hacer un jardín amurallado todo de piedra; jardín tan hermoso no he conocido en parte alguna. Porque creo, en verdad, sin duda, que el que compuso el Romance de la Rosa no sabría describir bien su belleza, ni Príapo, siquiera sea el dios de los jardines, sería capaz de decir la hermosura del jardín y de la fuente que brotaba bajo un laurel siempre verde. Muchísimas veces Plutón y su reina Proserpina, con toda su escolta de hadas, solazábanse y entonaban sus melodías junto a aquella fuente, danzando.

El noble y anciano Enero encontraba tal placer en pasear y divertirse allí, que no permitía que nadie tuviera la llave del jardín, sino él solo. Porque llevaba siempre una llavecita de plata con la cual abría el postigo cuando le agradaba; y en la estación del estío, cuando quería pagar a su mujer su deuda, allí anhelaba ir con su esposa Mayo, y estar a solas con ella. Y las cosas que no hacía en el lecho, las ejecutaba y llevaba a cabo en el jardín. De esta suerte Enero y la fresca Mayo pasaron muchos alegres días. Pero la felicidad de este mundo no puede durar siempre, ni para Enero ni para criatura alguna.

¡Oh, suerte mudable! ¡Oh, fortuna inconsciente, parecida al engañoso escorpión, que halagas con la cabeza cuando quieres decir: tu cola es como la muerte, por su efecto ponzoñoso! ¡Oh, gozo fugitivo! ¡Oh, dulce y extraño veneno! ¡Oh, monstruo, que sabes pintar tus dones tan sutilmente, bajo apariencia de estabilidad, engañando a la vez a grandes y pequeños! ¿Por qué has burlado así a Enero, a quien habías recibido por tu verdadero amigo? Pues cata que ahora le has privado de la vista, por pesadumbre de lo cual desea morir. Sí, el noble y generoso Enero, en medio de su dicha y de su prosperidad, se ha quedado ciego de pronto. Llora y gime de modo lastimero, y además el fuego de los celos abrasa de tal manera su corazón, por temor de que su esposa cometa alguna locura, que se consideraría feliz si alguien los matase a él y a ella. Porque ni durante su vida, ni después de su muerte, quería que ella fuese amante ni esposa de nadie, sino que viviera siempre como viuda, vestida de negro, sola cual la tórtola que ha perdido a su compañero. Mas, por fin, al cabo de uno o dos meses, su dolor, a decir verdad, comenzó a mitigarse, pues cuando comprendió que las cosas no podían ser de otra manera, tomó con paciencia su adversidad, salvo, sin duda, que no podía evitar el estar siempre igualmente celoso. Y sus celos eran tan violentos, que ni al palacio, ni a ninguna otra casa ni lugar, quiso jamás permitir que Mayo fuese a pie ni a caballo, si no tenía él puesta la mano sobre ella en todo momento. Y por esta razón lloraba con mucha frecuencia la lozana Mayo, que amaba a Damián con tal ternura, que, o había de poseerle a su placer o, de lo contrario, moriría de repente, pues le parecía que su corazón iba a estallar.

Por su parte, Damián se había trocado en el hombre más afligido que hubo nunca, ya que ni de noche ni de día podía hablar a la fresca Mayo palabra alguna relativa a la materia de sus propósito, a menos que Enero, que siempre tenía la mano sobre ella, lo escuchara. Sin embargo, mediante escritos que se cruzaron, y por señas ocultas, sabía él lo que ella intentaba, y ella conoció también cómo efectuar sus planes.

¡Oh, Enero! ¿Qué te aprovecharía el que pudieras ver a tanta distancia como los países a que van los barcos que se hacen a la vela? Porque lo mismo es ser engañado estando ciego, que ser chasqueado cuando se puede ver. Contemplad a Argos, que tenía cien ojos. No obstante que podía continuamente mirar y atisbar con atención, fue, con todo, burlado. Y Dios sabe que a otros sucede lo mismo, aunque imaginan con seguridad que nadie los engaña. El ignorar es una delicia, y no digo más.

La fresca Mayo, de quien vengo hablando tanto tiempo ha, tomó con cera caliente el molde de la llave que llevaba Enero para abrir el portillo por el que iba a menudo a su jardín. Y Damián, que conocía toda su intención, fabricó secretamente una llave igual. Ya no hay más que decir, sino que, merced a esta llave, va a suceder pronto una maravilla, la cual oiréis vosotros, si queréis aguardar.

¡Oh, noble Ovidio, Dios sabe que tú dices mucha verdad! ¿Qué traza hay, por larga y dificultosa que sea, que no imagine el amor de alguna manera? Por Píramo y Tisbe puede verse. Porque ellos, aunque estuvieron durante mucho tiempo estrechamente vigilados por todas partes, pusiéronse de acuerdo cuchicheando a través de un muro, allí donde nadie podía haber descubierto semejante ardid.

Mas vayamos al asunto. Antes que hubieran transcurrido ocho días del mes de julio, sucedió que Enero, por incitación de su mujer, entró en tan gran deseo de solazarse en su jardín, a solas los dos, que dijo a Mayo cierta mañana:

—Levántate, esposa mía, amor mío, mi generosa señora. El arrullo de la tórtola se oye ya, mi dulce paloma; el invierno se ha ido con todas sus húmedas lluvias. ¡Ven, pues, la de los ojos de paloma! ¡Cuánto más deliciosos son tus senos que el vino! El jardín está cercado; sal a él, mi blanca esposa. Tú me has herido, sin duda, en el corazón, ¡oh, esposa! Ninguna tacha he visto en ti durante toda mi vida. Ven y solacémonos, que yo te he elegido por mi esposa y mi consuelo.

Tales rancias y licenciosas palabras empleó. Ella hizo señas a Damián para que fuera delante, con su llave, y Damián entonces abrió el portillo y entró con presteza, de tal manera que nadie pudo verle ni oírle. Y luego se sentó bajo un arbusto.

Enero, tan ciego como una piedra, con Mayo de la mano y nadie más, entró en su fresco jardín, cerrando el postigo.

—Ahora, esposa —dijo él—, aquí no estamos sino yo y tú, que eres la criatura a quien más amo, pues, por el Señor que se sienta arriba en el cielo, preferiría morir acuchillado antes que ofenderte, querida y fiel esposa. Piensa, por Dios que yo te he elegido, no por codicia, sino sólo por el amor que te tenía. Así, aunque yo sea viejo y no pueda ver, seme fiel. Y te diré por qué. Tres cosas ciertamente ganarás por ello: primero, el amor de Cristo; luego, tu misma honra, y además, mi herencia, las haciendas y el castillo. Extiende las escrituras como tú quieras, que mañana se hará esto antes que se ponga el sol. Dios conduzca mi alma a la bienaventuranza tan cierto como se hará lo que dije. Te ruego ante todo que en prenda me des un beso. Y, aunque yo sea celoso, no me reproches. Tú te hallas tan profundamente grabada en mi mente, que, cuando considero tu belleza y mi desagradable vejez, no puedo, en realidad, aunque me costara morir, privarme de tu compañía. Muy verdadero amor te tengo, no te quepa duda. Anda, esposa, bésame y paseemos.

La lozana Mayo, apenas oyó estas palabras, respondió a Enero bondadosamente, mas no sin llorar ante todo.

—Yo tengo —dijo— un alma que salvar, lo mismo que tú, y, además, mi honor y la delicada flor de mi condición de esposa, que yo he confiado en tus manos cuando el sacerdote me unió a tu cuerpo. Por lo cual, con tu licencia, mi queridísimo señor, voy a responder de esta suerte: pido a Dios que, si alguna vez hiciera yo a mi linaje semejante afrenta y menoscabara mi nombre siéndote infiel, muera yo aquel día de modo tan infame como mujer alguna pueda morir. Y si yo cometo esa falta, manda que me desnuden, que me metan en un saco y me ahoguen en el vecino río. Yo soy mujer digna, y no una ramera. ¿Por qué hablas así? Sin embargo, los hombres son en todo caso falsos y las mujeres tienen siempre para vosotros nuevas censuras. Vosotros no seguís otra conducta que la de hablar contra nosotras falsedades e improperios.

Y al decir estas palabras, vio Mayo que Damián estaba sentado entre las plantas, y se puso a toser, haciendo señas con el dedo a Damián para que trepara a un árbol que estaba cargado de frutas. Y él se encaramó arriba. Porque, a decir verdad, conocía toda la intención de Mayo, así como las señales que le hiciese, mucho mejor que Enero, pues en una carta ella le había dicho cuanto debía ejecutarse al respecto de este negocio. Y así le dejo sentado en el peral, y a Enero y Mayo paseando alegremente.

Espléndido era el día y azul el firmamento. Febo había enviado sus rayos de oro para animar las flores con su calor. Hallábase en aquella sazón en Géminis, mas no muy desviado de Cáncer, exaltación de Júpiter. Aconteció, pues, aquella esplendorosa mañana que, en el extremo opuesto del jardín estaba Plutón, que es el rey de las hadas, con muchas damas del séquito de su esposa, la reina Proserpina, en su compañía. Una tras otra andaban en línea recta (y sabed que en Claudiano podéis leer la relación de cómo Plutón arrebató a Proserpina en su horrible carro mientras ella cogía flores en la pradera). Este rey de las hadas sentóse, pues, en un banco de césped verde y fresco, y al punto dijo a su reina:

—Esposa mía, nadie puede negar (de tal modo lo prueba la experiencia de todos los días) la traición que las mujeres cometen con el hombre. Un millón de historias memorables podría yo referir acerca de vuestra infidelidad y fragilidad. ¡Oh, sabio Salomón, el más rico en bienes, y lleno de sabiduría y de gloria mundana, muy dignas de recuerdo son tus palabras para todo el que sepa juzgar y razonar! Así alaba él también la bondad del hombre: «¡Entre mil hombres, uno bueno encuentro; pero entre todas las mujeres, no he hallado ninguna!» Eso dice el rey que conoce vuestra perversidad; y Jesús de Sirac, si no me equivoco, rara vez habla bien de vosotras. ¡Así caiga sobre vuestros cuerpos una erisipela y una peste infecciosa esta misma noche! ¿No ves a ese honorable caballero? Porque él es ciego y viejo, su propio criado le va a poner los cuernos. Mírale: ahí está sentado, el muy lujurioso, en el árbol. Yo, empero, permitiré, en mi majestad, que este ciego, anciano y digno caballero recobre la vista cuando su mujer quiera hacerle villanía. Entonces conocerá él todo el mal proceder de su esposa, para vergüenza de ella y de otras muchas.

—Tú lo harás —repuso Proserpina—, si así lo deseas; pero juro por el alma del padre de mi madre que yo proporcionaré respuesta a propósito, y asimismo a todas las mujeres, de suerte que, cuando ellas se vean sorprendidas en algún delito, se disculpen con rostro audaz y confundan a los que quieran acusarlas. Por falta de respuesta, ninguna de ellas morirá. Aunque un hombre haya visto alguna cosa con sus propios ojos, no obstante nosotras, las mujeres, lo desmentiremos atrevidamente, y lloraremos, y juraremos, y os lo echaremos en cara con perfidia, de tal modo que vosotros, los hombres, seréis tan torpes como gansos. ¿Qué me importan tus autoridades?

Bien sé que ese judío, Salomón, halló entre nosotras muchas mujeres locas. Mas aunque no encontró ninguna mujer buena, otros muchos hombres, sin embargo, han hallado mujeres muy fieles, buenas y virtuosas. Testigos son las que moran en la mansión de Cristo, que con el martirio probaron su constancia. Las Gestas de los Romanos hacen referencia también a muchas esposas verdaderamente fieles. Pero, señor, no te enojes, aunque así sea. A pesar de que aquel Salomón dice que no encontró ninguna mujer buena, procura apreciar la intención de ese hombre, quien quiso decir que con suprema bondad no hay nadie sino Dios, que reside en la Trinidad.

Por el verdadero Dios, que no es más que uno, ¿por qué haces tanto caso a Salomón? ¿Qué importa que él construyese un templo para casa de Dios? ¿Qué importa que fuese rico y famoso? También edificó de igual modo un templo para los falsos dioses; ¿qué cosa pudo hacer que estuviese más vedada? Por mucho que tú alabes su nombre, fue Salomón lujurioso e idólatra, y en su vejez renegó del verdadero Dios. Y si Dios no le hubiese contenido por amor de su padre, como dice el Libro, hubiera aquel rey perdido su reino más pronto de lo que deseara. Yo no estimo en una mariposa todas las villanías que vosotros escribís de las mujeres. Mujer soy yo, y necesariamente debo hablar, o, de lo contrario, henchirme de ira hasta que mi corazón se parta. Porque, ya que ese sabio dice que nosotras somos charlatanas, así conserve yo siempre enteras mis trenzas como no me he de abstener, por consideración ninguna, de hablar mal del que para nosotras quiera perjuicio.

—Señora —dijo Plutón—, no te enojes más, que estoy conforme contigo. Pero, puesto que he lanzado el juramento de que devolveré su vista a ese anciano, mantendré mi palabra, te lo advierto. Yo soy el rey y no me está bien mentir.

—Y yo —replicó ella— soy reina de las hadas. Su respuesta tendrá el buen hombre; yo me encargo de ello. No gastemos en esto más palabras, porque, ciertamente, no quiero contrariarte.

Ahora volvamos a Enero, que, con su hermosa Mayo, canta en el jardín, mucho más alegremente que una cotorra: «Te amo y te amaré más que amo a nadie, y no amaré a otra sino a ti».

Tanto tiempo anduvo por las alamedas, que por fin llegó otra vez al peral donde Damián se hallaba sentado en lo alto, entre las frescas hojas verdes.

La lozana Mayo, espléndida y hermosa, comenzó a suspirar, exclamando:

—¡Ay! Señor, suceda lo que sucediere, o poseo ahora las peras que estoy viendo, o he de morir, tan vivamente deseo comer esas frutitas verdes. ¡Dame gusto, esposo, por amor de Aquella que es la Reina del cielo. Yo te aseguro que una mujer en mi estado puede tener tan gran apetito de fruta, que muera si no la consigue.

—¡Ay! —dijo él—. ¡Que no tenga yo aquí un criado que pudiese trepar! ¡Ay, ay de mí! —repetía—. ¿Por qué habré quedado ciego?

—En verdad, señor, eso no es obstáculo —repuso ella—. Si tú quisieses abarcar el peral con tus brazos, entonces yo subiría bien, con tal de que me dejases poner el pie sobre tu hombro.

—Realmente —contestó él—, en cuanto a eso no habrá dificultad. ¡Así pudiese ayudarte con la sangre de mi corazón!

Él se agachó; subióse ella en su espalda se agarró a una rama y trepó. Y ahora, señoras, os suplico que no os enojéis. Yo no sé hablar con rodeos, que soy hombre rudo. Digo, pues, que, sin la menor dilación, Damián alzó la camisa de la moza y arremetió a ella.

Y cuando Plutón contempló esta gran infamia, devolvió a Enero su vista, haciéndole ver tan bien como nunca. Apenas la hubo recobrado, no hubo hombre tan alegre por cosa alguna como el anciano. Pero su pensamiento se hallaba siempre en su mujer y así dirigió sus ojos hacia el árbol y vio que Damián había acondicionado a Mayo de tal modo que no se puede expresar, a no ser que yo quisiera hablar groseramente. Dio Enero un rugido y un grito desgarrador, cual hace la madre cuando halla que su hijo va a morir.

—¡Aquí! ¡Socorro! ¡Ay, auxilio! —comenzó a clamar Enero—. ¡Oh, atrevidísima mujer! ¿Qué haces?

Y ella respondió:

—Señor, ¿qué te pasa? Ten calma y razona en tu mente, porque yo he curado tus dos ojos ciegos. Por mi alma que no miento: me han enseñado que para curar tus ojos y hacerte ver, no había nada mejor que forcejear con un hombre en un árbol. Dios sabe que yo lo he hecho con muy buena intención.

—¡Forcejear! —repitió él—. ¡Sí, sólo que fue por dentro! ¡Permita Dios que muráis los dos de muerte ignominiosa! Él se holgaba contigo, yo lo he visto con mis ojos. ¡Que me ahorquen si miento!

—Entonces —repuso ella—, mi medicina es del todo ineficaz, porque, ciertamente, si tú vieras, no me dirías esas palabras. Tienes la visión ofuscada y no perfecta.

—Yo veo con mis dos ojos —replicó él— tan bien como jamás vi (gracias a Dios), y, a fe mía, que me pareció que Damián hacía eso contigo.

—Tú desvarías, mi buen señor —insistió ella—. ¡Éstas son las gracias que yo obtengo por haberte devuelto la vista! ¡Ay! ¿Por qué habré sido tan buena?

—Ea, señora —dijo él—, olvidémoslo todo. Baja, querida mía, y si yo he hablado mal, Dios me ayude de tal modo como estoy pesaroso de ello. Pero, por el alma de mi padre, me pareció haber visto que Damián se hallaba junto contigo, y que tu camisa estaba levantada hasta su pecho.

—Sí, señor —respondió ella—, tú puedes pensar como quieras, pero el hombre que despierta de su sueño no puede apreciar bien una cosa, ni verla perfectamente hasta que está despabilado del todo. De la misma manera, el hombre que ha estado ciego durante mucho tiempo, no puede de repente ver tan bien, cuando recobra su vista, como el que ha estado viendo un día o dos. Hasta que tu vista se asegure, durante algún tiempo pueden engañarte muchísimas visiones. Te ruego tengas cuidados, pues, por el Rey del cielo, muchísimos hombres creen ver una cosa y ella es muy otra de lo que parece. Mal juzga quien mal concibe.

Y con estas palabras saltó del árbol abajo.

¿Quién más contento que Enero? Besó y abrazó a su mujer una y otra vez, acarició su vientre muy dulcemente y la llevó a su palacio.

Ahora, buenas gentes, alegraos. Aquí termina, y de este modo, mi cuento de Enero. ¡Dios nos bendiga y su Madre Santa María también!

PRÓLOGO DEL CUENTO DEL ESCUDERO

¡Loado sea Dios! —exclamó el hospedero—. ¡Pido a Dios que me libre de mujer semejante! ¡Mirad cuántas tretas y astucias se encierran en las mujeres! Porque siempre se muestran tan solícitas como abejas para engañarnos a nosotros, hombres inocentes, y en todo momento se apartan de la verdad; bien se prueba ello con el cuento del mercader. No obstante, sin duda yo tengo una mujer tan firme en su honra como el acero, aunque sea pobre; pero con su lengua es chismosa impenitente, y tiene un montón de vicios más. No importa; pasemos por alto todo eso, pero ¿sabéis una cosa? En secreto sea dicho: me lamento amargamente de estar unido a ella. Porque si yo refiriese todos los vicios que alberga, en verdad que sería asaz necio, porque alguno de esta cuadrilla iría con el cuento a mi esposa y se lo diría. ¿Quién? No hay necesidad de declararlo, pues bien cierto es que las mujeres saben poner en circulación tales asuntos.

Y, además, mi ingenio no alcanza a decirlo todo. De manera que mi relación se ha acabado.

Y añadió:

—Escudero, venid acá, si gustáis, y contad alguna cosa de amor, pues seguramente sabéis de eso tanto como el que más.

—No, señor —respondió el mozo—; pero yo diré de buen ánimo lo que sepa, ya que no quiero rebelarme contra vuestro deseo. Un cuento voy a referir. Excusadme si lo hablo con propiedad, pero mi voluntad es buena. Y atención, que mi cuento es como sigue:

CUENTO DEL ESCUDERO

En Sarray, en el país de la Tartaria, vivía un rey que guerreó contra Rusia, pereciendo por tal motivo muchos hombres valerosos. Este noble rey se llamaba Cambinskan, y gozó en su tiempo de tan gran renombre, que no había en ninguna parte ni en comarca alguna tan excelso señor en todo. No le faltaba nada de lo que concierne a un rey, y guardaba la fe de la religión en que había nacido y que jurado había. Además, era valiente, sabio, rico, caritativo, justo, ecuánime, fiel a su palabra, bondadoso, honrado, de carácter constante, joven, lozano, fuerte y apasionado por las armas como cualquier caballero de pocos años. Era de buen talante y afortunado y mantenía siempre tan bien su regia dignidad, que no existía en lugar alguno otro hombre semejante.

Este noble rey tártaro tuvo dos hijos de Elpheta, su mujer, el mayor de los cuales se llamaba Algarsyf, y el otro Cambalo. Una hija tenía también este digno rey, que era la más joven y se llamaba Canacea. Mas ni mi lengua ni mis alcances pueden deciros toda su belleza, ni yo me atrevo a acometer tan elevado asunto. Mi lenguaje es insuficiente; el que quisiera describirla en todos sus pormenores tendría que ser excelente retórico y conocer los matices propios de ese arte. Yo no soy tal y, por tanto hablaré como pueda.

Sucedió, pues, que cuando Cambinskan hubo llevado veinte inviernos su diadema, mandó proclamar, siguiendo su costumbre de todos los años, la fiesta de su natalicio por toda su ciudad de Sarray. Y ello fue el último día de los idus de marzo. Muy alegre y reluciente estaba Febo. porque se hallaba próximo a su exaltación en la fase de Marte y en su mansión de Aries, el colérico y ardiente signo. El tiempo era muy benigno y agradable, por lo cual las aves, tanto por el resplandor del sol, cuanto por la estación y el verdor reciente, cantaban clamorosamente sus amores, pues parecíales haber conseguido amparo contra la aguda y fría espada del invierno.

Este Cambinskan de quien vengo hablando sentóse a la mesa, en su estrado, llevando regias vestiduras y la diadema. Ocupaba el sitio de honor de su palacio y allí celebró su fiesta tan soberbia y espléndida que en este mundo no hubo ninguna semejante a ella. Si yo refiriera toda su pompa, ello me llevaría todo un día de verano, y además no es preciso describir el orden del servicio, ni cada plato, ni las salsas raras, ni los cisnes y las garzas que se comieron. Por otra parte, en aquel país, según dicen los caballeros ancianos, hay algunos manjares muy apreciados, mas de los cuales se cuidan poco las gentes de esta tierra. Nadie existe que pueda referirlo todo. Yo no quiero deteneros, porque es la hora de prima y porque no se sacaría ningún fruto, sino pérdida de tiempo. Voy a volver, pues, a mi relación.

Aconteció que luego del tercer plato, mientras el rey hallábase sentado con su dignidad, oyendo a sus trovadores ejecutar deliciosamente trozos de música delante de él, apareció de repente en la puerta del salón un caballero sobre corcel de bronce, llevando en su mano un gran espejo de vidrio, en su pulgar un anillo de oro y al lado una desnuda espada pendiente. Y se acercó cabalgando a la mesa de honor. Maravillados ante tal caballero, nadie pronunció palabra en todo el salón, sino que jóvenes y viejos le contemplaban con pasmo.

Aquel extraño e inesperado caballero, armado muy ricamente, salvo la cabeza, que llevaba desnuda, saludó al rey y a la reina y a todos los caballeros por su orden, según estaban sentados en el salón, y ello con tan alto respeto y reverencia, lo mismo en su lenguaje que en sus maneras, que Gauvain, con su añeja cortesía, aun cuando volviese de nuevo del reino de las hadas, no le pudiera sobrepujar en una sola palabra. Y luego de esto, delante de la mesa de honor, con voz varonil, dijo su mensaje, según la forma acostumbrada, sin equivocación de sílaba o de letra; y para que su relación pareciera mejor, sus ademanes se hallaban en armonía con sus palabras, como enseña la oratoria a quienes la aprenden. Aunque yo no puedo expresarme a su modo, ni me sea posible salvar tan alto obstáculo, diré, sin embargo, en lenguaje corriente, a lo que se redujo todo lo que él manifestó, si es que lo conservo en la memoria. Y fue esto:

—Mi soberano señor, el rey de Arabia y de la India, os saluda en este solemne día como mejor sabe y puede, y, para honrar vuestra fiesta, os envía por mí, que estoy en absoluto a vuestras órdenes, este caballo de bronce, al que bien y cómodamente le cabe, en el espacio de un día natural, es decir, en veinticuatro horas, transportar vuestra persona, por dondequiera que os plazca, en tiempo seco o lluvioso, enderezándose a cualquier lugar al que vuestra inclinación desee ir, sin daño para vos, a través de parajes malos y buenos. Y si queréis volar por los aires, tan alto como vuela el águila cuando gusta de remontarse, este mismo corcel os llevará siempre sin accidente hasta que vos estéis donde os plazca, aunque os durmáis o descanséis en su lomo, y tornará de nuevo sólo con dar la vuelta a una clavija. El que lo hizo sabía infinidad de trazas, observó muchas constelaciones antes de modelar esta obra y conocía muchísimos sellos, así como tratos con los espíritus.

De igual modo este espejo que tengo en mi mano posee tal virtud, que en él se puede ver cuándo ha de sobrevenir alguna adversidad a vuestro reino, o a vos mismo, y quién es vuestro amigo o enemigo. Además de esto, si alguna hermosa señora ha entregado a alguien su corazón, y su amado es falso, ella verá su traición, su nuevo amor y toda su astucia de modo tan distinto, que quedará oculto. Por lo cual, estando próxima la alegre estación del estío, envía mi rey a mi señora Canacea, vuestra excelente hija, que se halla aquí presente, este espejo y este anillo, como podéis ver.

La virtud del anillo, si queréis escucharla, es ésta: si a su dueña le place ponérselo en el dedo pulgar, o llevarlo en su bolsa, no habrá ave que vuele bajo el cielo cuyo canto no comprenda y cuyas intenciones no conozca clara y totalmente, pudiéndole responder en su lenguaje. Y conocerá también todas las hierbas que nazcan de raíz, y sabrá a quién habrán de curar, por muy profundas y extensas que sus heridas sean.

Esta espada desnuda, que pende de mi costado, tiene la propiedad de que si golpeáis a cualquier hombre con ella, atravesará y cortará toda su armadura, siquiera fuese tan maciza como frondoso roble; y el hombre herido por su golpe jamás curará hasta que vos queráis, en vuestra gracia, tocar con la espada de plano el lugar donde herido fue. Lo que equivale a decir que vos debéis darle otra vez con la espada, si bien de plano, en la herida, para que cicatrice. Esta es la verdad pura y escueta, que no dejará de cumplirse mientras la espada esté en vuestro poder.

Y luego que el caballero dijo así su relación, cabalgó fuera de la sala y desmontó. Su caballo, que relucía cual el brillante sol, quedó en el patio tan inmóvil como una piedra. El caballero fue conducido en seguida a un aposento y luego desarmáronle, sentáronle a la mesa y fueron a buscar con pompa los regalos. La espada y el espejo se elevaron al punto a una alta torre por ciertos oficiales nombrados al efecto, y a Canacea se le entregó el anillo, con gran solemnidad, allí donde se hallaba sentada a la mesa. Pero, a decir verdad, y sin ficción ninguna, el caballo de bronce no pudo ser movido, sino que permaneció quieto como si estuviera clavado en el suelo. Nadie pudo sacarle de su sitio con máquina alguna de cabrestante o polea. ¿Por qué razón? Porque nadie conocía el secreto del animal. Así que lo dejaron en aquel lugar, hasta que el caballero les hubiese enseñado el medio de separarle del suelo, como luego oiréis.

Grande era la multitud que se agitaba en todas direcciones con el objeto de mirar con atención aquel caballo, que de tal modo se hallaba fijo. Tenía tal alzada, y era tan ancho y tan largo, tan bien proporcionado y vigoroso a la par, que semejaba enteramente un caballo de Lombardía. Al mismo tiempo era tan primoroso en todas sus partes, y de ojos tan vivos, como un noble corcel pullés. Porque, en realidad, desde su cola hasta sus orejas no podía mejorar cosa alguna la Naturaleza ni el Arte, según toda la gente opinaba. Pero lo que más les causaba asombro era el que pudiese andar, siendo de bronce. Las gentes juzgaban de modo diverso, y tantos pareceres había como entendimientos. Bullían todos cual enjambre de abejas, y daban razones de acuerdo con su imaginación, repasando las viejas poesías. Así, afirmaban que era aquel animal el Pegaso, el caballo que tenía alas para volar, o bien el corcel del griego Sinón, que llevó la destrucción a Troya, según se puede leer en las antiguas crónicas. «Mi corazón —decía uno— se halla en continuo temor, porque creo que dentro del caballo hay algunos hombres de armas, que se proponen conquistar esta ciudad. Sería muy de desear que se conociese por completo semejante cosa.» Otro susurraba por lo bajo a su compañero, y decía: «Ese miente; más probable es que sea una apariencia, producida por alguna suerte de magia, como las que ejecutan los juglares en las grandes fiestas».

Así conversaban y discutían todos, haciendo diversas conjeturas, según es uso del vulgo ignorante, el cual por lo común de las cosas que con más ingenio están hechas, tratando de poder comprenderlas en su falta de saber y decidiendo caprichosamente con el peor fin.

Algunos se maravillaban de cómo en el espejo que fue llevado a la torre principal se podían ver cosas tales. Otro respondía diciendo que ello bien podía suceder naturalmente por combinaciones de ángulos y de reflexiones artificiosas, y decía que en Roma había uno parecido. Hablaban de Allozen, y de Vitello, así como de Aristóteles, los cuales escribieron en su época acerca de extraños espejos y lentes, como saben los que tienen noticias de sus libros.

Otras personas se admiraban de la espada, que lo atravesaba todo, y descendían a hablar del rey Telefo y de Aquiles, que con su lanza prodigiosa podía a la vez herir y curar, como podía hacerse con la espada de la cual habéis oído hablar ahora mismo. Trataban de los varios temples del metal, y hablaban, además, de medicinas, y de cómo y cuándo debe templarse, el hierro, lo cual es para mí desconocido por completo, y que jamás oyeron cosa tan admirable en invenciones de anillos, excepto que Moisés y el rey Salomón tenían fama de habilidad para tal arte. Así decía la gente, y en tanto algunos indicaban que era maravilla el fabricar vidrio con las cenizas del helecho quemado y, sin embargo, por ser ello cosa conocida, todos cesaban de discutir y de maravillarse. De igual modo hay quienes se admiran profundamente de la causa del trueno, del flujo y reflujo del mar, de las telarañas, de la niebla y de todas las cosas, hasta que se conoce su causa. De esa manera charlaban todos, y juzgaban, y debatían, hasta que el rey se dispuso a levantarse de la mesa.

Febo había dejado el ángulo meridional y todavía se hallaba en su ascendente la bestia real, el noble León, con su Aldirán, cuando el rey tártaro Cambinskan se levantó del puesto de honor en que se sentaba a la mesa. Iba delante de él la clamorosa música, hasta que llegó a su cámara de gala, donde resonaban de tal modo diversos instrumentos, que daba gloria escucharlos. Danzaron luego los amados hijos de la alegre Venus, porque su señora se hallaba en el Pez, sentada en lo más alto, y los contemplaba con ojos bondadosos.

Tomó asiento el noble rey en su trono. El caballero extranjero fue al punto conducido hasta él, y participó en la danza con Canacea. Allí hubo diversión y alegría tales, que un hombre torpe sería incapaz de referirlas. Para ello preciso es que conozca el amor y su servicio y que sea hombre amante de las fiestas y tan alegre como el mes de mayo. Sólo así podría describiros tal solemnidad.

¿Quién podría hablaros de las singulares figuras de danzas, de los animados semblantes, de las discretas miradas y disimulaciones por temor de que las personas celosas se dieran cuenta? Nadie sino Lanzarote, y éste ha muerto. De consiguiente, paso por alto todos esos placeres, y no digo más, sino que dejo a las gentes en esa fiesta en espera de que se dispongan a cenar.

En medio de toda esta melodía, el mayordomo manda traer los manjares y el vino. Acuden los ujieres y los escuderos; los manjares y bebidas tráense al punto. Todos yantan, beben y, luego de concluir, se dirigen al templo, como era razón.

Terminado el servicio, las demás gentes cenan. ¿Qué necesidad hay de referiros tanta suntuosidad? Bien saben todos que en la fiesta de un rey hay abundancia para los grandes y para los pequeños, y más bocados exquisitos de los que yo conozco.

Después de la cena, fue el noble rey, con todo el acompañamiento de damas y caballeros en torno suyo, a ver el caballo de bronce.

Sentíase tal admiración por semejante corcel, que desde el gran sitio de Troya, donde también las gentes se asombraron de un caballo, no hubo extrañeza tal como la de entonces. Mas, finalmente, el rey preguntó al caballero la virtud y el poder del corcel, rogándole le dijera el modo de gobernarlo.

Al tiempo que el caballero cogió en su mano las riendas, comenzó el caballo a brincar y a saltar, y el caballero declaró:

—Señor, no hay otra cosa que decir sino que, cuando vos queráis cabalgar a cualquier parte, debéis dar la vuelta a una clavija que hay en la oreja, cosa de que os informaré reservadamente. Habéis de indicar también al caballo a qué lugar o comarca deseáis dirigiros. Y luego que vos lleguéis allí donde os plazca quedaros, mandadle bajar y dad la vuelta a otra clavija (pues en eso estriba el efecto de toda la máquina), y él descenderá y ejecutará vuestro deseo, permaneciendo quieto en aquel sitio, aunque todo el mundo haya jurado lo contrario; y de allí no podrá ser arrastrado ni movido. Mas si os place mandarle que se vaya, girad esta otra clavija y se desvanecerá al instante lejos de la vista de toda clase de seres, y volverá, sea de día o de noche, cuando le llaméis de nuevo de la manera que os diré muy pronto a solas. Montad cuando gustéis, que no hay más que hacer.

Informado que fue el rey por el caballero, y percatado que se hubo en su mente del modo y guisa de todo aquel asunto, sintióse alegre y satisfecho y volvió a su fiesta, como antes, el noble y valeroso rey. Las bridas fueron llevadas a la torre y guardadas y conservadas entre sus joyas preciosas y de estima. El caballo desapareció de su vista, no sé de qué manera. Y sobre esto no conseguiréis más de mí, sino que dejo a Cambinskan entre placeres y deleites, festejando a sus señores, hasta que casi empezó a despuntar el día.

El sueño, fomentador de la digestión, comenzó a cabecear sobre ellos, y suplicóles pararan mientes en que la mucha bebida y ajetreo requerían descanso. Con la boca bostezante besó el rey a todos, diciéndoles que era tiempo de acostarse, pues la sangre se hallaba en el máximo de su influencia. Cuida de la sangre, si eres amante de la naturaleza, decía. Diéronle gracias y cada uno, bostezando dos o tres veces, se retiró a descansar, como el sueño les ordenó; que así ellos los consideraron mejor. Mas sus sueños no serán referidos por mí; porque sus cabezas estaban llenas de vapores, que son los que producen los sueños, y éstos, en tal caso, no ofrecen importancia alguna.

Hasta pasada la hora de prima durmieron la mayoría menos Canacea, que era muy moderada, cual lo son las mujeres. Por eso había pedido permiso a su padre para ir a dormir poco después de la caída de la tarde, no queriendo ponerse pálida ni aparecer fatigada por la mañana. Durmió su primer sueño, y luego despertó, pues tal alegría sentía en su corazón por su extraño anillo y por su espejo, que cambió veinte veces de color y, durante su sueño, a causa del mismo recuerdo de su espejo, tuvo una visión. Y en consecuencia, antes que el sol comenzase su carrera, llamó a su aya junto a sí y le dijo que deseaba levantarse.

Su aya, a guisa de todas las mujeres de edad que gustan de ser tenidas por sabias, respondióle al punto diciendo:

—Señora, ¿adónde queréis ir tan temprano? Porque todo el mundo está durmiendo.

—Yo quiero levantarme —repuso ella— y dar un paseo, pues no me place dormir más tiempo.

Su aya llamó a buen número de damas, y se levantaron como unas diez o doce. Levantóse la misma hermosa Canacea, con tan buen color y tan espléndida como el joven sol, que en Aries había recorrido entonces cuatro grados. Pues no más alto se hallaba cuando ella estuvo lista, y echó a andar con gracia a paso corto, vestida ligeramente con arreglo a la agradable y dulce estación, para pasear y recrearse, no más que con cinco o seis de su séquito. Por un abovedado corredor, salió al jardín. El vaho que se desprendía de la tierra hacía al sol parecer rojizo y dilatado; pero, aun así, ofrecíase por doquier tan hermoso espectáculo, que daba lugar a que el corazón de Canacea se sintiera ágil, así por la estación y por la mañana, como por las aves que oía gorjear y de cuyo canto conocía la significación.

Si la intriga de una historia se difiere hasta que se enfría el interés de aquellos que la han esperado mucho tiempo, el gusto se disipa tanto más cuanto más tiempo transcurre, por exceso de prolijidad. Por esta misma razón, me parece que debo ya desatar el nudo de mi relato y poner pronto fin a lucubraciones.

En un árbol muy seco, del color de la greda, vio Canacea, mientras paseaba y se solazaba, que se había posado un halcón hembra, que con acento lastimero comenzó a chillar de tal modo, que todo el bosque resonaba con sus clamores. El ave se había herido tan cruelmente con sus mismas alas, que su roja sangre corría a lo largo del árbol donde se asentaba. No cesaba un momento de gritar y chillar de igual manera, y clavábase su pico de tal modo, que no hay tigre ni bestia alguna feroz, que habite en los bosques o en las selvas, que no hubiese llorado, si llorar pudiera, de compasión por el ave; tan fuerte gritaba una y otra vez. Porque aún no ha existido jamás hombre viviente que haya oído hablar de otro halcón semejante en belleza, tanto por su plumaje como por la esbeltez de su hechura y por todo cuanto en un ave puede ser estimado. Parecía, además, un halcón viajero, procedente de tierras extrañas. Mas, según permanecía, continuamente se desmayaba de cuando en cuando por la pérdida de sangre, hasta el punto de que muy poco faltó para que se cayera del árbol.

Canacea, la hermosa hija del rey, que en su dedo llevaba el curioso anillo por medio del cual entendía perfectamente todas los cosas que una ave pudiera decir en su lenguaje, sabiendo responder asimismo en él, hízose cargo de lo que el halcón decía, y estuvo a punto de morir de compasión. Hacia el árbol se dirigió, pues, muy presurosa, contempló con ternura al halcón, y extendió su falda, pues bien sabía ella que el ave caería de la rama cuando se desmayase nuevamente por la falta de sangre. Mucho tiempo permaneció esperándola, hasta que, por fin, habló al halcón de la manera que vais a oír sin demora:

—¿Cuál es la causa, si decir se puede, de que te halles en ese cruel tormento del infierno? —dijo Canacea al halcón que arriba estaba—. ¿Es por aflicción de muerte, o por pérdida de amor? Porque, según se me alcanza, éstas son las dos causas que más dolor producen en un corazón noble; de otros males no hay necesidad de hablar, pues que tú misma descargas sobre ti la venganza, lo cual prueba bien que el amor o el sufrimiento deben ser el motivo de su cruel acción. toda vez que yo no veo a ningún otro ser que te persiga. Por amor de Dios, concédete la gracia a ti misma, o admite la que pueda venir en tu socorro; porque jamás he visto hasta ahora, ni en el oriente ni en el occidente, ave ni bestia que se conduzca con tal crueldad consigo misma. Me matas, realmente, con tu dolor, tan gran compasión siento por ti. Por amor de Dios, baja del árbol, pues tan cierto como soy la hija del rey, si yo supiese, en verdad, el origen de tu desconsuelo, lo remediaría, como estuviera en mi poder, antes que fuese de noche. Así me ayude el gran Dios de la Naturaleza como digo verdad. Yo encontraré hierbas suficientes para curar pronto tus heridas.

Entonces el ave gritó más lastimeramente que nunca y cayó al instante al suelo, permaneciendo desmayada, inerte como una piedra, hasta que Canacea la tomó en su regazo, esperando que volviese de su desfallecimiento. Y luego que de su desmayo despertó, en su propio lenguaje se expresó el halcón hembra:

—Que la piedad tiene pronta cabida en el corazón noble y siente compasión hacia las penas agudas, se demuestra siempre, según se puede ver, lo mismo en los hechos que en los textos; porque el noble corazón descubre nobleza. Bien veo que vos tenéis lástima de mi desgracia, ¡oh, hermosa Canacea!, a causa de la verdadera bondad femenina que la Naturaleza ha puesto en vuestros principios. Mas no por esperanza de hallarme mejor, sino por obedecer a vuestro corazón generoso y para hacer que otro aprenda de mí, al modo que en el cachorro es castigado el león, por ese mismo motivo, digo, y por esa misma razón, confesaré mi mal antes de irme.

Y, mientras la una decía dolor, la otra lloraba como si quisiera empaparse de llanto, hasta que el halcón le rogó que se tranquilizara y, lanzando un suspiro, declaró sus ansias de esta manera:

—Allí donde yo fui engendrada (¡en fatal día, ay de mí!) y criada en una roca de mármol gris, tan cuidadosamente que nada me afligía, no sabía yo lo que era adversidad, hasta que pude volar a gran altura bajo el cielo. Habitaba entonces cerca de mí un halcón macho, que parecía fuente de toda nobleza. Aunque estuviese lleno de traición y perfidia, tan solapado era bajo humilde semblante, de tal modo se enmascaraba su apariencia de lealtad, amable conducta y tanta solicitud, que nadie hubiera podido suponer que fingiese. De la misma manera que la serpiente se oculta bajo las flores, hasta que ve el momento propicio para morder, así aquel dios de amor, aquel hipócrita, se comportaba en sus cumplidos y atenciones, guardando en apariencia todas las cortesías que están de acuerdo con la gentileza del amor. Así como en una tumba todo lo hermoso se encuentra arriba y debajo está el cadáver, como sabéis, así semejante a un sepulcro era ese hipócrita, frío y ardiente al mismo tiempo. Y de tal guisa mantenía sus intenciones, que, excepto el demonio, nadie sabía sus propósitos.

Tanto lloró y se lamentó, y tantos años me fingió sus servicios que, por fin, mi corazón, asaz compasivo y en extremo sencillo, inocente por completo de la suprema maldad de aquel ser, muy temeroso de su muerte (que así me parecía), en vista de sus juramentos y de su firmeza, le concedió mi amor, con la condición de que mi honor y mi fama estarían siempre a salvo, en privado y en público. Es decir, que conforme a sus merecimientos, le entregué todo mi corazón y mi pensamiento (Dios y él saben que de otra suerte no hubiera sido), y recibí su corazón a cambio del mío y para siempre.

Pero con razón se dice desde hace mucho tiempo que «el honrado y el ladrón no piensan igual». Cuando él vio que la cosa fue tan lejos que yo le había otorgado por completo mi amor, del modo que antes he dicho, y dándole mi fiel corazón tan generosamente como él juró haberme dado el suyo, al punto aquel tigre, lleno de doblez, cayó de rodillas con devota humildad y profunda reverencia. Y era tan semejante por su aspecto y proceder a un gentil enamorado, tan enajenado, a lo que parecía, estaba por el gozo, que nunca Jasón, ni Paris de Troya, ni ningún otro hombre desde que existió Lamech (que fue el primero de todos que amó a dos, según escriben las gentes de los tiempos antiguos), ni nadie jamás, desde que nació el primer hombre, pudo imitar los sofismas de su arte en la veintemilésima parte que él. No; nadie hubiera sido capaz de soltar las hebillas de su zapato en materia de falsía y fingimiento, ni persona alguna podría expresar agradecimiento del modo cómo él lo hizo conmigo. El ver sus maneras era el cielo para una hembra, por discreta que fuese: de tal suerte engalanaba y acicalaba con suma delicadeza lo mismo sus palabras que su persona. Y yo de tal forma le amé por su sumisión y la lealtad que en su corazón suponía, que si alguna cosa le hacía sufrir, por insignificante que fuese, como yo la supiera, me parecía sentir que la muerte retorcía mi corazón. Y, para ser breve, tan adelante fue el asunto, que mi voluntad era el instrumento de la suya; es decir, que mi voluntad obedecía en todo a sus deseos, hasta tan lejos como la razón alcanzaba, siempre dentro de los límites de mi honor. Y jamás hubo para mí cosa tan apreciada ni más querida que él, ni nunca la habrá, como Dios lo sabe.

Esto duró algo más de dos años, durante los cuales yo no pensé sino bien de él. Mas, al fin y al cabo, sucedió que la fortuna quiso que mi amor hubiera de partir de aquel lugar en donde yo me hallaba. No hay para qué decir el dolor que experimenté, no podría describirlo. Sin embargo, debo declarar sinceramente una cosa: y es que yo sé lo que es la pena de morir, si juzgo por el daño que sentí viendo que él no podía quedarse. En fin, cierto día se despidió de mí, al parecer tan triste que en realidad imaginé, cuando oí sus palabras y vi su semblante, que sentía tanto dolor como yo. Yo creía, por lo mismo, que era sincero, y además que volvería de nuevo al cabo de poco tiempo. De otra parte, la razón exigía que se fuera por motivos de honra, como a menudo acaece; así que yo hice de la necesidad virtud, y lo tomé con paciencia, puesto que ello había de ser. Como mejor pude le oculté mi pena, le cogí de la mano y, tomando a San Juan por testigo, le dije así: «Mira, soy toda tuya; sé tú tal cual yo he sido y seré para ti». Lo que él respondió no es menester repetirlo, porque ¿quién puede hablar mejor que él ni quién sabe obrar peor? Cuando todo lo ha dicho bien, ya lo ha hecho todo. «Ha menester una cuchara muy larga el que quiera comer con el diablo», he oído decir.

De manera que, por fin, hubo de ponerse en camino, hasta que llegó donde deseaba. Cuando determinó descansar, creo que tenía en la mente aquel texto según el cual «todo ser que vuelve a su estado natural se alegra» (me parece que es así como se dice). Los hombres, por su propia naturaleza, gustan de inclinarse a la novedad, como sucede con los pájaros que se crían en las jaulas, y que, aunque tú los cuides noche y día, y pongas su jaula bonita y blanda como seda, y les des azúcar, miel, pan y leche, con todo, apenas queda la puerta abierta, inmediatamente vuelcan con la pata su bebedero y se marchan al bosque a comer gusanos. Sí, que tan amigos de la novedad son respecto a su alimento, y aman por su misma naturaleza las aventuras, sin que ninguna nobleza pueda obligarles.

Así se condujo mi halcón. ¡Ay, qué día aquél! Aun cuando fuese bien nacido, y lozano, y alegre, y de buen ver, y sencillo, y generoso, vio volar en cierta ocasión a un milano hembra, y al punto se prendó de ella de tal modo, que todo su amor ha huido enteramente de mí, quebrantando de esta suerte su fe. Así, el milano tiene a mi amante a su servicio y yo estoy perdida sin remedio.

Y, tras tales palabras, el ave comenzó a gemir y desmayóse de nuevo en el regazo de Canacea.

Grande fue el duelo que Canacea y todas sus damas hicieron por la pena del halcón, al que no sabían cómo animar. Empero Canacea lo llevó a casa en su falda, y envolvió suavemente en compresas los sitios donde el ave misma se había herido con su pico Y luego Canacea no acertaba sino a arrancar hierbas de la tierra y confeccionar nuevos ungüentos con plantas preciosas y de colores delicados, para curar al halcón. Desde la mañana hasta la noche ponía en esto su diligencia y todas sus fuerzas. Junto a la cabecera de su lecho mandó colocar una jaula, cubriéndola con terciopelo azul, como símbolo de la fidelidad de las mujeres. Y en toda la jaula, pintada por fuera de verde, se veían representadas las aves pérfidas, como son las alondras, los halcones machos y los búhos; y a su lado, en señal de desprecio, pintáronse urracas, para que gritasen y riñeran al modo de aquéllas.

Dejemos a Canacea cuidando a su halcón. No hablaré más por ahora de su anillo hasta que venga otra vez a cuento el referir cómo el halcón recuperó a su amante arrepentido, según la historia nos dice, por mediación de Cambalo, el hijo del rey, del cual os he hablado. Yo voy a proseguir el curso de mi narración, para tratar de aventuras y batallas y de grandes maravillas, tales como nunca fueron oídas. Y primero os hablaré de Cambinskan, que en su tiempo conquistó muchas ciudades; después diré cómo Algarsyf ganó a Teodora para esposa, y cómo a veces se vio por ella en gran peligro, no habiendo sido ayudado por su caballo de bronce; y luego he de tratar de otro Cambalo, que combatió en lid con dos hermanos de Canacea, antes de poder obtenerla. Y allí donde quedé, voy a comenzar de nuevo.

Lanzaba Apolo su elevado carro hacia la mansión del diestro dios Mercurio... (1).

PRÓLOGO DEL CUENTO DEL HACENDADO

A fe, Escudero, que te has portado bien —dijo el hacendado—, y francamente celebro tu ingenio, habida cuenta de tu juventud, pues hablas con mucho sentido, señor. ¡Yo te aplaudo! A mi juicio, ninguno de los que están aquí llegará a igualarte en

(1) Este cuento se halla sin terminar en el original. *(N. de. T.)*

elocuencia, si vives. ¡Dios te dé buena suerte y te conceda perseverancia en la virtud! Porque recibo gran deleite de tus palabras. Yo tengo un hijo y, por la Trinidad, más que un terreno de veinte libras esterlinas, aunque ahora mismo viniera a caer en mis manos, apreciaría que ese hijo fuese hombre tan discreto como tú. De nada sirven las riquezas si el hombre no es virtuoso al mismo tiempo. Yo he reprendido a mi hijo, y aun le he de reprender, porque no quiere aplicarse a la virtud, sino que tiene por costumbre jugar a los dados y gastar, perdiendo todo lo que tiene Y prefiere charlar con un paje a conversar con alguna persona digna con quien pudiera aprender convenientemente buena crianza.

—¡Al cuerno tu buena crianza! —dijo el mesonero—. ¿Qué es eso, hacendado? ¡Pardiez, señor! Bien sabes tú que cada cual de vosotros debe contar por lo menos un cuento o dos, so pena de quebrantar su promesa.

—Bien lo sé, hombre —respondió el hacendado—. Ruégote no te enojes conmigo porque dirija a este doncel unas palabras.

—Di tu cuento, sin más razones.

—Con mucho placer, señor posadero, obedeceré tu deseo —contestó el hacendado—. Ahora escucha lo que digo: no quiero contrariarte en manera alguna en tanto que mis luces me lo permitan. Pido a Dios que mi relato te plazca, y entonces no dudaré de que es bueno.

CUENTO DEL HACENDADO

Los antiguos y nobles bretones componían, en su tiempo, cantos sobre diversas aventuras, rimados en su primitiva lengua armoricana, los cuales cantos entonaban acompañados con sus instrumentos, o bien recitábanlos para su deleite. Uno de ellos tengo en la memoria, y voy a decirlo con buena voluntad, como mejor pueda.

Empero, señores, como soy hombre inculto, primero y ante todo os suplico que disculpéis mi rudo lenguaje. Yo jamás aprendí retórica, ciertamente, y, por tanto, cosa que yo hable tiene que ser sencilla y corriente. Nunca dormí en el monte Parnaso, ni aprendí a Marco Tulio Cicerón. Colores no conozco ninguno, sino los que brotan en las flores de la pradera, o bien aquellos con que los hombres tiñen y pintan. Las galas retóricas son para mí extrañas y mi alma nada siente de semejante cosa. Mas, si queréis, vais a escuchar mi cuento.

En la Armórica, o Bretaña, había un caballero que amaba y se esforzaba en servir a una dama de la mejor manera que podía, por lo cual acometió numerosos trabajos y muchas grandes empresas antes de obtener a su señora. Porque ella no tenía amante, aun siendo la más hermosa debajo del sol, y, por otra parte, procedía de tan alto linaje, que apenas se atrevía el caballero, por temor, a decirle su mal, su aflicción y sus angustias. Mas al fin ella en vista de la excelencia y humilde sumisión de su galán, sintió tal piedad de su dolor, que en secreto convino con él recibirle por su marido y señor, con el señorío que los hombres tienen sobre sus mujeres. Y para que transcurrieran sus vidas en la mayor dicha, juró él a la dama de su libre albedrío, y como caballero, que jamás en toda su existencia, ni de día ni de noche, tomaría ningún acuerdo contra su deseo, ni se mostraría celoso con ella, sino que la obedecería y ejecutaría en todo su voluntad, cual un amante debe obrar con su dama, salvo el nombre de soberanía que él debía ostentar por decoro de su condición.

Diole ella las gracias, y con mucha humildad dijo:

—Señor, ya que en vuestra cortesía me ofrecéis tener la rienda tan larga, jamás permita Dios que por mi culpa haya entre nosotros lucha ni pendencia. Señor, aquí os doy mi fe de que yo seré vuestra sumisa y fiel esposa hasta que mi corazón se paralice.

Y así vivieron los dos en tranquilidad y sosiego.

Porque una cosa, señores, me atrevo a decir: que los amigos, si quieren permanecer en compañía mucho tiempo, deben obedecerse el uno al otro. El amor no gusta de ser obligado por el dominio; cuando la autoridad interviene, el dios del amor bate en seguida sus alas y desaparece. El amor es cosa libre como un espíritu. Las mujeres, por naturaleza, desean la libertad, y no ser forzadas como un esclavo; y lo mismo ocurre con los hombres. El que es más paciente en amor, lleva ventaja sobre todos. Realmente, la paciencia es gran virtud, pues ella vence, como dicen los sabios, aquellas cosas que la severidad jamás lograría domeñar. No se debe reñir o quejarse por cada palabra. Aprended a tolerar, o, de lo contrario, por mi vida, habréis de aprenderlo queráis o no. Porque en este mundo, verdaderamente, no hay persona que alguna vez no haga o diga mal. La ira, la enfermedad, la influencia de los astros, el vino, el dolor o el cambio de complexión son muy a menudo causa de que se obre o hable mal. El hombre no debe ser castigado por todas sus faltas; según las circunstancias, ha de haber moderación en toda persona que tenga conocimiento de la autoridad. Y por eso aquel prudente y digno caballero, para vivir tranquilo, prometió tolerancia a su amada, y ella le juró muy discretamente que jamás encontraría defecto en su amor.

Puede verse aquí un humilde y sabio acuerdo. De este modo había recibido ella a su sirviente y su señor: servidor en amor, y señor en matrimonio. Hallábase, pues, él en señorío y servidumbre a la vez. ¿En servidumbre? No, sino en alto señorío, puesto que tenía al mismo tiempo a su señora y a su amor: su señora, en verdad, y también su esposa, lo cual consiente la ley del amor.

En fin, cuando él logró esta dicha, dirigióse con su esposa a su casa y país, no lejos de Penmarck, donde tenía su residencia y donde vivió con felicidad y bienestar.

¿Quién podría expresar, sino el que haya sido casado, la alegría, la tranquilidad y la satisfacción que reinan entre el marido y su mujer? Algo más de un año duró aquella vida venturosa, hasta que el caballero de quien así vengo hablando, y que se llamaba Arverago de Kayrrud, determinó irse a vivir uno o dos años en Inglaterra, que también se llamaba Bretaña, para buscar en las armas dignidad y honor, pues todo su placer lo cifraba en tales afanes. Y allí residió, en efecto, dos años: la crónica lo dice así.

Dejemos ahora a Arverago, para hablar de su esposa Dorigena, que ama a su marido como a la vida de su corazón. Por su ausencia llora y suspira, cual hacen las nobles esposas cuando les place. Se lamenta, pues, vela, gime, ayuna, se queja, y el deseo de la presencia de su marido de tal modo le aflige, que en nada estima todo este vasto mundo. Sus amigos, que conocían su triste pensamiento, la consuelan todo cuanto pueden, la amonestan, le dicen noche y día que ella se mata a sí misma sin motivo, y le prodigan con la mayor solicitud todos los consuelos posibles en este caso, para conseguir que abandone su tristeza.

Con el curso del tiempo, como todos vosotros sabéis, tanto se puede estar tallando por largo tiempo una piedra, que al fin queda así grabada alguna figura. De tal modo consolaron sus amigos a la dama, que recibió mediante la esperanza y la razón, algún alivio, por lo cual su inmenso dolor comenzó a mitigarse. Porque no era natural que permaneciere siempre en tan violenta pena.

Por otra parte, Arverago, en medio de toda esta ansiedad,

enviaba a su esposa cartas que hablaban de su prosperidad y de que regresaría pronto; de otro modo, aquel dolor hubiera matado el corazón de Dorigena.

Sus amigos vieron que la pena de la dama empezaba a moderarse, y de rodillas le suplicaron que fuese a pasear con su compañía para ahuyentar sus sombríos pensamientos. Finalmente, ella accedió a esa petición, pues bien veía que era lo mejor.

Hallábase su castillo cerca del mar, y para entretenerse paseábase a menudo con sus amigos por una altura que dominaba la orilla, desde la cual veía muchas barcas y navíos que se hacían a la vela, mas entonces aquello venía a ser parte de su dolor. Porque con mucha frecuencia decíase a sí misma: «¡Ay de mí! ¿No hay ningún barco, entre tantos que veo, que traiga a su morada a mi señor? En tal caso, mi corazón estaría completamente curado de sus amargas y duras penas».

Otras veces prefería sentarse y meditar, y dirigía sus ojos hacia abajo, desde la orilla. Mas cuando miraba las horribles rocas negras, poníase a temblar su corazón de verdadero miedo, de tal modo, que no podía tenerse sobre sus pies. Entonces se sentaba en el césped y, mirando lastimeramente hacia el mar, decía así, entre dolorosos y helados suspiros:

«Eterno Dios, que en tu providencia conduces al mundo con dirección segura. Tú nada haces en vano, según se dice; pero, Señor, estas horribles e infernales rocas negras parecen más bien espantosa confusión que hermosa creación de un Dios tan perfecto, sabio y permanente. ¿Por qué has creado esta obra irrazonable? Pues con ella no se sostiene el hombre, ave ni bestia, ya vivan al sur, al norte, al este o al oeste, ni trae ningún bien, a mi juicio, sino que produce daño. ¿No ves, Señor, cómo destruye al género humano? Cien mil cuerpos de hombres, aunque no estén en la memoria, han deshecho estas rocas, siendo el linaje humano tan hermosa parte de tu obra, pues Tú lo has creado a tu propia imagen. Pareciendo que tengáis gran amor a la humanidad, ¿cómo puede ser entonces que Tú crees tales medios para destruirla, medios que no causan beneficio, sino siempre mal? Bien sé yo que los sabios dirán con argumentos, cual acostumbran, que todo es para lo mejor, aunque yo no pueda conocer las causas. ¡Empero, el Dios que ordenó soplar al viento guarde a mi señor! Esta es mi conclusión, y dejo para los doctos toda disputa. ¡No obstante, así Dios hiciese que toda estas rocas negras se sumergieran en el infierno por consideración a Él! Estas rocas matan mi corazón de temor.»

Así decía entre abundantes lágrimas, que movían a compasión. Sus amigos, pues, vieron que no le servía de alivio el pasear a la orilla del mar, sino de desconsuelo, y determinaron distraerla en alguna otra parte. Lleváronla junto a los ríos y las fuentes, y asimismo a otros lugares deleitosos, donde bailaban y jugaban al ajedrez y a las tablas.

De esta manera, cierto día por la mañana se encaminaron hacia un jardín que cerca de allí estaba, y en el cual habían hecho preparativos de víveres y demás provisiones para solazarse durante toda la jornada. Sucedía esto en la sexta mañana de mayo, el cual con sus dulces lluvias había pintado aquel jardín, cubriéndolo de hojas y de flores, y el arte de la mano del hombre habíalo todo areglado, en verdad, tan primorosamente, que nunca hubo jardín de tal mérito, a no ser el propio paraíso. El aroma de las flores y el hermoso espectáculo hubieran llevado alegría a cualquier corazón, a menos que alguna dolencia muy grave o cualquier dolor en exceso profundo lo mantuvieran afligido. Y digo esto por lo lleno de belleza y de deleite que estaba aquel lugar.

Después de comer pusiéronse todos a danzar y cantar, excepto solamente Dorigena, que exhalaba siempre quejas y lamentos, no viendo intervenir en el baile al que era su esposo y su amor. Sin embargo, debía tranquilizarse alguna vez y entretener su dolor con buenas esperanzas .

Entre otros hombres, bailaba en la danza, ante Dorigena, cierto hidalgo, el cual a mi parecer, era más fresco y más galano en sus adornos que el mes de mayo. Cantaba y danzaba sobrepujando a cualquiera que exista o haya existido desde el principio del mundo. Y ya puestos a describirle, diremos, además, que era uno de los hombres más perfectos: joven, fuerte, muy virtuoso, rico, sabio, bien armado y tenido en gran estima. Mas para ser breve, si he de decir la verdad, este alegre hidalgo, servidor de Venus, que se llamaba Aurelio, amaba a Dorigena sobre toda criatura hacía más de dos años, sin que ella supiese nada, pues nunca él se aventuró a declararle su pena y bebió, solo y sin medida, todo su dolor. Estaba desesperado, no se atrevía a decir nada, y sólo en sus canciones manifestaba su angustia, cual en un lamento general, diciendo que amaba y no era amado. Sobre tal asunto componía muchos lais, coplas, baladas, rondeles y virolais, en los que decía no atreverse a revelar su pena, sino que se consumía como Furia en el infierno, añadiendo que moriría como Eco por Narciso, esto es, sin osar manifestar su aflicción. De otro modo que éste, del que vosotros me oís hablar, no osaba él descubrir a Dorigena su dolor, salvo que alguna vez, por ventura, en las danzas, donde la gente joven guardábale las acostumbradas atenciones, bien puede ser que mirase su rostro como hombre que solicita gracia. Por lo demás, nada sabía ella de sus intenciones.

Sin embargo, sucedió que antes de abandonar aquel lugar, por ser Aurelio su vecino y hombre respetable y de honor y por haberle conocido tiempo atrás, entraron ambos en conversación. Cada vez se acercaba más Aurelio a sus propósitos, y cuando vio el momento oportuno, dijo así:

—Señora, por el Dios que este mundo hizo, os afirmo yo que, de haber sabido que ello podía causar alegría a vuestro corazón, el día en que vuestro Arverago se fue allende el mar, quisiera haberme marchado allá donde jamás volviera; porque bien comprendo que mi servicio es inútil. Mi única recompensa es que mi corazón se destroce. Señora, tened piedad de mis agudas penas, pues con una sola palabra podéis matarme o salvarme. ¡Aquí, a vuestros pies, desearía se abriese mi sepultura! No hallo ahora oportunidad para decir más. ¡Tened compasión, dulce señora, o me haréis morir!

Ella se quedó mirando a Aurelio.

—¿Es ese vuestro anhelo —dijo —y así habláis? Jamás supe antes lo que ansiabais. Pero ahora, Aurelio, que conozco vuestras intenciones, por el Dios que me dio el alma y la vida, sabed que no seré yo nunca esposa infiel, en palabra ni en obra, en tanto que tenga razón; yo he de ser de aquel a quien estoy unida. Recibid esto como mi respuesta definitiva.

Mas luego añadió, a modo de chanza:

—Aurelio, por el alto Dios que arriba está, os concederé, no obstante, ser vuestro amor, ya que os veo lamentaros tan lastimosamente. Mirad: el día que, a lo largo de toda Bretaña, quitéis las rocas todas, piedra por piedra, de suerte que no impidan navegar a los bajeles ni a las barcas; cuando vos, repito, hayáis dejado la costa tan limpia de rocas que no se vea en ella ninguna peña, entonces os amaré más que a hombre alguno. Recibid aquí mi fe de que haré todo lo que pueda.

—¿No hay más gracia en vos? —preguntó él.

—No —respondió ella—; ¡no, por el Señor que me crió! Porque bien sé yo que nunca sucederá eso. Dejad que salgan de vuestro corazón semejantes locuras. ¿Qué gusto puede encontrar un hombre en su vida yendo a amar a la mujer de otro hombre, el cual posee el cuerpo de ella cuando le place?

Afligido quedó Aurelio al escuchar esto, y suspirando lastimeramente una y otra vez, respondió con triste corazón:

—¡Señora, lo que indicasteis es imposible! En consecuencia, debo morir de horrible y repentina muerte.

Y con estas palabras marchóse. Llegaron entonces muchos de sus otros amigos, y pusiéronse a pasear de arriba abajo por las avenidas, sin que supiesen nada de este resultado. Muy al contrario, tomaron en breve a divertirse, hasta que el resplandeciente sol perdió su color, pues el horizonte había privado al astro de su luz, lo que equivale a decir que era de noche. Y hacia casa se encaminaron, alegres y contentos, salvo el desventurado Aurelio. Éste se dirigió a su morada, con afligido corazón y, viendo que no podía librarse de la muerte, parecióle sentir su corazón helado. Levantaba sus manos hacia el cielo, caían sobre sus desnudas rodillas, y, en su delirio, decía extrañas plegarias. Su mente desvariaba en fuerza de dolor. No sabía lo que hablaba, sino que, con lastimado corazón, así reveló sus quejas a los dioses, comenzando por el sol:

«Apolo, dios y árbitro de todos los planetas, hierbas, árboles, que das a cada uno de ellos su sazón y su tiempo, según tu declinación, a medida que tu morada cambia en alto o en bajo; señor Febo, dirige tus ojos misericordiosos al infortunado Aurelio, pues, de lo contrario, soy perdido. Mira, señor, mi dama ha jurado mi muerte sin delito, a menos que tu bondad tenga alguna lástima de mi corazón agonizante. Porque bien se me alcanza, señor Febo, que, si tú quieres, puedes favorecerme mejor que nadie, excepto mi dama. Permíteme ahora que yo te indique cómo y de qué manera puedo ser ayudado.

»Bien sabes, señor, que tu feliz hermana, la brillante Lucina, es la suprema diosa y reina del mar, pues aunque Neptuno ejerza su divinidad en el océano, ella es, sin embargo, emperatriz superior a él. Y así como ella desea ser vivificada y alumbrada con tu fuego, por lo cual te sigue con suma diligencia, de la misma manera el mar desea seguirla naturalmente, como a diosa que es a la vez de mares y de ríos grandes y pequeños. Por tanto, señor Febo, he aquí mi súplica: obra el prodigio que te pido, o haz que mi corazón estalle. Y el prodigio es que ahora, en esta próxima oposición que en el signo de León se verificará, ruegues a tu hermana que produzca tan gran marea, que cubra por lo menos en cinco brazas las rocas más altas de la Armórica bretona, y haga que este flujo dure dos años. Entonces podré decir a mi dama: "Cumplid vuestra promesa; las rocas han desaparecido".

»Señor Febo, haz este milagro por mí; ruega a tu hermana que no camine en su curso más de prisa que tú; suplícale, repito, que no siga más rápida carrera que la tuya durante estos dos años. Entonces estará siempre igual en el lleno, y la pleamar durará noche y día. Mas si ella no se digna concederme de tal modo a mi soberana y querida señora, ruégale que hunda todas las rocas en su propia sombría región, bajo el suelo, allí donde Plutón habita, o nunca jamás obtendré a mi dama. Visitaré tu templo de Delfos con los pies descalzos. Mira, señor Febo, las lágrimas de mis mejillas, y ten alguna compasión de mi cuita.»

Y pronunciando estas palabras, cayó desmayado, permaneciendo mucho tiempo en su deliquio, hasta que su hermano, que conocía su pena, le alzó y le condujo al lecho. Dejo a esta desgraciada critura que continúe desesperada en medio de este tormento y estos pensamientos. Por lo que a mí hace, escoja él si desea vivir o morir.

Arverago, con salud y grande honor, como quien era la flor de la caballería, volvió a su casa con otros hombres respetables. Feliz eres tú ahora, ¡oh, Dorigena!, ya que en tus brazos tienes a tu valeroso marido, el joven caballero, el guerrero digno, que te ama como a la propia vida de su corazón. Él no se cuida de pensar si alguna persona ha hablado contigo de amor mientras estuvo fuera, pues no tenía recelo. No sabiendo de tal cosa, danza, combate en justas, y te pone buena cara. Y yo los dejo permanecer en su gozo y felicidad, para hablar del doliente Aurelio.

Con enfermedad y crueles sufrimientos estuvo más de dos años el infortunado Aurelio antes que pudiera salir del lecho. Ningún consuelo tuvo en este tiempo sino el de su hermano, que era docto y conocía todo su dolor y todo este asunto. Porque Aurelio no se atrevía, ciertamente, a decir palabra sobre el particular a ninguna otra persona y llevaba su amor más oculto en su seno que Pánfilo lo llevó por Galatea. Su pecho estaba intacto visto por fuera; mas siempre su corazón tenía una aguda flecha incrustada. Y bien sabéis que en cirugía es peligrosa la cura de una herida cicatrizada superficialmente, si no se puede tocar la flecha y arrancarla.

Su hermano lloraba y se lamentaba en secreto, hasta que por fin le vino a la memoria un hecho que se remontaba a cuando estuvo en Orleáns de Francia, como ocurre con los jóvenes aplicados que, ansiosos por penetrar las artes de la magia, buscan en todos los rincones y recodos ciencias particulares que aprender. Y era que cierto día había visto en la sala de estudio de Orleáns un libro de magia natural, que un compañero (que era en aquella sazón bachiller en leyes, aun cuando estuviese allí para aprender otros conocimientos) había dejado secretamente en su pupitre, el cual libro hablaba mucho de las operaciones referentes a las veintiocho mansiones que pertenecen a la Luna, y otras locuras semejantes, que a nuestros días no tienen el valor de una mosca, porque la fe de la santa Iglesia que profesamos no permite que ninguna ilusión nos aflija. Y cuando este libro acudió a su memoria, comenzó en seguida a bailarle de gozo el corazón, y se dijo a sí mismo calladamente:

«Mi hermano curará pronto, pues estoy seguro que hay ciencias mediante las cuales los hombres producen diversas visiones, tales como practican los escamoteadores hábiles. Porque bien a menudo he oído decir que en las fiestas los prestidigitadores han hecho entrar en un amplio salón agua y una barca, y han remado en esa sala de arriba abajo. Algunas veces simulaban venir un horrible león; otras brotaban flores como en un prado; en ocasiones, una viña con uvas blancas y negras; a veces, un castillo, todo de cal y canto, y cuando les parecía, lo disipaban todo al instante. Así se manifestaba ello a la vista de todos. Yo concluyo, pues, que si lograse encontrar en Orleáns algún antiguo compañero que conservara en la memoria esas mansiones de la Luna u otra magia sobrenatural, él haría que mi hermano obtuviera fácilmente su amor. Porque con cualquier falsa apariencia una persona entendida puede hacer que a la vista del hombre todas las negras rocas de Bretaña desaparezcan, y vayan y vengan los barcos por la orilla, permaneciendo en forma tal uno o dos días. Entonces mi hermano sanaría de su mal, y ella habría de cumplir necesariamente su promesa, o si no él la pondría en bochorno.»

¿Para qué prolongar este cuento? Dirigióse al lecho de su hermano, y tanto le animó a que fuese a Orleáns, que Aurelio se levantó en seguida y se puso luego en camino con la esperanza de ver aliviado su dolor.

Casi estaban para llegar a aquella ciudad (tanto que no les separarían de ella más de dos o tres estadios), cuando toparon con un joven estudiante que pasaba solo, el cual les saludó expresivamente en latín y después dijo esta cosa maravillosa:

—Yo sé la causa de vuestra venida.

Y antes que los hermanos avanzaran un paso más, les reveló todo cuanto encerraban sus propósitos.

Preguntóle el estudiante bretón por los compañeros a quienes había conocido en los antiguos tiempos, y aquél le respondió que habían muerto, por lo cual derramó muchas lágrimas el interrogador. Aurelio bajó al momento de su caballo y siguió adelante con el mago hacia su casa, en la que se instalaron con toda comodidad. No les faltó provisión que pudieran apetecer; morada tan bien dispuesta como aquélla no la vio Aurelio en su vida.

Antes de cenar, el hechicero le mostró selvas y parques llenos de animales salvajes, donde vio el bretón ciervos con su alta cornamenta, los más grandes que jamás fueron vistos por ojos algunos. Contempló un centenar de ellos muertos por los perros, y algunos con flechas, sangrando por crueles heridas. Cuando hubieron desaparecido estos animales salvajes, percibió halconeros que con sus halcones mataban garzas junto a un hermoso río. Luego vio caballeros justando en una explanada; y después de esto tuvo el placer de contemplar a su dama en una danza, en la que él mismo bailaba, según le parecía. Y cuando el maestro que obraba este encantamiento vio que era tiempo, batió palmas y se acabó toda diversión. Y, sin embargo, jamás se apartaron ellos de la casa mientras presenciaban todo aquel espectáculo maravilloso, sino que permanecían sentados en silencio los tres solos en un cuarto de estudio, allí donde el mago tenía sus libros.

El maestro llamó luego a su escudero y le dijo así:

—¿Está lista nuestra cena? Creo que hace casi una hora que te mandé prepararla, cuando estos dignos señores vinieron conmigo a mi aposento, donde están mis libros.

—Señor —contestó el escudero—, cuando gustéis, tengo dispuesto el yantar.

—Vamos, pues, a cenar —dijo el mago—. Eso será lo mejor, pues la gente enamorada debe tomar descanso alguna vez.

Después de cenar entraron en discusión sobre la suma con que había de ser recompensado el maestro por alejar todas las rocas de Bretaña, con las que hay desde el Gironda hasta la boca del Sena. Parecía mostrarse descontentadizo, y juraba que, así Dios le salvara, menos de mil libras no quería percibir, y ni aun por esa cantidad iría con gusto.

Aurelio, con gozoso corazón, respondió así al punto:

—¡Mil libras! Este vasto mundo, que los hombres dicen que es redondo, os daría yo si fuese dueño de él. Hagamos luego el contrato, pues estamos conformes. ¡Seréis fielmente pagado, por mi fe! Pero ahora mirad que por ninguna negligencia o pereza nos detengáis aquí más que hasta mañana.

—No —dijo el sabio—; recibid aquí mi fe como prenda.

Aurelio se fue a dormir cuando le pareció, y descansó casi toda aquella noche, porque la fatiga y la esperanza de felicidad hicieron sentir a su afligido corazón algún alivio en su pena.

Por la mañana, apenas fue de día, tomaron Aurelio y el mago

el camino de Bretaña y llegaron allí donde habían de permanecer. Esto ocurría, según recuerdan los libros, en la fría y helada estación de diciembre.

Febo, que en su ardiente declinación resplandecía con sus brillantes rayos cual oro bruñidos, tornóse viejo y se coloró como el latón; y ya descendía en Capricornio, donde bien puedo decir que lucía muy pálido. Los punzantes hielos, con el granizo y la lluvia, habían destruido el verdor en todos los jardines. Jano se había sentado junto al fuego con su doble barba, y bebía el vino en su cuerno. Delante de él estaba la carne del colmilludo jabalí, y todo hombre clamaba satisfecho: «¡Navidad!»

Aurelio hacía en todo momento cuanto podía para mostrar buen rostro a su maestro y reverenciarle, rogándole practicara diligencias a fin de sacarle de sus agudas penas, o le atravesase con una espada el corazón.

El astuto sabio tenía tal lástima de aquel hombre, que noche y día se dio cuanta prisa pudo, esperando la ocasión para obrar, es decir, para producir cierta ilusión con tales apariencias o engaños (pues yo no sé los términos de la astrología), que la dama y todos creyeran y dijeran que los escollos de Bretaña habían desaparecido, o bien que se habían hundido en el abismo. Por fin, vio llegada la hora de llevar a cabo sus trampas y su supersticiosa acción. Trajo sus Tablas Toledanas muy bien corregidas, sin que en ellas faltase nada: ni sus años agrupados o separados, ni sus raíces, ni sus argumentos y sus convenientes partes proporcionales para sus ecuaciones con respecto a todas las cosas. Y merced a sus cálculos con la octava esfera, conoció muy bien a qué distancia se había alejado Alnath por encima de la cabeza del fijo Aries, a quien se le consideraba dentro de la novena esfera. Todo esto calculó el mago muy hábilmente.

Cuando hubo encontrado la primera mansión, conoció, mediante proporción, las restantes, y supo con exactitud la altura de la Luna, su fase, su término y todo lo demás. Apreció perfectamente asimismo la posición de la Luna, de acuerdo con su operación, y precisó también sus demás reglas referentes a tales ilusiones y a semejantes sortilegios, que los paganos practicaban en aquellos tiempos. Por lo cual no lo demoró más, sino que, en virtud de su magia, pareció durante una semana o dos que todas las rocas se habían desvanecido.

Aurelio, que se hallaba todavía desesperado, no sabiendo si obtendría su amor o le avendría mal, esperaba noche y día el prodigio; mas cuando vio que allí no existía ningún obstáculo y que habían desaparecido todas las rocas, cayó a los pies de su maestro, diciendo:

—Yo, triste y desventurado Aurelio, os doy las gracias señor, y a mi señora Venus, que me ha ayudado en mi grave cuita.

Y tomó el camino del templo, donde sabía que había de contemplar a su dama. Y cuando vio el instante oportuno, inmediatamente, con temeroso corazón y con muy humilde semblante, saludó así a su soberana y amada:

—Mi verdadera señora, a quien quiero temer y amar como mejor pueda y a quien el desagradar sería lo más abominable de todo este mundo: si no fuese porque siento por vuestra causa tal desconsuelo que estoy a punto de morir a vuestros pies, no os diría cuánto dolor me embarga; pero en verdad debo morir o hablaros. Vos me matáis, sin culpa, de pena. Mas, aunque no tengáis compasión de mi muerte, reflexionad antes de quebrantar vuestra promesa. Doleos, por el Dios de las alturas, antes de matarme, pues os amo. Porque bien sabéis, señora, lo que habéis prometido. No es que yo reclame cosa alguna de vos por derecho, mi soberana señora, sino vuestra gracia; pero allá en un jardín, en cierto lugar, vos sabéis perfectamente lo que me prometisteis, y en mi mano empeñasteis vuestra fe de amante más que a nadie. Dios sabe que dijisteis así, aunque yo sea indigno de ello. Señora, más que para salvar ahora la vida de mi corazón, lo digo por vuestro honor, yo he hecho lo que vos me mandasteis, y podéis ir a verlo si os dignáis. Obrad como os plazca; mas recordad vuestra promesa, pues vivo o muerto, allí me hallaréis. De vos depende todo; hacedme vivir o morir; pero lo que yo sé bien es que las rocas han desaparecido.

Ella quedó asombrada y lívida. Nunca imaginó que había de ser cogida en semejante lazo.

—¡Ay de mí! —exclamó—. ¡Que esto hubiera de suceder! ¡Porque yo nunca pensé que tal prodigio o maravilla pudiera caer dentro de lo posible! Ello va contra el modo de obrar de la Naturaleza.

Y hacia su casa se dirigió la afligida criatura. Apenas podía andar, en su congoja. Durante uno o dos días enteros lloró, se lamentó, desmayóse, de modo que daba lástima verla; mas a nadie reveló la causa, pues Arverago se había ausentado de la ciudad. Pero hablaba consigo misma y, con el rostro pálido y con muy afligido semblante, así decía en su querella:

«¡Ay! De ti, Fortuna, me quejo, que, sin esperarlo, me has envuelto con tu cadena, para escapar de la cual no veo auxilio alguno, sino sólo la muerte o la deshonra. Menester es que yo elija una de estas dos cosas. Mas, no obstante, prefiero perder mi vida antes que deshonrar mi cuerpo, o reconocerme como desleal, o perder mi fama, puesto que puedo, en verdad, quedar libre con mi muerte. ¿No han existido antes de ahora muchas mujeres dignas e infinidad de doncellas que se mataron antes que cometer culpa con su cuerpo? Ciertamente que sí: las historias lo atestiguan.

Cuando los treinta tiranos, llenos de maldad, hubieron asesinado en Atenas a Fedón en el festín, mandaron prender a sus hijas y traerlas delante de ellos completamente desnudas en señal de desprecio, para satisfacer su impuro deseo, obligándolas a danzar en el pavimento sobre la sangre de sus padres. (¡Dios mande desventura a aquellos malditos tiranos!) En vista de lo cual, las afligidas doncellas, llenas de temor, antes de perder su virginidad, se arrojaron secretamente a un pozo y se ahogaron, según dicen los libros.

Igualmente los de Mesenia mandaron inquirir y buscar a cincuenta muchachas de Lacedemonia, con las cuales querían satisfacer su lujuria; mas no hubo ninguna entre todas ellas que no se matara y que con buen acuerdo no eligiese morir mejor que consentir en ser despojada de su doncellez. ¿Por qué he de tener yo entonces miedo a la muerte?

Ved también al tirano Aristóclides, que amaba a una doncella llamada Estinfalida. Cuando el padre de ésta fue muerto cierta noche, encaminóse ella al templo de Diana y sacó la imagen con sus dos manos, de la cual no quiso separarse jamás. Nadie pudo desprender sus manos de ella, hasta que la mataron en aquel mismo punto. Y puesto que esas doncellas tenían tan horror a ser violadas por el impuro deleite del hombre, bien debe una esposa matarse antes que ser deshonrada.

¿Qué diré de la mujer de Asdrúbal, que en Cartago se quitó la vida? Porque cuando ella vio que los romanos conquistaron la ciudad, cogió a todos sus hijos y los arrojó al fuego, prefiriendo morir a que romano alguno le hiciera ofensa.

¿No se mató Lucrecia en Roma, luego que fue violada por Tarquino, pensando que era vergüenza vivir una vez que había perdido su honra?

Las siete vírgenes de Mileto también se mataron por temor y dolor, antes que las gentes de Galacia las violasen. Más de mil historias, según yo pienso, podría referir ahora tocante a esta materia.

Cuando fue muerto Abradato, se suicidó su amada esposa

y, dejando que su sangre se deslizara en las extensas y profundas heridas de Abradato, dijo: «A lo menos, nadie deshonrará mi cuerpo, mientras yo pueda».

¿Para qué he de citar más ejemplos acerca del particular, puesto que tantas se han matado antes que ser atropelladas? Concluyo que es mejor que yo me mate que ser deshonrada de ese modo. Yo seré fiel a Arverago o, de lo contrario, me mataré de alguna manera, como hizo la amada hija de Democión por no querer verse deshonrada.

¡Oh, Cedaso! Grandísima compasión produce leer cómo murieron tus hijas, que se suicidaron en caso parecido. Y tan gran piedad, si no mucha más, inspira la doncella tebana que, a causa de Nicanor, se mató por eludir desgracia análoga.

Otra doncella tebana se condujo enteramente lo mismo porque cierto macedonio la violó, vindicando ella con su muerte su virginidad.

¿Qué diré de la mujer de Nicerato, que por caso semejante se quitó la vida?

¡Cuán fiel asimismo fue para Alcibíades su amante, que primero eligió morir que permitir que su cuerpo quedara insepulto! Ved qué mujer fue Alcestes.

¿Qué dice Homero de la buena Penélope? Toda Grecia conoce su castidad.

A propósito de Laodamia hay escrito esto: que cuando fue muerto en Troya Protesilao, no quiso ella sobrevivirle más tiempo. Lo mismo puedo decir de la noble Porcia, que no podía vivir sin Bruto, a quien había entregado por completo su corazón. Y la perfecta condición de esposa de Artemisa, honrada es por toda la Barbaria.

¡Oh, reina Teuta! Tu castidad de esposa puede servir de espejo a todas las mujeres. Lo propio digo de Bilia, de Rodoguna y también de Valeria.

Así se lamentó Dorigena uno o dos días, determinando siempre que había de morir.

Pero, no obstante, la tercera noche volvió a casa Arverago, el digno caballero, y le preguntó por qué lloraba tan amargamente. Y ella tornó a llorar más aún.

—¡Ay de mí! —decía—. ¿Para qué habré nacido? Esto he dicho; así he jurado yo —insistía.

Y refirióle todo lo que habéis oído antes.

El marido, con expresión alegre, de modo benévolo, respondió y dijo como os voy a declarar:

—¿No hay ninguna otra cosa más que esto, Dorigena?

—No, no —repuso ella—. Así me ayude Dios como cierto es. Demasiado es esto; pero sería la voluntad de Dios que ocurriese.

—Sí, mujer —dijo él—; deja dormir lo que está tranquilo. Tal vez hoy mismo se arreglará todo. Tú debes mantener tu promesa. ¡Sí, por mi fe! Porque yo preferiría mucho ser apuñalado, a causa del verdadero amor que te tengo, a que tú no guardases y observaras tu lealtad; tan ciertamente lo afirmo como pido que tenga Dios misericordia de mí. La fidelidad es la cosa más grande que el hombre puede guardar.

Mas dichas estas palabras, rompió a llorar y añadió:

—Yo te prohíbo, bajo pena de muerte, que jamás, mientras tengas vida y aliento, hables a nadie de esta aventura. Soportaré mi desgracia como mejor pueda, y no mostraré aspecto de tristeza, para evitar que la gente juzgue o piense mal de ti.

Y en seguida llamó a un escudero y a una doncella.

—Id al instante con Dorigena —ordenó—, y llevadla inmediatamente al lugar que os diga.

Pidieron ellos licencia y emprendieron su camino; mas no sabían por qué ella se dirigía allí, pues él no quiso descubrir a nadie su intención.

Por casualidad sucedió que el hidalgo Aurelio, que tan enamorado estaba de Dorigena, la encontró en mitad de la ciudad, precisamente en la calle de más tránsito, cuando ella se disponía a tomar el camino más corto en dirección al jardín, adonde había prometido ir. Hacia el jardín iba él también, pues vigilaba con atención el momento en que ella saliera de su casa para cualquier sitio. De este modo se encontraron, por azar o providencia. Saludóla él con alegre continente, y le preguntó hacia dónde se dirigía.

Ella, como medio loca, respondió:

—Al jardín, según mi esposo me ha ordenado, para cumplir mi promesa. ¡Ay, ay de mí!

Aurelio comenzó a maravillarse de este caso, y sintió en su corazón gran piedad de ella y de sus lamentos, así como del digno caballero Arverago, que la había mandado cumplir todo cuanto había prometido, por lo odioso que le parecía que su esposa quebrantara su promesa. Y recibió su corazón gran pena de ello, considerando en uno y otro caso lo mejor y diciéndose que sería preferible renunciar a su placer antes que cometer tan grande y grosera indignidad, contra toda nobleza y cortesía. Por todo lo cual se expresó así en pocas palabras:

—Señora, decid a vuestro Arverago que yo admiro su gran

nobleza para con vos, puesto que él preferiría soportar su vergüenza a que vos quebrantarais vuestra promesa conmigo. Igualmente decidle que, viendo por otra parte, vuestra aflicción, tengo por mejor en todo caso sufrir angustias yo que desunir el amor entre vosotros dos. Yo os devuelvo, señora, todo juramento y toda obligación que vos me hayáis hecho hasta ahora desde el momento en que nacisteis. Empeño mi fe de que nunca os reprocharé por ninguna promesa, y aquí me despido de la más fiel y mejor esposa que jamás he conocido en toda mi vida. Pero guárdese toda mujer en sus promesas y acuérdese a lo menos de Dorigena. Y sépase que puede, sin duda, realizar un hidalgo una acción noble tan bien como un caballero.

Ella le dio las gracias, hincándose sobre sus desnudas rodillas, y se encaminó hacia la casa de su esposo, refiriéndole todo lo que vosotros me habéis oído decir. Y estad seguros de que Arverago quedó satisfecho de tal manera, que me sería imposible describirlo. ¿Para qué he de hablar más de este asunto?

Arverago y su esposa Dorigena pasaron su vida en suprema felicidad, y nunca más hubo disgusto entre ellos: él la apreciaba como si fuese una reina y ella se mostró fiel para con él por siempre jamás. Acerca de estos dos personajes nada más conseguiréis saber de mí.

Mas Aurelio, que había perdido todo su dinero, maldecía la hora en que había nacido.

—¡Ay de mí! —decía—. ¡Ay de mí, que he prometido el peso de mil libras de oro puro a ese filósofo! ¿Qué haré yo? No veo más sino que estoy arruinado. Debo vender necesariamente mi herencia y quedarme hecho un mendigo. Yo no puedo permanecer aquí y exponer a la vergüenza a todos mis parientes de este lugar, a no ser que pudiera conseguir del mago más indulgencia. Probaré a pagarle en determinados días, año tras año, y le daré las gracias por su gran favor. Yo quiero mantener mi palabra: no quiero mentir.

Con el corazón oprimido dirigióse a su arca y llevó al filósofo el valor de quinientas libras de oro, si mal no recuerdo, suplicándole que le concediera, en su bondad, un plazo fijo para lo restante, y añadió:

—Maestro, bien me atrevo a jactarme de que yo nunca he faltado a mi palabra todavía. Seguramente, pues, os pagaré mi deuda, aunque tenga que ir a mendigar envuelto en mi capa. Pero si quisierais concederme, dándoos garantías, dos o tres años de plazo, entonces iríame bien. De lo contrario, tendré que vender mi herencia. No hay más que decir.

El filósofo, cuando oyó estas palabras, respondió gravemente, diciendo así:

—¿No he cumplido yo mi pacto contigo?

—Sí, y bien y con fidelidad —dijo el hidalgo.

—¿No has poseído a tu dama como querías?

—No, no —contestó Aurelio. Y suspiró tristemente.

—¿Cuál fue la causa? Dímelo, si puedes.

Aurelio comenzó su narración y le contó todo lo que vosotros habéis oído primero y no es preciso repetir.

—Arverago, en su nobleza —añadió—, hubiera querido morir de dolor y angustia antes que su esposa fuese infiel a su palabra.

Refirióle también la aflicción de Dorigena; cuán aborrecible le parecía ser mala esposa; cómo ella hubiera preferido perder su vida aquel día, y cómo hizo su promesa incautamente.

—Ella —terminó— nunca había oído hablar antes de visiones; eso fue lo que me hizo sentir tan gran compasión. Y con la misma generosidad con que Arverago me la envió, tan liberalmente se la remití yo de nuevo. Eso es todo.

El filósofo respondió:

—Querido hermano, cada uno de vosotros obró noblemente para con el otro. Tú eres hidalgo y él un caballero; pero Dios no permita, por su bendito poder, que un letrado no pueda practicar una acción noble tan bien como cualquiera de vosotros, pues sí puede, sin duda alguna. Señor mío, yo te condono tus mil libras, como si ahora mismo hubieses salido de la tierra y jamás hasta el presente me hubieras conocido. Porque, señor, yo no he de tomar un penique de ti por todo mi arte, ni nada por mi trabajo. Tu has pagado bien con mi sustento; bastante es ello. Queda con Dios.

Y, cogiendo su caballo, emprendió su camino.

Señores, esta pregunta voy a dirigiros: ¿quién pensáis que fue más generoso? Decídmelo antes de seguir adelante. Yo no sé más; mi cuento se ha acabado.

PRÓLOGO DEL CUENTO DE LA SEGUNDA MONJA

BIEN haríamos en poner todo nuestro empeño en evitar al ministro y fomentador de los vicios, que se llama en nuestro idioma ociosidad, y que es portero de la puerta de los deleites, venciéndole con su contrario, es decir, con la legítima diligencia, para que el demonio no se apoderase de nosotros al estar ociosos. Porque él, que con sus mil artificiosos lazos nos acecha continuamente para atraparnos, cuando observa a algún hombre en la ociosidad, sabe cogerle con tal ligereza en su trampa, que hasta que él no se ve sujeto enteramente, no advierte que el demonio le tiene en su mano. Por eso debemos trabajar y evitar el ocio.

Aunque los hombres no temiesen morir jamás, bien se les alcanza, sin embargo, que la ociosidad es molicie corrompida, de la que nunca proviene buen resultado alguno, y bien ven que la pereza mantiene al hombre atraillado al ocio, haciéndole que duerma, coma y beba y que devore todo lo que otro trabaja.

Para librarnos de tal ociosidad, que es causa de confusión tan grande, he puesto aquí mi honrada y activa diligencia a fin de traducir fielmente, según la leyenda, una gloriosa vida de pasión. Me refiero a ti, virgen y mártir Santa Cecilia.

Y a Ti, que eres flor de todas las vírgenes, y de quien plugo a Bernardo escribir tan bien; a Ti, en mi comienzo, te invoco ante todo. Tú, consuelo de nosotros, miserables, haz que yo escriba la muerte de tu sierva, quien, por su mérito, ganó la vida eterna y la victoria sobre el mundo, según se lee en su historia.

Tú, Virgen y Madre, Hija de tu hija: Tú, fuente de misericordia, remedio de las almas pecadoras, donde Dios, en su bondad, eligió habitar; Tú, humilde y ensalzada sobre toda criatura; Tú ennobleciste de tal modo nuestra naturaleza, que el Hacedor no mostró desdén alguno por nuestro linaje al vestir y envolver a su Hija en tu carne y sangre.

Dentro del bendito claustro de tus entrañas tomó forma humana el eterno amor y paz; Aquel que del triple espacio es señor y guía; Aquel a quien tierra, mar y cielo sin cesar alaban siempre; y Tú, Virgen sin mancilla, llevaste en tu seno al Creador de toda criatura, permaneciendo pura y virgen.

Reunidas se hallan en Ti la magnificencia y la misericordia, con bondad y piedad tales, que Tú, que eres el sol de excelencia, no sólo socorres a los que te ruegan, sino que a menudo, en tu benignidad, antes que los hombres imploren tu protección, generosamente te adelantas y te tornas en médico de su vida.

Ahora Tú, dulce, bienaventurada y hermosa Virgen, me ayudarás en este desierto de hiel a mí, infeliz desterrada; piensa en la mujer Cananea, que decía que los cachorros comen algunas migajas que de la mesa de sus señores caen; y aunque yo, indigna hija de Eva, sea pecadora, acepta, sin embargo, mi fe.

Y puesto que la fe está muerta sin las obras, dame conocimiento y espacio para obrar de tal modo que me vea libre del lugar más oscuro que existe. ¡Oh, Tú, que eres tan hermosa y llena de gracia, sé mi abogada en aquella alta mansión donde el *Hosanna* se canta sin cesar; hazlo, Madre de Cristo, Hija querida de Ana!

Y con tu luz ilumina mi alma aprisionada, que turbada está por el contagio de mi cuerpo, así como también por el peso de los deseos terrenales y de los falsos afectos. ¡Oh, puerto de refugio! ¡Oh, salvación de los que se hallan en dolor y tribulación! Ayúdame ahora, pues voy a disponerme a mi labor.

Empero yo os ruego a vosotros, los que leéis lo que escribo, que me perdonéis que no ponga diligencia en relatar artísticamente esta misma narración; porque yo empleo las palabras y las frases del que en reverencia de la santa escribió la Historia, y sigo su leyenda, rogándoos enmendéis con vuestro juicio mi obra.

Primeramente, desearía yo explicaros el nombre de Santa Cecilia, según se puede ver en su historia. Quiere la palabra decir lirio celestial, por la pura castidad de su virginidad; o bien era «lirio» su nombre, porque tenía la santa la blancura de la honestidad y la lozanía de la conciencia y la suave fragancia de la buena fama.

O ya Cecilia significa camino del cielo, puesto que dio ejemplo, por su buena doctrina; o, de otro modo, Cecilia, según encuentro escrito, está formado por cierta especie de conjunción de «cielo» y «Lia»: aquí, en sentido figurado, el «cielo» se refiere a sus pensamientos de santidad, y «Lia» a su continua diligencia.

Cecilia puede también ser interpretado de esta manera: «libre de ceguera», por su gran luz de sabiduría y sus claras virtudes. O, si no, el brillante nombre de esta virgen viene de «cielo» y «leos», pues, en justicia bien se la podía llamar «el cielo del pueblo», ejemplo de todas las obras buenas y sabias.

Porque «leos», en griego, quiere decir pueblo, y así como

en el cielo se pueden ver el sol, la luna y las estrellas por todas partes, de igual manera se ve espiritualmente en esta generosa virgen la grandeza de la fe, y asimismo la perfecta claridad de la sabiduría y ciertas diversas obras de singular excelencia.

Y de idéntico modo que los filósofos escriben que el cielo es veloz, redondo y además ardiente, así también la hermosa y blanca Cecilia era muy rápida y diligente siempre en el bien obrar, y acabada y perfecta en la buena perseverancia, y de continuo inflamada en ardentísima caridad. Ya os he declarado así lo que ella se llama.

CUENTO DE LA SEGUNDA MONJA

Esta clara virgen Cecilia, según lo que su vida refiere, procedía de noble estirpe romana, y desde su cuna fue criada en la fe de Cristo, llevando su Evangelio en su alma. Nunca cesaba, según hallo escrito, de rogar, amar y temer a Dios, suplicándole guardara su virginidad.

Esta virgen hubo de desposarse con un hombre, que era muy joven de edad y se llamaba Valeriano, y cuando llegó el día de su matrimonio, ella, con muy devoto y humilde corazón, bajo sus vestidos de oro, que le cuadraban muy bien, púsose un cilicio junto a sus carnes.

Y mientras los órganos daban sus melodías, a Dios cantaba ella en su corazón así: «¡Oh, Señor, conserva sin mancha mi alma y mi cuerpo, para no ser confundida!» Y por amor del que murió en el árbol de la Cruz, ayunaba cada dos o tres días, rogando siempre muy fervorosamente en sus oraciones.

Llegó la noche y ella debía ir al lecho con su marido, cual es repetida costumbre; más díjole aparte reservadamente:

—¡Oh, dulce, bien amado y querido esposo! Tengo un secreto que te diré con agrado, si quieres oírlo, luego que tú jures que no me traicionarás.

Valeriano le juró firmemente que por ningún motivo, ni por cosa alguna que pudiera suceder, le haría traición; y entonces ella díjole:

—Yo tengo un ángel que me ama y que con gran cariño está siempre dispuesto a guardar mi cuerpo, ya duerma o ya vele, Y si él sintiera que tú me tocas o me amas con bajeza, en ese mismo instante te matará, sin duda, en el acto, y así morirás en tu juventud; mas si tú me conduces al amor puro, te amará, como a mí, por tu pureza, y te mostrará su júbilo y su resplandor.

Valeriano, amonestado como a Dios le plugo, respondió a su vez:

—Si yo te he de creer, permíteme que vea al ángel y le contemple; si él es verdadero ángel, entonces yo obraré como me has suplicado; pero si tú amas a otro hombre, en verdad que con esta misma espada os mataré a los dos.

Cecilia contestó al momento de esta guisa:

—Si tú quieres, verás al ángel, con tal que creas en Cristo y te bautices. Ve a la Vía Apia —prosiguió—, que de esta ciudad no dista sino tres millas, y a las pobres gentes que allí habitan comunícales lo que te voy a declarar. Diles que yo, Cecilia, te envío a ellos con el fin de que te presenten al buen anciano Urbano para asuntos privados y con buena intención. Luego que hayas visto al santo Urbano, repítele las palabras que yo te he dicho; y cuando él te haya purgado de pecado, verás a ese ángel antes de partir.

Valeriano se dirigió hacia aquel lugar y encontró en seguida al anciano Urbano, oculto entre las sagradas sepulturas. Al instante, y sin dilación, Urbano levantó sus manos y lloró de alegría.

—¡Señor todopoderoso! —exclamó—. ¡Oh, Jesucristo, sembrador de casto consejo, pastor de todos nosotros; recibe el fruto de aquella semilla de castidad que has sembrado en Cecilia! Mira cómo tu propia sierva Cecilia te sirve siempre cual abeja solícita y sin engaño. Porque al mismo esposo que ella tomó hace poco, en todo semejante a un fiero león, aquí le envía para Ti, tan humilde como jamás lo fue cordero alguno.

Y pronunciadas estas palabras, apareció allí de pronto un anciano cubierto con blancas y resplandecientes vestiduras, que tenía en la mano un libro con letras de oro, y se colocó delante de Valeriano.

Valeriano, al verle, cayó como muerto de miedo, y el anciano le alzó y se puso a leer en su libro de esta manera: «Un Señor, una fe, un solo Dios, un bautismo y un Padre de todos, sobre todos y sobre todas las cosas en todas partes». Cada una de estas palabras estaban escritas en oro.

Luego que aquello fue leído, dijo el anciano:

—¿Crees esto o no? Contesta.

—Yo creo todo eso —respondió Valeriano—, pues cosa más

verdadera que ésta bien me atrevo a decir que nadie bajo el cielo puede pensarla.

Entonces el anciano se desvaneció, sin que Valeriano supiese cómo, y el papa Urbano bautizó al joven allí mismo.

Tornó a su casa Valeriano, y encontró a Cecilia en su habitación con un ángel que de pie estaba. Tenía este ángel en la mano dos coronas de rosas y de lirios; entregó primero una de ellas a Cecilia y después ofreció la otra a su esposo Valeriano.

—Guardad siempre estas coronas con cuerpo puro y pensamiento inmaculado —dijo—. Para vosotros las he traído del Paraíso, y nunca se marchitarán, ni perderán su suave fragancia. Jamás las verá nadie con sus ojos, sino el que sea casto y aborrezca la maldad. Y tú, Valeriano, pues que tan pronto consentiste también en el buen consejo, di lo que te plazca y obtendrás tu demanda.

—Yo tengo un hermano —respondió entonces Valeriano— a quien amo más que a nadie en este mundo. Te ruego que mi hermano consiga la gracia de conocer la verdad, como yo la he conocido en este lugar.

El ángel contestó:

—A Dios es grata tu petición, y ambos con la palma del martirio vendréis a su bienaventurada fiesta.

Y dichas estas palabras, llegó Tiburcio, el hermano de Valeriano, y cuando percibió el aroma que las rosas y los lirios exhalaban, comenzó a maravillarse sobremanera en su corazón.

—Me admiro —dijo— pensando de dónde provendrá, en esta época del año, el delicioso perfume de rosas y lirios que aquí noto, pues aun cuando los tuviese en mis manos, no me podría llegar un aroma más penetrante. El suave olor que en mi corazón siento me ha transformado del todo en otro ser.

Valeriano dijo:

—Dos coronas tenemos, blancas como la nieve y encarnadas como la rosa, que brillan con esplendor y que tus ojos no pueden ver; y así como tú las hueles merced a mi oración, del mismo modo las verás, amado y querido hermano, si quieres creer firmemente, sin negligencia, y conocer la verdadera fe.

Tiburcio respondió:

—¿Me dices esto de verdad o lo escucho en sueños?

—En sueños —repuso Valeriano—, hemos estado nosotros ciertamente hasta este momento, hermano mío. Mas ahora descansamos por vez primera en la verdad.

—¿Cómo lo sabes tú y de qué manera? —replicó Tiburcio.

—Voy a decírtelo —contestó Valeriano—. El ángel de Dios

me ha enseñado la verdad, la cual verás tú si quieres renegar de los ídolos y ser puro.

Del milagro de aquellas dos coronas hubo de tratar San Ambrosio en su prefacio. Este ilustre doctor lo pondera solemnemente, y dice de este modo: «Para recibir la palma del martirio, Santa Cecilia, llena de los dones de Dios, abandonó el mundo y asimismo su cámara nupcial. Da testimonio de ello la confesión de Tiburcio y Valeriano, a quienes Dios, en su bondad, quiso conceder dos coronas de flores aromáticas y mandó que su ángel se las llevara. La Virgen condujo a esos hombres a la bienaventuranza. El mundo ha sabido, ciertamente, lo que vale ser devoto de la castidad».

Demostró entonces Cecilia a Tiburcio, muy clara y evidentemente, que todos los ídolos no son sino cosa vana, porque son mudos y sordos, exhortándole a renunciar a ellos.

—Si yo no he de mentir —dijo a esta sazón Tiburcio—, el que no crea lo que afirmas es una bestia.

Y ella, no bien hubo escuchado tal respuesta, abrazóle y hallábase muy alegre porque él pudo conocer la verdad.

—En este día te recibo por mi pariente —dijo aquella bienaventurada, hermosa y amada virgen.

Y luego de eso habló como podéis oír.

—Mira —expuso—, así como el amor de Cristo me hizo esposa de tu hermano, de la misma manera te admito yo aquí al punto por mi deudo, puesto que tú consientes en despreciar a tus ídolos. Ve ahora con tu hermano, bautízate y purifícate, de suerte que puedas contemplar la faz del ángel de quien te ha hablado mi esposo.

Tiburcio respondió, diciendo:

—Hermano querido, dime primero adónde debo ir y a qué hombre dirigirme.

—¿A quién? —contestó el marido de Cecilia—. Ven con buena disposición y yo te llevaré al papa Urbano.

—¿A Urbano? Hermano Valeriano —dijo entonces Tiburcio—. ¿Quieres llevarme allí? Me parece que eso sería un caso extraño. ¿No te refieres a Urbano, el que tan a menudo ha sido condenado a muerte y vive siempre en los rincones, huyendo de acá para allá, sin atreverse a asomar la cabeza? Si fuese hallado o se le pudiera avistar, se le quemaría en un fuego bermejo. Y a nosotros también, por admitirle en nuestra compañía. Y mientras buscamos a esa divinidad, que se halla escondida secretamente en el cielo, seríamos quemados en este mundo.

A lo que Cecilia respondió con valentía:

—Bien se podría temer, y con razón, perder esta vida, mi querido hermano, si ella fuera la única y no hubiese ninguna otra. Mas existe una vida mejor en otro lugar, y una que jamás se perderá, lo cual nos lo ha revelado el Hijo de Dios, en su misericordia. El Hijo del Padre ha creado todas las cosas, y a todo cuanto ha sido creado con pensamiento razonable lo ha dotado de un alma, sin duda alguna, el Espíritu que del Padre procedió en un principio. Y el Hijo de Dios, cuando estuvo en este mundo, declaró aquí con palabras y por milagros, que había otra vida, donde los hombres morarían.

A lo cual respondió Tiburcio:

—¡Oh, querida hermana! ¿No has dicho tú ahora mismo que no hay sino un Dios y Señor verdadero? ¿Cómo puedes ahora dar testimonio de tres?

—Te lo voy a explicar —dijo ella—. Así como el hombre tiene tres clases de inteligencia, que son memoria, entendimiento y voluntad, así también en el Ser divino pueden coexistir muy bien tres personas.

Y púsose a predicarle muy diligentemente acerca de la venida de Cristo, y a instruirle en su pasión.

Asimismo lo hizo respecto de muchos puntos, manifestando cómo el Hijo de Dios fue retenido en este mundo para llevar a cabo la plena redención del linaje humano, que se hallaba sujeto al pecado y a desapacibles inquietudes. Todas estas cosas dijo Cecilia a Tiburcio. Después de lo cual éste, con buen ánimo, dirigióse con Valeriano al papa Urbano.

El cual dio gracias a Dios y, con satisfecho y gozoso corazón, le bautizó y le hizo en aquel lugar perfecto en saber y caballero de Dios. Y luego Tiburcio obtuvo tal gracia que todos los días veía, en el tiempo y en el espacio, un ángel de Dios; y todo género de súplicas que a Dios dirigía, éranle concedidas al instante.

Sería muy difícil enumerar cuántas maravillas obró Jesús por ellos; mas, al fin, para hablar breve y llanamente, los lictores de la ciudad de Roma los buscaron y los condujeron ante el prefecto Almaco, el cual los interrogó y, conociendo todos sus propósitos, los envió a la imagen de Júpiter y dijo:

—Al que no quiera sacrificar, córtesele la cabeza; he aquí mi sentencia.

Inmediatamente, Máximo, que era oficial del prefecto, y su cornicularío, se apoderó de los mártires de quienes vengo hablando, y mientras conducía a los santos, lloraba él mismo de lástima.

Cuando Máximo hubo oído la doctrina de los santos, obtuvo permiso de los ejecutores, y los llevó a su casa, y ellos con su predicación, antes de que llegara la tarde, arrancaron a los verdugos, a Máximo y a toda su gente de la falsa fe, para hacerles creer sólo en Dios.

Luego que fue de noche, llegó Cecilia con sacerdotes, que bautizaron a todos a la vez, y después, no bien hubo vuelto la luz del día, díjoles Cecilia con semblante muy tranquilo:

—Ahora, amados y queridos caballeros del propio Cristo, arrojad todas las obras de las tinieblas y armaos con armadura de luz. Vosotros habéis librado, en verdad, gran batalla; vuestra existencia en la tierra ha terminado y habeis guardado vuestra fe. Id hacia la corona de vida, que no puede faltar; el justo Juez, a quien habéis servido, os la dará cual la habéis merecido vosotros.

Y cuando fue dicho esto, se los condujo para hacer el sacrificio.

Mas para relatar brevemente la conclusión, una vez que fueron los presos llevados a aquel lugar, no quisieron incensar ni hacer sacrificio alguno, sino que se pusieron de rodillas con corazón humilde y tranquila devoción, y ambos perdieron su cabeza en aquel sitio. Sus almas fueron rectamente al Rey de la gracia.

Máximo, que este suceso presenciaba, manifestó al punto con tiernas lágrimas que habían visto entrar sus almas en el cielo entre ángeles llenos de esplendor y de luz, y con su palabra convirtió a muchas personas. Por lo cual Almaco le mandó golpear con un látigo de plomo, hasta que el buen cornicularío entregó su vida.

Recogióle Cecilia y lo enterró con esmero junto a Tiburcio y Valeriano, bajo la piedra de su sepulcro. Después de esto, Almaco ordenó a sus oficiales que se apoderasen públicamente de Cecilia, a fin de que ella pudiera en su presencia hacer sacrificio e incensar a Júpiter.

Pero ellos, convertidos por la sabia doctrina de la santa, lloraban muy sentidamente y daban pleno crédito a su palabra, exclamando una y otra vez:

—Cristo, Hijo de Dios, que tan buen sirviente tiene, es verdadero Dios: esto es lo que sentimos; esto creemos nosotros todos, aunque perezcamos.

Almaco, que oyó hablar de ese suceso, mandó buscar a Cecilia, para poder verla, y he aquí cuál fue entonces su primera pregunta:

—¿Qué clase de mujer eres tú? —dijo.

—Soy mujer de patricia cuna —respondió ella.

—Yo te interrogo —aclaró él— por tu religión y por tu fe, aunque ello te enoje.

—Has empezado neciamente tu interrogatorio —repuso ella—, ya que quisiste abarcar dos respuestas con una pregunta. Por tanto, has preguntado de modo ignorante.

Almaco repuso a estas razones:

—¿De dónde proviene tu grosera respuesta?

—¿De dónde? —dijo ella, luego que fue preguntada—. De la conciencia y de la sincera buena fe.

Almaco añadió:

—¿No tienes en cuenta mi poder?

Ella le contestó:

—Tu poder es muy poco de temer; porque el poder de todo hombre mortal no es, en realidad, sino como una vejiga llena de viento, pues, cuando está inflada, con la punta de una aguja puede rebajarse toda su inflazón.

—Muy culpablemente comenzaste —dijo el magistrado—, y todavía perseveras en tu culpa. ¿No sabes que nuestros poderosos y generosos príncipes han dado orden y mandato de que todo cristiano sufra castigo si no renuncia a su cristianismo y que quede completamente libre si quiere renegar de él?

—Vuestros príncipes yerran, y vuestro Senado —dijo entonces Cecilia—, y por una sentencia insensata nos hacéis culpables. Mas todo eso no es verdad, ya que vosotros, que conocéis bien nuestra inocencia, nos imputáis como crimen el hacer reverencia a Cristo y llevar el nombre de cristianos. Mas nosotros, que tenemos ese nombre por virtuoso, no podemos renunciar a él.

Almaco respondió:

—Elige una de estas dos cosas: sacrificar o abjurar del cristianismo, para que puedas librarte por ese medio.

A esto la santa, bienaventurada y hermosa virgen, rió y dijo al juez:

—¡Oh, juez, confundido en tu locura! ¿Quieres que yo reniegue de la inocencia para convertirme en una criatura perversa? ¡He aquí que tú disimulas en la audiencia, tienes baja la vista y te irritas mientras atiendes!

A lo que Almaco respondió:

—Desgraciada y miserable criatura, ¿no sabes hasta dónde es capaz de extenderse mi poder? ¿No me han dado nuestros poderosos príncipes potestad y autoridad para hacer morir o vivir a las personas? ¿Por qué me hablas entonces orgullosamente?

—Yo no hablo orgullosamente —replicó ella—, sino firmemente, pues, por mi parte, digo que nosotros tenemos odio mortal a ese vicio del orgullo. Y si no temes escuchar una verdad, te demostraré en tal caso muy claramente, con razones, que tú has dicho aquí una mentira muy grande. Afirmas que tus príncipes te han dado potestad, así para matar como para dar vida a un ser. Tú, que no puedes sino quitar la vida únicamente, no tienes otro poder ni licencia alguna. Sólo te es posible decir que tus príncipes te han hecho ministro de la muerte; y si de otra cosa hablas, mientes, porque tu poder es del todo nulo.

—Dejo a un lado tu atrevimiento —dijo entonces Almaco— y sacrifica a nuestros dioses antes de irte. No hago caso de ninguna ofensa de las que me diriges, pues sé sufrirás como filósofo. Pero no puedo tolerar las injurias que aquí profieres contra nuestros dioses.

—¡Oh, necia criatura! Desde que me estás hablando no has dicho palabra por la cual no haya conocido tu simplicidad; tú eres, en todo modo y manera, funcionario ignorante y juez presuntuoso. Nada falta a tus ojos para que seas ciego; porque a cosa que todos nosotros vemos que es piedra, lo cual bien se puede percibir, quieres llamarla Dios. Te aconsejo que pongas tu mano sobre ella. Tiéntala bien y hallarás que es piedra, ya que no ves con tus ojos ciegos. Vergüenza es que la gente se burle así de ti y se ría de tu locura; porque comúnmente bien sabido es en todas partes que el poderoso Dios está arriba en el cielo, y de sobra puedes ver que estas imágenes ni a ti ni a sí mismas pueden servir para nada, pues, en efecto, no valen un ardite.

Estas palabras y otras semejantes pronunció Cecilia, y él se puso furioso y mandó se la condujera a su casa.

—Y en su casa —dijo— cocedla bien en un baño hirviente de agua.

Y como él lo ordenó, asimismo fue ejecutado en el acto. La metieron, pues, en un baño, atizando debajo gran fuego noche y día. Y durante la larga noche y el día siguiente, a pesar de todo el fuego y del calor del baño, ella permanecía completamente fría, sin sentir dolor alguno ni sufrir nada. Mas en aquel baño había de perder su vida, pues Almaco, con perversa intención, envió mensaje de matarla en el baño.

Tres golpes le dio entonces el verdugo en el cuello; mas ni aun por casualidad pudo cortárselo del todo. Y como quiera que en aquel tiempo había una ley según la cual nadie debía ejecutar con hombre alguno la pena de asestarle el cuarto golpe, ni fuerte ni suave, no se atrevió a hacer nada más.

Así que la dejó yacer, medio muerta, con el cuello tronchado, y fuese. Los cristianos, que alrededor de ella estaban, empaparon la sangre muy cuidadosamente en lienzos. Tres días vivió ella en este tormento, y jamás cesó de instruir a todos en la fe, poniéndose a predicar a quienes ella había alentado.

Y dioles sus bienes muebles y sus pertenencias, y luego los confió al papa Urbano, diciendo: «Yo he pedido al Rey del cielo me conceda tres días de plazo, y no más, para recomendaros a estas almas que aquí tenéis y para que yo pudiera mandar hacer una iglesia en mi casa a perpetuidad».

San Urbano, con sus diáconos, se llevó en secreto el cuerpo y lo sepultó por la noche honrosamente entre sus demás santos. La casa de la muerta se llamó iglesia de Santa Cecilia. San Urbano la consagró, usando de sus facultades, y en ella, de manera digna, aún hoy día se venera a Cristo y a su santa.

PRÓLOGO DEL CUENTO DEL CRIADO DEL CANÓNIGO

Luego que quedó terminada la vida de Santa Cecilia, y antes que hubiésemos cabalgado cinco millas completas, nos alcanzó en Boughtoun-under-Blee un hombre vestido con hábitos negros, debajo de los cuales llevaba blanca sobrepelliz. Su caballo, que era un rucio rodado, tanto sudaba que era maravilla verlo: parecía como si le hubieran ido espoleando durante tres millas. El corcel que montaba el criado de aquel hombre sudaba también de tal modo, que con dificultad podía caminar. Cubríale la espuma también y el jinete se hallaba completamente salpicado de ella. Una doble alforja se extendía sobre su grupa y aparentaba llevar poco equipo. Este digno hombre cabalgaba con traje muy ligero y de verano. Comenzaba yo a extrañarme en mi interior, pensando quién sería, cuando eché de ver que su capa iba cosida a su capucha, por lo cual, luego que hube reflexionado, juzgué que sería algún canónigo. Su sombrero colgábale de una cinta a la espalda, pues había galopado más que ido al paso y al trote, no cesando de picar espuelas como un loco. Llevaba dentro de su capucha una hoja de bardana para librarse de los sudores y para proteger su cabeza contra el calor. ¡Pero daba gusto verle sudar! Su frente destilaba como un alambique repleto de llantén y parietaria.

Apenas hubo llegado, comenzó a gritar:

—¡Dios guarde a esta alegre compañía! He aguijoneado de firme por vuestra causa, pues quería alcanzaros para cabalgar con este agradable concurso.

Su criado, que rebosaba también cortesía, dijo:

—Señores, esta mañana os vi salir a caballo de vuestro mesón e informé de ello a este mi señor y mi amo, el cual se considera muy dichoso cabalgando con vosotros para su solaz, pues le gusta el entretenimiento.

—Amigo, por tu aviso Dios te dé buena suerte —dijo a esta sazón nuestro hospedero—; porque, en verdad, parece que tu señor es despejado, y por tal le juzgo; además, me atrevería a apostar que es muy alegre. ¿Podrá contar un cuento divertido, o dos, con los cuales sea capaz de animar a esta banda?

—¿Quién, señor? ¿Mi amo? En verdad que sí; sin duda, sabe bastantes cuentos muy alegres y donairosos. Además, señor si le conocierais tanto como yo, os maravillaría viendo cuán bien y mañosamente sabe trabajar de diversos modos. Él ha acometido muchas grandes empresas, las cuales serían muy dificultosas de llevar a cabo por cualquiera de los que están aquí, no aprendiéndolo de él. Muy sencillamente cabalga entre vosotros; mas si le conocierais, para vuestro provecho fuera. Sí, que no querríais renunciar a su trato a cambio de muchos bienes. Sobre esto me atrevo a arriesgar todo lo que tengo y me pertenece. Es hombre de gran discreción, os lo prevengo, y muy eminente.

—Te ruego entonces —repuso el hostelero— que me digas si es clérigo o no. Di lo que es.

—Es más que clérigo, ciertamente —replicó el criado—. En pocas palabras, posadero, voy a hablaros de su arte. Digo que mi señor posee tales conocimientos secretos (mas no habéis de saber de mí toda su habilidad, y eso que yo tengo alguna parte en su labor), que todo este suelo por el que vamos cabalgando hasta que lleguemos a la ciudad de Canterbury podría él volverlo por completo de arriba abajo y empedrarlo de oro y de plata.

Y cuando el criado hubo hablado así a nuestro hospedero, exclamó éste:

—*Benedicite!* Esto es para mí extrañamente pasmoso. Puesto que tu señor es de tan alta prudencia, razón por la cual los hombres le deben respeto, ¿cómo se cuida tan poco de su dignidad?

Su sobretodo (¡reviente yo si miento!) no vale, en efecto, un ardite para lo que es él, pues está todo sucio y, además, roto. Dime: ¿por qué va tu señor tan desaliñado, pudiendo comprar un traje mejor si sus hechos convienen con tus palabras? Dímelo, te lo suplico.

—¿Por qué? —dijo el criado—. ¿Por qué motivo, me preguntáis? ¡Dios me valga! ¡Porque nunca medrará! Pero yo no quiero pregonar lo que digo, así que os ruego que lo tengáis secreto. Yo creo que mi amo es demasiado sabio, a fe mía. Lo que se lleva al extremo no resiste bien la prueba, como dicen los doctos, y es un vicio. Por lo cual en eso lo considero ignorante y necio, pues cuando algún hombre tiene la inteligencia harto grande, muy a menudo le sucede abusar de ella: tal ocurre con mi señor, lo que me aflige gravemente. Dios lo remedie, que yo no puedo deciros nada más.

—Con respecto a eso, no te preocupes, buen criado —dijo el posadero—. Puesto que conoces la ciencia de tu señor, te ruego de corazón que cuentes lo que hace, ya que es tan diestro y tan sagaz. ¿Dónde vivís vosotros, si decirse puede?

—En los arrabales de una ciudad —contestó aquél—, escondidos entre rinconadas y callejones sin salida, donde los rateros y los ladrones tienen su secreta y temible residencia natural. Así vivimos nosotros, como aquellos que no se atreven a manifestarse, si he de decir la verdad.

—Ahora —prosiguió nuestro hotelero—, permíteme aún otra pregunta: ¿por qué tienes la cara tan descolorida?

—¡Por San Pedro! —respondió el hombre—. Estoy tan acostumbrado a soplar en el fuego (¡Dios lo maldiga!), que creo que eso ha cambiado mi color. Yo no suelo mirarme en ningún espejo, sino que trabajo penosamente para aprender a transmutar los metales. Nosotros andamos siempre extraviados, y contemplamos con atención la lumbre; mas a pesar de todo eso, no satisfacemos nuestro deseo, porque jamás logramos buen éxito. Ilusionamos a mucha gente, y pedimos oro prestado, ya una libra o dos, o diez o doce, o cantidades mayores, y les hacemos imaginar, cuando menos, que de una libra podemos sacar dos. Sin embargo, eso es falso; pero siempre hacemos nuestros ensayos. Mas esa ciencia está tan lejos de nosotros, que no podemos alcanzarla aunque lo hubiésemos jurado. Y tan de prisa se pone en fuga que concluirá por hacernos mendigos.

Mientras el criado charlaba de este modo, acercóse a él el canónigo y oyó todo lo que hablaba. Porque este canónigo estaba siempre receloso de las palabras de la gente; pues Catón afirma que el que es culpable piensa, en efecto, que todo se dice por él. Tal fue la causa de que se acercara tanto a su criado, para escuchar toda su plática. Y así dijo entonces a su sirviente:

—Guarda silencio y no hables más palabras, pues si lo haces lo pagarás caro. Tú me estás calumniando en esta compañía, y descubres lo que debieras ocultar.

—Ea —dijo nuestro huésped al criado—, cuenta, suceda lo que quiera. No se te dé un comino de todas las amenazas de tu señor.

—A fe —repuso el hombre— que muy poco caso le hago yo.

Y cuando vio el canónigo que no conseguiría nada y que su criado revelaría sus secretos, huyó, lleno de dolor y vergüenza.

—¡Ah! —exclamó el criado—. Aquí se va a armar diversión: ahora mismo voy a decir todo lo que sé. Puesto que se ha ido, ¡mal demonio lo mate! Porque jamás en adelante quiero volver a encontrarme con él, ni por un penique ni por una libra: ¡yo os lo juro a Dios! ¡Tenga dolor y oprobio en esta vida el primero que me meta en semejante baile! Por mi fe, que es cosa mala, diga quienquiera lo que se le antoje, que lo sé por experiencia. Y, sin embargo, a pesar de toda mi aflicción, todo mi trabajo y mi desventura toda, yo nunca pude dejar eso en modo alguno. ¡Ahora quiera Dios que mi ingenio pueda bastar para referir todo lo concerniente a tal arte! Pero algo os diré Puesto que mi señor se ha marchado, no quiero contenerme y voy a declarar cuantas cosas conozco.

CUENTO DEL CRIADO DEL CANÓNIGO

Siete años he vivido con ese canónigo, pero jamás logré acercarme a su ciencia. Todo lo que tenía lo he perdido por ella, y Dios sabe que así les ha acaecido a muchos más que a mí. Antes yo solía ser muy gracioso y elegante en el vestir y en todo buen atavío, y ahora ando con andrajos. Mientras antaño mi tez era fresca y colorada, hogaño es pálida y cenicienta. A todo el que se dedique a eso, le pesará grandemente. Y a causa de mi trabajo, todavía están ofuscados mis ojos. Ved lo que se adelanta con transmutar metales Esa ciencia escurridiza me ha dejado tan desnudo que, a dondequiera que me dirija, en todo caso me encuentro sin bienes y, además, estoy por ello empeñado de tal modo, a causa del oro que he pedido en préstamo, que mientras viva no cancelaré mis deudas ¡Prevéngase por mí todo hombre para siempre! Cualquiera que se meta en tal arte, como continúe, dé su ruina por hecha. Así me ayude Dios como es cierto que con ella no ha de ganar, sino que vaciará su bolsa y se quebrantará los sesos. Y cuando, por su demencia y su necesidad, haya perdido sus propios bienes en este arriesgado juego, entonces incitará a otras gentes a que pierdan los suyos, como mi amo hizo. Porque a los bribones les sirve de alegría y deleite ver a sus semejantes en dolor y aflicción, según me enseñó un sabio cierta vez. Pero eso no hace al caso. Voy a hablar de nuestro trabajo, y diré que cuando nos hallamos allí donde debemos ejercer nuestro misterioso arte, parecemos extraordinariamente sabios: tan eruditos y raros son nuestros términos. Yo me pongo a soplar el fuego hasta que mi corazón desfallece.

¿Para qué he de decir todas las proporciones de las cosas sobre las que operamos, como, por ejemplo, cinco o seis onzas de plata, o cualquier otra cantidad; ni ocuparme en manifestaros nombres como oropimente, huesos calcinados y escamas de hierro, que son reducidos a polvo muy fino; ni cómo se pone todo en un puchero de barro, y dentro se echa sal, y además pimienta, antes de los polvos de que he hablado, cubriéndolos bien con una lámina de vidrio, así como otras muchas cosas que allí había; ni cómo el tarro y el vidrio se cierran con luten para que no pueda salir nada de aire? ¿Y qué diré del fuego, ya lento, ya vivo, y del cuidado y angustia que nosotros tenemos por la sublimación de nuestras materias y la amalgamación y calcinación del azogue, llamado mercurio crudo? A pesar de todas nuestras combinaciones no podemos obtener éxito. Nuestro oropimente y nuestro mercurio sublimado, así como también nuestro litargirio molido en losa de pórfido (de cada uno de ellos determinadas onzas), para nada nos sirven y nuestro trabajo es inútil. Ni tampoco pueden valernos en nuestras operaciones la evaporación de nuestros espíritus ni nuestras materias, que quedan completamente solidificadas en el fondo. Porque toda nuestra labor y nuestra fatiga perdidas son, y todo cuanto gastamos en ello es (¡por vida de veinte diablos!) perdido también.

Hay, además, otras muchísimas cosas que pertenecen a nuestro arte. Aunque no las pueda repetir por orden, porque soy hombre ignorante, las diré, sin embargo, según me vayan viniendo a la memoria, siquiera no sepa colocarlas por su género. Tales son: bolo arménico, verdín, bórax, así como diversas vasijas hechas de tierra y vidrio; e ítem más nuestros vasos y nuestros destilatorios, nuestras redomas, crisoles, sublimatorios, cucúrbitas y además alambiques y otras cosas semejantes que no valen un comino. No es necesario repasarlas todas: las sustancias como aguas bermejas y nuez de agalla, arsénico, sal amoníaco y azufre; ni muchas hierbas que podría enumerar, como la agrimonia, la valeriana, la lunaria y otras. Nuestras lámparas arden noche y día, para llevar a cabo nuestro trabajo. Además, tenemos hornos para la calcinación, de igual modo que para la albificación del agua; cal viva, greda, clara de huevo, polvos diversos, cenizas, mantillo, orines, arcilla, saquitos encerados, salitre, vitriolo; varias lumbres alimentadas con leña y carbón; sal tártara, álcali, sal preparada, sustancias quemadas y en grumos, marga compuesta con pelo de caballo o de hombre, aceite de tártaro, alumbre, vidrio, jiste, cerveza nueva, tártaro en bruto, rejalgar. Y, por ende, la inhibición de nuestras materias; la incorporación de nuestras sustancias, la citrinación de nuestra plata, nuestra cementación y fermentación, nuestras probetas, copelas y muchas cosas más.

Os diré, según me fue enseñado también, cuáles son los cuatro espíritus y los siete cuerpos, por orden, como los he oído mencionar a menudo a mi señor. El primer espíritu es el azogue; el segundo, el oropimente; y el tercero, a decir verdad, la sal amoníaco, y el cuarto, el azufre. Por otro lado, los siete cuerpos son así: el Sol es el oro; a la plata la llamamos Luna; Marte es el hierro; Mercurio, el azogue; el plomo, Saturno; Júpiter, el estaño, y Venus, el cobre. ¡Así es, por la casta de mi padre!

Nadie que ejercite esta maldita ocupación tendrá nunca bienes bastantes, pues todos los que emplee en ella los perderá sin duda. Cualquiera que apetezca manifestar su locura, que vaya y aprenda a transmudar, y todo hombre que tenga algo en su cofre, que salga y se meta a filósofo. ¿Acaso ese arte es tan fácil de aprender? Dios sabe que no. Aunque se sea monje o fraile, cura o canónigo, o cualquier otra persona, así se aprende sentado frente a un libro día y noche para el aprendizaje de ese fantástico y necio estudio, todo es en vano Aprender un hombre ignorante este arte, no puede ser tampoco Entienda él de letras o no sepa ningunas, verá que el resultado es enteramente el mismo, pues, por mi salvación, ambos concluirán de igual modo en el arte de la alquimia cuando lo hayan probado todo; es decir, ambos saldrán mal.

Se me olvidaba, no obstante, hacer enumeración de las aguas corrosivas y de las limaduras, de la modificación de los cuerpos y de su induración, de los aceites y abluciones y del metal fusible. Decirlo todo excedería a cualquier libro que haya en parte alguna. Por consiguiente, lo mejor es que yo deje ahora todos esos hombres, pues creo que he dicho los suficientes para evocar a un demonio, por rebelde que sea.

Todos nosotros buscamos ansiosamente la piedra filosofal, llamada elixir, porque si la lográsemos, nos hallaríamos entonces asaz ricos y seguros. Pero juro por el Dios del cielo que, a pesar de nuestro arte y de nuestra habilidad, después que lo habíamos hecho todo, aquella piedra no quería venir con nosotros. Nos ha hecho gastar muchos bienes, por pesadumbre de lo cual casi nos volveríamos locos, si la buena esperanza no se desliza en nuestro corazón, suponiendo siempre, aunque suframos cruelmente, ser aliviados luego por ella. Tales suposición y esperanza son vivas y firmes, pues os advierto bien que la piedra filosofal es cosa que continuamente se busca. Ese tiempo futuro ha obligado a los hombres a desprenderse de todo lo que tenían, confiando en él. Sin embargo, no pueden entristecerse a causa de ese arte, porque es para ellos amarga dulzura, o tal parece, pues aun cuando no tuvieran más que una sábana con la que poder envolverse durante la noche y una capa para andar a la luz del día, las venderían, gastando el producto en la alquimia, donde no saben poner fin hasta que no les queda nada. Y siempre, doquiera que van, se les puede conocer por el olor a azufre. Para todo el mundo hieden como el macho cabrío y su olor es tan parecido al del morueco, y tan cálido, que aunque un hombre esté a una milla de ellos, su peste le inficionará, creedme. Ahí tenéis, cómo por el olor y por el traje raído se puede conocer a esta gente, si se quiere. Y si alguien les preguntara en secreto por qué están vestidos con tal pobreza, al instante murmurarán en su oído diciendo que, si ellos fuesen espiados, se les había de dar muerte a causa de su sabiduría. ¡Ved cómo esta gente hace traición a la inocencia!

Pasemos esto por alto, que voy a mi cuento. Antes de poner la vasija en el fuego con cierta cantidad de metales, mi señor los atempera y nadie más que él (ahora que se ha ido me atrevo a decirlo), porque según dice, sabe manipular con maña. A pesar de que yo sé bien que tiene tal fama, con todo merece reproches muy a menudo. ¿Y sabéis vosotros por qué? Muchas veces ocurre que la vajilla estalla en pedazos y todo se pierde. Estos metales tienen tan gran fuerza, que las paredes no pueden ofrecerle resistencia, aunque estuviesen hechas de cal y canto: de tal modo taladran y atraviesan el muro tales elementos. Y algunos de ellos se hunden en la tierra (así hemos perdido en ocasiones muchas libras), y otros se desparraman por todo el suelo, y otros saltan al techo. Indudablemente, aunque el demonio no se muestre a nuestra vista, yo creo que el malvado está entre nosotros. En el infierno, donde él es dueño y señor, no hay pena más grande ni mayor encono ni ira. Cuando nuestro aparato se quiebra, como he dicho, todos los alquimistas riñen y se incomodan.

Uno dice que ha sido por la clase de fuego; otro dice que no, sino por el atizado (entonces entraba yo en temor, porque ése era mi oficio). «No —añade un tercero—. Sois unos ignorantes y unos necios; es que el metal no estaba atemperado como es debido.» «¡No! —replica el cuarto—. Callad y escuchadme. Como nuestro fuego no estaba alimentado con madera de haya, ésa es la causa, y ninguna otra; así no medre yo si miento!» Yo no sé decir por lo que era; pero lo que sé bien es que se armaba gran disputa entre nosotros.

—¡Ea —decía mi señor—, no hay más que hablar! De ahora en adelante, yo me guardaré de estos peligros. Estoy segurísimo de que el jarro estaba rajado. Sea lo que fuere, no es desalentéis. Que se barra el suelo inmediatamente, como de costumbre; anímense vuestros corazones, y mostraos alegres y contentos.

Se barrían los cascajos, formando montón; extendíase un lienzo en el suelo y todos los materiales se echaban en una criba, se cernían y se escogían repetidas veces.

—¡Pardiez! —exclamó uno—. Algo hay aquí todavía de nuestro metal, ya que no lo tengamos todo. Aunque este negocio haya salido mal ahora, otra vez saldrá bien. Debemos arriesgar nuestra fortuna. Un mercader no puede permanecer siempre en prosperidad, creedme; a veces sus riquezas se anegan en el mar, y a veces llegan salvas a tierra.

—¡Silencio! —decía mi señor—. En la próxima ocasión yo procuraré conducir todo nuestro maneje de otra suerte, y si no lo hago, señores, echadme la culpa. Había algún defecto aquí, bién lo sé yo.

Otro decía que el fuego estaba caliente en exceso; pero estuviese caliente o frío, lo que yo me atrevo a asegurar es que nosotros acabábamos siempre de mala manera. Carecemos de lo que quisiéramos tener, y en nuestra locura deliramos siempre. Cuando nos hallamos todos juntos cada cual parece un Salomón; pero no es oro todo lo que reluce, como he oído decir, ni toda manzana que tiene hermosa vista es buena. De la misma manera sucede entre nosotros: el que parece más sabio, es el más necio cuando se llega a la prueba; y el que parece más honrado es un ladrón. Esto lo vais a ver, antes que me separe de vosotros, luego que haya puesto fin a mi cuento.

Hay entre nosotros, los filósofos, un religioso canónigo que infectaría toda una ciudad, aunque fuese tan grande como Nínive, Roma, Alejandría, Troya y otras tres. Creo que nadie podría describir sus ardides y su infinita perfidia, aun cuando viviera mil años. En todo este mundo de falsedad no tiene par, pues cuando conversa con alguna persona trata de envolverla de tal manera con sus términos y pronuncia sus palabras de modo tan astuto, que la hace volverse loca al instante, a menos que se trate de un demonio cual él mismo es. A muchísimos hombres ha engañado hasta ahora, y seguirá engañando como viva más tiempo. Y, sin embargo, las gentes cabalgan y recorren a pie muchísimas millas para buscarle y comunicarse con él, no conociendo sus fingidos manejos. Mas si vosotros queréis prestarme atención, aquí los diré en vuestra presencia.

Con ello, respetables y devotos canónigos, no penséis que yo denigro a vuestra congregación, aunque mi cuento sea de un canónigo. En toda orden hay alguno malo, ¡pardiez!, y Dios no permita que toda una cofradía haya de pagar la locura de un solo hombre. No es mi intención difamaros en manera alguna, sino que me propongo corregir lo que es censurable Este cuento no solamente fue dicho por vosotros, sino también por otros muchos. Bien sabéis que entre los doce apóstoles de Cristo no hubo más traidor que el propio Judas. Así, pues, ¿por qué han de ser culpables los restantes, que fueron inocentes? Lo mismo digo de vosotros, con esta única salvedad, si tenéis a bien escucharme: si hay algún Judas en vuestro convento, alejadlo con tiempo, si su vergüenza o perdición fuesen causa de algún temor. Y os ruego que no os enojéis en modo alguno, sino escuchad atentamente lo que a continuación voy a decir respecto a este asunto.

Hubo en Londres un capellán prebendado que había vivido allí muchos años, y el cual era tan amable y servicial para con la mujer en cuyo pupilaje estaba, que ella no quería permitir pagase nada por la mesa ni por el vestido: tan llano y cortés se mostraba siempre. Y tenía muy suficiente dinero que gastar. Pero esto no ofrece importancia; voy a proseguir ahora y a contar mi cuento del canónigo, que llevó a ese sacerdote a la ruina.

El pérfido canónigo entró cierto día en el cuarto donde estaba el sacerdote, suplicándole le prestara determinada cantidad de oro, que le devolvería.

—Préstame un marco —dijo— sólo por tres días, y a su tiempo te lo pagaré. ¡Y si descubres en mí falsedad, otra vez me mandas colgar por el cuello!

El sacerdote le entregó inmediatamente un marco, y el canónigo, dándole las gracias repetidas veces, despidióse de él y siguió su camino; mas al tercer día llevó dinero y devolvió su oro al sacerdote, de lo cual quedó éste extraordinariamente contento y satisfecho.

—En verdad —dijo—, nada me molesta prestar a un hombre un noble, o dos, o tres, en cualquier cosa que fuese de mi pertenencia, cuando él es de condición tan fiel que en manera alguna deja de pagar en su día. A tal hombre no sabré jamás decirle que no.

—¿Cómo? —repuso el canónigo—. ¿Había de ser yo el infiel? No; eso sería un caso del todo nuevo. La honradez es cosa que conservaré siempre hasta el día en que haya de bajar a la sepultura, y Dios no permita que suceda de otro modo Esto es tan cierto como el credo. Gracias a Dios (y en buena hora sea dicho), nunca todavía quedó hombre alguno disgustado por oro ni plata que me prestase, ni jamás medité falsedad en mi corazón. Pero, señor —añadió—, ahora, en secreto, puesto que habéis sido tan generoso conmigo y demostrándome tan gran benevolencia, para recompensar con algo vuestra amabilidad, voy a manifestaros (y si queréis aprender, os lo enseñaré por completo) el modo como yo sé trabajar en filosofía. Estad bien atento y veréis perfectamente con vuestros propios ojos cómo yo voy a ejecutar una operación magistral antes de irme.

—¿Sí? —dijo el sacerdote—. ¿Sí, señor? ¿Lo haréis así? ¡Por Santa María, hacedlo, que os lo ruego de corazón!

—En verdad que estoy a vuestras órdenes, señor —repuso el canónigo—, y Dios no permita otra cosa.

¡Ved cómo este ladrón sabía ofrecer sus servicios! Mucha verdad es que servicio ofrecido apesta, según lo atestiguan los antiguos sabios; y eso voy a confirmarlo muy pronto con este canónigo, que a raíz de toda traición recibe deleite y alegría (tales pensamientos diabólicos se imprimen en su corazón) siempre que puede conducir a algún cristiano a la desgracia. ¡Dios nos libre de sus pérfidos engaños!

No sabía aquel sacerdote con quién trataba, ni percibía nada de su mal venidero. ¡Oh, sencillo sacerdote! ¡Oh, pobre inocente! ¡Pronto serás engañado por tu codicia! ¡Oh, desgraciado, muy ciega está tu inteligencia, pues no te percatas del engaño que este zorro ha maquinado contra ti! No podrás evitar sus astutos fraudes. Por eso, para llegar a la conclusión que hace referencia a tu ruina, ¡oh, hombre desdichado!, voy a apresurarme a referir tu locura y tu estupidez, y la falsía de ese otro malvado tanto como mi capacidad pueda extenderse.

¿Pensáis que aquel canónigo era mi amo? ¡Señor hospedero, a fe mía, y por la Reina de los cielos, que no era él, sino otro canónigo que sabe cien veces más astucias! ¡Ha traicionado a las gentes en infinidad de ocasiones. Me desagrada hablar de su falsedad. Siempre que hablo de su perfidia se ponen mis mejillas rojas de vergüenza, es decir, comienzan a arder, pues colores en mi cara no tengo ninguno, como lo sé, porque los diversos vapores de los metales que me habéis oído enumerar han consumido y destruido mi rubicundez. ¡Prestad ahora atención a la maldad de ese canónigo!

—Señor —dijo al sacerdote—, mandad a vuestro criado que vaya por mercurio, de modo que nosotros tengamos al instante dos o tres onzas. Y cuando él venga, muy presto veréis una cosa prodigiosa, como jamás visteis antes de ahora.

—Señor —contestó el sacerdote—, así será ejecutado, en efecto.

Mandó a su criado que fuese a buscarle el metal, y el mozo, pronto a obedecer en todo sus órdenes, salió y volvió presto con el mercurio, entregando tres onzas al canónigo, quien las depositó en sitio a propósito y conveniente, mandando luego al criado que trajera carbones para poder emprender al momento su tarea.

Fueron traídos al punto los carbones, y el canónigo, sacando un crisol del pecho, se lo enseñó al sacerdote.

—Coge con tu mano este instrumento que ves —dijo—, echa tú mismo dentro una onza de ese mercurio, y empieza aquí, en el nombre de Cristo, a hacerte filósofo. Muy pocos hay a quienes yo ofrecería enseñarles tanto mi ciencia. Porque, por experiencia, veréis aquí en seguida cómo voy a transformar este mercurio a vuestra misma vista, sin engaño, convirtiéndolo en plata tan buena y tan pura como la que hay en vuestra bolsa o en la mía, o en cualquier otra parte, y haciéndola maleable. De lo contrario, téngaseme por falso e incapaz de mostrarme jamás entre la gente. Yo guardo aquí unos polvos, que me costaron caros y que harán que todo salga bien, pues ellos son la causa de toda mi habilidad, que voy a enseñarte. Despide a tu criado, haz que permanezca ahí fuera y cierra la puerta mientras nos hallamos en torno de nuestro secreto, de suerte que nadie nos espíe en tanto que nosotros laboramos en esta filosofía.

Todo lo que mandó, cumplido fue en el acto: el criado salió

inmediatamente; su amo cerró en seguida la puerta, y a su obra se entregaron ambos clérigos con premura.

El sacerdote, por orden del maldito canónigo, puso al instante el mercurio sobre el fuego, y sopló la lumbre, que se activó, tomando gran fuerza. El canónigo derramó en el crisol unos polvos (yo no sé de qué estaban hechos, si de greda, o de vidrio, o de alguna otra cosa que no tenía el valor de una mosca), para deslumbrar al sacerdote, y ordenóle se diese prisa a colocar todos los carbones encima del crisol.

—Porque, en señal de que yo te aprecio —dijo el canónigo—, tus dos manos mismas operarán todo lo que aquí ha de ser ejecutado.

—Muchas gracias —respondió el sacerdote. Y arregló los carbones como el canónigo dispuso. Y mientras él se hallaba ocupado, el miserable diabólico, el falso canónigo (¡mal demonio se lo lleve!), sacó de su seno un carbón de haya, en el cual había abierto con mucha sutileza un agujero, y dentro había puesto una onza de limaduras de plata, habiendo tapado cuidadosamente el orificio con cera, para retener dentro las limaduras. Ya comprenderéis que la pérfida invención no se realizó en aquel lugar, sino que estaba hecha de antemano, así como otras cosas más que llevaba consigo, según diré luego. Antes de ir allí, pensaba engañar al capellán, y así lo hizo antes de separarse; porque no quería cejar hasta que le hubiese limpiado la bolsa. Me contristo cuando hablo de él, y de buena gana me vengaría de su falsedad si supiera cómo. Mas tan pronto está aquí como allá, pues es tan versátil que no permanece en parte alguna.

Pero prestad atención ahora, señores, por amor de Dios. Tomó el canónigo su carbón, del cual hablé arriba, y que en su mano llevaba a escondidas. Y mientras el sacerdote acomodaba diligentemente las ascuas, según os he referido antes, dijo el canónigo:

—Amigo, os arregláis mal; esto no está colocado como es debido. Mas pronto lo dispondré yo —añadió—. Permitidme, pues, por San Gil, que tome parte en esto. Estáis muy acalorado; bien veo cómo sudáis. Tened un pañuelo y limpiaos el sudor.

Y al tiempo que el sacerdote se enjugaba la cara, el canónigo (¡mala suerte haya!) cogió su carbón y lo puso encima, en mitad del crisol, soplando luego bien hasta que los carbones empezaron a arder con fuerza.

—Ahora vamos a beber —dijo el canónigo entonces—. Ya

pronto estará todo listo, lo aseguro. Sentémonos y mostrémonos alegres.

Mas cuando estuvo encendido el carbón de haya del canónigo, todas las limaduras cayeron al punto en el crisol por el agujero; y así hubo de suceder ello necesariamente, por natural razón, puesto que aquél se hallaba colocado tan exactamente encima. Pero el sacerdote nada sabía de eso, y él juzgó de igual modo buenos todos los carbones, pues que no advirtió nada de la trampa. Y cuando nuestro alquimista vio llegada su hora, dijo:

—Alzaos, señor sacerdote, y poneos junto a mí. Mas como yo sé bien que no tenéis ningún molde, salid y traednos un pedazo de cal, pues voy a hacer uno de la misma forma que un molde, si logro tener fortuna. Y traed también una taza o escudilla llena de agua, y habéis de ver entonces perfectamente cómo nuestro negocio saldrá bien y se conseguirá. Pero para que no tengáis recelo ni penséis mal de mí durante vuestra ausencia, yo no estaré fuera de vuestro alcance, sino que ir con vos, y con vos tornaré.

Para ser breve, diré que abrieron la puerta de la habitación, cerraron y emprendieron su camino. Llevaron consigo la llave, y volvieron sin tardanza alguna. ¿Para qué detenerme en esto el día entero? Tomó el canónigo la cal y la conformó a manera de molde, como os referiré: sacó de su propia manga una lámina de plata (¡mal fin tenga él!) que sólo pesaba una onza. ¡Y poned cuidado ahora en su maldito engaño!

Formó su molde de la longitud y anchura de esta lámina, tan disimuladamente, que el sacerdote no lo echó de ver; ocultóla de nuevo en su manga; apartó del fuego su materia, la vació en el molde con rostro placentero, y lo echó en la vasija del agua cuando le pareció, mandando al sacerdote con mucha viveza:

—Mira lo que hay ahí; mete tu mano y examina, pues espero que encontrarás plata. ¿Cómo diablo del infierno podría ser ello de otro modo? ¡Una lámina de plata! ¡Sí, plata es, pardiez!

Introdujo el capellán su mano y sacó una lámina de plata pura; y cuando vio que así era, rebosóle la alegría por todo el cuerpo.

—¡La bendición de Dios, de su Madre y de todos los santos sea con vos, señor canónigo —dijo el sacerdote—, y tenga yo su maldición si no quiero ser vuestro en todo cuanto pueda siempre, con tal de que os dignéis enseñarme ese noble arte y esta habilidad!

El canónigo respondió:

—Aún voy a probar por segunda vez, para que pongas cuidado y te adiestres en esto, y otro día que tengas necesidad puedas, en mi ausencia, ensayar esta disciplina y esta ciencia sutil. Tomemos otra onza de mercurio, sin más palabras —dijo entonces—, y hágase con ella como se ha hecho antes con la otra, que ahora es plata.

El sacerdote puso toda la diligencia que le fue posible en ejecutar lo que aquel condenado canónigo le ordenaba, y sopló la lumbre con fuerza para llegar al resultado apetecido. El canónigo hallábase dispuesto al mismo tiempo a engañar otra vez al sacerdote, y en su mano llevaba, como para sostén, un bastón hueco (¡poned cuidado y estad atentos!), en cuyo extremo había colocado, cual antes en su carbón, una onza de limaduras de plata, y nada más, cerrándolo bien con cera, para mantener dentro todas las limaduras. Y mientras el sacerdote estaba en su tarea, el canónigo, teniendo su bastón, púsose a hablar en seguida con aquél, arrojando sus polvos dentro, como hizo antes (pido a Dios que el diablo le desuelle por su falsía, porque siempre fue falso en pensamiento y en obra); y con el bastón, que estaba preparado con aquella fingida invención, removió los carbones de encima del crisol, hasta que la cera comenzó a derretirse al fuego, como todos saben, menos los necios, que debe suceder por necesidad. De esta suerte cuanto en el bastón había salió fuera, cayendo precipitadamente en el crisol.

Ahora, buenos señores, ¿qué más queréis que os diga? Luego que este sacerdote fue engañado así de nuevo, no suponiendo, a decir verdad, sino de buena fe, tornóse tan contento que en manera alguna puedo yo expresar su alegría y su gozo. Y al instante confió al canónigo su persona y bienes.

—Sí —dijo a este punto el canónigo—; aunque pobre soy, me encontraréis hábil. Os prevengo que aún ha de venir más detrás. ¿Hay algo de cobre por aquí? —prosiguió

—Sí, señor —respondió el sacerdote—; seguramente lo hay.

—Si no, id y compradme un poco muy luego. Tomad, pues, vuestro camino, mi buen señor, y daos prisa.

Salió aquél, y volvió con el cobre; tomóle en sus manos el canónigo, y de él pesó una onza solamente. En extremo demasiado sencilla es mi lengua para publicar, como servidora de mi pensamiento, la doblez de aquel canónigo, raíz de toda maldad. Parecía amable a los que no le conocían; pero era diabólico de corazón y de ideas al mismo tiempo. Me consume el hablar de su falsedad, y, sin embargo, quiero seguir declarándola, a fin de que los hombres se guarden, y no, en verdad, por otra razón.

Echó su onza de cobre en el crisol e inmediatamente los puso al fuego. Vertió dentro polvos y mandó al sacerdote que soplara, inclinándose bien en su trabajo, cual hizo antes. Y todo no era sino una burla, porque el canónigo embaucaba al sacerdote enteramente a su antojo. Luego pasó el contenido al molde y, por último, lo arrojó a la escudilla de agua, y metió allí su propia mano. En su manga (como antes me oísteis referir) llevaba una lámina de plata. Sacóla disimuladamente aquel maldito miserable (siempre ignorando el sacerdote su falsa astucia) y la depositó en el fondo de la cazuela. Tanteaba en el agua de acá para allá, y, al fin, con sorprendente limpieza, retiró la chapa de cobre sin que el sacerdote lo notara. Escondióla y asiendo al burlado por el pecho, le habló y díjole así:

—Inclinaos, por Dios, pues sois digno de censura. Ayudadme ahora, como yo hice antes con vos; hundid ahí la mano y ved lo que hay.

El sacerdote extrajo la lámina de plata, y entonces dijo el canónigo:

—Vayamos con estas tres chapas que hemos fabricado a casa de algún platero, y sepamos si valen algo, pues, por mi fe y por mi sotana, me disgustaría que no fuesen de plata fina y buena, y eso va a ser probado inmediatamente.

Se encaminaron hacia casa del platero con las tres láminas y las sometieron a ensayo por el fuego y el martillo Nadie pudo negar que eran lo que debían ser. ¿Quién más satisfecho que el cándido capellán? Nunca hubo pájaro más alegre ante el nuevo día, ni jamás ruiseñor alguno en la estación de mayo que con más gusto cantase, ni dama más gozosa entonando aires o hablando de amor y de cosas femeninas, ni caballero armado para acometer arduas empresas con el objeto de hallar gracia delante de su amada señora, ni nadie, en fin, tan satisfecho como lo estaba aquel sacerdote por aprender tan funesto arte. Y dirigiéndose al canónigo, le habló de esta manera:

—Por amor de Dios, que murió por todos nosotros, decidme, siempre que yo lo merezca de vos: ¿cuánto costará esa fórmula?

—Por Nuestra Señora —respondió el canónigo—, os advierto bien que es cara, porque, salvo yo y un fraile, nadie la sabe preparar en Inglaterra.

—No importa —dijo el capellán—. Vamos, señor, por Dios, ¿qué debo yo pagar?

—En verdad —contestó su engañador—, repito que es muy cara. En una palabra, señor: si queréis adquirirla, habréis de pagar cuarenta libras, ¡así Dios me salve! Y de no ser por la amistad que entablasteis conmigo antes de ahora, pagaríais más seguramente.

El sacerdote fue a buscar al momento la suma de cuarenta libras en nobles, y las entregó todas al canónigo por la expresada fórmula. Mas todos los manejos no eran sino fraude y engaño.

—Señor sacerdote —dijo el canónigo—, yo procuro no tener ninguna pérdida en mi arte, porque desearía estuviese cuidadosamente guardada. Por tanto, si me apreciáis, mantened la fórmula secreta, pues si la gente supiera toda mi habilidad, por Dios, os aseguro que me tendrían tan gran envidia, a causa de mi filosofía, que yo sería muerto sin remedio.

—¡No lo permita Dios! —exclamó el sacerdote—. ¿Qué decís? Preferiría mucho más gastar todos los bienes que tengo (y si no, así me vuelva loco) a que cayerais en semejante desgracia!

—Señor, quedo obligado a vuestro buen deseo Espero que os resulte bien el ensayo —dijo el canónigo—. ¡Adiós y muchas gracias!

Fuese y desde aquel día jamás le volvió a ver el sacerdote; mas cuando éste se dispuso, en el momento que le pareció, a practicar la prueba de la receta, la tal no quiso salir. ¡Ved cómo fue el buen capellán burlado y engañado! De esta manera sabe introducirse ese defraudador para llevar a la gente a su ruina.

Considerad, señores, cómo en cualquier estado hay lucha entre los hombres y el oro, de tal modo que apenas existe ya oro alguno. Esa transmutación ha cegado a tantas personas, que sinceramente creo que ella es la causa más poderosa de semejante escasez. Los filósofos hablan tan nebulosamente de esta ciencia, que no se puede llegar a ella, por inteligencia que los hombres tengan. Ellos podrán parlotear bien, como las grullas, y poner su gozo y su dolor en sus frases; pero jamás conseguirán su objeto. Todo hombre, si algo posee, puede aprender fácilmente a multiplicar y transmutar metales y a reducir sus bienes a la nada. Mirad: tal ganancia hay en este divertido juego, que tornará en pena la alegría del hombre, y vaciará además grandes y pesadas bolsas, atrayendo a las gentes las maldiciones de los que han prestado sus bienes para ello. ¡Oh, qué vergüenza! Mas los que se han quemado, ¿no podrán huir del ardor del fuego? A vosotros, que practicáis eso, os aconsejo que lo dejéis, no sea que lo perdáis todo; pues más vale tarde que nunca, y nunca es tarde si la dicha es buena. Aunque busquéis sin cesar, jamás encontraréis. Sois tan arrojados como Bayardo el ciego, que corre sin tino y no considera peligro alguno; tan temerario es para ir corriendo contra una piedra como para andar por la orilla del camino. Lo mismo sucede, repito, con vosotros, los que transmutáis. Si vuestros ojos no pueden ver bien, procurad que vuestra mente no pierda su vista, pues por despierta y fijamente que miréis, jamás ganaréis una pizca en ese tráfico, sino que gastaréis todo lo que podáis pillar. Retirad el fuego, no sea que con demasiada fuerza os queme. Quiero decir que no os metáis en ese arte, porque, si lo hacéis, vuestros ahorros volarán por completo. Y ahora mismo voy a declararos aquí lo que dicen los filósofos acerca de esta materia.

Ved cómo se expresa Arnaldo de Vilanova, según menciona en su *Rosario*. Dice de este modo, sin mentira alguna: «Nadie puede transformar a Mercurio sino con la ciencia de su hermano; y quien primero dijo esto fue Hermes, padre de los filósofos. Sostiene él que el dragón, sin duda, no muere, a menos que sea muerto con la ayuda de su hermano. Es, a saber, que por el dragón no entendía otro sino Mercurio, y por su hermano el azufre, que fueron extraídos del sol y de la luna. Por tanto —añade—, fijaos en mis palabras: Nadie se afane por inquirir este arte, a no ser que pueda comprender la intención y el lenguaje de los filósofos. Si no hace lo que digo, es hombre ignorante. Porque esta ciencia y este conocimiento pertenecen al secreto de los secretos».

Hubo también un discípulo de Platón, que cierta vez, como el libro *Senior* puede atestiguar, hizo esta pregunta a su maestro:

—Dime el nombre de la piedra secreta.

—Toma la piedra Titanos —le respondió Platón

—¿Cuál es? —repuso él.

—La propia Magnesia —explicó Platón.

—Perfectamente. ¿Y así es ello? Esto es *ignotum per ignotus.* ¿Qué es esa Magnesia, señor? Yo te ruego que me lo aclares.

—Digo que es una agua —contestó Platón— que se hace con los cuatro elementos.

—Dime el principio fundamental de esa agua, buen señor, si es tu voluntad —replicó el discípulo.

—No, no —replicó Platón—; eso no quiero revelarlo, ciertamente. Todos los filósofos han jurado que a nadie lo descubrirán ni en ningún libro lo escribirán en modo alguno; porque es cosa tan preciosa y tan querida para Cristo, que Él no permite que sea descubierta sino donde la place a su divinidad inspirar al hombre, y asimismo lo veda a quien le place.

En consecuencia, yo termino así: puesto que el Dios del cielo no quiere que los filósofos indiquen cómo se ha de obtener esta piedra, creo que lo mejor es no hacer caso de ella. Porque quien se torna enemigo de Dios con el fin de ejecutar alguna cosa contraria a su voluntad, no prosperará jamás, aunque se pase la vida transmutando. Y aquí pongo punto, pues mi cuento se ha acabado. ¡Dios envíe a todo hombre honrado alivio en sus duelos!

PRÓLOGO DEL CUENTO DEL ADMINISTRADOR DE COLEGIO

¿Conocéis dónde está un lugar que se llama Bob-op-and-down, más acá de Blean, en el camino de Canterbury? Pues allí fue donde nuestro hospedero comenzó a bromear y a chancearse, diciendo:

—¡Cómo, señores! ¿Atascado se nos ha el tordillo? ¿No hay nadie, ni con súplicas ni por dádivas, que quiera despertar a nuestro compañero de aquí atrás? Cualquier ladrón podría robarle y atarle muy tranquilamente. ¡Mirad cómo dormita! ¡Fijaos, por los huesos de Dios, que va a caerse del caballo! ¿Es éste un cocinero de Londres, mala suerte tenga? Mandadle que venga: ya sabéis su penitencia, pues tiene que contar un cuento, ¡por mi fe!, aunque no valga una gavilla de heno. ¡Despierta tú, cocinero! ¡Dios te mande penas! ¿Qué te pasa que duermes por la mañana? ¿Has tenido pulgas toda la noche, estás bebido o has holgado la noche entera con alguna mujerzuela y por eso no puedes sostener tu cabeza?

El cocinero, que estaba sumamente pálido y no nada rojo, dijo a nuestro huésped:

—Así Dios bendiga mi alma como me ha invadido tal pesadez, no sé por qué, que preferiría dormir a que me diesen el mejor galón de vino de Cheapside.

—Bien —interrumpió el administrador—. Si ello puede servirte de descanso, señor cocinero, y no desagrada a ninguno de los que aquí cabalgan en esta compañía (y también si nuestro mesonero, en su cortesía, lo permite), yo te dispensaré ahora de tu cuenta; porque, en rigor, tu cara está muy descolorida, además de que tus ojos me parece que están encandilados, y bien noto que tu aliento despide un olor muy acre, lo que demuestra sin lugar a dudas que tú no te hallas en buena disposición En verdad que no seré yo quien te adule. Mirad, mirad cómo bosteza este borracho, cual si nos quisiera tragar ahora mismo. ¡Mantén cerrada tu boca, hombre, por la casta de tu padre! ¡El diablo del infierno meta su pata en ella! Tu maldito aliento nos va a inficionar a todos. ¡Hola, cerdo inmundo, aparta! ¡Caiga sobre ti la ignominia! ¡Ea, tened cuidado, señores, con este hombre! Vamos, dulce señor, ¿queréis hacer justas? ¡Me parece que estáis bien preparado para eso! Yo creo que habéis bebido vino de mono, que hace a los hombres entretenerse con una paja.

Con este lenguaje el cocinero se puso irritado y furioso, y comenzó a dar profundas cabezadas en dirección del administrador, sin lograr hablar. Y al fin cayó del caballo al suelo, donde permaneció hasta que fue levantado. ¡Linda hazaña de equitación de un cocinero! ¿Por qué no se quedaría al lado de su cucharón? Antes que de nuevo estuviese en su silla, fueron menester fuertes empellones de una y otra parte y muchos trabajos y fatigas para enderezarle; que tan pesado estaba aquel infeliz. El hostelero dijo entonces al administrador:

—Ya que este hombre se halla bajo la influencia de la bebida, yo creo, por mi salvación, que diría malamente su cuento. Porque ya sea vino, ya cerveza vieja o nueva lo que él haya bebido, es lo cierto que habla por la nariz y resopla con fuerza y parece que sufre resfriado de cabeza. Algo más que bastante tiene que hacer también con preservarse del fango a sí mismo y a su jaco. Y si cae, entonces tendremos todos trabajo en demasía para alzar su pesado cuerpo de borracho. Di tu cuento, que del cocinero no me cuido para nada. Pero, fuera de eso, tú, administrador, eres, a fe, demasiado necio reprochándole abiertamente su vicio. Otro día quizás habrá él de reclamarte y atraerte al señuelo. Quiero decir que hablará de algunas cosillas sobre tus ajustes de cuentas, las cuales acaso no resultarían fieles si se hubieran de revisar.

—Ésa —dijo el administrador— sería gran tribulación. Fácilmente pudiera atraerme al lazo, y por mejor tendría yo pagar la cabalgadura que monta que querellarme con él. ¡No quiero irritarle, así medre yo! Lo que hablé, en broma lo dije. ¿Y sabéis una cosa? Tengo aquí en una calabaza un trago de vino hecho de cierta uva en sazón, y ahora mismo vais a ver una buena chanza. Como yo pueda, este cocinero ha de beber mi vino. ¡Que me maten si me dice que no!

Y, efectivamente, para decirlo tal y como fue, el cocinero bebió de firme en aquella vasija. ¿Qué necesidad tenía? Bastante había bebido ya. Y luego que hubo soplado en semejante cuerno, devolvió la calabaza, quedando sumamente satisfecho de tal bebida y dando las gracias de la mejor manera que supo.

Entonces el mesonero rompió a reír de muy buenas ganas y dijo:

—Bien veo que es necesario llevar con nosotros bebida grata doquiera que vayamos, porque ella cambiará el rencor y el disgusto en armonía y amor y deshará muchos entuertos. ¡Oh, tú, Baco, que de tal modo puedes trocar la seriedad en juego; bendito sea tu nombre! Honor y gracias sean dadas a tu divinidad! Pero nada más conseguiréis que os hable acerca de esta materia. Te ruego, administrador, que digas tu cuento.

—Bien, señor —contestó él—. Escuchad mi relato.

CUENTO DEL ADMINISTRADOR DE COLEGIO

En los tiempos que Febo habitaba en esta tierra, según mencionan los antiguos libros, era el más brioso aspirante a la caballería de todo el mundo, así como también el mejor arquero. Pues él mató a la serpiente Pitón cuando se hallaba cierto día durmiendo al sol, y llevó a cabo con su arco otras muchas nobles y dignas acciones, como puede leerse.

Sabía tocar cualquier instrumento músico, y cantaba de tal modo que era cosa de hechizo escuchar el sonido de su clara voz. Seguramente Anfión, el rey de Tebas, quien con su canto puso murallas a su ciudad, jamás supo cantar la mitad de bien que Febo. Además, era éste el hombre más gallardo que hay o hubo desde el principio del mundo. ¿Qué necesidad hay de describir sus facciones? Porque no existió en el orbe ningún ser tan hermoso. Estaba, por otra parte, lleno de nobleza, de honor y de perfecta dignidad.

Febo, pues, era la flor de la caballería, lo mismo en generosidad que en valor caballeresco. Acostumbraba llevar en la mano un arco para su entretenimiento, y en señal también de su victoria sobre Pitón, como la Historia nos refiere.

Tenía Febo en su casa un cuervo, al que cuidaba, en una jaula desde hacía mucho tiempo, y habíale enseñado a hablar como se enseña a un papagayo. Blanco como la nieve era aquel cuervo, cual el cisne lo es, y sabía fingir la voz de cualquier hombre cuando refería alguna historia. Además, cantaba cien mil veces mejor y con más júbilo que cualquier ruiseñor.

Poseía Febo una esposa a quien amaba más que a su vida, poniendo siempre noche y día su diligencia en complacerla y honrarla. Pero, si he de decir la verdad, era celoso y de buena gana la hubiera tenido encerrada, pues le era aborrecible el verse burlado. Y así es toda persona en semejante condición; mas todo resulta inútil, porque de nada aprovecha. Una buena mujer, limpia en obras y pensamientos, no debe ser sometida a vigilancia alguna, y vana labor es, en realidad, guardar a la mala, pues ello no es posible. Considero como verdadera locura el afanarse por gurdar a las mujeres; y así lo escribieron los antiguos sabios.

Mas, yendo a nuestro asunto, el digno Febo hacía todo cuanto podía para agradar a su mujer, pensando que por tal amabilidad, así como por su valor y su manera de proceder, nadie le privaría de su gracia. Pero Dios sabe que ningún hombre puede tratar de impedir una cosa que la Naturaleza haya puesto naturalmente en una criatura.

Coge una ave, métela en una jaula y pon todo tu cuidado y atención en sustentarla delicadamente con todas las golosinas que puedas imaginar y en tratarla con cuanto esmero sea viable. Sin embargo de ello, y por muy linda que sea su dorada jaula, el ave preferirá veinte mil veces más irse a comer gusanos y otros alimentos mezquinos en cualquier selva inhospitalaria y fría. El ave dirigirá siempre su actividad a escaparse de su jaula, si puede, porque el pájaro desea en todo momento su libertad.

Coged a un gato y alimentadle bien con leche y con carne tierna, y hacedle cama de seda. Pero si ve algún ratón correr junto a una pared, al punto el gato abandona la leche, carne y todos los regalos que hay en la casa, en su ansia de comer un ratón. En esto el deseo muestra su poder, desterrando el apetito a la discreción.

La loba tiene también un natural perverso. En la época del celo, elegirá al lobo más depravado y de menos reputación que pueda encontrar.

Pongo todos estos ejemplos a propósito de los hombres infieles y no, en modo alguno, por las mujeres. Porque los hombres tienen siempre cierto apetito lujurioso de satisfacer su gusto con el objeto más bajo, y no con sus esposas, por muy bellas, fieles y bondadosas que sean. La carne, ¡mala fortuna tenga!, es tan apasionada por la novedad, que nosotros no sabemos deleitarnos con nada que se encamine a la virtud.

Febo, que no pensaba en engaño alguno, fue burlado a pesar

de toda su excelencia. Porque su esposa tenía un amante a escondidas de él: hombre de escasa reputación, indigno en comparación con Febo. Éste es el mayor agravio que hay, y tal cosa acontece con frecuencia, de lo cual vienen muchos males y calamidades. Sucedió, pues, que cuando Febo se hallaba ausente, su esposa mandó llamar sin demora a su querido. ¡Su querido! ¡Ciertamente esta palabra es grosera! Os suplico me la perdonéis. El sabio Platón dice, según podéis leer, que la palabra debe concordar necesariamente con el hecho, y si se ha de decir propiamente alguna cosa, la palabra debe ser rúbrica de la obra. Yo soy hombre franco, y lo que digo es esto: entre una mujer de alto linaje, pero deshonesta en su cuerpo, y una pobre muchacha, no hay, en verdad, otra sola diferencia que ésta (si es que las dos obran mal): que la noble, por su condición superior, será llamada por el amante su dama, y porque la otra es una pobre mujer, será llamada su manceba o su querida. Y Dios sabe, amado hospedero, hermano mío, que los hombres colocan a la una tan debajo como a la otra. De igual manera, entre un tirano sin título y un proscrito o un bandido famoso, declaro lo propio; no hay diferencia alguna. Alejandro fue quien dijo estas palabras: el tirano, por tener mayor poder para matar de una vez, merced a la fuerza de su hueste, y para quemar casas y hogares, dejándolo todo desolado, recibe nombre de capitán. Y al rebelde, porque dispone sólo de una pequeña cuadrilla, y no puede causar daños tan grandes como aquél, ni traer a una comarca a tamaña desventura, llámasele rebelde o ladrón. Mas como no soy hombre bien versado en los textos, no los citaré para nada, sino que voy a seguir con mi cuento según he comenzado.

Cuando la esposa de Febo hubo enviado por su querido, al punto pusieron ellos por obra todo su lascivo deseo. Y el cuervo blanco, que pendía siempre de la jaula, vio aquel hecho y no pronunció palabra. Mas luego que hubo llegado a casa el señor Febo, el cuervo cantó: «¡Cucú, cucú, cucú!»

—¿Qué es esto, ave? —dijo Febo—. ¿Qué canción cantas tú? ¿No estabas acostumbrado a cantar de modo tan alegre que constituía un consuelo para mi corazón el escuchar tu voz? ¿Qué canto es éste?

—Por Dios —contestó el cuervo— que no canto sin razón. Febo —añadió—, a pesar de toda tu excelencia, a pesar de toda tu hermosura y tu nobleza, a despecho de todos tus cantos y todos tus instrumentos músicos, no obstante toda tu vigilancia, ofuscados están tus ojos y despreciado estás por uno de baja reputación que, comparado contigo, no tiene el valor de un mosquito.

No medre yo si miento, porque yo le he visto en tu lecho, yaciendo con tu mujer.

¿Qué más queréis que os diga? El cuervo refirió al instante con pruebas inequívocas y con palabras claras, cómo la malvada había satisfecho su lujuria, con gran deshonra y gran infamia para Febo. El ave repitió una y otra vez que lo había visto todo con sus propios ojos. Febo sintió que su afligido corazón se quebrantaba, tendió su arco, puso en él una flecha y, en su cólera, mató a su esposa. Éste fue el hecho liso y raso. Apenado luego por ello, rompió sus instrumentos músicos: el arpa, el laúd, la cítara y el salterio, y asimismo destrozó sus flechas y su arco. Y tras esto, habló al cuervo de esta manera:

—¡Traidor de lengua de escorpión, tú me has conducido a mi ruina! ¡Ay de mí, por qué habré sido engendrado! ¿Por qué no me habré muerto? ¡Oh, querida esposa; oh, joya de encantos, que eras para mí tan fiel y tan leal! ¡Ahora yaces muerta, con la faz pálida, y eras inocente del todo; me atrevería ciertamente a jurarlo! ¡Oh, mano apresurada en cometer tan horrible delito! ¡Oh, razón obtusa; oh, ira atolondrada, que sin deliberación hieres al inocente! ¡Oh, desconfianza, llena de falsa sospecha! ¿Dónde, hombre, estaban tu juicio y tu discreción? Guardaos, humanos, de la ligereza, y no deis fe a nada sin sólido testimonio. No hiráis demasiado pronto, antes de saber por qué, y reflexionad bien y juiciosamente si, en vuestra ira, vais a cumplir alguna ejecución por sospechosa. ¡Ay, la precipitada ira ha exterminado a miles de gentes y metídolas en el cieno! ¡Ay de mí, que voy a morir de dolor!

—¡Oh, falso ladrón! —dijo luego al cuervo—. ¡Yo te pagaré en seguida tu fingido cuento! En otro tiempo cantabas como un ruiseñor, mas ahora, falaz bandido, perderás tu canto y además todas tus blancas plumas, y en toda tu vida no podrás hablar. Así debe uno vengarse del traidor. Tú y tu descendencia os veréis siempre negros, y nunca produciréis agradable voz, sino que en todo caso graznaréis en presencia de la tempestad y de la lluvia, en señal de que por ti perdió el ser mi esposa.

Y allí mismo se abalanzó hacia el cuervo, le arrancó todas sus blancas plumas y le volvió negro, privándole por completo de su canto y de su habla. Tras esto, por la puerta lo lanzó al diablo, a quien yo lo encomiendo. Y por esta razón todos los cuervos son negros.

Señores, en vista de tal ejemplo, os exhorto a ser cautos. Y prestad atención a lo que voy a decir: no comuniquéis jamás en vuestra vida a ningún hombre que otro se ha acostado con su mujer, pues él, en verdad, si lo hacéis, os odiará mortalmente. Salomón, según declaran los sabios autores, enseña al hombre a refrenar su lengua; mas, como he dicho, no estoy versado en los textos. Sin embargo, así me enseñaba mi madre: «Hijo mío, piensa en el cuervo, en el nombre de Dios. Hijo mío, guarda bien tu lengua y guarda a tu amigo, pues una mala lengua es peor que un demonio. Hijo mío, del demonio pueden librarse los hombres mediante bendiciones. Hijo mío, Dios, en su infinita bondad, cercó a la lengua con dientes y labios, para que el hombre tuviese cuidado con lo que hablaba. Hijo mío, por el demasiado hablar, muy a menudo se han arruinado no pocos hombres, según enseñan los sabios; mas por escasas y meditadas palabras no se ha perjudicado hombre alguno, por lo general. Hijo mío, debes reprimir tu lengua en todo tiempo, excepto cuando te afanes en hablar de Dios, glorificándole y suplicándole. La primera virtud, hijo mío, si quieres saberla, es contener y guardar bien tu lengua, como se enseña a los niños cuando son de corta edad. Hijo mío, de muchas palabras mal avisadas, allí donde menos hubieran sido muy suficientes, vienen muchos daños: así me fue dicho y enseñado. En muchas palabras no falta pecado. ¿Sabes tú para qué sirve la lengua procaz? Así como la espada corta y taja un brazo en dos, querido hijo mío, de la misma manera la lengua parte en dos y completamente la amistad. El charlatán es abominable a Dios: lee a Salomón, tan sabio y honrado; lee a David en sus salmos; lee a Séneca. Hijo mío, no hables, mas asiente con tu cabeza. Si oyes hablar de materia peligrosa a algún charlatán, disimula como si fueses sordo. Los flamencos dicen (y apréndelo si te place) que la poca locuacidad produce mucho sosiego. Hijo mío, si no has pronunciado palabra alguna dañosa, no debes temer ser traicionado; mas el que ha hablado mal, bien me atrevo a decir que no puede en modo alguno revocar su palabra. Cosa que ha sido dicha, dicha queda, y, aunque uno se arrepienta de ello, se difunde, ora agrade o desagrade. El hombre es esclavo de aquel a quien ha revelado alguna historia, de lo cual queda luego descontento. Hijo mío, sé prudente y no te constituyas en origen primero de noticias, sean falsas o verdaderas. Adondequiera que vayas, entre personas elevadas o bajas, sofrena tu lengua y acuérdate del cuervo».

PRÓLOGO DEL CUENTO DEL PÁRROCO

Cuando el administrador hubo dado cabo a su cuenta, el sol había descendido tanto en la línea meridional, que, a mi juicio, no se hallaba a veintinueve grados de altura. Serían entonces las cuatro, a lo que yo pienso, pues mi sombra tenía en aquel preciso momento once pies poco más o menos. De otra parte, la exaltación de la luna, esto es, Libra, comenzaba ya a ascender cuando entramos en la extremidad de una aldehuela. Con ello, el hospedero, acostumbrado a guiar nuestra alegre caravana, dijo de esta suerte:

—Señores, escuchadme todos: ya no falta más que un cuento. Cumplido se ha mi sentencia y mi mandato y creo que hemos escuchado historias de todas clases. Casi del todo ejecutada está mi orden, y pido a Dios que dé muy buena foruna al que nos diga alegremente otro cuento. Señor sacerdote, ¿eres tú vicario o párroco? ¡Di la verdad, por tu fe! Seas lo que fueres, no interrumpas nuestro juego, porque todos, menos tú, han dicho su cuento. Abre tus alforjas y enséñanos lo que en ellas hay, pues, a la verdad, juzgo por tu cara que has de tramar bien algún tema. ¡Dinos un cuento ya, por los huesos de Dios!

El párroco respondióle:

—No conseguirás tú que yo diga una fábula, porque Pablo, al escribir a Timoteo, censura a los que dejan la verdad y cuentan cosas inciertas y desatinos semejantes. ¿Por qué he de sembrar yo paja con mi puño, cuando puedo sembrar trigo, si me place? Por tal motivo manifiesto que, si os agrada escuchar alguna relación moral, alguna materia que mueva a la virtud y queréis prestarme atención, os procuraré con mucho gusto, en reverencia de Cristo, entretenimiento lícito, como yo pueda. Pero estad bien seguros de que, como hombre del Sur que soy, no me es posible narrar por sonsonetes, ni a la rima, Dios lo sabe, la considero cosa mejor. De manera que, si os place, no versificaré. Os voy a decir un cuento agradable en prosa, para cerrar y poner fin a toda esta fiesta. Y Jesús, en su gracia, me dé conocimiento para mostraros el camino, en ésta nuestra jornada, de aquel perfecto y glorioso peregrinaje que se llama la Jerusalén celestial. Y si lo permitís, comenzaré mi cuento rogándoos que manifestéis vuestra opinión acerca de él, aunque, en todo caso, ya sé que no puedo expresarme mejor. Sin embargo, someto mi meditación a la censura de los doctos, pues no estoy muy versado en los textos y sólo tomo el sentido que contienen. Por eso hago protesta de que quiero someterme a vuestra enmienda.

A esas palabras asentimos nosotros inmediatamente, porque nos parecía juicioso terminar con alguna buena enseñanza, concediendo al párroco espacio y atención. Así, encargamos al hospedero que dijera que todos rogábamos al párroco que narrase su cuento.

El hostelero, tomando la palabra por todos nosotros, expuso:

—¡Señor sacerdote, contad en buena hora lo que queráis, que nosotros os escucharemos con agrado!

Y luego de tales palabras, añadió:

—Empero, sed breve, porque el sol declina. Decid cosa provechosa en pocas palabras, y Dios os preste su gracia para el bien.

CUENTO DEL PÁRROCO

NUESTRO amado Señor, Dios del cielo, no quiere que ningún hombre perezca, sino que todos nosotros lleguemos al conocimiento de Él y a la bienaventurada vida perdurable. A ese fin, nos amonesta por el profeta Jeremías y dice de esta suerte: «Permaneced en los caminos y ved e inquirid, por las antiguas sendas (es decir, por las antiguas sentencias), cuál es el buen camino; y transitad por ese camino, y encontraréis refrigerio para vuestras almas».

Muchos son los caminos espirituales que conducen hasta Nuestro Señor Jesucristo y al reino de la gloria. Entre esos senderos hay uno muy noble y muy conveniente, que no puede faltar al hombre ni a la mujer que por el pecado se han extraviado del camino recto de la Jerusalén celestial; y tal camino se llama Penitencia. Respecto a él debe el hombre oír hablar con gusto e informarse con todo su corazón, para saber qué es la penitencia y por qué es llamada así, y de cuántas maneras son los actos u obras de penitencia, y cuántas clases de penitencia hay, y qué cosas pertenecen y convienen a la penitencia, y qué cosas perturban la penitencia.

San Ambrosio dice: «Penitencia es el lamento del hombre por la culpa que ha cometido y propósito de no hacer más cosa alguna por la cual haya de lamentarse.» Y cierto doctor dice: «Penitencia es la queja del hombre que se duele de su pecado y se atormenta a sí mismo por haber obrado mal». Penitencia, en determinadas circunstancias, es verdadero arrepentimiento del hombre que se mantiene en aflicción y en otras penas por sus culpas. Y para ser verdadero penitente, debe primero el hombre lamentar los pecados que ha cometido y proponerse firmemente en su corazón practicar la confesión oral y cumplir la penitencia, y nunca ejecutar cosa por la cual deba llorar y lamentarse más, y por ende perseverar en buenas obras. De otro modo, el arrepentimiento no puede aprovechar. Porque, como dice San Isidoro, «es burlador y embustero, y no verdadero penitente, el que inmediatamente después hace alguna cosa por la cual haya de arrepentirse». Lamentarse y continuar pecando de nada puede servir.

Se debe esperar que en todo momento que el hombre caiga, por muy a menudo que sea, pueda levantarse mediante la penitencia, si tiene la gracia: mas ciertamente hay en ello gran peligro. Porque, según dice San Gregorio, «con dificultad se alza del pecado el que está agobiado con la carga de la mala costumbre». Y, por eso, a las personas arrepentidas, que abandonan y dejan el pecado antes que el pecado las abandone, la santa Iglesia las considera seguras de su salvación. Y del que peca y verdaderamente se arrepiente en su último fin, todavía espera su salvación la santa Iglesia, por la gran misericordia de Nuestro Señor Jesucristo. Pero es bueno elegir el camino seguro.

Y puesto que ya he declarado qué cosa es penitencia, habéis de saber ahora que hay tres actos de penitencia. El primer acto de penitencia consiste en que el hombre sea bautizado luego que pecó. San Agustín dice: «Si no hace penitencia por su antigua vida pecadora, no puede comenzar la nueva vida limpia». Porque ciertamente, si el hombre es bautizado sin penitencia de su vieja culpa, recibe la señal del bautismo, mas no la gracia, ni la remisión de sus pecados, hasta que siente arrepentimiento verdadero.

Otra falta es cometer pecado mortal después que se ha recibido el bautismo. La tercera falta es que los hombres caigan en pecados veniales, día tras día, después de su bautismo. Con respecto a eso dice San Agustín: «La penitencia de la gente buena y humilde es la penitencia de cada día».

Las clases de penitencia son tres. Una de ellas es pública, otra común, y la tercera privada. La penitencia pública se divide en dos maneras: una, ser expulsado de la santa Iglesia durante la

Cuaresma, por degüello de niños y cosas parecidas; la otra ocurre cuando el hombre ha pecado públicamente, al punto de que su culpa es de general conocimiento en el país, y entonces la santa Iglesia le obliga a hacer penitencia pública. Penitencia común es la que los sacerdotes imponen a los hombres comúnmente en determinado caso, como, por ejemplo, el ir descubiertos en las peregrinaciones o con los pies descalzos. Penitencia privada es la que se hace siempre por los pecados privados, de los cuales privadamente nos confesamos, recibiendo penitencia privada.

Ahora vais a saber lo que es conveniente y necesario para la verdadera y perfecta penitencia, que se halla en tres cosas: contrición de corazón, confesión oral y remuneración. Por lo cual dice San Juan Crisóstomo: «La penitencia constriñe al hombre a aceptar benignamente toda pena que se le imponga, con dolor de corazón, confesión verbal y remuneración y toda suerte de humildad». Y ésta es penitencia fructífera contra tres cosas con las cuales ofendemos a Nuestro Señor Jesucristo, a saber: deleite en el pensamiento, descuido en la palabra y mala y pecaminosa obra. Contra estas maliciosas culpas está la penitencia, que puede ser comparada a un árbol de esta suerte:

La raíz del árbol es la contrición, que se oculta en el corazón del verdaderamente arrepentido, de la misma manera que la raíz de un árbol se esconde en la tierra. De la raíz de la contrición brota un tronco, que lleva ramas y hojas de confesión y fruto de remuneración. Por lo cual Cristo dice en su Evangelio: «Produce digno fruto de penitencia». Pues por tal fruto se puede conocer el árbol, y no por la raíz, que está oculta en el corazón del hombre, ni por las ramas y las hojas de confesión. Y por eso Nuestro Señor Jesucristo dice así: «Por su fruto los conoceréis».

De la susodicha raíz nace también una simiente de gracia, la cual es madre de seguridad, y semilla viva y ardiente. La gracia de esta semilla dimana de Dios, con el recuerdo del día del juicio y de las penas del infierno. Acerca de esta materia dice Salomón que «por el temor de Dios el hombre abandona su pecado». El ardor de tal semilla es el amor de Dios y el deseo del gozo perdurable. Este ardor levanta el corazón del hombre a Dios, y le hace aborrecer su pecado. Porque realmente nada hay que guste tanto a un niño como la leche de su nodriza, ni nada hay para el más aborrecible que la misma leche cuando está mezclada con otro alimento. De igual modo, el hombre pecador, que ama su pecado, juzga que éste es para él más dulce que nada; pero desde el momento en que ama firmemente a Nuestro Señor Jesucristo y desea la vida perdurable, no hay para él cosa más aborrecible. Pues, en verdad, la ley de Dios es el amor de Dios y por ello el profeta David dice: «Yo he amado tu ley y aborrecido la iniquidad y el odio». El que ama a Dios, guarda su ley y su palabra. Este árbol que digo vio el profeta Daniel en espíritu, a propósito de la visión del rey Nabucodonosor, cuando le aconsejaba hiciese penitencia. La penitencia es el árbol de la vida para los que la reciben, y el que se mantiene en verdadera penitencia es bendecido, según la sentencia de Salomón.

Acerca de esta penitencia o contrición debe el hombre conocer cuatro cosas, a saber: qué es contrición, cuáles son las causas que mueven al hombre a contrición, cómo debe él estar contrito, y qué contrición aprovecha al alma. Lo que se explica así: contrición es el verdadero dolor que el hombre siente en su corazón por sus pecados, con firme propósito de confesarlos, hacer penitencia y nunca más cometer pecado. Y este dolor, como dice San Bernardo, debe ser profundo y grande, y muy vivo y acerbo en el corazón. Lo primero, porque el hombre ha ofendido a su Señor y a su Creador; y agudo y punzante; porque ha agraviado a su Padre celestial; y aun más penetrante y vivo, porque ha enojado y ofendido al que le redimió, el cual, con su preciosa sangre, nos libró de los lazos del pecado, de la esclavitud del demonio y de las penas del infierno.

Las causas que deben mover al hombre a contrición son seis. Ante todo, el hombre debe acordarse de sus pecados; pero sin que el mismo recuerdo constituya deleite para él en modo alguno, sino gran vergüenga y dolor por su culpa. Pues Job dice: «Los hombres pecadores realibzan actos dignos de confesión». Y por eso añade Ezequías: «Yo me acordaré todos los años de mi vida, con amargura de mi corazón». Y Dios dice en el Apocalipsis: «Acordaos de dónde habéis caído; porque antes del momento en que pecasteis, erais hijos de Dios y miembros del reino de Dios; mas por vuestro pecado os habéis vuelto esclavos y miserables, miembros del demonio, odio de los ángeles, escándalo de la santa Iglesia, pasto de la pérfida serpiente, combustible perpetuo del fuego del infierno. Y aún más viles y abominables porque a menudo cometéis delito, cual hace el perro, que vuelve a comer lo que vomitó. Y todavía sois más infames por vuestra larga perseverancia en el pecado y vuestros hábitos culposos, por los cuales estáis corrompidos en vuestro pecado, como la bestia en su estiércol».

Tal suerte de pensamientos hacen que el hombre sienta vergüenza de su pecado, y no deleite, como Dios dice así por el profeta Ezequiel: «Debéis acordaros de vuestros caminos, y ellos os disgustarán». En verdad, los pecados son los caminos que conducen al infierno.

La segunda causa que debe obligar al hombre a sentir aversión por el pecado es ésta: que, como dice San Pedro, «quienquiera que comete pecado es esclavo de él», y el pecado pone al hombre en gran servidumbre. Y por eso señala el profeta Ezequiel: «Yo fui afligido con desprecio de mí mismo». Y ciertamente, bien debe el hombre sentir desdén hacia el pecado, y apartarse de esa esclavitud y servidumbre. Y ved lo que expresa Séneca acerca de esta materia: «Aunque yo supiese que ni Dios ni hombre alguno hubieran de saberlo jamás, sin embargo, tendría repugnancia a cometer pecado». Y él mismo dice también: «He nacido para mayores cosas que para ser esclavo de mi cuerpo, o bien para hacer de mi cuerpo un esclavo». No puede ningún hombre o mujer hacer de su cuerpo más vil esclavitud que entregarlo al pecado. Aunque sea el más rústico villano o la más baja mujer y de menos estima, aún cae en mayor vileza y servidumbre. Empero, cuanto más elevada es la posición desde la que el hombre cae, tanto más esclavo es y más vil y abominable se aparece a Dios y al mundo. ¡Oh, buen Dios, cómo debe el hombre sentir menosprecio por el pecado, puesto que por él, quien antes era libre, luego se torna siervo! Y por eso dice San Agustín: «Si tienes desdén para tu siervo que cae en culpa o en falta, ten entonces desprecio a cometer pecado tú mismo». Considera tu valor y piensa que no eres demasiado vil en ti mismo. Con razón debieran los hombres mostrar desdén a ser esclavos y siervos del pecado, y avergonzarse grandemente de sí propios, ya que Dios, en su infinita bondad, los ha puesto en alto estado, dándoles inteligencia, fuerza corporal, salud, hermosura y prosperidad y rescatándolos de la muerte con la sangre de su corazón, mientras ellos, desnaturalizadamente, le pagan mal y procuran la destrucción de sus propias almas. ¡Oh, bondadoso Dios! Vosotras, mujeres, que de tan gran belleza sois, acordaos del proverbio de Salomón, cuando dice que «compara la mujer hermosa, que hace locuras con su cuerpo, al anillo de oro que estuviera en el hocico de una cerda». Porque así como la cerda hoza en toda inmundicia, del mismo modo esa mujer revuelca su belleza en la hedionda inmundicia del pecado.

La tercera causa que debe mover al hombre a contrición es el temor del día del Juicio y de las horribles penas del infierno. Pues dice San Jerónimo: «Cada vez que me acuerdo del día del Juicio, tiemblo; porque cuando como o bebo, o hago cualquier cosa, siempre me parece que la trompeta suena así en mi oído:

levantaos, vosotros, los muertos, y venid a juicio». ¡Por el buen Dios que mucho debe el hombre temer tal juicio! «Allí hemos de estar todos nosotros —dice San Pablo— delante del trono de Nuestro Señor Jesucristo»; y allí Él hará pública congregación, de la que ningún hombre podrá estar ausente. Porque, de seguro, allí no valdrá ningún pretexto ni disculpa. Y no sólo serán juzgadas nuestras faltas, sino también serán conocidas públicamente todas nuestras obras. Y, como dice San Bernardo, en el juicio «no servirá ningún alegato, ni artificio alguno, sino que daremos cuenta de toda mala palabra». Allí tendremos un Juez que no puede ser engañado ni corrompido. ¿Y por qué? Porque, ciertamente, todos nuestros pensamientos estarán descubiertos para Él, y ni por súplicas ni con dádivas será sobornado. Y por eso dice Salomón: «Nadie contendrá la ira de Dios por súplicas ni con dádivas». De consiguiente, en el día de Juicio no hay esperanza alguna de librarse. Por esa razón, como aclara San Anselmo, «grandísima angustia sentirán en aquella hora los pecadores; allí el severo y enojado Juez se sentará arriba, y bajo Él se abrirá el horrible abismo del infierno, para exterminar a aquel que debió confesar sus pecados, pecados que serán expuestos públicamente delante de Dios y en presencia de todas las criaturas. Y en el lado izquierdo habrá más diablos que la mente puede imaginar, para conducir y arrastrar a las almas pecadoras al tormento del infierno. Y dentro de los corazones de las gentes será el remordimiento de conciencia, y en lo exterior todo el mundo será abrasado. ¿Adónde entonces huirá a ocultarse el miserable pecador? Cierto es que no podrá esconderse, sino que habrá de salir y mostrarse». Porque, en verdad, como dice San Jerónimo, «la tierra se arrojará fuera de sí, y el mar también, y asimismo el aire, que estará cargado de truenos y rayos».

Entiendo que si cualquiera piensa debidamente en estas cosas, su pecado no le encaminará al deleite, sino a gran dolor, por miedo de las penas del infierno. Y por eso dice Job a Dios: «Permite, Señor, que yo pueda alguna vez lamentarme y llorar, antes que vaya sin retorno a la región oscura, cubierta con tinieblas de muerte: a la tierra de aflicción y de lobreguez, donde está la sombra de la muerte, donde no hay ninguna regla ni ley, sino terribe espanto, que siempre durará». Ved cómo Job pide un momento de plazo para llorar y lamentar sus delitos, porque, verdaderamente, un día de tregua vale más que todos los tesoros del mundo. Y pues el hombre puede descargarse en este mundo, delante de Dios, por la penitencia (y no con riquezas), debe por ello rogar a Dios le conceda un instante de plazo para llorar y lamentar sus culpas. En verdad os digo que todo el dolor que un hombre pudiera expresar desde el principio del mundo no es sino pequeña cosa en comparación con el dolor del infierno.

Pasando a la razón por la que Job llama al infierno «la región oscura», entended que lo denomina «región», o tierra, porque es estable y nunca dejará de serlo; y «oscura», porque el que está en el infierno tiene carencia de luz material, ya que la claridad que saldrá del fuego inextinguible se dirigirá por completo a las penas que hay en el infierno, toda vez que esos resplandores han de mostrar al hombre los horribles diablos que le atormentan. «Cubierta con tinieblas de muerte», significa que quien se halle en el infierno tendrá carencia de la vista de Dios, porque de cierto la vista de Dios es la vida perdurable. «La oscuridad de muerte» son los pecados que el hombre miserable ha cometido, los cuales le impiden ver la faz de Dios, cual si fueran una nube interpuesta entre nosotros y el sol.

«Tierra de aflicción» indica que allí hay tres carencias, opuestas a tres cosas que las gentes de este mundo poseen en la vida presente, a saber: honores, deleites y riquezas. En vez de honor, tienen ellos en el infierno confusión y vergüenza. Porque bien sabéis vosotros que se llama honor a la reverencia que el hombre hace al hombre; mas en el infierno no hay ninguna honra ni reverencia. Sí, que ciertamente no más reverencia será hecha allí a un rey que a un paje. Por lo cual dice Dios por el profeta Jeremías: «La misma gente que me desprecia será desdeñada.» Honor se llama asimismo también al gran señorío y allí ningún hombre servirá a otro sino de daño y tormento. Honor se llama asimismo a la mucha dignidad y elevación; pero en el infierno todos serán pisoteados por los diablos. Dios dice: «Los horribles diablos irán y vendrán sobre las cabezas de los condenados.» Y esto es porque cuanto más elevados estuvieron ellos en esta vida, tanto más serán abatidos y menospreciados en el infierno.

En vez de las riquezas de este mundo, tendrán pobreza; y tal pobreza consistirá en cuatro cosas. Una, en falta de tesoros, acerca de lo cual dice David: «Los ricos, que han abrazado y adherido todo su corazón a los tesoros de este mundo, dormirán el sueño de la muerte y nada encontrarán en sus manos de todo su caudal». Y, además, la aflicción del infierno estará en la falta de comida y bebida. Porque Dios dice así por Moisés: «Ellos serán consumidos por el hambre, y los pájaros del infierno los devorarán con muerte cruel, y la hiel del dragón será su bebida, y el veneno del dragón sus bocados». Y también su desconsuelo estará en la carencia de vestido, porque los condenados andarán desnudos de cuerpo, salvo el fuego en el cual se queman y otras inmundicias, y desnudos estarán en el alma al faltarles toda clase de virtudes, qué son el vestido del alma. ¿Dónde se hallarán entonces los elegantes trajes y las sábanas suaves y las finas camisas? Mirad lo que dice Dios de ellos por el profeta Isaías: «Debajo de ellos estarán diseminadas las polillas, y sus ropas serán de gusanos del infierno». Y asimismo la aflicción consistirá en la falta de amigos, pues no es pobre el que tiene buenos amigos; mas allí no hay amigo ninguno, porque ni Dios ni criatura alguna serán amigos de los condenados y cada uno de éstos aborrecerá al otro con odio mortal. «Los hijos y las hijas se rebelarán contra el padre y la madre, y el pariente contra el pariente, y disputarán y se despreciarán el uno al otro», así de día como de noche, según dice Dios por el profeta Miqueas. Y los cariñosos niños, que en otro tiempo se amaban entrañablemente el uno al otro, desearán devorarse mutuamente si pudieran. Porque, ¿cómo se han de querer en las penas del infierno, cuando se odiaban recíprocamente en la prosperidad de esta vida? Pues tened plena seguridad de que su amor carnal odio mortal era, como dice el profeta David: «El que ama la iniquidad, odia su alma». Y quienquiera que detesta su propia alma, en verdad no puede amar a ningún otro ser, en manera alguna. Por todo eso vemos que en el infierno no hay consuelo alguno, ni ninguna amistad, sino que cuanto más allegados son los parientes que están en el infierno, tantas más maldiciones, querellas y odio mortal habrá entre ellos.

Y, además, tendrán los condenados carencia de toda suerte de deleites, porque, en realidad, los deleites están en relación con los apetitos de los cinco sentidos, como son la vista, el oído, el olfato, el gusto y el tacto. Mas, en el infierno, su vista estará llena de tinieblas y vapores, y, por consiguiente, preñada de lágrimas; su oído lleno de lamentos y de crujir de dientes, como dice Jesucristo; sus fosas nasales cargadas de hedores nauseabundos. Y, según dice el profeta Isaías, «su paladar estará lleno de amarga hiel»; y el tacto de todo su cuerpo cubierto con «fuego que jamás se extinguirá, y con gusanos que nunca morirán», como Dios advierte por boca del mismo Isaías.

Y los condenados no han de pensar que morirán a causa del dolor y mediante su muerte huirán de la pena, porque Job dice: «Allí está la sombra de la muerte». En verdad, la sombra tiene la semejanza del objeto que reproduce; pero no es la misma cosa que él. Así acaece con las penas del infierno: son como muerte, por la horrible congoja que entrañan. ¿Y por qué? Porque afligen siempre a los condenados como si éstos hubiesen de morir en seguida; mas ciertamente no morirán. Pues, como dice San Gregorio, «para los infelices cautivos será la muerte sin muerte, y en el fin sin fin, y la falta sin falta. Porque su muerte siempre vivirá, y su fin comenzará de continuo, y su falta no faltará». Y declara el evangelista San Juan: «Seguirán a la muerte y no la hallarán, y desearán morir y la muerte huirá de ellos».

Y también dice Job que «en el infierno no hay ninguna suerte de orden». Y aunque Dios ha creado todas las cosas en justo orden y nada sin regla, sino que las cosas todas se hallan ordenadas y numeradas, sin embargo, los que están condenados no tienen orden ni gozan de ley alguna. Porque la tierra no les producirá fruto, pues, como dice el profeta David, «Dios destruirá para ellos el fruto de la tierra»; y el agua no les proporcionará humedad alguna, ni el aire ningún refrigerio, ni el fuego ninguna luz. Así, dice San Basilio: «El ardor del fuego de este mundo dará Dios en el infierno a los que están condenados; mas la luz y claridad serán otorgadas en el cielo a sus hijos». No de otra manera el hombre bueno da la carne a sus hijos y los huesos a sus perros.

Y como no habrá esperanza alguna de librarse, dice finalmente el santo Job que «allí el horror y el terrible espanto morarán sin fin». El horror es siempre temor de daño que está por venir, y este temor residirá sin cesar en los corazones de los que se hallan condenados. De consiguiente, tienen perdida toda su esperanza, por siete motivos. Primero, porque Dios, que es su Juez, no tendrá misericordia de ellos; ni ellos pueden agradarle, así como a ninguno de sus santos; no les es posible dar nada por su rescate; ni tienen voz alguna para hablar con Él; ni pueden huir de la pena; ni encierran en sí bondad ninguna que mostrar para librarse del tormento. Y por eso dice Salomón: «El hombre malvado muere, y cuando está muerto no tendrá esperanza alguna de escapar de la pena». Cualquiera, pues, que conozca bien estas penas y piense que las ha merecido por sus pecados, de seguro habrá de tener más deseo de suspirar y llorar que de cantar y divertirse. Porque, como dice Salomón, «cualquiera que tenga juicio para conocer las penas que están establecidas y ordenadas para el pecado, manifestará dolor». «Tal juicio —según San Agustín— obliga al hombre a lamentarse en su corazón.»

El cuarto punto, o sea lo que debe hacer el hombre para tener contrición, es el triste recuerdo del bien que ha dejado de realizar aquí en la Tierra y del bien que ha perdido. A decir verdad, las buenas obras que ha omitido son, o las que practicó antes de que cayera en pecado mortal, o bien las buenas obras que hizo mientras se hallaba en pecado. Porque todas las buenas obras que realizó antes de caer en pecado están amortiguadas, confundidas y desvirtuadas por las frecuentes culpas. Las demás obras buenas que llevó a cabo mientras estaba en pecado mortal son completamente muertas para la vida perdurable del cielo.

Así, pues, aquellas buenas obras que están aminoradas por el mucho pecar, y las cuales ejecutó mientras se hallaba en gracia, no podrán jamás tomar nueva vida sin verdadera penitencia. Y acerca de ello dice Dios, por boca de Ezequiel: «Si el hombre justo se separa de su rectitud y comete maldad, ¿vivirá?» No; porque todas las buenas obras que ha practicado no estarán jamás en la memoria, sino que él morirá en pecado. Y sobre este mismo capítulo dice así San Gregorio: «Debemos entender principalmente esto; que cuando cometamos pecado mortal no sirve de nada enumerar o traer a la memoria las buenas acciones que hemos realizado antes». Pues, ciertamente, en el acto del pecado mortal no hay confianza en ninguna obra que hayamos hecho antes, respecto a obtener por ella la vida perdurable en el cielo. Pero, no obstante, las buenas obras reciben nueva vida, y tornan, y ayudan, y aprovechan para conseguir la vida eterna del cielo cuando tenemos contrición.

En trueque, las buenas obras que los hombres ejecutan mientras están en pecado mortal nunca podrán revivir, por cuanto fueron hechas en pecado mortal. Porque cosa que jamás tuvo vida, nunca resucitará. Sin embargo, aunque no sirvan para disminuir las penas del infierno ni para adquirir riquezas temporales, sí valen para que Dios ilumine e ilustre más pronto el corazón del hombre pecador, a fin de que sienta arrepentimiento; y también aprovechan para acostumbrar al hombre a practicar buenas obras, de modo que el demonio tenga menor poder sobre su alma. Y así el compasivo Señor Jesucristo quiere que ninguna obra buena se pierda, y sí que nos sirva de algo.

Mas, aunque las buenas obras que se ejecutan mientras se vive con decoro están completamente amortiguadas por el pecado siguiente, y aunque todas las obras buenas que se practican mientras se está en pecado mortal son eternamente muertas para obtener la vida perdurable, yo digo que bien puede el hombre que ninguna buena obra comete, cantar aquel nuevo aire francés: «J'ai tout perdu, mon temps et mon labour». Porque cierto es que el pecado priva al hombre de la bondad de la gracia. Pues, en verdad, la gracia del Espíritu Santo es como el fuego, que no puede estar ocioso, porque el fuego se extingue en el instante en que cesa su acción, y lo mismo cabalmente falta la gracia en cuanto abandona su eficiencia. Entonces pierde el hombre pecador la bondad de la gloria, que solamente está prometida a los hombre buenos que se afanan y trabajan. Bien puede estar afligido en ese caso el que debe toda su existencia a Dios, no teniendo bondad ninguna con que pagar su deuda a Dios, a quien toda su vida de antes y de luego debe. Porque creed, sin duda, que «él dará cuenta —como dice San Bernardo— de todos los bienes que le han sido otorgados en esta vida presente, y de cómo los ha empleado, de manera que no caerá un pelo de su cabeza, ni un instante de una hora perecerá de su tiempo, del cual no haya de dar cuenta».

La quinta cosa que debe mover al hombre a contrición es la memoria de la pasión que Nuestro Señor Jesucristo sufrió por nuestros pecados. Pues así dice San Bernardo: «Mientras yo viva, recordaré las fatigas que Cristo Nuestro Señor padeció durante su predicación; su cansancio en el trabajo; sus tentaciones cuando Él ayunó; sus largas vigilias cuando oraba; sus lágrimas cuando lloraba de compasión por las buenas gentes; los agravios, afrentas y vilezas que los hombres le decían; las inmundas salivas que le escupieron en el rostro; las bofetadas que le dieron; las infames muecas y los improperios que le dirigieron; los clavos con los que fue fijado en la cruz, y todo lo restante de su pasión, la cual sufrió por mis pecados, y no, en modo alguno, por sus delitos».

Y habéis de saber que en el pecado del hombre toda clase de orden y regla se hallan trastornados. Porque la verdad es que Dios, y la razón, y la sensualidad, y el cuerpo del hombre están ordenados, que cada una de estas cuatro cosas debe tener señorío sobre la otra, de esta manera: Dios debe tener señorío sobre la razón, y la razón sobre la sensualidad, y la sensualidad sobre el cuerpo del hombre. Mas, verdaderamente, cuando el hombre peca, todo este orden o ley se trastorna. Y por eso entonces, como la razón del hombre no quiere sujetarse ni obedecer a Dios, que es su señor por derecho, pierde ella el señorío que debiera tener sobre la sensualidad, y asimismo sobre el cuerpo del hombre. ¿Y por qué? Porque la sensualidad se rebela en tal caso contra la razón, y ésta pierde el señorío sobre la sensualidad y sobre el cuerpo; pues así como la razón es rebelde a Dios, de la misma manera la sensualidad es a su vez rebelde a la razón y al cuerpo.

Nuestro Señor Jesucristo pagó este desorden y esta rebelión

en su muy querido y precioso cuerpo, y escuchad de qué modo. Siendo la razón rebelde a Dios, el hombre es digno de tener aflicción y de ser muerto: lo cual sufrió Nuestro Señor Jesucristo por el hombre, después de haber sido entregado por su discípulo, y preso y atado, «de tal modo, que su sangre brotaba en cada clayo de sus manos», como dice San Agustín. Y, además, siendo así que la razón del hombre no quiere dominar la sensualidad cuando puede, es por eso el hombre digno de sufrir afrenta; y esto sufrió Nuestro Señor Jesucristo por el hombre cuando le escupieron en el rostro. Y también, pues que el miserable cuerpo del hombre es rebelde, a la par, a la razón y a la sensualidad, merece la muerte por este motivo. Muerte que padeció Nuestro Señor Jesucristo por el hombre, en la cruz, donde ninguna parte de su cuerpo se hallaba libre del gran dolor y amarga pasión. Y todo esto lo sufrió Jesucristo, que jamás cometió culpa.

Por tal causa, con razón puede decirse de Jesús: «Demasiado castigado soy por cosas que yo nunca merecí, y en exceso menospreciado con la vergüenza que el hombre es digno de recibir». Así que el pecador bien puede exclamar con San Bernardo: «¡Maldita sea la amargura de mi pecado, por la cual hubo de ser sufrida tanta amargura!» Porque, ciertamente, sólo según las diversas discordancias de nuestra perversidad fue dispuesta la pasión de Jesucristo de este modo.

El alma del hombre pecador es traicionada del diablo con codicia de prosperidad temporal, y burlada con engaño cuando elige los deleites carnales, y además es atormentada por la impaciencia en la adversidad, y escupida por la esclavitud y yugo del pecado, y al fin y al cabo incurre en muerte. Por este desorden del hombre pecador fue Jesucristo primero vendido, después de lo cual fue atado el que vino a desligarnos del pecado y de la pena. Luego fue menospreciado el que solamente debiera haber sido honrado en todas las cosas y por todas las cosas. Después su rostro, que debió desear contemplar todo el género humano, su faz en que los ángeles ansían mirarse, fue vilmente escupida. Más tarde fue azotado el que en nada había delinquido, y finalmente acabó crucificado y muerto. Cumplióse, pues, la palabra de Isaías: «Fue llagado por nuestros delitos y menospreciado por nuestras iniquidades».

Y puesto que Jesucristo tomó sobre sí la pena de todas nuestras maldades, mucho debe llorar y lamentarse el pecador, ya que por sus pecados el Hijo del Dios del cielo hubo de sufrir toda la pena del hombre.

La sexta cosa que debe mover al hombre a contrición es la

esperanza de otras tres, a saber: la remisión del pecado, el don de la gracia para obrar bien, y la gloria del cielo, con la que Dios premiará al hombre por sus buenas acciones. Y pues Jesucristo nos concedió estos dones en su largueza y en su soberana bondad, por eso es llamado *Jesús Nazarenus rex Judeorum.*

Jesús quiere decir «salvador» o «salvación», en quien se debe esperar obtener el perdón de los pecados; lo cual es literalmente la salvación de los pecados. Y por eso dijo el ángel a José: «Tú le pondrás por nombre Jesús, porque salvará a su pueblo de sus pecados». Y acerca de eso dice San Pedro: «No hay ningún otro nombre bajo el cielo que sea dado a hombre alguno, y por cuyo nombre el hombre pueda salvarse, sino solamente Jesús».

Nazareno vale tanto como decir «floreciente», mediante lo cual el hombre debe esperar que quien le concede remisión de los pecados le otorgará también gracia para obrar bien. Porque en la flor hay esperanza de fruto en el tiempo venidero, y en el perdón de los pecados esperanza de gracia para obrar bien. «Yo llegué a la puerta de tu corazón —dice Jesús— y llamé para entrar; el que me abra, conseguirá el perdón de los pecados. Yo entraré en él mediante mi gracia, y cenaré con él» (por las buenas obras que hubiere hecho, obras que son el alimento de Dios), «y él cenará conmigo» (por la gran alegría que Jesús le proporcionará).

Así, debe el hombre esperar que, por sus actos de penitencia, Dios le dará su reino, como le promete en el Evangelio.

Ahora conviene que el hombre sepa de qué manera ha de ser su contrición. Digo que ella debe ser universal y total, es decir, que el hombre debe estar verdaderamente arrepentido de todos los pecados que ha cometido con deleite de su pensamiento, pues el deleite es muy peligroso. Porque hay dos maneras de consentimiento. Una de ellas se llama consentimiento de afección, cuando el hombre es incitado a cometer pecado y se deleita mucho tiempo pensando en ese pecado. Su razón discierne bien que ello es ofensa contra la ley de Dios, y, sin embargo, su razón no refrena su vil deleite o apetito, aunque se vea muy claramente que tal cosa va contra el temor de Dios. A pesar de que su razón no consienta poner por obra ese pecado, no obstante dicen algunos doctores que el deleite que permanece mucho tiempo es muy peligroso, por pequeñísimo que sea. Y así, el hombre debe dolerse particularmente de todo lo que siempre ha deseado contra la ley de Dios con perfecto consentimiento de su razón; pues no cabe duda que hay pecado mortal en el consentimiento. Porque, en realidad, no existe pecado mortal que no haya estado primero en el pensamiento del hombre, y después en su deleite, y más tarde en el consentimiento y en la obra. En vista de lo cual digo que muchos hombres no se arrepienten jamás de tales pensamientos y deleites, ni nunca se confiesan de ellos, sino solamente de la comisión de los grandes pecados externos. Por ese motivo afirmo que tales perniciosos deleites y malos pensamientos son sutiles engañadores de los que han de ser condenados.

También el hombre debe dolerse de sus malas palabras, lo mismo que de sus malas obras; pues, ciertamente, el arrepentimiento de un solo pecado, sin arrepentirse de todos los otros, o bien el arrepentimiento de todos los demás pecados y no de uno solo, no puede aprovechar. Porque, en efecto, Dios omnipotente es todo bondad; así que Él perdona todo o nada. Y acerca de eso dice San Agustín: «Yo sé con certeza que Dios es enemigo de todo pecado». ¿Y, entonces, el que evita un solo pecado, habrá de obtener perdón de sus restantes faltas? No.

Además, la contrición debe ser extremadamente dolorosa y pesarosa, y para ello Dios concede plenamente su gracia. Por eso, «cuando mi alma se hallaba angustiada dentro de mí, me acordé de Dios, para que mi plegaria pudiera llegar hasta Él».

La contrición debe ser continua y el hombre ha de tener firme propósito de confesarse y de enmendar su vida. Porque, verdaderamente, mientras la contrición subsiste, puede el hombre tener siempre esperanza de perdón; y de esto viene el odio al pecado, que destruye el poder de la culpa, tanto en uno mismo como en otras personas. Por esa razón dice David: «Vosotros, que amáis a Dios, aborreced la iniquidad». Pues creed que amar a Dios es amar lo que Él ama y aborrecer lo que aborrece.

La última cosa que el hombre debe saber acerca de la contrición es ésta: de qué aprovecha la contrición. Digo que alguna vez la contrición libra al hombre de pecado, respecto de lo cual declara David: «Yo digo: me propuse firmemente confesarme y Tú, Señor, perdonaste mi pecado». Y así como la contrición nada vale sin firme propósito de confesión, del mismo modo escaso mérito tiene la confesión o le remuneración sin la contrición.

También la contrición destruye la prisión del infierno y torna débiles y flacas todas las fuerzas de los diablos, y restablece los dones del Espíritu Santo y de todas las buenas virtudes. Ella limpia el alma de culpa; la libra de la pena del infierno, de la compañía del diablo y de la esclavitud del pecado; y le devuelve todos los bienes espirituales, restituyéndola al gremio y comunión de la santa Iglesia. Además, ella hace que el que en otro tiempo fue hijo de ira, sea hijo de gracia; y todas estas cosas se prueban por la Sagrada Escritura. Por eso el que quisiera poner su mente en tales cosas sería sapientísimo, pues, en verdad, no tendría valor para pecar en toda su vida, sino que ofrecería su cuerpo y todo su corazón al servicio de Jesucristo, y de este modo le rendiría homenaje. Porque, realmente, nuestro amado Señor Jesucristo nos ha refrenado con tal benignidad en nuestras locuras, que, si Él no tuviera piedad del alma del hombre, todos nosotros habríamos de entonar un triste canto.

CONFESIÓN

La segunda parte de la penitencia es la confesión, que es señal de contrición. Ahora vais a saber qué es confesión, y si debe ser practicada necesariamente o no, y qué cosas convienen a la verdadera confesión.

Primero se ha de saber que la confesión es fiel exposición de los pecados al sacerdote. Se dice fiel porque uno debe confesarse de todas las circunstancias que a su pecado conciernen, en tanto como sea posible. Todo debe ser manifestado, y nada excusado, ni ocultado, ni encubierto, no vanagloriándose, además, de las buenas obras. Y por ende, es necesario saber de dónde nacen los pecados, y cómo se aumentan, y cuáles son.

Acerca de la fuente de los pecados, se expresa San Pablo de esta suerte: «Así como por un hombre entró primero el pecado en este mundo, y mediante ese pecado la muerte, de igual manera la misma muerte entró en todos los hombres que pecaron». Y ese hombre fue Adán, por quien el pecado entró en este mundo cuando él quebrantó el mandato de Dios. Y por eso, el que en un principio era tan poderoso que no debía haber muerto, vino a ser tal que necesariamente hubo de morir, quisiera o no, así como toda su descendencia en este mundo, que pecó en aquel hombre.

Considérese cómo en el estado de inocencia, cuando Adán y Eva se hallaban desnudos en el paraíso, no sintiendo vergüenza alguna de su desnudez, la serpiente, que era más astuta que todas las otras bestias que Dios había creado, dijo a la mujer: «¿Por qué os mandó Dios que no comieseis de todos los árboles del paraíso?» La mujer respondió, diciendo: «Nosotros nos alimentamos con el fruto de los árboles del paraíso: mas, en verdad, Dios nos ha prohibido que comamos del fruto del árbol que está en medio del paraíso, y también que lo toquemos, no sea que muramos». La serpiente dijo a la mujer: «No, vosotros no moriréis de muerte; porque cierto es, y Dios lo sabe, que el día que comáis de aquel árbol, vuestros ojos se abrirán y seréis como dioses, conociendo el bien y el mal». La mujer entonces vio que el árbol era bueno para alimento, y hermoso a los ojos, y deleitoso a la vista. Tomó, pues, el fruto del árbol, comióle, dio a su marido, el cual comió igualmente, y al punto abriéronse los ojos de ambos. Y cuando conocieron que estaban desnudos, cosieron con hojas de higuera una especie de bragas con que tapar sus miembros.

Por esto podéis ver que el pecado mortal recibe la primera sugestión del demonio, como se prueba aquí por la serpiente, y después del deleite de la carne, como se muestra aquí por Eva, y luego del consentimiento de la razón, según se demuestra por Adán. Porque, creedlo bien, aun cuando el demonio tentase a Eva, es decir, a la carne, y la carne tuviese deleite en la belleza del fruto prohibido, con todo, en realidad, hasta que la razón, o sea Adán, consintió en comer del fruto, todavía se hallaba el hombre en estado de inocencia. Del mismo modo recibimos nosotros aquel pecado original; pues de él carnalmente descendemos todos, siendo engendrados de vil y corrompida materia. Y cuando el ánima es infundida en nuestro cuerpo, en el mismo instante se contrae el pecado original; y eso, que fue en un principio solamente pena de concupiscencia, es después a la vez pena y pecado. Y, por lo tanto, naceríamos todos nosotros hijos de cólera y de condenación eterna si no fuera por el bautismo que recibimos, el cual nos quita la culpa; mas, en verdad, la pena permanece con nosotros como tentación, y esa pena se llama concupiscencia. Cuando está torcidamente inclinada o dispuesta en el hombre, se torna codicia, deseo de carne, pecado carnal por la vista que sus ojos tienen de las cosas terrenas, y deseo de grandeza por orgullo de corazón.

Ahora, viniendo a hablar del primer deseo, esto es, la concupiscencia según la ley de nuestros miembros, que fueron formados legítimamente y según recto juicio de Dios, digo que, por cuanto el hombre no es obediente a Dios, que es su señor, también la carne es desobediente al hombre por concupiscencia, la cual llámase, además, alimentadora del pecado y ocasión de pecar.

Por esa razón, todo el tiempo que el hombre lleva en sí la pena de la concupiscencia, es imposible que no sea alguna vez tentado a pecado en su carne. Y esto no puede faltar en tanto que él viva. Podrá ello tornarse débil y dejar de ser en virtud del bautismo y por la gracia de Dios, mediante la penitencia; pero nunca será extinguido por completo, de modo que el hombre alguna vez se verá impulsado en sí mismo, a menos que se volviera enteramente frío, por enfermedad o por maleficio de hechicería, o por bebidas heladas. Mirad lo que dice San Pablo: «La carne se inclina contra el espíritu, y el espíritu contra la carne; ambos son tan contrarios y tan opuestos, que el hombre no siempre puede hacer lo que quiera». El mismo San Pablo, después de su gran penitencia en agua y en tierra (en agua, de noche y de día, entre grandes peligros y grandes sufrimientos; en tierra, con hambre, sed, frío y desnudez, estando en cierta ocasión casi a punto de muerte), todavía decía: «¡Ay! ¿Quién me librará a mí, hombre miserable, de la prisión de mi cuerpo cautivo?» Y San Jerónimo, luego que hubo habitado mucho tiempo en el desierto, donde no contaba con más compañía que las bestias salvajes, donde no tenía ningún alimento sino hierbas, y agua para su bebida, ni otro lecho sino la desnuda tierra, por lo cual su carne estaba negra como la de un etíope a causa del calor, y casi destruida por el frío, aún decía que «el ardor de la lujuria bullía en todo su cuerpo».

Por tal razón, yo sé con toda seguridad que se engañan los que dicen que no son tentados en su cuerpo. Testigo el apóstol Santiago, quien declara que «toda persona es tentada en su propia concupiscencia»; es decir, que cada uno de nosotros tiene materia y ocasión para ser tentado por el nutridor del pecado, que está en su cuerpo. Y por eso dice el evangelista San Juan: «Si decimos que estamos sin pecado, nos engañamos a nosotros mismos, y la verdad no se halla con nosotros».

Ahora sabréis de qué manera el pecado se aumenta o crece en el hombre. La primera cosa es aquel fomentador del pecado, del cual hablé antes: la concupiscencia carnal. Y después de ella viene la sugestión del diablo, es decir, el fuelle del diablo, con el que éste sopla en el hombre el fuego de la concupiscencia carnal. Y luego de eso, el hombre capacita si quiere ejecutar o no aquella cosa acerca de la cual es tentado. Y entonces, si el hombre resiste y abandona el primer halago de su carne y del demonio, ello no es pecado; mas si sucede que no obra así, en ese caso experimenta en seguida una llamarada de deleite. Conviene, pues, ser cautos y guardarse bien, o, de lo contrario, el hombre caerá pronto en consentimiento de pecado y lo cometerá si dispone de tiempo y lugar.

Y acerca de tal materia se expresa Moisés, con referencia al diablo, de este modo: «El demonio dice: yo acosaré y cazaré al hombre con malas sugestiones, y le sorprenderé mediante el impulso o excitación del pecado. Yo partiré mi presa o mi botín con deliberación, y mi deseo será cumplido con júbilo; yo pondré mi espada en el consentimiento (pues, ciertamente, así como la espada divide una cosa en dos pedazos, de la misma manera el consentimiento separa a Dios del hombre), y luego le mataré con mi mano en el acto del pecado». Así dice el demonio. Porque, realmente, en este caso de culpa se halla el hombre muerto en el alma por completo. Y así el pecado es cometido por tentación, por deleite y por consentimiento; y entonces el pecado se llama efectivo.

A decir verdad, el pecado es de dos clases: venial y mortal. En efecto, cuando el hombre ama a alguna criatura más que a Jesucristo, nuestro Creador, entonces comete pecado mortal; y en pecado venial incurre si el hombre ama a Jesucristo menos de lo que debe. Pero, en realidad, la comisión de este pecado venial es muy peligrosa, porque disminuye de continuo el amor que se debe tener a Dios. Y por tal motivo, si el hombre se carga con muchos de esos pecados veniales y no se descarga de ellos alguna vez por la confesión, seguramente minorarán en él con mucha facilidad todo el amor que profesa a Jesucristo; y de esta guisa pasa el pecado venial a mortal. Porque, sin duda, cuanto más carga el hombre su ánima con pecados veniales, tanto más se inclina a caer en pecado mortal.

Así, no seamos negligentes en descargarnos de los pecados veniales, pues el proverbio dice que muchos pocos hacen un mucho. Y escuchad este ejemplo: «Una gran ola del mar viene con tan enorme violencia que sumerge a la nave; pero el mismo daño causan a veces las gotitas de agua que entran por alguna pequeña hendidura en la sentina y en el fondo del barco, si los hombres son tan descuidados que no les achican a tiempo. Así, pues, aunque exista diferencia entre estas dos causas de anegamiento, de todos modos el barco se inunda. Exactmente lo propio acontece en ocasiones con el pecado mortal y con los enojosos pecados veniales, cuando se multiplican tanto en el hombre que las mismas cosas mundanas que él ama, y por las cuales peca venialmente, son tan principales en su corazón como el amor de Dios, o más. Y por eso, el amor de toda cosa que no sea Dios ni se emplee principalmente por motivo de Dios (aunque el hombre ame aquella cosa menos que a Dios), es pecado venial; y pecado mortal cuando el amor de alguna cosa pesa en el corazón del hombre tanto o más que el amor de Dios. «Pecado mortal —como dice San Agustín— es cuando el hombre aparta su corazón de Dios (el cual es verdadera y suprema e inmutable bondad), y lo entrega a cosa que puede mudar y disiparse.» Y, ciertamente, así es toda cosa, salvo el Dios del cielo. Porque si el hombre da su amor (el cual debe por completo a Dios con todo su corazón) a cualquier criatura, indudablemente tanto amor cuanto otorga a esa criatura quita a Dios; y por esa causa comete pecado, pues él, que es deudor a Dios, no le paga toda su deuda, es decir, todo el amor de su corazón.

Ahora que sabemos lo que es pecado venial en general, conviene hablar especialmente de los pecados que muchos hombres acaso no consideran tales y no se confiesan de ellos, sin embargo de lo cual son pecados.

En verdad, según los doctos escriben, quiere decir esto que cada vez que el hombre come o bebe más de lo suficiente para el mantenimiento de su cuerpo, de seguro comete pecado. Y también, cuando habla más de lo necesario, pecado es. Asimismo cuando no escucha benignamente la queja del pobre. También si, teniendo salud corporal, no quiere ayunar, sin causa razonable, cuando las demás gentes ayunan. Igualmente cuando duerme más de lo que necesita, o cuando, por esa misma causa, llega demasiado tarde a la iglesia o a otras obras de caridad. Y análogamente cuando usa de su esposa sin superior deseo de procreación, para honra de Dios, o con la intención de pagar a su mujer la deuda de su cuerpo. Semejantemente cuando no quiere visitar al enfermo y al preso, si el hacerlo le es dable. De igual modo, si ama a la esposa, al hijo, o a otra cosa mundana más de lo que la razón exige. También si adula o halaga más de lo debido por algún menester, así como si reduce o suprime la limosna del pobre. Además, si adereza su comida más deliciosamente de lo que es necesario, o la toma con demasiada precipitación, por gula. Y si habla de vanidades en la iglesia o en el servicio de Dios, o es charlatán de ociosas palabras de necedad o villanía, pues ha de dar cuenta de ellas en el día del Juicio. Y cuando promete o asegura hacer cosas que no puede cumplir. Y cuando, por ligereza o locura, calumnia o desdeña a su prójimo. Y si tiene cualquier mala sospecha de algo, cuando no sabe de ello ninguna verdad. Estas cosas, e innumerables más, son pecado, como dice San Agustín.

Ahora conviene saber que, aunque ningún hombre terreno puede evitar todos los pecados veniales, sí puede reprimirlos con el ardiente amor a Nuestro Señor Jesucristo, y con oraciones, confesión y otras buenas obras, siempre que esas sus culpas sólo causen poco daño. Porque, según declara San Agustín, «si el hombre ama a Dios de tal manera que todo lo hace siempre verdaderamente con amor de Dios y por el amor de Dios, sabed que tanto perjudica una gota de agua que cae en un horno lleno de fuego, cuanto daña un pecado venial al hombre que es perfecto en el amor de Jesucristo». Se puede desvirtuar también el pecado venial recibiendo dignamente el precioso cuerpo de Jesucristo; tomando, asimismo, agua bendita; con obras de caridad; por la confesión general del *Confiteor* en la misa; por la bendición de obispos y de sacerdotes, y por otras buenas obras.

LOS SIETE PECADOS CAPITALES

Ahora cosa útil es decir cuáles son los pecados mortales, es decir, los mayores de los pecados. Todos corren atraillados, aunque de diversos modos, y se llaman capitales porque son cabezas y fuentes de todos los otros pecados. Tocante a la raíz de estos siete pecados, es la soberbia la raíz general de todos los males; porque de esta raíz nacen ciertas ramas, como la ira, la envidia, la acidia o pereza, la avaricia o codicia (para el común pensar), la gula y la lujuria. Y cada uno de estos pecados capitales tiene sus ramas y sus brotes, como será declarado en los capítulos siguientes.

SOBERBIA

Aun cuando nadie puede decir por completo el número de los brotes y de los males que proceden del orgullo, sin embargo, voy a mostrar parte de ellos, como vosotros veréis. Son la desobediencia, la vanidad, la hipocresía, el desdén, la arrogancia, la impudencia, la jactancia de corazón, la insolencia, la altivez, la impaciencia, la contienda, la contumacia, la presunción, la irreverencia, la pertinacia, la vanagloria y otros muchos brotes que no me es posible manifestar. Inobediente es el que desobedece por desprecio los mandamientos de Dios, así como a sus superiores y a su padre espiritual. Vanidoso es el que se envanece del daño o del bien que ha hecho. Hipócrita el que rehúye mostrarse tal cual es y se manifiesta tal como no es. Desdeñoso es el que siente desprecio hacia sus prójimos, es decir, hacia su igual en Cristo, o tiene repugnancia para ejecutar lo que debe hacer. Arrogante es el que piensa que en sí tiene las excelencias de que carece, o imagina que debiera tenerlas por sus merecimientos, o bien juzga ser lo que no es. Impudente es el que, en su soberbia, no tiene vergüenza de sus pecados. Jactancioso de corazón es el hombre que se regocija del mal que ha hecho. Insolente es el que desprecia en su juicio a todas las demás personas, comparándolas con su valor, con su saber, con su palabra y con su porte. Altivo es el que no sufre tener superior ni compañero. Impaciente es el que no quiere ser enseñado ni reprendido en su vicio y con disputa mueve guerra a la verdad a sabiendas, y defiende su locura. Contumaz es el que, en su cólera, va contra toda autoridad o poder de quienes son sus superiores. Presunción existe cuando el hombre acomete alguna empresa que no ha de realizar o no puede llevar a cabo; y eso se llama también exceso de confianza. Irreverencia hay cuando los hombres no hacen honor allí donde deben hacerlo y esperan a su vez ser reverenciados. Pertinacia, cuando el hombre defiende su locura y confía demasiado en su propio entendimiento. Vanagloria es tener pompa y deleite en la superioridad temporal, alabándose de esta condición mundana. Locuacidad es cuando se habla demasiado delante de la gente y se charla sin cesar, no poniendo cuidado alguno en lo que se dice.

Y todavía hay cierta especie particular de soberbia: la del que espera ser saludado antes que él salude, aunque sea tal vez menos digno que el otro; así como también la del que antes desea tomar asiento, o marchar delante en el camino, o ser incensado, o acercarse a la oferta antes que su prójimo, y cosas parecidas, que van contra derecho quizá y que inclinan el corazón y la atención al orgulloso deseo de ser exaltado y honrado delante de la gente.

Porque hay dos maneras de orgullo: una de ellas está dentro del corazón del hombre y la otra se halla fuera. De las cuales, en verdad, las cosas antedichas, y algunas más de las que he declarado, pertenecen al orgullo que reside en el corazón del hombre, y las restantes especies de soberbia están fuera. Pero, una de esas especies de soberbia es señal de la otra, lo mismo que el alegre haz de hojas en la taberna es símbolo del vino que hay en la bodega.

Y esto sucede en muchas cosas, como en la conversación y en el porte, y en el exagerado ornato del vestido, porque, si no existiese ningún pecado en el vestido, Cristo no hubiera hablado del traje de aquel rico en el Evangelio. Como dice San Gregorio, el precioso vestido es censurable por su carestía, por su suavidad, por su rareza, por su perfecta hechura, por su superfluidad, o por la extraordinaria escasez de él. ¿No puede verse en nuestros días el pecaminoso y espléndido lujo que hay en el vestido, y señaladamente su demasiada superfluidad y su excesiva y desarreglada carestía?

Con respecto al primer pecado, digamos que estriba en la superfluidad del vestido, haciéndolo caro en daño de la gente, por el coste del bordado, del primoroso encaje, del listado, ribeteado, franjeado, trenzado y moteado. Semejante despilfarro de paños es vanidad, y para colmo hay hogaño caros adornos de pieles en los trajes. Además de tanto abrir ojales y tanto recorte con las tijeras; viene luego la superfluidad en la largura de los vestidos, que arrastran por la basura y por el lodo, así a caballo como a pie, y lo mismo en el hombre que en la mujer, de suerte que realmente todo lo que se arrastra es, en efecto, gastado, consumido, raído y echado a perder con el fango, en lugar de ser dado al pobre. Todo ello redunda en gran perjuicio de la gente menesterosa. Y eso por varios modos, es decir, porque cuanto más complejo es el vestido, tanto más cuesta a la gente, a causa de su escasez; y porque si se quieren dar tales vestidos, calados y recortados en picos, a los pobres, no son a propósito para que la gente humilde los use, ni suficientes para remediar su necesidad, a fin de preservarlos de las inclemencias del cielo.

Por otro lado, hablando de la horrible y desordenada carestía del traje, digo que de tal manera están cortados esos vestidos o jubones cortos, que, por su pequeñez, no cubren los miembros vergonzosos del hombre, con depravada intención. Algunos ostentan el bulto de sus partes privadas y sus repulsivos miembros hinchados, que semejan la enfermedad de la hernia, dentro de la envoltura de sus bragas. Además, sus nalgas, muy ceñidas, parecen las posaderas de una mona, o la Luna llena. Y luego, los viles miembros que se muestran a través de los primorosos adornos, merced a la división de las bragas en blanco y encarnado, se manifiestan como si la mitad de las partes secretas estuviese desollada. Y si se reparten las bragas en otros colores, como blanco y negro, o blanco y azul, o negro y encarnado, parece entonces, por la diferencia de color, que media parte de los miembros privados está infectada por la erisipela, o por el cáncer, o por otro mal semejante. Respecto de la parte trasera de las nalgas, cosa es horribilísima de ver, porque esa parte del cuerpo por donde se evacuan los fétidos excrementos se enseña a la gente orgullosamente, con menosprecio de la modestia que Jesucristo y los suyos cuidaron de acreditar en su vida.

Pasando a los exagerados atavíos de las mujeres, Dios sabe que, aunque los semblantes de algunas de ellas parezcan muy púdicos y bondadosos, sin embargo, en los adornos de sus trajes anuncian las mujeres disolución y soberbia. Yo no digo que el esmero en el vestido del hombre o de la mujer sea inconveniente, sino que, en verdad, la superfluidad o la viciosa parvedad del traje es reprobable. También el pecado del adorno o atavío existe en las cosas que pertenecen a la equitación, como en los caballos demasiado regalados, que son tenidos para deleite, y que tan hermosos, gordos y costosos resultan. Digo lo mismo de los muchos viciosos criados que son sostenidos por causa de los corceles; de los demasiado primorosos arneses, como sillas, grupera y bridas, cubiertos con preciosos paños y ricas barras y láminas de oro y plata. Acerca de lo cual dice Dios por el profeta Zacarías: «Yo confundiré a los jinetes de tales caballos». Esta gente no pone atención en la cabalgadura del Hijo del Dios del cielo y en su arnés, pues que montaba un asno y no tenía más arreos sino los pobres vestidos de sus discípulos, ni nosotros leemos que jamás cabalgase en otra bestia. Digo esto por quienes caen en pecado de exceso, y no por los que se hacen justo honor cuando la razón lo requiere.

Además, la soberbia aparece, en verdad, muy manifiesta en la posesión de gran séquito, cuando es de poca utilidad o de ningún provecho, y de modo señalado cuando esa comitiva es dañina o perjudicial a la gente. Hay insolentes señores que venden su señorío al diablo del infierno al sostener la perversidad de su tropa. El mismo pecado hay cuando la gente de baja condición, como los que tienen hosterías, apoyan los hurtos de sus mozos de posada con muchas maneras de engaños. Tal clase de gente son las moscas que van tras la miel, o, de otra guisa, los perros que siguen al cadáver. Las gentes supradichas ahogan espiritualmente sus señoríos; por lo cual dice así el profeta David: «Mala muerte sobrevendrá a esos señoríos, y Dios permitirá que ellos desciendan a lo más profundo del infierno; porque en sus casas residen las iniquidades y las malas acciones» y no el Dios del cielo. Y si ellos no se enmiendan, de igual modo que Dios otorgó su bendición a Labán por el servicio de Jacob, y a Faraón por el servicio de José, asimismo Dios enviará su maldición a tales señoríos que sostienen la perversidad de sus servidores.

La soberbia aparece también muy a menudo en la mesa, porque verdaderamente los ricos son llamados a los festines, y los pobres son despedidos y castigados. De igual manera está la soberbia en el exceso de diversos manjares y bebidas, y en especial en esas empanadas de carne y otras viandas tostadas a la llama del fuego y pintadas y encastilladas, con tal gasto que da vergüenza pensarlo. Y asimismo hallo soberbia en la demasiada suntuosidad de la vajilla y delicadeza de la música, por las cuales el hombre es excitado en grado sumo a los deleites de la lujuria. Hay en ello pecado seguramente, porque en verdad, las delicias pueden ser tan grandes en este caso, que el hombre caiga con facilidad por ellas en pecado mortal. Las especies que provienen de la soberbia, cuando realmente se originan de malicia intencional, deliberada y premeditada, o bien del hábito, son pecados mortales sin duda. Mas cuando nacen, de improviso, de fragilidad inadvertida, y súbitamente se rechazan, aunque son pecados graves, no los juzgo mortales.

Ahora se preguntará de dónde proviene y nace el orgullo, y yo contesto: algunas veces dimana de los bienes de la naturaleza, y otras de los bienes de fortuna, y en ocasiones de los bienes de gracia. Ciertamente los bienes del cuerpo son la salud corporal, la fuerza, la actividad, la belleza, la nobleza de cuna y los privilegios. Bienes de la naturaleza del alma son: buena inteligencia, aguda penetración, sutil ingenio, facultades naturales y buena memoria. Bienes de fortuna son: riquezas, elevados puestos de señorío y honores de la gente. Bienes de gracia son: sabiduría, fortaleza para soportar trabajos espirituales, bondad, santa contemplación, resistencia a la tentación y cosas parecidas. De cualquiera de los bienes predichos es, verdaderamente, grandísima locura que el hombre se ensoberbezca.

Hablando ahora de los bienes de naturaleza, Dios sabe que algunas veces los tenemos por naturaleza tanto para nuestro daño como para nuestro provecho. Así, viniendo a hablar de la salud del cuerpo, cierto es que muy pronto se pierde, y además es muy a menudo ocasión de la enfermedad de nuestra alma, porque, como Dios sabe, la carne es muy grande enemiga del alma, y por eso, cuanto más sano está el cuerpo tanto más nos hallamos en peligro de caer. El enorgullecerse de la fuerza corporal es gran locura, pues realmente la carne se inclina contra el espíritu, y en todo caso, cuanto más vigorosa sea la carne tanto más enferma estará el alma. Además de todo esto, la fuerza del cuerpo y la intrepidez mundana originan con suma frecuencia a multitud de hombres hartos peligros e infortunios.

También el ensoberbecerse de la noble cuna es gran locura, porque muchas veces la nobleza del cuerpo disminuye la nobleza del alma y, por otra parte, todos nosotros procedemos de un padre y de una madre, y todos somos de naturaleza podrida y corrompida, lo mismo ricos que pobres. Pues, en verdad, sólo una manera de nobleza es de alabar: la que adorna la disposición natural del hombre con virtudes y condiciones morales y le hace hijo de Cristo. Creed que por poder que tenga el hombre que peca, es verdadero esclavo del pecado.

Hay signos generales de nobleza, como el apartamiento del vicio, de la bajeza y de la esclavitud del pecado, así en palabra como en obra y apariencia; y la práctica de la virtud, de la cortesía y de la pureza; y el ser liberal, es decir, generoso con moderación, pues lo que pasa la medida, raya en locura y pecado. Otro signo de nobleza es el acordarse de lo bueno que de otras personas se ha recibido. Otro, el ser clemente con los buenos súbditos. Como dice Séneca, «nada hay más propio para el hombre de alta condición que la bondad y la piedad. Y por eso los insectos que se llaman abejas, cuando eligen su reina, escogen una que tenga aguijón con el cual picar». Otro signo es que el hombre tenga noble y diligente corazón para alcanzar cosas virtuosas en extremo.

Enorgullecerse de los bienes de gracia es asimismo locura excesiva, pues los propios dones de gracia que hubieren dirigido al hombre a la bondad y a la salud le tornan al veneno y a la confusión, como dice San Gregorio. Indudablemente también, quien se ensoberbezca con los bienes de fortuna es grandísimo loco; porque a veces el hombre que es gran señor por la mañana, se halla miserable y desdichado antes que llegue la noche, y en ocasiones la riqueza del hombre es causa de su muerte. Otras veces los placeres del hombre son origen de la grave enfermedad por la cual muere. En verdad, la alabanza de la gente es en ciertos casos harto falsa y frágil para confiar en ella: los que hoy alaban, mañana vituperan. El deseo de obtener el elogio de las gentes ha causado la muerte a muchos hombres útiles, Dios lo sabe bien.

REMEDIO CONTRA SOBERBIA

Puesto que ya habéis conocido lo que es la soberbia, y cuáles son las especies de ella, y de dónde el orgullo proviene y nace, vais a saber ahora cuál es el remedio contra el pecado de la soberbia, y qué es la humildad o mansedumbre. Esta es una virtud por la cual el hombre posee verdadero conocimiento de sí mismo y no se tiene ninguna estimación ni aprecio en vista de sus méritos considerando siempre su fragilidad.

Hay tres maneras de humildad: humildad en el corazón, humildad en la boca y humildad en las obras. La humildad del corazón es de cuatro modos. Uno, cuando el hombre se considera como de valor nulo delante del Dios del cielo. Otro, cuando no desprecia a ningún otro hombre. El tercero, cuando no se preocupa aunque los hombres no le concedan mérito alguno. El cuarto, cuando no se entristece por su humillación.

La humildad de la boca estriba también en cuatro cosas: en el lenguaje moderado: en la dulzura de las palabras; en el hecho de declararse que se es tal como se juzga ser de corazón, y en alabar la bondad de otro hombre, sin minorar nada de ella.

La humildad en las obras es asimismo de cuatro maneras. La primera, colocar a otros hombres delante de sí. La segunda, elegir el lugar más humilde en todas partes. La tercera, asentir alegremente al buen consejo. La cuarta, acatar con gusto la decisión de los superiores o del que se halla en más elevada posición. Ciertamente, éste es gran acto de humildad.

ENVIDIA

Después de la soberbia, hablaré del feo pecado de la envidia, que es, según la palabra del Filósofo, pesar de la prosperidad de otro hombre, y, según la palabra de San Agustín, dolor del bien de otro hombre y gozo del mal ajeno. Este vil pecado, va francamente contra el Espíritu Santo. Aunque todos los pecados son contra el Espíritu Santo, no obstante, por cuanto la bondad pertenece propiamente al Espíritu Santo y la envidia procede cabalmente de la malicia, esta culpa va por naturaleza contra la bondad del Espíritu Santo.

Hay dos especies de malicia, a saber: dureza de corazón en la maldad, o sea que la carne del hombre es tan ciega que el hombre no considera que está en pecado, no se cuida de hallarse en pecado, lo cual es osadía diabólica. La otra especie de malicia existe cuando el hombre combate la verdad, sabiendo que es verdad, y asimismo cuando se opone a la gracia que Dios ha dado a su prójimo. Y todo esto es por envidia. Así que la envidia es el peor pecado que hay. Porque, a buen seguro, todos los demás pecados van a veces sólo contra una virtud particular; pero, en realidad, la envidia va contra todas las virtudes y contra las bondades todas, pues es pesar de lo bueno del prójimo, y en esto se diferencia de los otros pecados. Porque apenas hay pecado alguno que no tenga algún deleite en sí mismo, salvo la envidia, que siempre lleva consigo angustia y dolor.

Las clases de envidia son las que diré. La primera, pesar de la bondad de otro hombre y de su prosperidad. La prosperidad es por naturaleza materia de gozo; luego la envidia es pecado contra naturaleza. La segunda especie de envidia es alegría del mal de otro hombre; y esa es propiamente parecida al diablo, que siempre se regocija con el daño del hombre. De estas dos especies procede la calumnia cuyo pecado de difamación o maledicencia tiene ciertas variedades, como veréis.

Hay quien alaba a su prójimo con perversa intención, pues forja siempre cualquier mala intriga como resultado final, y en todo caso pone en último término un «pero» que encierra más censura que valor tiene toda la alabanza. La segunda variedad es aquella en que, si un hombre es bueno y hace o dice alguna cosa con buena intención, el calumniador volverá toda esa bondad de arriba abajo con miras a sus malévolos designios. La tercera es disminuir la bondad del prójimo. La cuarta especie de difamación es así: si se habla bien de algún hombre, dirá entonces el calumniador: «Por mi fe, tal hombre es todavía mejor que él», con esto censura a aquel a quien se alaba. La quinta especie es consentir de buena gana y escuchar con gusto el mal que se habla de otras personas. Tal pecado es gravísimo, y siempre aumenta de acuerdo con la mala intención del calumniador.

Después de la difamación viene la queja o murmuración, que algunas veces nace de impaciencia contra Dios y otras contra el hombre. Contra Dios es cuando el hombre se queja de las penas del infierno, o de la pobreza, o de la pérdida de bienes, o de la lluvia, o se lamenta de que los malos tienen prosperidad y los buenos tienen adversidad. Mas todas esas cosas se deben sufrir pacientemente, porque vienen por justo juicio y disposición de Dios. En ocasiones dimana la murmuración de la avaricia, como Judas se quejaba contra Magdalena, cuando ésta ungió la cabeza de Nuestro Señor Jesucristo con su precioso ungüento. Tal manera de murmuración es como cuando el hombre murmura del bien que él mismo practica o que otras personas hacen con sus propias riquezas.

A veces la murmuración proviene del orgullo, como cuando Simón el Fariseo murmuraba contra Magdalena viendo que ésta se acercaba a Jesucristo y a sus pies lloraba sus pecados. Y otras veces la murmuración procede de envidia, cuando se descubre la culpa de un hombre que permanecía oculta o se le acusa de cosa falsa. La murmuración también se halla a menudo entre los criados, que se quejan cuando sus amos les mandan hacer cosas razonables. Entonces los sirvientes, aunque no se atrevan abiertamente a oponerse a las órdenes de sus amos, con todo hablarán mal, y refunfuñarán, y murmurarán en privado, con verdadero mal humor. Estas palabras se llaman los *Pater-noster del diablo,* por más que el diablo no tuvo jamás *Pater-noster,* sino que la gente ignorante les da tal nombre. En ocasiones la murmuración dimana de la ira o el odio secretos que alimenta el rencor en el corazón, como luego declararé.

Luego viene también la amargura de corazón, por la cual toda buena acción del vecino parece amarga y desabrida. Después viene la discordia, que desata toda clase de amistad. Luego viene el desdén, en que el hombre busca ocasión para molestar a su prójimo, por bien que el prójimo obre siempre. Después viene la acusación, en que el hombre busca oportunidad para dañar a su vecino, lo cual es parecido a la ocupación del diablo, que acecha lo mismo de noche que de día para acusarnos a todos. Luego viene la malignidad, por la que el hombre hace daño a su prójimo privadamente, si puede, y, aun si no puede, no faltará en algún modo su perverso deseo de quemar en secreto su casa o emponzoñar y matar sus bestias, o cosas semejantes.

REMEDIO CONTRA LA ENVIDIA

Ahora voy a hablar del remedio contra el feo pecado de la envidia. En tal remedio, el amor de Dios es lo principal, y luego el amor al prójimo como a uno mismo, pues, en verdad, un amor no puede existir sin el otro. Y créase bien que con el nombre de prójimo se debe entender el nombre de hermano, porque ciertamente todos tenemos un padre carnal y una madre, es decir, Adán y Eva, así como también un padre espiritual, que es el Dios del cielo.

Estás, hombre, obligado a amar a tu prójimo y a desearle todo bien; y por eso dice Dios: «Ama a tu prójimo como a ti mismo», esto es, para la salvación, así de la vida como del alma. Y, además, debes amarle de palabra, con dulce amonestación y corrección, consolándole en sus tribulaciones y rogando por él con todo tu corazón. Y en las obras le amarás de tal guisa, que harás con él en caridad lo que tú quisieras se hiciere con tu propia persona. Y, por lo tanto, no le ocasionarás ningún perjuicio con malas palabras, ni daño en su cuerpo, ni en sus bienes, ni en su alma mediante la incitación del mal ejemplo. No desearás su mujer, ni ninguna otra de sus cosas.

Entended también que en el nombre del prójimo está comprendido el enemigo. Porque el hombre debe amar a su enemigo, según mandato de Dios, y, en verdad, habrás de amar a tu amigo en Dios. A tu enemigo, repito, lo amarás por motivo de Dios, y de su mandamiento. Que si fuese razón que el hombre debiera odiar a su enemigo, Dios no nos admitiría a su amor, pues seríamos enemigos suyos.

Contra tres maneras de agravios que su enemigo le infiera, debe el hombre hacer tres cosas. Contra el odio y el rencor de corazón, amará con su corazón a su enemigo. Contra el reproche y las malas palabras, rogará por su enemigo. Y contra las malas acciones de su enemigo, debe hacerle bien. Porque Cristo dice: «Amad a vuestros enemigos y rogad por los que os maldicen, y asimismo por los que os acosan y persiguen, y haced bien a los que os aborrecen.» Así nos manda nuestro Señor Jesucristo que obremos con nuestros enemigos. Pues, verdaderamente, la naturaleza nos impulsa a amar a nuestros amigos; pero nuestros enemigos tienen más necesidad de amor que nuestros amigos. Y se debe hacer bien a los que se hallan en mayor necesidad, porque en ese mismo hecho tenemos memoria del amor de Jesucristo, que murió por sus enemigos. Y siendo así que ese mismo amor resulta el más penoso de cumplir, tanto mayor es su mérito; y por eso el amor a nuestros enemigos destruye el veneno del diablo. Sí, que así como el diablo es derrotado con humildad, de igual modo es herido de muerte por el amor, la medicina que expulsa el veneno de la envidia del corazón del hombre. Pero las especies en que esto se divide serán más ampliamente declaradas en los capítulos siguientes.

IRA

Después de la Envidia describiré el pecado de la Ira. Porque, sin duda, cualquiera que tenga envidia de su prójimo encontrará en seguida, por lo común, materia de cólera, en palabra o en obra, contra aquel de quien siente envidia. Y tanto viene la Ira de la Soberbia como de la Envidia, pues el que es orgulloso o envidioso se irrita con facilidad.

Este pecado de la ira, según la descripción de San Agustín, es desordenado apetito de vengarse de palabra u obra. La ira, según el filósofo, es la ardiente sangre del hombre inflamada en su corazón, por virtud de la cual desea hacer daño a aquel a quien odia. Porque, realmente, el corazón del hombre, por enardecimiento e ímpetu de su sangre, se torna tan desordenado que se halla fuera de todo juicio razonable.

Mas habéis de saber que la ira es de dos maneras: una buena

y otra mala. La buena ira es por celo del bien, mediante el cual el hombre se enoja con la maldad y contra la maldad, y por eso dice un sabio que «la ira es mejor que la mofa». Esta ira nace con benignidad y se enoja sin amargura; no está irritada contra el hombre, sino con el delito del hombre, como dice el profeta David: *Irascimini, et nolite peccare,* etc.

Sabed ahora que la mala ira es de dos maneras, a saber: ira repentina o ira arrebatada, sin advertencia ni consentimiento de la razón. La significación y el sentido de esto es que la razón del hombre no consiente en esa ira súbita, y en tal caso ella es venial. Otra ira hay muy aviesa, que proviene de deliberada y premeditada crueldad del corazón con mal deseo de cometer venganza, y consintiendo su razón en ello. Esto es, verdaderamente, pecado mortal, y semejante ira es tan desagradable a Dios, que perturba su casa y echa fuera del alma del hombre al Espíritu Santo, y disipa y destruye la semejanza del hombre, e inserta en él la semejanza del diablo, separando al hombre de Dios, que es su Señor legítimo.

De tal ira saca grandísimo placer el diablo; porque es el horno del mismo y está encendido con el fuego del infierno. Pues, en verdad, así como el fuego es más eficaz que cualquier otro elemento para destruir las cosas de la tierra, de igual manera la ira tiene poder para exterminar todas las cosas espirituales. Considerad cómo el fuego de las ascuas, que están casi muertas bajo la ceniza, cobra nueva vida cuando se hallan en contacto con el azufre, y pensad que del propio modo se excitará siempre de nuevo la ira cuando se vea estimulada por el orgullo latente en el corazón del hombre. Porque seguro es que el fuego no podría salir de la nada, si no se hallase primero en la misma cosa que arde naturalmente. Sí, que no de otra guisa se saca el fuego del pedernal con el hierro.

Y de la misma manera que el orgullo es a menudo causa de la ira, así el rencor es fomentador y mantenedor de ella. Hay una clase de árbol, como dice San Isidoro, que cuando con él se hace fuego y se cubren sus carbones con ceniza, conserva ese fuego todo un año o más. Pues enteramente igual acaece con el rencor: luego que una vez es concebido en los corazones de los hombres, sin duda permanecerá allí desde un día de Pascua hasta otro día de Pascua, y aún más. Pero, ciertamente, tal hombre está muy lejos de la misericordia de Dios mientras así viva.

En el predicho horno del diablo se forjan tres males: primero el orgullo, que siempre sopla y aviva el fuego con la disputa y las malas palabras. Luego está la envidia, que mantiene el candente hierro sobre el corazón del hombre con largas tenazas de profundo rencor. Y después viene el pecado de contumelia, o contienda, o pendencia, el cual se bate y forja con villanos improperios.

Este maldito pecado perjudica al mismo tiempo al hombre y a su prójimo, pues, en realidad, casi todo el daño que cualquier hombre infiere a su prójimo nace de la cólera. Porque la violenta cólera ejecuta siempre todo lo que le manda el diablo, al que no contienen Cristo ni su dulce Madre. Y en su violenta cólera e ira, muchísimos en ese momento sienten su corazón repleto de maldad hacia Cristo y todos sus santos. ¿No es éste un maldito vicio? Cierto que sí. Él priva al hombre de su inteligencia y de su corazón, así como de toda la buena vida espiritual que debe guardar su alma. Él arrebata también el debido señorío de Dios, a quien pertenece el alma del hombre y el amor del prójimo. Él combate, además, sin cesar, contra la verdad. Él roba la tranquilidad del corazón y trastorna el alma.

De la ira nace la siguiente vil prole: odio, que es antigua cólera; discordia, por la cual el hombre abandona a su antiguo amigo, a quien ha amado mucho tiempo; y la guerra y toda suerte de perjuicios que el hombre causa a su prójimo en su cuerpo o hacienda. De este maldito pecado de la ira viene también el asesinato. Y sabed bien que el homicidio, o sea la muerte de un hombre, es de diversas maneras. Porque cierta clase de homicidio es espiritual, y otra corporal.

El homicidio espiritual ocurre por seis cosas. Primero, por odio. Así, dice San Juan: «El que aborrece a su hermano es homicida». El homicidio es también por difamación; y de tales calumniadores dice Salomón que «tienen dos espadas, con las cuales matan a sus prójimos». Porque, a la verdad, tan malo es quitar el buen nombre como la vida. Homicidio es asimismo dar mal consejo con fraude, como aconsejar que se impongan injustos tributos y gabelas. Acerca de lo cual dice Salomón: «El león rugiente y hambriento es semejante a los crueles señoríos». Hablaba de la detentación o disminución de la paga, o salario, o de los gajes de los sirvientes, y también de la usura y de la supresión de la limosna para los pobres. Por cuyo motivo dice el Sabio: «Da de comer al que casi muere de hambre». Y es así porque, en realidad, si tú no le alimentas le matas. Y todos estos son pecados mortales.

Homicidio corporal es matar con tu lengua de otra manera, como cuando mandas matar a un hombre, o bien das consejo para que se mate a alguno. El homicidio de hecho es de cuatro modos. Uno, según ley, cuando el juez condena a muerte al culpable. Mas el juez ha de ser prudente en hacerlo con justicia, y no por el gusto de verter sangre, sino para mantener el derecho. Otro homicidio es el que se comete por necesidad, como cuando un hombre mata a otro en su defensa, no pudiendo de ningún modo evitar su propia muerte. Pero indudablemente si, pudiendo escapar sin matar a su adversario, le mata, comete pecado, y sufrirá penitencia por pecado mortal. También si alguno, por casualidad, dispara una flecha o tira una piedra con la cual mata a un hombre, es homicida. Asimismo, si una mujer, por negligencia, se acuesta sobre su hijo durante su sueño, ello es homicidio y pecado mortal. De igual modo constituyen homicidios estos casos: cuando el hombre estorba la concepción de un hijo y hace estéril a una mujer por medio de brebajes de hierbas venenosas, razón por la que ella no puede concebir; o cuando se mata voluntariamente a un niño con bebidas o bien se introducen ciertas materias en las partes secretas de la mujer para matar al niño; o, cuando, de otra suerte, se comete pecado contra naturaleza, derramando el hombre o la mujer su simiente de manera o en sitio donde un niño no pueda ser concebido. Todo esto es homicidio.

¿Qué diremos de las mujeres que asesinan a sus hijos por temor de vergüenza mundana? Ciertamente que eso es horrible homicidio. Homicidio es, asimismo, que un hombre tenga acceso con una mujer por apetito de lujuria, en virtud de lo cual el niño perece, y lo es, de otro modo, golpear de intento a una mujer por cuyo motivo ella pierde a su hijo. Todos estos son homicidios y terribles pecados mortales.

Aún vienen de la ira muchos más pecados, tanto de palabra como de pensamiento y de obra, cual el que acusa o censura a Dios de cosa de la que él mismo es culpable, o el que desprecia a Dios y a todos sus santos, según hacen los maldecidos tahúres en diversas comarcas. Todos cometen ese maldito pecado cuando sus corazones sienten perversamente acerca de Dios y de sus santos, y también cuando tratan con irreverencia el Sacramento del altar. Éste es pecado tan grande, que con dificultad puede absolverse, a menos que la misericordia de Dios no lo sobrepuje todo. Porque el pecado es muy grave y Dios muy clemente.

Luego viene de la ira la ponzoñosa cólera. Cuando el hombre es severamente amonestado en su confesión para que abandone su pecado, él entonces se irrita y responderá insolente y coléricamente, y defenderá o disculpará su pecado por la liviandad de su carne; o, de otra suerte, dirá que él lo cometió por tener compañía con sus camaradas; o porque el demonio le tentó, o porque lo hizo por su juventud; o porque su temperamento es tan ardiente, que no puede contenerse; o porque tal vez es su destino a cierta edad; o porque asegura que ello le viene de la casta de sus antepasados, y cosas semejantes. Toda esta clase de gente se encierra de tal manera en sus pecados, que no quiere libertarse de ellos. En verdad, ninguna persona que se excusa adrede de su pecado puede ser librada de él hasta que humildemente lo reconoce.

Después de esto viene el juramento, que va expresamente contra el mandamiento de Dios. El juramento acaece a menudo por la cólera y por la ira. Dice Dios: «No tomarás el nombre de tu Señor Dios en vano o inútilmente». También nuestro Señor Jesucristo dice por la palabra de San Mateo: «No juréis en modo alguno, ni por cielo, pues el trono de Dios; ni por la tierra, porque ella es la ciudad de un gran rey; ni por tu cabeza, pues tú no puedes hacer un cabello blanco ni negro. Mas decid por vuestra palabra "sí, sí" y "no, no"; y lo que pase de ahí malo es». Tal dice Cristo. En consideración a Él, no juréis inicuamente por su alma, corazón, huesos y cuerpo, despedazándole. Porque, en verdad, parece que vosotros pensáis que los malditos judíos no destrozaron bastante la preciosa persona de Cristo, sino que la despedazáis más.

Y si la ley os obliga a jurar, regulaos entonces vuestro juramento por la ley de Dios, como dice Jeremías, capítulo IV: «Observarás tres condiciones: jurarás con verdad, en juicio y en justicia». Es decir, jurarás verdad, porque toda mentira es contra Cristo; pues Cristo es la verdad misma. Y piensa bien esto: que la calamidad no saldrá de la casa de todo gran jugador, no obligado legalmente a jurar, mientras emplee tales reprobados juramentos.

Jurarás también en juicio cuando seas constreñido por tu juez para atestiguar la verdad. Además, no jurarás por envidia, ni por favor, ni por dádiva, sino por justicia, una declaración de ella a honra de Dios y ayuda de tu igual en Cristo. Y por eso, todo el que toma el nombre de Dios sin necesidad, o jura falsamente con su boca, o bien toma sobre sí el nombre de Cristo para ser llamado cristiano, y vive en contradicción con la vida de Cristo y sus enseñanzas, toma en vano el nombre de Dios.

Ved también lo que San Pedro dice (Artículo IV): *Non est aliud nomen sub coelo,* etc. «No hay otro nombre —declara San Pedro— que se dé a los hombres bajo el cielo, y con cuyo nombre puedan ser salvos.» Refiérese al nombre de Jesús. Poned, pues, atención en cuán precioso es el nombre de Cristo, como dice San Pablo (*Ad philippenses,* II): *In nomine Jesu,* etc. «Al nombre de Jesús todas las rodillas de las criaturas, celestiales o terrenales o del infierno, deben doblarse.» Porque es nombre tan sublime y venerable, que el maldito demonio se estremecerá en el infierno al oírlo proferir. Paréceme, pues, que los hombres que juran tan horriblemente por el bendito nombre de Cristo, le desprecian de modo más descarado que hicieron los malditos judíos, o bien el diablo, que tiembla cuando tal nombre escucha.

Mas si el juramento, si no se presta según ley, está rigurosamente prohibido, mucho peor es el perjurio, y aun el juramento sin necesidad. ¿Qué diremos de los que se complacen en el juramento y consideran como señal de buen linaje o como acción varonil el lanzar grandes juramentos? ¿Y qué de quienes, por verdadera costumbre, no cesan de proferir enormes juramentos, aunque el motivo no valga una higa? Ciertamente esto es horrible pecado. El juramento súbito, sin advertencia, es asimismo pecado. Mas vengamos ahora al horrible juramento de adjuración y conjuración, cual practican esos falsos encantadores o nigromantes sobre vasijas llenas de agua, o sobre una reluciente espada, círculo, fuego o el omóplato de un carnero. Yo no sé decir sino que ellos obran abominable y reprobablemente contra Cristo y toda la fe de la santa Iglesia.

¿Qué diremos de los que creen en adivinaciones por el vuelo o por el clamoreo de las aves, por las bestias, por suerte, por geomancia, por sueños, por los crujidos de las puertas o los ruidos de las casas, por el roer de las ratas y otros tales géneros de vilezas? Verdaderamente, todas estas cosas están prohibidas por Dios y por la santa Iglesia y están malditos, hasta que se corrijan, los que en tal corrupción ponen su fe. Si los encantamientos para las heridas o enfermedades de los hombres o de las bestias tienen algún efecto, puede ser que tal vez Dios lo permite para que la gente preste la mayor fe y reverencia a su nombre.

Ahora voy a hablar de la mentira, que generalmente es falsa significación de la palabra, con intención de engañar a nuestro igual en Cristo. Hay algunas mentiras de las que no se deriva ventaja ninguna para nadie, y otras se dirigen al alivio o provecho de algún hombre y a la incomodidad y perjuicio de otro hombre. Mentira existe que mira a salvar la vida o los bienes. Otras mentiras dimanan del gusto de mentir, por el cual deleite se forja una larga historia y se adereza con todas las circunstancias, cuando todo el fundamento del cuento es falso. Una mentira más vieja de querer sostener la palabra, y alguna procede de inadvertencia sin deliberación, y de cosas semejantes.

Toquemos ahora el vicio de la adulación, la cual no se manifiesta espontáneamente, sino por temor o por interés. En general, la adulación es alabanza injusta. Los aduladores son los alimentadores del diablo, que nutren a sus hijos con la leche de la lisonja. Pues, en verdad, Salomón dice que «la lisonja es peor que la censura», porque a veces la censura hace que el hombre soberbio sea humilde, por temor a ser censurado. Mas la lisonja es causa de que el hombre exalte su corazón y su exterior. Los aduladores son los hechiceros del diablo y hacen que el hombre imagine de sí mismo lo que no es. Como Judas, que traicionó a Dios, estos aduladores traicionan a un hombre para venderle a su enemigo, esto es, al diablo. Los aduladores son los capellanes del diablo, que cantan siempre Placebo. Cuento la lisonja entre los vicios de la ira porque frecuentemente, si un hombre está irritado con otro, trata de adular a alguna persona para que le sostenga en su querella.

Hablemos ahora de la maldición que proviene del corazón airado. Maldición generalmente se dice a toda clase de potencia de daño. Tal maldición despoja al hombre del reino de Dios, como alega San Pablo. Y a menudo la misma maldición se vuelve impensadamente contra el que maldice, como el pájaro que torna de nuevo a su propio nido. Y, sobre todo, los hombres deben evitar el maldecir a sus hijos y dar al diablo su prole, en tanto en cuanto en ellos esté; pues, hay en eso gran peligro y grave pecado.

Hablemos a continuación de la riña y del improperio, que son gravísimas heridas del corazón del hombre, toda vez que deshacen las costuras de la amistad en el corazón humano. Porque, en efecto, con dificultad puede el hombre hallarse por completo de acuerdo con el que abiertamente le ha ultrajado e increpado por calumnia. Éste es pecado muy horrible, como Cristo dice en el Evangelio.

Y téngase cuenta también con el que censura a su prójimo o le reprocha por algún penoso mal que sufre en su cuerpo, como «leproso», «jorobado», «villano», o algún pecado que comete. Pues, si le censura por daño que padece, dirige entonces el reproche a Jesucristo; porque la pena es enviada por justo mensaje de Dios y por su permisión, sea lepra, lesión o enfermedad. Y si se reprende despiadadamente al hombre por su pecado, llamándole «lujurioso», o «vil borracho», en tal caso eso pertenece al regocijo del diablo, que siente alegría siempre que los hombres cometen pecado. Y cierto es que el reproche no puede salir sino de un corazón villano, porque de la abundancia del corazón habla la boca con gran frecuencia.

Y habéis de saber una cosa: siempre que algún hombre haya de corregir a otro, sea prudente en la censura o reprensión, pues, en verdad, si no es cauto puede muy fácilmente avivar el fuego de la cólera y de la ira, que debe apagar, y tal vez mate a aquel a quien pudo corregir con benignidad. Porque, como advierte Salomón, «la lengua afable es el árbol de la vid» (quiso decir la vida espiritual); mas, seguramente, la mala lengua mata el alma del que reprende, y asimismo del que es reprendido. Ved lo que dice San Agustín: «Nada hay tan semejante al hijo del diablo como aquel que a menudo riñe». San Pablo dice también: «Yo, siervo de Dios, no debo reñir».

Y supuesto que la riña es cosa villana entre toda clase de gente, aun es, sin duda, más impropia entre marido y mujer, porque entonces nunca hay tranquilidad. Y por eso dice Salomón: «Casa que está descubierta y goteando, y mujer reñidora, son parecidas». El hombre que viva en casa que gotea por muchos sitios, aunque evite la gotera en un lugar, hallará que destila sobre él por otra parte. Así sucede con la mujer regañona, que si no riñe en un lance, reñirá en otro. Y, por tanto, «mejor es un bocado de pan con alegría, que casa llena de delicias con riña», dice Salomón. San Pablo declara: «¡Oh, vosotras, mujeres, permaneced sujetas en Dios a vuestros maridos, como conviene. Y vosotros, hombres, amad a vuestras esposas!» (*Ad Colossenses,* III.)

Hablemos ya del desprecio, el cual es inicuo pecado, y singularmente cuando se desprecia a algún hombre por sus buenas obras. Porque, en verdad, tales desdeñosos se conducen como el asqueroso sapo, que no puede soportar el suave aroma de la vid cuando florece. Estos desdeñosos son partícipes del diablo, pues sienten alegría si el diablo gana y dolor si pierde. Son adversarios de Jesucristo, porque odian lo que Él ama, es decir, la salvación del alma.

Pasemos ahora al mal consejo. Quien da mal consejo es un traidor, pues engaña al que confía en él, como Achitofel a Absolón. Sin embargo, aun su mal consejo va primero contra él mismo. Porque, según dice el Sabio, toda falsa manera de vivir tiene en sí esta propiedad: que el que quiere perjudicar a otro hombre, se daña primero a sí mismo. Y conviene saber que el hombre no debe tomar su consejo de la gente falsa, ni de las personas coléricas, ni de las apesadumbradas, ni de las que señaladamente aman con exceso su propio provecho, ni de las demasiado mundanas, sobre todo en el consejo del alma.

Ahora viene el pecado de los que siembran e introducen discordia entre la gente, pecado que Cristo aborrece por completo, y no es maravilla, pues Él murió para poner paz. Y más afrenta hacen ellos a Cristo que quienes le crucificaron; porque Dios quiere más que la benevolencia se halle entre la gente, que quiso a su propio cuerpo, el cual dio por la concordia. Por eso aquéllos son comparados al diablo, que siempre está en acecho para poner discordia.

Viene después el pecado de la lengua artificiosa. Aludo a los que hablan bien delante de la gente y mal detrás, o ponen semblante tal como si hablasen con buena intención, o en juego y broma, y, sin embargo, hablan con intención mala.

Sigue la perfidia en la noticia, por la cual el hombre es difamado. Ciertamente, con dificultad se puede resarcir el daño.

Viene luego la amenaza, que es manifiesta locura; pues el que con frecuencia amenaza, muchísimas veces amaga más de lo que puede realizar.

Después hallo las palabras ociosas, esto es, sin provecho del que las habla ni del que las escucha. O, de otra suerte, palabras ociosas son las innecesarias, o sin intención de natural provecho. Y aunque las palabras vanas son a veces pecado venial, con todo se las debe temer, pues daremos cuenta de ellas delante de Dios.

Ahora viene la locuacidad, que no puede existir sin pecado. Y, como dice Salomón, «es pecado de abierta locura». Por eso cierto filósofo, al ser preguntado cómo se debía contener al pueblo, respondió diciendo: «Practicad muchas buenas obras y hablad pocas palabras».

Después de esto sigue el pecado de los burlones, que son los monos del diablo, porque hacen reír a la gente con sus chocarrerías cual se ríe con las travesuras de un mono. San Pablo prohíbe tales burlas. Considerad cómo las palabras virtuosas y santas confortan a los que trabajan en el servicio de Cristo; y comprended que de modo igual confortan las palabras villanas y maliciosas de las chanzas a los que laboran al servicio del diablo. Éstos son los pecados que vienen de la mala lengua, de la ira y de otros pecados más.

REMEDIO CONTRA LA IRA

El remedio contra la Ira es una virtud que se llama Mansedumbre, esto es, Benignidad; y también otra virtud, que se denomina Paciencia o Tolerancia.

La bondad aleja y reprime las excitaciones y los movimientos de la impetuosidad del hombre en su corazón, de tal manera que no saltan en cólera ni en ira. La tolerancia soporta dulcemente todas las molestias y las sinrazones que se hacen al hombre en lo exterior. San Jerónimo se expresa así acerca de la benignidad: «No hace ni dice ningún daño a nadie, ni por agravio alguno que se haga o diga, se irrita el hombre contra su razón». Esta virtud procede a veces de naturaleza, porque, como dice el filósofo, «el hombre es materia dispuesta, por su naturaleza, mansa y manejable, para lo bueno, mas cuando la benignidad está informada por la gracia, entonces es de sumo valor».

La paciencia, que da otro remedio contra la ira, es una virtud que tolera con gusto lo bueno de todo hombre y se enoja por ningún daño que se le haga. El filósofo dice que «la paciencia es la virtud que soporta benignamente todas las violencias de la adversidad y toda mala palabra». Esta virtud hace al hombre semejante a Dios y le torna hijo queridísimo de Dios, como dice Cristo. Esta virtud derrota a tu enemigo. Y por eso dice el Sabio: «Si quieres vencer a tu enemigo, aprende a sufrir». Y has de saber que el hombre sufre cuatro clases de aflicciones en las cosas externas, contra las cuales debe emplear cuatro maneras de paciencia.

La primera aflicción es de malas palabras, la misma que sufrió Jesucristo sin queja, muy pacientemente, cuando los judíos le menospreciaron e increparon tantas veces. Sufre, por tanto, con paciencia, pues el Sabio dice: «Si debates con un loco, ya esté el loco colérico o se ría, de todos modos no tendrás reposo».

La otra aflicción exterior es padecer daño en tus bienes. Contra eso sufrió Cristo pacientísimamente cuando fue despojado de todo lo que en esta vida poseía, que no era sino sus vestidos.

La tercera incomodidad es sufrir el hombre daño en su cuerpo, lo que sufrió Cristo muy pacientemente en toda su pasión.

La cuarta calamidad está en la excesiva fatiga en los trabajos. Por lo cual digo que las personas que hacen trabajar demasiado duramente a sus criados, o fuera de razón, como en los días festivos, cometen, en verdad, gran pecado. Contra esto sufrió Cristo muy pacientemente y nos enseñó paciencia cuando llevó sobre sus benditos hombros la cruz en la cual había de padecer muerte cruel. Aquí se puede aprender a ser paciente, pues no sólo los cristianos son pacientes por amor de Jesucristo y por el galardón de la bienaventurada vida perdurable, sino que también los antiguos paganos, que jamás fueron cristianos, recomendaban y practicaban la virtud de la paciencia.

En cierta ocasión un filósofo quiso golpear a su discípulo a causa de una grave falta, razón por la cual hallábase sumamente alterado y llevaba una vara para zurrar al muchacho. Mas cuando el niño vio la vara, dijo a su maestro: «¿Qué pensáis hacer?» «Voy a pegarte —repuso el maestro— para que te corrijas.» «Pues, en verdad —dijo el niño—, vos debéis corregiros primero, ya que habéis perdido toda vuestra paciencia por delito de un niño.» «Efectivamente —respondió el maestro, compungido—; tú dices la verdad. Toma la vara, querido hijo mío, y castígame por mi impaciencia.»

De la Paciencia viene la Obediencia, merced a la cual el hombre es obediente a Cristo y a todos aquellos a quienes debe ser obediente en Cristo. Y sabed que la obediencia es perfecta cuando el hombre ejecuta con gusto y prontamente y con buena y cumplida voluntad todo lo que debe hacer. Obediencia, en general, es practicar la doctrina de Dios, y de los superiores, a quienes se debe obedecer con toda rectitud.

PEREZA

Después de los pecados de la envidia y de la ira, voy a hablar ahora del pecado de la Acidia o Pereza. Porque la envidia ciega el corazón del hombre, y la ira le ofusca, mas la acidia le torna pesado, de mal humor y colérico. La envidia y la ira dejan amargura en el corazón (amargura que es madre de la acidia), y le llevan el amor de toda bondad. Así que la acidia es la congoja del corazón turbado; y de ella San Agustín dice: «Es pesadumbre de lo bueno y gozo de lo malo».

Ciertamente es este condenable pecado, porque hace agravio a Jesucristo en tanto cuanto aleja el servicio que se debe hacer a Cristo con toda diligencia, como dice Salomón. Mas la pereza no practica tal diligencia, sino que ejecuta todo con tristeza y con enojo, con decaimiento y falsa excusa, con holgazanería y aversión. Por lo cual exclama el Libro: «Maldito sea el que cumple el servicio de Dios negligentemente».

Así, pues, la pereza es enemiga de todo estado del hombre. Porque, en efecto, el estado del hombre es de tres maneras: Hay estado de inocencia, cual fue el estado de Adán antes que cayese en pecado, en cual estado se ocupaba obrando en alabanza y adoración de Dios. Otro estado es gracia, en el cual se está destinado a realizar obras de penitencia. Y, a decir verdad, la acidia es enemiga y contraria de todas estas cosas, porque no gusta de diligencia alguna. Sin duda este vil pecado de acidia es además grandísimo enemigo de la vida del cuerpo, porque no toma ninguna providencia contra la necesidad temporal, ya que malgasta ociosamente, arruina y destruye todos los bienes temporales por su dejadez.

La cuarta cosa es que la pereza es semejante a los que se hallan en las penas del infierno por su holgazanería y su ociosidad, pues los que están condenados se encuentran tan sujetos, que no pueden obrar ni pensar bien. De la acidia viene, en primer lugar, el que el hombre esté molesto e impedido para ejecutar algo bueno, lo que hace que Dios sienta abominación de tal vicio, como dice San Juan.

Sigue la Indolencia, que no quiere soportar ninguna molestia ni sufrimiento alguno. Porque la indolencia es tan sensible y tan delicada, según dice Salomón, que con ella el hombre no quiere sufrir ninguna incomodidad ni dolor y, por tanto, pierde todo lo que hace.

Contra este pecado de la acidia e indolencia del corazón corrompido deben los hombres ejercitarse en practicar buenas obras y cobrar valor, varonil y virtuosamente, para hacer bien, pensando que Nuestro Señor Jesucristo recompensa toda buena acción, por muy pequeña que sea. El hábito del trabajo es gran cosa, pues él hace, como dice San Bernardo, que el trabajador tenga fuertes brazos y recios músculos, mientras la pereza los torna débiles y delicados.

Luego viene el temor de comenzar a practicar obras buenas; ya que el inclinado al pecado imagina que es gran empresa el acometer buenas obras y se figura en su mente que las circunstancias del bien son tan penosas y tan molestas de soportar que no se atreve a aventurarse a ejecutar acciones buenas, como dice San Gregorio.

Hallamos asimismo el decaimiento de la esperanza, que es la desesperación en la misericordia de Dios, lo cual procede a veces del dolor demasiado violento y en ocasiones del excesivo temor, imaginando que se ha cometido tanto pecado, que esa clemencia no aprovechará, aunque uno se arrepienta y abandone el pecado. Tal desesperación o temor entrega el corazón a toda suerte de delitos, como dice San Agustín. Y ese abominable pecado, si continúa hasta su fin, se llama pecado contra el Espíritu Santo. Esta horrible culpa es tan peligrosa, que quien está desesperado no teme cometer ninguna felonía ni pecado alguno, como bien se demostró en Judas.

Sobre todos los pecados éste es, pues, el más desagradable y hostil a Cristo. En verdad, el que se desespera es semejante al cobarde y apocado paladín, que se declara vencido sin necesidad. Porque sin motivo se acobarda e inútilmente se desespera. Sin duda la misericordia de Dios está siempre pronta para todo penitente y se halla por encima de todas sus acciones. ¿No puede el hombre recapacitar sobre el evangelio de San Lucas, XV, donde Cristo dice que «la misma alegría habrá en el cielo por un pecador que hace penitencia, que por noventa y nueve justos que no necesitan penitencia alguna»? Considerad también, en el mismo evangelio, el júbilo y la fiesta que hizo el hombre que había perdido a su hijo, cuando éste, arrepentido, tornó a su padre. ¿No pueden los hombres acordarse igualmente de cuando San Lucas, XXIII, cuenta cómo el ladrón que fue colgado junto a Jesucristo, dijo: «Señor, acuérdate de mí cuando vayas a tu reino»? «En verdad te digo —respondió Cristo— que hoy estarás conmigo en el Paraíso.» Efectivamente, no hay pecado alguno del hombre que no pueda en su vida ser anulado por la penitencia, mediante la virtud de la pasión y muerte de Cristo. ¿Qué necesidad hay entonces de que el hombre se desespere, puesto que la misericordia del Señor está presta y es tan grande? Pedid y recibiréis.

Luego viene la Somnolencia, esto es, sueño indolente, el cual hace al hombre estar amodorrado y torpe en cuerpo y alma; y este pecado procede de la pereza. Realmente, la hora en que, según razón, no se debe dormir es por la mañana, a no ser que hubiere causa justa. Porque, en verdad, el tiempo de la mañana es más a propósito para que el hombre diga sus plegarias, y para pensar en Dios, y para honrar a Dios, y para dar limosna al pobre que primero llega en el nombre de Cristo. Ved lo que dice Salomón: «Quien por la mañana se halle despierto y me busque, me encontrará».

Después viene la Negligencia o descuido, que de nada se preocupa. Y así como la ignorancia es madre de todo mal, de seguro que la negligencia es la nodriza del mismo. La negligencia no toma en cuenta, cuando se ejecuta alguna cosa, si se hace bien o mal.

Acerca del remedio de estos dos pecados, dice así el Sabio: «El que teme a Dios no se abstiene de realizar lo que debe hacer». Y el que ama a Dios pondrá diligencia para agradarle con sus obras y entregarse, con todas sus fuerzas, a la práctica del bien.

Luego viene la Ociosidad, que es la puerta de todos los males. El hombre ocioso es semejante a un paraje sin cercas. Los diablos pueden entrar por todos los lados y arrojarse sobre él, indefenso, causándole tentación en todas partes. Esta ociosidad es el albañal de todos los malos y viles pensamientos, así como de todas las frívolas conversaciones y necedades y de toda impureza. El cielo se da a los trabajadores y no a la gente ociosa. Además, dice David que «los que no están en la labor de los hombres, no serán azotados con los hombres». Refiérese al purgatorio y parece, pues, que esos serán atormentados con el diablo en el infierno, si no hacen penitencia.

Viene luego el pecado que se llama *Tarditas*. Éste se produce cuando algún hombre es demasiado tardo o lento antes de querer volver a Dios; y, en verdad, pecar así es gran locura. Es como el que cae en una zanja y no quiere levantarse. Y este vicio nace de una falsa esperanza: la que uno piensa que ha de vivir mucho; mas esa esperanza falla muy a menudo.

Después viene la Holgazanería, que consiste en que el que comienza alguna buena obra la abandona y suspende en seguida, como hacen los que tienen alguna persona que gobernar y no se cuidan de ella apenas encuentran cualquier contrariedad o molestia. Tales son los pastores nuevos, que dejan de intento a sus ovejas ir corriendo hacia el lobo que está entre los breñales, o no se preocupan de su propia misión. De esto se derivan la pobreza y la ruina, tanto de las cosas espirituales como de las temporales. Luego viene cierta especie de frialdad, que hiela todo el corazón del hombre. Sigue después la falta de devoción, por la cual el hombre está tan ciego, como dice San Bernardo, y tiene tal languidez en el alma, que no puede leer ni cantar en la santa Iglesia, ni oír hablar ni meditar acerca de devoción alguna, ni trabajar con sus manos en ninguna buena obra, sin que todo se le haga desabrido y pesado. Entonces se vuelve tardo y soñoliento, y en breve se irrita y pronto se inclina a la envidia y al odio.

Después viene el pecado de la aflicción mundana, la cual se llama Melancolía. Ésta mata al hombre, como San Pablo dice, porque, en efecto, tal aflicción produce la muerte del alma y asimismo del cuerpo. De ella procede que el hombre se halle hastiado de su propia vida, pesar que acorta con mucha frecuencia la existencia del hombre antes que su hora llegue por vía natural.

REMEDIO CONTRA LA PEREZA

Contra este horrible pecado de la Pereza y las ramificaciones del mismo hay una virtud que se llama Fortaleza, la cual es una afección por la cual el hombre desdeña las cosas molestas. Esta virtud es tan poderosa y tan fuerte, que se atreve a resistir con eficacia y a guardarse discretamente de los malos peligros y a combatir contra los asaltos del diablo. En efecto, ella sublima y vigoriza el alma del mismo modo que la pereza la rebaja y la torna débil, pues la Fortaleza sabe soportar con longanimidad los trabajos que sean menester.

Esta virtud tiene muchas especies, y la primera se llama Magnanimidad, es decir, ánimo vasto. Porque, verdaderamente, es necesario gran valor contra la acidia, a fin de que ella no devore el alma por el pecado de la melancolía, o la destruya por la desesperación. Tal virtud hace a la gente emprender cosas difíciles y cosas penosas, por su propia voluntad, siempre discreta y razonablemente. Y por cuanto el diablo lucha contra el hombre más por artificio y por astucia que por fuerza, eso se le debe resistir con la inteligencia, con la razón y con el buen sentido.

Luego están las virtudes de la Fe y Esperanza en Dios y en sus santos, con las que se ejecutan y llevan a cabo las buenas obras, en las que el hombre se propone continuar firmemente. Viene después la seguridad o la confianza con las que el hombre no teme afanarse en el tiempo venidero por las buenas obras que ha comenzado. Después viene la Magnificencia, es decir, que el hombre realiza y cumple grandes obras de bondad que ha principiado. Y ése es el fin por el que se deben practicar buenas acciones, pues en el cumplimiento de grandes obras hay gran galardón. Luego está la Constancia; esto es, la firmeza de la voluntad, la cual debe hallarse en el corazón con fe firme, así como en la boca, en el aspecto, en el semblante y en los hechos.

También hay especiales remedios contra la pereza o acidia en diversas obras; y en la consideración de las penas del infierno y de los goces del cielo; y en la confianza de la gracia del Espíritu Santo, que dará fuerza al hombre para llevar a cabo su buena intención.

AVARICIA

Después de la Pereza hablaré de la Avaricia y de la Codicia, del cual pecado dice San Pablo que «la raíz de todos los males es la Codicia». Porque, verdaderamente, cuando el corazón del hombre está confundido y perturbado en sí mismo y el alma ha perdido el consuelo de Dios, busca entonces vano solaz en las cosas mundanas.

Avaricia, según la definición de San Agustín, es apetito de poseer cosas temporales. Otros dicen que la avaricia consiste en adquirir muchas cosas terrenales y no dar nada a los que tienen necesidad. Y sabed que la avaricia no estriba solamente en la tierra, ni en los bienes, sino a veces en la ciencia y en la gloria; pues en toda clase de cosa inmoderada hay avaricia y codicia. Y la diferencia entre avaricia y codicia es ésta: codicia es ambicionar las cosas que tú no tienes, y avaricia es retener y guardar sin justa necesidad las que tienes.

Ciertamente, esta avaricia es pecado muy condenable, pues la Sagrada Escritura lo maldice en absoluto y habla contra ese vicio, que infiere agravio a Jesucristo. En efecto, le priva del amor que se le debe y vuelve las espaldas del hombre contra toda razón, y hace que el avariento tenga más esperanza en sus riquezas que en Jesucristo y ponga más cuidado en guardar su tesoro que en servir a Jesucristo.

Y por eso dice San Pablo (*Ad Ephesios,* V), que «el hombre avaricioso vive en la esclavitud de la idolatría».

¿Qué diferencia existe entre un idólatra y un hombre avariento, sino que el idólatra quizá no tiene más que un ídolo o dos, mientras el hombre avaricioso tiene muchos? Porque, realmente, cada florín de su cofre es su ídolo. Y, en verdad, el pecado de la idolatría es la primera cosa que Dios prohíbe en los diez mandamientos, como testimonia el *Éxodo,* capítulo XX, al decir: «No tendrás falsos dioses delante de mí, ni mandarás esculpir cosa alguna para ti». Así, el hombre avariento que ama su tesoro antes que a Dios, es idólatra a causa del maldito pecado de la avaricia.

De la codicia vienen esos crueles señoríos merced a los cuales los hombres están cargados con impuestos, pagos y portazgos mucho más de lo que es razón o deber. Y también perciben de sus vasallos exacciones, las cuales pueden ser llamadas más justamente extorsiones que exacciones. Acerca de tales exacciones y redenciones de siervos, algunos mayordomos de señores afirman que son justas, por cuanto el vasallo no tiene cosa temporal que no sea de su señor, según ellos dicen. Pero, en realidad, esos señores cometen injusticia, porque despojan a sus vasallos de las cosas que más les han dado (*Augustinus, De Civitate Dei,* libro IX). Verdad es que la condición de esclavitud y la primera causa de esclavitud vienen por el pecado (*Génesis,* V).

Así, podéis ver que la culpa merece esclavitud; mas no la naturaleza. Por lo cual los señores no deben gloriarse mucho de sus señoríos, puesto que por natural condición no son ellos señores de esclavos, sino que la esclavitud viene primero por el merecimiento del pecado. Y además, allí donde la ley dice que los bienes temporales de los vasallos son los bienes de sus señores, debe entenderse que esto se refiere a los bienes del emperador que ha de defender a los súbditos en su derecho, mas no robarlos ni saquearlos. Y por eso dice Séneca: «Tu prudencia debe hacerte ser benigno con tus esclavos». Los mismos que llamas tus esclavos son criaturas de Dios, porque los humildes son amigos de Cristo, esto es, del Señor, tu rey.

Piensa también que de la propia semilla de los rústicos nacen los señores. Lo mismo puede salvarse el villano que el señor. Igual muerte que tiene el rústico tiene el señor. Por esta razón aconsejo obres con tu siervo de idéntica manera que quisieras hiciese tu señor contigo si te hallaras en situación de siervo. Todo hombre pecador es siervo del pecado. En verdad te aconsejo, señor, obres de tal guisa con tus inferiores que más te amen que te teman. Bien sé yo que hay clases superiores a otras, como es razón, y justo es que los hombres cumplan su deber allí donde es debido; mas, ciertamente, las extorsiones y la malicia de vuestros oficiales es condenable, ¡oh, nobles!

Y, por otra parte, sabed bien que los conquistadores o tiranos hacen muy a menudo esclavos a los que han nacido de sangre tan real cual tienen quienes los conquistan. Ese nombre de esclavitud jamás fue conocido en otro tiempo, hasta que Noé declaró que su hijo Cam sería esclavo de sus hermanos por su pecado. ¿Qué diremos, pues, de los que roban y hacen extorsiones a la santa Iglesia? Verdaderamente, la espada que se da al caballero cuando está recién armado, significa que debe defender a la santa Iglesia y no robarla ni despojarla; y quien tal hace es traidor a Cristo. Como dice San Agustín, «ésos son los lobos del diablo, que estrangulan a las ovejas de Jesucristo», pues se conducen peor que los lobos. Porque, en realidad, cuando el lobo tiene lleno su vientre, deja de despedazar ovejas; mas los ladrones y destructores de la santa Iglesia de Dios no obran así, pues no cesan jamás de saquearla.

Según he dicho, como el pecado fue la primera causa de esclavitud, ocurre, que al tiempo mismo que el mundo entero estuvo en pecado, cayó todo él en esclavitud y sujeción. Mas, en verdad, desde que vino el momento de la gracia, Dios ordenó que algunas personas estuvieran más elevadas en estado y condición, y otras más bajas, y que cada cual se considerase satisfecho en su posición y clase. Y por eso, en algunas comarcas donde se compran siervos, cuando se les ha convertido a la fe, se libra a los esclavos de servidumbre. De consiguiente, el señor debe a su siervo lo que el siervo a su señor. El Papa se llama a sí mismo siervo de los siervos de Dios; mas (por cuanto el estado de la santa Iglesia no podría subsistir, ni sería mantenido el común provecho, ni la paz y tranquilidad en la tierra, si Dios no hubiera dispuesto que algunos hombres fuesen de más alta clase y otros de más baja) se creó la soberanía para proteger y defender a sus inferiores o a sus vasallos según razón, hasta tanto como en poder del soberano estuviera, y no para arruinar y confundir a los inferiores. Por ese motivo digo que los señores que son como lobos y devoran las posesiones o los bienes de la gente pobre injustamente, sin compasión y sin tasa, recibirán la merced de Jesucristo con la misma medida con que midieron a los pobres, si no se enmiendan.

Viene ahora el engaño entre mercader y mercader. Y se ha de saber que el tráfico es de dos clases: material y espiritual. El uno es honrado y permitido y el otro es deshonroso e ilícito. Acerca del tráfico material que es lícito y honrado hay esto: que allí donde Dios ha ordenado que algún reino o país se baste a sí mismo, en tal caso es justo y permitido que con la abundancia de esa comarca se ayude a otra región que esté más necesitada. Y, por tanto, debe haber mercaderes que lleven desde ese territorio al otro sus mercancías. El otro tráfico, que se practica con fraude, perfidia y engaño, con embustes y falsos juramentos, es maldito y condenable.

Tráfico espiritual lo es propiamente la Simonía, o deliberado propósito de comprar cosa espiritual, esto es, cosa que pertenece al santuario de Dios y a la cura de almas. Tal propósito, si el hombre pone su diligencia para llevarlo a cabo aunque su deseo no surta ningún efecto, constituye pecado mortal, y si es ordenado es irregular. Se llama simonía por Simón el Mago, que quería haber comprado con bienes temporales el don que Dios había otorgado por el Espíritu Santo a San Pedro y a los apóstoles. Y, en consecuencia, sabed que tanto el que vende como el que compra cosas espirituales es llamado simoníaco. Esto alcanza a riquezas y peticiones temporales de parientes carnales o espirituales. Si se pide para el que no es digno y apto, hay simonía si el tal acepta el beneficio; mas si es digno y capaz no hay ninguna. La otra manera sucede cuando algún hombre o mujer sirven para favorecer a las gentes sólo por el mal afecto carnal que sienten hacia la persona; y ésa es infame simonía. A decir verdad, el servicio por el cual se dan cosas espirituales a los subordinados se entiende ha de ser honrado y no de otro modo, y además debe ser sin contrato y supuesto que la persona sea idónea. Pues, como dice San Dámaso, «todos los pecados del mundo, en comparación con éste, son cosa de nada». Porque es el pecado más grande que puede existir después del pecado de Lucifer y el Anticristo, ya que por este pecado, Dios pierde la Iglesia y el alma que redimió con su preciosa sangre, siendo la culpa de los que dan iglesias a quienes no son dignos, con lo que colocan a ladrones que roban las almas de Jesucristo y destruyen su patrimonio. Por causa de tales indignos sacerdotes y vicarios tienen los hombres ignorantes menor reverencia hacia los sacramentos de la santa Iglesia; y semejantes dadores de iglesias echan de ellas a los hijos de Cristo e introducen al mismo hijo del diablo. Porque venden las almas (que son los corderos que deben guardar) al lobo, para que las despedace. Y, por eso, jamás tendrán parte en el pasto de los corderos, es decir, en la bienaventuranza del cielo.

Ahora viene el juego de azar con sus inherencias, como tablas y rifas, de todo lo cual nacen trampas, falsos juramentos, pendencias, rapiñas, blasfemias y reniegos de Dios, odio al prójimo, despilfarro de bienes, pérdida de tiempo y algunas veces homicidio. Ciertamente, los jugadores no pueden estar sin gran pecado mientras practican esa ocupación.

De la avaricia nacen además mentiras, hurto, mendaz testimonio y juramentos falsos. Y habéis de saber que éstos son grandes pecados y van expresamente contra los mandamientos de Dios, según he dicho. El falso testimonio está en la palabra y también en la obra. En la palabra, quitando el buen nombre de tu prójimo con tu falso testimonio, o despojándole de sus bienes o de su herencia por tu testimonio falso, cuando tú, por la ira o con dádivas, o por la envidia, levantas falso testimonio o le acusas o disculpas con tu testimonio falso, o bien te excusas a ti mismo falsamente. ¡Guardaos vosotros, juristas y notarios!

En verdad, por falso testimonio estuvo Susana en grandísima aflicción y pena, así como otras muchas personas más.

El pecado del robo va también expresamente contra el mandamiento de Dios, y es de dos maneras: material y espiritual. Material cuando te apoderas de los bienes de tu prójimo contra su voluntad, sea por fuerza o por astucia, con medida o sin moderación. Es robo el hecho con falsía, como el tomar préstamo de los bienes de tu prójimo con la intención de no devolvérselos jamás y cosas parecidas. Robo espiritual es el sacrilegio; es decir, hurto de cosas santas o de cosas consagradas a Cristo; y ocurre de dos maneras: la primera por razón del lugar santo, como iglesias o sepulturas, por lo cual todo vil pecado que se comete en tales lugares, o toda violencia en sitios semejantes, puede ser llamado sacrilegio. También hacen sacrilegio los que sustraen pérfidamente los derechos que pertenecen a la santa Iglesia. Y, llana y generalmente, sacrilegio es robar cosa sagrada de lugar santo, o cosa profana del lugar sagrado, o cosa santa de sitio profano.

REMEDIO CONTRA LA AVARICIA

Habéis de saber ahora que el remedio de la avaricia es la piedad y la compasión, tomadas en sentido amplio. Mas se preguntará: ¿Por qué la misericordia y la piedad son remedio de la avaricia? Ciertamente, el hombre avaricioso no muestra piedad ni compasión hacia el hombre necesitado, pues se deleita en la guarda de su tesoro y no en el socorro y remedio de su igual en Cristo. Y por eso hablé yo primero de la misericordia. Es la misericordia, como dice el filósofo, una virtud por la cual el espíritu del hombre se estimula con el dolor del que se halla afligido. Tras de la cual conmiseración sigue la piedad en la práctica de caritativas obras de misericordia.

Y, verdaderamente, estas cosas mueven al hombre a la misericordia de Jesucristo, el cual se entregó a sí mismo por nuestras culpas y sufrió la muerte por misericordia, perdonándonos nuestros pecados originales. De ese modo nos relevó de las penas del infierno y disminuyó los tormentos del purgatorio por la penitencia, dándonos gracia para obrar bien y obtener, por último, la bienaventuranza del cielo. Las clases de misericordia son: prestar, dar, perdonar, libertar, tener piedad de corazón y compasión de la desgracia del igual en Cristo, así como también castigar allí donde es necesario.

Otro remedio contra la avaricia es la razonable largueza; mas seguramente también importa aquí la consideración de la gracia de Jesucristo, comparando los bienes temporales con los bienes perdurables que Cristo nos dio. De igual modo se debe pensar en la muerte que se ha de recibir, no se sabe cuándo, dónde ni cómo; recordando que se ha de abandonar todo lo que se tiene, salvo solamente lo que se ha empleado en buenas obras.

Mas, pues algunas personas son desmesuradas, se debe evitar la loca liberalidad, que se llama despilfarro. En efecto: el que es locamente liberal, no da sus bienes, sino que los tira. A decir verdad, comete pecado y no ejerce caridad alguna el que da cualquier cosa por vanagloria a los trovadores y a la gente, para que lleven su fama por el mundo. Pierde de modo vergonzoso sus riquezas el que no busca con la dádiva de sus bienes otra cosa sino pecado; y es semejante al caballo que procura más bien beber agua sucia o turbia que agua de la clara fuente. Y por cuanto esos tales dan donde no deben dar, a ellos alcanza la maldición que Cristo pronunciará en el día del Juicio contra los que hayan de ser condenados.

GULA

Después de la Avaricia hallo la Gula, que va también expresamente contra el mandamiento de Dios. La gula es desordenado apetito de comer o beber, o bien satisfacer el desmesurado apetito y codicia desordenada de lo mismo. Tal pecado corrompió a todo este mundo, como bien demostrado está en el delito de Adán y Eva. Ved también lo que dice San Pablo de la gula: «Muchos hay —declara— de quienes os he hablado a menudo. Y ahora os digo, con lágrimas, que son enemigos de la cruz de Cristo, cuyo fin es la muerte y que su vientre es su Dios y su gloria. Sabedllo para confusión de los que así se cuidan de las cosas terrenas.»

El que se entrega a este pecado de la gula no puede resistir a ningún pecado y se hallará en servidumbre de todos los vicios, porque es la casa del tesoro del diablo, es donde él se esconde y permanece.

Este pecado tiene muchas clases. La primera es la embriaguez, horrible sepultura de la razón del hombre. Cuando algún hombre está bebido, ha perdido su razón, y ello es pecado mortal. Mas, indudablemente, cuando el hombre no está acostumbrado a beber fuerte y acaso no conoce la fuerza de la bebida, o tiene debilidad en su cabeza; o ha trabajado, por lo cual bebe de más, aunque de repente le sorprenda la embriaguez no es pecado mortal, sino venial. La segunda especie de gula consiste en que el espíritu se torna del todo confuso, porque la embriaguez le despoja de la discreción de su inteligencia.

La tercera especie de gula surge cuando el hombre devora su vianda y no se conduce de manera razonable en la comida. La cuarta es cuando, por la gran abundancia de su alimento, los humores de su cuerpo se perturban. La quinta es indolencia por causa de la demasiada bebida, razón por la cual el hombre olvida a veces, antes de la mañana, lo que hizo por la tarde o en la noche anterior.

Considerándolas de otra manera, son distintas las clases de gula, según San Gregorio. La primera es comer antes de hora. La segunda procurarse manjares o bebidas en extremo delicados. La tercera, tomarlos inmoderadamente. La cuarta es tener esmero y gran cuidado para hacer y preparar la comida. La quinta es comer con excesiva voracidad. Éstos son los cinco dedos de la mano del diablo, con los cuales arrastra a la gente al pecado.

REMEDIO CONTRA LA GULA

Contra la Gula hay el remedio de la Abstinencia, como dice Galeno; mas eso no lo considero meritorio si se hace solamente por la salud del cuerpo. San Agustín quiere que la abstinencia sea practicada por virtud y con paciencia. La abstinencia, dice, vale poco si el hombre no lleva con ella buen deseo; y si no es fortalecida por la paciencia y por la caridad; y si no se hace por Dios y con la esperanza de obtener la felicidad del cielo.

Las compañeras de la Abstinencia son: la Templanza, que elige el término medio en todas las cosas; la Vergüenza, que evita toda deshonestidad; la Suficiencia, que no busca ricos manjares ni bebidas ni se cura del excesivo aderezo de la comida. También hay la Moderación, que limita, mediante juicio, el desordenado apetito de la comida; además, la Sobriedad, que refrena la demasía en la bebida; asimismo la Frugalidad, que reprime el placer de estar sentado muellemente durante largo tiempo ante la vianda. Por esa Frugalidad, algunas personas se colocan, de su propio albedrío, en último lugar para comer.

LUJURIA

Luego de la Gula viene la Lujuria, porque estos dos pecados son tan cercanos parientes, que muchas veces no quieren separarse. Dios sabe que el pecado es cosa muy desagradable al cielo, pues el mismo Dios dijo: «No cometáis lujuria». Y por eso estableció grandes penas en la antigua ley contra este pecado. Si la mujer esclava fuere cogida en esa culpa, había de ser apaleada hasta la muerte; y si fuese mujer noble, sería lapidada. Y si hija de algún obispo, quemada por mandato de Dios. Además, por el pecado de la lujuria, Dios anegó todo el mundo con el diluvio. Y luego de eso abrasó cinco ciudades con rayos, sumiéndolas en el infierno.

Hablemos ahora del hediondo pecado de lujuria que se llama adulterio de casados, esto es, si uno de ellos es casado, o bien ambos. San Juan dice que los adúlteros estarán en el infierno en un estanque ardiente de fuego y azufre: en fuego, por la lujuria; en azufre, por el hedor de su impureza. Verdaderamente, la infracción de este sacramento es cosa horrible. Fue instituido por el mismo Dios en el paraíso y confirmado por Jesucristo, como atestigua San Mateo en el Evangelio: «El hombre dejará padre y madre y tomará a su esposa, y ellos serán dos en una carne». Este sacramento representa la unión de Cristo y de la santa Iglesia.

Y no solamente Dios prohibió el adulterio de hecho, sino que también mandó que no codiciases la mujer de tu prójimo. En este mandamiento, advierte San Agustín, se prohíbe toda clase de codicia de cometer lujuria. Ved lo que dice San Mateo en el Evangelio: «Quienquiera que mira a una mujer con deseo de lujuria, ha cometido lujuria con ella en su corazón». Aquí podéis ver que no sólo el acto de este pecado está prohibido, sino también el deseo de cometerlo.

Porque este pecado daña de gravedad a quienes en él incurren. Y el primer daño es para el alma, a la que liga a pecado y muerte eterna. Gran daño hace también la lujuria al cuerpo, consumiéndolo, destruyéndolo y agotando y sacrificando su sangre al infernal demonio. Además de lo cual hace gastar la hacienda. Y si es afrentoso que los hombres dilapiden sus caudales con las mujeres, más afrenta hay en que las mujeres dilapiden sus riquezas con los hombres. Dice el profeta que la lujuria priva al hombre y a la mujer de su buena reputación y honra, siendo, en cambio, muy agradable al diablo, quien con tal pecado vence a las más de las personas y se complace en tales abominaciones como el mercader se complace en el trato de que más ganancia saca.

Ahora oíd cuáles son los cinco dedos que en su mano tiene el diablo para inducir a villanía lasciva.

El primer dedo es la loca mirada del hombre y la mujer desenfrenados, que matan con el veneno de sus ojos, como el basilisco. Porque sabed que a la codicia de los ojos sigue la codicia del ánimo.

El segundo dedo es el tocamiento pecaminoso; y de aquí que diga Salomón que quien manosea a una mujer es como quien palpa a un escorpión ponzoñoso, que mata al que le toca, o como quien destruye sus dedos hundiéndolos en caliente pez.

Son el tercero las palabras impuras, que, como llamas, abrasan el corazón.

Es el cuarto dedo el beso. Gran loco sería quien besase la boca de un horno o cueva ardiente, pero más locos son los que besan con lujuria, porque ponen los labios en la boca del infierno. Y son los peores los viejos lascivos, que se empeñan, besando, en probar lo que no pueden hacer. Parécense los tales a los perros que, aun sin ganas de orinar, simulan el acto de hacerlo cuando pasan junto a un rosal u otra planta.

Hay muchos hombres que no consideran pecado cualquier impudicia que ejecuten con su esposa. Pero se engañan, porque bien sabe Dios que el hombre puede herirse con su propio cuchillo y embriagarse del vino de su propia cuba. Porque todo el que ama más que a Dios a su esposa o hijo, o cosa mundana, incurre en idolatría. Ame el hombre a su mujer con discreción, moderación y paciencia, como a su hermana.

El quinto de los dedos que dije es el hediondo cumplimiento de la lujuria. Porque el demonio pone los cinco dedos de la gula en el vientre del hombre y luego con los cinco de la lujuria levántale y le precipita en los hornos infernales, donde el hombre hallará gusanos y fuegos inextinguibles y lágrimas y quejas, y hambre y sed agudas, y horror de los diablos, que pisotearán a los condenados sin tregua ni fin.

Hay en la lujuria diversas especies, como la fornicación entre hombre y mujer no casados, cosa que es pecado mortal contra natura. Porque cuanto tiende a la destrucción de la naturaleza va contra ella. La humana razón ve también que esto constituye pecado mortal, pues que Dios vedó la lujuria. Y San Pablo anuncia a los lujuriosos un reino que sólo pertenece a los incursos en pecado mortal.

Otro pecado de lujuria es quitar la virginidad a una doncella, puesto que así se la separa del más alto estado de la presente vida, privándola del precioso fruto que el Libro llama «el centésimo». De otra manera no puedo traducir lo que en latín se dice *Centesimus fructus*.

El que hace lo que dije causa perjuicios y desventuras en grado incalculable, según sucede cuando, rompiendo el ganado una cerca, produce irreparables daños en las siembras. Porque tanto puede restituirse la virginidad, como el brazo a quien lo perdió. Podrá la mujer alcanzar misericordia si hace penitencia, pero de su corrupción no la salvará nadie.

Ya comenté el adulterio, mas es inútil señalar otros peligros que le son inherentes, y de esta guisa miraremos a evitar tan vergonzoso pecado. Quiere significar en latín la palabra «adulterio» tanto como acceso al lecho del prójimo, de modo que quienes constituyen una sola carne entreguen sus cuerpos a personas ajenas. Dice el Sabio que este pecado origina grandes males. En primer término es infracción de fe, la cual constituye la llave del cristianismo. Quebrada y perdida la fe, queda el cristianismo vano y sin fruto.

Hurto, además, es el adulterio, puesto que a hurto equivale quitar a otro sus bienes sin su aquiescencia. Y este hurto es el más vil que puede haber, porque cuando una mujer, hurtando su cuerpo a su marido, lo entrega a su amante, al diablo lo entrega. Más infame es este robo que hurtar el copón del sagrario de una iglesia, pues que quien adultera quebranta espiritualmente el templo de Dios y hurta el vaso de gracia, esto es, el cuerpo y el alma.

Mucho se espantó de tal robo José cuando la esposa de su señor le instigó a pecado. Y por eso le contestó: «Ved, señora, que mi dueño ha confirmado a mi guarda cuanto posee, sin retirar de mi alcance cosa alguna, salvo vos, que sois su esposa. ¿Cómo, pues, puedo incurrir en tal iniquidad y pecar tan horriblemente contra Dios y contra mi señor? No, que Dios lo prohíbe». Pero esta integridad es muy rara hogaño.

El tercer perjuicio causado es la impureza que nace de romper el mandamiento de Dios y ofender el fundador del matrimonio, que es Cristo. Pues precisamente por lo muy noble y digno que es el matrimonial sacramento, mayor pecado se comete al violarlo. Porque Dios instituyó el matrimonio en el paraíso para la multiplicación del humano linaje, a gloria de Dios, de manera que esto hace de más gravedad el quebrantarlo.

De incurrir tal infracción nacen a menudo herederos que se apropian haciendas que no les pertenecen. Y Cristo los excluirá del reino de los cielos, que sólo a los buenos corresponde en legado. Ocurre también, en virtud de la misma infracción el que las gentes, sin saberlo, casen con deudos suyos o cometan pecado con ellos. A nadie alcanza esto tanto como a los disolutos que acuden a los lupanares y desfogan su salacidad con mujeres que son cual letrina común.

¿Qué diré de los echacuervos, que viven del horrible pecado de la prostitución, obligando a que las mujeres les paguen una parte de lo que ganan vendiendo su cuerpo? Hasta los hay que así prostituyen a sus mujeres o hijas. Todo lo cual son pecados de los peores.

Adrede se situó el adulterio entre el homicidio y el robo, por ser el robo mayor que puede existir, ya que hurta a la vez cuerpo y alma. Y se asemeja al homicidio en que corta y extingue la unión de los que fueron hechos una sola carne. De aquí que la antigua ley de Dios mandara matar a quienes incurriesen en adulterio. Empero, en la ley de Jesucristo, que es ley de piedad, vemos que cuando Él halló a la mujer tomada en adulterio y a punto de ser lapidada, según voluntad y fuero de los judíos, dijo así: «Vete y no vuelvas a tener apetito de pecar.» Porque en verdad el castigo del adulterio a las penas del infierno está reservado, si la penitencia no lava esta culpa.

Más especies hay del maldito pecado de lujuria. Me refiero a los casos en que uno de los culpables es religioso y ha recibido órdenes de diácono, o subdiácono, o sacerdote, o bien es caballero hospitalario. De todas maneras, más peca quien más elevada jerarquía eclesiástica tiene. Y lo que agrava inmensamente su delincuencia es que las últimas personas que dije hicieron voto de castidad. Las sacras órdenes son las preciosas joyas entre todos los tesoros divinos y símbolo y especial emblema de castidad; por tanto, las personas con órdenes están especialmente consagradas a Dios y de la compañía predilecta de Dios son, y han de vivir en castidad, que es la vida más valiosa que existe. De suerte que cuando cometen pecado mortal traicionan como ninguno a Dios y a su pueblo, pues que viven del pueblo y para orar por él. Y si le traicionan, sus plegarias no aprovechan a las gentes.

Los sacerdotes, en virtud de su ministerio, han de ser como ángeles; mas, según San Pablo dice, hombres hay a quienes Satanás transforma en ángeles de luz. Y el sacerdote endurecido en el pecado mortal es cual ángel de las tinieblas transfigurado en ángel de luz. Parece uno, mas es otro. Sacerdotes de semejante estilo son los hijos de Elí, de los que dice el Libro de los Reyes que eran hijos de Belial, que quiere decir el diablo. Porque Belial significa «sin yugo», y, en efecto, así se conducen esas personas. Créense libres y no más obligados que el buey desuncido, el cual elige la vaca que mejor le place como ellos hacen con las mujeres. Y así como un toro suelto es harto mal para una villa entera, así un mal sacredote es harta corrupción para toda una parroquia e incluso comarca. Pues ya dice el Libro que tales sacerdotes no cumplen su ministerio con el pueblo, ni conocen a Dios, ni se contentan (como también señala el Libro) con la carne ya guisada que se les otorgó, sino que por fuerza arrebatan la carne cruda. Sí, que esos perversos nunca se sacian de las carnes asadas y cocidas con que el pueblo reverentemente los sustenta, sino que buscan además la carne cruda de las hijas y esposas de sus prójimos.

Pero sabed que estas mujeres, al consentir en prostituirse, infieren grande agravio a Cristo, a su santa Iglesia, a todos los santos y en resolución a todas las almas, pues que pecan con los que sólo debieran honrar a Cristo y a la santa Iglesia y rezar por las almas de Cristo. De manera que los malos sacerdotes y las mancebas que se avienen a su lujuria, incurrirán en maldición de todo el pueblo cristiano si no se corrigen.

Ahora entended que la tercera especie de fornicación se produce cuando marido y mujer no se curan, al ayuntarse, sino de su placer carnal (como señala San Jerónimo), sin pensar en otra cosa que en su unión y juzgando que ésta hace legítima cualquier cosa. Pero, como dijo el ángel Rafael a Tobías, sobre tales personas tiene autoridad el diablo, puesto que en su unión expulsan de sus corazones a Jesucristo y se dedican a toda suerte de impurezas.

La cuarta especie de lujuria es la unión entre consanguíneos, ya sean parientes legales o personas cuyos padres o deudos incurrieron en mutuo pecado de lujuria. Culpa tal asemeja al hombre a los perros, que no miran parentesco en sus uniones.

De dos clases es el parentesco: espiritual y carnal. El espiritual toca a los padrinos, que son padres espirituales de sus apadrinados como son padres carnales de sus hijos quienes a éstos engendran. Por eso en igual pecado incurre la mujer que se une a su padrino que la que lo hace con su hermano de sangre.

La quinta especie de lujuria la constituye el pecado del que apenas debe hablar ni escribir nadie, aunque sí lo relate claramente la Santa Escritura. Con diversas intenciones y de distintas maneras suelen hombres y mujeres incurrir en ese pecado. Y si los Santos Textos hablan de tal culpa, tanto pueden mancharse con ella como el sol con el montón de estiércol que ilumina.

Dentro de la lujuria hay otro pecado, que se comete en sueños. Tal pecado acostumbra ocurrir a las personas vírgenes y a las muy corrompidas. Llámase polución y procede de cuatro orígenes: ya debilidad corporal, a causa de abundancia de humores en el organismo; ya enfermedad que motive flojedad de retención, como explica la Medicina; ya exceso de comidas y bebidas; ya malos pensamientos que contiene la mente humana al acostarse y que hacen caer en pecado. De manera que el hombre debe precaverse y tener discreción, para no incurrir en culpa grave.

REMEDIO CONTRA LA LUJURIA

Los mejores remedios contra la Lujuria son la Castidad y la Continencia, las cuales frenan los desordenados impulsos que se derivan de los apetitos carnales. Y el mérito mayor será de quien más rechace las aviesas instigaciones de este impuro pecado. Ello puede conseguirse con castidad en el casamiento y castidad en la viudez. Porque el matrimonio es unión lícita de la mujer y el hombre, quienes, por ese sacramento, se ligan con indisoluble lazo durante toda su vida.

Dice el Libro que este sacramento es muy grande y que Dios lo instituyó en el paraíso, como antes expliqué. Y él mismo quiso nacer de matrimonio, y para santificar éste acudió a unas bodas donde hizo su primer milagro en la tierra al trocar el agua en vino ante sus discípulos. Con el buen efecto del matrimonio, la cohabitación se purifica y da a la santa Iglesia buen linaje. Tal es el fin del matrimonio, que así convierte un pecado mortal en venial cuando se comete entre casados, y además torna en uno los corazones y cuerpos de las personas casadas.

Así es el verdadero matrimonio, ordenado por Dios antes de que naciese el pecado, esto es, cuando la ley natural prevalecía en el paraíso. Allí se dispuso que el hombre sólo tuviese una mujer y la mujer sólo un hombre, y ello por varios motivos, como dice San Agustín.

El primero es que el matrimonio se simboliza en la unión de Cristo y su santa Iglesia. Y el otro, que está mandado que el hombre sea en todo cabeza de la mujer, y si una mujer tuviese más de un hombre sería como si tuviese más de una cabeza, suceso horrible ante Dios. Por ende, no podría una mujer contentar a la vez a muchos hombres y al requerir cada uno su propiedad habría falta de paz y sosiego entre ellos. Además, ningún hombre conocería a sus hijos, ni sabría a quién legar en derecho su herencia; y finalmente la mujer recibiría menor amor cuando estuviese unida a varios hombres.

Pasemos a cómo debe entenderse el esposo con la mujer, sobre todo en lo que concierne a dos extremos, que son tolerancia y reverencia, como Dios nos señaló al crear la primera mujer. Pues no la formó de la cabeza de Adán, para que la mujer no reclamase gran dominio, porque es sabido que donde las mujeres ejercen autoridad, luego sobreviene mucha confusión. Y sobre esto los ejemplos sobran, porque es cosa que vemos patente a diario.

Veamos de qué suerte debe la mujer vivir sometida a su marido.

Dice San Pedro que ante todo ha de servirle con obediencia. Y, además, la mujer casada, como manda la ley, no posee facultad de prestar juramento ni testimonio sin licencia de su marido, que es su señor. Y así deben ser las cosas según buena razón. Además, ha de atenderle con todo honor y ser discreta en sus atavíos. Pues la mujer, aunque ha de agradar a su marido, no tiene por qué hacerlo esmerándose en el vestir. Dice San Jerónimo que la mujer que se atavía de seda y costosa púrpura no puede vestir esto en Jesucristo. ¿Y qué enseña San Juan a propósito de lo mismo? También añade San Gregorio que quien se pone valiosos atuendos lo hace sólo por vanidad, a fin de verse más honrado por las gentes.

Gran locura es que la mujer, yendo cubierta de ricas ropas, sea en su interior aviesa y torcida. Antes bien debe la casada mostrarse modesta en sus miradas, talante y risas, y discreta en todos sus actos y palabras. Y, antes que nada, ha de amar a su marido con todo su corazón y rendirle entera fidelidad corporal, cuyas cosas debe también el marido a la mujer. Sí: todo el cuerpo y corazón de la mujer han de ser del esposo, y cuando eso falta, el matrimonio no es perfecto.

Para tres cosas pueden el marido y la mujer unirse carnalmente. La primera, engendrar hijos para el servicio de Dios, pues tal es el fin del matrimonio. La otra, pagarse mutuamente el débito de sus cuerpos, sobre los que, en verdad, nadie tiene poder. Y la tercera, para evitar lujurias y torpezas.

Casarse de una cuarta manera es pecado mortal. La primera es loable, y también la segunda, pues dicen los textos que no peca contra la castidad la mujer que paga a su marido el débito a que está obligada, aunque sea contra su gusto y el deseo de su corazón. La tercera manera es pecado venial; pero difícilmente pueden los esposos librarse de él. Mas la cuarta manera, que es unirse sólo por pasión amorosa, no ocupándose en las otras finalidades y sí sólo en su ardoroso placer, es muchas veces, a buen seguro, mortal pecado. No obstante, numerosas personas hay que sólo en desfogar sus apetitos piensan.

La segunda especie de castidad consiste en que la viuda se mantenga pura, huyendo de humanos abrazos y buscando los de Jesucristo. Por viudas entiendo las que, siendo casadas, perdieron a sus maridos, y las que, habiendo cometido lujuria, tuvieron perdón por su penitencia.

Si pudiera la esposa mantenerse siempre casta, con licencia de su marido, gran mérito sería ese para ella, porque nunca daría ocasión de que él pecase. Las mujeres que así observan la castidad deben ser puras de corazón y de cuerpo, así como de pensamientos; modestas en su porte y atavíos; frugales en la comida y bebida, sobrias en palabras y acciones. Porque son como el tarro aromático de la buena Magdalena y perfuman la santa Iglesia.

La tercera suerte de castidad consiste en la doncellez. La mujer que se mantiene santa de corazón y pura de cuerpo es esposa de Jesucristo y vive la existencia de los ángeles. Mujer tal es la gloria de este mundo e igual a los mártires, encerrando en su interior lo que la lengua no puede decir ni el ánimo imaginar. De la virginidad nació nuestro Señor Jesucristo, que fue virgen también.

Es buen remedio contra la lujuria apartarse de cosas que causen excitación, como la molicie, los manjares y la bebida, pues cuando la olla hierve desordenadamente no hay mejor remedio que quitarla del fogón. El sueño largo y descansado también fomenta mucho la lujuria.

Otro remedio contra la lujuria es que el hombre o la mujer eludan la compañía de quienes teman que los tienten, porque de éstos siempre vendrá tentación, aunque se rechace. Pues una llama aplicada a la pared podrá no quemarla, pero no dejará nunca de ennegrecerla. Así, con ahínco aconsejo que nadie confíe en su perfección propia, salvo si es más fuerte que Sansón, más santo que David y más sabio que Salomón.

Declarado os he, a mi manera, los siete pecados capitales, con sus diversas especies y remedios, y placeríame, si supiera explicaros los diez mandamientos. Con todo, espero en Dios que este tratado no haya dejado de tocar en algo cada uno de los diez mandamientos.

CONFESIÓN

Como en el primer capítulo empecé a indicar, la parte segunda de la penitencia consiste en la confesión oral, y ahora añado que, al decir de San Agustín, es pecado toda palabra, obra y deseo contrarios a la ley de Jesucristo. O sea que cabe pecar con el corazón, la boca y las obras, por ministerio de los cinco sentidos, que son la vista, el oído, el olfato, el paladar y el tacto.

Conviene saber qué cosas son las que más agravan cada pecado. Y al considerar el pecado debe tenerse cuenta de si se es varón o hembra, joven o anciano, noble o vasallo, libre o siervo, sano o enfermo, soltero o casado, ordenado o no ordenado, discreto o necio, clérigo o seglar. Y asimismo si la mujer con quien se peca es de tu familia o no, y si alguno de tus deudos pecó con ella; y otras muchas consideraciones.

Tiene importancia también en el pecado el que sea cometido con adulterio o fornicación, o no; con incesto o no; con doncella o no; de manera homicida o no; y también importa saber si los pecados fueron grandes o leves y cuánto tiempo se ha vivido en pecado.

Y al considerar el pecado debe tenerse en cuenta si cometiste el pecado, ya en casa ajena o propia; en el campo, en la iglesia o en el cementerio; en templo consagrado o en otro lugar. Porque si el hombre o la mujer derraman su simiente en sitio sacro, ya pecando o por culposa tentación, la iglesia queda profanada hasta que la purifique el obispo. Y el sacerdote que en semejante punto cometiere tal torpeza, no podrá cantar misa mientras viva; y si lo hiciere comete mortal pecado cada vez que oficie.

Cuarta concurrencia en el pecado es entrar en asociación, al cometerlo, con intermediarios o mensajeros, o mediante seducción o mediante ajuste. Pues muchos infelices hay a los que las malas compañías entregan al demonio infernal, ya que cuantos intervienen en un pecado o instigan a él participan del pecado mismo y de la condenación del pecador.

Véase como quinta circunstancia el número de veces que se ha pecado, incluso con el pensamiento, y en cuántas ocasiones se ha sucumbido a la tentación. Porque quien repetidamente incurre en pecado menosprecia la misericordia divina y acrecienta su culpa y además no tiene amor por Jesucristo y pierde fuerzas para resistir al pecado. Con lo cual, más fácilmente peca y más tarde se arrepiente y más trabajo le cuesta confesarse, particularmente con su habitual confesor. Así, es usual que estas personas, al recaer en sus antiguos desenfrenos, cambien por entero de confesor, o bien dividan sus confesiones entre distintos sacerdotes. Pero semejante confesión repartida no les vale la misericordia de Dios para sus pecados.

Sexta circunstancia que se debe examinar es la de los móviles y tentaciones que hacen incurrir en pecado, examinando también si esa tentación se busca a intento o se debe a incitación de terceras personas. Quien peca con una mujer habrá de meditar si la hizo pecar por fuerza o con su asenso, si la violó o no (en lo cual ella ha de decidir), si se debió el caso a codicia o pobreza y otras cosas del mismo jaez.

Por séptima circunstancia tengamos la forma en que el hombre cometió pecado o la mujer consintió que con ella lo cometiesen. Por tanto, al confesarse, deberá el hombre explicar claramente todas las circunstancias y si su pecado fue con prostitutas vulgares o con otras mujeres; si pecó en días festivos u otros; si lo hizo en época de ayuno o en distinto momento; si fue antes de confesarse o después de su última confesión; si con su culpa quebrantó alguna penitencia que le impusieron. Y no debe omitir el relatar quién le prestó consejo o ayuda, ni si hubo alguna hechicería o ardid.

Cualquiera de esas cosas, graves o veniales, pesan sobre la conciencia del hombre. Y el sacerdote, juez en la confesión, deberá ceñir su criterio, al señalar penitencia, a la medida de la contrición del penitente. Porque ha de entenderse bien que luego de que el hombre, pecando, mancilla el bautismo, ningún camino tiene para salvarse, fuera de la penitencia, la confesión y la remuneración. Las dos primeras son las más importantes, si se dispone de confesor con quien declararse, y también es importante la tercera si se tiene vida bastante para ejecutarla.

Sepa, pues, el que anhele hacer confesión verdadera y provechosa, que han de concurrir en ella cuatro circunstancias. Primero, debe el hombre al confesarse hacerlo con amargo dolor de corazón, como cuando Ezequías hablaba a Dios, diciéndole: «Y todos los años que viva lo recordaré con amargura de corazón».

Tal condición de dolor de corazón tiene cinco signos. El primero, que la condición entrañe vergüenza (mas no para encubrimiento u ocultación del pecado) de haber ofendido a Dios y mancillado la propia alma. A este propósito dice San Agustín: «Mucho pena el corazón por vergüenza de su pecado». Y quien gran vergüenza siente, muy digno es de alcanzar misericordia de Dios. De esta suerte era la confesión del publicano, que no osaba alzar los ojos porque había ofendido al Dios del cielo, con cuya humildad obtuvo muy luego la clemencia del Señor. Bien dice San Agustín que estas personas afrentadas están muy cerca de ganar perdón y remisión. Es otro signo la humildad en la confesión, de lo que dice San Pedro: «Humillaos bajo el poder de Dios». Mucho poder tiene la mano de Dios en la confesión, pues en ésta perdona los pecados, lo que sólo en manos del Señor está hacer.

Mas la humildad que dije debe residir en el corazón y también exteriormente como signo, pues de igual manera que el penitente humilla su corazón a Dios, ha de humillar exteriormente su cuerpo al sacerdote, que entonces se halla en lugar de Dios. Y de aquí que, siendo Cristo soberano y el sacerdote medianero entre Él y el pecador, y el pecador postrero de todos por claras razones, deba el último arrodillarse ante su confesor, salvo si una enfermedad se lo impide. Y no debe pensar qué hombre se sienta ante él, sino en lugar de quién está ese hombre sentado. Porque si alguien injuria a un señor y luego viene a pedir clemencia y reconciliarse, no empezará sentándose junto al señor, que miraría esto como ofensivo y no digno de obtener gracia ni perdón.

Tercer signo de arrepentimiento será que en la confesión abunden, si se puede, las lágrimas. Y si no cupiere llorar con los ojos, llórese con el corazón. Así confesó San Pedro cuando, tras de negar a Jesucristo, salió y lloró con amargura.

Cuarto signo es que la vergüenza no estorbe el confesarse. De tal guisa confesó Magdalena, quien, sin curarse de los que estaban en el festín, confesó sus pecados a nuestro Señor Jesucristo.

Quinto signo de arrepentimiento lo dará el que el hombre o mujer consientan en cumplir la penitencia que se les impusiera por sus pecados, pensando que Jesucristo, por lavar las humanas culpas, fue obediente hasta la muerte.

Una segunda condición de confesión sincera será el confesarse pronto. De fijo que un hombre mortalmente herido vería enconarse su llaga si no la curase muy luego, con lo que el sanar sería más difícil y la muerte más rápida. Lo mismo acontece con el pecado que el hombre guarda mucho tiempo sin confesar. El hombre, pues, debe confesarse pronto y muchos motivos abonan esto, sin que sea el menor el temor de la muerte, que con frecuencia sobreviene de improviso y en tiempo y lugar inciertos. Por ende, dilatar la confesión de un pecado inclina a cometer otros y cuanto más tarde el hombre en confesarse más se aparta de Cristo. Y el que aguarde a su último día, difícilmente podrá confesar sus pecados ni, si lo hiciere, recordarlos todos, porque su mortal enfermedad se lo estorbará. Y el que no escuchó a Jesucristo mientras Éste le habló, podrá no ser oído cuando en su último día clame a Cristo a su vez.

Cuatro circunstancias, además, debe reunir la confesión. Ha de ser preparada y meditada, porque la precipitación nunca fue de provecho. También deben confesarse los pecados de soberbia y de envidia, y los demás, con sus circunstancias y clases. Y debe mentalmente haberse reconocido la cantidad e importancia de los pecados y el tiempo que se ha vivido en ellos, mas la certeza de hallarse contrito y tener firme propósito de con la ayuda de Dios no recaer en pecado jamás. En fin, es menester temer el pecado y precaverse contra él, rehuyendo las ocasiones y tentaciones que el pecado ofrezca.

Ítem más, han de confesarse todos los pecados a un solo hombre y no una parte a uno y otra parte a otro, mirando a dividir la confesión por temor o vergüenza. Hacer eso no pasa de estrangular el alma propia, porque Jesucristo es bueno por entero y sin imperfección alguna, de manera que o lo perdona todo completamente o no perdona nada.

Si alguien tiene asignado un penitenciario para la confesión de ciertos pecados, no sostengo que deban contársele los demás (salvo por humildad) cuando ya se han participado al párroco y usual confesor. Hacer lo que digo no es dividir la confesión. Por ende, quien tuviera licencia y asenso de su párroco para confesarse en otro sitio con algún sacerdote digno y discreto, podrá manifestar a éste todos sus pecados, pero sin omitir cosa alguna que recuerde. Y al confesar con el párroco, se le deben referir todos los pecados cometidos desde la última confesión. Con todo lo cual no haremos confesión que con mala intención se divida.

Determinadas circunstancias más exige una buena confesión. Es la primera confesar voluntariamente, no por obligación, o por vergüenza, o por enfermedad o motivos análogos. Porque manda la razón que quien cometió culpa voluntaria, voluntariamente la confiese. Tampoco debe ser otro hombre quien diga el pecado, sino el pecador mismo, sin negarlo ni esconderlo y sin airarse contra el sacerdote cuando éste le exhorte a vivir sin pecar.

Una segunda circunstancia consiste en que la confesión sea válida, esto es, que confesado y confesor estén sinceramente dentro de la fe de la santa Iglesia, y que no desconfíen de la misericordia de Jesucristo, como hicieron Caín y Judas. Además, el penitente debe confesar sus culpas y no las de otro, acusándose sólo de su malicia y de sus pecados y no de los de un tercero. Empero, si ese tercero fuese el motivador o incitador del pecado que se está confesando, o si por su condición agravase la culpa, o si ésta no pudiera ser enteramente confesada sin nombrar a la persona que del mal participó, entonces puede el que confiesa dar el nombre de la otra persona. Mas ha de hacerlo con intención exclusiva de confesarse y no de difamar a tercero.

No procede, en la confesión, inventar, por humildad, pecados no cometidos. Porque, como advierte San Agustín, el que por humildad mintiese acerca de sí mismo, aunque antes no estuviera en pecado lo estará entonces, por mentir. El pecado, asimismo, debe manifestarse verbalmente, salvo caso de mudez, y no por escrito, pues quien cometió el pecado debe sufrir la condigna vergüenza.

Y en la confesión no se usará de palabras esmeradas y artificiosas para encubrir el pecado, porque, de esa suerte, quien se confiesa se engaña a sí mismo y engaña al confesor. La verdad ha de decirse con llaneza, así fuere terrible. Y en la confesión búsquese sacerdote discreto e idóneo para aconsejar.

Nadie debe confesarse por vanagloria o hipocresía u otra causa, sino por temor de Jesucristo y con miras a la salvación del alma. Ni se ha de acercar el penitente al sacerdote de manera repentina o casual para decirle al desgaire su pecado, como quien refiere un sucedido o una burla, sino que debe hacerlo con gravedad y profunda devoción.

Por regla general, la confesión ha de ser frecuente. Quien a menudo caiga, a menudo se levantará si se confiesa. Confesar con repetición un pecado confesado ya, no es sino doblado mérito, pues, como señala San Agustín, más pronto se ganará así remisión y gracia de Dios en lo tocante a la culpa y a la pena.

Es usanza establecida ponerse, a lo menos una vez al año, en disposición de comulgar. Porque en verdad todas las cosas se renuevan de año en año.

REMUNERACIÓN

Os he hablado ya de la Confesión sincera, que es la segunda parte de la Penitencia. Y ahora os hablaré de la tercera parte.

La cual es la Remuneración, que por lo común consiste en obras de caridad y penas corporales. Y las especies de obras de caridad son tres, a saber: contrición de corazón, por las que el hombre se ofrenda a Dios; piedad de las faltas del prójimo; y buen consejo y auxilio, espirituales y corporales, donde fuere menester y sobre todo en lo tocante al sustento de las gentes.

Pues el hombre suele necesitar de estas cosas: alimento, vestido, albergue, consejo cariñoso, visita en la prisión y en la enfermedad y sepultura para su cuerpo muerto. Cuando no se pueda visitar personalmente al necesitado, ha de hacérsele visita mediante mensajes y dádivas.

Éstos son, de ordinario, las limosnas y obras caritativas que pueden ofrecer quienes poseen hacienda temporal o prudencia en el consejo. Y tales obras le serán mencionadas al hombre en el día del juicio.

Estas caridades se han de ejecutar con los bienes propios, haciéndolo con diligencia y, si se puede, con sigilo. Pero si con sigilo no se pudiesen hacer, no por ello se abstendrá el hombre de dar limosna, aunque el prójimo lo vea, sino que debe hacerla igual, no esperando agradecimiento del mundo, y sí gratitud de Jesucristo. Pues, como en su capítulo V atestigua San Mateo, «la ciudad sita en un monte no puede estar oculta, ni la luz se encubre bajo una tapadera, sino que se dispone en un candelabro para alumbrar a la gente de la casa. Y así brille vuestra luz ante los hombres, para que ellos vean vuestras buenas obras y glorifiquen a vuestro Padre, que está en los cielos».

La pena corporal, de que ahora hablaré, consiste en plegarias, ayunos, vigilias y virtuosas enseñanzas y oraciones. Porque habéis de saber que es objeto de las plegarias el manifestar algún piadoso deseo del corazón, dirigiéndolo a Dios mediante palabras corporales. Así se alejan males y se procura obtener bienes espirituales y duraderos, sí que también, en ocasiones, cosas terrenas. Y la oración donde más cosas incluyó Jesucristo fue el Padrenuestro, el cual goza de una triple dignidad y es más grande que otra plegaria cualquiera, como compuesta por el propio Jesucristo. Por ende, es breve, para poderla aprender y retener fácilmente en la memoria y poderse auxiliar más a menudo usándola. Su sencillez y concisión miran a que el hombre se fatigue lo menos posible al decirla, y a que no pueda buscar excusas para no aprenderla. Además, contiene el Padrenuestro en sí todas las buenas oraciones.

Pero dejo a los teólogos la apología de esta santa, excelente y digna plegaria, y sólo diré que al rogar a Dios que perdone nuestras deudas como nosotros perdonamos a nuestros deudores, habremos de cuidar mucho de no hallarnos fuera de caridad.

Añado, asimismo, que esa santa plegaria amengua el pecado venial y pertenece, por tanto y de modo especial, a la penitencia.

Ha de recitarse el Padrenuestro con sincera y verdadera fe, orando a Dios de manera ordenada, devota y discreta, y enderezando siempre nuestro deseo a someternos a la voluntad divina. Mucha humildad y pureza han de concurrir al pronunciar la oración de que trato, diciéndola fielmente y sin pensar en el daño del prójimo, sea hembra o varón. Y debe ayudarse el rezo con obras de caridad. El Padrenuestro es útil contra los vicios del alma, pues ya dijo San Jerónimo que el ayuno evita los vicios de la carne y la plegaria los vicios del espíritu.

Sépase, además, que una parte de la pena corporal consiste en la vigilia, ya que Jesucristo manda: «Velad y orad para no entrar en malas tentaciones».

Y el ayuno comprende tres cosas, que son abstención de comidas y bebidas corporales, abstención de ocupaciones mundanas y abstención de pecado mortal, lo que significa que el hombre ha de precaverse contra el pecado mortal con todo ahínco.

Entiéndase que fue Dios quien prescribió el ayuno. Pertenecen a éste cuatro cosas: generosidad con los pobres; júbilo de corazón; ayunar sin ira, murmuración o enojo; y comer con moderación a horas razonables. Con esto digo que ni debe el hombre comer fuera del momento adecuado, ni pasar a la mesa mucho tiempo, puesto que ayuna.

Sobre todo eso, la remuneración implica también mortificaciones corporales, como instrucción verbal, escrita o mediante ejemplos; uso de cilicios, estameñas o hierros sobre la carne desnuda; y otras semejantes penitencias en Cristo. Pero ha de cuidarse mucho de que tales penitencias de la carne no tornen el corazón amargo, airado o descontento de sí mismo, pues más vale quitarse un cilicio que perder la protección de Jesucristo. A ese propósito dice San Pablo: «Como elegidos de Dios, revestios de misericordia de corazón, bondad, paciencia y atavíos análogos». Porque más satisfacen a Jesucristo esas prendas que los cilicios, estameñas y hierros.

La remuneración puede acarrear también golpes de pecho, flagelaciones, genuflexiones, tribulación, paciencia en sufrir los agravios que se reciban, y fortaleza y paciencia en las enfermedades y pérdidas de hacienda, esposa, hijos u otros allegados.

Cuatro cosas hay que estorban la penitencia, a saber: temor, vergüenza, esperanza y desesperación.

Primero digamos que el temor de no poder soportar una penitencia tiene el remedio de meditar que la penitencia corporal es corta y pequeña si se compara con las crueles y eternas penas del infierno.

Suele el hombre sentir vergüenza de confesarse (y más los hipócritas, que, sin necesidad de confesión, quieren ser estimados como perfectos). Contra vergüenza tal debe el hombre pensar que, según la razón, quien no se avergonzó de cometer vilezas, menos debe avergonzarse de ejecutar cosas buenas, como la confesión. Y asimismo debe considerar que Dios conoce y ve todos nuestros pensamientos y actos, pues que nada hay para Él oculto y disimulado. Y además, piensen los hombres cuánta afrenta habrá el día del Juicio para los que en esta vida no se confesaron ni hicieron penitencia, pues en el Juicio Final todos los seres de la tierra y del infierno verán muy claramente lo que cada hombre encubrió en este mundo.

La esperanza de los negligentes y reacios a confesarse es de dos especies. Según una, espera el hombre vivir largo tiempo y adquirir mucha hacienda y deleites, tras lo cual cuenta confesarse, por parecerle este medio más oportuno. Según otra especie, el hombre confía con exceso en la misericordia de Cristo.

Contra el primer error considérese que ninguna garantía tenemos de vivir, y también que los bienes de este mundo dependen de la suerte y se disipan como sombras en las paredes. San Gregorio advierte que la mucha justicia de Dios hace que nunca se extinga la pena para quienes nunca tampoco quisieron separarse voluntariamente del pecado, sino que perseveraron en él. Pues que tuvieron perdurable deseo de pecar, perdurable será su castigo.

De dos estilos es la desesperación: el uno desesperar de la misericordia de Cristo, y el otro desesperar de la posibilidad de perseverar mucho tiempo en el bien.

Nace la primera especie de desesperación de que el hombre juzga haber pecado muy gravemente y muy a menudo viviendo culposamente tanto tiempo, que le parece imposible salvarse. Pero a esta malhadada desesperación, opóngase la idea de que la pasión de Jesucristo tiene más fuerza para desligar que para ligar tiene el pecado.

Y contra la segunda especie de desesperación, piénsese que la penitencia nos permite levantarnos tantas veces como caemos. Pues por mucho tiempo que se haya vivido en pecado, siempre la misericordia de Cristo está presta a recibir al hombre en su gracia. El que juzga que no podrá perseverar largamente en el bien, considere que el diablo, por ser débil, nada conseguiría si los hombres no fuesen gustosos de ello. Y además, quien así lo quiera hallará fuerzas en el auxilio de Dios, y de toda la santa Iglesia, como igualmente del favor de los ángeles.

Tras todo lo cual procede conocer qué frutos da la penitencia. Cónstanos, por la palabra de Jesucristo, que esos frutos son la eterna bienaventuranza en el cielo, donde el gozo no lo contrapesan dolores ni aflicciones; donde se desvanecen todos los males de la presente vida; donde hay seguridad contra las penas del infierno; donde se halla una feliz comunión de almas, en la que cada uno se alegra perdurablemente con el contento de los demás; donde el humano cuerpo, antes mezquino y oscuro, resplandece como el sol; donde ese mismo cuerpo, antes enfermizo, frágil, débil y perecedero, es inmortal, fuerte, sano e inalterable; donde no se hallan hambre, sed ni frío, y donde el alma vive pletórica de la visión del perfecto conocimiento de Dios.

Y tan bienaventurado reino puede alcanzarse con pobreza de espíritu; la gloria, con humildad; el pleno goce, con hambre y sed; el reposo, con trabajos, y la vida, con la muerte y la mortificación del pecado. Cuya vida es aquella a que nos lleva el que nos redimió con su preciosa sangre. Amén.

EPÍLOGO Y PLEGARIA DE CHAUCER (1)

Pido a todos los que leyeren u oyeren leer este pequeño tratado que, por las cosas que en él les agradaren, den gracias a nuestro Señor Jesucristo, de quien dimanan toda sabiduría y bondad. Y lo que no les compluguiere, atribúyanlo a mi ignorancia y no a mi voluntad, porque mejor me hubiera expresado si hubiese sabido. Pues ceñí mi intención a lo que el Libro declara, esto es, que todo lo escrito se ha compuesto para nuestra enseñanza.

Y por ello suplícoos con humildad, por la misericordia de Dios, que oréis por mí, para que Cristo me tenga piedad y me perdone mis culpas, y particularmente las traducciones y trabajos que sobre vanidades humanas hice. De todas esas obras me retracto y son: *El Libro de Troilus, El Libro de la Fama, El Libro de las Diecinueve Damas, El Libro de la Duquesa, El Parlamento de las Aves en el Día de San Valentín, El Libro del León* y, de los *Cuentos de Canterbury,* todos aquellos que pudieran inducir a pecado.

De otros muchos libros me retractaría si a mi memoria acudiesen y también de muchas estancias y canciones lascivas, por cuyo pecado espero que Cristo, en su gran misericordia, me perdone. Empero, por la traducción de la obra de Boecio, *De Consolatione,* y por otros libros de leyendas de santos, homilías y escritos morales y devotos, doy gracias a nuestro Señor Jesucristo, a su bienaventurada Madre y a todos los santos del cielo; y a ellos imploro que, a partir de ahora y hasta el fin de mi vida, me ayuden con su gracia a llorar mis pecados y atender a la salvación de mi alma.

Y pido también que se me conceda la gracia de hacer sincera penitencia, confesión y remuneración en esta presente vida, por

(1) Con el «Cuento del párroco» concluye el original de nuestros *Cuentos de Canterbury.* Lo que, prolongándolo, encontramos en otras ediciones, es indudablemente apócrifo. Nosotros, como consecuencia, hemos prescindido de ello, aunque ciertamente parezca que falta el final del viaje de los personajes y el cumplimiento de las promesas del posadero..., arriesgadas en la sabida apuesta. Por otra parte, si bien el original de los *Cuentos* no pasa de aquí, hemos creído conveniente añadir este «Epílogo y plegaria de Chaucer», y darlo, como en las mejores ediciones inglesas, por auténtico del autor. *(Nota del Editor.)*

la benigna merced del que es Rey de Reyes y Sacerdote de todos los Sacerdotes, y nos redimió con la preciosa sangre de su corazón, para que así pueda yo ser uno de los que se salven en el juicio del último día. *Qui cum Deo Pater et Spiritu Sancto vivis et regnas Deus per omnia secula. Amén.*